A dinastia

Para: mamãe
De: Roziane
05/06/09

Outras obras da autora publicadas pela Editora Record

Bênçãos inesperadas

Coração dividido

Era melhor não saber

Lembranças

Recompensa merecida

Segredos de família

Barbara Taylor Bradford

A dinastia

Tradução de
MICHELE GERHARDT MACCULLOCH

EDITORA RECORD
RIO DE JANEIRO • SÃO PAULO

2009

CIP-Brasil. Catalogação-na-fonte
Sindicato Nacional dos Editores de Livros, RJ.

B79d

Bradford, Barbara Taylor, 1933-
A dinastia / Barbara Taylor Bradford; tradução de Michele Gerhardt MacCulloch. – Rio de Janeiro: Record, 2009.

Tradução de: The Ravenscar Dynasty
ISBN 978-85-01-07859-9

1. Romance inglês. I. MacCulloch, Michele Gerhardt. II. Título.

08-5133

CDD – 823
CDU – 821.111-3

Título original norte-americano:
THE RAVENSCAR DYNASTY

Direitos exclusivos de publicação em língua portuguesa somente para o Brasil adquiridos pela
EDITORA RECORD LTDA.
Rua Argentina 171 – Rio de Janeiro, RJ – 20921-380 – Tel.: 2585-2000
que se reserva a propriedade literária desta tradução

Impresso no Brasil

ISBN 978-85-01-07859-9

PEDIDOS PELO REEMBOLSO POSTAL
Caixa Postal 23.052
Rio de Janeiro, RJ – 20922-970

EDITORA AFILIADA

Ao meu marido Robert Bradford,
que conviveu com esses personagens por mais de 26 anos
e nunca perdeu a paciência com eles nem comigo.
Com todo meu amor.

Sumário

Parte Um

Aliados poderosos

Eduardo e Neville

"Nobre de ser contemplado, de corpo poderoso, forte e bem-feito."

Sir Thomas More

"Ainda assim havia magnanimidade nele, e embora não seja um protagonista trágico, é um ser humano memorável. Recusou-se a admitir que havia desvantagens às quais não poderia se sujeitar e derrotas das quais não poderia se recuperar, e teve a coragem — e o orgulho — de levar seu jogo até o fim."

Paul Murray Kendall

"O relacionamento deles, como a divisão de autoridade, era amável e indefinido."

Paul Murray Kendall

Capítulo 1

Yorkshire, 1904

Eduardo Deravenel galopava em alta velocidade, deixando os irmãos para trás, conquistando rapidamente vantagem. Incitava o garanhão branco a continuar, esquecendo-se do clima gelado, das chicotadas do vento no rosto.

Em um momento, quase virando na sela, olhando para trás, Eduardo riu alto, sua alegria enchendo o ar ao acenar para os irmãos: Jorge, tentando alcançá-lo, o rosto mostrando sua determinação implacável... Ricardo, ainda mais atrás, mas mesmo assim tentando, rindo e acenando em resposta. Mas ele era o mais novo e muito menos competitivo, o bebê da família e preferido de Eduardo.

Por uma fração de segundo, Eduardo pensou em diminuir a velocidade e deixar Ricardo vencer a corrida, que começara de forma espontânea pouco antes, mas mudou de idéia no mesmo instante.

Jorge inevitavelmente conseguiria terminar em primeiro, tirando Ricardo do caminho em seu desejo avassalador de vencer. De alguma forma, ele sempre fazia isso, sempre que tinha a oportunidade, independentemente das circunstâncias. E isso Eduardo não podia permitir. Nunca. Esforçava-se para que Ricardo nunca fosse humilhado nem diminuído por Jorge, que era três anos mais velho que Ricardo.

Eduardo continuou em um ritmo mais moderado pelo caminho estreito, olhando para baixo à esquerda. O penhasco profundo e íngreme descia até as pedras e a praia; duzentos metros abaixo, o mar do Norte rugia mais alto que as rajadas de vento, como aço polido na luz do sol de inverno.

As ondas barulhentas espumavam contra as formações rochosas irregulares, enquanto acima dele gaivotas, em seu vôo gracioso e leve, soltavam gritos estridentes enquanto rodavam no céu pálido. Centenas dessas lindas gaivotas brancas com asas contornadas de preto construíam suas casas nas saliências da rocha do penhasco; quando criança, costumava usar binóculos para observá-las construindo ninhos.

Sentiu um tremor involuntário ao se lembrar de uma tragédia que acontecera muito tempo atrás. Um homem que trabalhava para seu pai, que estava observando os pássaros, mergulhara para a morte deste exato lugar. Agora, instintivamente, Eduardo desviou do penhasco, seguindo na direção da estrada cheia de poeira que atravessava as charnecas e era muito mais segura.

Esta manhã, as charnecas estavam com uma cor parda, salpicada com neve congelada; e Eduardo não tinha dúvidas de que preferia cavalgar ali nos meses mais quentes.

Mentalmente, criticou-se por levar os irmãos até ali em um dia de janeiro. Percebera, tarde demais, que era muito difícil, principalmente para Ricardo, que pegava gripe com muita facilidade. Não queria enfrentar a ira de sua mãe se o menino ficasse doente por causa desse passeio impensado pelo penhasco.

Ao virar a cabeça, viu que os meninos tinham diminuído o passo de novo e estavam ficando para trás, obviamente exaustos da longa cavalgada. Tinha de incitá-los, encorajá-los a seguir em frente, levá-los para o calor de casa sem demora.

Acenando para eles, gritou:

— Vamos lá, rapazes! Temos de nos apressar! — E disparou em um galope ligeiro, esperando que eles o seguissem prontamente.

Olhou para trás uma ou duas vezes, satisfeito por eles terem prestado atenção em suas palavras e estarem grudados nele. Em poucos minutos, para seu alívio profundo, a casa antiga apareceu no campo de visão e ele mal podia esperar para chegar lá.

Ravenscar, a linda e antiga mansão onde, há séculos, viviam os Deravenel, ficava em um terreno elevado, acima do mar, e dominava a paisagem. Árvores verde-escuras, velhas, altas e majestosas formavam um semicírculo à sua volta, em três de suas laterais, e atrás delas havia muros de pedra altos; o quarto muro era natural: o mar do Norte, que se estendia abaixo dos arrumados jardins e gramados inclinados que terminavam na beirada do penhasco.

Ao se aproximar, Eduardo facilmente conseguia ver as ameias abaixo do telhado, fumaça saindo das chaminés e muitas janelas brilhando sob a luz do sol. Logo, diminuiu o passo do cavalo e o guiou através dos portões de ferro preto, subindo a longa alameda cercada de árvores. Essa alameda acabava abruptamente em um quintal pequeno e redondo coberto de pedras e com um relógio de sol no centro.

A casa fora construída com uma pedra clara local que, com o passar dos séculos, adquiriu um tom bege levemente dourado. Uma casa isabelina, representante da era Tudor, com seus nichos e vãos, arestas e parapeitos e muitas janelas de diversos tamanhos. Ravenscar era uma daquelas magníficas casas do passado: totalmente única, com uma simetria encantadora e um charme particular. Para Eduardo, ali havia um senso de eternidade, uma qualidade de serenidade e paz permanente na delicada fachada harmoniosa, e ele compreendia por que seus ancestrais sempre amaram este tesouro e cuidaram dele.

Os Deravenel moravam nesta casa perto do mar desde 1578, ano em que terminou de ser construída. Antes disso, por muitos séculos, a família ocupara o castelo fortificado que ficava abaixo dos jardins na beirada do penhasco, e que agora era uma ruína, embora bem cuidada. A fortaleza fora construída em 1070 pelo fundador da dinastia, Guy de Ravenel, um jovem cavaleiro de Falaise, vassalo de Guilherme, duque da Normandia.

Duque Guilherme invadiu a Inglaterra em 1066, reclamando seu direito ao trono inglês devido à morte do primo, Eduardo, o Confessor, que prometera a ele que o trono um dia seria seu. Mas, por conveniência política, Eduardo, o Confessor, quebrou a promessa, ignorando Guilherme em favor do irmão de sua esposa, Haroldo, legando em testamento o trono ao homem que logo se tornaria Haroldo III.

Acreditando que seu direito era absolutamente legítimo, Guilherme cruzou o Canal da Mancha com seis cavaleiros que eram seus amigos de infância e um grande exército. Ele venceu Haroldo III na Batalha de Hastings, foi proclamado Guilherme, o Conquistador, e coroado no dia de Natal de 1066.

Algum tempo depois, Guilherme despachou Guy de Ravenel para o Norte para atuar como seu representante. Baseado em York, Guy seguiu as ordens de Guilherme, manteve a paz, à força quando necessário, construiu defesas e fortes e assegurou a lealdade do norte a seu amigo, o rei normando. E Guilherme tornou Guy um homem rico devido à sua sólida lealdade e sucesso inigualável.

Desde aquela época, uns 835 anos atrás, os descendentes de Guy de Ravenel vivem neste longo trecho da costa acima do mar do Norte. Próximo dali, ficava o antigo porto da cidade e estação de água de Scarborough; um pouco mais adiante neste trecho da costa, havia uma pitoresca aldeia de pescadores que tinha o estranho nome de Robin Hood's Bay. Ambos datavam da época romana.

Seguindo em frente, Eduardo desviou do quintal, indo para o fundo da casa, em direção ao estábulo. Atravessou o pátio do estábulo, os irmãos logo atrás, e desceu do cavalo com a vitalidade e a energia costumeiras. Enquanto ia na direção de seu irmão mais novo, cumprimentou com simpatia os rapazes que trabalhavam ali; um momento depois, estava pegando o irmão de oito anos de idade, Ricardo, e exclamando:

— Deixe-me ajudá-lo, rapazinho!

Ricardo balançou a cabeça com veemência.

— Não, eu consigo, Ned, de verdade — protestou o menino, olhando pelo canto do olho para Jorge. Sabia muito bem que Jorge implicaria com ele impiedosamente se Ned o ajudasse a descer do cavalo.

Mas Ned não deu atenção a Ricardo; passou os braços fortes em volta do menino, obviamente determinado a levantá-lo da sela. Ricardo suspirou, engolindo outro protesto que subia por sua garganta. Aceitando o fato de que não tinha outra escolha, tirou os pés calçados com botas de montaria dos estribos e, com relutância, deslizou para os braços do irmão.

Por uma fração de segundo, Eduardo segurou Ricardo perto do peito, abraçando-o com força, e depois colocou-o no chão coberto de pedras, percebendo, ao fazer isso, que o rosto fino do irmão estava contraído de frio e sem cor. Minha culpa, repreendeu-se, mais arrependido que nunca por sua negligência.

— Obrigado, Ned — murmurou Ricardo, encarando Eduardo com seus firmes olhos cinzentos. O irmão mais velho tinha mais de um metro e noventa de altura, peito largo, e era muito forte e atlético. Seus olhos brilhantes eram tão azuis quanto o céu de verão nos prados, e seu cabelo cheio era de um tom ruivo dourado impressionante. Para Ricardo, e toda mulher que o conhecia, Eduardo Deravenel era o homem mais bonito do mundo, com uma personalidade fácil, terna, extrovertida. Ele era amável, excessivamente simpático e abençoado com um charme sedutor natural que cativava todo mundo. Ricardo o amava mais que a qualquer outra pessoa da família, era totalmente devotado a ele, e continuaria sendo por toda a vida de Eduardo.

— Para dentro o mais rápido possível — disse Eduardo, empurrando-o de forma afetuosa na direção da porta, que levava ao vestíbulo. — E você também, Jorge, meu irmão. Sem comentários sobre esta manhã.

Os dois meninos obedeceram, e enquanto Eduardo os seguia em um passo rápido, chamou um dos rapazes dos estábulos.

— Os cavalos se exercitaram muito esta amanhã, Ernie. Precisam ser bem escovados. E cubra-os com cobertores pesados de lã antes de dar água e comida.

— Sim, Sr. Eduardo — gritou Ernie, olhando para ele. Ele e outro rapaz pegaram as rédeas dos três cavalos e levaram-nos na direção dos estábulos, onde também ficavam a sala de equipamentos e as baias fechadas.

Assim que Eduardo e seus irmãos entraram no vestíbulo, sentiram o calor da casa os invadir. Tirando os chapéus xadrez preto-e-branco e as capas de lã grossa e pendurando-os, limparam as botas. Um momento depois, os três atravessaram o corredor para dentro de casa, em direção ao Grande Salão, que ficava no centro.

— Vou pedir para a cozinheira preparar um pequeno lanche para nós e chá quente — informou Eduardo, com os braços nos ombros dos irmãos. — Talvez ela consiga fazer aqueles deliciosos pastéis da Cornualha que ela sabe fazer.

— Hum, espero que sim — exclamou Jorge, e acrescentou: — E rolinhos de lingüiça também. Estou faminto.

— E você? — perguntou Eduardo, olhando para Ricardo. — Não está morrendo de fome?

— Por mim, chá quente está bom — respondeu Ricardo, sorrindo para o irmão. — Não estou com muita fome, Ned.

— Vamos ver isso quando sentir o cheiro das delícias da cozinheira. Você sempre fica com água na boca — disse Eduardo e levou os meninos para a sala íntima.

Os meninos correram até o fogo aceso na lareira, aqueceram suas mãos, felizes por finalmente estarem derretendo. Após fazer exatamente a mesma coisa, Eduardo virou-se e seguiu para a porta.

— Vou ter uma conversa com a cozinheira. Já volto. — Fechando a porta, saiu, deixando-os sozinhos.

A Sra. Latham, cozinheira de Ravenscar, olhou cheia de expectativa quando a porta da cozinha se abriu. Na mesma hora, abriu um sorriso.

— Ah, Sr. Eduardo, bom dia! — Sua surpresa e alegria eram evidentes.

— Olá, Sra. Latham — respondeu ele, educado como sempre, abrindo um de seus sorrisos sedutores. — Vim implorar um pequeno favor. Sei o quanto fica ocupada às terças-feiras, mas seria possível preparar um bule de chá e algo para nós comermos? Os meninos estão famintos depois de nossa cavalgada pelas montanhas.

— Aposto que sim! — Ela enxugou as mãos grandes e habilidosas em um pano de prato e foi até uma grande mesa de carvalho que ficava no meio da enorme cozinha. — Eu tava mesmo assando umas coisinhas... — Ela parou, apontou para o trabalho matinal e acrescentou: — Tortinha de porco, croquete de peixe, pastel da Cornualha, rolinho de lingüiça e quiche apimentada. Dá uma olhada e pode escolher, Sr. Eduardo.

— Que maravilha — disse ele, sorrindo para ela. — Um verdadeiro banquete, Sra. Latham. Não tem ninguém igual à senhora no mundo. Ninguém tem suas habilidades na cozinha, ninguém.

— Ah, pára com isso, senhor. Ocê adora me deixá sem graça. — Ela disse isso com uma ponta de orgulho na voz pelo elogio. Endireitando as costas, acrescentou: — Sei que ocê gosta dos pastel da Cornualha, e que o Sr. Jorge adora os meu rolinho de lingüiça. Vou prepará uma bandeja pra ocês, senhor, e a menina Polly já vai levá, só vou fazer o chá. Tá bom para o senhor?

— Claro que sim, Sra. Latham. Mal posso esperar para experimentar essas delícias, o cheiro está maravilhoso. Muito obrigado.

— Não tem de quê — disse ela depois de ele se virar e ir em direção à porta.

Balançando a cabeça, ele sorriu, acenou e saiu.

A Sra. Latham encarou a porta por um momento, os olhos cheios de admiração. Eduardo Deravenel fora abençoado com um gênio agradável e com uma impressionante boa aparência. Não podia deixar de se perguntar quantos corações ele partiria durante a vida. Muitos, sem dúvida. Aos dezoito anos, já havia mulheres a seus pés. Mimá-lo, isso elas vão, pensou ela, falando consigo mesma e virando-se para o fogão. Sim, elas vão mimá-lo e estragá-lo, dar tudo o que ele quiser, e isso nem sempre é bom para um homem. Não, não é. Já vi muitos rapazes como ele serem arruinados por mulheres: uma pena.

Virou-se quando abriram a porta de novo e murmurou:

— Aí está ocê, menina Polly. Tava pensando onde ocê tava... — A Sra. Latham parou e depois continuou: — Viu o Sr. Eduardo, não foi, menina?

A copeira assentiu e corou.

— Ele é sempre tão educado comigo, Sra. Latham.

A cozinheira balançou a cabeça e suspirou, mas não fez mais nenhuma referência a Eduardo. Em vez disso, continuou:

— Arruma uma bandeja grande, por favor, Polly. Tô preparando um lanche pro Sr. Eduardo e seus irmãos. Quando ficá pronto, pode levá pra eles na sala íntima.

— Sim, Sra. Latham.

Após atravessar o Grande Salão, Eduardo voltava para a sala íntima, onde deixara os irmãos. Estava perdido em pensamentos, pensando na volta à universidade. Hoje era terça-feira, cinco de janeiro, e em dois dias viajaria para Londres e seguiria para Oxford na semana seguinte. Estava ansioso para voltar, e especialmente contente por reencontrar o melhor amigo e companheiro de anos, Will Hasling, que também era universitário.

De repente, voltou a atenção para o final do corredor. Acabara de ver uma saia escura e uma blusa branca com babados no pescoço, cabelos louros bem arrumados. E então uma porta se fechando.

Apressou-se, passando pela sala íntima sem parar até chegar à última porta do corredor. Parando em frente à porta que acabara de se fechar, escutou com atenção. Não havia vozes, apenas o som de alguém andando, mexendo em papéis. Bateu de leve à porta, mas não esperou ser convidado para entrar. Simplesmente entrou.

A mulher ali dentro encarou-o, obviamente surpresa.

Eduardo fechou a porta e se recostou nela.

— Olá, Alice.

A mulher respirou fundo. Depois de um momento, inclinou a cabeça e fitou-o, mas não disse uma palavra.

Dando um passo à frente, ele pegou o braço dela no momento em que ela começava a dar a volta na mesa, querendo colocar algo entre eles.

Segurando seu braço e puxando-a para mais perto, ele se aproximou e murmurou:

— Alice, minha querida, você não foi me ver ontem à noite. Fiquei arrasado...

— Por favor — sussurrou ela —, me solte. Sua mãe pode entrar a qualquer momento. Por favor, Sr. Eduardo.

— *Sr. Eduardo* não. Você quis dizer Ned... foi isso que sussurrou para mim no escuro na semana passada.

Ela fitou o rosto bonito, ficando momentaneamente perdida nos intensos olhos azuis, e fechou os seus.

Eduardo ficou preocupado no mesmo instante.

— O que houve, Alice? — perguntou ele. — Está doente?

Ela abriu os olhos, balançou a cabeça.

— Não, não estou doente. Mas não posso mais vê-lo. Tenho medo do... que pode acontecer comigo se continuarmos com nossa... intimidade.

— Ah, Alice, querida, não tenha medo...

— E ainda temos de nos preocupar com sua mãe — cortou ela de forma decisiva, os olhos na porta. — Ela ficaria furiosa se descobrisse nosso romance. Você sabe que ela me despediria na mesma hora. E eu preciso deste emprego... — A voz falhou e ela engoliu em seco.

Olhando para o bonito rosto, Eduardo viu as lágrimas brilhando nos olhos castanhos e percebeu o medo e a ansiedade. Assentiu.

— Você está certa, Alice. — Analisou-a por um momento. Se ela fosse da classe operária, ou até mesmo de sua classe, ele a pressionaria, certo de que não haveria qualquer repercussão séria. Mas Alice Morgan era da classe média, e muito vulnerável, e por causa disso sabia que devia demonstrar consideração por ela. Era viúva de um médico local e tinha um filho pequeno para sustentar, e realmente precisava do emprego de secretária de sua mãe. E, por ser um homem compreensivo e ter bom coração, soltou o braço dela e recuou.

Um sorriso arrependido cruzou seus lábios e um suspiro saiu.

— Não vou mais perturbá-la, Alice — disse em um tom de voz muito baixo. — Está completamente certa, tudo que disse é verdade. E não quero ser uma chateação para você nem causar qualquer dificuldade.

Inclinando-se, ela tocou o rosto dele com um dedo e, então, rapidamente contornou a mesa, parando do outro lado e fitando-o.

— Obrigada — disse ela com a voz tão baixa quanto a dele. — Obrigada por ser um cavalheiro.

Ele saiu sem olhar para ela de novo, e enquanto fechava a porta não escutou quando ela disse:

— Não é porque não o desejo... Eu desejo. Mas sei que você é o tipo de homem que não consegue deixar de partir o coração de uma mulher.

Capítulo 2

Cecília Deravenel, matriarca da família, percebeu que Eduardo seguira Alice até o escritório. Estava atravessando o corredor, acima do Grande Salão, quando viu um e depois o outro entrando no aposento.

Nem Alice nem Eduardo notaram-na, e ela continuou andando na direção da grande escadaria curva que levava ao térreo. Enquanto descia, Eduardo de repente saiu do escritório com pressa e correu para a sala íntima, fechando a porta ao entrar.

Mais uma vez, a presença de Cecília não foi notada, o que a agradava. Não sentia vontade de confrontar o filho mais velho sobre o interesse dele na jovem viúva que ela empregara.

Cecília Deravenel sempre soubera julgar o caráter das pessoas e conhecia Alice Morgan muito bem. Confiava que ela saberia lidar com a situação com praticidade, decoro e máxima discrição, já que era bem educada, uma jovem decente. Apesar de compreender inteiramente que isso era uma ilusão passageira da parte de Eduardo, se *fosse* alguma coisa, estava aliviada por ele voltar para Londres na quinta-feira e depois para Oxford na semana seguinte. Sabia o quanto Eduardo adorava a vida na universidade, e seus estudos absorveriam toda sua atenção, como sempre. Além disso, sua ausência encerraria o assunto sobre Alice, se já não morrera de forma natural ou se um deles não colocara um ponto final minutos atrás. Mesmo que nada tivesse acontecido, estava feliz por ele estar partindo. Em Oxford, ele estava a salvo.

Suspirou baixinho. Ele podia ser impetuoso, até imprudente às vezes, agindo de forma impulsiva, sem pensar duas vezes. E as mulheres de todas as idades consideravam-no totalmente irresistível.

Há bastante tempo, Cecília percebera que a tentação estava sempre atrás dele e em seu caminho; na verdade, o pobre Eduardo estava sempre tropeçando nas tentações, mais do que a maioria dos homens.

Ele teria de ser um santo para resistira tudo que era jogado em cima *dele*, murmurou para si mesma ao entrar no Grande Salão ainda pensando no filho.

Cecília era uma mulher alta e majestosa na casa dos quarenta anos, bonita, graciosa e elegante. Costumava se vestir com roupas da moda, mesmo quando estava em Ravenscar, a casa de campo da família.

Esta manhã, estava vestindo um conjunto de lã azul-marinho com saia comprida com um leve evasê na altura da panturrilha, e um casaco simples combinando sobre uma blusa de cambraia branca com gola alta e punhos bordados. O casaco era curto, indo até a cintura fina; o corte era do estilo da moda, com mangas cheias que se estreitavam a partir dos cotovelos até os punhos.

O cabelo de Cecília era uma de suas características mais adoráveis, castanho e brilhoso, e ela o usava puxado no alto da cabeça, arrumado em cachos que caíam para frente até em cima das sobrancelhas grossas. Esse era o estilo mais moderno, e toda mulher inglesa, de todas as classes sociais, estava copiando a rainha Alexandra. Desde que o filho da rainha Vitória, Alberto Eduardo ascendera ao trono como Eduardo VII, sua rainha se tornara a juíza da moda, do estilo e do bom gosto. A esposa de Eduardo, nascida uma princesa dinamarquesa, era muito admirada tanto pelo povo quanto pelos mais altos níveis da sociedade.

Quando estava em Ravenscar, Cecília usava pouca ou nenhuma jóia, a não ser que houvesse convidados na residência ou que ela e o marido estivessem recebendo membros da aristocracia local. Hoje não era exceção. Suas escolhas eram simples: pequenos brincos de pérola, a aliança de ouro e uma corrente de relógio na lapela do casaco.

Cecília olhou para o relógio e sorriu. O ponteiro pequeno estava chegando no onze. Seu marido sempre implicava com ela, dizia que poderia acertar seu relógio de bolso por ela, e essa era uma afirmação absolutamente verdadeira. Era a mais pontual das mulheres, e toda manhã, precisamente a esta hora, ela fazia uma inspeção nos cômodos do térreo de Ravenscar.

O que começara quando era uma jovem esposa se transformou, com o decorrer dos anos, em um ritual diário quando estava nesta residência. Precisava se certificar que todos os cômodos da antiga mansão estavam quentes e confortáveis, que tudo estava em ordem, sem nada fora do lugar. Era meticulosa a esse respeito, assim como em relação à maioria das coisas.

Há quase 26 anos, quando veio a Ravenscar como esposa de Ricardo Deravenel e nova dona da casa, ficou assustada e depois terrivelmente triste por encontrar essa jóia da era Tudor, gloriosa na arquitetura e no projeto, completamente sem brilho e atração. Essa visão deixou-a aflita e fez com que hesitasse por um momento.

As dimensões dos cômodos eram boas, com muitas janelas que enchiam o interior com aquela adorável luz cristalina do norte. Mas infelizmente esses cômodos eram muito gelados e impossíveis de serem ocupados sem que a pessoa morresse de frio. Até no verão, o frio penetrava nas grossas paredes de pedra, e a proximidade com o mar do Norte causava uma sensação de umidade, principalmente na época das chuvas.

Ricardo explicara a ela que a casa tinha apenas sofrido com a negligência, que a estrutura era boa. Na verdade, sua mãe viúva ficara sovina na velhice. Mandara fechar a maior parte da casa, já que os filhos moravam em Londres, e ocupara apenas alguns cômodos que eram fáceis e baratos de serem aquecidos. O resto da casa permaneceu ignorado por alguns anos.

Ao andar pela casa naquele dia tanto tempo atrás, Cecília descobriu rapidamente que o lugar mais quente era a enorme cozinha e os cômodos anexos. Era nesses cômodos que a cozinheira e os empregados moravam por causa do calor que emanava do fogo e dos fornos. Todos os outros cômodos estavam cobertos por lençóis, fechados para o mundo.

Ricardo, confiando no bom senso de Cecília, dissera à jovem esposa para fazer o que quisesse. Todos os quartos foram completamente limpos, assim como todas as janelas; as paredes foram pintadas, o piso de madeira foi polido. Logo havia fogo aceso em cada lareira da casa. Muita madeira foi cortada, e a lenha foi armazenada nos porões, para que as lareiras pudessem ficar acesas o ano inteiro, se necessário.

Em Londres, Cecília comprou lindos e excelentes tapetes turcos, orientais e persas dos mais respeitáveis importadores, além de veludos, brocados e outros tecidos luxuosos, todos com cores vibrantes. O tapetes cobriram o piso de madeira, os tecidos foram cortados e costurados de forma a se transformarem em lindas cortinas para as muitas janelas, os móveis foram lustrados e estofados novamente, quando necessário. Como ela tinha bom gosto, estilo e um bom olho, em poucos meses Ravenscar fora transformada; o esforço incansável e as ordens apaixonadas de Cecília deram-lhe vida novamente.

De certa forma, nada disso aconteceu por acaso. Cecília Watkins Deravenel estava acostumada a casas cheias de esplendor, sendo filha de um poderoso industrial que fez sua imensa fortuna na revolução industrial da era vitoriana. Ela crescera em um mundo de belezas estonteantes, cercada de obras de arte caríssimas, esculturas, grandes pinturas e móveis finos, assim como de um luxo impressionante. E foram esses elementos em particular que Cecília procurou introduzir em Ravenscar, porque os adorava e se sentia à vontade com eles. Ela obteve sucesso, embora apenas parcial no início, pois precisou de muito esforço e tempo para reunir obras de arte únicas e bonitas. Apenas agora, após 25 anos de trabalho meticuloso, ela finalmente concluiu o trabalho que planejara tanto tempo atrás.

Uma das últimas inovações de Cecília fora introduzir luz elétrica em toda Ravenscar, que ela instalara alguns anos antes. Há muito não havia mais lampiões de gás, finalmente abandonados e substituídos por candelabros de cristal cintilantes e candeeiros de bronze nas paredes que enchiam os cômodos com um brilho refulgente tanto durante o dia quanto durante a noite.

Hoje, enquanto atravessava o Grande Salão, olhando em volta como sempre fazia, Cecília notou manchas úmidas perto das janelas que ficavam de frente para o mar. Fez uma anotação mental para mostrar para o faz-tudo para que pudessem resolver o problema o mais rápido possível.

Entrando no corredor após o salão, ela abriu portas para diferentes cômodos, olhando dentro, verificando os fogos, o estado dos móveis e a aparência geral de tudo. Às vezes, ela entrava, endireitava um tapete ou uma cortina. E seu olho, sempre atento, procurava as menores imperfeições.

Meia hora depois, Cecília estava parada do lado de fora da sala íntima, hesitando, decidindo se deveria entrar ou não. Finalmente decidindo-se, virou a maçaneta.

Três cabeças viraram-se para encarar a porta enquanto ela entrava... três dos seus quatro filhos homens... três de todos os seus sete filhos. Dera à luz doze crianças, mas apenas sete sobreviveram e cresceram.

Jorge, aos onze anos, estava mais impossível que nunca e não conseguia esconder seus sentimentos. Estava sorrindo para ela agora, o rosto aberto e revelador. Ele vinha vê-la constantemente... para contar um segredo, até admitir seus pecados e erros, mas também para inventar histórias, e com freqüência ela se perguntava se ele não tinha um toque de inveja em sua natureza, e talvez até de traição. Mas esta manhã ele parecia um anjo; com o cabelo da cor do trigo, era o mais louro de seus filhos.

O contraste entre ele e o irmão mais novo, Ricardo, era tão grande que chegava a ser assustador. Lá estava o caçula, sentado ao lado do adorado Ned, o rosto tão sério, e agora abria o mais solene dos sorrisos, um sorriso triste para um menino de oito anos. Como eram firmes seus olhos azuis acinzentados; um menino tão sério, tão dedicado em tudo que fazia, o seu Ricardo. Por uma fração de segundo, quis despentear seu cabelo, mas ele não gostaria disso porque acharia que ela o estava tratando como um bebê. Era o mais moreno de todos os filhos, como ela, e herdara algumas de suas características, seu estoicismo, principalmente sua teimosia.

Finalmente, os olhos de Cecília encontraram o filho mais velho, Eduardo, que também estava sorrindo para ela, um sorriso adorável. Os olhos eram de um azul tão intenso que a impressionavam, mas eram assim desde a infância. O cabelo ruivo dourado, herdado dos antepassados normandos, parecia um capacete lustroso em cima de sua cabeça, e quando seu sorriso cresceu e os dentes brancos brilharam, Cecília se lembrou das mulheres que se apaixonavam por ele, embora fosse tão jovem, ainda um menino, prestes a completar dezenove anos...

Por muito tempo, ela acreditara que a rebeldia inata dele não refutava suas outras qualidades, principalmente o talento natural em tantas áreas. E ele *era* muito talentoso. Ela nunca o subestimava, embora o pai o fizesse com freqüência. Ainda assim, seu marido tinha plena consciência, assim como ela, de que a lealdade à família estava gravada em Ned, impregnada em seu sangue. A família vinha em primeiro lugar; ela sabia que sempre viria. Contava com isso.

Enquanto ficou parada ali por mais um momento, parou de pensar nos três meninos presentes e pensou por um momento no segundo filho,

Edmundo, que partira para a Itália com o pai alguns dias antes. Edmundo, que tinha dezessete anos, parecia o mais responsável de seus filhos, e implorara para acompanhar o pai em uma viagem de negócios. Era prático, tinha os pés firmes no chão e era dono do próprio nariz. Ele se parecia mais com as duas irmãs mais velhas, pelo menos na coloração... Todos tinham cabelo castanho-claro, com o qual sua filha de quinze anos, Margarete, implicava dizendo que era cor de rato. Margarete era loura, mas não tanto quanto Jorge.

Eduardo disse:

— Por favor, junte-se a nós, mãe. Estamos fazendo um lanche. Quer um pedaço de alguma coisa... talvez uma xícara de chá? Devo chamar Polly?

— Não, obrigada, Ned — respondeu, indo até o sofá. Ao sentar-se, Jorge levantou-se, atravessou a sala e sentou-se a seu lado, debruçando-se sobre ela de forma possessiva. Automaticamente, ela colocou o braço em volta dele como que para protegê-lo. Anos mais tarde, ela se lembraria desse gesto feito na infância dele e se perguntaria por que o fizera com tanta freqüência. Será que, de alguma forma, tinha a premonição de que um dia ele precisaria de proteção?

Ned especulou:

— Estive pensando, mãe, a senhora já sabe quando vai voltar para a cidade?

— Em uma semana. Disse ao seu pai que todos estaríamos esperando na casa de Mayfair quando ele voltasse da Itália. É claro que você já estará em Oxford. — Ela olhou para Jorge, encostado nela, e então para Ricardo, antes de acrescentar para Eduardo: — O Sr. Pennington nos encontrará no final do mês. Ele será o tutor dos meninos este ano, como no ano passado, quando estávamos em Londres. E Perdita Willis será a tutora de Margarete. Falando nisso, onde ela está? Algum de vocês viu sua irmã depois do café-da-manhã?

Ned e Ricardo balançaram a cabeça, mas Jorge respondeu, murmurando:

— Eu a vi subindo para o sótão.

— Quando foi isso? — perguntou Cecília na mesma hora.

— Não me lembro da hora exata, mãe.

— Tente se lembrar — disse ela de forma mais rígida que de costume.

— Ah, uma hora atrás — murmurou ele.

— Por que será que ela subiu para lá? — Cecília franziu a testa, parecendo confusa.

— Meu Deus, mãe, acho que sei por quê — anunciou Eduardo. — De repente me lembrei. Ela me disse que a amiga dela, Lillian Jameson, vai oferecer um baile na primavera quando completar dezesseis anos. Margarete disse que ia procurar naqueles baús lá em cima... — Eduardo parou, olhou para a porta que se abrira e viu a irmã.

— Aí está você, querida! — exclamou Cecília, levantando-se e indo na direção da filha Margarete. — Estava imaginando onde você estava, e Ned disse que você provavelmente estava mexendo naqueles baús velhos.

— Estava sim, mamãe — respondeu Margarete, entrando na sala; era graciosa como a mãe, e estava bonita esta manhã usando um vestido de lã vermelha, meia-calça e sapatos pretos.

Cecília sabia que Margarete estava desabrochando para se tornar uma moça verdadeiramente bonita e, sorrindo para a filha mais nova, disse:

— Você não me contou que lady Jameson vai dar um baile para o aniversário de Lillian.

— Ainda não está definido, mãe. Ainda não mandaram os convites. E isso levará semanas. Se é que vai acontecer. Bem... Lillian está *sonhando*, e eu também. Será muito divertido, não acha? Mas a mãe dela ainda não disse sim.

— Os meninos também vão ser convidados? — perguntou Jorge, endireitando-se e olhando para ela com atenção.

Margarete riu.

— Você é incorrigível, Jorge, de verdade. Imagine *você* achando que poderia ser convidado.

— Por que não? Sou um Deravenel. Somos convidados para todos os lugares.

— O papai, não você — disse Margarete com autoridade. — Você é muito novo para ir a bailes, saraus, esse tipo de coisa.

— Não sou não, sou, mãe? — Lançou-lhe um olhar de súplica.

— Bem, Jorge, talvez... neste momento, digamos. Na primavera, você já será um pouco mais velho — respondeu Cecília com calma, querendo tranqüilizá-lo.

— Viu, Margarete? Mamãe disse que na primavera vou estar mais velho e por isso poderei ir. Vou pensar e talvez eu vá... vou refletir a respeito, como diz o papai.

Eduardo riu.

— Espero que se assegure que eu receba um convite, Margarete — implicou ele, piscando para a irmã, querendo fazer uma brincadeira, já que Jorge parecia tão zangado.

Ela riu e assentiu.

— Claro que vai receber. E se for, todos os outros rapazes vão ficar com inveja de você.

Ele pareceu surpreso.

— Por quê?

— Porque todas as jovens vão cair aos seus pés — anunciou Jorge. — Todo mundo diz que você é um conquistador de mulheres.

— Basta, Jorge — cortou Cecília, embora sua voz fosse branda. — Não quero esse tipo de vulgaridade aqui, por favor. — Virando-se para Margarete, perguntou: — Bem, encontrou alguma coisa interessante naqueles baús?

— Ah, *encontrei* sim, mamãe: alguns vestidos maravilhosos, todos bem embrulhados em bolsas de algodão. Eles parecem novos. Venha ver.

— Vou adorar — respondeu Cecília, pegando o braço da filha. Rindo, as duas saíram juntas.

O sótão de Ravenscar era grande, cobria toda a extensão da casa, abaixo das calhas. Como era obstinada quando se tratava de limpeza e ordem, Cecília mandava que o limpassem uma vez por mês. Por causa disso, era fácil encontrar qualquer coisa, e sua organização significava acesso fácil às caixas, arcas e baús que ficavam lá.

Mais cedo, Margarete tirara vários vestidos e os colocara sobre um sofá coberto por um lençol. Os vestidos eram de seda, uma seda leve como pluma, já que foram desenhados para serem usados por cima de anáguas bufantes ou saias rodadas, que estiveram tão na moda durante a era vitoriana.

Margarete correu até o sofá e pegou um vestido de seda verde-clara e colocou na frente de seu corpo.

— Acho que esta cor combina comigo. O que você acha, mamãe?

Cecília ficou olhando a filha, analisando-a por um momento. Então assentiu.

— Tenho de concordar: é uma linda cor e é perfeita para você. Tenho certeza que podemos mandar remodelar muitos desses vestidos para que sirvam em você. Madame Henrietta é uma excelente costureira e sabe inovar; ela criará modelos mais modernos. — Pegando outro vestido, Cecília entregou a Meg. — Deixe-me ver como você fica com essa cor, é um tom de azul tão adorável. Parece o céu no verão.

— E os olhos de Ned — murmurou Meg ao pegar o vestido e colocar na sua frente.

— Ah, sim, é verdade — concordou Cecília, os olhos de Ned. Eduardo e Margarete eram próximos, com poucos anos de diferença entre eles. Margarete, como Ricardo, adorava o irmão mais velho. Na opinião dela, ele não errava e a protegia, estava sempre de olho nela, desde a infância. Por sua vez, era Margarete quem defendia os irmãos mais novos quando necessário, cuidando deles quando Cecília não estava, orientando-os em tantos assuntos diferentes.

— O azul é encantador — exclamou Cecília agora, gostando da forma como o tom do azul acentuava os olhos verdes dela. — Vamos levar o azul e o verde para Londres na semana que vem, e antes de irmos embora, procure nos outros baús. Talvez encontre vários outros que possam ser remodelados.

— Ah, que bom, muito obrigada, mamãe. — Margaret se aproximou da mãe e abraçou-a em uma repentina demonstração de afeto, amassando o vestido de seda entre elas.

Cecília, que não era uma pessoa de demonstrar muito carinho, começou a rir.

— É um prazer, mas, Margarete, minha querida, você está estragando o vestido.

Margarete soltou a mãe na mesma hora e sacudiu o vestido.

— Acho que não estragou, não — murmurou, analisando-o com atenção.

Com a cabeça levemente caída para um lado, Cecília observou Margarete por uma fração de segundo, percebendo mais uma vez como ela estava bonita, com o cabelo claro e grandes olhos verdes, que eram tão sedutores. No mesmo instante, os pensamentos dela foram para o futuro da menina, suas perspectivas de casamento. Margarete se tornaria uma jovem encantadora, isso era claro. E faria um casamento tão bom quanto suas duas filhas mais velhas fizeram.

— Vou falar com lady Jameson na semana que vem quando voltarmos para Londres, Margarete, em uma tentativa de averiguar quais são os planos dela. De repente me ocorreu que eu e seu pai podíamos oferecer um pequeno chá dançante para comemorar seu aniversário de quinze anos.

— Ah, mamãe, seria maravilhoso! — Margarete ficou surpresa com a sugestão, que foi tão inesperada, mas o sorriso alegre mostrou sua felicidade genuína pela idéia.

Cecília também se surpreendeu. Não costumava ser tão impulsiva nem espontânea, e normalmente passava dias pensando em coisas importantes como essa. Perguntou-se se cometera um erro ao mencionar a idéia da festa a Margarete, mas imediatamente percebeu que não poderia voltar atrás sem entristecer a filha. Falaria com Ricardo na semana seguinte, mas tinha certeza absoluta que ele não faria objeção. Ele sempre gostara de deixar que ela resolvesse tais assuntos... a educação dos filhos... a administração das casas.

Ricardo. Um homem tão bom. Tão dedicado à família, um pai maravilhoso. O melhor marido que uma mulher poderia ter. Mal podia esperar que ele voltasse para casa. Sua vida ficava vazia sem ele a seu lado, tão solitária.

Não queria que ele tivesse ido para a Itália, mas ele se sentira obrigado. Houvera alguns problemas nas pedreiras de mármore que eles possuíam em Carrara e, como diretor da Deravenel and Company, concordou com Henrique Deravenel Grant, o presidente, que era a melhor pessoa para investigar a situação. E então partira com Edmundo, que nunca tinha estado na Itália e ficou verdadeiramente animado com a viagem.

O irmão dela, Rick, e seu sobrinho, Thomas, foram junto para fazer companhia a seu marido e filho; Ricardo e Rick eram amigos íntimos há muitos anos, gostavam da companhia um do outro e de viajar juntos. Rick também esperava comprar algumas pinturas e esculturas em Florença; estava redecorando sua casa em Londres e apenas o melhor em arte serviria. Era conhecedor do assunto e tinha um bom olho, e apenas duas semanas antes dissera a ela que só de pensar em Florença sua boca ficava cheia d'água.

Rick e ela eram íntimos desde a infância e, após a morte do pai, Rick assumira os negócios da família. Se seu pai fora um dos maiores magnatas da indústria, Rick o ultrapassara; hoje era um dos homens mais ricos do país e, por causa de seu talento e genialidade para os negócios, a herança dela aumentara. Isso era um grande alívio para Cecília. Seu marido sempre tinha problemas na Deravenels quando o assunto era dinheiro, e a empresa, de fato, pertencia a ele. Ele, pelo menos, deveria ser o presidente, não Henrique Grant.

Como todos os Deravenel Grant de Lancashire, ele era incompetente quando se tratava de finanças. E sua esposa francesa, Margarida, era uma mulher corroída por uma ambição crescente e que fazia de Henrique um fantoche, querendo ela própria administrar a empresa. Ela provavelmente *está* administrando a Deravenels, pensou Cecília, o que era uma pena.

— Podemos levar os vestidos lá para baixo, mamãe? — perguntou Margarete, interrompendo seus pensamentos.

— Ah, sim, claro, vamos fazer isso, querida. — Cecília olhou para o relógio de bolso e exclamou: — Meu Deus, já está quase na hora do almoço. — Mas, enquanto desciam, seus pensamentos voltaram para os Grant; ela nunca os afastava de seus pensamentos. O pai de Henrique Grant sempre deixou seu marido de fora, o traiu, e o ódio só aumentou com o passar dos anos. Agora, Margarida Grant estava fazendo coisas ainda mais intoleráveis. Haveria uma outra batalha entre Ricardo e Henrique, disso ela estava certa.

Capítulo 3

— Uma névoa marinha está se aproximando— disse Ricardo, dando a volta no sofá que ficava perto da janela do quarto de Eduardo, e olhando para o irmão. — Não consigo ver nenhum barco de pesca lá, Ned, está densa como uma neblina.

— Bem, não deixa de ser neblina — respondeu Eduardo. — A névoa marinha geralmente sobe quando os ventos frios vêm do mar sobre a terra mais quente, pode acontecer tanto no verão quanto no inverno — explicou Eduardo, olhando por cima da caixa de livros que estava empacotando. — E não poderia haver nenhum pescador lá esta tarde, você sabe. Talvez à noite, se a neblina levantar, Peixinho.

Ricardo sorriu. Adorava esse apelido que Eduardo lhe dera anos atrás; às vezes Ned também o chamava de Peixe Pequeno, e isso o deixava contente. Receber apelidos de Eduardo fazia com que se sentisse especial de verdade.

— Vou ficar feliz em voltar para Londres na semana que vem — disse Ricardo, mudando de assunto. — Mesmo sabendo que terei de me esforçar muito, pois o Sr. Pennington voltará para ser nosso tutor.

Eduardo captou algo estranho na voz dele e perguntou:

— Você não gosta daqui de Ravenscar? — Ao falar, franziu a testa e lançou um olhar penetrante para o irmão. — Talvez seja muito frio para você aqui no inverno, entendo isso. Por outro lado, quando eu era mais jovem, gostava dos invernos em Ravenscar. Sempre tem tanta coisa para se fazer.

— Adoro ficar aqui, Ned, mas gosto de Londres porque *você* não está tão longe de lá... Quero dizer, está em Oxford, mas consigo vê-lo mais quando estou em Londres.

Emocionado com a forma como o irmão expressou seu amor e saudade, e contente por ele conseguir articular isso tão bem, Eduardo colocou um livro de capa de couro que estava segurando sobre os outros, atravessou o quarto e sentou-se ao lado do menino no sofá perto da janela. Envolvendo os ombros estreitos do irmão com um braço e dando-lhe um abraço rápido, Eduardo disse gentilmente:

— Também sinto saudade de você, irmão; muita. E você está certo, Oxford *fica* muito mais perto de Londres que de Yorkshire. Escute, eu vou à cidade sempre para que possamos passar mais tempo juntos. O que você acha disso?

O jovem rosto de Ricardo se iluminou de alegria e seus olhos azuis brilharam.

— Você promete, Ned?

— Prometo, rapaz, prometo sim.

O menino de oito anos relaxou visivelmente, o corpo tenso se soltou ao recostar sobre Eduardo de uma forma amigável, muito à vontade com o irmão, como sempre ficara desde bebê.

— As coisas não são iguais quando você não está em casa... Sinto tanto a sua falta.

— Sei como se sente, também sinto sua falta, Peixinho, mas não estarei tão longe. Talvez eu possa lhe escrever de vez em quando.

— Você faria isso, Ned? Seria maravilhoso receber uma carta de verdade de você toda semana.

Eduardo começou a rir.

— Eu não disse *toda semana*. Mas olhe, rapaz, você não está sozinho quando estou em Oxford. Margarete está sempre por perto, e você tem Jorge. Além disso, Edmundo também estará em casa.

— Eu sei — respondeu Ricardo com a voz incerta. — Amo Edmundo, mas ele está sempre ocupado, e às vezes parece um pouco... sem paciência.

— Sei que ele realmente é muito ocupado. — Eduardo riu e acrescentou: — Não sei fazendo o quê. Mas Jorge é bom com você, não é?

— É sim.

Olhando rapidamente para ele, Eduardo perguntou:

— Jorge briga muito com você? Diga a verdade, não quero que minta para mim.

Ricardo olhou para o irmão desconfiado e exclamou:

— Nunca minto, e não faria isso com *você*. Jorge *não* briga comigo.

— Isso me deixa feliz, mas percebo que às vezes ele é extremamente incisivo, digamos... quando se trata de certas coisas.

— Sei me defender. — Houve um brilho repentino de orgulho, uma leve inclinação da cabeça de Ricardo.

— Sei que você sabe. Afinal, eu ensinei. — Eduardo deu um soquinho no braço do irmão e se levantou. Olhou pela janela e viu como a névoa marinha estava obscurecendo tudo; até as ameias no final do jardim lá embaixo estavam apagadas esta tarde.

Virando-se, Ned atravessou o quarto e voltou para a mesa onde estava a grande caixa. Colocou outro livro e verificou sua lista.

Ricardo, observando-o à distância do sofá perto da janela, perguntou:

— Edmundo também irá para Oxford um dia?

— Espero que sim, e Jorge também, e você, rapaz. Quando tiver idade suficiente. É isso que o papai quer: que todos estudemos em Oxford. Para você está bom? Gostaria de ir? De se formar?

— Claro que sim. Por que em Londres todo mundo diz que Oxford é a cidade das espirais dos sonhos?

— Porque tem muitas igrejas e prédios com torres espirais que ficam lindos quando são iluminados.

— A cidade é muito velha, não é? Margarete me disse que era.

— É verdade. Do século XII.

— Posso ir visitar um dia, Ned? *Por favor.* Gostaria de ver tudo em Oxford. Você me leva para ver tudo?

— Claro, rapaz, principalmente a Bodleian, é a *minha* favorita.

— O que é isso, Ned, a Bodleian?

— Uma biblioteca adorável e muito antiga.

— Ah, eu adoraria conhecê-la! Margarete me disse que, na Guerra Civil, Oxford foi a capital da monarquia, e que foi *sitiada* pelos parlamentares de Cromwell, mas que não sofreu nada com isso.

— É verdade. — Bateram à porta e Eduardo respondeu: — Pode entrar.

A porta se abriu, e Jessup, o mordomo, entrou, inclinando a cabeça.

— Sr. Eduardo, com licença.

— Sim, Jessup?

— Sua mãe deseja lhe falar. Ela o está esperando na biblioteca.

— Obrigado, Jessup. Diga a ela que descerei em poucos minutos.

— A Sra. Deravenel me pediu para avisar que era um assunto de certa urgência, Sr. Eduardo.

— Tudo bem. Então vou agora mesmo.

A sala estava estranha. Havia algo curiosamente errado ali.

Eduardo parou na porta da biblioteca, hesitando, sem vontade de entrar.

Estava escuro demais, mais escuro que de costume, e isso não era normal. Sua mãe gostava de ver as luzes elétricas brilhando; ela amava a luz do sol, a claridade, e esse foi o motivo para mandar instalar a eletricidade logo.

Apenas dois pequenos abajures estavam acesos no enorme cômodo, embora já fosse final da tarde e o sol já estivesse se pondo do lado de fora. O cômodo escuro parecia decididamente estranho para ele, fora de ordem. Inesperadamente, sentiu um desconforto, uma sensação de desolação e até um mau presságio passou por ele.

Abrindo mais a porta, finalmente entrou, olhando com dificuldade através da luz fraca. Conseguiu ver a mãe parada perto de uma poltrona na outra extremidade; atrás dela, envolvida nas sombras, havia uma pessoa parada olhando pela janela, de costas para a porta. Eduardo não conseguiu ver quem era.

Lentamente, aproximou-se da mãe, a mente girando, todos os sentidos alerta ao problema. Medo, percebeu ele, o medo estava presente ali, e os cabelos de sua nuca arrepiaram-se com o pensamento irracional e inesperado.

Respirando fundo, ele murmurou:

— A senhora queria me ver, mamãe.

Ela não disse nada. Aproximando-se da lareira, Eduardo acendeu um abajur que ficava em uma mesa lateral e virou-se para a mãe. Percebeu que os olhos dela estavam escuros e pareciam grandes em seu rosto, e como estavam cheios de apreensão.

Apavorado, fitou-a com mais atenção, esperando. Agora percebeu que o rosto dela não tinha expressão, ou assim parecia para ele, como se tivesse sido esculpido em pedra. Estava muito pálida, toda a cor se esvaíra.

— O que houve? O quê? — pressionou ele, a voz aguda aumentando e se enchendo de urgência.

Um tremor desestabilizou-a, e Cecília esticou o braço para segurar no encosto da cadeira, como se procurasse apoio, as juntas dos dedos sobressaindo na luz fraca, de tão brancas.

Eduardo sentiu o medo dela atingi-lo e perguntou de novo:

— *O que aconteceu?*

Falando rapidamente, ela disse com a voz baixa e tensa:

— É seu pai... houve um acidente. Um incêndio. Seu pai... e Edmundo — ela parou, engoliu em seco e terminou friamente: — Eles estão mortos, Eduardo. — A voz dela tremeu, mas de alguma forma conseguiu segurar as emoções. Com a voz hesitante, ela conseguiu dizer: — Meu irmão e seu primo Thomas... eles também morreram no incêndio.

Espantado, sem conseguir acreditar, Eduardo fitou-a boquiaberto. Achava difícil entender, não conseguia compreender o que ela estava dizendo. Ficou congelado no lugar, incapaz de falar ou de se mover.

A pessoa perto da janela se virou e aproximou-se. Na mesma hora, Eduardo percebeu que era seu primo, Neville Watkins, filho mais velho de Rick e irmão do jovem Thomas.

— Fui eu quem trouxe as más notícias, Ned — anunciou Neville, a voz cheia de emoção. Os primos apertaram as mãos por um momento e Neville exclamou: — Fui eu quem trouxe a morte e a tristeza para cá!

Eduardo sacudiu a cabeça com veemência.

— Não! Não é possível — protestou. — Não o meu pai. Não Ed...mundo. Não o tio Rick e Tom. Simplesmente não pode ser, nossa família não pode ter desaparecido em um piscar de olhos.

O coração de Cecília se apertou ao ver o rosto pálido e chocado de Eduardo, as lágrimas embaçando seus olhos; a devastação dele era palpável para ela. Embora compartilhasse com ele a imensa dor, tristeza e incredulidade por causa dessa tragédia, neste momento pensou apenas no filho.

— Como posso confortá-lo? — perguntou ela, balançando a cabeça incontrolavelmente. Lágrimas começaram a escorrer de seus olhos, manchando seu rosto sem serem percebidas.

Eduardo não respondeu. Estava sem palavras com a notícia. Ela sabia que o filho, assim como ela, estava em estado de choque.

Foi quando Cecília Deravenel pronunciou as palavras que Eduardo não esqueceria pelo resto da vida.

— Ah, Ned, ninguém nunca lhe disse que a vida é uma catástrofe?

Por um longo tempo, ele ficou petrificado, encarando-a, e então virou-se e saiu correndo da biblioteca sem dizer uma palavra. Só sabia que tinha de sair dali, fugir dessa biblioteca carregada de morte. Tinha a necessidade desesperada de ficar sozinho com sua terrível dor.

Eduardo atravessou cambaleante o Grande Salão, indo em direção às portas duplas que levavam ao jardim. Do lado de fora, desceu o caminho pavimentado, cortando os jardins e passando pelos gramados, até finalmente chegar às ruínas da velha fortaleza na beira do penhasco.

A névoa subira. Começara a nevar, e os minúsculos flocos cristalinos grudavam em seu rosto e em seu cabelo. Mal notou. Estava indiferente ao tempo em sua angústia.

Ned ficou parado na pequena área cercada que um dia fora uma torre de observação para o mar do Norte. Pressionou o rosto nas pedras geladas, a mente em confusão. Como eles podiam estar mortos? O pai, o irmão, o tio e o primo. Não parecia possível. E certamente não fazia sentido... como foi que todos eles morreram juntos? Onde estavam? Quando aconteceu? A tragédia não aconteceu apenas uma vez, mas quatro vezes.

Papai está morto. E Edmundo. Apenas dezessete anos... meu querido irmão, tão especial, tão cheio de promessas para o futuro. E Tom, primo Tom, com quem crescera. E tio Rick, o único outro membro mais velho da família próxima de quem todos dependiam. Todos estavam sempre ali, eram leais uns aos outros.

Papai e Edmundo. Ah, Deus, não. Sua garganta fechou, e lágrimas escorreram de seus olhos quando a tristeza finalmente tomou conta dele.

Um pouco mais tarde, ele escutou passos nas pedras geladas, sentiu uma manta quente envolvê-lo e um braço confortante em volta de seus ombros.

— Chore, sofra, deixe tudo isso sair, Ned — murmurou Neville Watkins em seu ouvido. — Como eu fiz ontem à noite.

Pouco depois, os dois primos entraram e ficaram conversando no Grande Salão.

— Quando foi que recebeu a notícia? — perguntou Eduardo. — E quem entrou em contato com você?

— Aubrey Masters, da Deravenels — respondeu Neville. — Ele me telefonou ontem à noite, assim que soube o que aconteceu em Carrara. Achou melhor eu contar pessoalmente à tia Cecília, a você e às crianças, em vez de receberem um telefonema ou um telegrama. Muito impessoal, achou ele. Eu disse a ele que tinha feito a coisa certa. — O rosto de Neville estava morbidamente branco e tenso ao continuar: — Entretanto, tive de lidar com a minha dor e o sofrimento de minha mãe antes de vir a Ravenscar. Deixei Ripon assim que me senti disposto, vim de carruagem esta tarde. Espero que não ache que demorei muito.

— Neville, claro que não! Você está sofrendo tanto pelo seu irmão e pelo seu pai quanto estou pelos meus.

— Temos de ir a Florença — disse Neville. — E de lá a Carrara, Ned. Temos de providenciar que os corpos deles sejam trazidos para cá, para que tenham um enterro apropriado aqui em Yorkshire. E temos de investigar enquanto estivermos lá.

Eduardo demorou uma fração de segundo para responder, e então murmurou com calma:

— Obviamente, você não acha que foi um acidente, não é? — A voz fraquejou, os olhos presos aos de Neville.

— Não, não acredito que tenha sido um acidente. Tenho quase certeza que foi planejado de alguma forma, não sei como.

— Está sugerindo que pode ter sido um incêndio criminoso, talvez?

— Isso mesmo, primo.

— Meu pai era o alvo, é isso que está insinuando?

— Exatamente, Ned.

Por um momento, Eduardo não falou, enquanto digeria essa informação. Finalmente, perguntou:

— Onde foi o incêndio?

— No hotel onde nossos pais e irmãos estavam hospedados. Outras pessoas também morreram.

— Meu Deus, que tragédia. Você acha que Henrique Grant está por trás disso?

— Não Grant pessoalmente — respondeu Neville, refletindo. — Na minha opinião, ele é um idiota completo. Entretanto, acho que aquela esposa francesa dele é uma mulher muito esperta em determinados aspectos, e capaz de traições. Assim como os subordinados dele. São pessoas perigosas, capazes de qualquer coisa.

— O que você quis dizer com incêndio criminoso, Neville?

— Exatamente isso. Se foi isso que aconteceu, temos de vingar a morte de nossos pais e irmãos. Acho que podem ter silenciado seu pai porque ele vinha fazendo muito barulho ultimamente sobre o papel dele na Deravenels. Vinha sendo persistente ao lembrar à administração que era ele quem deveria ser o presidente, e que os Deravenel Grant de Lancashire roubaram a companhia, pegaram os melhores cargos e assumiram o controle de toda a administração. Essa era a verdade, mas nenhum deles gostou de escutar. Então o alvo era seu pai, queriam fazê-lo calar-se e permanecer com o controle. Na minha opinião, foi isso que aconteceu. Acho que você deve fazer algo a esse respeito, Ned, e estou aqui para ajudá-lo. Vou apoiá-lo e protegê-lo o tempo todo.

Eduardo assentiu.

— Obrigado, Neville, muito obrigado. Mais tarde, faremos nossos planos, mas agora devo ir ver minha mãe, confortá-la, e depois temos de dar a trágica notícia às crianças.

Capítulo 4

Cecília Deravenel era famosa por sua racionalidade, autocontrole e determinação, mas todas essas características sumiram. Eduardo percebeu isso quando encontrou a mãe em sua suíte particular no andar superior.

Após bater à porta, ele entrou direto, sem esperar o consentimento dela, sabendo instintivamente que ela precisava dele, precisava de sua presença reconfortante.

A mãe estava sentada em um sofá perto da lareira, na pequena sala íntima anexa ao quarto, fitando as chamas. Quando virou a cabeça e olhou diretamente para o filho, ele viu no mesmo instante seu rosto desolado, os olhos inchados, o desespero envolvendo-a inteiramente como um casulo. Seu sofrimento era tão aparente, tão evidente, que por um momento ele se esqueceu do seu próprio e correu para ela, preocupado.

Sentando-se ao lado dela no sofá, envolveu-a com os braços e puxou-a para perto de si.

Cecília resistiu, por hábito, mas apenas por uma fração de segundo, e então se jogou em cima dele, segurando-se a ele, chorando como se seu coração estivesse despedaçando. E estava, ele tinha certeza disso.

Eduardo nunca teve dificuldades em entender essa mulher elegante e magnífica que parecia tão altiva e remota para tantas pessoas. Ele conhecia a verdadeira Cecília desde a infância e sabia o quanto seu coração era generoso e amável, o quão intensamente ela amava seu pai, ele mesmo e os outros filhos. Sempre fora uma esposa e mãe compreensiva e era solidária e sensível em relação às necessidades das outras pessoas, uma aliada constante e leal da família. E era uma mulher misericordiosa, pronta para ajudar qualquer um que precisasse; principalmente aqueles que trabalhavam na propriedade adoravam-na e chamavam-na de anjo.

Cecília cultivava o relacionamento com o irmão e dependia dele. Além do forte relacionamento fraterno, Rick cuidava dos assuntos financeiros dela e administrava a fortuna que lhe fora deixada pelo pai, Filipe Watkins.

Agora os dois homens adultos mais importantes de sua vida, o marido e o irmão, foram arrancados dela em um instante, em um repente terrível e assustador. Sua vida mudara, de forma tão abrupta, tão inesperada quanto um suspiro; na verdade, a vida de todos eles mudara e nada voltaria a ser como antes. Nem para sua mãe, nem para ele, nem para seus irmãos.

Neville Watkins tornara-se o chefe da família Watkins; e ele próprio, de repente, era o chefe do clã Deravenel de Yorkshire. O significado real disso o preocupava enormemente... Responsabilidade total pela família, por tudo de que seu pai cuidara durante toda a vida, mais sua posição na Deravenel Company. Ned não sabia como iria administrar tudo isso, estando na universidade e sendo tão alheio aos negócios da empresa.

Por outro lado, Neville tinha 32 anos, era casado e tinha duas filhas pequenas, um homem viajado e culto, homem de negócios brilhante, muito respeitado pelos colegas, enquanto ele tinha dezenove anos e era considerado um menino pela maioria das pessoas. Não tinha tanta experiência quanto o primo e certamente não tinha seus conhecimentos. Pelo menos, ainda não.

Apesar de tudo, ele e Neville teriam de juntar cuidadosamente os cacos e assumir o controle de suas famílias, esforçando-se para fazer com que a vida de todos voltasse ao normal assim que possível. Ned tinha plena consciência de que isso levaria um certo tempo. Havia o período do luto e as providências a serem tomadas. Também aceitava que tinha muito que aprender, e muito rápido, se quisesse cuidar das coisas de forma apropriada e para o bem de todos. Estaria se equilibrando em uma corda bamba, pensou.

E tinha de manter a cabeça fria o tempo todo. Isso estava implícito. Sabia que agora só havia uma pessoa em quem poderia confiar além de sua mãe: Neville Watkins. Ele e o primo agora estavam unidos como nunca, e Ned sabia que precisava dele, precisava de suas orientações e apoio se quisesse ser bem-sucedido...

A voz da mãe interrompeu seus pensamentos ao dizer:

— Sinto muito, Ned, por estar me entregando ao sofrimento. Mas acho que não consigo evitar. Por favor, me perdoe.

— Mãe, não há nada a perdoar! — exclamou ele na mesma hora, olhando para o rosto manchado de lágrimas dela, pegando um lenço e gentilmente enxugando o rosto molhado. — É importante que coloque sua tristeza para fora. Guardar não ajuda. É natural sofrer, você sabe. E é muito *necessário*. Pessoas que guardam o sofrimento ficam doentes.

— Sim, você está certo — respondeu ela. — Tempos difíceis nos esperam, e temos de arranjar um jeito de seguir em frente, de termos uma vida normal, se possível. Tenho de me preocupar com as crianças, tenho de pensar no bem-estar delas. Elas vão precisar de mim, Ned, e certamente vão precisar de você também, embora eu ache que você vai ficar muito ocupado com outras coisas.

Assentindo, Ned levantou-se.

— Temos de ir falar com eles, se a senhora estiver se sentindo melhor. Não queremos que um empregado dê a notícia sem querer...

— Eles sabem, Ned. Já falei com eles — cortou Cecília, fitando os olhos azuis do filho. — Naturalmente, não aceitaram bem. Como achei que seria. Vim para cá há pouco tempo a fim de me recompor. Estava tentando me acalmar quando você entrou. E é verdade, é melhor irmos confortá-los, assegurar que tudo ficará bem.

— Tem certeza que consegue fazer isso agora? — perguntou, olhando para a mãe.

Cecília gaguejou levemente ao responder.

— Acho que sim, Ned. *Tenho* de ir com você, é fundamental para o bem-estar deles.

Ele esticou a mão para ela, que a pegou e se levantou. Deixaram o quarto juntos. Devagar, subiram as escadas em direção ao andar onde ficavam os quartos das crianças.

No momento em que viu a mãe, Jorge pulou da poltrona onde estava sentado e correu para ela, atirando o corpo contra o dela com tanta força que ela cambaleou. Passou os braços em volta dela, precisando de proteção, aprovação e amor.

— Ah, mamãe, por que isso aconteceu? Por quê? Por quê? — lamentou ele, os olhos verdes cheios de lágrimas. — Por quê? — perguntou com a voz mais alta, o rosto jovem em uma mistura de sofrimento e raiva. — Quero saber por que papai e Edmundo não vão voltar. *Por favor, me fale, mamãe.*

— Se eu soubesse, é claro que eu falaria, Jorge — respondeu calmamente Cecília, abraçando o menino com mais força, olhando para ele, o coração cheio. Acariciou o cabelo louro do filho e continuou: — Nenhum de nós ainda entendeu o que aconteceu, Jorge. Ned vai descobrir se conseguir, e então irá nos contar.

Virando-se para encarar o irmão, Jorge perguntou, cheio de tristeza:

— Você vai conseguir, não vai, Ned?

— Vou sim... Assim que eu souber, você será o primeiro a saber. — Eduardo se aproximou da mãe e do irmão e abraçou-os como se quisesse protegê-los, segurando-os com força por alguns momentos. De repente, percebeu que Margarete estava perto da janela soluçando; as palavras de Jorge e o choro de Margarete serviram apenas para chamar sua atenção para o absoluto silêncio de Ricardo. O mais jovem de seus irmãos estava encolhido em uma poltrona do outro lado do quarto, o rosto branco, os olhos cinza-claros, quase pretos na luz fraca do final da tarde. O menino parecia tão aflito que Eduardo sentiu um aperto no coração.

Afastando-se da mãe, que ainda estava abraçando Jorge, Eduardo correu para Ricardo. Fitou o mais jovem membro da família e percebeu que a aparência pálida e tensa de mais cedo voltara ao rosto do menino.

— Não precisa ter medo, rapaz — murmurou Eduardo com calma, abaixando-se. — Vou cuidar de você.

Ricardo assentiu e esforçou-se para ficar de pé. Olhando para o adorado Ned, ele sussurrou:

— Quero saber de tudo, que nem o Jorge. Quero saber sobre papai e Edmundo. — Lágrimas encheram seus olhos e ele disse com uma voz trêmula que era quase inaudível: — Eu disse que Edmundo não tinha paciência... Gostaria de não ter dito *isso*.

— Eu entendo, mas está tudo bem, rapaz, de verdade. — Ele puxou o menino para seus braços e abraçou-o com força, acariciando sua cabeça. — Vou cuidar de você. Sempre.

— Promete? — sussurrou o menino.

— Prometo. E você deve tentar ser corajoso e ajudar a mamãe.

— Vou ser, Ned, também prometo. — Ele hesitou e depois perguntou: — Você vai para a Itália?

— Vou, eu tenho de ir, e o primo Neville vai comigo. Vamos descobrir tudo para depois contar a vocês.

— Você vai voltar, não vai, Ned? — perguntou Ricardo, a voz trêmula, os olhos de repente cheios de lágrimas.

— Claro que vou voltar... Ravenscar é minha casa, e vocês estão aqui, não estão? Vou sempre voltar para vocês, Peixinho.

Ricardo assentiu e olhou para Margarete.

— Ela já está chorando há um tempão.

— Vou falar com ela agora mesmo, talvez eu consiga consolá-la.

Um momento depois, Eduardo estava abraçando a irmã, tentando acalmá-la, tranqüilizá-la, reconfortá-la.

Margarete chorou em seu ombro por um tempo, e então, finalmente, respirando fundo, conseguiu retomar o controle de si mesma. Lentamente, seus ombros pararam de balançar e os soluços diminuíram. Quando ela levantou as mãos para enxugar as lágrimas com as pontas dos dedos, Eduardo viu a angústia em seus olhos na mesma hora. A notícia trágica que Neville trouxera mais cedo deixou a família inteira massacrada. Levariam muito tempo para se recuperar, se algum dia conseguissem.

Eduardo disse calmamente para Margarete, puxando o rosto dela para junto do seu:

— Nossa mãe precisa de você nessa hora terrível, minha querida Margarete. Você tem de tentar ser forte por ela, para ajudá-la com Jorge e principalmente com Ricardo, que sofre em silêncio, como você bem sabe.

Margarete só conseguiu assentir, sem confiança para dizer alguma coisa. Ela era extremamente chegada ao pai e a Edmundo, e a dor que estava sentindo desde que soubera da morte deles deixou marcas nela como ferro quente. Tinha total consciência de que nunca mais seria aquela jovem alegre e que choraria por eles pelo resto da vida. Sentia que havia envelhecido em poucos minutos.

Depois de um tempo, respirando fundo várias vezes, ela disse:

— Por quanto tempo você ficará longe?

Eduardo balançou a cabeça, os olhos subitamente sombrios.

— Honestamente, não sei. Uma semana, talvez duas. Simplesmente não sei quanto tempo vai levar para... — Ele parou de forma abrupta. Quase falou em voz alta quanto tempo levaria para trazer os corpos para Ravenscar. E então, simplesmente percebeu que ainda não conseguia dizer essas palavras.

Eduardo não conseguiu dormir. Todo tipo de pensamento inquietante passando por sua cabeça, um mais medonho que o outro, e ainda não conseguia se concentrar em nenhum problema em particular.

Quando viera para a cama, uma ou duas horas atrás, acreditara que, na calma e tranqüilidade de seu quarto, conseguiria rapidamente colocar os pensamentos em ordem, mas isso não aconteceu. E o sono se transformou em ilusão enquanto sua mente girava.

Suspirando, afastou a coberta exasperado e se levantou. Após vestir o pesado robe de lã, foi até a lareira e jogou mais lenha no fogo. Na mesma hora, faíscas subiram pela chaminé, a lenha fresca começou a crepitar, e em um momento de claridade fornecido pelas chamas, viu que o relógio marcava uma e meia. Ficou surpreso com a hora: era tarde.

Depois de calçar os chinelos, Eduardo puxou uma poltrona para mais perto do fogo e se sentou, a mente ainda agitada. Este tinha sido o pior dia de sua vida, um dia que nunca esqueceria. Sofrendo e angustiados, a mãe e os irmãos tinham se sentado à mesa de jantar com ele e Neville, sem tocar na comida. Nenhum deles comera, e pouco conversaram. Cada um deles estava destruído e amedrontado demais pela notícia da tragédia que diminuíra a família, assim como Neville.

No final, sua mãe levou as crianças para os quartos; quando voltou, um pouco depois, convidou Ned e Neville para juntarem-se a ela na sala de estar que ficava perto do Grande Salão. Obedientemente, eles a seguiram, olhando-se de forma questionadora enquanto se apressavam atrás dela.

Minutos depois, Jessup, o mordomo, levara uma bandeja com taças e um *decanter* com conhaque, que colocou em uma mesa lateral, e saíra. Ned e Neville serviram bebidas, mas Cecília recusou, como sempre fazia.

Depois que os três estavam acomodados em frente à lareira, Cecília ficou reflexiva por um tempo, e então olhou atentamente para Ned.

— Sei que você e Neville devem ir para a Itália — começara ela, e hesitara antes de continuar. — Só quero alertá-lo para ser extremamente cuidadoso. E você também, Neville. Prestem atenção e não se arrisquem.

Imediatamente, ambos prometeram a ela que estariam alerta o tempo todo e que cuidariam um do outro.

Assentindo, Cecília dissera com a voz baixa e desanimada:

— Existem forças aqui das quais não sabemos nada a respeito. Temos de ficar alerta e ter muito, muito cuidado.

— O que a senhora quer dizer, mãe? — perguntara logo Eduardo, franzindo a testa.

— Não posso explicar mais, simplesmente sei que estou pressentindo... *perigo*.

— Nunca ignoro o instinto feminino — murmurara Neville. — Costuma ser infalível.

Cecília continuara:

— E você, Ned, terá de ir trabalhar na Deravenels assim que voltar da Itália.

Surpreso, ele literalmente ficara boquiaberto, fitando-a por um momento.

— Então não vou voltar para Oxford? — perguntara ele.

— Não, você não pode. Seu pai morreu. Você é, pelas regras de primogenitura, o herdeiro dele. Por isso deve ir trabalhar na Deravenels. *Essa* é a regra da *família*... quando o herdeiro de um Deravenel tem mais de 16 anos ou atinge os 16, deve assumir o lugar do pai falecido. Obviamente, não no mesmo cargo, neste caso como diretor, mas em algum cargo mais baixo. Mas o herdeiro deve entrar na companhia, não tem escolha. Sempre foi assim.

— Entendo. Agora que mencionou isso, lembro-me do papai explicando essa antiga regra da família anos atrás.

Neville então oferecera-se:

— Lembre-se do que falei mais cedo, Ned: vou ajudá-lo de todas as formas que puder.

Ele só conseguira assentir. Sua mãe se virara para Neville.

— Quando planeja deixar Ravenscar? — perguntara ela, de forma um tanto abrupta.

— Amanhã de manhã. Minha carruagem nos levará até York e de lá seguiremos para Londres no trem da tarde. — Seu primo fizera uma pausa, tomara um gole de seu conhaque e terminara: — Assim que chegar a Londres, vou providenciar para partirmos para a Itália na sexta-feira ou no sábado.

— Agradeceria muito, Neville, se mantivesse contato comigo, e você também, Eduardo.

Ambos prometeram que fariam isso.

Neste momento, Cecília se levantara e os dois fizeram o mesmo. Já na porta, ela acenara e dissera calmamente:

— Este foi o dia mais horrível para todos nós. Devo subir e ver se as crianças estão descansando... hoje já houve muitas lágrimas e sofrimento.

Sozinhos, Eduardo e o primo conversaram um pouco mais, principalmente sobre os planos da viagem, e então subiram para descansar. Agora Eduardo olhava as chamas, pensando na morte do pai.

Vingança. Eduardo pensou e repensou na palavra. Neville realmente acreditava que facções dentro da Deravenel Company contrataram alguém para se livrar de seu pai. Entretanto, Eduardo sabia que Neville não sabia nada concreto, não tinha prova alguma; era pura suposição de sua parte, uma suposição que Neville creditava a seu instinto.

Eduardo tinha plena consciência que o pai vinha reclamando e lamentando a forma como a empresa estava sendo administrada havia alguns anos, e que ultimamente suas reclamações estavam se tornando mais contundentes e insistentes. E o principal alvo de seu pai era Henrique Deravenel Grant, que descendia da linha Lancashire da família Deravenel. Henrique era presidente do conselho e primo de seu pai. "Um patrão ausente", dissera seu pai com desprezo sobre ele, além de várias outras coisas.

Mas será que os colegas de Henrique recorreriam a um incêndio criminoso?, questionou-se Eduardo. Eles poderiam facilmente ter tirado as funções de Ricardo Deravenel, restringindo seus poderes na empresa. Ou poderiam tê-lo forçado a se afastar.

Recostando-se na poltrona e fechando os olhos, Eduardo refletiu sobre esses assuntos por muito tempo, mas não conseguiu qualquer resposta. Nenhuma mesmo. Além disso, surgiram mais interrogações em sua cabeça, e mais uma vez nenhuma delas tinha resposta. Uma pergunta em particular se destacava... *por que* seu pai fora para a Itália resolver problemas nas pedreiras de mármore em Carrara? Certamente, isso era papel de Aubrey Masters, que comandava o departamento de mineração. E por que Edmundo, tio Rick e Thomas também morreram, se seu pai era o alvo? Estava realmente confuso, e percebeu que continuaria nesse estado de confusão até chegar em Carrara e começar a fazer perguntas pertinentes às autoridades locais e ao gerente das pedreiras. Só então, talvez, entenderia melhor o incêndio, sua causa e a forma como sua família morrera.

Enquanto continuava fitando as chamas, Eduardo lembrou-se que não olhara na escrivaninha do pai. Tivera a intenção de fazer isso mais cedo, mas se distraíra consolando as crianças que precisavam dele e isso sumira de sua cabeça. Levantando-se, apressou-se para sair do quarto e atravessar o corredor e desceu rapidamente as escadas que levavam até o Grande Salão.

Em segundos, estava acendendo as luzes do espaçoso escritório do pai e indo em direção à mesa, que ficava perto da janela. Sabia exatamente onde a chave estava escondida; um tempo atrás, seu pai mostrara a ele o esconderijo.

— No caso de algum dia você precisar pegar alguma coisa na minha escrivaninha e eu não estiver aqui — explicara-lhe o pai.

Ajoelhando-se na frente da escrivaninha de mogno georgiana, Eduardo enfiou a cabeça no espaço entre os gaveteiros e esticou a mão para pegar a chave. Ficava pendurada em um gancho na parte da escrivaninha acima de onde ficam os joelhos.

Lenta e cuidadosamente, Eduardo olhou cada gaveta. Seu pai era meticuloso, e tudo estava no lugar. Mas não encontrou nada importante. Não havia anotações, relatórios, agendas ou arquivos sobre qualquer coisa relacionada ao trabalho do pai na Deravenel Company. Tudo que estava ali era sem importância, pessoal e de poucas conseqüências.

Recostando-se na cadeira, sentindo-se frustrado, Eduardo deixou os olhos vagarem pelo escritório, pensando no pai e o quanto ele amara este lugar em particular, em Ravenscar. Cada móvel ali fora escolhido e colocado por ele; observou a coleção de moedas antigas do pai, as muitas fotografias da família em molduras de prata e os estimados livros, que estavam cuidadosamente arrumados em prateleiras baixas que ficavam em uma das grandes paredes.

Até ali havia retratos... as pinturas de tantos Deravenel, de muito tempo atrás até hoje. Guy de Ravenel, fundador da dinastia: suas expressões agora estavam desbotadas na antiga pintura. E, em outra parede, havia o recém-terminado retrato do pai, que sua mãe recebera e pendurara ali poucas semanas antes. Ao fitar a imagem de seu pai, Eduardo sentiu um nó na garganta. Engoliu em seco, lutando contra as lágrimas. Como sentiria saudades dele.

Seus olhos seguiram para outra parede, e ele viu um casal de Deravenel Turner do País de Gales, junto com Deravenel Grant de Lancashire. Os Grant podiam significar problemas, mas os Turner certamente eram dóceis, e não havia muitos deles vivos, apenas dois, pelo menos era o que achava. Aquele ramo da família acabou em nada. Bem, foram as palavras de seu pai...

Um farfalhar seguido de uma tosse atraiu os olhos de Eduardo para a porta. Ficou surpreso ao ver o irmão Ricardo ali, enrolado no robe de lã, indo em sua direção.

— O que ainda está fazendo acordado a esta hora, Peixinho? Já é madrugada! — Em um piscar de olhos, Eduardo estava de pé, atravessando o escritório em direção ao irmão mais novo, preocupado com ele. Levando-o para perto da lareira, Eduardo continuou: — É muito tarde para você estar acordado, rapaz. — Sentou-se e puxou Ricardo para perto de si.

— Não consegui dormir. Fui até seu quarto, Ned, mas você não estava lá. — Fitando atentamente seu rosto, Ricardo franziu a testa e perguntou: — Você *vai* voltar, não vai?

— Claro que vou, eu prometi, não foi?

— Prometeu. Sabe, Ned, acho que eu e Jorge não temos idade suficiente para cuidar da mamãe e de Margarete... mas você tem. Então você *precisa* voltar.

— Entendo o que está dizendo, e voltarei para casa em um piscar de olhos, não se preocupe. Assim que terminar o que vou fazer na Itália, voltarei. Mas sabe, rapazinho, eu acho que vocês dois *podiam* ficar de olho em tudo para mim, não podiam?

Ricardo forçou um sorriso, mas os olhos azuis acinzentados estavam tristes.

— Acho que sim.

Engraçado como os olhos dele ficavam mais azuis às vezes, pensou Eduardo. Depois, ficavam da cor de ardósia molhada e, outras vezes, ficavam até pretos. Os olhos refletiam seu estado de espírito.

— Vamos, rapazinho, vamos subir — sugeriu ele. — Está na hora de nós dois irmos dormir, não acha?

Ricardo apenas assentiu. Pegando a mão de Ned, ele permitiu que o irmão o levasse para fora do escritório, pelo Grande Salão e pelas escadas. Foi apenas quando chegaram no primeiro andar que Ricardo puxou a mão de Eduardo.

— Posso dormir com você esta noite, Ned? Como eu fazia quando era bem pequenininho e tinha medo de escuro?

— Será um prazer dividir minha cama com você — exclamou Ned, sorrindo para o irmão de oito anos de idade, compreendendo que Ricardo precisava se sentir protegido e seguro esta noite. Hoje houvera muita tristeza, sofrimento e dor.

Eduardo recebeu um sorriso lindo e feliz do irmão mais novo, um sorriso que tocou fundo em seu coração.

Capítulo 5

Londres

Will Hasling estava esperando perto da grade na King's Cross Station, batendo os pés para se aquecer e se aninhando ainda mais no longo sobretudo de inverno, que era feito de lã merino cinza e tinha gola de pele de guaxinim. O sobretudo longo e elegante fazia com que parecesse mais alto que seu um metro e oitenta e aumentava seu ar de prosperidade aos 22 anos de idade.

Um jovem de boa aparência, com um grande sorriso simpático e cabelo castanho-claro, Will vinha de uma família importante, dona de muitas terras em Leicestershire. O pai era um latifundiário de importância considerável, com uma propriedade majestosa com milhares de quilômetros quadrados; latifundiário e magistrado local, ele era um *bon-vivant.* Nisso, seu filho se parecia com ele: também gostava de boa comida e boas bebidas, mas, diferentemente do pai, Will não apreciava a vida no campo. Não se interessava por caça, tiro ou pesca.

Depois de se formar em Oxford, sua intenção era morar em Londres, onde esperava trabalhar no centro financeiro, possivelmente como corretor em uma empresa na Bolsa de Valores de Londres. Amava essa cidade, principalmente agora. Considerava-a deslumbrante, glamourosa e animada, *o* lugar para se viver.

Nos três anos em que era rei, Eduardo VII se tornara ainda mais popular do que quando era príncipe de Gales; todos no país adoravam-no, da aristocracia às classes operárias, passando por todas as classes intermediárias.

Will, como a nação inteira, lamentava a morte da rainha Vitória, mas também tinha a mesma sensação de alívio e expectativa, agora que Eduardo ocupava o trono.

O povo estava feliz pelo fato de o rei ter trazido a monarquia de volta a Londres. Ele acendera as luzes, abrira as portas do Palácio de Buckingham, convidara os amigos a entrar e a festa começou. Will e seus amigos acreditavam que, após as restrições e repressão da Inglaterra vitoriana, uma nova era começara, tempos de alegria, jovialidade, liberdade e expressão. E Will mal podia esperar para provar todos esses prazeres quando saísse da universidade.

Batendo os pés de novo, girou tentando combater a temperatura gelada. Era uma noite de quarta-feira coberta de uma neblina que Will esperava que não se transformasse naquelas terríveis névoas. Ultimamente, a neblina aparecera bastante, atrapalhando a vida na cidade, dificultando andar pelas ruas tanto a pé quanto de carruagem.

Will olhou em volta enquanto esperava, impressionado por ver a estação de trem tão cheia; mas a maioria dos trens vindos do norte e do nordeste paravam nesta estação, em particular no início da noite. Assim, era compreensível que o lugar estivesse transbordando de pessoas pegando trem a esta hora.

Havia uma mistura normal de pessoas esperando ali nesta noite. Perto dele na grade, havia algumas mulheres, acompanhadas de uma amiga ou de um homem. Mulheres normais usando sobretudos escuros e chapéus *cloche*, obviamente da classe média. Quando seus olhos vagaram, viu muitos chapéus de feltro e alguns Homburg, mas nenhuma boina de lã... engraçado como é possível distinguir a classe de uma pessoa pelo chapéu. Poucos almofadinhas e operários no meio da multidão, percebeu, a maioria era homens e mulheres da classe média.

Arrumando o cachecol de seda no pescoço, Will começou a andar de um lado para o outro, os pensamentos voltando-se para Eduardo Deravenel. Seu amigo mais íntimo, de fato o homem que considerava ser seu melhor amigo. Estava profundamente preocupado com ele desde que o visitara mais cedo na casa dos Deravenel na cidade, que ficava na Charles Street, em Mayfair.

A intenção fora descobrir quando exatamente Eduardo chegaria de Yorkshire, querendo incluí-lo em seus planos de viagem de volta para Oxford, que já estava marcada para o final da semana.

Sr. Swinton, o mordomo, atendera à porta e o convidara para entrar, e imediatamente Will percebera que havia algo de muito errado. Uma expressão austera envolvia o rosto do mordomo, e um sentimento de tristeza pairava pela casa. Após cumprimentá-lo, Swinton confidenciara a trágica e terrível notícia.

Will ficara chocado e aturdido, tanto que Swinton perguntara se gostaria de tomar uma taça de conhaque. Não aceitara e então perguntara mais alguns detalhes. Infelizmente, Swinton não sabia de muita coisa, e apenas acrescentara que o Sr. Eduardo telefonara naquela manhã anunciando sua chegada à casa de Mayfair no início da noite. Estava viajando para a cidade com o primo e estariam no trem da tarde vindo de York. E então o Sr. Eduardo contara a lamentável notícia.

Quando Will perguntou como o Sr. Deravenel e Edmundo haviam morrido, o mordomo explicara:

— Foi em um incêndio na Itália. O Sr. Watkins e o filho Thomas estavam viajando com eles e também morreram. Uma grande tragédia para as duas famílias, senhor — terminara o mordomo com a voz trêmula, parecendo estar à beira das lágrimas.

Ainda mais chocado e horrorizado, Will oferecera suas condolências ao mordomo, que trabalhava com a família desde que era rapaz, sendo filho de um antigo empregado da família. Swinton agradecera e os dois conversaram mais um pouco.

Will fora embora e, ao sair, deixara seu cartão de visitas na bandeja de prata na mesa do vestíbulo. Sentindo-se triste e preocupado, voltara caminhando para casa em Albany, os sentidos em um verdadeiro turbilhão enquanto passava pelo Shepherd's Market, atravessava a Berkeley Square e entrava em Piccadilly, onde ficava Albany.

Durante sua caminhada, decidira ir à King's Cross Station para esperar o trem de York, para estar lá caso Eduardo precisasse dele. E é claro que precisaria. Perder pai, irmão, tio e primo de uma só vez era algo incompreensível, e Will sabia que, se uma catástrofe parecida acontecesse com ele, certamente precisaria de seu melhor amigo e de toda ajuda que conseguisse.

O resto do dia foi deprimente para Will. Andara de um lado para o outro em casa, não tocara na comida e descobrira que não conseguia se concentrar em nada. Ficara sentado fitando o fogo por horas, cheio de tristeza pelo amigo e se perguntando como consolá-lo dessa perda.

Agora, à distância, Will escutou um trem buzinando e imaginou se era o que estava esperando. Esperava que sim. Aproximando-se da grade, olhou para frente e sentiu-se aliviado quando escutou um homem nas proximidades anunciando:

— Este é o trem vindo de York.

Apitos de trem soando. Fumaça, vapor e névoa se misturando. Portas batendo. Confusão e agitação. Carregadores ocupados empurrando carrinhos com bagagens. Multidões correndo pelas plataformas.

Muita atividade, muitas pessoas, pensou Will, movendo a cabeça, esticando o pescoço, olhando a multidão, procurando Eduardo Deravenel e Neville Watkins. Em poucos minutos, a multidão se dissipou e, de repente, ele os viu caminhando juntos pela plataforma, acompanhados de um carregador com suas bagagens. Decidiu ficar parado. Estava atrás da grade, sabia que era o melhor lugar, e certamente Eduardo o veria.

Naturalmente, era difícil não notar Eduardo Deravenel. Ele era tão bonito e tão alto que sobressaía em qualquer multidão. E não havia como não reconhecer o primo dele.

Neville sempre tivera bom gosto ao escolher roupas finas e se vestia muito bem, usando roupas da moda e elegantes, para todas as ocasiões. Sua reputação de ser dândi o precedia há anos; havia até quem se referisse a ele como o Beau Brummell* eduardiano.

Hoje, Neville estava com um chapéu Homburg preto, no estilo elegante preferido do rei Eduardo, e um sobretudo preto com gola de astracã. Estava na moda, era elegante e obviamente fora feito de forma impecável em um dos melhores estabelecimentos de Savile Row.

Embora não fosse tão alto quanto o primo, Neville também era um homem muito bonito, e andava como um rei, como se fosse o dono do mundo.

De certa forma, provavelmente era, agora que o seu pai estava morto. Ele herdaria as muitas empresas que o avô deixara para Rick Watkins, e que este administrou com ainda mais sucesso por alguns anos. Mas, tirando isso, Neville era um homem bem-sucedido por conta própria; sua vasta fortuna

*Beau Brummell lançava moda na Inglaterra do século XVIII (*N. da T.*).

vinha de mérito próprio, e ainda havia a herança que sua esposa, Ana, trouxera para o casamento como dote. Will sabia que ele era considerado um dos magnatas mais importantes da Inglaterra.

Pessoas que estavam na frente de Will correram para cumprimentar os viajantes que estavam esperando, e ele se viu olhando diretamente para a plataforma vazia. Eduardo o viu e um sorriso rápido apareceu em seu rosto.

Will acenou, foi até o portão e apertou a mão de Eduardo quando este saiu.

Neville assentiu, esticou a própria mão e então, quando os cumprimentos acabaram, os três foram em direção à entrada da estação ferroviária que também levava à rua.

— Que bom que você veio, Will. Acredito que tenha falado com Swinton — disse logo Eduardo, levantando uma sobrancelha.

Will assentiu.

— Fui à casa de Mayfair hoje para saber quando você voltaria de Yorkshire. Swinton me contou a terrível notícia. Ned, eu sinto muito, muitíssimo. Que tragédia horrível...

— É — disse Ned laconicamente.

Virando-se para Neville, Will continuou:

— Aceite minhas condolências, Neville. Sei que está sofrendo tanto quanto Ned.

— Obrigado, Will — respondeu Neville um pouco bruscamente e limpou a garganta. — Você veio em uma carruagem alugada?

— Vim, o cocheiro está me esperando.

— Minha carruagem está lá fora. Gostaria de vir conosco ou prefere usar a carruagem na qual veio?

— Prefiro ir com você e Ned, naturalmente — respondeu Will. — Pagarei ao cocheiro; ele ficará feliz em conseguir outro passageiro aqui na estação.

Neste momento, chegaram à saída, onde havia diversas carruagens particulares e alugadas. Will olhou em volta até encontrar a que o trouxera; apressou-se em pagar ao cocheiro enquanto Neville e Eduardo mostravam ao carregador onde colocar suas bagagens.

Em pouco tempo, os três estavam sentados confortavelmente na elegante carruagem de Neville, sendo levados por Londres em direção a Mayfair e à casa na Charles Street onde os Deravenel moravam.

*

Depois de jogarem conversa fora por alguns minutos, os três ficaram em silêncio, e Will, que estava sentado em frente a Eduardo e Neville, logo começou a perceber que ambos tinham se perdido em seus próprios pensamentos.

E com razão, pensou Will: ambos têm muito em que pensar e para resolver. Várias vezes esteve prestes a dizer alguma coisa, mas na mesma hora engolia as palavras. Estava relutante em invadir a privacidade de que eles pareciam precisar, e a tristeza deles. As expressões dos primos eram de tristeza, e Eduardo, que era sempre cheio de vida, estava claramente sombrio; o rosto de Neville estava fechado, sem qualquer expressão, exceto nos olhos. Eles estavam frios, de um azul pálido.

Will recostou-se no encosto estofado da carruagem, perdido em suas próprias divagações por um tempo. Percebeu, pela janela, que a névoa aumentara, mas não o suficiente para impedir que o motorista visse a rua. Fechou os olhos, sendo levado; o único som era o dos cascos dos cavalos na estrada.

Um pouco depois, Will abriu os olhos e viu que Eduardo o estava observando com atenção. Eduardo disse:

— Espero que você, Will, e você, Neville, jantem comigo.

Antes que Will pudesse responder, Neville balançou a cabeça.

— Acho que preciso voltar para Chelsea. Tenho de cuidar da nossa viagem, mas obrigado, Ned.

Eduardo olhou para Will.

— E você, meu amigo?

— Claro que jantarei com você, Ned, e ajudarei como puder.

Capítulo 6

Eduardo e Will sentaram-se em frente à lareira na pequena sala de estar na casa em Mayfair, bebericando um conhaque. Eduardo estava relatando de novo tudo que sabia sobre o incêndio e as mortes trágicas de sua família, e quando finalmente acabou, acrescentou:

— Entretanto, Neville acredita que tenha sido um incêndio criminoso.

Will, que estava escutando atentamente tudo que Eduardo tinha a dizer, ficou ainda mais ereto na poltrona. Em um primeiro momento, ficou surpreso e fitou o amigo boquiaberto, e então exclamou:

— Ned, isso é um absurdo... — Will parou de falar abruptamente. Inclinando-se para frente, fixou o olhar no amigo e, com a voz mais baixa, acrescentou: — Talvez não seja um absurdo, afinal. O relacionamento entre seu pai e o primo dele, Henrique Grant, já era hostil havia anos. É isso que Neville está sugerindo? Que Henrique Grant se livrou de seu pai porque o temia? Temia que ele tentasse assumir o controle da Deravenels?

Eduardo assentiu.

— É mais ou menos isso. Mas é claro que Neville não acha que foi Grant, e sim seus subordinados, e ele não tem nada concreto ou pertinente em que se basear para continuar, pelo menos não por enquanto. Ele diz que é instinto. E você sabe muito bem que Neville é um homem de negócios magistral, de talento único, e que tem uma grande percepção psicológica das pessoas. — Eduardo suspirou. — Ele está convencido de que sua suposição está certa, e não posso discutir com ele. Também acho que está certo. Então vamos para a Itália investigar o que realmente aconteceu. O que *aconteceu de verdade*. Talvez encontremos alguma coisa, talvez não. E assim que terminarmos de verificar os fatos, vamos trazer os corpos de volta para o enterro. Nossos planos são de partir para Florença na sexta-feira, na verdade, passando por Paris.

— Onde *foi* o incêndio em Florença? — perguntou Will, perguntando-se por que não lera nada a respeito no *The Times*. Afinal de contas, Florença era a maior cidade renascentista do mundo, e um incêndio em qualquer lugar seria motivo de notícia.

— Não foi em Florença, Will, foi em Carrara, no hotel onde eles estavam hospedados. Meu pai fora a Carrara para resolver um problema nas pedreiras de mármore. Edmundo implorou para ir com ele porque nunca tinha ido à Itália, e tio Rick e Thomas se ofereceram para acompanhá-los porque meu tio estava ávido por comprar esculturas para sua casa. Naturalmente, Florença é o lugar perfeito para isso.

— Entendo — respondeu Will, e então hesitou por um momento, olhando o líquido âmbar no copo, a expressão pensativa. Após um segundo, perguntou: — Posso ir com você e Neville, Ned? Acho que posso ser útil para vocês, e se acha que não posso fazer nada de especial, lembre-se que posso dar apoio moral. Sou muito bom nisso, você sabe.

Eduardo abriu um sorriso que sumiu no mesmo instante. Fitou Will com um olhar subitamente interrogativo.

— E Oxford? E seus estudos? Devíamos voltar no próximo final de semana, eu e você.

— É verdade. Mas isso não é uma emergência? — Sem esperar uma resposta, Will continuou: — Poderemos voltar em algumas semanas, quando o problema estiver resolvido.

— Não vou voltar para Oxford, Will. Para mim, acabou, infelizmente. Minha mãe me informou ontem que devo assumir o lugar do meu pai na Deravenels. É a regra da família.

Will pareceu desapontado.

— Então, você não vai voltar? Nunca mais? É isso que está dizendo, Ned?

— É. E é claro que lamento muito por isso. Mas, por outro lado, não há nada que *eu* possa fazer a respeito, já que essa regra existe há séculos. Não se esqueça que a Deravenel Company foi fundada pelo meu ancestral Guy de

Ravenel, quando ele se estabeleceu em Yorkshire depois da conquista da Normandia. Naquela época, ele começou a importar vinhos e exportar lã crua, linha de lã e coisas feitas de lã.

— É espantoso pensar nisso, Ned. Oitocentos anos em atividade. — Will balançou a cabeça. — Poucas empresas duram tanto tempo.

— É verdade. Mas a Deravenels nem sempre foi a empresa que é hoje. Foi só no século XV que ela começou a fazer comércio por todo o mundo, importando e exportando bens... qualquer coisa, na verdade. E é isso que ainda fazemos. Acredito que sejamos a maior empresa de comércio existente hoje em dia, e sei que meu pai acreditava ter direito a ela.

— Eu nunca compreendi realmente a hostilidade entre os membros da sua família. Qual é o problema?

— Na verdade, é bem simples, Will. Sessenta anos atrás, o avô de Henrique Grant demitiu um de nossos primos, que estava à frente da Deravenels. Ele fez isso difamando a reputação do homem, contando histórias sujas sobre sua vida particular, além de fazer alegações nocivas sobre sua competência. Na verdade, ele fez nosso primo parecer incompetente e negligente. Como esse primo não tinha filhos, seu herdeiro direto era um primo de segundo grau, Rogério Morton Deravenel. Entretanto, ele morreu, e o filho dele, Edmundo, era o próximo na linha. Mas ele era criança, tinha apenas sete anos e, obviamente, não podia dirigir a empresa.

— O avô de Henrique Grant simplesmente tomou o cargo de presidente porque um homem era fraco, o outro morreu e o seguinte na linha era jovem demais para assumir o cargo — interrompeu Will. — Que oportunidade. *Irresistível.*

— É verdade, e, de repente, os Deravenel Grant de Lancashire estavam no controle, deixando os Deravenel de Yorkshire de lado. Em outras palavras, *nós*. Pouco depois disso, nosso primo, que fora colocado para fora, morreu em circunstâncias misteriosas, não sobrando, assim, nenhuma oposição. O avô de Henrique Grant era forte, agressivo e cruel, e é essa a razão para o nosso lado da família estar em segundo plano por todos esses anos. Mas, na verdade, a Deravenels deveria ser nossa.

— Primos lutando contra primos — murmurou Will.

— Um feudo familiar de muito prestígio. Mas tentamos ser civilizados uns com os outros... pelo menos meu pai tentava. Não sei se conseguirei ser.

Will deu um meio sorriso, então perguntou:

— Bem, o que me diz, meu companheiro? Posso me juntar a vocês na viagem a Florença?

— Se está disposto a isso, por que não? Tenho quase certeza que Neville aprovará sua presença tanto quanto eu.

Depois que Will Hasling foi para casa, Eduardo correu para cima, para o escritório do pai no andar superior. Entrou, acendeu a luz elétrica e recuou um pouco. O cômodo tinha um leve e prolongado odor dos charutos que seu pai apreciava, misturado com a loção pós-barba que ele sempre usava.

Em sua mente, Eduardo viu o pai sentado atrás da grande mesa georgiana na outra extremidade do escritório, sorrindo para ele, e um nó formou-se em sua garganta quando uma onda de intensa emoção tomou conta dele. Amava o pai, admirava-o e sentiria muitas saudades dele, assim como seus irmãos e irmãs.

Por um momento, pensou em não entrar, em subir para seu quarto, mas mudou de idéia. Teria de se acostumar com essas lembranças cheias de sentimento e tão intensas, e encará-las de frente, não fugir delas. Seu pai estava morto, Edmundo também, e nada os traria de volta. Entretanto, o passado e suas vidas existiam dentro dele, estavam guardados em seu coração. A palavra morte não existia em seu dicionário. Esses dois homens viviam em seu coração e, enquanto estivesse vivo, eles também estariam e seriam parte *dele* para sempre.

Caminhou até a mesa, contornou-a e sentou-se na confortável cadeira de couro preto. Na mesma hora soube que não encontraria nada importante aqui, porque todas as gavetas estavam com as chaves nas fechaduras.

Nada a esconder, nada a achar, pensou Eduardo, ao abrir a gaveta do meio. Ali havia apenas alguns itens, nada importante, e ao abrir cada gaveta descobriu a mesma coisa. Basicamente, não havia nada que pudesse interessá-lo, e certamente nada que fizesse menção aos Grant.

Fechando a última gaveta, Eduardo recostou-se na cadeira, suspirando. Perguntou-se o que estivera procurando... não fazia idéia realmente, mas achara que em algum lugar talvez houvesse alguma prova incriminatória ou reveladora sobre Henrique Grant e seus comparsas, os homens que o cercavam, ou sobre sua esposa francesa.

Olhando em volta, Ned de repente viu o escritório com mais objetividade que nunca. Sempre gostara de seu aconchego e de suas bonitas cores; o papel de parede de um tom de vermelho intenso, o grande e confortável sofá forrado de veludo vermelho combinando, as poltronas de couro preto já gastas perto da lareira, a parede com livros de capa de couro. Apesar da prevalência da coleção de louças vitorianas na maioria das casas, aqui havia poucas. Seu pai nunca gostara de muitos enfeites, nem sua mãe. Assim como no escritório particular do pai em Ravenscar, havia muitas fotografias com molduras de prata dele, de seus irmãos e várias de sua mãe. E apenas isso, exceto por uma cigarreira de prata e, do outro lado da mesa, uma caixa onde ficavam os charutos cubanos, que eram os preferidos de seu pai.

Agora era o *seu* escritório. Pelo menos seria dele se quisesse usá-lo, cortesia de sua mãe. A casa da cidade era dela; nunca fora propriedade de seu pai: sua mãe herdara do pai dela, Filipe Watkins, o industrial. Até a morte do avô, a família morava em uma casa muito menor em Chelsea, que seu avô, Carlos Deravenel, deixara de herança para seu pai. Era uma casa boa e relativamente confortável, mas extremamente modesta em comparação com esta. E, claro, era a herança da mãe que pagava pela manutenção desta casa e de Ravenscar. Não sabia exatamente por que o pai estava sempre com problemas financeiros, sempre se esforçando para manter os pagamentos em dia e, obviamente, constrangido por essa situação. Mas, sem dúvida alguma, *ele* logo descobriria, já que iria trabalhar na Deravenel Company.

No trem para Londres, Neville sugerira que ambos fossem lá no dia seguinte questionar Aubrey Masters e dar uma olhada no ambiente.

— Não fará mal nenhum — dissera Neville. — E é natural que queiramos ir lá juntos, já que nossos pais e irmãos morreram juntos.

Na mesma hora, Ned percebera que fazia sentido, e Neville se oferecera para pegá-lo às dez horas da manhã seguinte. A Deravenel Company tinha uma grande sede na Strand, sobre a qual Neville comentara:

— É o lugar que você terá de ocupar pelo resto de sua vida. Mas no topo, se permite minha intromissão.

Eduardo sabia que Neville era um estrategista brilhante, um homem de negócios incomparável, que tinha dinheiro para jogar fora se fosse preciso. Independentemente do que acontecesse, sentia-se seguro sabendo que Neville Watkins, seu primo, amigo e mentor, iria até o fundo para descobrir tudo sobre a tragédia que acontecera na Itália. Mas não fazia idéia de como Neville pensava em colocá-lo no topo da Deravenel Company. Seria necessário um milagre.

Mais uma vez, Eduardo não conseguiu dormir. Às onze horas, levantou-se da cama, foi até o banheiro anexo e jogou água fria no rosto. Ficou parado por um momento, fitando a si próprio no espelho. Parecia cansado, com sombras escuras embaixo dos olhos, mas além disso não havia qualquer outro sinal da dor e da tristeza que vinha sentindo desde que soubera da tragédia familiar. De fato, parecia consigo mesmo... um jovem forte na flor da juventude, com ombros e peitoral largos, cintura fina e quadris estreitos. E era alto, mais alto que a maioria dos homens que conhecia. Afastando-se do espelho, voltou para o quarto, vestido com um pijama de linho, pegou um terno escuro no armário, colocou alguns trocados, as chaves e a carteira no bolso, e o relógio de ouro que seu avô Watkins deixara para ele no testamento.

Dez minutos depois, envolto em um sobretudo escuro e cachecol, foi até os aposentos do mordomo, onde encontrou Swinton.

— Preciso resolver uma coisa — disse Eduardo para o mordomo, e acrescentou: — E por favor, não me espere acordado, Swinton, não é necessário.

— Como quiser, senhor — respondeu Swinton, a expressão indecifrável.

Eduardo assentiu educadamente e voltou para o vestíbulo de entrada. Poucos segundos depois, estava do lado de fora, acenando para uma carruagem de aluguel que passava pela Charles Street. Subiu enquanto o cocheiro dizia:

— 'Noite, chefia, pra onde quer ir?

Eduardo deu um endereço em Belsize Park, disse ao cocheiro que ia precisar que ele esperasse, e então recostou-se. A carruagem de aluguel começou a movimentar-se e Eduardo se perguntou por que ia ver Lily Overton esta noite? Acabara de descobrir que o pai e o irmão estavam mortos, assim como o tio e o primo. Quatro pessoas da família mortas, e aqui estava ele indo ver uma mulher, uma mulher que sabia que lhe daria algum tipo de conforto. Mas não era o conforto sexual que procurava ou de que precisava esta noite. Era outro tipo de conforto que buscava. Precisava ser consolado e tranqüilizado; esperava que ela conseguisse ajudá-lo, abrandar seu sofrimento. De uma coisa tinha certeza: ela estaria sozinha; Lily não era uma prostituta. Era outra viúva que conhecia, mais velha que Alice de Ravenscar, e tinha uma boa situação financeira, pois fora casada com um advogado bem-sucedido.

Passara a gostar de mulheres mais velhas desde que, aos treze anos, fora seduzido pela esposa do maestro em uma igreja em Scarborough: uma mulher que o ensinara a prazerosa arte do sexo em uma caverna na praia em Ravenscar, abaixo das ruínas da fortaleza construída por seu antepassado, Guy de Ravenel. Ela tinha 25 anos e era uma linda loura com olhos verdes. Lily Overton tinha 32 anos e era tão bonita quanto Tabitha, outra mulher sedutora e loura que o conquistara e o mantivera como seu escravo sexual. Fechou os olhos e pensou nas duas mulheres; elas se misturaram em sua mente e ele, de repente, sentiu a excitação de uma ereção inesperada.

Pouco depois, a carruagem de aluguel parou, fazendo Eduardo sentar-se de repente; olhando pela janela, viu que tinham chegado à pequena casa em que Lily Overton morava.

Abrindo a porta, ele saiu e, olhando para o cocheiro, disse:

— Espere um momento, por favor.

— Certo, chefia — disse o cocheiro.

A casa estava escura, mas Eduardo notou o brilho da chama de uma vela na janela do andar de cima. Levantando a aldrava de latão, bateu forte na porta.

Lily não apareceu. Mais uma vez, levantou a aldrava, mas, antes de bater, escutou a voz dela por trás da porta:

— Quem é? — Parecia assustada, e ele sabia que devia tranqüilizá-la logo, usando o código que inventaram.

— Lily? Sou eu, Ned. Seu cunhado. Vim ver meu irmão. Ele está em casa?

— Vá até a janela — respondeu ela em voz baixa — para que eu possa vê-lo e me certificar que *é* meu cunhado a esta hora.

Aproximando-se da janela, Eduardo esperou que ela espiasse através das cortinas de renda. Assim que ela fez isso, ele voltou para a porta da frente e esperou; em um segundo, Lily a estava destrancando. Antes de entrar, disse ao cocheiro:

— Por favor, me espere, não vou demorar.

— Certo, chefia — foi a resposta, seguida de um risinho discreto.

Assim que ele entrou na casa, Lily trancou a porta e virou-se para Eduardo, fitando-o, os olhos verdes cheios de interrogação e a expressão, confusa.

No passado, ele sempre mandava bilhetes por algum mensageiro, perguntando se poderia visitá-la, e ela respondia usando o mesmo mensageiro.

aceitando ou recusando a visita. Geralmente, ela aceitava. A chegada dele esta noite foi sem aviso e inesperada, e ela estava obviamente surpresa, ele percebeu e falou logo:

— Desculpe-me, Lily, por vir vê-la sem avisar antes e a esta hora. Espero não estar sendo inconveniente.

— Não, de forma alguma. Talvez eu tenha entendido mal a carta que me mandou de Yorkshire... Eu o estava esperando na sexta-feira... antes de voltar para Oxford no dia seguinte.

— Esses eram meus planos. Mas voltei a Londres antes do esperado... esta tarde, na verdade, e eu precisava muito vê-la, estar com você, mesmo que por pouco tempo, eu tinha de vir.

Ele falou com tanta ternura, com a voz baixa, e havia uma seriedade rara nele. Ela se perguntou o que estava errado, pois certamente algo acontecera. Lily Overton não era uma mulher burra de forma alguma e detectou uma tristeza estranha e pouco comum em Eduardo; parecia que o sofrimento encobrira os olhos azuis e brilhantes, cegando-os, e a postura era calma, quase reflexiva, o que não era comum nele.

Desde a primeira vez que se encontraram no ano passado, ela o achara irresistível e sucumbia prontamente ao seu charme sempre que ele queria estar com ela, independentemente das circunstâncias. Apesar de ele ser tão jovem — jovem demais para ela —, Lily gostava profundamente dele, e era o único homem que já a satisfizera na cama.

Estendendo a mão, compreendendo instintivamente que ele precisava de conforto por alguma razão, ela tocou o braço dele e disse de forma gentil:

— Tire o casaco e o cachecol e venha para a sala íntima do segundo andar, onde poderemos conversar um pouco. Eu estava lendo lá quando você chegou, e a lareira está acesa. Está aconchegante.

Eduardo assentiu, colocou o casaco no armário e seguiu-a pelas escadas até o refúgio particular dela. Gostava dessa sala pequena mas charmosa com paredes rosa-escuro, sofá rosa adamascado e poltronas e tapete verde-musgo. Cortinas de veludo rosa cobriam as janelas, escondendo a noite de inverno enevoada, e a sala estava tão quente e convidativa quanto se lembrava.

— Posso apagar os lampiões? — perguntou Eduardo. — Está muito claro aqui.

— Claro — respondeu Lily e acrescentou: — E você poderia, por favor, jogar mais lenha no fogo enquanto sirvo-lhe um copo de conhaque?

Ele sorriu para ela, jogou lenha na lareira e abaixou a luz nos dois lampiões a gás que ficavam nas laterais do espelho acima do consolo da lareira; no mesmo instante, a sala ficou mais escura e tranqüila, íntima.

Aproximando-se do sofá, Eduardo sentou. Recostou-se nas almofadas bordadas desejando conseguir relaxar aqui com Lily; os nervos estavam à flor da pele e a cabeça latejava. Mas ela sempre era calma, amável e carinhosa com ele, e sempre conseguia tranqüilizá-lo.

Em poucos minutos, ela entregou a ele uma taça de conhaque e sentou-se a seu lado no sofá.

Fitando-o atentamente, observando-o através dos olhos verdes, Lily finalmente disse:

— Eu *sei* que algo está errado. Você não está bem, posso perceber isso. — Como ele continuou quieto, ela continuou: — Gostaria de conversar comigo, Eduardo?

Por um momento, ele não respondeu, e então disse com a voz fraca:

— Aconteceu uma tragédia horrível na minha família. Estamos todos arrasados, Lily, a tristeza... — Ele parou, balançou a cabeça, como se ainda não acreditasse na veracidade do que estava prestes a dizer. E então, lentamente, ainda falando no mesmo tom baixo, ele contou a ela sobre seu pai, irmão, tio e primo, e as mortes repentinas e inesperadas no incêndio em Carrara.

Lily ficou tão horrorizada que permaneceu em silêncio, abalada. Estava com dificuldades em compreender o que ele estava lhe dizendo... perder quatro membros da família em um só golpe era algo quase inimaginável. Ficou sentada, fitando-o através de olhos cheios de lágrimas, e demorou um pouco para recompor-se, para encontrar as palavras certas. Mas, finalmente, ela disse:

— Ah, Ned, querido, eu sinto tanto. É um sofrimento muito grande para você e sua família, eu entendo... uma grande tragédia, uma catástrofe. As palavras não trazem conforto em um momento desses; elas são... *inúteis*. — Afastou as lágrimas e continuou com a voz trêmula: — O que posso fazer? Como posso ajudá-lo? Há alguma coisa que eu possa fazer para consolá-lo?

Ned suspirou, balançou a cabeça.

— Não... estar aqui já é suficiente. Você é sempre tão amável e carinhosa... — A voz fraquejou, ele tomou um gole de conhaque e colocou o copo de volta na mesa lateral. Quando virou o rosto para ela, fitou-a cuidadosamente.

— Obrigado por... bem, por estar aqui. Tão compreensiva, tão solidária.

Lily pegou a mão dele, e pressionou contra os lábios, aproximando-se dele. Colocou a mão dele no colo e acariciou-a. Após alguns minutos de silêncio mútuo, ela murmurou:

— Você quer ficar comigo? Passar esta noite aqui?

— Não posso — respondeu ele rapidamente, franzindo a testa. — Vou encontrar meu primo amanhã bem cedo, por isso tenho de ir embora logo. Praticamente não dormi desde que recebi a notícia.

— Compreendo... — Ela parou, hesitou, então observou calmamente, inclinando-se sobre ele: — Você está tão *tenso*, exausto mesmo, Ned. Pelo menos, deixe que lhe faça uma massagem antes de ir, você sabe o quanto minhas massagens o ajudam a relaxar, a se sentir melhor.

Agora foi a vez de ele hesitar antes de falar. Após um momento pensando, ele disse:

— Vou ficar por uma hora, Lily, se você concordar.

— Como quiser, meu querido.

CAPÍTULO 7

Aos 32 anos, Lily Overton era uma mulher sábia, e com o passar do tempo adquirira um certo nível de sofisticação e intelectualidade. Casara-se e enviuvara duas vezes. O primeiro marido era cirurgião, e o segundo, um advogado que tinha o próprio escritório, e ambos deixaram para ela uma fortuna considerável. Era uma viúva bem estabelecida.

Durante o casamento com Oscar Overton, o advogado, ela conhecera todo tipo de pessoa de todas as camadas sociais, e aprendera muito com isso. Por causa de sua sabedoria, discernimento e inteligência, compreendeu Eduardo Deravenel desde o momento em que se conheceram.

O primeiro encontro acontecera um ano antes, e ela se pegou pensando naquela noite agora, revivendo-a, enquanto esperava que ele voltasse para a sala íntima após descer para falar com o cocheiro da carruagem de aluguel.

Em janeiro do ano anterior, ela fora convidada para um jantar na casa de Kensington de sua querida amiga Vicky Forth, a recém-casada irmã de Will Hasling. Will chegara com seu melhor amigo, Eduardo Deravenel, e ficou claramente óbvio para Lily que Eduardo se sentiu atraído por ela no momento em que a viu. Ele se aproximara dela na mesma hora, traçando uma linha reta pela longa sala de estar e permanecendo colado a ela até a hora de entrarem para o jantar, sem dizer muita coisa, mas dando-lhe total atenção, esquecendo-se dos outros.

Para surpresa dela, sentiu-se genuinamente desapontada quando se viu sentada entre Will e um banqueiro de meia-idade de bigode e com a língua levemente presa; no momento seguinte, sorrira ao ver Eduardo sentando-se em frente a ela.

Os olhos azuis brilhantes dele mal se afastaram do rosto dela durante todo o jantar; eles a devoraram cheios de gula, enquanto ele mal tocava na comida. Seu interesse nas mulheres que se sentaram a seu lado foi vago, breve, apenas cumprindo o padrão usual de cortesia. De novo, a atenção dele ficou inteiramente focalizada nela, e ela compreendera *exatamente* o que ele queria dela. Estava refletido na expressão daqueles olhos hipnotizadores e deixava pouco para a imaginação.

Após o jantar, as mulheres seguiram para a sala de estar enquanto os homens permaneceram sozinhos para saborear charutos e vinho do porto. Ela ficara inquieta, impaciente e tensa até *ele* aparecer na porta da sala de estar meia hora depois. O alívio tomou conta de seu corpo quando ele caminhou em sua direção, prendendo-a com o olhar, sem se importar com o que os outros pensariam. Ela também não, o que a deixou admirada. Lily ficara surpresa por ter ficado nervosa, excitada e ansiosa por tê-lo mais perto.

Ele dissera:

— Precisamos conversar em particular, Sra. Overton.

Ela simplesmente assentira e ele colocara a mão embaixo de seu braço, guiando-a cuidadosamente para um canto afastado perto de um vaso com uma palmeira.

— Preciso vê-la de novo, o mais rápido possível — murmurara ele em voz baixa assim que ficaram sozinhos, os olhos fixos nos dela. — E acredito que *você* também gostaria. — Enquanto falava, ele se aproximara e aumentara a pressão da mão no braço dela, e havia um desejo explícito em seu rosto, que fez com que ela, de repente, sentisse a boca seca.

Por um momento, ela não conseguira falar, simplesmente fitando-o, totalmente entregue ao encanto dele.

— *Por favor* — implorara ele.

O rosto dela ficara vermelho, ela se sentira extremamente quente, corada.

— Amanhã — dissera ele com a voz rouca. — Melhor ainda, esta noite. *Mais tarde.* Por favor, diga que sim.

Finalmente conseguindo falar, ela sussurrara:

— Amanhã. À tarde. Às quatro.

— Posso ir à sua casa? Ou você quer...

— Na minha casa — cortara ela, temendo um encontro em um hotel. Um encontro público seria impróprio, desastroso, e logo dissera a ele onde morava.

No dia seguinte, Lily se questionara a respeito de seu comportamento, perguntando-se por que se sentira tão atraída por esse rapaz que obviamente era tão mais jovem que ela. E soubera a resposta imediatamente. *Atração instantânea. Desejo sexual irresistível.* De ambas as partes. Então disse para a governanta para sair mais cedo naquele dia, às duas horas; e quinze minutos depois, dispensou a empregada.

Sozinha, tomou banho e perfumou-se, penteou o cabelo dourado e deixou-o solto, como uma menina, vestiu lindas roupas de baixo brancas e escolheu um vestido verde-claro de *chiffon* e renda; o estilo era simples, livre e esvoaçante, com uma faixa da mesma cor amarrada na cintura. Embora fosse um dia frio, ela quisera vestir algo jovial e bonito que também desse acesso fácil a ele. Instintivamente, já sabia o que esperar quando ele chegasse; sabia que ele se aproximaria dela com bastante rapidez, em uma tentativa de seduzi-la na primeira meia hora. O desejo dele ficara evidente demais e urgente demais na noite anterior.

Ela ficara pronta uma hora antes da hora marcada, e ficara andando de um lado para o outro, vagando pela casa, verificando tudo e, ao fazer isso, percebeu que mal conseguia se conter. Estava tremendo, excitada por dentro, agindo como se fosse uma adolescente sem experiência. Esses sentimentos realmente surpreenderam-na, já que *tinha* experiência.

Eduardo chegara faltando cinco minutos para as quatro, para o chá da tarde. Ela mesma o serviu, e o olhar dele permanecera fixo nela. Lily tivera plena consciência que a ausência de empregados e seu rosto corado eram sinais de que seu objetivo e suas intenções eram os mesmos que os dele. Mas ele já entendera isso antes de vir até sua casa.

Ele tomara um gole de chá, ela também; ele falara um pouco sobre Oxford, a amizade com Will e o quanto gostava de Vicky Forth, amiga *dela*.

Lily escutara com atenção, adorando o timbre de voz dele, assim como adorara na noite anterior, uma voz intensamente masculina, doce e culta.

E então, inesperadamente, Eduardo parara de forma abrupta, se levantara e se aproximara da poltrona dela. Debruçando-se sobre ela, dissera com a mais gentil das vozes:

— Não quer vir se sentar comigo no sofá? Parece tão distante.

Antes que ela pudesse responder, ele pegara sua mão, a levantara e levara para o sofá perto da lareira.

— Está tremendo, Sra. Overton — dissera ele, parecendo surpreso, enquanto a sentava no sofá e sentava-se ao lado dela. — Está bem?

— Perfeitamente — fora tudo que conseguira dizer.

— Acho que eu não estou — sussurrara ele e imediatamente se aproximara. — Estou muito agitado desde ontem à noite. Não consegui parar de pensar em você. — Como ela não respondeu, ele perguntou: — Posso ter alguma esperança de que também pensou em mim?

Ela assentiu.

Ele se inclinou sobre ela, passou os braços em volta dos ombros dela e aproximou os lábios do rosto dela. Lily não se mexera, permanecera imóvel enquanto ele beijava seu rosto de novo e usava os lábios para descobrir os seus. Ela correspondera ao beijo. Por que fingir, pensara ela, por que fingir ser extremamente virtuosa se ele sabe o quanto o desejo? Em poucos segundos, a mão dele estava em seus seios; ele a puxara para mais perto, abraçando-a com força e, usando uma hábil mão, desabotoou a parte da frente do vestido dela e deslizou a mão para dentro, tocando de leve seu mamilo. Como ela não demonstrou nenhuma resistência a seus avanços, ele se tornara infinitamente mais ousado, deslizara a mão até sua perna, levantara a saia esvoaçante do vestido, deslizando os dedos até a parte interna da coxa, entre as pernas. Foi neste momento que ela o interrompera:

— Por favor, devemos parar. Isso é muito inadequado.

Ele se afastara dela com gentileza, fitando-a com um olhar divertido, e rira:

— Ah, Sra. Overton, *francamente*. — Ele rira de novo, e ela também, então ele balançara a cabeça e pedira: — Podemos ir lá para cima, Sra. Overton? Acho que precisamos de uma cama com uma certa urgência.

— Só se parar de me chamar de Sra. Overton e passar a me chamar de Lily, Eduardo — respondera ela com um leve sorriso.

— E você deve *me* chamar de Ned.

Juntos eles subiram as escadas, e ela não ficara constrangida de forma alguma; levara-o para seu quarto, então de repente virara-se para ele e lançara um olhar enigmático.

A resposta dele foi pegá-la imediatamente nos braços, abraçá-la com força e deslizar a mão até suas nádegas. Ela se sentira tão pequena, feminina e indefesa nos braços de um homem tão alto, grande e másculo, o mais másculo que já conhecera.

Quando ele a abraçara com ainda mais força, grudando o corpo dela ao seu, ela sentira sua ereção e estremecera.

Como se entendesse o tremor instantâneo, ele não se movera, simplesmente ficara imóvel, olhando para ela, a expressão subitamente apaixonada. Muito devagar, ele começara a tirar as roupas dela, soltando a faixa da cintura e deixando-a cair no chão, abrindo o resto dos botões na frente do vestido. Deslizando pelos ombros dela, o vestido caiu no chão, um monte de renda verde-clara a seus pés. Um momento após ele começar a soltar as roupas íntimas dela, ele parara e a levara para cama. Sem dizer uma palavra, ele tirara tudo até que ela ficasse completamente nua.

Só então ele falara, com uma voz maravilhada:

— Ah, Lily, como você é linda.

Ela permanecera em silêncio, simplesmente fitando-o através de olhos desejosos, esse desejo explícito em todo o rosto.

Tudo acontecera muito rápido depois disso. Ele levantara, tirara as próprias roupas rapidamente e deitara-se ao lado dela na cama. Apoiando-se em um cotovelo, debruçara sobre ela, beijara-a intensa e apaixonadamente, a língua atravessando os lábios dela em um momento de verdadeira intimidade. Todos os movimentos eram lentos, gentis, delicados e logo uma de suas mãos vagou sobre ela, acariciando cada parte até que ela gemesse de prazer.

Logo depois, ele pegara a mão dela e colocara em seu membro, que a surpreendera pelo tamanho. Mas, quando ele a penetrara, fizera com tanta gentileza que ela percebeu o quanto estava pronta para ele, excitada por sua virilidade, conhecimento e experiência. A união deles fora arrebatadora, excitada, como ambos sabiam que seria desde a primeira vez em que se viram.

Eduardo passara o resto do dia com ela, entrando pela noite. Ela preparara o jantar, e ele ficara mais e mais, não indo embora antes das primeiras horas da manhã. Ele estivera insaciável, assim como ela, que percebera naquela noite que ele fora o melhor amante que já tivera.

E assim começara o relacionamento mais extraordinário que Lily já tivera com um homem: um relacionamento que só lhe trouxe felicidade com o decorrer dos meses.

Ned a encontrava sempre que vinha a Londres e, de vez em quando, atendendo aos pedidos dele, ela o visitava em Oxford. Com o passar do tempo, ela passara a amá-lo, embora compreendesse que a diferença de idade entre eles era enorme e não podia ser preenchida. Apesar disso, resolvera continuar sendo sua amante por quanto tempo ele a desejasse e quisesse.

Havia poucas coisas que ela não sabia sobre ele, e o compreendia inteiramente. Era um homem libidinoso, sensual e extremamente romântico; ela o considerava maduro para a idade e muito inteligente; ele tinha um pensamento analítico brilhante que às vezes a surpreendia. Além desses atributos, a aparência dele era de tirar o fôlego, e mesmo assim ele não tinha qualquer vaidade, e era tão gentil e solidário. Talvez o que Ned tivesse de mais singular fosse o carisma. Possuía uma espécie de charme natural que era tão envolvente que cativava todo mundo. Essa característica, somada a sua amabilidade e simpatia, conquistava as pessoas facilmente. Todos ficavam à sua volta, queriam participar de seu círculo.

Lily, porém, tinha plena consciência de que, por trás dessa fachada de charme e educação, havia um tipo de homem completamente diferente, teimoso, determinado e cheio de sabedoria, que cultivava uma grande ambição e tinha uma força de vontade formidável. Durante o relacionamento, ela logo passara a aceitar que ele também podia ser absolutamente cruel quando julgava necessário.

Poucas pessoas reconheciam essas características, pois o julgavam pela aparência e porque ele não permitia que elas o conhecessem intimamente. Era inevitável subestimarem-no, o que a deixava surpresa e, com freqüência, irritada. As pessoas tinham a tendência a vê-lo como um rapaz bonito, preguiçoso e indolente, e por isso o consideravam um homem inconseqüente. Como estavam erradas!

Lily levantou-se da poltrona quando escutou a porta da frente bater, e as lembranças do primeiro encontro com Ned e as reflexões sobre ele foram deixadas de lado. Ele estava nas escadas, voltando para ela, e ela o olhou de forma questionadora quando ele entrou na pequena sala íntima:

— O cocheiro está disposto a esperar?

— Por quanto tempo eu quiser — respondeu com um sorriso fraco. Aproximando-se da lareira, sentou-se no sofá e esticou as longas pernas.

— Quer que eu lhe faça uma massagem nos ombros? — começou ela, mas na mesma hora parou quando o viu balançando a cabeça.

— Por enquanto, só quero ficar aqui sentado com você, Lily, e relaxar, se eu conseguir. Há tanta tristeza dentro de mim que parece que, se eu fizer qualquer coisa que me dê algum prazer, isso seria totalmente errado.

Fitando-o, Lily apenas abaixou a cabeça. Um silêncio se instaurou entre eles, mas era um silêncio compatível e, por um tempo, os únicos sons eram o tiquetaque do relógio de pêndulo no canto e os estalos da lenha na lareira.

Depois de um tempo, Lily arriscou:

— Eu me senti como você agora quando meu primeiro marido morreu... achava que eu não poderia fazer nada que me desse prazer, que de alguma forma seria desrespeitoso. Mas esse não é o caso, sabe. E deixar que uma mulher o ame e amá-la também é, na verdade, uma afirmação da vida. — Como ele não respondeu, Lily ficou de pé e foi sentar ao lado dele no sofá.

Pousando uma das mãos na perna dele, disse com muito cuidado:

— Você acha que fazer amor comigo enquanto está de luto seria inadequado? É isso, Ned?

— Acho que sim... — não terminou a frase. Recostou-se no sofá e fitou-a, a expressão preocupada e perplexa.

— Eu compreendo totalmente e como disse antes, já passei por isso, meu coração já esteve cheio de dor e sofrimento — murmurou Lily. — É tristeza misturada com raiva e uma sensação de impotência. É natural se sentir assim, e talvez seja pior para você, já que perdeu membros da família tão próximos e tão queridos.

Ele pegou a mão dela e apertou com força.

— Verdade — sussurrou ele. — Você está certa.

— Aprendi há muito tempo que é importante deixar a morte em um canto e continuar fazendo as coisas de *todo dia*. A vida *é* para ser vivida, Ned. E entender isso ajuda a aliviar a tristeza.

Ele passou a mão pelo cabelo ruivo dourado e suspirou alto:

— Você é sábia, Lily, e concordo com você no nível *racional*, mas é muito difícil aceitar isso no nível emocional. — Suspirou de novo e deu um sorriso cheio de sofrimento. — De qualquer forma, acho que eu não conseguiria fazer amor hoje, não mesmo.

Mas ele conseguiu. E fez. Com a ajuda amorosa de Lily. A vida *era* para ser vivida. E o amanhã era para a vingança.

CAPÍTULO 8

— Acho que não é nem um pouco impróprio eu ir com você à Deravenels esta manhã, Ned — disse Neville Watkins, aproximando-se da lareira ao falar. — Considero até normal eu acompanhá-lo. Afinal de contas, meu pai e meu irmão morreram junto com os seus em Carrara.

— Concordo plenamente com você — foi a resposta rápida de Eduardo, que fitou o primo perplexo e continuou: — E foi para *você* que Aubrey Masters decidiu telefonar assim que recebeu a trágica notícia. Entretanto, por que trouxe esse assunto à tona? — Ned franziu a testa. — Você está prevendo algum tipo de problema? Por *nós* chegarmos juntos?

— De forma alguma. Só estava repassando tudo na minha cabeça. Seria natural um funcionário limitado se perguntar em voz alta por que um primo que não tem nada a ver com a empresa está chegando com você, só isso. Sempre me pareceu que os empregados de Henrique Grant ficavam melindrados quando se tratava dos parentes de seu pai.

Eduardo riu.

— Verdade, eles ficavam, principalmente a vadia francesa, como meu pai costumava chamá-la. Era ela quem mais reclamava.

Neville levantou a sobrancelha, olhando na mesma hora para o primo.

— Vadia francesa — repetiu ele, e de repente começou a rir. — Agora eu me lembro, seu pai de vez em quando insinuava alguma coisa sobre a paternidade do filho dela, Edouard. Acho que ele questionava o desempenho de Henrique... bem, era assim que ele colocava.

— Meu pai estava convencido de que Henrique era impotente e possivelmente estéril, e não escondia isso da família. Ele tinha quase certeza que o pai do filho deles era um dos colegas de Grant.

— Ou seja, se Edouard for um bastardo e não tiver o sangue Grant, não terá direito a um dia assumir o comando da Deravenels.

Eduardo assentiu.

— De qualquer forma, não falei com Aubrey Masters, você falou?

— Não. Fiz uma escolha consciente de não anunciar nossa chegada. Achei que seria mais interessante entrar sem ser esperado, do nada, por assim dizer.

— Excelente idéia. E a propósito, ontem à noite, Will se ofereceu para ir conosco à Itália. Ele me perguntou se podia. Acha que pode ser útil. — Lançando um olhar interrogativo para Neville, perguntou: — Então, o que acha, Neville?

— De fato, é uma ótima idéia, Ned. Quem sabe o que vamos encontrar, e mais uma cabeça inteligente e um par de olhos atentos podem ser muito úteis. Decidi deixar a agência de Thomas Cook tomar todas as providências para a viagem, eles são muito bons nisso, só preciso acrescentar o nome de Will.

Neste momento, bateram à porta da sala íntima e Swinton entrou, carregando uma bandeja com um bule de café e louças, seguido de Gertrude, a empregada, que também carregava uma bandeja.

— O café e as torradas que pediu, Sr. Eduardo — disse Swinton ao se apressar até a mesa de nogueira que ficava perto das janelas. — Posso lhe oferecer algo, Sr. Watkins? — perguntou, virando-se para Neville, que estava parado na frente da lareira.

— Obrigado, Swinton. Já tomei café-da-manhã. Mas gostaria de uma xícara de café, se for possível.

— Claro, senhor. — Swinton abaixou a cabeça e voltou a atenção para a mesa. Após esvaziar as bandejas, o mordomo e a empregada saíram.

Eduardo disse:

— Seus planos ainda são de irmos à Itália passando por Paris, como sugeriu ontem?

— Isso mesmo. Vamos até Paris, via Le Havre, passamos a noite lá e, então, seguimos para Carrara. Tem alguma preferência de hotel em Paris, Ned? Acho que podemos ficar no Ritz na Place Vendôme, se você concordar.

Eduardo assentiu mostrando sua aprovação e se dirigiu para a mesa; Neville juntou-se a ele e, um momento depois, Swinton estava de volta com mais uma xícara e um pires.

Assim que ficaram sozinhos de novo, Eduardo pegou uma torrada e passou manteiga e geléia nela. Enquanto fazia isso, disse:

— A que horas você acha que devemos chegar na Deravenels?

— Por volta das onze horas. Se chegarmos mais tarde, eles estarão saindo para os clubes particulares e restaurantes chiques para o almoço.

— Tem algum tipo de estratégia em mente? — perguntou Eduardo, olhando para Neville do outro lado da mesa, inclinando a cabeça para o lado de forma questionadora.

— Não sei se é realmente necessário termos uma estratégia a esta altura do campeonato — respondeu Neville, tomando um gole de café. — Acho que o mais certo e apropriado é você conduzir a situação, já que seu pai era diretor da empresa quando morreu. Posso até interferir com meus comentários e perguntas sobre meu pai e Thomas. Basicamente, precisamos saber como o incêndio começou e o estrago que foi feito, para que possamos ter uma idéia do estado dos corpos de nossos pais e irmãos quando foram encontrados. Também precisamos saber como a empresa planeja trazer os corpos de volta à Inglaterra para serem enterrados.

— Certo — disse Eduardo laconicamente e recostou-se na cadeira. Uma tristeza repentina tomou conta de seu rosto, e ele teve dificuldades em continuar falando.

Neville continuou quieto, bebericando o café, seu próprio rosto coberto pela dor, os olhos reflexivos, perturbados.

Ambos falaram pouco depois disso. Tomaram o café em silêncio, atormentados pela idéia de que a viagem à Itália estava fadada a ser difícil, repleta de angústia.

A elegante carruagem de Neville Watkins, levando os dois homens, contornou Berkeley Square em direção a Piccadilly e atravessou Trafalgar Square, continuando pela rua Strand, onde ficava a sede da Deravenel Company.

A maravilhosa carruagem puxada por cavalos finalmente parou do lado de fora do imponente edifício da sede da grande empresa internacional de comércio na rua Strand.

Quando os dois homens desceram da carruagem, a atenção se voltou para eles. Ambos estavam elegantes, vestindo ternos pretos e sobretudos escuros. O tecido, o corte, o estilo e o modelo mostravam que os trajes eram da melhor qualidade, ou seja, não deixavam dúvidas de que eram de Savile Row.

Transeuntes, apressados para cuidarem de suas vidas nesta manhã fria de janeiro, paravam para admirar os dois homens notáveis que se encaminhavam cheios de confiança para a porta da frente da Deravenel Company. Eles eram vistos como cavalheiros deslumbrantes e almofadinhas da classe alta, e na maioria das vezes sem nenhum ressentimento. A Inglaterra de 1904 era um mundo de distinção entre as classes, e todos sabiam disso e aceitavam.

Os dois homens atravessaram as portas antigas e pararam por um momento no saguão de mármore, cujo teto se estendia como o de uma catedral. O mármore era em tons de preto e terracota e cobria as paredes, os altos pilares redondos e o enorme piso. Majestoso e magnífico, exalava dinheiro e sucesso.

Um porteiro uniformizado que, no inverno, ficava em uma pequena mesa do lado de dentro, correu até eles. Imediatamente, reconheceu Eduardo Deravenel. Quem conseguia esquecer esse jovem alto, bonito, com cabelo ruivo dourado e brilhantes olhos azuis. O filho do falecido Ricardo Deravenel, que era um dos cavalheiros mais educados do mundo, pensou o porteiro, e disse gentilmente:

— Bom dia, Sr. Eduardo, Sr. Watkins. Por favor, subam direto para o primeiro andar.

— Obrigado, Johnson — respondeu Eduardo com um sorriso afetuoso. — Como está seu filho? Da última vez que nos falamos, ele estava entrando no exército indiano.

Lisonjeado por Eduardo ter se lembrado da última conversa que tiveram, ele assentiu, com um sorriso demonstrando sua alegria.

— Muito bem, senhor, obrigado. Que bom que o senhor lembrou do meu Jack.

Eduardo balançou a cabeça de leve, e ele e Neville foram em direção à grande escadaria dupla de mogno entalhado.

Os dois subiram as escadas até o primeiro andar, onde os escritórios dos executivos ficavam alinhados em um corredor amplo que terminava com portas duplas enormes que se abriam para a sala de reuniões da empresa. Eduardo pensou naquela sala... Quando era um menino, costumava sonhar que dominaria aquela sala quando crescesse. Sentiu uma pontada peculiar e repentina no peito ao se lembrar do escritório do pai. Não sabia se conseguiria entrar lá hoje, embora talvez devesse. Adiar isso era ridículo, não era? Apesar disso, hesitou diante da idéia. O escritório traria mais lembranças e sofrimento.

No meio da escadaria coberta de tapete vermelho, Neville parou, a mão pousada no corrimão de mogno.

— Assim que acabarem os cumprimentos, acho que seria inteligente você partir direto para suas perguntas. Vamos evitar delongas. Você conhece Aubrey Masters.

— Prolixo, para dizer o mínimo — respondeu Eduardo. — E não precisa se preocupar. Estou tão impaciente quanto você para chegarmos ao cerne da questão. Espero que ele possa nos dar alguns detalhes importantes e respostas satisfatórias. Afinal de contas, é ele quem lida com os problemas na Itália há mais tempo.

Neville assentiu, e os dois continuaram a subir as escadas. Ambos estavam ansiosos, apreensivos; temiam o que estavam prestes a descobrir sobre as mortes de seus entes queridos e a forma terrível como morreram no incêndio. Embora não tenham discutido isso entre si, ambos sabiam que deve ter sido uma forma brutal e assustadora de morrer.

Os dois lances de escada chegavam a uma plataforma ampla, com a forma e o tamanho de um salão. No meio desse espaço, havia uma mesa grande atrás da qual estava sentada uma jovem atraente vestindo um conjunto com saia comprida e blusa branca.

Ela levantou o olhar quando Eduardo e Neville se aproximaram da mesa; seus olhos automaticamente se viraram para Eduardo, que ela reconheceu na mesma hora.

— Sr. Eduardo, bom dia — murmurou ela com um pequeno meio sorriso. Queria dizer algo sobre a morte do pai dele, mas sabia que não seria adequado fazer qualquer tipo de comentário pessoal. Não era sua função.

— Bom dia, Matilda. Este é o Sr. Watkins. Estamos aqui para ver o Sr. Masters.

Ela virou a cabeça na direção de Neville, cumprimentando-o e, então, levantou-se.

— Vou avisar ao Sr. Masters que estão aqui. — Ela se apressou pelo corredor.

Eduardo e Neville tiraram os sobretudos e penduraram-nos em um armário; no momento seguinte, Matilda estava de volta.

— O Sr. Masters vai recebê-los agora mesmo — disse ela e conduziu-os pelo corredor, levando-os a um escritório e fechando a porta assim que eles entraram.

Aubrey Masters contornou a mesa para cumprimentar Eduardo e Neville. Era um homem pequeno, gorducho e inquieto, que estava na casa dos quarenta anos, com cabelo escuro, pele ruborizada e olhos castanhos muito próximos.

Apertando a mão de Eduardo, ele exclamou:

— Sr. Eduardo, entre, sente-se! — Virando-se para Neville, estendeu a mão também e indicou a outra cadeira na frente da mesa. — Bem-vindo à Deravenels, Sr. Watkins. Já faz um tempo que o senhor não vem aqui. Quase um ano, se bem me lembro.

— Isso mesmo — respondeu Neville, sentando-se na cadeira. Continuou olhando para Aubrey Masters, que foi se sentar atrás da mesa.

— Por favor, Sr. Eduardo, aceite meus pêsames por essa perda terrível que acabou de sofrer, e o senhor também, Sr. Watkins. Minhas profundas condolências aos dois — começou Masters. — Essa tragédia deixou todos aqui na empresa abalados desde que recebemos a notícia. Todos estão sofrendo e muito tristes...

— Obrigado — disse Eduardo de modo enfático, claramente cortando Masters. — Eu e meu primo somos gratos por sua solidariedade e agradecemos por poupar nossas mães de mais dores de cabeça desnecessárias. Receber a notícia por telefone teria sido terrível para ambas, eu diria até insuportável.

— Acredito que sim. Naquele momento, achei que entrar em contato com o Sr. Watkins era a forma certa e adequada de lidar com o assunto — respondeu Aubrey Masters, debruçando-se sobre a mesa, as mãos juntas.

— Muito sensível de sua parte — interpôs-se Neville, os olhos avaliadores ao observar Masters, analisando-o.

— Eu e o Sr. Watkins estamos impacientes para saber o que aconteceu exatamente com nossos pais e irmãos em Carrara, Masters. Só recebemos as informações mais superficiais sobre as mortes e esperamos que possa agora nos dar mais detalhes.

Limpando a garganta diversas vezes, Aubrey assentiu.

— Sinto muito em dizer que não tenho muitas informações, Sr. Eduardo. Só sei que houve um incêndio no hotel na noite do domingo passado. Recebi essa informação de Carrara por telegrama.

— E quem mandou o telegrama? — perguntou Eduardo, segurando as emoções. Estava redescobrindo sua antipatia natural por Masters, de quem seu pai jamais gostara de verdade. Havia algo evasivo nele, e Eduardo tinha certeza que a lealdade dele estava à venda, e que sempre esteve. Agora Eduardo se questionava sobre a integridade dele. Certamente não era uma característica que pudesse associar ao diretor do departamento de mineração.

Aubrey Masters, correspondendo ao olhar de Eduardo, disse com a voz mais trivial que conseguiu:

— Quem informou da tragédia foi Alfredo Oliveri.

— Ele não é o gerente dos negócios em Carrara?

— Isso mesmo. Ele trabalha com o superintendente das minas.

— Entendo. E tem outro gerente em Florença, não é? — perguntou Eduardo. — Fabrizio Dellarosa.

Masters assentiu.

— Dellarosa é responsável por todos os negócios na Itália, e era uma das pessoas que trabalhava mais perto do Sr. Ricardo... seu pai.

— Ele entrou, em contato com você?

— Entrou sim. — Aubrey endireitou-se na cadeira, mais atento aos visitantes, olhando de Deravenel para Watkins, de repente detectando hostilidade. Perguntou-se por quê. Uma onda de pânico atingiu-o. Esquecera-se de algo? Será que os dois sabiam mais que ele? Se *houvesse* mais alguma coisa para se saber. Limpando a garganta, ele disse com a voz firme e clara:

— Vejam, eu *contei* tudo que eu *sei*, Sr. Eduardo.

— Eles ficaram muito queimados? — perguntou Neville, engolindo em seco, não permitindo que sua dor de cabeça transparecesse.

— Sinto muito, mas não sei. Oliveri me contou por telegrama que eles foram encontrados no hotel e que os corpos tinham sido levados para o hospital de Florença. Que eles ficariam lá até que os membros da família chegassem. Ou seja, os senhores, claro.

— Isso é tudo que você sabe? — questionou Eduardo, com incredulidade na voz.

Masters pareceu não entender a pergunta.

— Não há muito mais o que saber — murmurou, parecendo preocupado e confuso.

— Eles estavam todos juntos? Na sala de espera ou no saguão? Ou estavam em seus quartos? Quanto tempo durou o incêndio? Por que eles não foram salvos antes que fosse tarde demais? O que diz o relatório da polícia? — Eduardo olhou firme para Aubrey Masters; seus olhos se estreitaram: — Tem muito mais coisa que *eu* quero saber a respeito desse assunto, assim como meu primo.

— Ah, desculpe, talvez eu tenha errado.

— Como assim? — perguntou Eduardo imediatamente, fixando os brilhantes olhos azuis em Masters.

— Talvez eu devesse ter ido pessoalmente à Itália para investigar a situação em vez de deixar a cargo dos gerentes italianos.

— Talvez você devesse — respondeu Eduardo friamente, encarando-o.

O silêncio na sala era ensurdecedor.

Eduardo continuou sentado imóvel na cadeira, completamente frustrado. Aubrey Masters era realmente um idiota ou era um hipócrita esperto? Não tinha certeza, e de repente decidiu ir embora desse escritório na mesma hora. Não havia nada que ele e Neville pudessem descobrir ali, isso estava óbvio. Quando chegassem à Itália dentro de poucos dias, eles próprios juntariam os fatos.

Após deixarem a sede da Deravenels, Eduardo e Neville saíram para a rua, onde Neville falou com o cocheiro de sua carruagem. Os dois homens, então, atravessaram a Strand e entraram na Savoy Court, o pátio que ficava à frente do Savoy Hotel e do Savoy Theatre anexo.

Neville diminuiu o passo quando se aproximaram do teatro e, virando-se para Eduardo, disse:

— Foi graças às operetas de Gilbert e Sullivan que Richard D'Oyly Carte conseguiu construir esse teatro e esse hotel alguns anos atrás. Com todo aquele lucro, ele fez uma verdadeira fortuna.

Eduardo assentiu.

— Foi o que meu pai me disse. Ele adorava as operetas. Principalmente *The Mikado* e *H.M.S. Pinafore.*

— Não são do meu gosto. Prefiro Mozart.

Uma vez que estavam sentados a uma mesa, Neville pediu uma garrafa de vinho branco seco e recostou-se na cadeira, fitando o primo com atenção.

— Você não gosta de Aubrey Masters, não é, Ned? — perguntou finalmente.

— Não é uma questão de gostar ou desgostar... não sei se confio nele. Meu pai jamais gostou muito dele e, quando estávamos no escritório dele, comecei a me perguntar se ele era um idiota ou um hipócrita esperto.

— Se ele é dissimulado, então é um ótimo ator. Pessoalmente, acho que é estúpido. O que me leva a outra questão. Por que ele *ocupa* aquele cargo? Quem fez dele diretor do departamento de mineração?

— Henrique Grant, claro. Aubrey Masters é parente dele, um primo de segundo grau afastado, acredito.

— Nepotismo de novo, hein? — Neville balançou a cabeça. — Você não ficou surpreso por Henrique Grant não aparecer, vir dar suas condolências?

— Não. Sabe, antes de papai partir para a Itália, ele me disse que Henrique estava adoentado, sentindo-se mal, e que fora para um refúgio religioso em Cumbria para passar dois meses. Acredito que ainda esteja lá, e talvez ninguém tenha se preocupado em informá-lo sobre a tragédia.

— Se isso for verdade, acho um absurdo ele não ser avisado.

— Eu também. Não se preocupe com isso. Temos mais com o que nos preocupar, Neville. É imperativo que partamos para a Itália o mais rápido possível. Eu e Will estamos prontos para partir imediatamente. É só você dizer.

— Partiremos no sábado, Ned. A agência de Thomas Cook está tomando todas as providências, como disse mais cedo. Só preciso confirmar o hotel com eles mais tarde.

— O Ritz está bom para mim, como disse antes.

Neville assentiu e pegou o cardápio.

— Há dias que mal como, e sei que você também. Mas acho que devemos comer uma refeição decente, pelo menos para nos mantermos fortes.

— Você está certo. O problema é que não estou com fome. Perdi todo o apetite.

Seguindo o exemplo e abrindo o cardápio, Eduardo analisou-o por um momento, depois abaixou-o e comentou:

— Sabe, o devoto Henrique Grant pode estar purificando a alma e celebrando sua religião, mas sua esposa está aqui em Londres. Poderia ter facilmente enviado cartas de condolência às nossas famílias, não acha?

— Olhe de quem você está falando, Eduardo. Aquela mulher não sabe fazer essas coisas. Agora, vamos pedir alguma coisa para comer e relaxar. Esta tarde temos de rever nossos planos. Temos de encontrar um jeito de chegar ao fundo dessa questão. Precisamos saber se o incêndio realmente foi criminoso ou não, e agir de acordo.

— Espero que os gerentes italianos tenham mais informações para nos dar, principalmente Alfredo Oliveri, já que mora em Carrara. Meu pai sempre gostou dele e falava muito a seu respeito. E de forma afetuosa, devo dizer.

— Então esse é o nosso homem, e não tenho dúvidas de que estará com o relatório da polícia. Ou pelo menos terá acesso a ele. Isso já será um começo.

— Achei que a postura de Aubrey Masters foi muito indiferente, e isso me deixou furioso — confidenciou Eduardo.

— Sei que deixou. Consigo ler em seus olhos, mesmo quando mantém o rosto inexpressivo, Ned. De qualquer forma, realmente acho que a Deravenels pode ser muito melhor aproveitada — disse Neville, e continuou: — Prevejo que você ocupará a cadeira de Henrique Grant em menos de seis meses.

Eduardo ficou quieto por um momento, e então protestou:

— Sou muito jovem, Neville. Não podemos esquecer que não tenho nem dezenove anos.

— Não podemos esquecer que William Pitt tinha apenas 24 anos quando se tornou primeiro-ministro da Inglaterra.

— Mas...

— Sem mas, Ned. Você vai dirigir a Deravenels.

— Mas só se você estiver a meu lado — exclamou Eduardo.

— E eu estarei, não se preocupe com isso — prometeu Neville Watkins.

Capítulo 9

Florença

Eles tinham vindo buscar os corpos para levá-los de volta à Inglaterra. Mas também estavam em Florença para descobrir o que acontecera com seus parentes na hora da morte. E de repente, agora que finalmente estavam na Itália, o que Eduardo mais temia era ver os corpos.

Tinha plena consciência de que fitar os rostos sem vida e cobertos de cera de seu pai, irmão, tio e primo teria um efeito devastador sobre ele. Por outro lado, *precisava* vê-los para se convencer de que *realmente* estavam mortos. Em sua mente, ainda não conseguia aceitar que essa catástrofe havia acontecido.

Eduardo Deravenel estava olhando pela janela do quarto de hotel, fitando o rio Arno e as montanhas de Florença adiante. Não havia sol nesta manhã fria de janeiro, e o céu estava coberto de nuvens cinza. Uma névoa flutuava por cima do rio, obscurecendo as águas escuras, uma névoa que o fazia lembrar da neblina do inverno de Londres.

Chegara de Paris na noite anterior, acompanhado de Neville e Will, e registraram-se no Hotel Bristol, que era um hotel famoso, construído na segunda metade do século XIX, muito freqüentado pela aristocracia inglesa e altamente recomendado.

Como a maioria dos bons hotéis daqui, ficava às margens do Arno, e os quartos tinham vista para o rio e as montanhas dispersas que havia ao redor da cidade. Ele e Will estavam em quartos vizinhos, enquanto Neville estava em uma suíte maior algumas portas à frente no corredor.

Afastando-se da janela, Eduardo foi até o espelho e começou a dar o nó na gravata feita da melhor seda preta. Quando ficou satisfeito, acrescentou um bonito alfinete de pérola no meio do nó cuidadosamente feito. O alfinete de pérola fora um presente do pai em seu décimo oitavo aniversário, no ano anterior, e ele o valorizava ainda mais agora.

Foi até o armário, pegou o colete e vestiu, voltou ao espelho e olhou-se, pensando em como estava pálido e magro. Suspirando, voltou ao armário e pegou o paletó.

E para Eduardo parecia, enquanto ia e voltava, que a terrível sensação de pavor que acabara de vivenciar o acompanhava, envolvendo-o como um fino véu, como se fosse a névoa do rio. Sentiu um tremor involuntário, parou perto de uma cadeira e colocou a mão ali. Fechou os olhos, olhando para dentro de si.

Tenho de permanecer absolutamente controlado hoje, não posso demonstrar nada. Meu rosto tem de ficar indecifrável o tempo todo. Concordo com Neville que o incêndio foi criminoso, e não um acidente. Como vamos descobrir a verdade, eu não sei, mas devemos tentar. Will pensa da mesma forma. Estou feliz por ele ter vindo conosco. Ele tem um bom relacionamento com Neville, e ambos gostamos de sua companhia.

De alguma forma tenho de superar o martírio de ver os corpos mais tarde, ainda esta manhã. Depois, iremos a Carrara, independentemente de qualquer coisa. Temos de seguir esse curso. Preciso ver o hotel onde eles encontraram o fim. Isso é imprescindível. Depois, espero que esse pesadelo italiano chegue ao fim. No final desta semana, levaremos os corpos para a Inglaterra, para Yorkshire, onde os enterraremos naquela terra benigna, e eles descansarão em paz...

Batidas insistentes à porta interromperam os pensamentos de Eduardo, e ele se apressou em ir abri-la. Will Hasling estava ali, vestido apropriadamente com um terno preto e carregando um sobretudo no braço.

— Não estou muito adiantado, estou? — perguntou Will com a sobrancelha levantada.

Eduardo balançou a cabeça.

— Entre, Will. — Abriu mais a porta e entrou no quarto, o amigo seguindo-o logo atrás.

— Já tomou café-da-manhã? — perguntou Eduardo ao pegar o sobretudo no armário.

— Já, obrigado. E vejo que você também — respondeu Will, olhando para a bandeja sobre a pequena mesa lateral. Franziu a testa. — Café e pão, foi só o que comeu?

— Não estou com muita fome. — Eduardo olhou para o relógio de parede e continuou: — Ainda são nove e dez, acho que estamos adiantados. Fabrizio Dellarosa só deve chegar às dez e meia.

— Eu sei. Mas eu tinha certeza que você estaria acordado e pensei que podíamos sair para uma caminhada, respirar ar puro antes de ele chegar. A propósito, Alfredo Oliveri também vem?

— Dellarosa não mencionou nada na carta que recebi ontem à noite. Mas acredito que sim. Afinal de contas, é ele quem mora em Carrara e deve ter mais informações. Pelo menos, acho que ele virá.

Will assentiu concordando, sentou-se em uma poltrona e dobrou o sobretudo em cima dos joelhos.

— Você o conhece? Ou *ele* também é um desconhecido?

— Não o conheço, assim como Dellarosa, mas meu pai sempre falou muito bem de Oliveri. Ele claramente gostava dele e acho que o sentimento era mútuo. — Eduardo abotoou o paletó, vestiu o sobretudo e perguntou: — Podemos ir, Will?

— Talvez devêssemos avisar Neville que vamos sair — sugeriu Will enquanto saíam do quarto.

— Não é necessário. Marcamos de nos encontrar no saguão mais tarde. Vamos deixar assim, certo? — Eduardo foi brusco, quase rude.

— Sem problemas para mim — respondeu Will, olhando de relance para Eduardo. Sabia que o amigo estava sofrendo por dentro, apreensivo com o que o esperava nas próximas horas. Por maior e mais forte que ele fosse, Will sabia, porém, que Ned era um homem sensível e compassivo por dentro. Só pensar na forma como eles morreram devia ser um sofrimento para ele; além disso, Ned era dedicado à família. Para ele, a família vinha em primeiro lugar; e era muito íntimo do irmão Edmundo e tinha um vínculo muito forte com o pai.

Os dois amigos desceram em silêncio a grande escadaria que levava ao magnífico saguão de entrada e a vários salões de espera exuberantes. Havia mármore em abundância, e jarros de cerâmica com palmeiras apareciam aqui e ali; nas paredes, estavam penduradas lindas pinturas de Florença em pesadas molduras douradas; e havia esculturas colocadas em colunas nos dois lados do saguão.

Em poucos segundos, estavam do lado de fora do Hotel Bristol, na Via de' Pescioni, perto da Santa Maria Novella e em frente ao Palazzo Strozzi. Era um dos bairros mais elegantes da cidade, onde também ficavam outros hotéis importantes, assim como as melhores lojas, galerias de arte e museus.

— Aqui estamos, na maior cidade renascentista do mundo, Ned — disse Will, pegando o braço do amigo. — Vamos caminhar um pouco e aproveitar o lugar um pouco, venha por aqui.

Eduardo assentiu.

— Desculpe-me, Will. Sei que tenho estado deprimido... — Ele não terminou, simplesmente balançou a cabeça, a expressão subitamente cheia de sofrimento. Parecia que seu entusiasmo pela vida havia desaparecido.

— Pense nisto — advertiu Will, ignorando o comentário que Ned acabara de fazer sobre depressão. — Estamos aqui na cidade de Dante, Petrarca e Boccaccio. Apenas *pense*: Boccaccio escreveu *Decamerão* aqui, e o livro se tornou modelo de prosa em todo o mundo, um modelo que foi usado por centenas e centenas de anos. E ainda é.

Ned olhou para o amigo.

— Nicolau Maquiavel morou aqui e escreveu *O Príncipe* em Florença, não podemos esquecê-lo. Todos podemos aprender muito com Maquiavel, sabe.

Will riu, percebendo o brilho travesso nos olhos de Ned.

— Sei o que quer dizer, ainda assim é uma *maravilha* estar nesta cidade, sabe. — Olhou para Ned e, depois, à sua volta e para o céu, e disse com uma voz cheia de reverência: — Estamos andando por ruas em que Leonardo da Vinci caminhou *e* Michelangelo *e* Botticelli, alguns dos maiores artistas do mundo... é inacreditável mesmo, Ned... é inacreditável que esta cidade tenha gerado tanto talento, tanta genialidade.

— Poetas, príncipes e políticos — murmurou Ned. — E os Medici. A dinastia deles durou muitos séculos; um recorde, não acha?

— Certamente.

Um silêncio caiu entre eles e, enquanto caminhavam, Will se perguntou como dar um pouco de alegria a Ned, para fazê-lo se sentir melhor. No mesmo instante, percebeu que nada o faria se sentir melhor neste momento. Primeiro, ele tinha de lidar com os mortos, enterrá-los e, só então, ele seria capaz de seguir em frente, trilhar seu caminho para o futuro. Ele precisa encerrar esse terrível capítulo, pensou Will, juntar os cacos e criar uma vida própria. Uma nova vida.

Capítulo 10

Neville Watkins era um homem que se destacava. Alto, embora não tanto quanto Ned, tinha uma estrutura esbelta, sem nem um grama de gordura a mais, muito forte e atlético. O rosto tinha ângulos elegantes; tinha um nariz aquilino e sobrancelhas macias e altas. Os olhos, abaixo das sobrancelhas curvas e pretas, eram de um curioso tom azul-claro, quase turquesa. Claros e transparentes, eram vivos e demonstravam imensa inteligência. Ele era moreno, tinha cabelo preto, como a maioria dos Watkins, e às vezes se parecia muito com a tia, Cecília Watkins Deravenel, irmã de seu pai.

Nesta manhã, estava sentado a uma antiga escrivaninha na sala de estar de sua suíte no Hotel Bristol, fazendo anotações para si mesmo, tentando colocar alguns de seus pensamentos no papel para a reunião com Fabrizio Dellarosa dali a pouco.

Após alguns minutos, abaixou o lápis, satisfeito por ter listado os aspectos relevantes. Recostou-se na cadeira, fitando o quarto.

O lema de Neville, herdado do pai, era este: pense com a cabeça, não com o coração. Ele sempre fazia isso nos negócios, e geralmente em sua vida particular também. Muito tempo atrás, seu pai o avisara para ser frio o tempo todo enquanto tratasse de negócios. Sem emoção, impenetrável, indecifrável.

— Nunca demonstre fraqueza, nunca perca a honra. Foi isso que seu avô me ensinou — explicara-lhe o seu pai quando ele entrou no mundo dos negócios. Eram palavras de que ele nunca se esquecera, e vivia até hoje de acordo com elas.

Preciso treinar Ned para ser como eu, pensou Neville agora. Certamente seu pai ensinou-lhe muitas coisas, mas não sei se Ricardo sabia como ensinar Ned a ter um coração de pedra. Afinal de contas, seu tio era um homem gentil e afetuoso que deveria ter se voltado contra o primo traiçoeiro, Henrique Grant, anos atrás. Lamentar injustiças, reclamar seus direitos e o que devia ser dele e era, de fato, *dele*, não o levou a nada e criou muitos inimigos na Deravenels. Inimigos mortais, verdade seja dita.

A mente de Neville continuou focada em Ned. Seu primo tinha uma inteligência superior e não tinha medo de nada nem de ninguém. Tinha uma enorme autoconfiança e um carisma inacreditável, do tipo que Neville raramente via. E sabia ser totalmente cruel, se precisasse. Além disso, Ned sempre tivera uma boa cabeça para os negócios, principalmente para as finanças.

Convencido de que, se bem orientado e com a ajuda certa, Ned poderia facilmente dirigir a Deravenel Company, Neville estava pronto, disposto e era capaz de orientá-lo e ajudá-lo a garantir o sucesso. Juntos, eles administrariam um império um dia, Neville não tinha dúvidas quanto a isso. Com seu treinamento, conhecimento e experiência, e as habilidades naturais e a presença carismática de Ned, eles conseguiriam quase tudo. Com um pouco de sorte, claro. A sorte sempre tinha de ser levada em consideração em uma equação.

Dobrando o papel em que fizera as anotações, colocou-o no bolso do paletó e se levantou. Atravessando o quarto com passadas longas, Neville parou na janela, fitando o céu pesado. O sol estava começando a aparecer através do cinza opressivo, e ele decidiu que acabaria sendo um dia melhor, afinal. Detestava dias escuros, mesmo estando acostumado a eles, e ansiava pela luz do sol, por climas mais amenos. Assim como o primo Ned, daí suas longas estadas no sul da França ao longo dos anos.

Prolongou-se nos pensamentos sobre Ned... Neville gostava muito dele, o admirava. Neville só via um problema em Ned: seu vício incontrolável por mulheres. Mulheres mais velhas. E viúvas. Viúvas louras. Enquanto ele continuasse solteiro, sua atração por namoricos românticos e sexuais não causaria problemas, mas, quando Ned se casasse, o que aconteceria um dia, teria de conter o comportamento lascivo ou, pelo menos, ser mais discreto do que costumava ser. Embora Ned não soubesse disso, Neville sabia tudo sobre o atual envolvimento dele com Lily Overton; não que isso tivesse importância, já que ambos eram solteiros. Mesmo assim, havia pessoas que achavam que não era apropriado.

Ah, bem, afinal ele é só um homem, como todos nós, pobres criaturas que somos, pensou Neville com um sorriso irônico.

Os três ingleses estavam vestidos praticamente iguais. Todos estavam de terno preto com paletó três-quartos, que estava muito na moda. As camisas brancas estavam impecáveis, assim como as gravatas de seda preta. Basicamente, estavam usando roupas de luto, e chamaram atenção ao atravessar o saguão do Hotel Bristol em direção ao restaurante. Alguns hóspedes, que também passavam pelo saguão, fitaram-nos cheios de curiosidade, e diversas mulheres com muita admiração. Os três eram altos, bonitos e obviamente da aristocracia inglesa, uma combinação atraente em qualquer lugar, em qualquer época.

Quando entraram no restaurante, um garçom aproximou-se sorrindo e levou-os a uma mesa redonda que Neville reservara um pouco antes.

Assim que se sentaram, pediram café e, quando o garçom se afastou, Neville virou-se para Eduardo e disse:

— Assim como fiz quando fomos à Deravenels, vou deixá-lo conduzir o assunto, Ned. Afinal, Dellarosa é funcionário da empresa e, neste momento, deve explicações a você.

— Seu pai também morreu no incêndio — murmurou Eduardo, franzindo a testa de leve. — Esteja à vontade para dizer ou perguntar a ele o que quiser. Estamos juntos nisso.

— É claro que estamos — respondeu Neville. — Mas conduza a conversa, Ned, por favor. Isso me dará a chance de avaliar Dellarosa, compreendê-lo; e você, Will, pode prestar atenção em Alfredo Oliveri, se não se importar. Acho que devemos tentar avaliar os dois, para ver se serão nossos aliados ou adversários no futuro. Afinal, a Deravenels tem muitos interesses na Itália, além das pedreiras de mármore.

— Entendo — respondeu Will na mesma hora, assentindo. — Tenho a impressão de que Oliveri será nosso amigo, não inimigo, pelo que Ned disse sobre ele até agora. Certo, Ned?

— Certo, meu pai tinha um enorme respeito por ele, não tenho dúvida alguma sobre isso, como já expliquei antes. Mas o estranho é que Dellarosa não o mencionou na carta que me mandou, por isso tenho a impressão de que ele não estará presente aqui esta manhã.

— Por que você concluiu *isso*? — perguntou Neville, levantando a voz, olhando alarmado para o primo.

— Tenho um... *instinto*, para usar uma expressão sua.

Neste momento, o garçom voltou trazendo a bandeja com as xícaras de café e copos de água e serviu-os. Mais uma vez sorrindo e assentindo, ele se afastou. Neville tomou um gole da água. Apreciava esse hábito dos países do continente europeu, de sempre servirem um copo de água junto com outras bebidas. Era muito civilizado, achava ele.

— Será que aquele é o Dellarosa? — murmurou Ned baixinho logo em seguida, olhando para a porta em forma de arco do restaurante, onde um homem bem vestido estava olhando à volta. Tinha altura mediana, era magro e louro como muitos italianos do norte. Ned continuou: — Ele está vindo nesta direção, então é ele, tenho certeza.

Eduardo se levantou e caminhou na direção do italiano, estendendo a mão:

— *Signor* Dellarosa, suponho — disse com um sorriso fraco. — Sou Eduardo Deravenel.

— Bom dia, *Signor* Deravenel — respondeu Dellarosa. — Bem-vindo a Florença. É uma pena que seja uma ocasião de tanta tristeza. Sinto muito pela perda de sua família.

— É muito triste mesmo — respondeu Eduardo. — Mas, por favor, venha conhecer meu primo, Neville Watkins, e nosso grande amigo, Will Hasling.

Neville e Will já estavam de pé, e após apertarem as mãos e se cumprimentaram, os quatro sentaram-se à mesa redonda.

Dellarosa virou-se para Neville e disse:

— Sinto muito, *signor*, por sua perda também.

— Obrigado. — Neville abaixou a cabeça, a expressão neutra, indecifrável.

— Gostaria de beber alguma coisa? Café, chá? — ofereceu Eduardo.

— *Si*, *grazie*, *Signor* Eduardo. Vou acompanhá-los no café.

Eduardo acenou para o garçom, pediu o café e focalizou a atenção em Fabrizio Dellarosa.

— Quando iremos ver os corpos de nossos familiares? — perguntou ele, usando um tom de voz tranqüilo e triste.

Limpando a garganta, Dellarosa disse:

— Dentro de meia hora. Eles estão em um hospital. Santa Maria Novella. Podemos ir andando.

— Entendo. Eu e meu primo gostaríamos de saber por que os corpos foram trazidos para Florença.

Mais uma vez, Dellarosa limpou a garganta.

— Porque foi necessário para embalsamá-los.

— Entendo, o que o senhor está dizendo é que esse serviço não é feito em Carrara?

— Exatamente, *Signor* Eduardo.

— De que eles morreram? — perguntou Ned, surpreendendo o italiano.

— Como? — Dellarosa franziu a testa e fitou Eduardo longamente, como se não estivesse entendendo.

— Nossos pais e irmãos estavam no incêndio no hotel. — O olhar de Eduardo era decidido, concentrado em Dellarosa. — Eles ficaram seriamente queimados? Morreram por causa das queimaduras? Ou foi a inalação da fumaça que os matou? Ninguém nos disse nada sobre a morte deles.

— Acredito que a causa da morte tenha sido inalação de fumaça.

— Eles não sofreram queimaduras? — perguntou Eduardo, parecendo confuso, balançando a cabeça.

— Não. Eles não tiveram queimaduras no rosto.

— Mas talvez no corpo? É isso que está querendo dizer?

— Não estou querendo dizer — respondeu Dellarosa na mesma hora, levantando uma sobrancelha loura. — Me disseram que eles morreram porque inalaram fumaça.

— Que informações o senhor tem sobre o incêndio? Como começou?

— Não sei, *Signor* Eduardo. Eu não estava lá.

— Mais alguém sabe? Talvez Alfredo Oliveri? — sondou Ned.

— Ele não tem mais informações... sabe a mesma coisa que eu.

— Entendo. Me diga, *Signor* Dellarosa... — Eduardo fez uma pausa e inclinou-se para frente. — Por que Oliveri não está aqui em Florença hoje? Achei que o escritório de Londres, mais especificamente Aubrey Masters, tivesse avisado que estávamos chegando.

O italiano assentiu, parecendo subitamente preocupado, e gaguejou um pouco ao responder:

— Eu disse a Alfredo Oliveri que não era necessário vir, já que estou aqui e sou o responsável pelos interesses da Deravenel na Itália. Ele não sabe de nada. Nada além do que eu sei.

— Então, o que o senhor está dizendo é que a causa da morte é um mistério. E que nossos familiares nem sofreram queimaduras nesse incêndio. Muito interessante. Muito interessante mesmo, Dellarosa.

Fabrizio ficou em silêncio, fitando Eduardo e se perguntando por que de repente se sentia nervoso e ameaçado por este jovem, um verdadeiro gigante abençoado com uma inteligência extraordinária e uma beleza impressionante, que tinha os olhos azuis mais frios que já vira. Aço, pensou Dellarosa. *Esse* Deravenel é feito de aço. E de repente sentiu medo. Eduardo Deravenel não era como o pai, e ele traria problemas; disso Fabrizio Dellarosa tinha certeza. Mal podia esperar para sair dali, para voltar ao escritório para se comunicar com Londres.

Eduardo anunciou:

- Bem, parece que não tem mais nada a dizer, *Signor* Dellarosa. Então, vamos. Por favor, nos leve ao hospital para que possamos finalmente ver os corpos. A propósito, que providências o senhor tomou para que os corpos sejam levados de volta à Inglaterra?

Dellarosa tossiu atrás da mão e disse logo, de forma apressada:

— Eles irão de navio. Já reservei passagens para o senhor e para o Sr. Watkins. — Ele parou, olhou para Will e acrescentou: — Vou reservar uma passagem para o Sr. Hasling também, se quiser acompanhar seus amigos.

— Quero, sim — respondeu Will na mesma hora.

Neville exclamou:

— Não concordo, *Signor* Dellarosa! Quero dizer, não vamos viajar de navio. Nem os corpos de nossos pais e irmãos.

Dellarosa ficou boquiaberto.

— Não estou entendendo...

— Então, deixe-me explicar — cortou Neville. — Estamos em janeiro. O tempo está ruim. Uma viagem pelo mar pode ser um tanto perigosa nesta época do ano. Há muitas tempestades e o mar é bravo. — Balançou a cabeça e lançou um olhar reprovador para Dellarosa. — Eu mesmo tomarei as providências para a viagem. Levaremos os corpos de volta à Inglaterra de trem. Muito mais seguro, não acha?

Foi o secretário do hospital, Roberto Del Renzio, quem os recebeu na recepção e os acompanhou por um longo corredor até o necrotério.

Um homem alto, de estrutura pesada, estava vestindo uma camisa branca engomada, gravata e paletó pretos e calça listrada. Tinha uma voz sombria, mas a expressão era afável, e Eduardo tinha a impressão de que era um homem alegre, o tipo de pessoa que estava pronta para rir quando a piada era boa. Mas ele não riu nem brincou nem falou muito enquanto os acompanhava até o outro lado do hospital, que ele explicou ser a ala norte.

O secretário parou quando chegaram a uma sala de espera e, virando-se para Dellarosa, disse em um inglês cheio de sotaque:

— Talvez prefira esperar aqui. — Virou-se para Eduardo e perguntou: — Apenas vocês dois entrarão no necrotério?

— Não sei — respondeu Eduardo e olhou para Will. — Gostaria de entrar conosco?

— Se não se incomodarem, gostaria, sim, Ned. Gostaria de prestar minha última homenagem a todos eles. *Você* se importa, Neville?

— Pode vir — murmurou Neville e seguiu o silencioso Ned e o secretário, com Will Hasling logo atrás.

Para surpresa de Eduardo, os quatro corpos foram trazidos para o necrotério já em caixões fechados. Esperava que estivessem naquelas gavetas de metal que havia por toda a sala.

Um momento depois, um médico usando jaleco branco se juntou a eles e, após ser apresentado, procedeu à abertura dos caixões.

Juntos, Eduardo e Neville viram os corpos de seus pais e irmãos, fitando rostos cobertos de cera. Era verdade, eles não tinham sido queimados. Não havia qualquer queimadura neles. Pelo menos, não no rosto.

Embora não soubessem, ambos estavam pensando a mesma coisa... que esses não eram seus entes queridos, não agora que suas almas tinham deixado seus corpos. Só restaram essas carcaças congeladas.

Eduardo tocou o ombro do pai e fechou os olhos. *Adeus*, pensou, *adeus*. Então olhou para o querido irmão, o adorável Edmundo. Mas o Edmundo que conhecia e amava também não estava ali. Tocou seu ombro, disse adeus para o rapaz dentro do caixão e seguiu cheio de tristeza.

Neville fez a mesma coisa, despedindo-se silenciosamente, embora soubesse que o que tornara esses quatro homens tão especiais e únicos eram suas almas... Eram apenas conchas vazias agora: carne morta. E Will, lentamente atrás deles, sentiu um frio por dentro, totalmente desolado. Agora ele também entendia a morte e sua finalidade.

Em poucos minutos, estava acabado.

Pegaram os papéis necessários com o secretário e encontraram Dellarosa. Imediatamente, deixaram o hospital, juntos, caminhando com pressa em direção à Piazza Santa Maria Novella até o hotel.

E Eduardo se perguntou por que temera ver os corpos o dia inteiro. Não sentira nada.

A carta chegou no final da tarde. Foi colocada embaixo da porta do quarto de Eduardo. Mas, quando ele abriu a porta, não havia ninguém lá. Olhou para os dois lados do corredor, mas estava vazio.

Abrindo o envelope, ele tirou a carta. Era curta; um bilhete.

Ao ler as breves palavras, sentiu um nó no estômago, a cabeça girando. Não havia cumprimentos. Apenas poucas linhas, breve e objetiva:

> *"Nada é o que parece.*
> *Vá ao último lugar que seu pai visitou.*
> *Amanhã. Vá ao prédio com nome familiar.*
> *Estarei esperando."*

Eduardo soube imediatamente que o bilhete era de Alfredo Oliveri. O último lugar que seu pai visitou foi Carrara. O prédio com nome familiar era o da Deravenels. Claro.

Dobrando a carta ao meio, colocou-a no bolso e saiu do quarto, atravessando o corredor até a suíte de Neville. E ele sabia, bem no fundo, que amanhã finalmente descobririam a verdade.

CAPÍTULO 11

Carrara

Desde o momento em que chegara a Carrara com Neville e Will mais cedo naquela manhã, Eduardo quis dar a volta e ir embora. Havia algo nesta cidade da Toscana que o deixava realmente deprimido.

Ele sabia que, em parte, esse sentimento vinha do fato de seu pai e irmão, tio e primo terem morrido aqui na semana anterior e em circunstâncias trágicas. E ele ainda não gostava de certos aspectos do lugar: achava-o frio, inospitaleiro e cheirava a perigo. E ainda havia outro elemento que o inquietava. Sentia-se oprimido pelas montanhas que cercavam Carrara por três lados e pareciam fechá-la como uma prisão.

O mármore dominava a paisagem. Grandes placas de mármore brilhavam brancas nas laterais altas das montanhas dos Alpes Apuanos; o pó branco acinzentado deixava o ar carregado e cobria os prédios e o chão, e as pessoas também, penetrava nas roupas e no cabelo. Havia o som constante de mármore sendo esculpido em estúdios, oficinas e apartamentos por todas as ruas, onde artistas e artesãos trabalhavam em esculturas, afrescos, vasos e outros artefatos. Carrara era agitada tanto na cidade quanto nas montanhas.

Eduardo sabia que precisava terminar a reunião com Alfredo Oliveri e ir embora dali o mais rápido que pudesse. Em sua mente, Carrara sempre estaria associada a morte e sofrimento, e não queria voltar àquele lugar nunca mais.

Neste momento, estava sentado em uma cadeira na sede da Deravenel Company, analisando Alfredo Oliveri, que estava falando com Neville, sugerindo que passassem a noite em Carrara e acrescentando que ficaria feliz em recebê-los em sua casa.

— Muito melhor que um hotel — estava dizendo.

Tinham chegado à sede da empresa uns vinte minutos antes, depois de viajar por horas em uma carruagem alugada em Florença, uma providência tomada pelo gerente do Hotel Bristol. Acabara sendo uma viagem confortável.

Eduardo já sabia que confiava neste homem com o qual estava se encontrando pela primeira vez. Agora entendia por que o pai gostava tanto dele, confiava em Oliveri. Havia algo nele — a expressão no rosto, o jeito, a forma de se expressar — que fazia Eduardo pensar em integridade, honestidade e lealdade.

Alfredo Oliveri não era o que ele esperara. Para começar, tinha o cabelo ruivo mais brilhante que já vira, aquele tom intenso que parecia cenoura. Além disso, era muito inglês. Depois de se apresentarem e entrarem no escritório de Alfredo Oliveri, Neville comentara a fluência de Alfredo no inglês. Foi quando o outro homem explicou que a mãe era inglesa e o pai, italiano, e durante a infância passara todos os verões em Londres com os avós maternos. Sua mãe o levava para lá com ela; mais tarde, ele freqüentara uma escola interna inglesa por quatro anos, voltando à Itália apenas nos verões.

— Não é de se admirar que soe como um inglês — comentou Neville quando Oliveri terminou de explicar a história. — Na verdade, você é inglês, claro — acrescentou Neville, esperando não ter parecido arrogante, quando queria apenas elogiar.

— Meio a meio — disse Alfredo e sorriu, obviamente contente, compreendendo o elogio. — Meu inglês costuma surpreender os visitantes do escritório de Londres. Embora nunca tenha surpreendido o Sr. Ricardo. — Olhou diretamente para Eduardo antes de acrescentar: — Seu pai era um homem muito bom. Bom *demais*, para falar a verdade.

— Você é o único que sabe de tudo que aconteceu aqui, Sr. Oliveri — arriscou-se Eduardo. — E o fato de termos vindo logo após receber seu bilhete ontem deve mostrar que...

— Que vocês estão suspeitando de alguma coisa — cortou Alfredo, os olhos em Eduardo.

— É verdade, estamos. O que você quis dizer quando escreveu que *nada é o que parece?*

— Exatamente isso. — Fitou Eduardo com intensidade. — Muitas coisas parecem ser claras. Mas, quando olhamos além da superfície, bem, é outra coisa bem diferente. Geralmente, existe mais alguma coisa em jogo. Pelo menos, é assim que costumo ver.

— Então estamos certos de suspeitar das mortes deles? — perguntou Neville tranqüilamente.

— Sem dúvida — respondeu Alfredo. — Gostaria de contar sobre a noite do incêndio, contar tudo que eu já sabia e o que descobri depois. — Ele levantou uma sobrancelha de modo esquisito.

— Por favor, conte — estimulou Eduardo, inclinando-se para frente, cada parte de seu corpo alerta, na expectativa, e também com medo, imaginando as coisas horríveis que Alfredo estava prestes a revelar.

— Era domingo à noite, na semana passada. Eu havia jantado com seu pai, seu tio e os dois rapazes, Sr. Edmundo e Sr. Thomas. Eu os deixei no pequeno hotel, a *pensione*, por volta das onze da noite, e fui para casa. Como fiquei sabendo depois, o incêndio aparentemente começou nas primeiras horas da madrugada de segunda-feira, aproximadamente à uma hora. Parece que começou na ala direita, espalhou-se pela portaria e chegou à ala esquerda, onde sua família estava. Foi um incêndio repentino, e o vento daquela noite fez com que continuasse se alastrando e, de fato, se tornou um grande incêndio em determinado momento. E...

— Mas eles não se queimaram — interrompeu Neville decididamente. — Vimos os corpos, e os rostos não foram atingidos. Se foi um inferno, como está sugerindo, como pode?

— O vento parou de repente e começou a chover. Muito. E, de qualquer forma, quase imediatamente o alarme foi acionado e muitos homens da cidade foram com baldes de água para ajudar a controlar o incêndio.

— Então, o que está dizendo é que o incêndio foi apagado rapidamente, mas que nossos familiares morreram por inalar a fumaça do início, quando o fogo ainda estava alto? — perguntou Eduardo.

— É exatamente isso que diz o atestado de óbito — observou Neville. — Morte causada por inalação de fumaça.

— Não houve inalação de fumaça — começou Alfredo e, nervoso, limpou a garganta diversas vezes. — Eles não morreram por causa do incêndio. Eles morreram dos ferimentos de antes.

— *Ferimentos*? — Eduardo ficou ereto na cadeira, mais uma vez fixando os intensos olhos azuis em Alfredo.

Neville e Will também estavam na ponta das cadeiras, encarando fixamente o gerente da Deravenels em Carrara, perplexos com o que estavam escutando.

Alfredo endireitou-se na cadeira e disse com um tom de voz baixo:

— Seu pai, seu tio e seu primo sofreram ferimentos na cabeça, Sr. Eduardo. — Então olhou para Neville e continuou: — Os três morreram na hora. O Dr. Buttafiglio me disse...

— Eles foram atacados? Assassinados? Estamos entendendo certo? — cortou Eduardo, o tom de voz aumentando.

— Estão, sim... Sinto muito dar-lhes essa notícia terrível, Sr. Eduardo, Sr. Watkins. Sinto muito mesmo.

— Então o incêndio foi causado para ocultar o crime? É isso que está sugerindo? — perguntou Neville, a expressão implacável, a voz grave.

— Isso mesmo. Essa é a teoria do médico, e eu concordo com ele. Os homens da sua família foram assassinados e o incêndio foi causado para queimar os corpos para que ninguém soubesse que um crime havia sido cometido. Mas quem quer que tenha feito isso não contava com a chuva. Foi um *dilúvio*. Apagou o fogo.

— Você mencionou meu pai, meu tio e meu primo, mas não meu irmão — exclamou Eduardo, encarando Alfredo. — E Edmundo?

Alfredo Oliveri temia essa pergunta e, por uma fração de segundo, não conseguiu falar. Perdeu a coragem; mas sabia que teria de contar ao Sr. Eduardo mais cedo ou mais tarde, então respirou fundo e disse:

— Parece que depois que deixei o Sr. Ricardo e os outros no hotel, o Sr. Edmundo saiu de novo. Ninguém sabe aonde ele foi, quero dizer, a polícia, que investigou em vão. Não descobriram nada. De qualquer forma, quando estava voltando para o hotel, provavelmente pouco antes de o incêndio começar, o Sr. Edmundo foi surpreendido por alguém em uma das ruas laterais e atacado. Ele...

— *Quem o atacou*? Quem atacaria meu irmão? — perguntou Eduardo em voz alta, o rosto vermelho e furioso.

— Não sei. Ninguém sabe, ninguém aqui entende o que aconteceu. Todo mundo está confuso, pode acreditar.

— E ninguém viu quando aconteceu? — perguntou Neville, cético, a voz afiada como um chicote.

— Não, ninguém viu o ataque. Mas Benito Magnanni, o dono do restaurante Coliseu, estava indo para casa depois de fechar o restaurante, e viu dois homens debruçados em cima de um corpo. Havia um poste de luz no beco em que estavam, e ele começou a correr pelo beco, gritando com eles. Fugiram na mesma hora. Mas eram ingleses.

— Como sabe disso? — perguntou Will rapidamente, o olhar fixo em Alfredo. Tinha plena consciência de que Eduardo e Neville estavam aflitos demais para falar neste momento, então assumiu o controle.

— Porque Benito disse à polícia que eles pareciam ingleses e que escutara um dos homens falar alguma coisa sobre Londres, e disse algo parecido com *let's ski diddle*. Nem Benito nem a polícia entenderam essa frase. Mas eu entendi. Acho que o que o homem disse foi *let's skedaddle back to London*,* algo assim.

— Como eles o mataram? — perguntou Eduardo com uma voz tão baixa que mal dava para escutá-lo.

Alfredo hesitou, perguntando-se se deveria mentir para poupar Eduardo Deravenel. Mas sabia que não podia; precisava falar a verdade. Devia isso a Eduardo e a seu pai.

— Ele morreu muito rápido — respondeu Alfredo finalmente. — O Dr. Buttafiglio me disse que deve ter sido uma morte instantânea.

— Mas *como*? — pressionou Eduardo.

— Cortaram a garganta dele — respondeu Alfredo com a voz trêmula, tão baixa quanto a de Eduardo antes.

Nada se mexeu no escritório por um momento. O ar estava carregado de um choque que era quase palpável.

Imóvel na cadeira, o rosto sem cor, Eduardo gritou:

— Não! Não meu adorado Edmundo! Morrer *assim*. De forma tão brutal. Ah, não. Não pode ser. Quem cometeria um crime nojento desses? Ele só tinha dezessete anos, pelo amor de Deus, um *garoto* inocente...

---

*Vamos fugir para Londres (*N. da T.*).

Eduardo desabou, o rosto encolhido, lágrimas brilhando naqueles olhos azuis. Cobriu o rosto com as mãos, e lamentou uma segunda vez pelo amado irmão.

Na mesma hora, Neville ficou de pé, se aproximando de Eduardo. Debruçou-se sobre ele, abraçando-o. Após um momento, Eduardo conseguiu se levantar, virou-se para Neville e abraçou-o como se sua vida dependesse disso. Por um tempo, os primos ficaram unidos em um forte abraço. Estavam mais unidos que nunca no sofrimento mútuo, chocados e horrorizados por Edmundo ter sido assassinado dessa forma cruel e brutal. E compartilharam a dor pelos outros parentes que também tinham sido assassinados.

Finalmente, eles se soltaram do abraço e voltaram para suas cadeiras. Foi Neville quem falou primeiro. Olhando para Alfredo, disse:

— Deixe-me fazer uma pergunta... você acredita que Edmundo foi assassinado porque era um Deravenel? Que não foi apenas uma coincidência ele ter sido atacado naquela noite?

— Não acho que o ataque tenha sido uma coincidência. De forma alguma. Ele morreu porque era um Deravenel e filho do Sr. Ricardo. Eles não o encontraram no hotel quando mataram os outros, então foram procurá-lo. Essa é a minha opinião. — Alfredo balançou a cabeça com veemência. — Nada pode me convencer do contrário. Eles saíram para procurá-lo.

— Você acha que o Sr. Eduardo corre perigo?

— Acho. Talvez não aqui em Carrara, não agora. Os assassinos fugiram para Londres. Mas acho que ele está em perigo, sim. Por ser filho do Sr. Ricardo. Na minha opinião, Sr. Watkins, seu tio Ricardo foi assassinado porque era o verdadeiro herdeiro da Deravenels. Todo mundo na empresa sabe disso... Os Deravenel de Lancashire roubaram a Deravenel Company há sessenta anos. Alguns dos diretores estão satisfeitos com seu status, mas não todos. Há aqueles que sempre acharam que o Sr. Ricardo deveria ocupar a cadeira de presidente. Muitos de nós, na verdade. Henrique Grant é incompetente, sempre foi, na minha opinião. Ele está seguindo na aba dos outros dois Grant que vieram antes dele. O avô, que roubou a empresa, e o pai, que a fez crescer. Mas tudo está escorrendo por entre os dedos dele. As coisas não vão bem, acreditem em mim. Ele é um patrão ausente, como o Sr. Ricardo sempre disse que era. Não tem cabeça para os negócios nem para finanças e é dominado pela esposa francesa e seus seguidores. Margarida Grant tinha alguns partidários, sabe, que seguiam suas ordens.

— Eu sei. Meu tio confidenciou ao meu pai. — Neville suspirou e balançou a cabeça, a tristeza cobrindo seus olhos azul-claros. — Meu pai e meu irmão morreram porque estavam no lugar errado, na hora errada... — A voz entristecida sumiu, e ele apertou os lábios. — Que eles descansem em paz no paraíso.

— Os Deravenel também. Meu ancestral, Guy de Ravenel, fundou a empresa que agora está sendo dirigida por essa jovem que nem é Deravenel de sangue. Devemos temer isso, Neville — lembrou Eduardo com a voz fria.

— Na verdade, isso me faz rir — respondeu Neville. — Aquela mulher é uma piada, ela não sabe o que está fazendo. Mas é claro que está sendo usada por James Cliff e John Summers. São eles que têm o poder. Mesmo assim, acho que ela *é* perigosa, não tem nenhuma consciência, e é mais do que provável que esteja por trás dos assassinatos. Não se preocupe, Ned. Nós *vamos* nos vingar, como eu disse em Ravenscar. Não vou permitir que aquela mulher jovem e incompetente leve a melhor para cima de você, esteja certo disso.

CAPÍTULO 12

Kent

— Por que não está cuidando disso junto com a polícia? — perguntou Lily Overton, o rosto corado, os olhos indignados. — Não entendo, Ned, não entendo mesmo.

— Deveria. Já expliquei várias vezes! — respondeu Eduardo, tentando se manter calmo. — Mas vou tentar mais uma vez. Esse caso *não* diz respeito à Scotland Yard. O crime *não* aconteceu aqui, sob a jurisdição deles. Aconteceu na Itália, em Carrara, para ser mais preciso, e a...

— Eu sei disso, Ned — interrompeu ela. — Eu estava me referindo à polícia de Carrara. Por que eles não vão continuar com a investigação? É *isso* que estou querendo dizer.

Fechando os punhos e respirando fundo, Eduardo respondeu com a voz o mais controlada que conseguiu.

— Eu, Neville e Will passamos horas e horas com o chefe de polícia local, tentando descobrir tudo. Ele cooperou muito. Com certeza fez uma investigação minuciosa antes de chegarmos lá, mas não descobriram nada. De fato, tudo que a polícia sabe é o que o dono do restaurante contou: que viu dois homens atacando alguém em um beco tarde da noite. Ele imediatamente correu para ajudar, gritando para os criminosos, que fugiram na mesma hora. Chegou tarde demais, claro. O jovem, meu irmão, já estava morto quando chegou lá. Benito Magnanni, o dono do restaurante, também relatou que escutou os dois criminosos gritando um com o outro em inglês. E é isso... nada *mais*.

Lily não respondeu. Simplesmente se recostou no sofá, fitando-o, balançando a cabeça como se estivesse confusa, uma expressão desconcertada no rosto.

Ao olhar para ela, Eduardo percebeu que estava prestes a se desfazer em lágrimas. Soltou as mãos, relaxou o corpo e adotou uma postura mais casual em frente ao fogo que subia pela chaminé. Sabia que ela não era burra, pelo contrário, mas ela sabia ser irritantemente lenta às vezes, e isso o levava à loucura.

Respirando fundo, ele usou um tom de voz mais suave, mais brando ao dizer:

— Alfredo Oliveri realmente fez tudo que podia para investigar os assassinos junto com a polícia e, claro, a causa do incêndio, a origem; na verdade, tudo relacionado a ele. Mas não há muito a fazer quando os criminosos não estão por perto. O caso inteiro está envolvido em mistério... — Parou, suspirou e acrescentou: — Sem nenhuma prova verossímil, a polícia de Carrara não tem como continuar. — Ele mudou de posição e suspirou de novo ao terminar: — Este não é o primeiro caso que não será resolvido, Lily, posso garantir isso.

— Eu também — disse Will Hasling da porta, entrando no escritório da casa de sua irmã em Kent, onde os três estavam passando o final de semana com Vicky. Ele continuou: — Estamos extremamente frustrados também, já que sabemos mais ou menos quem está por trás desse crime horrível. Mas, mesmo assim, não há nada que possamos fazer...

— Por que não? — cortou Lily rapidamente, sentando-se mais ereta no sofá, olhando de Will para Ned, que continuava de pé na frente da lareira.

— Porque não podemos nos vingar à altura — respondeu Eduardo após um momento, ficando cada vez mais irritado com ela. — Não podemos sair por aí matando pessoas só porque acreditamos que estão por trás das mortes do meu pai, do meu irmão, do pai e do irmão de Neville. Certamente, se isso acontecesse, a Scotland Yard se envolveria... viriam atrás de *nós*.

Lily pegou um lenço no bolso, assoou o nariz e enxugou os olhos.

— É uma... tortura — murmurou, amassando o lenço entre os longos dedos, demonstrando seu nervosismo ao brincar com ele. — Não sei como consegue suportar isso, Ned.

Nada se moveu no escritório.

De repente, o fogo crepitou; o tecido farfalhou como um sussurro quando Lily se mexeu no sofá; uma chuva leve começou a bater nos vidros das janelas. Se não fosse isso, o silêncio seria total. Nenhum dos homens falou. Lily, por sua vez, engoliu a frase que estava na ponta da língua, com medo de pronunciar outra palavra, sabendo que acabara de falar a coisa errada.

Devagar, quase com cuidado, Will atravessou o escritório até a lareira onde seu melhor amigo estava parado imóvel. Will colocou a mão no braço de Ned como se quisesse dar-lhe firmeza, depois parou ao lado dele.

Por sua vez, Eduardo Deravenel parecia perturbado; um véu caído sobre o rosto, ocultando seus verdadeiros sentimentos. Tomou as rédeas de si mesmo, respirando fundo.

Finalmente, após um longo momento, Eduardo voltou toda a atenção para Lily Overton. Disse com uma voz fria:

— Você perguntou como suporto isso? A verdade é que não suporto. Mas preciso. Não tenho escolha. Agora, vamos acabar com essa discussão, certo? Não vai nos levar a lugar nenhum. Somos impotentes no que se refere a punir aqueles que acreditamos serem os responsáveis. Eu e Neville enterramos nossos entes queridos... eles estão em paz agora. Não há nada a dizer... — Ele parou e inclinou-se para frente, fitando-a diretamente, o rosto parecendo uma máscara de ferro. — Esse assunto está encerrado.

Não, não está, pensou Will Hasling. Não vai se encerrar até que Ned e Neville Watkins destruam os Grant. Cada um deles. Isso é irrevogável.

E enquanto esses pensamentos tomavam conta de sua mente, Will sentiu um arrepio na nuca e um tremor percorreu seu corpo.

Stephen, o segundo marido de Vicky Forth, um banqueiro conhecido e com alguma projeção, fora a Nova York a negócios, e ela convencera o irmão a passar o final de semana no campo com ela.

Will, por sua vez, convencera Ned a juntar-se a eles. Como Vicky e Lily eram amigas íntimas, ela também tinha sido convidada para ir.

Eduardo ficou muito contente em acompanhar Will, cuja companhia sempre apreciava, e o fato de Lily ser bem-vinda era um bônus.

A Fazenda Stonehurst não ficava muito longe de Aldington em Kent, perto de Romney Marsh,* e muito tempo atrás deixara de funcionar como uma fazenda. Datando do século XVII, passara por uma grande transformação nos últimos anos. Agora se parecia com uma mansão, e era, de fato, uma residência de campo. Nada mais era cultivado, exceto alguns vegetais na horta de Vicky; e não havia mais criação de animais, embora Vicky mantivesse um estábulo com bons cavalos para cavalgar e caçar.

Embora Stonehurst fosse grande e irregular, com diversas áreas novas acrescentadas, tinha um calor aconchegante. Isso se devia inteiramente ao gosto perfeito de Vicky e a seu talento e habilidade para decoração.

Todos os lugares eram confortáveis; isso ficava evidente nas lareiras sempre acesas, nos grandes sofás e poltronas acolchoados, nos tapetes grossos sobre os pisos de madeira e pedra, e nas cortinas de veludo nas muitas janelas para proteger a casa do frio congelante das noites de inverno.

Eduardo já viera aqui antes e sempre ficava no mesmo quarto, do qual ele gostava muito porque tinha vista para Romney Marsh e o mar adiante.

Por conveniência, e obviamente de propósito, o quarto de Lily ficava em frente ao dele, apenas dois ou três passos do outro lado do corredor. Até agora, já tinham tido duas noites de amor cheias de paixão, e ambos ficaram felizes por poderem dividir a mesma cama durante toda a noite, acordando cedo na manhã seguinte para se deliciarem um com o outro.

Lily sempre conseguia acalmá-lo, levantar seu espírito, espantar os demônios que freqüentemente o perseguiam. Mas este final de semana fora diferente, para surpresa e infelicidade dele. De certo modo, ela fizera exatamente o contrário, irritando-o diversas vezes com o deplorável desejo de trazer à tona o terrível crime que abalara sua família. Ele não conseguia compreender isso, e estava começando a ficar nervoso e irritado. Isso nunca acontecera antes no relacionamento deles.

Agora, enquanto estava sentado em frente à lareira de seu quarto, perguntou a si mesmo por que essa mulher que costumava ser tão inteligente e compreensiva estava sendo tão insensível em relação a seu sofrimento. O que a motivava a mencionar constantemente certos aspectos da tragédia?

---

*Romney Marsh é uma área pouco populosa de terreno pantanoso nas regiões de Kent e East Sussex no sudeste da Inglaterra, na costa do Canal da Mancha (*N. da T.*).

Era como colocar o dedo na ferida, uma ferida aberta. Por que ela não a deixava curar? Ele ficara chocado um pouco antes e subira para o quarto a fim de se acalmar. Fechou os olhos e recostou a cabeça no encosto da poltrona, deixando-se envolver pelos próprios pensamentos.

Devo permanecer calmo e indiferente, devo me controlar. Não posso deixar que Lily me deixe agitado e me afaste de meu objetivo. Neville me avisou várias vezes sobre deixar que mulheres interfiram muito na minha vida. Ele disse que devo usá-las, me divertir com elas, mas mantê-las distantes emocionalmente. Mais fácil falar do que fazer, foi o que eu disse a ele na semana passada, e ele concordou comigo. Mas ele também me lembrou que eu e ele estamos nos preparando para uma missão muito importante. Uma campanha para acabar com os Grant, arruiná-los. Precisamos vencer, disse Neville, e claro que venceremos. Tenho mais a ganhar do que Neville, pois, quando acabarmos com os Grant, a Deravenels será minha e eu terei vingado meu pai. Não apenas seu assassinato, mas a usurpação da Deravenels sessenta anos atrás, que fez com que eu herdasse uma posição inferior dentro da empresa. Sim, nós conseguiremos fazer isso, e será rápido. Prometi isso à minha mãe depois dos funerais em Ravenscar e Ripon. Na verdade, jurei a ela, e sei que isso a deixou feliz. Sou o chefe da família Deravenel agora e tenho de proteger e cuidar da minha mãe e dos meus irmãos, assegurar o bem-estar, o conforto e o futuro deles. Farei isso. Neville me garantiu. É claro que minha mãe está protegida, pois tem sua própria herança, que Neville agora vai administrar, mas tenho de tirar da empresa tudo que é meu direito. Tenho de descobrir por que meu pai estava sempre sem dinheiro e corrigir essa situação o quanto antes. E tenho de procurar uma casa para mim, um lugar adequado para viver. Minha mãe tem a casa da rua Charles e, embora ela tenha me oferecido, não posso aceitá-la. Isso seria injusto, já que ela recebeu de herança do pai.

Minha mãe é independente, mas essa é sua natureza, e conhecendo-a como eu conheço, compreendo que sua dor por meu pai e por Edmundo ainda está muito recente. Levará muito tempo para cicatrizar, se é que vai cicatrizar. Mas ela é resignada e seguirá seu caminho com obstinação, sem se deixar abater, cuidando de Jorge e Ricardo e da minha irmã Meg, educando-os da forma como meu pai gostaria que fossem educados.

Antes de deixar Ravenscar, contei a minha mãe sobre a caderneta preta, que Alfredo Oliveri mencionara a mim em Carrara. Uma caderneta que meu pai constantemente usava, fazendo anotações diárias. Eu e ela procuramos essa caderneta, mas não tivemos sucesso. Ela continuará procurando, como eu fiz no escritório e no quarto dele na casa da rua Charles antes de vir para Kent. Nada até agora.

Oliveri será muito útil para nós, e ele prometeu ajudar da forma que puder. É um aliado inquestionável. Tenho sorte por tê-lo a meu lado. Ele acha que podemos vencer. Acredito nele.

Will vinha a Stonehurst desde que sua irmã comprara o lugar, doze anos antes. Ela comprara a propriedade pouco depois da morte de seu primeiro marido, Miles Tomlinson, desejando trocar a agitação de Londres pela tranqüilidade dos campos de Kent. Ela também transformou a restauração e a decoração da antiga casa de fazenda em um projeto para afastar a tristeza.

De certa maneira, fora bem-sucedida em seu esforço, e Will fora a pessoa que sempre estivera disposta a ajudá-la ao longo dos anos. Ele aprendera a gostar de Stonehurst tanto quanto ela, tanto no inverno quanto no verão. A antiga casa de fazenda era cercada de mais de sessenta quilômetros quadrados de uma terra maravilhosa: havia campos e pastos, assim como um lago e um bosque de flores-de-sino, e depois dos vastos jardins floridos, ficava Romney Marsh.

Para Will, a área de Romney Marsh era envolta em mistério, um lugar mágico com vegetação ondulante e trilhas tortuosas, uma névoa perpétua que subia ao anoitecer e se estendia por toda a paisagem, tornando o lugar todo obscuro. E a esta hora em particular, o crepúsculo, a brisa leve trazia o cheiro salgado do mar, lembrando como estavam perto do Canal da Mancha.

Antigamente, o povo local costumava fechar as janelas nesta época do ano, acreditando que a névoa causava febre; alguns fechavam as venezianas porque tinham certeza que havia fantasmas em Romney Marsh.

Vicky costumava rir dessas histórias das velhas senhoras que ainda contavam-nas para quem quisesse ouvir, e quando mencionavam os fantasmas, ela sussurrava baixinho para Will:

— Mais provável que sejam contrabandistas locais vindos do mar, trazendo tabaco, vinhos e conhaque da França.

Will concordava com ela, acreditava piamente que os contrabandistas ainda faziam comércio ilegal ali.

Esta tarde, enquanto atravessava a trilha que levava do terraço dos fundos até os jardins, não pôde deixar de pensar em como esta paisagem era bonita mesmo neste sábado frio de fevereiro. Estava ficando tarde, já era quase noite, e o céu cinza do início da tarde mudara, escurecera e estava cheio de riscos vermelhos e roxos pelo horizonte. Ou era o mar? Parte das terras baixas de Romney Marsh, à frente dos jardins, ficava bem abaixo do nível do mar, e Will freqüentemente tinha a impressão de que o mar à distância estava no céu. Uma ilusão curiosa.

— Will, Will! Espere por mim!

Ele se virou ao escutar a voz de Ned e ficou esperando enquanto o amigo corria pela trilha.

— Por que não me convidou para uma caminhada com você? — perguntou Ned, fitando Will. — Ou queria ficar sozinho? Estou sendo intrometido?

Pegando o braço de Ned, Will balançou a cabeça, aproximando-se do amigo enquanto caminhavam juntos.

— Achei melhor deixá-lo com seus próprios pensamentos depois do almoço. Você parecia tão chateado esta manhã, e estava muito quieto durante o almoço.

— É verdade, e tinha razão para isso, não acha?

— Acho, sim. De qualquer forma, eu sabia que estava acordado sozinho no quarto, já que Lily e Vicky foram até a aldeia a cavalo depois que você desapareceu. Acabei de vê-las voltando, por isso me escondi aqui fora.

— Para um homem que não gosta da vida rural, que reclama tanto sobre a vida no campo e que prefere a alegria, as luzes e a agitação de Londres, você está demonstrando um carinho muito grande por Stonehurst — comentou Ned, olhando para Will de soslaio enquanto seguiam a trilha.

— Passei a ter um carinho pelo lugar, é verdade, talvez porque ajudei Vicky a deixá-lo em forma e porque compartilhamos algo especial, um relacionamento único durante esse tempo, logo após a morte de Miles. Eu tinha uns quatorze ou quinze anos, e trabalhamos bem juntos, aumentando nosso vínculo. Ela sempre lembra que eu a ajudei a lutar contra a tristeza. Mas, para ser honesto, Ned, eu não gostaria de viver permanentemente no campo. Gosto de visitar Vicky porque somos muito próximos. Também tenho fascínio por Romney Marsh. Essa terra tem algo curioso que me encanta.

Ned riu.

— Ah, eu entendo. Atrai o rapaz aventureiro que ainda existe dentro de você... histórias de contrabandistas de tabaco, conhaque e Deus sabe mais o quê. Mas entendo o que quer dizer, e também reconheço que Romney Marsh tem uma história genuína. — Olhando para frente ao se aproximarem do final do gramado, Ned acrescentou: — E também há romance... uma agradável brisa vinda da França, não é?

Will teve a dignidade de sorrir, sabendo muito bem que Ned estava implicando com ele.

— Bem, talvez você esteja certo, talvez seja isso, o romance... — concordou ele. Então mudou de assunto. Com a voz preocupada, disse: — Agora você está bem, não está, Ned?

— Acho que sim. Mas devo admitir que Lily estava sendo burra como uma porta mais cedo. E como você, sempre a considerei, bem... uma mulher esperta, inteligente.

— Concordo, quero dizer, sobre o fato de ela ter sido burra esta manhã. Por outro lado, acredito que ela seja inteligente, brilhante. Ela tem 32 anos, é uma mulher vivida, concorda? Mas sabe, lembro-me que Vicky uma vez me disse que Lily se considera uma especialista em direito, que sabe muito a respeito de aspectos e procedimentos jurídicos, já que foi casada com um advogado durante alguns anos. Obviamente ela acha que sabe mais do que todos nós, que *ela* é *a* especialista.

Ned disse com uma voz suave mas enfática:

— Realmente tenho tentado guardar minha dor em seu devido lugar, dentro de mim. Está *lá*, sempre estará, mas está enterrada agora, bem fundo no meu coração. Tive de fazer isso para ser capaz de seguir em frente, Will. Tenho de me concentrar no presente e no futuro. Meu passado e aquelas mortes trágicas estarão sempre comigo. Mas não posso permitir que o sofrimento tome conta de mim. Tenho de seguir em frente, e sei que *você* entende isso, Will.

— Entendo, sim, e concordo que Lily sondou muito. Mas não acredito que ela tivesse a *intenção* de machucá-lo, estava apenas sendo... abusada e provavelmente achou que estava demonstrando preocupação. — Ele deu de ombros. — Afinal de contas, ela é mulher, e quem nesse mundo consegue compreender essas criaturas adoráveis e tentadoras, entender o que dizem e fazem? Eu não.

Eduardo ficou em silêncio. Os dois caminharam, contentes por estarem na companhia um do outro. De certo modo, eram como irmãos, e o laço de amizade entre eles era forte e verdadeiro. Duraria a vida inteira, embora nenhum deles soubesse disso.

Quando deixaram o gramado para trás e estavam bem perto do mar, Will murmurou de repente:

— É mesmo uma brisa agradável vinda da França, Ned. Olhe lá, as luzes do litoral francês estão brilhando tão intensamente, estão *tão visíveis*. Que noite clara e maravilhosa esta.

— Sem a névoa de Romney Marsh — respondeu Ned. — E logo aparecerá a lua cheia, eu garanto. Não é uma boa noite para os contrabandistas.

— É verdade. Mas você sabia que os contrabandistas de Romney Marsh são tão famosos quanto os da costa da Cornualha?

— Sabia. — Agora virando um pouco para a direita, Ned continuou: — Vamos nos sentar naquela borda um pouco. Preciso conversar com você sobre uma coisa.

Will assentiu, concordando. Fechando mais os casacos e amarrando os cachecóis, os dois sentaram-se virados para o mar. De repente, ficara escuro; as estrelas brilhavam e, a distância, o farol de Dungeness bruxuleava, os raios brancos refletindo na água para a terra e de volta para a água.

Sabendo que Eduardo Deravenel falaria no momento certo, somente quando estivesse pronto, Will esperou, se perguntando sobre o que era.

Finalmente, Ned disse:

— E Oxford, Will? Você ainda não voltou para continuar seus estudos. Você está muito atrasado.

— Eu não vou voltar.

— Nunca? — A surpresa de Ned ficou evidente no tom de voz.

— Isso mesmo. Fui a Oxford, vi todo mundo e me despedi, depois de explicar meus motivos para não terminar os estudos.

— E seu pai? Não está furioso? — sondou Ned, curioso.

— Ele ficou, mas só na hora. Você sabe, meu velho desistiu de mim há muito tempo, acho que ele sabia que discutir comigo seria em vão, porque já estava decidido.

— Você foi a Leicestershire para vê-lo?

Will balançou a cabeça.

— Por acaso, meu pai estava na cidade a negócios na semana passada e nós jantamos no clube que ele freqüenta. Primeiro, ele ficou irritado, mas no final mudou de idéia. Concordou que devo conduzir minha vida como eu quiser e me desejou boa sorte. Ele foi generoso comigo, Ned, não cortou minha mesada.

— Isso *foi* realmente muita generosidade dele — murmurou Ned. Franzindo a testa, perguntou: — Mas, Will, quais são seus planos? Ainda quer se associar a alguma empresa em Londres?

— Não... — A voz de Will sumiu, e ele ficou ali sentado em silêncio por alguns segundos, então continuou: — Eu gostaria de trabalhar com você, Ned, se isso for possível.

Surpreso, Eduardo virou-se para fitar o amigo.

— Na *Deravenels*? É isso que está dizendo?

Will assentiu.

— Eu ainda não tenho um emprego, nem um cargo. Então não posso lhe oferecer um, meu amigo.

— Esse dia vai chegar. Estou preparado para esperar — respondeu Will. — Se eu conheço você e Neville Watkins tão bem quanto acho, não terei de esperar muito tempo.

— Você parece muito otimista em relação a nosso sucesso — comentou Ned.

— Não duvido disso nem por um minuto.

Ned agora disse:

— Devo me apresentar lá na próxima semana e, francamente, estou apreensivo. Sei que o chefão vai simplesmente me cumprimentar, me dar um escritório e me deixar apodrecer, sem fazer nada, de pernas para o ar. Esse é o *modus operandi* deles. Mas tenho outras idéias, e vou exigir o escritório do meu pai. Não vou deixar que me enfiem em uma salinha minúscula nos fundos.

— Isso mesmo! — exclamou Will. — Você *tem* de exigir o antigo escritório de seu pai. Comece da forma como pretende seguir, esse é meu conselho.

— Certamente farei isso.

— Está combinado, então? — perguntou Will. — Sobre eu trabalhar com você?

— Se você deseja trabalhar na Deravenels, certamente vai me deixar honrado, mas não posso dizer exatamente quando isso vai acontecer.

— Como eu disse, vou esperar.

— Por quê? — perguntou Ned um pouco depois, quando começavam a voltar para a casa. — Por que está tão entusiasmado com a Deravenels?

— Porque acredito que posso ajudá-lo e porque quero estar a seu lado, Ned, trabalhando com você. Agora, mudando de assunto, o que vai fazer a respeito de Lily?

— Nada, ora — respondeu Ned na mesma hora, parando, virando-se para Will e fitando-o sob a luz da lua. — Vou voltar para casa agora e ser o mais educado e simpático possível. Afinal, não adianta chorar sobre o leite derramado. De qualquer forma, conhecendo Vicky, ela provavelmente já deu um jeito em Lily, não acha?

— Certamente — respondeu Will, satisfeito por Ned ter decidido voltar a ser o velho sedutor. Seu charme de certo modo desaparecera nos últimos tempos. Talvez as coisas voltassem ao normal. Mas uma onda de preocupação tomou conta dele, se perguntando por que achava que as coisas voltariam ao *normal*. Não voltariam. De forma alguma. O mundo deles estava prestes a virar de cabeça para baixo.

Capítulo 13

Londres

Neville Watkins estava prestes a encontrar três homens, cada um muito diferente do outro. Enquanto andava de um lado para o outro no quintal dos fundos de sua casa em Chelsea, pensava neles. Tinha plena consciência que cada um traria alguma coisa singular para a reunião; o que eles dissessem e resolvessem no final mudaria muitas vidas; algumas para pior, outras para melhor.

Enquanto Neville se virava e voltava pelo caminho de pedras, uma porta de repente se abriu e uma criança saiu. Era sua filhinha Ana, e assim que ela o viu, correu em sua direção, os pés voando pelo caminho.

— Papai! Papai! Estou aqui!

Rindo, ele também correu, pegou-a nos braços e levantou-a, segurando-a perto do peito.

— Olá, minha querida — disse ele, com os lábios perto do sedoso cabelo castanho-claro. — Você deveria estar usando um casaco, minha doçura. Vai pegar uma gripe, neste frio.

— Mas o sol está brilhando, papai — respondeu ela, olhando nos olhos dele.

— Mas ainda estamos em fevereiro, Ana.

— As flores estão saindo — contou ela, apontando para os flocos de neve e para os açaflores roxos e amarelos saindo da terra escura nos canteiros em volta do jardim. — Mamãe disse que são flores da primavera.

— É verdade. Mas temos de voltar lá para dentro, que está mais quentinho. E eu e você, bem, nos veremos mais tarde.

— Mamãe disse que Ned vem. Ele vai trazer Ricardo?

— Acho que não, querida, hoje não. Temos uma reunião de negócios.

— Mas hoje é sábado, papai — disse ela com uma voz de reprovação.

Ele sorriu para ela.

— Eu sei — respondeu, e de repente viu a decepção nos olhos da filha. O rosto dela mudara, se tornara triste, pensou ele.

— Você gosta do seu primo, não é?

Ela assentiu.

Neste momento, Neville já estava na porta e, colocando-a no chão, levou-a para dentro da casa. Antes mesmo que chegassem à varanda central, ele escutou os passos da esposa no piso de madeira encerada. Sempre os reconhecia; só ela naquela casa andava com tanta determinação. Toque-toque, toque-toque, seu pé seguia em frente, batendo com força na madeira, e um momento depois ela entrou na varanda.

— Ah, aqui está você, minha pequena — exclamou Ana Watkins quando viu sua xará. — Procurei-a em todos os cantos.

— Ela saiu para me encontrar — comentou Neville, aproximando-se da esposa, colocando a mão em seu ombro com afeto. — Mas está mesmo à procura do pequeno Ricardo, creio eu. — Sorriu para ela, os olhos transbordando de amor. — Você sabe o quanto ela gosta dele, Nan, é a sombra dele sempre que ele está na Mansão Thorpe conosco.

Ana Watkins, que sempre tivera o apelido de Nan, assentiu e esticou o braço, pegando a mão da filha.

— Ela gosta dele desde que deu os primeiros passos e caiu em seus braços... braços que certamente estavam preparados para segurá-la.

Neville ficou quieto por um momento, olhando diretamente para a esposa, o rosto subitamente ficando pensativo, os olhos se estreitando.

— Que bom que é de Ricardo que ela gosta, e não do outro. Nunca senti segurança *nele*... o do meio.

— O que quer dizer? — perguntou Nan. Parecia um pouco confusa, como se não entendesse a dúvida dele, o que estava dizendo.

— Os genes estão lá, mas não a força.

— Parece que está falando de cavalos.

Neville jogou a cabeça para trás e riu alto, achando o comentário da esposa muito divertido. Mas ela freqüentemente o divertia com seus comentários, trazia riso a seus olhos. Balançando a cabeça, ele disse finalmente:

— *Touché*, minha querida.

Nan olhou para ele de lado, sorrindo, flertando e, depois, abaixando o olhar para a filha mais nova, murmurou:

— Venha comigo, Ana. A Srta. Deidre está esperando para dar uma aula de pintura para você e Isabel.

— Estou aqui — disse uma vozinha, e outra linda criança entrou dançando na varanda, o cabelo claro brilhando com a luz do sol que atravessava as muitas janelas. Foi até o pai dando piruetas, mostrando seu crescente talento como bailarina. — Bom dia, papai — disse quando finalmente parou.

Inclinando-se, Neville beijou seu rosto, abraçou-a e, afastando-se dela, sorriu e disse:

— Você é muito graciosa, Isabel. Estou muito impressionado com seu talento.

Ela sorriu, virou a cabeça com graça e perguntou:

— Jorge vai vir com Ned, papai? Mamãe me disse que ele vem almoçar hoje.

— É verdade, querida, Ned vem almoçar comigo. Mas é um almoço de negócios. E Jorge não virá nem Ricardo. Vocês terão de esperar outra oportunidade para ver seus amiguinhos.

— Ah. — Ela fez um bico e balançou os cachos. — Achei que pudéssemos brincar juntos... Abaixou a voz até sumir quando viu o olhar de advertência da mãe, a expressão severa no rosto de Nan, que disse:

— Vou falar com tia Cecília mais tarde e talvez possamos marcar alguma coisa. Talvez...

— Cecília ainda está em Yorkshire — interrompeu Neville, balançando a cabeça e apertando os lábios. — Decidiu ficar um pouco mais em Ravenscar antes de voltar para Londres. — Ele deu de ombros. — Acho que está tentando se acalmar, digerir as... coisas.

— Como sua mãe. Eu compreendo, Neville, era de se esperar.

— Vão, minhas queridas — disse Neville para as filhas. — Subam para a aula de pintura. Preciso conversar um pouco com a mãe de vocês.

— Certo, papai — disseram elas obedientemente e em uníssono, e saíram correndo juntas em direção à escadaria.

Pegando o braço da esposa, Neville levou-a até a biblioteca e fechou a porta após entrarem. Virando-a para encará-lo, ele disse com a voz baixa, os olhos cheios de preocupação:

— Acho que minha mãe e Cecília não estão nada bem no momento. Ainda estão em estado de choque, acredito. Afinal, as mortes foram muito inesperadas e repentinas. Elas precisam de um tempo para aceitar e chorar.

Nan assentiu com vigor.

— Claro, claro, Neville. Não sei por que as meninas estão falando tanto dos dois meninos Deravenel. Não faço idéia.

— Bem, Ana sempre foi como um cachorrinho correndo atrás de Ricardo; quanto a Isabel, ela parece girar em torno de Jorge. Embora *isso* não me agrade nem um pouco. Mesmo assim, não tem nada de estranho nisso, querida; elas conhecem aqueles meninos desde que nasceram, cresceram juntos, e depois da semana que acabamos de passar em Yorkshire em que elas ficaram tanto com eles em Ravenscar, acho que estão com saudades dos companheiros de brincadeiras. Isso é compreensível, não?

— Acho que sim. — Ficando na ponta dos pés, ela deu um beijo no rosto dele e se encaminhou para a porta. — Devo ir ficar um pouco com elas, mostrar interesse pela aula de pintura.

— Eu sei, eu sei. — Observou-a atravessar o corredor, pensando em como era bonita no seu jeito refinado e delicado. Era a única mulher que ele já amara; houvera outras, mas apenas para sexo. A doce Nan era o amor de sua vida. Eram extremamente felizes juntos, e a única coisa que às vezes lamentava era não ter um herdeiro. Desejava um filho; Nan tivera alguns abortos espontâneos, e ainda não engravidara de novo. Pelo menos não até agora. O desejo terrível e repentino por um menino veio à tona por uma fração de segundo, mas ele o afastou. Era um homem de sorte... agradecia suas bênçãos. E ele e Nan ainda eram jovens e podiam ter muitos filhos.

Assim que Nan desapareceu na escadaria, Neville virou-se e saiu de novo. Começou a andar de um lado para o outro no quintal, os pensamentos agora nos negócios e na chegada iminente dos três convidados.

O primeiro que esperava era seu primo Eduardo Deravenel. Estava ansioso para vê-lo, para ouvir o que ele tinha a dizer e a contar. Ned trabalhara na sede da Deravenel na rua Strand na última semana. Eles se falaram rapidamente, e ele recebera vários bilhetes enigmáticos de Eduardo, mas nada realmente importante foi dito. Isso o deixara confuso e apreensivo. Mas confiava em Ned em todos os aspectos, e principalmente confiava em seu bom senso, e estava claro para Neville que Eduardo estava sendo discreto. Muito melhor conversar na privacidade de sua casa do que pelo telefone, e tinha plena consciência da facilidade com que bilhetes podiam se perder, parar em mãos erradas ou ser roubados.

Alfredo Oliveri seria o segundo a vir encontrá-lo. Oliveri estava em Londres, aparentemente tratando de negócios da Deravenels, mas, na verdade, viera para vê-los... Ned e ele. Oliveri expressara sua lealdade e devoção aos Deravenel de Yorkshire em Carrara, e tê-lo do mesmo lado era um bônus. Todos confiavam nele na empresa, até parte da velha guarda, já que trabalhava na empresa há quase vinte anos. Embora não fosse exatamente um membro do círculo interno, ele os conhecia bem, e isso seria muito útil.

Neville tinha um plano, e o segredo para seu sucesso era informação; sabia muito bem que informação era poder. Quanto mais Oliveri pudesse lhe falar sobre tudo e todos na empresa, mas *ele* teria chances de ser bem-sucedido.

O último convidado para o almoço era Amos Finnister. *Amos.* Pensou no nome; conhecia Amos há doze anos, e Amos prestava serviços para ele há dez. Era detetive particular: o melhor do ramo, pelo que Neville sabia.

Amos Finnister tinha sua própria empresa, que tinha apenas um cliente: Neville Watkins. E, na verdade, a agência de investigação era de Neville através de alguns testas-de-ferro. Essa combinação funcionava bem para os dois.

Agora Neville sorriu para si mesmo ao continuar pensando em Amos. Colocar esse homem debaixo de sua asa tantos anos atrás fora uma estratégia brilhante de sua parte. Amos trabalhava duro, tinha lógica e persistência, como um cachorro atrás de um osso, quando necessário. Calmo e controlado, independentemente das circunstâncias ou da pressão que estivesse vivendo, era leal, discreto e estava disponível até durante a noite. Tinha talento para escolher os homens que trabalhavam para ele, que tinham características semelhantes às deles.

Uma das coisas que Neville considerava de valor inestimável eram os informantes de Amos... em todas as camadas sociais. Esse é um dos pontos-chave para ser um detetive particular de sucesso.

Antes de partir para a Itália com Ned e Will Hasling, Neville dera a Amos uma lista de nomes, a maioria de pessoas que trabalhavam na Deravenels e que eram conhecidas por serem partidárias de Henrique Grant, ou seja, prováveis inimigos de Eduardo.

Desde que voltara para Londres, estava mais convencido que nunca de que seu primo precisava de proteção; Alfredo Oliveri deixara isso bem claro. Mas contra quem *exatamente*?

Quem eram os verdadeiros donos do poder na Deravenels? Margarida Grant, obviamente, e John Summers. Mas, e o próprio Grant?

Talvez sim. Talvez não. Ele era um homem fraco, preguiçoso, pronto para passar as responsabilidades dos negócios para a esposa, que estava disposta a agarrar essas responsabilidades o mais rápido possível. E, naturalmente, havia outras pessoas contra Eduardo, pelo simples fato de ele ser filho de Ricardo Deravenel, o verdadeiro herdeiro da empresa.

Amos descobriria, se já não tivesse descoberto; Neville mal podia esperar para encontrá-lo.

Tenho de triunfar, disse Neville para si mesmo, enquanto caminhava pelo jardim. Quando chegou ao antigo muro de pedra que dava para o rio Tâmisa, debruçou-se sobre ele, olhando à distância. O rio estava lento hoje, preto como tinta, e o céu de repente mudara. O azul congelara, tornando-se uma mistura de cinza e um estranho verde azulado.

Choveria, percebeu ele, levantando os olhos para o céu. E esse pensamento mal fora formulado quando ele sentiu as primeiras gotas da chuva fria no rosto virado para cima.

Virando-se, Neville voltou correndo pelo jardim e entrou em casa, cruzou o corredor central e colocou o sobretudo no armário do vestíbulo, tudo isso em poucos minutos.

Voltou para a biblioteca, um cômodo grande e elegantemente decorado, seu preferido na adorável casa que datava do período regencial. Sempre vira a biblioteca como seu porto seguro, o lugar que o afastava das desventuras do mundo lá fora.

O fogo estava aceso na lareira, e os lampiões foram todos acesos enquanto estava no jardim, dando ao cômodo um brilho aconchegante e rosado. Percebeu que ficara um pouco gelado do lado de fora e ficou de costas para a lareira para descongelar.

Sua mente estava cheia de idéias e planos. Colocaria Ned no cargo de presidente, por mais que isso lhe custasse. E seria ele quem deteria o poder.

Capítulo 14

Ravenscar

O mar do Norte brilhava como uma malha de metal muito polida, ondulando sob a leve brisa. Acima, o céu era um arco azul-celeste brilhante, sem nuvens, repleto de raios de sol. Sol sem calor, nesta gelada manhã de inverno. Todavia, fora exatamente isso que atraíra Cecília Deravenel para fora, e, enrolada em casacos de lã e pele, enfrentara o frio.

Neste momento, estava parada nas velhas ruínas do forte na escarpa, de certa forma protegida pelos muros altos, fitando o mar. Seus pensamentos estavam com Eduardo em Londres: há uma semana, ele se apresentara na Deravenels, e sua vida profissional começara. Estremeceu, mas não de frio. Como iriam tratá-lo? E como ele conseguiria fazer alguma coisa a longo prazo? Tinha plena consciência de que Ned ficara apreensivo de ir lá. Na semana anterior, eles se falaram pouco: duas conversas rápidas pelo telefone. Mas Neville garantira que tudo daria certo. Pelo menos por enquanto. Ninguém faria nada contra Ned. Pelo menos por enquanto. Além disso, Alfredo Oliveri estava lá; viera de sua base na Itália para uma viagem de negócios a Londres, na sede da Deravenels. Mais especificamente, porém, ele estava lá para ficar de olho em Ned. *Ficar de olho nele.* Que eufemismo tolo. Ele precisaria mesmo de proteção. Seu filho estava no meio de um ninho de víboras.

Cecília estremeceu de novo e se encolheu dentro das roupas quentes; as mãos cobertas de luvas procúraram as pontas do cachecol enrolado em volta da cabeça. Enquanto o apertava, sua mente girava.

Neville fora honesto com ela no outro dia; admitira que todos os seus filhos estavam correndo perigo. Ainda assim, ele conseguira convencê-la que os dois mais jovens estariam em segurança aqui em Ravenscar. Confiava implicitamente no sobrinho, sabia como ele era esperto, dono de uma mente inteligente e brilhante. Ele também era leal à família, assim como Ned, e como seu pai e seu irmão tinham sido... família era *tudo* para eles. Rick, seu único irmão, se fora para sempre, e Thomas, seu filho mais novo, estava morto e enterrado com ele. Agora precisava confiar em Neville e seu irmão John, ambos mais velhos que Ned. Querido Johnny. A expressão de seu rosto se suavizou ao pensar nele. Mais discreto, menos ambicioso que o irmão, um jovem adorável e totalmente devotado a Ned.

Somos uma unidade familiar forte, os clãs Deravenel e Watkins. Ficaremos juntos nessa batalha que vem pela frente. Vamos vencer. Esses pensamentos fizeram com que ela de repente levantasse a cabeça e se lembrasse com muito orgulho de quem era, de sua linhagem e do homem com quem se casara: *Ricardo Deravenel*, o herdeiro legítimo do império Deravenel. Sua viúva agora. Tinha de honrar sua memória. De forma inesperada, seus olhos brilharam com uma nova determinação.

Tomou uma decisão repentina. Não se permitiria ter medo de pessoas como Henrique Grant e sua ambiciosa esposa francesa, ou de seus subordinados. Nunca. Ela os enfrentaria de cabeça erguida, assim como seu pai lhe ensinara.

Quanto à terrível dor, causada pelas perdas devastadoras, ela as enterraria bem fundo. Sua dor era particular, e não algo para se mostrar em público. Nem para compartilhar com ninguém, nem com os filhos.

Seus filhos. Tinha de concentrar toda a atenção neles agora, protegê-los a todo custo, garantir sua segurança.

— É claro que ninguém vai matá-los enquanto dormem — garantira Neville rindo quando esteve recentemente em Yorkshire. — O que estou querendo dizer é... bem, fique de olho neles. — E isso ela certamente faria... os protegeria com a própria vida, se fosse necessário.

Virando-se, congelada pelo vento que vinha do mar, Cecília voltou para casa, subindo os degraus que cruzavam os jardins e entrando na casa pelas portas francesas da varanda.

Estava tirando os casacos no Grande Salão quando escutou um berro, quase um grito de socorro, e para sua surpresa, viu Jorge nas escadas, descendo correndo, o cabelo louro despenteado, as roupas tortas, o rosto corado de raiva. Margarete estava logo atrás, igualmente nervosa. Apenas Ricardo, que os seguia lentamente, parecia sereno e totalmente controlado.

— Meus Deus! *Crianças!* O que está acontecendo aqui? — perguntou Cecília usando seu tom de voz enérgico e direto enquanto tirava as luvas e o cachecol e os jogava em uma cadeira junto com as outras roupas.

— Não é culpa minha! Não é, mamãe. Eu não quebrei a parede — gritou Jorge enquanto corria para ela e, como de costume, se jogava em cima dela, agarrando-a. — Não é culpa minha, mamãe — repetiu. — A culpa não é minha, ela me empurrou.

Automaticamente, Cecília abraçou o menino de onze anos daquele jeito protetor que tinha com ele, mas, por sobre sua cabeça, olhou para a irmã, Meg, que estava endireitando o casaco e prendendo o cabelo louro de volta no coque na altura da nuca. Parecia que tinha saído de uma briga, e obviamente com Jorge.

Hesitante, Meg aproximou-se da mãe e disse com a voz trêmula:

— *Foi* culpa do Jorge. Foi ele que começou.

— Não comecei nada! — gritou ele.

— Fique quieto! — exclamou Cecília, olhando para Jorge. Instintivamente, acreditou em Meg, que era sempre leal a Jorge. Por que ela o atacaria se ele não merecesse? Olhando para a filha, Cecília continuou: — Por favor, me explique a situação, Meg. Já que você pelo menos parece estar controlada.

— Sou o único controlado — arriscou-se Ricardo.

— Estou percebendo — respondeu sua mãe. — Vamos, Meg, por que essa briga toda?

— Estávamos no antigo quarto de brinquedos. Ricardo estava lendo, eu estava vendo minha coleção de selos. Jorge não estava fazendo nada e ficou entediado. De repente, pulou em mim e pegou meu álbum. Na verdade, mãe, ele o agarrou. Depois correu pelo quarto sacudindo-o. Achei que ele fosse estragar alguns dos melhores selos que papai me deu por todos esses anos, então pulei em cima dele, tentando pegar. Mas Jorge continuou fugindo de mim, me provocando e me deixando com raiva. Avancei nele que, naturalmente, conseguiu se esquivar, e ao fazer isso tropeçou em uma banqueta e caiu contra a parede ao lado da lareira. A parede simplesmente desmoronou. Jorge caiu dentro da parede, mas o estranho é que tem um quarto lá.

Cecília congelou. *O esconderijo do padre**. Ricardo o fechara permanentemente. Quando Ana, a primeira filha deles, nasceu, seu marido decidiu que o esconderijo deveria ser fechado, e assim foi feito. Ele ficou com medo que uma criança pequena se trancasse lá dentro e sufocasse antes que pudesse ser socorrida. Então tornou-o seguro. E ninguém nunca soubera sobre o esconderijo exceto eles, e os ancestrais Deravenel, claro.

Cecília abriu a boca para falar, mas fechou-a quando o mais novo da família se aproximou lentamente dela. O rosto estava solene, os olhos sérios, pensativos, como costumavam ser. Estava totalmente sob controle, assim como dissera que estava, muito mais que os irmãos.

O que fez com que Cecília ficasse em silêncio foi a caderneta de capa de couro preto que Ricardo tinha nas mãos. Certamente era a caderneta perdida de seu marido. Aquela pela qual ela procurara aqui, e Ned, no escritório do pai em Londres.

— Eu entrei na parede — disse o menino a ela. — Para ajudar Jorge, mamãe. Ele estava caído de costas no chão. Entre as paredes. Isso foi o que pensei primeiro, mas, quando entrei, descobri que era um *quartinho*. Havia uma cômoda lá dentro, e depois que ajudei Jorge a se levantar, abri as gavetas, bem, não todas porque uma estava trancada. De qualquer forma, mamãe, encontrei isto. — Aproximando-se mais de Cecília, entregou a caderneta a ela.

Cecília soltou-se do abraço de Jorge e pegou a caderneta do filho mais novo.

— Muito obrigada, Ricardo — murmurou ela.

Segurando-a nas mãos, sentiu uma onda de esperança tomar conta dela. Seu marido fizera anotações ali praticamente todos os dias... abriu-o ansiosa e viu linhas e linhas de números, mas poucas palavras. Havia frases soltas aqui e ali, mas nenhuma fazia sentido para ela. Foi tomada pela frustração, e seu coração se apertou. Por um breve momento, pensara que a caderneta

*Termo dado a um esconderijo construído para padres em muitas casas católicas durante o período em que os católicos foram perseguidos, no início do reinado de Isabel I (*N. da T.*).

revelaria algo importante: *importante para Ned.* Entretanto, as anotações eram um enigma. A não ser que houvesse alguém que pudesse decifrá-las. Será que era algum tipo de código? Talvez.

Oliveri. Na mesma hora, Cecília pensou no italiano, que aparentemente fora amigo de trabalho do marido, e que estava tão disposto a ajudá-los da maneira que pudesse. Será que ele saberia o significado desses números?

Meg interrompeu seus pensamentos ao dizer:

— Mãe, Jorge *pegou* meu álbum, mesmo que diga o contrário. Ele o agarrou e ficou correndo pelo quarto com ele.

— Eu não fiz isso — gritou Jorge.

— Jorge, me diga a verdade. Você fez o que Meg está dizendo? — perguntou Cecília com seu tom de voz frio.

— Não, eu não fiz — começou ele, então a voz sumiu sob o olhar fixo da mãe.

— Vou perguntar pela última vez — avisou Cecília.

— Eu só... queria... olhar os selos — murmurou ele, soando culpado, envergonhado, e corou quando a mãe afastou-o dela pelos ombros e olhou em seus olhos.

— Não tolero mentiras, Jorge. Agora peça desculpas a sua irmã.

— Desculpe — murmurou ele sem olhar para Meg.

— Por favor, Meg, venha até aqui. Isso mesmo, fique ao lado de Jorge. Agora, Jorge, vire-se para sua irmã, peça desculpas e dê um aperto de mãos. E Meg, você também deve se desculpar.

Os dois fizeram o que ela pediu sem maiores discussões.

Cecília disse:

— Bem, Jorge, aparentemente você não está machucado, então pare de choramingar. *Por favor.*

O antigo quarto de brinquedos de Ravenscar era completamente revestido de madeira escura. Exceto pelo buraco aberto quando Jorge caíra, parecia em perfeita ordem. Mas Cecília entendia que aquela parte da madeira pudesse estar frágil. Afinal, foi há centenas de anos e alguns tipos de madeira apodreciam com o passar do tempo.

Ravenscar fora construída no período elisabetano, quase quatrocentos anos atrás, que foi quando o esconderijo do padre fora criado atrás de uma parede adjacente à lareira. Durante o início do reinado de Isabel Tudor, houve perseguição religiosa aos católicos, e muitas famílias católicas famosas, como os Deravenel, construíram esses esconderijos para os padres para o caso de uma repentina surpresa, como a chegada inesperada de soldados.

Abaixando-se, Cecília apalpou a madeira em volta do buraco feito por Jorge, e alguns pedaços se soltaram em sua mão na mesma hora. *Estava* realmente um pouco frágil, e Jorge, um menino robusto, obviamente caíra com força sobre a parede.

Afastando-se do estrago, ela tentou se lembrar onde, todos aqueles anos atrás, seu marido martelara os pregos, e ficou satisfeita por lembrar-se facilmente. Um metro e oitenta acima do rodapé, em cima da segunda tábua, uns cinqüenta centímetros afastado da lareira... foi exatamente onde ele fechou a pequena porta com pregos.

Pegando uma cadeira da mesa redonda que ficava no meio do quarto, Cecília encostou-a na parede da lareira. Alta e atlética, ela era ágil. Levantando o longo vestido preto, subiu na cadeira e, esticando o braço, procurou os pregos. Não estavam mais lá, exatamente como suspeitara. Podia até sentir os pequenos buracos onde os pregos estiveram; tinham sido escurecidos com verniz ou graxa de sapato escura, e recentemente. Não tinha dúvidas: Ricardo os tirara dali, da mesma forma como os colocara pouco depois de a primeira filha deles, Ana, vir ao mundo.

Descendo com cuidado da cadeira, Cecília foi até a lareira e pegou a pá. Inclinando-se, apertando os olhos para as chamas brilhantes na lareira, e concentrando-se, ela finalmente localizou a pequena alavanca de metal na parte mais baixa da parede de trás da lareira. Não ficava muito visível, coberta de fuligem, e difícil de ser encontrada mesmo por quem sabia exatamente onde procurar, como ela.

Levantando a pá, ela abaixou a alavanca, e na mesma hora a tábua, que não estava mais pregada, abriu lentamente, se transformando em uma porta.

Após colocar a pá no lugar, Cecília foi até o esconderijo e fez uma manobra para conseguir entrar pela pequena porta. Ficou um tanto surpresa ao encontrar o lugar relativamente limpo. Obviamente, seu marido varrera o pó depois de finalmente abrir a porta pela primeira vez em anos.

O alvo principal de Cecília era a cômoda; levou apenas um momento para localizar a gaveta trancada, que conseguiu abrir com uma tesoura.

A gaveta deslizou com facilidade, e ela se sentiu satisfeita e esperançosa. Sabia muito bem que haveria alguma coisa dentro da gaveta trancada, algo que seu marido colocara ali por segurança; e realmente havia. Era uma segunda caderneta de couro preto. Era um pouco maior que a primeira que Ricardo encontrara; tinha as iniciais do marido gravadas em ouro no canto inferior, e sua mão tremeu ao pegá-la, abri-la e começar a ler. Sua animação foi aumentando cada vez mais enquanto lia as páginas parada ali em frente à lareira.

Não leu por muito tempo. Lera o suficiente para saber o quanto era importante para Eduardo. Descendo rápido, foi imediatamente para a sala íntima anexa a seu quarto e sentou-se à escrivaninha.

Colocando as mãos sobre o diário secreto — era isso que era — olhou para o nada, pensando. Essa caderneta tinha de chegar às mãos de Eduardo o mais rápido possível; como fazer isso? Não queria enviar por correio, com medo de que se perdesse. Poderia mandar Jessup à cidade levando-o. Um pacote fechado era seguro contra olhos curiosos? Ou talvez ela mesma devesse levar. Por outro lado, não queria deixar as crianças sozinhas aqui. Podia levá-las junto, claro. O que fazer... o que fazer?

Parte Dois

Garoto de ouro

Eduardo e Lily

"Pessoa muito alta, excedendo a estatura de quase todos os outros, rosto bonito, agradável e com peitoral largo."

Polydore Vergil

"Ele tinha coragem, determinação e sabedoria, que usava em benefício próprio, e era pragmático, generoso, brilhante e cruel quando a ocasião exigia."

Alison Weir

"Ela passeia com sua beleza pela noite
De um firmamento límpido e estrelado;
E o contraste entre as trevas e o esplendor
Confundem-se em seu semblante e em seu olhar:
E assim, amenizada, aquela terna luz,
Deslumbrando os céus, recusa a aurora."

Lord Byron

CAPÍTULO 15

Kent

— O que fazer? O que fazer? — murmurava Lily, fitando Vicky. — Por favor, me diga o que fazer porque eu realmente não sei.

Vicky Forth pousou a xícara de café e recostou-se na poltrona, observando a amiga por alguns instantes, e então, balançando a cabeça, respondeu calmamente:

— Acho que não há *nada* que você *possa* fazer neste momento, minha querida. Deixe o assunto de lado e espere.

— Essa é a pior parte, sabe, esperar. Esperar que ele mande um bilhete por um mensageiro, ou envie uma carta pelo correio, ou simplesmente apareça na minha porta, como ele faz com tanta freqüência. Devo admitir que esse silêncio total durante toda a semana não é comum. Sou levada a achar que ele ainda está furioso comigo, talvez até queira terminar tudo.

— Duvido. Ele está muito apaixonado por você, Lily. Sei que ele ficou um pouco chateado na semana passada, mas, por outro lado, ele pareceu mais calmo depois. E ainda tem mais uma coisa. Eduardo não guarda rancor, nunca guardou. Ele simplesmente não é assim... não é de sua natureza.

— Se você está dizendo, então devo acreditar, Vicky, e isso me deixa um pouco mais animada. Passar a semana toda sem receber nenhuma notícia dele acabou comigo, pareceu uma eternidade.

— Claro, já que você só pensa nisso, esperando um bilhete de Ned. Sei que ele realmente está muito ocupado. Foi a primeira semana dele na Deravenels, lembra?

— Will disse que ele está ocupado com o trabalho? É isso que está dizendo?

— De forma alguma. Will também não o viu. Aparentemente, Ned se fechou. Mandou um bilhete para Will dizendo que estava tentando entender o funcionamento da empresa e que só voltaria a procurá-lo na próxima semana, ou seja, semana que vem.

O rosto de Lily se abriu em um sorriso, e seus olhos brilharam.

— Obrigada por me contar isso, fica mais fácil entender, sabendo que não sou a única que ele está ignorando. Obviamente ele está fazendo a mesma coisa com o melhor amigo.

Vicky começou a rir, se levantou e caminhou pela pequena sala íntima da Fazenda Stonehurst, onde estavam tomando café-da-manhã nesse sábado frio.

— Se captei as vibrações certas, meu querido irmão tem mais o que fazer — lembrou ela enquanto trazia o bule de café para a mesa. — Gostaria de mais uma xícara?

Lily balançou a cabeça.

— Não, obrigada.

Após encher a própria xícara, Vicky colocou o bule de prata sobre a mesa e se sentou, parecendo pensativa. Pegando a xícara e tomando um gole de café, continuou:

— Estou convencida de que há uma nova mulher na vida de Will.

Lily fitou-a, claramente pega de surpresa.

— Sério! Que estranho, Ned não comentou nada comigo... afinal, aqueles dois são tão amigos. Então ele deve saber.

— Duvido que Ned diria alguma coisa a alguém... ele considera isso problema do Will. Ele não é o tipo de pessoa dada a fofocas.

— Eduardo é muito estranho em alguns aspectos, não acha?

Vicky franziu a testa, não entendendo o que Lily queria dizer com seu comentário. Lançou um olhar questionador para a amiga.

Como se lendo sua mente, Lily exclamou:

— O que quero dizer é que ele parece muito mais velho do que é. Além disso, ele também tem atração por mulheres mais velhas. Tenho certeza que ele flertou com a secretária da mãe dele, que também é viúva.

— Ele realmente se sente atraído por mulheres mais velhas, principalmente *viúvas*, então não reclame, Lily. Afinal, você é o tipo preferido dele, então fique feliz.

— Estou feliz, mas um pouco preocupada.

— Ah, querida, não se preocupe. Você não recebeu notícias dele esta semana porque ele estava atolado assumindo o cargo do pai nos negócios da família.

— Não é a ausência dele nem o silêncio que me preocupam — murmurou Lily, debruçando um pouco sobre a mesa: —, mas uma outra coisa completamente diferente. — Abaixando o tom de voz, ela confidenciou: — Acho que estou grávida, esperando um filho dele.

Essa era a última coisa que Vicky esperava escutar e, por um momento, ficou sem palavras; então, endireitando-se na cadeira, perguntou com calma:

— Você tem *certeza*?

Balançando a cabeça loura, Lily logo respondeu:

— Ainda não. Mas... estou atrasada... um mês. Mês passado. Tenho de esperar para ver o que acontece... Deveria ser daqui a dez dias. — Respirando fundo, Lily acrescentou: — Antes que você diga, sei que ele não vai se casar comigo se eu *estiver* esperando. E eu não ia querer que ele casasse; sou muito velha para ele. De qualquer forma, acho que é óbvio que Ned não é do tipo casamenteiro. Ele é um sedutor. Pelo menos, por enquanto. Todos esperam que Eduardo Deravenel da Deravenels faça um casamento brilhante um dia, quando chegar a hora.

Vicky assentiu.

— Tudo que você disse é verdade, mas o que vai fazer se estiver mesmo esperando um filho dele? Existem médicos que... bem, você sabe, acabam com gestações indesejadas. Mas acho que isso é muito perigoso.

— Ah, concordo com você! E eu *nunca* faria isso! Acredite: nunca.

— Então, o que você fará? — pressionou Vicky, subitamente preocupada.

— Eu terei o bebê; pensando bem, não há mais nada a fazer.

Vicky ficou quieta por um momento, mordendo o lábio.

— Você teria a criança e a criaria sozinha, é isso que está dizendo?

— Isso mesmo — assentiu Lily. — Eu teria *e* ficaria com ela.

— Mas, Lily, querida, pense no escândalo. O que vai dizer às pessoas? E quem você dirá que é o pai?

— Bem, ainda não pensei em tudo isso, não em detalhes. Não, eu definitivamente não resolvi tudo isso ainda. Mas acredito que não diria que Eduardo é o pai. Por que eu ia querer causar um problema desses para ele?

Afinal, eu o amo, Vicky; muito. E entendo que ele nunca poderá se casar comigo por diversos motivos, não apenas pela diferença de idade. Mas eu acho... bem, você sabe, acho que gostaria de ter um filho dele, e sei que apreciaria criá-lo.

— Que lindos sentimentos, Lily — murmurou Vicky, sorrindo para a amiga. — E tenho absoluta certeza que Ned a ajudaria financeiramente.

— Ah, mas eu não quero que ele me dê *dinheiro*, Vitória! Como pode pensar tal coisa, pelo amor de Deus? Tenho muito dinheiro dos meus falecidos maridos... na verdade, posso até queimar dinheiro. Então, por que sobrecarregaria Ned com uma coisa dessas? Principalmente porque ele nunca tem dinheiro. Bem, quase nenhum. Uma vez ele me disse que o pai era pobre, que o dinheiro da família vinha do falecido avô, Filipe Watkins.

— Eu sei disso. — Vicky ficou quieta, refletindo por alguns segundos, e então assentiu para si mesma e deu um sorriso longo e carinhoso para a amiga, sua expressão de puro afeto e amor. — Devo dizer que é uma mulher rara, Lily Overton; notável, de fato.

— Obrigada. — Lily se levantou, foi até a janela e ficou olhando para Romney Marsh, embora só conseguisse ver Ned na sua frente. Ela o amava loucamente, mas não tinham futuro juntos, não no longo prazo. Continuaria sendo sua amante enquanto ele quisesse, sempre soubera disso. Era totalmente devotada a ele. De certa forma, ele era um presente que nunca esperara na vida. Nunca tivera tanta paixão e prazer antes de Ned. Ele a levara à completude, lhe dera prazer e a amara, levara paixão e excitação sexual para sua vida. E ela sabia que, do jeito dele, Ned gostava dela. E isso era suficiente. Em seus dois casamentos houvera carinho e, claro, ela cumprira as obrigação matrimoniais. Fazer amor com os falecidos maridos, porém, fora algo morno, medíocre. Era grata a eles em muitos aspectos, grata pelo conforto e proteção que lhe proporcionaram. No fundo, tinham feito dela uma mulher rica, dando-lhe, assim, total independência.

Virando-se, ela disse devagar:

— Posso muito bem sustentar essa criança, Vicky, e é isso que *vou* fazer. Criar o filho de Ned. No campo. Seria o lugar mais fácil e confortável para fazer isso. Talvez aqui em Kent. Algum lugar perto daqui, perto de você. O que acha?

— Concordo com você, claro que concordo. Muito melhor aqui do que na cidade, onde todo mundo fofoca e bisbilhota a vida dos outros. E você sabe que estou aqui, querida, e farei tudo que puder para ajudar.

Lily aproximou-se de Vicky, abraçou-a rapidamente e sentou-se à mesa.

— Obrigada, Vicky. Tenho sorte de ter uma amiga como você. Mas posso não estar grávida também.

Vicky sorriu e pensou: tenho certeza que está grávida. Há um brilho em você que a deixou maravilhosa. E Eduardo Deravenel, aos dezenove anos, é tão viril quanto qualquer outro homem poderia ser.

Vicky acordou sobressaltada. Dormira tão profundamente que estava totalmente desorientada, perdida, confusa, se perguntando onde estava, que horas eram. Ao olhar em volta, embriagada de sono, percebeu que estava em frente à lareira em seu quarto, deitada em um pequeno sofá. O relógio no consolo da lareira marcava quase meio-dia.

Forçando-se a levantar, colocou os pés no chão e esperou um momento até a cabeça parar de rodar. Subira para o quarto pouco antes das onze e pegara no sono enquanto lia *The Times*. Lá estava o jornal no chão a seus pés. Devia estar muito cansada para dormir assim e por quase uma hora. Mas a verdade era que tivera uma noite insone.

Recostando-se nas almofadas de veludo, pensou em Lily. Ela também se recolhera em seus aposentos. Vicky se perguntou se ela estaria se sentindo bem, e soube na mesma hora que não precisava se preocupar com a amiga, ou se sentir culpada ou responsável como se sentira mais cedo. Sim, ela apresentara Lily a Eduardo Deravenel, mas não os forçara a irem para a cama juntos. Isso fora opção deles, apenas deles.

Era a velha história... tão velha quanto o próprio mundo.

Uma mulher conhece um homem. Sentem-se irresistivelmente atraídos um pelo outro, incapazes de virar as costas porque a atração é forte demais, esmagadora. A mulher se torna amante do homem e, inevitavelmente, termina afogada em problemas. Nunca o homem. Ele continua com a esposa, e se não é casado, tem outras amantes; de certa forma, é livre como um pássaro e faz o que quiser.

Bem, talvez isso não seja justo. E os homens não eram sempre os culpados. Na verdade, como seu irmão Will uma vez disse, os dois precisam querer. Querido Will. Ele era tão gentil e amável. Será que havia uma nova mulher na vida *dele*? Não tinha certeza, mas esperava que sim.

Às vezes se perguntava se a devoção dele a Ned era tão absoluta que tomava a maior parte de seu tempo. Mas ele era adulto e tinha de dar um rumo à sua vida. Duas amigas suas uma vez insinuaram, de forma cruel, que havia um relacionamento mais complexo entre seu irmão e Ned; mas não havia nada de estranho ou misterioso entre eles. Não eram homossexuais, embora passassem todo o tempo livre juntos. E eles realmente se amavam, como irmãos e melhores amigos.

Agora ela se perguntava como Ned reagiria quando descobrisse que Lily estava esperando um filho seu. Se, de fato, fosse o caso. Ele se importaria, claro que sim, e cuidaria de Lily. Até que a criança nascesse. E então iria embora, se já não tivesse feito isso antes do nascimento. Conhecia Eduardo Deravenel há muito tempo e o compreendia. Ele não queria compromisso: liberdade era a sua escolha.

Os homens sempre tinham de ter amantes? Tinha absoluta certeza que seu primeiro marido, Miles, tinha sido fiel a ela. Certamente fora um casamento com muita paixão, atração sexual e compromisso. Quando ele morrera de um inesperado ataque do coração, ela ficara arrasada, acreditara que sua vida estava acabada para sempre. Alguns anos depois, Stephen aparecera. Apaixonaram-se perdidamente, algo que ela nunca esperara. Este também era um casamento forte, como o primeiro, principalmente quando se tratava dos assuntos sexuais. Ficaria feliz quando ele voltasse de Nova York. Sentia saudade dele, do senso de humor, da atenção, do amor, da mente brilhante.

Abaixando-se, Vicky pegou o jornal, virando para as páginas internas, para a Coluna Real. Havia notas de noivados entre membros da realeza durante a semana. A rainha Alexandra fora *lá*... o rei estivera *aqui*... todas as aparições públicas cuidadosamente descritas.

Rei Eduardo VII. Filho da rainha Vitória, um homem de meia-idade antes de chegar ao trono. Um homem que agora aparentemente estava dando seu nome a uma nova era, um homem que adorava a boa vida, comida e bebida, e dançava noite adentro, um homem que talvez preferisse a amante, a Sra. Keppel, à esposa, a rainha Alexandra.

Bem, os reis eram famosos quando o assunto eram suas amantes, não é verdade? Diane de Poitiers veio à sua mente... essa era uma mulher inteligente, uma amante que reinou soberana. Influenciara Henrique II da França até o final da vida dele. Diane conseguira, de alguma forma, manter um relacionamento amigável com a rainha, Catarina de Medici, enquanto a obscurecia. Uma manipuladora hábil quando se tratava de política e políticos. Diane fora uma verdadeira sobrevivente.

Seus pensamentos sobre amantes da realeza desapareceram quando viu a fotografia de madame Marie Curie em seu pequeno laboratório em Paris. Lá estava ela com o marido, Pierre. Tinham isolado o elemento químico rádio em 1902, e no ano passado, o brilhante casal dividira o Prêmio Nobel em Física com Henri Becquerel. A manchete dizia que estavam pensando nela para um cargo universitário. Marie Curie era uma mulher que Vicky admirava... admirava todas aquelas mulheres que se jogavam no mundo e faziam coisas impressionantes. Vicky as chamava de mulheres guerreiras.

Olhando para o relógio de novo, Vicky levantou em um pulo. Tinha de descer para a cozinha e ver como estava indo o almoço. Não tinha tempo para sonhar de olhos abertos.

Quando Vicky entrou na cozinha alguns minutos depois, viu que a cozinheira tinha tudo sob controle e que estava preparando tudo com a eficiência de sempre. Florry, a moça que veio da aldeia para ajudar, estava batendo ovos e levantou o olhar; viu Vicky e sorriu alegre ao vê-la.

Vicky retribuiu o sorriso, assentindo, e disse:

— Vejo que está tudo em ordem por aqui, como sempre, Sra. Bloom, então deixarei tudo por sua conta.

— Isso mesmo, senhora, está tudo como previsto, tudo sairá na hora combinada. O suflê de queijo vai estar pronto à uma e meia, como a senhora pediu, e não teremos nenhum problema com o frango assado. Felizmente, a ave vai dar certo.

— Não se preocupe que sentaremos à mesa à uma e vinte e cinco. Seu suflê está salvo, não vai murchar se depender de mim.

A Sra. Bloom olhou para Vicky sobre os ombros e riu.

Vicky saiu da cozinha, atravessou o corredor e entrou na sala de jantar. Era aconchegante e confortável, com o fogo queimando na lareira; o cheiro era de cera de abelha e pinha, misturado com um pouco de fumaça e essência de maçã madura. Era uma mistura daqueles cheiros únicos e adoráveis do campo que sempre faziam com que Vicky se lembrasse de Compton Hall, a casa da família Hasling, onde ela e Will foram criados. A antiga e bela mansão estava sempre cheirosa com o perfume de madeira queimando, frutas maduras, pão assado e o doce aroma de mel feito em casa. Lembrou da falecida mãe com carinho, uma mulher que transformara uma pilha de pedras velhas em um lar agradável, onde as crianças eram amadas e mimadas.

Lentamente, Vicky começou a pôr a mesa para o almoço, escolhendo uma toalha de linho com bordados na ponta, copos de água de cristal, facas, garfos e guardanapos de linho, e enquanto arrumava a mesa, pensava em sua querida amiga Lily Overton.

Lily fora muito corajosa naquela manhã quando revelara seus planos, explicando o que faria *se* estivesse grávida. Ela só tinha três opções, Vicky tinha plena consciência disso. Lily podia tentar acabar com a gravidez, um negócio arriscado em muitos aspectos; podia ter o bebê e entregá-lo para adoção imediatamente, uma perspectiva triste e dolorosa; ou podia ficar com o bebê e criá-lo sozinha.

Lily escolhera a última opção, e Vicky não podia culpá-la. Em sua opinião, ela conseguiria dar conta, pois tinha uma natureza prática, era organizada e, felizmente, tinha seu próprio dinheiro, não dependia de ninguém.

Este era o ponto-chave: o dinheiro. Ele protegeria a ela e à criança.

Ter um filho fora do casamento era como cometer suicídio para a maioria das mulheres que se encontravam nessa terrível situação nessa época. A ilegitimidade carregava um enorme estigma, e se o homem com quem estivesse envolvida não a protegesse, era amaldiçoada. Mesma nessa nova era eduardiana, que era mais liberal que a época da rainha Vitória, o estigma permanecia. Apesar do comportamento licencioso da aristocracia, que era tão comum atualmente, por trás da fachada brilhante de liberdade, permaneciam o pudor, a arrogância, a discriminação, a distinção de classes e...

— Deixei-a chocada mais cedo hoje, não foi?

Vicky quase morreu de susto. Virando-se, exclamou:

— Deus, Lily! Você me deu um susto. Não escutei enquanto se aproximava.

— Desculpe — disse Lily. — Mas eu a *choquei*, não foi?

— Na verdade, você não me chocou. Você me *surpreendeu*, isso sim.

— Decidi não pensar nisso, pelo menos por enquanto... *Pode* ser um alarme falso.

Vicky assentiu.

— Sábia decisão. — Ficou quieta enquanto Lily se aproximava da lareira. Vicky não pôde deixar de pensar em como ela era bonita, a pele clara perfeita, olhos verdes e cabelo louro. Seus traços eram esculpidos, muito simétricos e suaves, e ela parecia muito mais jovem do que realmente era. Não era de se admirar que Eduardo Deravenel se sentisse tão atraído por ela... que homem não se sentiria assim?

Margarida Grant entrou em casa, vindo do jardim, tirou o casaco, pendurou-o no armário e seguiu para a sala de jantar. Parou horrorizada, olhando para a sala. O que acontecera aqui? Mon Dieu! A mesa de jantar de mogno fora arrastada até uma das paredes, e as doze cadeiras antigas foram arrumadas em quatro filas de três, como em uma igreja, e a mesa fora transformada em algum tipo estranho de altar. E acima da mesa, pendurado na parede, havia um crucifixo de Cristo. Como Henrique conseguiu pendurar isso lá em cima?, perguntou-se ela.

Ficou consternada e não se moveu por um instante, a cabeça girando. Henrique estava fora, em um de seus passeios malucos, cheios de fervor religioso, celebrando a crença de ser um monge e o fato de ter uma igreja para si, onde prega para a congregação. Apesar de nunca haver ninguém, ele não ficava chateado.

Mas ele não estava aqui pregando para as cadeiras vazias agora. Então, onde estava? Aterrorizada com a idéia de que ele podia ter saído vagando pelos jardins da casa deles em Ascot e ido para a estrada principal, ela se virou e correu para o jardim. Protegendo os olhos da luz do sol, olhou em volta freneticamente, chamando o nome dele:

— Henrique! Henrique! Onde está você?

Ele não respondeu aos chamados, e ela começou a procurá-lo. Em poucos minutos, ela o viu correndo entre as árvores em um pequeno bosque no final do gramado. O coração dela se apertou. Ele estava usando de novo uma das batinas marrom-escuras de monge e carregando uma cruz de madeira. Ao se aproximar, escutou-o cantando, desafinado como de costume.

Margarida sentiu náuseas. Ele estava completamente louco, não tinha dúvida. E se alguém descobrisse o quão louco ele estava? E que ele estivera em hospícios? Teria de colocá-lo lá de novo. *Mon Dieu! Mon Dieu!*

— Henrique, Henrique, *chéri*! — exclamou ao se aproximar do bosque. — Venha comigo, vamos entrar. Está frio hoje.

Ele se virou, olhando embasbacado para ela, os olhos perdidos.

— Filha de Deus — murmurou ele. — Filha de Deus, bom dia para você.

Disfarçando a repulsa e deixando a raiva de lado, Margarida pegou o braço dele e, murmurando palavras persuasivas, conduziu-o para fora do bosque, pelo jardim, até dentro de casa.

Depois que conseguiu colocá-lo na cama, deu meia-volta, saiu do quarto e trancou a porta. Era um velho tolo e um fanático religioso doido. Uma coisa era essencial. Tinha de mantê-lo escondido do mundo até que voltasse a si de novo.

Margarida Grant balançava a cabeça enquanto descia as escadas. Era melhor quando ele entrava em choque e ficava catatônico. Pelo menos, quando isso acontecia, ele ficava o dia inteiro sentado em uma poltrona e não abria a boca.

Capítulo 16

Londres

Com passos largos, Eduardo Deravenel entrou na biblioteca da casa de Neville em Chelsea, trazendo consigo energia, vitalidade e uma evidente exuberância. Ned está se sentindo melhor, pensou Neville, deixou o sofrimento de lado. Ele está pronto e capaz de seguir em frente. Estava satisfeito pelo primo e aliviado pela mudança em sua postura.

Havia um sorriso no rosto de Eduardo, uma desculpa nos lábios.

— Desculpe o atraso. Tive dificuldade em conseguir uma carruagem de aluguel esta manhã.

— Não tem problema, Eduardo — murmurou Neville, aproximando-se para cumprimentar o primo. Após um rápido abraço, Neville afastou-se e sentou-se em uma poltrona perto da lareira.

Eduardo preferiu ficar de pé, apoiando-se no consolo da lareira, e perguntou:

— A que horas os outros devem chegar?

— Alfredo Oliveri deve chegar daqui a uns dez minutos; Amos, uns quinze minutos depois.

— Você ainda não me explicou direito quem é Amos Finnister — comentou Eduardo, olhando para Neville, uma expressão ansiosa tomando conta de seu rosto. — Você só disse que ele trabalha para você há alguns anos, que confia cegamente nele e que será inestimável para mim.

— Será mesmo, não tenho dúvidas. Você logo entenderá. Mas antes de eles chegarem, por favor, me conte sobre a última semana. Seus bilhetes eram um tanto enigmáticos, e você não foi nem um pouco melhor ao telefone.

Eduardo assentiu, explicando:

— Não havia muito a dizer e, francamente, foi uma semana terrível. E eu odeio Aubrey Masters. Vou colocar Alfredo Oliveri no lugar dele, como diretor do departamento de mineração, se ganharmos.

— *Quando* ganharmos, mas continue.

— Masters é presunçoso, brigão e cheio de si. Resumindo, ele é burro como uma porta. Estou mais certo que nunca que ele só está lá por causa das relações com a família Grant. De qualquer forma, ele ia me dar o pior escritório do prédio, mas eu armei a maior briga. Insisti que queria o escritório do meu pai, que era tradição, mas ele não queria nem escutar. Assumi uma postura mais determinada, mas ele continuava inflexível. Obstinado. Finalmente, ele chamou John Summers para mediar e, para choque de Aubrey, Summers concordou comigo. Aubrey ficou furioso, mas John Summers é superior a ele na Deravenels. Eu ganhei. Consegui o antigo escritório do meu pai.

— Então, John Summers ficou do seu lado?

— Eu não diria exatamente *isso*! — respondeu Eduardo, fitando o primo diretamente. — Entretanto, ele insistiu que eu deveria ficar com o antigo escritório do meu pai, deixando de lado as objeções de Masters. Depois disso, desapareceu. Não o vi mais durante a semana toda. Fiquei sabendo que ele foi para Gales.

— Aubrey Masters mandou que você fizesse alguma coisa?

— Nada. Ele queria que eu ficasse de pernas para o ar. Fui ao escritório todos os dias de manhã, e todos me trataram com cordialidade, exceto Masters, claro, que era extremamente mal-humorado, chegando ao ponto da grosseria. Mas vou dizer uma coisa, os outros cavalheiros me trataram com muita educação, e só. Depois, simplesmente ignoravam minha presença.

— Entendo. Humm. Bem, não estou surpreso. Eles estão aceitando sua presença porque não têm opção. Você tem todo direito de estar lá. É regra da empresa... o filho substitui o pai, fica em seu escritório, se torna diretor júnior mas não parte do conselho, e então trabalha para conseguir subir na empresa. Mas eles o estão considerando incompetente, simplesmente não passando trabalho para você. De certa forma, inteligente da parte deles; por outro lado, ridículo no longo prazo. Está tão claro.

— Concordo. Mas apesar de chato e enfadonho, descobri algumas coisas.

Neville inclinou-se e olhou atentamente para Eduardo.

— Sobre o quê?

Eduardo respondeu:

— Primeiro, sobre o estado de espírito atual da Deravenels. Está muito baixo, e muitos funcionários acreditam que a empresa não está apenas mal, mas provavelmente no vermelho. E também percebi que algumas pessoas estão do nosso lado, por assim dizer. E comecei a entender um pouco sobre o funcionamento da empresa. Agora também tenho idéia de sua imensidão, como ela é realmente enorme, uma das maiores empresas de comércio atualmente. Mas, Neville, até estar presente ali diariamente, ninguém entende totalmente o que significa *global.* No caso da Deravenels, quer dizer... o mundo inteiro.

— Vamos começar do começo — respondeu Neville. — Quem lhe contou sobre o moral dos funcionários?

— Percebi que o moral estava baixo quase imediatamente, só de conversar com as pessoas. Oliveri me colocou na direção certa, me aproximou de funcionários que ele acreditava que seriam amigáveis, que acham que Henrique Grant deve ser afastado. E foram eles que comentaram sobre a empresa estar no vermelho e que não é a primeira vez — contou Eduardo. — Quanto ao tamanho da empresa, meu pai sempre insistiu nisso comigo, que não havia outra empresa como a nossa. Mas só quando me vi frente a frente com aquele mapa enorme no escritório dele e contei as pequenas bandeiras vermelhas que ele colocou lá, eu *realmente* compreendi que a Deravenels está no *mundo todo*... parece que estamos em todos os países.

— Quase todos, é verdade. — Neville recostou-se na poltrona, juntou os dedos, pensando por um momento, e disse calmamente: — As notícias que você me deu são muito boas. Uma empresa com moral baixo por causa de uma má administração e que está no vermelho fica muito, *muito* vulnerável, Ned. É fácil conseguir o controle. E *nós* vamos conseguir. Tenho absoluta certeza disso. Essas informações são estimulantes e certamente confirmam o que Alfredo já havia falado.

Harrison, o mordomo, bateu à porta e abriu.

— Com licença, o Sr. Oliveri chegou.

Neville assentiu, se levantou e atravessou a sala para cumprimentar Oliveri, que vinha acompanhado do mordomo.

Após apertarem as mãos, os dois se viraram para Eduardo, que foi cumprimentar Oliveri. Tinham se tornado amigos em Carrara, e durante aquela semana em Londres, a amizade fora cuidadosamente fortificada.

Neville disse:

— Aceitam algo para beber?

Ambos balançaram a cabeça, e Eduardo falou:

— Talvez uma taça de vinho no almoço, mas nada agora, obrigado.

Alfredo concordou e continuou:

— Na minha opinião, após muitas conversas no escritório, percebi que é possível que você tenha mais partidários e amigos do que inimigos na Deravenels, Sr. Eduardo. Isso pode surpreendê-lo, mas tenho certeza do que estou dizendo.

Tanto Eduardo quando Neville pareceram surpresos, então Eduardo disse:

— Percebo que muitos dos cavalheiros a quem me apresentou foram extremamente cordiais, Alfredo, mas eu acreditava que tinha muitos *inimigos* lá...

— Ah, você tem *alguns* — cortou Alfredo. — Os amigos de Henrique Grant, cujos pais foram seus aliados, basicamente por causa dos *pais* e de lealdade. Não podemos nos esquecer que aquele ramo da família Deravenel está no controle há sessenta anos. Muito tempo.

— Tempo demais — comentou Neville, olhando para Eduardo.

Eduardo perguntou:

— *Quem* são os meus amigos na empresa? Eu gostaria de saber seus nomes.

Oliveri tirou uma folha de papel do bolso do paletó, desdobrou-a e começou a ler:

— Rob Aspen, David Halton, Christopher Green, Frank Lane. Esses homens estão do seu lado com certeza. Eles deixaram isso muito claro para mim esta semana, e de livre e espontânea vontade, devo acrescentar. Também acredito que Sebastian Johnson e Joshua Kennett são favoráveis, ficariam do seu lado. Ambos estão insatisfeitos há muito tempo com a administração atual e começaram a reclamar cada vez mais alto sobre a incompetência dessa administração.

— Sei que John Summers é nosso inimigo, e Aubrey Masters também — começou Eduardo com o olhar fixo em Alfredo. — Então, quem mais está contra mim?

— James Cliff, que é muito amigo de Summers e tão próximo de Margarida Grant quanto Summers. Eu acrescentaria Andrew Trotter, Percy North, Philip Dever e Jack Beaufield. Vários deles são membros do conselho por causa do vínculo com a família Grant por todos esses anos. Mas seus amigos Rob Aspen, David Halton e Frank Lane também são membros do conselho.

— Parece que está bem equilibrado — comentou Neville, parecendo satisfeito. — O negócio é o seguinte: temos de trazer mais homens para o nosso lado, não acha, Oliveri?

— Absolutamente, e não se esqueçam eu também estou do lado de vocês, embora fique a maior parte do tempo na Itália. Mas podem sempre contar comigo. E voltarei imediatamente a Londres se precisarem de mim.

— Isso me fez lembrar de uma coisa — disse Eduardo sorrindo para Alfredo. — Quando vencermos esta guerra, vou me livrar de Aubrey Masters na mesma hora. E estou lhe oferecendo o cargo dele neste momento, Oliveri. Eu ficaria muito feliz se você aceitasse.

Alfredo riu.

— Quanta autoconfiança! Concordo com você, nós *vamos* vencer, e claro, aceito o cargo. Obrigado. Venho querendo mudar para Londres há alguns anos. Cheguei até a discutir isso com seu pai e ele concordou que eu realmente deveria estar aqui. Mas, naturalmente, nada aconteceu.

— E sua esposa? Ela não se incomodaria de mudar? — perguntou Neville.

— Não, de forma alguma. Ela é inglesa, como vocês sabem, e apesar de amar a Itália tanto quanto eu, sei que ela aceitaria muito bem a mudança. — Alfredo sorriu para eles. — Por mim, isso é um acordo.

— As notícias que você nos trouxe hoje são realmente encorajadoras, para dizer o mínimo — comentou Neville, assentindo para Alfredo. — Temos de juntar o máximo de informações possível para apresentar contra Henrique Grant. Isso é imperativo. As informações serão nossas melhores armas, vocês verão, e quando Amos Finnister chegar, saberemos o que ele descobriu. Ah, aqui está ele — exclamou Neville, levantando-se para cumprimentar Amos, que estava parado à porta junto com o mordomo.

Após apertarem as mãos, Neville disse:

— Eduardo, venha conhecer meu bom amigo, Amos Finnister... Este é meu primo, Eduardo Deravenel, e meu outro convidado é Alfredo Oliveri, de quem já falei com você.

Amos cumprimentou-os de forma amigável, e os quatro sentaram-se em um grupo de poltronas perto da lareira. Neville assumiu o comando da reunião e explicou:

— Antes de irmos para a Itália, conversei com o Sr. Finnister e pedi que começasse a investigar o passado de Henrique Grant e de qualquer outra pessoa que achasse apropriado. Quero saber tudo sobre nossos inimigos na Deravenels, e Finnister é, sem dúvida alguma, o melhor detetive particular de Londres, se não for de toda a Inglaterra.

Amos deu um sorriso fraco, o olhar fixo em Neville.

— Não sei se tanto assim, Sr. Watkins.

— Sei o que estou falando. Agora, o que você descobriu? Muita sujeira, espero.

— Mais fatos do que sujeira, senhor, que são mais importantes no longo prazo, não concorda? Em primeiro lugar, quero dizer que, na minha opinião, Grant não é apenas devoto, erudito e religioso, como todos dizem que é. Acredito que ele esteja seriamente desequilibrado, e é mais do que provável que na verdade esteja *maluco*. Descobri que ele esteve em duas instituições diferentes para doentes mentais nos últimos anos. E não, não eram retiros, como falaram na época. Eram *hospícios*.

Houve um momento de silêncio, e Eduardo disse com o tom de voz baixo:

— Por estranho que pareça, uma vez meu pai comentou comigo que Henrique estava extremamente desequilibrado, mas nunca foi além disso, não disse mais nada. Não para mim.

— Meu Deus! — Neville olhou para Eduardo e, então, para Amos, obviamente perplexo. — Certamente é razão suficiente para tirá-lo da presidência da Deravenels, não acha? — Fitou Ned com os olhos cheios de interrogações.

— Vejam só — cortou Alfredo. — Já ouvi que ele estava com um parafuso a menos, descontrolado, louco... já falaram isso tudo dele. Mas se ele realmente esteve em um hospício, isso sugere algo muito pior, concordam?

— Concordo — disse Ned finalmente. — E acho que está certo, Neville. Insanidade justificaria o afastamento dele do conselho e da empresa. E não só da Deravenels, como de qualquer outra empresa. Ninguém pode discordar de você, é bom senso, puro e simples.

— Se me permitem dar uma sugestão — disse Amos. — Talvez ninguém nunca tenha acreditado que ele tinha um distúrbio mental sério, talvez achassem que ele era apenas... um pouco desequilibrado e deixaram por isso mesmo.

— Talvez — concordou Neville. — De outra forma, Summers e seus amigos teriam-no afastado na mesma hora, disso podemos ter certeza.

Alfredo levantou-se e andou de um lado para o outro em frente à lareira por um tempo; então, virou-se para Neville e disse:

— Devo dizer-lhe que essa notícia é fatal, mesmo. E é uma grande arma que temos. — Virando-se para Amos, perguntou: — Você tem alguma *prova*? Ouvir falar e insinuações não serão suficientes para convencer o conselho da Deravenels. Temos de ter provas concretas de que ele esteve em dois hospícios, em épocas diferentes. Senão, vão rir nas nossas caras.

— *Existem* provas, Sr. Oliveri, mas infelizmente não as tenho em minhas mãos — respondeu Amos.

— Mas você tem como conseguir? — perguntou Neville, lançando um olhar penetrante para Amos.

— Ah, claro que tenho, Sr. Watkins. Mas os senhores entendem que eu teria de... *roubar*. Teria de entrar em contato com... um dos meus *informantes*, por assim dizer, um *especialista* nessa área, se é que me entendem, para invadir os dois hospícios e pegar os registros.

— Então faça isso, imediatamente — mandou Neville sem hesitação.

— Não posso deixar de me perguntar se ninguém vai suspeitar que *nós* roubamos esses registros. — Eduardo olhou diretamente para Amos, que respondeu na mesma hora:

— Não, ninguém acharia isso porque os períodos de confinamento dele foram secretos, ou melhor, foi dito que ele estava em retiros religiosos. Certo?

Eduardo assentiu.

— Certo.

— Então, ninguém o acusará — continuou Amos. — De qualquer forma, alguém pode ter-lhe entregado esses documentos... um bom amigo, digamos. Alguém que quisesse que o registro aparecesse para o bem da empresa.

— Em quanto tempo você consegue esses registros? Concordo com meu primo que deve pegá-los — disse Ned, fitando Amos.

— Quanto tempo? Não tenho certeza. Vai dar um pouco de trabalho reunir as pessoas certas para a tarefa. Não podemos cometer erros.

Alfredo voltou para sua poltrona vazia. Virando-se para Eduardo, disse:

— Não podemos ter escrúpulos agora. Simplesmente, não podemos nos dar ao luxo de ter escrúpulos. Há muito em jogo aqui, e não apenas justiça pelas mortes de seus entes queridos. O destino de uma grande empresa está em jogo. Na verdade, sua sobrevivência. Uma empresa que tem milhares de funcionários em todo o mundo. Temos de pensar neles também.

Neville foi quem falou primeiro. Respondeu tranqüilamente:

— Você está certo, Oliveri, seria um crime deixar a Deravenels afundar depois de oitocentos anos de negócio. Além disso, ela pertence ao Sr. Deravenel, pelo menos o cargo de presidente pertence. É a herança dele; e meu objetivo é fazer com que receba sua herança e que a Deravenels não apenas sobreviva aos Grant, mas que fique maior e melhor do que nunca sob a nossa administração.

Eduardo refletiu por um momento, então olhou para Neville.

— Roubar os registros para provar que Henrique Grant está louco é apenas um passo. Certamente precisamos de mais que isso para tirar a empresa das mãos deles. Eles poderiam simplesmente nomear Margarida Grant para substituir Henrique, para administrar a empresa até que o filho deles, Edouard, atinja a maioridade.

— Eles não ousariam — exclamou Alfredo, balançando a cabeça com veemência. — Confie em mim. É verdade que ela vem tentando se impor ultimamente, mas ela não tem um papel, uma posição, nem um cargo.

— Fiquei sabendo por fontes seguras que ela é extremamente impopular — disse Amos. — A maioria das pessoas que trabalha lá não gosta dela. Apenas Summers, Cliff e Beaufield são seus partidários de verdade, seus melhores amigos. E a propósito, existe um boato... as pessoas estão dizendo que o filho dela é meio-irmão de John Summers, que foi o pai dele quem engravidou Margarida, e não o velho e devoto Henrique.

— Velho? Ele só tem 39 anos — comentou Eduardo.

Neville olhou para ele:

— Muito velho para vencê-lo. — Depois, virando-se para Amos, Neville continuou: — Então, desenterraram essa história, foi? — Ele começou a rir copiosamente, e então, limpando a garganta, disse, olhando de novo para Amos: — É uma idéia fazer com que essas pessoas continuem falando. Levar o nome dos Grant para a lama também é válido.

Harrison apareceu à porta.

— O almoço está servido, senhor — anunciou ele.

Nan Watkins estava sentada sozinha na estufa, bebericando um copo com chá de menta e beliscando um sanduíche de salmão defumado. Estava feliz por estar lanchando nesse cômodo de vidro e ensolarado cheio de palmas, plantas exóticas e suas premiadas orquídeas brancas. Era um lugar tranqüilo e calmo em sua casa agitada.

As meninas estavam almoçando junto com a babá, e Neville estava com seus convidados na sala de jantar. Ela mesma decidira o cardápio com a cozinheira, e esperava que estivessem apreciando suas escolhas.

Escolhera os pratos preferidos de Neville, querendo agradá-lo, como de costume. A entrada era uma sopa de vegetais leve, parecida com um minestrone, da qual sabia que Alfredo Oliveri gostaria; o prato principal era linguado assado, servido com molho de salsa, bolinhos de batata e ervilha. Para sobremesa, pedira à cozinheira para fazer seu famoso pudim de pão, com bastante calda e passas, que todos adoravam. Deixara o marido escolher os vinhos.

Seu marido. Neville Watkins. O homem pelo qual se apaixonara à primeira vista quando ele foi à casa de sua família em Gloucestershire. Ele tinha negócios com seu pai e acabou se casando com ela. Ela nunca se recuperara totalmente do choque. O fato de esse homem lindo e extraordinário ter se dignado a olhar para ela não deixava de surpreendê-la.

Nesse aspecto, Nan era injusta consigo mesma, e sabia disso. Mas ainda se via como uma moça pálida e magra, sem qualquer atrativo. Na realidade, ela era frágil e muito bonita, com cabelo castanho dourado brilhoso, grandes e expressivos olhos verdes que encantavam e seduziam a maioria dos homens. Além de uma pele perfeita, seios redondos e pernas lindas e longas. Mas eram a feminilidade e a fragilidade que atraíam o sexo oposto. No mesmo instante, eles queriam protegê-la, o que aconteceu com Neville Watkins. Ele não apenas a considerava uma mulher bonita, como logo descobriu que também era sensual, uma parceira que o desejava e demonstrava isso de maneiras que outras mulheres nunca fariam.

Nan sabia disso, pois ele contara a ela em segredo; também dissera como ela o atraía sexualmente. Ela sorriu para si mesma agora, ao pensar em quando fizeram amor nesta manhã. Como reclamara na noite anterior que ele roubara o sábado dela, um dia que pertencia a eles, Neville a acordara bem cedo com beijos sedutores e muito apetite sexual. A paixão fora enorme, o desejo saciado, e no final ele sussurrou em seu ouvido que talvez tivessem feito um filho naquele dia. E ela rezou por isso, por um filho, para que ele tivesse um herdeiro. Conceber um bebê agora seria maravilhoso para ele, ajudaria a aliviar a dor e o sofrimento pela perda do pai e do irmão, Thomas.

Nan fitava a estufa distraidamente, pensando no jovem Tom. Como Neville sofrera nas últimas semanas. Mas ela o ajudara da melhor forma que pôde, e seu irmão John também... Johnny, como todos o chamavam, era um jovem muito gentil e educado.

Nunca ousaria falar nada contra Johnny com Neville, mas sabia no fundo do coração que era em Ned que ele depositava amor e lealdade. Também sabia que Eduardo Deravenel sabia disso, o que às vezes a preocupava.

Instinto, achava. Tenho instintos sobre coisas que não posso e não devo ignorar. Acerto mais do que erro, não é verdade?

Era a mesma coisa com o pequeno Ricardo. Às vezes, Neville o tratava como se fosse o filho que ainda não tinham mas que esperavam ter um dia; talvez Ricardo fosse o substituto, sim, em um aspecto *era* isso. Mas a lealdade total e absoluta de Ricardo era, primeiro, para com seu irmão, Eduardo.

E havia Jorge, o filho Deravenel do meio. Ele não era leal a ninguém a não ser a si mesmo, disso tinha certeza absoluta. Um dia isso vai explodir, disse Nan para si mesma, e então perguntou-se por que tivera um pensamento tão irracional e bobo.

Os dois clãs, Watkins e Deravenel, estavam interligados para sempre. Um elo inquebrável. Era o que todos eles diziam. Esperava que fosse verdade...

Capítulo 17

Os quatro homens que estavam sentados à mesa na bem decorada sala de jantar de Neville eram muito diferentes em personalidade e estilo, na maior parte dos aspectos tão diferentes quanto se pode ser.

Sentado à cabeceira da mesa, estava o anfitrião. Sem dúvida, um aristocrata, esbelto, cabelo escuro; com aqueles olhos azul-turquesa hipnotizadores em um rosto magro e bonito, ele era a personificação da elegância.

O terno cinza-escuro de corte admirável era do melhor alfaiate de Londres. E era possível notar isso. A camisa branca, feita da melhor combinação de algodão egípcio, se destacava ainda mais com a gravata roxa de seda, amarrada em um elaborado nó, com um alfinete de diamante discreto para completar. Usava um anel com uma medalha em cima; abotoaduras pesadas de ouro fechavam os punhos; os sapatos feitos à mão brilhavam como espelho. Neville se vestia com elegância e estilo, e atualmente tinha uma reputação de dândi a alimentar, o Beau Brummell de sua época.

Na outra extremidade da mesa, estava seu primo Eduardo Deravenel. Ned dominava a cena por conta de sua altura e personalidade, o lindo rosto, olhos azuis surpreendentes e cabelo ruivo dourado. Eduardo também vestia um terno muito bem-feito da Saville Row, embora não tão caro quanto o do primo. Azul-escuro, com paletó comprido muito popular e calças estreitas; a camisa era branca, e as jóias, simples: o relógio de bolso de ouro e as abotoaduras do pai. O alfinete de pérola que tanto estimava agora estava espetado na gravata azul-escura.

A presença dominante de Eduardo, a aura de masculinidade e sensualidade encontravam um equilíbrio com o charme e a amabilidade, o sorriso simpático e o genuíno interesse pelas outras pessoas. Embora fosse um homem que exercesse uma atração excepcional sobre as mulheres, os homens também gostavam dele.

Sentados um em frente ao outro na longa mesa de mogno estavam Alfredo Oliveri e Amos Finnister. Pareciam estar à vontade um com o outro, assim como com os primos aristocratas e o ambiente luxuoso.

Apesar de ser filho de italiano, Alfredo parecia muito inglês com um terno cinza-escuro simples, o cabelo ruivo, a pele clara com sardas. De altura mediana, tinha uma constituição pequena e parecia bem mais jovem que seus 41 anos. Produto da classe média baixa, era um homem esperto com uma boa cabeça, que fora bem educado e trabalhava duro. O comportamento refinado e a postura agradável atraíam as pessoas e faziam com que confiassem nele.

Amos Finnister devia ter quarenta e poucos anos, era magro e alto, um pouco encurvado. O cabelo muito preto tinha alguns toques grisalhos, mas o bigode finíssimo e os olhos eram pretos como carvão. Também era produto da classe média baixa. Inteligente e sábio nos assuntos mundanos, era um homem que tinha um instinto forte sobre as pessoas; era essa perspicácia psicológica que fazia dele um excelente detetive particular.

Amos começara a carreira profissional como policial antes de se tornar detetive particular. Os anos que passara na polícia lhe eram muito úteis, e ele continuara nutrindo a maioria de seus informantes depois que saiu da polícia. Informantes que iam de detetives da Scotland Yard a criminosos, ladrões e figuras do submundo, que tinham informações para negociar ou vender.

Vestido de forma conservadora com um terno preto, tinha a aparência comum; Amos podia circular nos mais diversos mundos sem causar qualquer estranheza ou chamar a atenção para si. Gostava de se gabar por ser invisível, o que realmente era.

Apesar das diferenças, os quatro homens, por outro lado, eram parecidos. Todos tinham integridade, um senso arraigado de responsabilidade e do que era certo e errado. Agora compartilhavam o mesmo objetivo: colocar Eduardo na posição de presidente da Deravenels. Eles acreditavam, estavam convencidos de verdade, que o filho de Ricardo Deravenel era o legítimo herdeiro da empresa; sabiam sem qualquer resquício de dúvida que estavam consertando um terrível erro cometido sessenta anos antes.

Todos prometeram não deixar que nada os impedisse de alcançar esse objetivo, realizar esse propósito. E como sabiam que seus inimigos eram fatais, não tinham limite.

Durante o almoço, tocaram em diversos assuntos que interessavam a todos eles, mas não mencionaram o problema que tinham em mãos. Neville deixara claro, enquanto atravessavam o corredor até a sala de jantar, que seria melhor esperar até ficarem sozinhos de novo para voltar a discutir seus planos iminentes.

Agora, enquanto tomavam café e conhaque, Neville falou sobre os negócios atuais. Disse com tranqüilidade:

— Então, vamos rever as coisas. — Virando-se para Amos, continuou: — A notícia de que Grant provavelmente está louco é a melhor munição que temos até agora. E você *vai* conseguir os registros médicos para nós o quanto antes?

Amos assentiu.

— Considere-se com os registros. Meu pessoal vai pegar qualquer registro que pertença ao Grant. Faremos um bom trabalho, eu garanto, senhor.

— Excelente. Acredito que agora seja uma boa hora para nos contar sobre John Summers e seus amigos. Você disse que conseguiu informações.

Amos se mexeu na poltrona e limpou a garganta.

— Isso mesmo, Sr. Watkins, consegui informações. Entretanto, sobre o próprio Summers, não tenho nada. Ele está limpíssimo. Assim como Margarida Grant, exceto pelo ressurgimento daquele boato sobre a ilegitimidade do filho dela. Mas alguns outros, bem, encontrei muita sujeira, senhor, e na minha opinião, vai ser muito útil.

Os três outros homens se inclinaram para frente, fitando-o ansiosos, atentos.

Amos sorriu de leve ao contar:

— Eles estão tão sujos que estão abertos à chantagem.

— Estão? — exclamou Neville, os olhos estreitando. Mas não estava surpreso, tinha uma péssima opinião acerca da equipe de Grant. — Por favor, nos conte, Amos.

— James Cliff está em uma situação extremamente difícil. Foi tolo ao contrariar tanto a esposa quanto a amante, duas mulheres geniosas e cruéis. As duas estão exigindo mais atenção, a presença constante dele. Há um boato forte de que a amante está grávida, o que, se for verdade, será uma pedra no sapato dele, uma vez que a esposa é quem tem dinheiro. — Ele começou a rir.

Todos riram com Amos, e Neville disse com desprezo:

— Mais um tolo prestes a cair.

Amos continuou:

— Depois, temos Philip Dever, um homossexual enrustido que está tendo um caso com um rapagão. Ninguém sabe disso, claro, nem a esposa dele. E temos Jack Beaufield. Descobri que ele tem a mão leve. Teve problemas e complicações financeiras no último cargo que teve em outra empresa. Nosso Jack é pouco cuidadoso, quando se trata do dinheiro de outras pessoas. E isso é tudo que tenho até agora, mas haverá mais, tenho certeza, senhor. Minha equipe ainda está investigando.

— Bom trabalho, muito bom mesmo, Amos — disse Neville, e tomou um longo gole do conhaque.

— E Aubrey Masters? — começou Eduardo, e seus olhos encontraram os de Oliveri. Ned continuou: — Finnister, você conseguiu descobrir alguma coisa sobre o diretor do departamento de mineração?

— Não muito, Sr. Eduardo — respondeu Amos. — De fato, os outros funcionários o consideram um pouco estranho. É vegetariano, claro que não há nada de errado com isso, mas segue uma dieta estranha em que consome raízes, sementes, caules, flores, grãos e todo o tipo de coisa incomum, e tenta convencer os outros a se juntarem a ele. Sem sucesso, devo acrescentar. É casado, mas não tem filhos, como já devem saber. A mulher se mantém à distância, aparentemente um pouco reclusa. Alguns membros de sua equipe o consideram um diretor indiferente, incompetente e chato; ele definitivamente não é popular. Parece que não gosta de viajar, algo de que a equipe se ressente, já que ele *é* o responsável pelo departamento de mineração.

— É verdade que ele não gosta de viajar — disse Alfredo. — E essa era uma das reclamações do Sr. Ricardo sobre ele. Há muito tempo, Masters ignora nossos interesses em mineração no estrangeiro; nunca foi à Índia, à África do Sul ou à América do Sul, e só esteve em Carrara uma vez. Ele sempre conseguia, de alguma forma, passar essas viagens para os subordinados. Já duvido da capacidade dele há muito tempo, e muita gente não gosta dele. Quanto à dieta peculiar, eu não sabia, mas acho que não importa. — Balançando a cabeça, Alfredo terminou: — Todo mundo acredita, assim como eu, que ele só tem esse cargo porque é primo de Henrique Grant.

— Meu pai dizia a mesma coisa — murmurou Eduardo e olhou para Neville, rindo um pouco. — É uma pena que Aubrey Masters tenha uma saúde tão boa.

— É mesmo — concordou Neville com um sorriso frio. — E não precisamos de outro assassinato neste momento.

— Claro, primo. Não vamos transformar Masters em mártir.

Alfredo mudou de assunto.

— Mais cedo me perguntou até quando vou ficar em Londres, Sr. Eduardo. Tenho de ficar mais uma semana trabalhando na matriz, mas posso esticar para duas, se quiser. Tenho muita coisa para resolver sobre Carrara, muitas decisões para tomar, então pode demorar mais um pouco.

— Você acha que Masters vai concordar com sua sugestão de comprar mais pedreiras?

— É uma decisão que cabe ao conselho. Entretanto, acredito que vão me escutar. As pedreiras antigas já estão quase esgotadas. Precisamos comprar novas para continuar no negócio. O que eu acho...

Neville interrompeu ao exclamar:

— Acho que você deve tentar ficar aqui o quanto der, Oliveri. Precisamos juntar o máximo de informações possível, e você é a única pessoa que temos lá dentro que tem acesso a todo mundo. Você é inestimável, já está há muito tempo na Deravenels e é extremamente confiável. E há mais uma razão... posso ficar mais aliviado sabendo que você está com Eduardo constantemente.

Assentindo, Alfredo respondeu:

— Eu sei, e farei o máximo para estender minha visita. Estou tão ansioso quanto vocês para saber o que eles estão planejando, e concordo que é bom eu poder ficar de olho no Sr. Eduardo.

Olhando para Neville, Amos disse:

— Sr. Watkins, sei que se preocupa com seu primo, mas, na minha opinião, o Sr. Deravenel está seguro. Duvido que John Summers faça qualquer coisa para machucá-lo ou mande alguém fazer alguma coisa contra ele. Há muita fofoca sobre o incêndio na Itália e as perdas da família. Afinal, seu pai e o Sr. Ricardo Deravenel eram pessoas muito conhecidas no mundo dos negócios. Summers é esperto demais, astuto demais para tomar uma decisão precipitada; ele não ia querer chamar atenção para si ou para os Grant. Não depois do incêndio em Carrara. Também não ia querer levantar animosidades antigas... Os Grant não são populares em Londres. Os mais velhos não se esqueceram do avô ladrão de Henrique Grant.

Algo chamou a atenção de Eduardo.

— Essa é mais uma coisa, por que não ressuscitamos essa velha história? Não nos fará mal algum sujar um pouco o nome dos Grant. Na verdade, se as pessoas se lembrarem desses eventos, vão se solidarizar ainda mais conosco, não acha, Finnister?

— Acho realmente, senhor. Vou mandar minha equipe começar a fazer isso imediatamente.

Durante a hora seguinte, os quatro permaneceram sentados à mesa da sala de jantar, discutindo seus planos. E a tarde seguiu enquanto ficavam cada vez mais confiantes no sucesso e em um triunfo final sobre seus inimigos.

CAPÍTULO 18

— Sinto muito por não ter conseguido ir ao almoço ontem — disse Will Hasling, o olhar fixo em Eduardo, que estava sentado à sua frente em uma carruagem de aluguel. — Como expliquei antes, tive de ir a Leicestershire para uma reunião com os advogados da família sobre a herança que minha tia deixou para mim.

— Você disse — respondeu Eduardo, e acrescentou: — Espero que seja uma herança decente.

Will riu.

— Na verdade, bem decente, Ned. Muito generosa. Eu era o único sobrinho, e, como disse, ela não era casada, então não tinha filhos. Eu era o único herdeiro. De qualquer forma, só consegui voltar para Londres ontem à noite. Como foi o almoço com Neville e Oliveri?

— Foi ótimo — respondeu Eduardo. — Fiquei muito impressionado com Amos Finnister, um detetive particular que Neville contratou. Acho que ele será inestimável para nós. Já descobriu muita sujeira, e o mais importante, descobriu que Henrique Grant ficou internado em dois hospícios. Finnister tem certeza que Grant está louco.

— Meu Deus! — exclamou Will, endireitando-se no assento, o espanto escrito no rosto surpreso. — Essa *é* uma notícia muito interessante, e certamente nos ajudará.

— Ajudará, sim. Finnister vai tentar conseguir os registros médicos, porque, como Oliveri chamou nossa atenção, o conselho da Deravenels só ficará convencido da insanidade dele se vir esses registros. Eles vão querer provas para acreditar.

— Se isso acontecer — comentou Will —, você sabe que o escritório está cheio de amigos dele, que vão defendê-lo da forma que puderem e vão fazer o possível para mantê-lo no poder.

— Talvez eles não consigam fazer isso — respondeu Eduardo e, com um tom de voz baixo, começou a contar a Will sobre o almoço e tudo que conversaram. E, finalmente, tudo que combinaram.

Assim que Ned acabou de falar, Will recostou-se no assento, parecendo pensativo por alguns instantes, e então balançou a cabeça.

— Esse Amos Finnister realmente lhes deu muita munição: possibilidade de chantagem, espalhar boatos, esse tipo de coisas, mas roubar os registros não deve ser tão fácil.

— Neville me garantiu que, se alguém consegue fazer isso, esse alguém é Finnister. Ou melhor, os homens dele. Tive a impressão que são ladrões profissionais.

— Bem, confio no que Neville diz. A propósito, você falou com ele sobre eu trabalhar na Deravenels quando você assumir?

Eduardo começou a rir.

— Vejo mais uma alma confiante, que nem questiona o que está por vir. E sim, eu disse a ele, que ficou muito satisfeito. Ele até pensou em voz alta se você não consideraria trabalhar para ele por enquanto, até que se junte a mim, e eu disse que ia perguntar a você.

— Neville quer que eu trabalhe para ele? Meu Deus! Mas, Ned, o que eu faria? — A expressão de Will Hasling era de total surpresa.

— Você seria principalmente... meu parceiro — explicou Eduardo. — Exceto que não poderia me acompanhar no trabalho, na Deravenels. Entretanto, ele quer que você esteja comigo o resto do tempo. Ele está com a pulga atrás da orelha a respeito da minha segurança, mesmo Amos Finnister tendo garantido que eles não ousariam fazer nada contra mim, quero dizer *fisicamente*, neste momento. Finnister acredita que o incêndio em Carrara e as terríveis mortes chamaram atenção para os Grant. Há muita fofoca correndo sobre a tragédia e sobre os Grant também. Sabe, Will, Neville acha que não devo ficar andando pela cidade sozinho, e acredita que você é a melhor pessoa para ficar a meu lado.

— Mas ele não precisa me dar um emprego para fazer isso, Ned! Ele sabe da nossa amizade.

— Claro que sabe. Acho que quis colocá-lo na folha de pagamento dele porque acredita que você tem de ganhar seu sustento...

— Isso não é mais necessário, por causa do dinheiro que minha tia me deixou. Não é uma grande fortuna, Ned, mas é o suficiente para que eu continue vivendo com conforto, e meu pai ainda me dá uma pequena mesada.

Eduardo assentiu e disse:

— Espero que não tenha ficado ofendido com a oferta dele.

— Não seja bobo e, a propósito, a resposta é *sim*. Com certeza serei seu parceiro... isso não é trabalho, é prazer.

Ambos riram, e então o rosto de Will mudou e tornou-se solene quando disse com a voz séria:

— Fique tranqüilo que *irei* protegê-lo. Com a minha vida. Sempre. Porque, como Neville, acredito que os Grant podem tentar fazer alguma coisa contra você. E não quero ver meu melhor amigo morto... Quero vê-lo vivo.

Eduardo assentiu, dando um sorriso amargo para Will.

— E seu amigo quer continuar vivo, posso garantir isso. — Houve uma pausa antes de Ned continuar: — Estou muito contente que minha mãe tenha decidido vir para Londres, mas ando preocupado com eles, principalmente com as crianças. Ficarei muito feliz ao lado deles em Charles Street. Embora Ravenscar seja muito mais seguro. A localização ajuda, e o povo local é devotado a nós. Mas estava preocupado de eles estarem lá sem mim.

— Eu entendo, Ned, e nunca se sabe. — Will suspirou. — Nunca se sabe o que pode acontecer. — Olhou pela janela por um segundo, e então, olhando para Eduardo de novo, perguntou: — Será que sua mãe estava com medo de ficar lá? Será que não é por isso que está voltando para a cidade hoje? Talvez ela estivesse se considerando vulnerável em Ravenscar.

— Com toda a honestidade, não acho isso. Sei que ela sempre se sentiu segura lá, mas, pelo que ela me disse ao telefone ontem à noite, sentiu-se solitária em Yorkshire sem meu pai. E também já contratara John Pennington para ser tutor dos meninos, e Perdita Willis para ser a professora de Meg pelos próximos meses. Por isso ela quis voltar para Londres. E ela também disse que todos estão com saudades de mim.

— Ela está fazendo a coisa certa voltando para Londres, e eu mesmo fico menos preocupado sabendo que todos estarão em um *único* lugar — confidenciou Will, e então exclamou: — Bem, aqui estamos, Ned, na King's Cross Station!

No momento seguinte, os dois jovens estavam descendo da carruagem alugada. Swinton, o mordomo, estava saindo de uma segunda carruagem logo atrás deles, e veio juntar-se a Eduardo e Will.

— Vou procurar alguns carregadores, senhor — anunciou Swinton. — A Sra. Deravenel me disse que estão trazendo muita bagagem.

Eduardo assentiu.

— Eu e o Sr. Hasling esperaremos no lugar de costume, Swinton.

— Sim, senhor.

Com passos largos, Eduardo e Will atravessaram a estação ferroviária até a plataforma onde o trem matinal vindo de York pararia nos próximos minutos.

Era uma tarde fria de domingo, e os dois amigos estavam enrolados em grossos casacos de inverno e cachecóis de lã. Os dois juntos, altos, bonitos e bem vestidos, se destacavam da multidão, e Will pensou que Eduardo Deravenel sempre se destacaria em qualquer lugar por causa de sua altura, aparência e cabelo ruivo dourado. Como torná-lo invisível?, perguntou-se ele. Não tinha resposta. Mas havia uma coisa que o preocupava havia algum tempo.

Tinha plena consciência de que, assim que a batalha entre os primos começasse a esquentar, Ned se transformaria em alvo. Como era estranho pensar em assassinato... viviam em um país civilizado, em uma época civilizada... ainda assim, sabia que forças obscuras existiam. Até Cecília Deravenel dissera *isso* a Eduardo.

De todos os Deravenel, Eduardo era o mais vulnerável porque tinha a possibilidade de conquistar a presidência e assumir a empresa, enquanto os dois irmãos eram jovens demais, apenas meninos. Ele é a verdadeira ameaça aos Grant, pensou Will, e sentiu um arrepio na nuca.

Deus proteja a todos a nós quando começar, pensou Will, e sua mente começou a girar enquanto se perguntava mais uma vez como conseguiria manter Ned seguro. Não havia uma resposta lógica no momento, exceto cercá-lo de guarda-costas. Coisa que Ned não permitiria. Mas Will faria mesmo assim, e Neville pagaria.

Eduardo interrompeu os pensamentos de Will se aproximando dele:

— Fui a Belsize Park, esperando ver Lily — confidenciou. — A empregada me disse que ela foi passar o final de semana no campo. Ela está em Kent com Vicky, Will?

— Está, sim. Estão planejando voltar amanhã.

— Espero que ela não esteja com raiva de mim, não consegui vê-la na semana passada, estava muito ocupado na Deravenels.

— Você deixou um bilhete para ela ontem?

— Deixei.

— Então ela entenderá, Ned. — Will olhou para o amigo e disse com um tom de voz mais baixo: — Ela realmente o ama.

— E eu a amo.

— Mas esse relacionamento não tem futuro, não é verdade?

— Futuro nenhum, Will. Mas quero continuar a vê-la por enquanto. Ela me dá muito conforto.

— Todos precisamos de conforto às vezes — concordou Will.

Neste momento, o apito começou a tocar, e o trem de York foi se aproximando, fazendo o estrondo costumeiro na Plataforma Cinco, onde os dois esperavam.

Eduardo viu Swinton acompanhado de dois carregadores com carroças para a bagagem, vindo em direção à plataforma; em poucos minutos, através das nuvens de fumaça e vapor, localizou sua mãe. Estava elegantemente vestida de preto, cercada dos filhos. Ele a viu cumprimentar Swinton e observou enquanto ela mostrava as malas e baús que estavam sendo descarregados e colocados na plataforma.

Um momento depois, seus dois irmãos viram que ele estava esperando e correram pela plataforma como cães de caça. Os dois meninos se arremessaram para cima dele e de Will, que inesperadamente se viram envolvidos por pernas e braços infantis. E então lá estava Meg chegando, parecendo tão bonita e serena, seguida da mãe, que estava sorrindo para ele.

Eduardo bateu à porta da sala de estar e esperou, só entrando quando a mãe respondeu:

— Entre, Eduardo.

Estava sentada à pequena escrivaninha em forma de caroço de feijão que ficava na frente da janela e levantou o olhar quando ele fechou a porta ao entrar.

— A paz finalmente reina! — exclamou ela, balançando a cabeça e suspirando. — Achei que Jorge não fosse mais parar de falar e que Will nunca mais fosse embora.

Aproximando-se dela, Eduardo sentou-se na cadeira em frente à escrivaninha e exclamou:

— É verdade, Jorge estava mais tagarela que de costume; e quanto a Will esticar sua presença, a culpa foi minha, mãe. Eu o convidei para tomar chá conosco, acabei perdendo o controle, e o chá parecia não acabar mais. Sinto muito. — Observou-a por um momento, e então perguntou calmamente: — Não está se sentindo bem?

Cecília Deravenel fitou-o longamente com olhos confusos, franzindo a testa.

— Estou muito bem, obrigada, Ned. E, por favor, não me entenda mal, eu gosto de Will. Não, deixe-me corrigir, eu o amo, e você sabe muito bem que ele tem sido como um membro da nossa família por todos esses anos. Só estava tão impaciente porque precisava ficar sozinha com você, e você parecia tão envolvido pelas crianças e por Will.

Ele riu.

— É mesmo, meus irmãos grudaram em mim feito carrapatos.

Ela sorriu, o amor pelo filho mais velho explícito. Cecília inclinou-se para frente e fitou os olhos azuis acinzentados de Ned, tão parecidos com os de Ricardo.

— Eu vim para Londres *hoje*, e não daqui a algumas semanas, para vêlo e porque tinha de lhe entregar isto, Ned. — Bateu em um pequeno pacote embrulhado em seda que estava em cima da mesa.

— O que é isso? — perguntou ele, cheio de curiosidade, olhando o estranho embrulho vermelho.

— A famosa caderneta desaparecida — respondeu ela de forma um pouco triunfante.

— Não posso acreditar! Achei que estava perdida para sempre! Mas você a encontrou? Onde estava? — A animação dele era aparente, os olhos azuis brilhavam.

— No esconderijo do padre.

— *Esconderijo do padre?* Há um esconderijo de padre em Ravenscar?

— Sim — respondeu ela, e contou o que acontecera no dia anterior e explicou a história do velho esconderijo. Quando terminou, tirou a echarpe vermelha, entregou a ele a caderneta e acrescentou: — Há uma segunda caderneta, Ned, cheia de anotações do seu pai. Mais esclarecedora, acredito, e será muito mais útil que esta.

Ao pegar as duas cadernetas com capa de couro preto, ele pareceu confuso com esse comentário e perguntou:

— Mas por quê? Quero dizer, Oliveri disse que meu pai sempre fazia anotações na *caderneta.*

— Talvez ele fizesse, mas apenas seu pai entendia o que estava escrevendo. Eu não entendi. Está cheio de números que parecem sem significado. Talvez, porém, Oliveri entenda, ou talvez você mesmo. Seu pai passou muito tempo ao longo dos anos conversando com você sobre a Deravenels.

— Passou mesmo, mas ele nunca me falou sobre *números*, mãe. — Ned abriu a caderneta menor e começou a ler, olhando várias páginas, e então balançou a cabeça. — Entendo o que quis dizer, também estou confuso. Tem algumas frases aqui e ali, como você deve ter visto, mas não faço idéia do que querem dizer. Ah, aqui tem uma frase que faz algum sentido. Ele escreveu isto: "Necessário falar com o compadre sobre dois e onze". — Eduardo levantou o olhar, fitou Cecília e deu de ombros. — O que isso pode querer dizer?

— Não faço idéia, Ned. Quando li essa frase ontem, imaginei que ele poderia estar se referindo a Oliveri como *compadre.*

— Talvez. Mas poderia ser qualquer um. Entretanto, a senhora me permite mostrar a caderneta a Oliveri?

— Claro. E como eu disse, acho que você vai achar a segunda caderneta muito mais fascinante, e *vai* ajudá-lo a atingir seus objetivos.

Eduardo levantou-se inquieto, começou a se afastar da escrivaninha, obviamente empolgado e ansioso para ler as cadernetas. À porta, ele se virou.

— Obrigado por trazer as cadernetas para mim em Londres, mãe, e tão rapidamente.

— Era a forma mais segura de entregá-las a você.

Eduardo subiu dois degraus de cada vez, correndo para seu quarto. Uma vez lá dentro, trancou a porta, não querendo ser interrompido pelos irmãos mais novos. Eles ficaram tão animados em vê-lo, e tão felizes, que já esperava a visita de um deles — ou de ambos. Estava feliz por eles estarem em Londres, já que um vínculo tão forte os unia, mas, neste momento, queria total privacidade, paz e tranqüilidade para ler a caderneta e o outro caderno que era um pouco maior e lhe parecia um diário. Pelo que sua mãe falara, acreditava que o diário continha informações sobre a Deravenels, os Grant e seus partidários. E Margarida Grant. A expressão no rosto da mãe e a entonação da voz demonstraram isso. Ele sabia o quanto ela odiava o ramo de Lancashire da família, os usurpadores, como ela se referia a eles com muita amargura.

Acomodando-se em frente à lareira, Eduardo colocou o diário no chão e olhou a caderneta primeiro, passando rapidamente as páginas.

Linhas e linhas de números, página após página; um comentário sem sentido de vez em quando, embora percebesse que o comentário se referia aos números. Os números 2, 11, 31 e 29 se repetiam muito. Incapaz de decifrar a caderneta, sem compreender ao que os números se referiam, Eduardo colocou-a impacientemente na mesa lateral e abaixou-se para pegar o diário.

Após olhar as páginas rapidamente, recostou-se e abriu na página um, o início das anotações de seu pai.

Não havia data no topo da página, então não fazia idéia de quando seu pai começara a escrever isso, exceto que as condições do diário contavam sua própria história. A tinta estava preta, não havia desbotado, a página branca estalava, parecendo nova, com certeza.

Eduardo começou a ler, ansioso mas sem hesitar.

"Estou no meu limite. Não sei o que fazer com Margarida Grant. Ela está pior que nunca, e estou preocupado com Henrique. Meu primo não é um homem mau, nem cruel, como sua esposa. Na verdade, Henrique é apenas uma pobre alma. Éramos tão bons amigos quando mais jovens, passávamos tanto tempo juntos, e eu não apenas era leal a ele como era devotado a meu primo, seu melhor amigo, assim como ele era o meu.

O problema de Henrique é que ele sempre foi o mais beato dos homens, envolvido com padres, cheio de devoção, querendo apenas se misturar com o clero, fazendo deles sua companhia, escutando-os, seguindo seus conselhos. E amava ir à igreja, estudar a Bíblia. Seus pensamentos estavam sempre em Deus, não nos negócios, e ainda é assim. A Deravenels nunca significou nada especial para ele. E ainda não significa. Ah, sim, ele tinha e tem orgulho de ser o presidente, de ocupar o cargo que um dia foi de seu magnífico pai e de seu avô antes disso. Mas ele não queria dirigir a empresa, não podia fazer isso, e agora ele sabe disso. Ele não tem capacidade para tanto. Esse é o motivo para eu chamá-lo de patrão ausente.

É um homem incerto, perturbado e preguiçoso; contemplar Deus é seu passatempo favorito, então deixa a esposa francesa fazer seu trabalho, permite que ela dê ordens a John Summers e James Cliff. São devotados a ela, mas não seguem suas diretrizes, descartam suas ordens. São espertos e inteligentes demais para isso, ah, são. Principalmente Summers. Ele puxou ao falecido pai, um homem bonito, elegante, inteligente. E ambicioso. Ele quer conseguir cada vez mais poder, eu sei disso.

Eu me preocupo com Henrique porque ele não é páreo para ela, nem para eles. Está maluco, acredito. A demência e a doença que o incapacitaram sete anos atrás estão de volta. Durante um ano, ele parecia um zumbi; vagava como se estivesse em estado de choque ou em transe. Até colocarem-no em um hospício. Para tratamento. Mas eles mentiram para todos nós na empresa: disseram que estava em um retiro religioso.

Muito antes de ele se casar com a francesa, me nomeou seu herdeiro porque tinha plena consciência de que eu era o verdadeiro herdeiro, e o conselho me pediu para assumir quando ele se afastou. Quando foi colocado em uma cela acolchoada. E eu assumi. Executei bem minhas funções. Então, de repente, ele voltou. Teve uma recuperação notável. E eu me afastei, o que era certo.

Poucos dias depois, ela deu à luz o filho deles, Edouard. Herdeiro dela. Mas seria herdeiro de Henrique? Seria realmente seu filho? Duvido; muitos duvidam. Henrique Grant sempre foi monge e viveu como um monge. E as datas eram duvidosas. Todo mundo percebeu isso.

Nunca fui inimigo dela, não no início. Mas ela sempre me tratou como um, e ao longo dos anos foi rude e cruel comigo e com os meus. E conseguiu me transformar em seu inimigo. Que tola ela é.

E temo por Henrique, por seu bem-estar. Tem ambições dinásticas. Para o filho dela. Para ela. Para John Summers.

Não tenho provas, mas acredito que ele esquente a cama dela à noite, como seu falecido pai fazia antes dele. E certamente o filho dela é meio-irmão dele. Sendo assim, Edouard não tem nem uma gota de sangue Deravenel em suas veias. Tem?"

Eduardo recostou-se, segurando o diário sobre os joelhos, fitando as chamas, a cabeça girando.

Primeiro de tudo, seu pai confirmara a história de Amos Finnister de que Henrique Grant esteve em um hospício. Bem, pelo menos *uma vez*, de acordo com o diário. Mas seu pai também estava dizendo que o primo sempre foi louco... *maluco da cabeça* foram as palavras de seu pai.

Virando a página, Eduardo começou a ler mais uma vez, e percebeu que agora o pai estava apenas escrevendo sobre Ravenscar e seu grande amor pela antiga casa.

Olhou as páginas rapidamente, desejando saber o que o pai tinha a dizer, ainda ansioso e impaciente para entrar em assuntos mais importantes.

Lá estava um novo registro em uma nova página, e a data estava claramente escrita: *primeiro de setembro de 1902*. Quase um ano e meio atrás.

Segurando o diário com firmeza, Eduardo leu as palavras do pai rapidamente; desde a primeira linha sentiu uma onda de animação e ansiedade.

"Eu me decidi. Finalmente vou fazer alguma coisa. Não posso mais adiar. Tenho de juntar todas as minhas anotações feitas durante anos e preparar meu caso. E tenho um caso para apresentar ao conselho de diretores. Muito tempo atrás, meus ancestrais criaram uma regra: que qualquer diretor da Deravenels, membro do conselho ou júnior, poderia apresentar um caso a eles se tivesse alguma reclamação séria contra a empresa. Eu tenho. Tenho uma reclamação contra Henrique Grant. Ele está permitindo que a Deravenels, uma das maiores empresas de comércio do mundo, seja levada à ruína. Por ele mesmo, um homem que está maluco da cabeça. Tenho a prova. Posso usá-la. Vou reivindicar. Vou pegar o que é meu de direito. Eles não podem se recusar a me escutar. É meu direito como diretor e como um Deravenel, o que é ainda mais importante. Vou lutar contra eles. Espero vencer. Acho que vou vencer. O conselho deve permanecer neutro, e eles sabem disso; acredito que exista neutralidade suficiente entre eles para permitir que a justiça prevaleça. Tenho de encontrar meu exemplar das regras da empresa; todos aqueles documentos antigos são importantes. Como respaldo. O conselho não negará meu pedido para falar, mas é sempre uma boa idéia estar preparado."

Eduardo não tinha dúvida alguma de que seu pai lhe dera armas poderosas para lutar contra os Grant; primeiro, confirmara que Henrique Grant era um homem desacreditado, deficiente mental e incapaz de administrar de forma apropriada a empresa. Eduardo conhecia o suficiente sobre as regras da empresa para saber que a Deravenels não podia, sob nenhuma circunstância, ser administrada por "substitutos", como sua mãe costumava chamar os partidários de Grant. Para começar, havia *esse* fato; agora havia a antiga regra da empresa que dava aos diretores o direito de apresentar um caso ao conselho.

Obviamente, seu pai nunca fizera o que prometera fazer. Mas *ele* ia fazer. Por Deus, ele ia.

Eduardo continuou a ler o diário por mais uma hora, encontrando mais um monte de informações que lhe seriam úteis. Mas acreditava que já havia descoberto a mais importante.

Naquela noite, Eduardo e a mãe conversaram sobre o diário do pai. Ambos concordavam que agora ele tinha armas poderosas em mãos.

Cecília prometeu encontrar os documentos antigos, entre os quais, as regras da empresa; Eduardo contou a ela tudo sobre Amos Finnister e suas descobertas.

Fizeram planos juntos.

Capítulo 19

Eduardo Deravenel sabia que se lembraria para sempre de como se sentia nesta manhã enquanto subia a grande escadaria que ficava no saguão central da Deravenels.

Sentia-se diferente. Como um novo homem.

Estava transbordando de orgulho, estava feliz; sua autoconfiança estava da sua altura. Ao olhar em volta, sentiu-se ainda mais confiante ao observar este prédio gigantesco que, de certa forma, era seu, e onde sabia que passaria o resto da vida. Estava seguro, sabia que venceria... não apenas uma ou duas batalhas. Ganharia a guerra. E seria presidente da Deravenels. Esse era o seu destino.

Seus pais o haviam criado de forma a ter plena consciência de quem era, o que devia fazer e de onde vinha. Era natural que tivesse se tornado um homem confiante. Tinha orgulho de sua herança, mas não era nem um pouco arrogante; sentia-se à vontade consigo mesmo e com os outros, independentemente da classe social.

Quando começara a trabalhar aqui na semana anterior, sentira-se um pouco inibido, e certamente cauteloso. Considerava todo mundo suspeito; e ainda desconfiava dos homens que trabalhavam aqui, principalmente os partidários de Henrique Grant, mas agora compreendia melhor os vários escalões, graças a Alfredo Oliveri, que lhe ensinara tanta coisa.

Tinha total compreensão de sua herança, de seu direito de ser o presidente desta empresa tão antiga. *Ele era o herdeiro legítimo.* Por isso, nunca permitiria que a geração dos usurpadores a administrassem mal, como Henrique Grant estava fazendo; e certamente expulsaria os "substitutos", aqueles que cercavam Grant, além do próprio Grant.

Só um Deravenel legítimo poderia ser diretor-executivo ou presidente e, além de Grant, ele era o único disponível.

Enquanto atravessava o corredor com passos largos em direção ao escritório do pai, que agora era seu, pensou no diário. O conteúdo dele mal saíra de sua cabeça desde a noite anterior, quando sua mãe o entregou. O diário era inestimável; havia tantas informações ali; tantas diretrizes de seu pai. Seria sua Bíblia, e viveria segundo ele. Cada palavra era significativa, e possuí-lo fizera com que se sentisse ainda mais no direito de estar ali.

Acabara de tirar o sobretudo e pendurá-lo, quando Alfredo entrou correndo em seu escritório, cheio de livros e papéis nos braços.

— Bom dia, Sr. Eduardo. — Alfredo deu um sorriso alegre por trás dos livros.

— Bom dia, Oliveri. Deixe-me ajudá-lo com todas essas coisas. A propósito, o que são?

— Uma espécie de dever de casa. Para você, para ser exato.

— *Para mim?* — Eduardo lançou um olhar interrogativo para Alfredo enquanto levantava alguns livros e papéis de cima da pilha. — Está falando sério?

— Estou, sim. — Oliveri colocou tudo que estava carregando sobre a mesa e Eduardo fez o mesmo, olhando os títulos. — Ah! Livros sobre mineração! E *vinho*. E produção de *algodão* egípcio. Quer que eu estude esses livros para conhecer alguma coisa sobre os diversos departamentos da empresa? Estou certo?

— Certíssimo. Você disse que tem boa memória. Isso é verdade?

— Claro. Eu não mentiria para você. Mas por que pergunta?

— Porque você não pode apenas ler: tem de memorizar algumas coisas, e há muita coisa. Quando for presidente da empresa, você estará no controle, assim terá de saber certas coisas, ser capaz de conquistar seu espaço com os responsáveis pelos vários departamentos, que obviamente são especialistas. Você será o chefe. Tem de estar totalmente preparado.

Eduardo sabia que o amigo estava falando muito sério e ficou comovido por Oliveri ter feito tudo isso por ele.

— Obrigado por fazer isso, por trazer todos esses livros e materiais para mim. De verdade, Oliveri, muito atencioso de sua parte, muito atencioso mesmo, e eu agradeço.

Eduardo sentou-se atrás da mesa, e Alfredo puxou uma cadeira para mais perto.

— Agora, podemos começar? Gostaria de começar com o departamento de mineração porque estou envolvido nele, e você me disse outro dia que se interessava por diamantes e...

— Escute o que tenho a dizer por um momento — cortou Eduardo. — Tenho algo extraordinário para contar. Minha mãe encontrou a caderneta.

Os olhos de Alfredo abriram, mostrando toda sua surpresa: estava boquiaberto e, por um momento, sem palavras.

— Aqui está — disse Eduardo tirando a caderneta do bolso e entregando a ele. — Veja se consegue decifrá-la.

Sozinho em seu escritório, Alfredo começou do início da caderneta, concentrando-se em cada página, tentando entender os números, decifrá-los. Mas não tinham nenhum significado para ele. Não conseguia compreender o que Ricardo Deravenel estava sugerindo, nem podia arriscar um palpite de quem era a pessoa a que Ricardo se referia como compadre. Com certeza, o Sr. Ricardo nunca o chamou dessa forma, e nunca discutiram números.

Pensou na última vez em que se viram... em Carrara, pouco antes de Ricardo ser morto. Ele reclamara bastante sobre Grant de forma mais confiante, e dissera que estava atento aos crescentes problemas da empresa. Os colegas de Grant e os problemas nas pedreiras de mármore em Carrara. Mas foi isso. Alfredo contara ao Sr. Eduardo tudo que sabia, embora Eduardo de alguma forma parecesse esperar *mais*. Não havia mais nada.

Após analisar a caderneta por uma hora, sentindo-se frustrado, Alfredo levantou-se, colocou-a no bolso e voltou para o escritório de Eduardo. Bateu à porta, entrou e exclamou:

— Sinto muito, mas estou tão confuso quanto você. Nada faz sentido na caderneta.

Eduardo estava de pé em frente ao enorme mapa-múndi, que ficava pendurado na parede atrás da grande escrivaninha georgiana. Virou-se ao escutar a voz de Alfredo. Havia um olhar peculiar em seu rosto ao dizer lentamente, com a voz baixa:

— Venha até aqui, olhe isto.

Fitando Eduardo, Alfredo perguntou:

— Mas o que é isso? Qual é o problema? Está com uma expressão estranha.

— Apenas venha aqui, por favor.

Alfredo fez o que ele pediu, parando ao lado de Eduardo na frente do mapa, continuando sem compreender.

Eduardo molhou o dedo médio na língua e tocou um número pequeno no mapa. A tinta escorreu.

— Agora olhe mais de perto, veja como a tinta escorre. É porque o número foi escrito neste mapa, não impresso. E foi meu pai quem escreveu, tenho certeza. Veja, é o número *dois*, e está bem aqui na Índia, entre Delhi e Punjab. Vê?

— Vejo, claro.

— Agora, olhe aqui, na África do Sul, naquela parte do mapa. Tem o número 11. Venha até a América do Sul, o número 39 não está escrito lá? — Dando um passo atrás e olhando atentamente para Oliveri, Eduardo perguntou: — Então me diga... o que esses três números têm em comum?

Era óbvio que Alfredo estava empolgado.

— Os números estão escritos em países nos quais a Deravenels tem minas... minas de diamantes na Índia, minas de ouro na África do Sul e minas de esmeralda na América do Sul.

— Correto! — Eduardo sorriu para ele.

— Meu Deus, como você descobriu os números? — Olhando para o mapa mais uma vez, Alfredo acrescentou: — Mal dá para ver esses números, é quase preciso uma lente de aumento para vê-los.

Apontando para os livros sobre a sua mesa, Eduardo explicou:

— Eu estava lendo sobre as minas de diamante na Índia, principalmente sobre as famosas minas Golconda. Eu sabia que as nossas ficavam próximas, nos arredores, então me levantei para procurar no mapa. Percebi o número três de repente, quase por acidente, bem embaixo de Punjab, e percebi que não tinha sido impresso junto com o mapa, mas *escrito* a mão. Olhei o mapa inteiro, pois estava muito intrigado, e continuei encontrando números... —

Parou abruptamente e balançou a cabeça. — Então percebi! Os números dados aos países eram os mesmos que se repetiam tanto na caderneta do meu pai.

Oliveri estava assentindo devagar, a compreensão se espalhando pelo rosto pálido.

— Seu pai deu a cada país um número e usou esse número em vez do nome na caderneta. Era um sistema de código. Acho que, por algum motivo, ele não queria que ninguém soubesse quais países eram seus alvos. Qualquer um que pegasse a caderneta ficaria confuso, mas não tanto se ele tivesse escrito o nome dos países.

— Mas por que ele não queria que ninguém soubesse a quais países estava se referindo?

— Ele descobriu alguma coisa. Em Carrara, ele me disse que não estava preocupado só com as pedreiras de lá, que estavam diminuindo; mas com muitas outras minas também. Perguntei se elas também estavam se esgotando e ele disse que não, que havia outras dificuldades. Mas não falou mais nada.

Alfredo tirou a caderneta do bolso e entregou a Ned, depois sentou-se na cadeira.

— É melhor ficar com isso. Não quero perdê-la.

Sentando-se, Eduardo confidenciou:

— Acho que eu sei a quem ele se referia quando escreveu *compadre*. Meu tio, Rick Watkins.

Alfredo franziu a testa.

— Por que Rick?

— Porque eles eram melhores amigos, verdadeiros *compadres*, e por muitos anos. Rick era irmão da minha mãe, ou seja, da família, e obviamente alguém em quem ele confiava plenamente. E ainda tem outra coisa: Rick Watkins provavelmente era um dos maiores magnatas do país; na verdade, não havia outro como ele. Assim, meu pai podia confiar em seu julgamento, em qualquer conselho que desse. Fez sentido para mim enquanto olhava o mapa. Rick veio à minha mente, e eu soube que estava certo.

— Concordo. Quem melhor do que Rick para aconselhar seu pai? A não ser o filho dele.

— Verdade. Mas meu pai era mais chegado ao pai de Neville.

Recostando-se na cadeira e olhando para o nada por alguns instantes, Eduardo parecia perdido, em outro mundo, um mundo que só ele conseguia ver. Então endireitou-se na cadeira abruptamente e olhou diretamente para Alfredo. Abaixando o tom de voz, ele disse:

— Foi por isso que Rick e Thomas também morreram. Eles foram assassinados de propósito. Não apenas porque estavam em Carrara. A facção de Grant temia Rick Watkins, seu poder, sua riqueza, seu brilhantismo como homem de negócios. Eles sabiam que, se começasse a pressão, Rick Watkins jogaria tudo que tinha em cima deles para apoiar meu pai e seu direito ao cargo de presidente da Deravenels. Meu irmão morreu porque *era* um Deravenel, um candidato ao cargo se qualquer coisa acontecesse comigo.

Alfredo já era pálido, mas estava ainda mais pálido. Não falou por um momento, ficou sentado refletindo sobre as coisas que Eduardo acabara de dizer. Finalmente, após alguns minutos, murmurou:

— Não posso discordar, Sr. Eduardo. Realmente não posso. Acho que está certo. E...

A porta do escritório se abriu violentamente.

— Então você está aqui — exclamou uma voz feminina e, quando ela entrou na sala, Eduardo soube na mesma hora que era Margarida Grant.

Já a encontrara várias vezes, mas muito tempo atrás, quando era bem mais novo, e se esquecera de como era bonita. A pele era desprovida de cor, completamente branca e perfeita, o brilhoso cabelo negro e abundante preso seguindo a última moda. Grandes olhos escuros e luminosos fitavam-no sob escuras sobrancelhas arqueadas. A beleza incomparável e um tanto surpreendente combinava com o corpo esbelto e gracioso e com as roupas, que eram da última moda e elegantemente caras.

Entrando no escritório, ela fechou a porta e lançou um olhar superficial para Eduardo e então, furiosamente, voltou a atenção para Alfredo Oliveri.

— Eu o procurei em todos os lugares! — gritou ela em um inglês perfeito, apenas com um leve sotaque. — Como ousa ter reuniões sobre a pedreira de Carrara sem a minha presença?

Alfredo respirou fundo, obviamente tentando se controlar.

— O problema era urgente e a senhora não estava aqui na semana passada, Sra. Grant. Tendo em vista a urgência, me reuni com Aubrey Masters e outros executivos envolvidos com o departamento de mineração. Mas a senhora sabe tudo isso. E não há nada de errado no que fiz.

— Represento meu marido neste momento. Administro esta empresa e não vou tolerar insubordinação.

— Não houve insubordinação — respondeu Alfredo. — E não admito que sugira que houve.

— Não fale comigo neste tom...

— Ei, espere um minuto — cortou Eduardo categoricamente. — Deixe-me apenas ressaltar uma coisa, *madame*. A senhora não dirige esta empresa!

— Ah, dirijo, sim — exclamou ela. — E, em primeiro lugar, o que está fazendo aqui? *Você* não tem direito de estar aqui, de ocupar este escritório. Pegue suas coisas e saia já.

— Ah, eu tenho todo direito. É melhor ler as regras da empresa, Sra. Grant. Logo descobrirá que tenho todo direito de estar aqui na Deravenels, de ocupar o escritório do meu pai, de ser diretor desta empresa e de trabalhar aqui. Por uma razão muito simples e inegável. *Eu sou um Deravenel.* A senhora não é Deravenel de nascimento e, por essa razão, não pode dirigir a Deravenels. Na verdade, a senhora nem deveria estar aqui. Porque, nas regras da empresa, existe uma cláusula que diz que apenas uma mulher que tenha *nascido Deravenel* pode trabalhar na empresa e fazer parte da diretoria. Outras mulheres só podem trabalhar aqui como recepcionistas e secretárias, mas não ter um cargo de executiva.

— *Ah, c'est pas possible!* — gritou ela em sua língua-mãe.

— Ah, mas *é* possível! — respondeu Eduardo. Ele se aproximou e, de repente, estava parado na frente dela, abaixando o olhar para fitá-la.

Encarando-o, Margarida Grant viu a beleza daquele homem, tomou consciência de sua atração sexual e recuou um passo, com o olhar furioso. Mas ficou calada desta vez, intimidada por ele, pega de surpresa por sua presença carismática. Ele a deixou impressionada.

Eduardo continuou:

— Não vou sair, e nunca mais ouse sugerir isso. A transgressora aqui é a senhora, não eu, *madame*.

Sem palavras, sentindo-se inesperadamente humilhada, Margarida deu as costas e saiu do escritório de Eduardo sem mais uma palavra.

Assim que a porta se fechou, Alfredo sorriu para Eduardo e disse:

— Você deixou claro que *ela* é quem tem de *sair*.

— É uma das mulheres mais bonitas que já vi — disse Eduardo, impressionado.

— Mas também é uma vadia e é má — salientou Alfredo com um tom de voz baixo, quase inaudível. — Nunca se esqueça disso. Nunca.

Neville Watkins encontrou Eduardo e Oliveri na hora do almoço naquela mesma manhã no Rules. O maravilhoso restaurante, que também ficava na rua Strand, era um de seus favoritos, e após o telefonema urgente de Eduardo, reservara uma mesa para a uma hora.

Os três sentaram-se na melhor mesa da casa, analisando o cardápio enquanto esperavam Amos Finnister chegar.

— Desculpem-me o atraso — explicou ele, — mas fiquei preso com um de meus informantes. — Ao sentar-se em frente a Neville, acrescentou, com um sorriso pequeno mas satisfeito: — Já comecei a providenciar as coisas, senhor. A respeito daqueles... registros.

Neville abriu um sorriso, nutrindo sua estima por Amos Finnister.

— Não tenho nenhuma dúvida a seu respeito. Sei o quanto é dedicado e eficiente. Agora, pegue o cardápio e vamos pedir o almoço. Enquanto isso, gostaria de tomar uma taça de xerez conosco?

— Obrigado pela gentileza, Sr. Watkins, mas vou recusar, se não se incomoda. Tenho muito a fazer hoje. E é melhor estar sóbrio.

Rindo, Neville assentiu.

— Como quiser, Amos, embora eu ache que uma taça não fará mal algum.

Mais uma vez, Amos recusou, pegou o cardápio e analisou. Em poucos minutos, os quatro fizeram os pedidos e debruçaram sobre a mesa, aproximando-se, as cabeças juntas. Neville disse:

— Agora que estamos todos aqui, vamos lá, Ned, meu rapaz. Qual é a notícia tão importante que tem, além de ter encontrado a caderneta e o diário de seu pai, que já me contou.

Falando baixo, Eduardo contou a Neville e Amos sobre a descoberta dos números no mapa e o que acreditava serem os significados. Também revelou que achava que era o pai de Neville, Rick, a pessoa a quem Ricardo se referia como *compadre*.

— Para falar a verdade, meu rapaz, isso também passou pela minha cabeça. Em quem mais seu pai confiaria tão irrestritamente a não ser em meu pai? Agora, sobre a descoberta dos números no mapa e o significado deles, deixe-me fazer uma pergunta. Por que seu pai fazia anotações sobre essas minas específicas na caderneta? Não apenas por serem *minas*, creio eu. Deve haver outra razão.

— Acho que provavelmente há algo de errado com essas minas — explicou Alfredo. — Prefiro não arriscar um palpite do que possa ser. Mas que há algo errado, tenho certeza. O Sr. Ricardo estava preocupado quando esteve em Carrara, e, como já disse antes, o motivo de ele ter ido a Carrara no lugar de Aubrey Masters foi porque queria chegar ao cerne do problema lá. Que é o fato de as pedreiras de mármore de Deravenels lá estarem se esgotando. Quanto às minas dos outros países, talvez estejam com o mesmo problema.

— Duvido — respondeu Neville. — Acho que meu tio teria falado com meu pai, e certamente meu pai teria comentado comigo. É outra coisa.

— Mas o quê? — perguntou Eduardo, preocupado. — O que *poderia* ser?

— Não sei. — Neville balançou a cabeça. — Você e Oliveri devem ficar de olhos e ouvidos bem atentos. Não podem deixar passar nada.

— Entendo — respondeu Eduardo e riu. — Tive uma discussão com Margarida Grant esta manhã.

— Ele foi soberbo, realmente a colocou para fora — disse Alfredo, orgulhoso.

— Verdade? — Neville levantou uma sobrancelha, os olhos azul-claros brilhando.

— Eu disse a ela que era melhor se retirar e ler as regras da empresa. Que logo descobriria que não tem permissão nem de trabalhar na Deravenels. Bem, isso é um exagero. Mas ela ficou um tanto perturbada. Saiu sem dizer mais uma palavra.

— Mas não acredito que ela vá ficar calada — murmurou Neville. — Não por causa de um blefe.

No final da tarde, Eduardo foi ver Lily Overton. Estava com saudades dela e sabia que precisava se desculpar por tê-la negligenciado na semana anterior.

Foi a Sra. Dane, a empregada, que abriu a porta para Eduardo, e seu rosto se iluminou.

— Ora, Sr. Deravenel, boa tarde. Prazer em vê-lo.

— Boa tarde, Sra. Dane — respondeu ele educadamente e ofereceu um sorriso gentil.

A resposta imediata dela ao inegável charme dele foi abrir mais a porta.

— Por favor, entre, Sr. Deravenel. Vou avisar a Sra. Overton que o senhor está aqui. — Fechando a porta, a Sra. Dane continuou: — Ela não está se sentindo bem hoje. Por favor, venha para a sala de estar.

— Ela está doente? — perguntou Eduardo, soando preocupado ao seguir a empregada, e entrou na sala de estar que tinha vista para o jardim com aparência congelada. — Espero que não seja nada sério.

— Ah, não, senhor, acho que só está um pouco indisposta. — A Sra. Dane deu um sorriso tímido e se afastou, acrescentando: — Com licença, senhor.

Eduardo vagou pela sala, sentindo-se tenso, nervoso, perguntando-se o que podia haver de errado com sua querida Lily. Ao pensar nela, em sua feminilidade, sua beleza loura, sua delicadeza e ardor, seu carinho com ele durante todo esse ano, Eduardo percebeu algo fundamental sobre ela. A beleza de Lily era suave, genuína, angelical; a de Margarida Grant era surpreendente mas fria, pesada. Era uma mulher forte, ambiciosa, uma mulher prestes a...

— A Sra. Overton gostaria que a encontrasse na sala íntima do segundo andar — disse a Sr. Dane da porta, interrompendo seus pensamentos.

— Obrigado — respondeu e saiu. — Antes de subir as escadas, virou-se para a empregada. — Pode deixar que sei o caminho; muito obrigado, Sra. Dane.

Ela assentiu e sumiu na direção da cozinha. Percebendo que ainda estava vestindo o sobretudo, que a empregada atrapalhada esquecera de pegar, ele o tirou e deixou-o em uma cadeira.

Estava no meio das escadas quando uma visão esvoaçante em *chiffon* e renda brancos apareceu.

— *Eduardo, querido!* — exclamou Lily. — Que prazer vê-lo aqui!

No topo das escadas, ele a pegou nos braços, trazendo-a para mais perto de si, beijando-lhe o rosto, o pescoço, o cabelo.

— Senti tanta saudade de você, minha querida — disse ele suavemente, então afastou-a e fitou-a. — O que houve? A Sra. Dane disse que não está se sentindo bem.

Lily tocou o rosto dele carinhosamente.

— Não é nada. Só me senti cansada hoje, Ned, um pouco fraca. — Ela soltou um leve riso. — Acho que estou ficando velha.

— *Velha? Você? Nunca.* — Passando o braço pelos ombros dela, ele a acompanhou até a sala íntima. Estava aconchegante como sempre, o fogo bruxuleando na lareira e os lampiões a gás acesos criavam um brilho rosado na sala confortável, e os vasos com flores frescas acrescentavam uma sensação de primavera.

— Devo me desculpar, Lily — disse Eduardo, sentando-se no sofá, como sempre fazia. — Devia tê-la procurado na semana passada, mas estava muito ocupado.

— Tudo bem — murmurou Lily. — Imaginei o que podia ter acontecido com você, mas nesse final de semana Vicky me contou o quanto estava ocupado com o trabalho. — Ofereceu-lhe um lindo sorriso, que deixou covinhas em suas bochechas, e terminou: — Então, está perdoado.

— Espero que sim. Porque não saberia viver sem você, Lil, realmente não. Quando estou com você, fico mais feliz, à vontade, relaxado. — Parou e olhou-a de cima a baixo. — Entre as outras coisas que você me faz *sentir*, minha tentação — acrescentou de forma insinuante, os brilhantes olhos cor de safira se tornando mais sedutores.

Lily ficou em silêncio por um momento. Puxou o penhoar de renda branca e passou a mão pelo cabelo.

— Desculpe por não estar vestida apropriadamente. Eu estava na cama quando você chegou.

— Por que não voltamos para lá, meu amor? Existe lugar melhor para nós? — Enquanto falava, ele se levantou, cruzou a sala e inclinou-se sobre ela. Levantando seu rosto, beijou-a de leve nos lábios. — Volte para a cama, Lily. Desta vez, comigo. Deixe-me amá-la, querida, dar-lhe prazer. Não faremos nada muito... agitado, já que não está se sentindo muito bem. Na verdade, você não precisa fazer nada. *Eu* farei amor com *você*.

— Ah, Ned, não existe ninguém igual a você — sussurrou ela baixinho, sorrindo para ele, toda a ansiedade sobre ele subitamente esquecida.

— Espero que não... pelo menos, não no *seu* coração. Vamos, minha amada. — Ele gentilmente ajudou-a a levantar-se e levou-a até o quarto.

Em poucos momentos, ela estava deitada na cama, e ele a beijava gentilmente. Ele parou abruptamente, foi até a porta e trancou-a, então tirou o paletó e o colete, jogou-os em uma cadeira, desamarrou a gravata e voltou para a cama. Começou a desabotoar a camisa enquanto a fitava, sorrindo. Assim que estava desabotoada, pegou Lily nos braços, levantando-a, e abraçou-a. — Você não sabe como senti saudade de você na última semana — murmurou e desamarrou o laço de seda branca no pescoço dela. Deixando o penhoar cair e revelar os ombros macios e aveludados dela, ele continuou: — E sei que também sentiu minha falta, não é?

Seus olhares se encontraram. Os verdes profundos atraíram os azuis brilhantes e eles se fixaram. Nenhum dos dois afastou o olhar. Finalmente, ele se debruçou, beijou-a, deixou a língua deslizar entre os lábios dela... tão quentes, tão suaves. O gosto dela o excitava. Tirou-lhe a camisola, puxando-a de leve, e deixou que caísse aos pés dela; tirou a própria camisa e puxou-a para mais perto, envolvendo-a com os braços.

— Lembre-se do que eu disse: nada intenso — murmurou ele, perto do cabelo dourado, que estava solto.

— Mas quero que seja maravilhosamente intenso — sussurrou ela em resposta, e começou a desabotoar a calça dele, apalpando-o ao fazer isso.

— Pode deixar — disse ele, e ela voltou para a cama e deitou-se do seu lado, observando-o terminar de se despir. Quando ele se aproximou dela, Lily ficou momentaneamente surpresa. Como ele ficara tão excitado tão rápido? Estremeceu. Ele parecia tão potente, tão viril, mais do que nunca neste momento.

Uma das coisas que Lily adorava em Ned era que ele não se precipitava, não a tocava de forma rude nem a pressionava. Era sempre gentil, delicado, carinhoso, fazendo com que ela sentisse prazer antes dele. E esta tarde não foi diferente; ele a acariciou, tocou-a, beijou seus seios, deixou os mamilos rijos. Suas mãos deslizaram pelo corpo dela com suavidade, tocaram seu pescoço, o cabelo, a barriga, deslizaram por entre as coxas, e encontraram sua parte mais feminina, deixando-a suspirando de prazer até que chamasse seu nome. Entrando nela, ele colocou as mãos por baixo das costas dela e puxou-a em sua direção, e seus movimentos juntos seguiram o mesmo ritmo: eles sempre estavam em sincronia um com o outro, como se fossem um só. E levantaram vôo juntos, a alegria e o êxtase levando-os além. E mais tarde, quando ele estava saciado, descansando sobre ela, suspirando e acariciando o rosto dela, disse baixinho:

— Só você, Lily, só você.

Já era tarde quando Amos Finnister chegou ao distrito de Whitechapel, quase nove da noite. Quando saiu da carruagem de aluguel, disse para o cocheiro:

— Espere por mim, devo demorar uma hora, não mais que isso.

O cocheiro tocou o chapéu.

— Vou ficar bem aqui, chefia.

Amos afastou-se da carruagem, pensando em como a noite estava bonita. O céu parecia um veludo preto, salpicado com uma diversidade de estrelas prateadas. Deslumbrante. Não estava muito frio. Sem vento. Sim, uma noite agradável. Parou por um momento para admirar o Tâmisa. Sempre amara esse rio longo e pleno; quando era menino, seu pai o trazia até aqui, ao bairro de East End, até as docas, e lhe contava histórias maravilhosas, mágicas... histórias de grandes navios que chegavam de todas as partes do mundo, carregando caixas de chá do Ceilão, ouro da África, diamante das Índias, seda da China... produtos exóticos eram transportados e negociados... tudo soara como uma aventura para ele na época. Ainda soava, verdade seja dita.

Whitechapel. Uma mistura da humanidade: folclore de todas as partes do mundo. Conhecia bem este lugar, não apenas das visitas da infância para ver os grandes navios e comer os moluscos e caramujos que seu pai trazia em um saco. Mas da época em que era policial e fazia rondas noturnas neste lugar. Amigos e inimigos eram iguais, aqui perto das docas. Ainda assim, era um lugar colorido e alegre, apesar da pobreza que prevalecia, da degradação, do vício e do crime. Tinha muitos amigos aqui... alguns eram feirantes, com roupas cheias de pérolas, e mandavam no lugar, falavam um dialeto rimado e se gabavam por terem nascido sob o som dos sinos de Bow. Gente boa.*

Whitechapel não era um lugar ruim. Havia lugares piores neste mundo bárbaro.

---

*Whitechapel é um distrito pobre de Londres. Na época, as ruas eram tomadas pelos *costermongers*, espécie de feirantes que vendiam produtos colocados em suas carroças. Eram famosos por terem uma vida desregrada e pelo dialeto que falavam: cockney. Os sinos de Bow referem-se aos sinos da igreja St. Mary-le-Bow, que fica nesse distrito (*N. da T.*).

Fungou. Que cheiro gostoso estava sendo carregado pelo ar noturno. Fungou de novo, transportado para o passado por uma fração de segundo. Os pensamentos sobre seu pai voltaram. Seu pai, um homem tão bom. Morto tão cedo e tão jovem, cumprindo seu dever. Um policial como ele fora, e talvez fosse o motivo para também ter sido tira. Por seu pai, para honrar a memória dele.

Amos parou. Fungou de novo. E decidiu comprar um bolo de carne. A boca estava cheia de água, simplesmente não conseguia resistir.

Em segundos, localizou o homem com a carrocinha e aumentou o passo. Quando se aproximou, o vendedor tocou o chapéu de forma respeitosa.

— 'Noite, chefia. Milho ou carne?

— Carne. Com muito molho, por favor.

— Mulher minha é a melhor cozinheira de Whitechapel. — Com uma pinça, o vendedor pegou o bolinho e mostrou a Amos. — Crocante, viu, chefia? — Enquanto falava, o homem colocou o bolinho em um saco de papel branco, pegou uma concha de molho e jogou por cima.

Amos pagou, pegou o saco, se despediu do homem e se afastou, ansioso para dar uma mordida; estava sentindo o cheiro do bolinho, esperando esfriar. Um momento depois, Amos parou e sentou-se em um banco embaixo de um poste de luz a gás, e lentamente mastigou o bolo de carne, saboreando cada mordida, mais satisfeito do que ficava há muito tempo.

O bolo era seu jantar: um banquete. Muito mais gostoso que a fatia de pão e queijo que Lydia sempre lhe oferecia, ou sua outra especialidade, carne de carneiro fria e um pãozinho. Suspirou, odiando os repentinos pensamentos críticos sobre a esposa. Ela não estava bem. Pobre Lydia. Eram as enxaquecas que mais a incomodavam. E às vezes reumatismo. Pobre Lydia. Cheia de dores. Sempre infeliz. Atualmente, nunca tinha um pensamento feliz. Pobre Lydia. De verdade.

Amos acabara com o bolo rapidamente e, agora, enquanto seguia o caminho em direção a Limehouse, decidiu que precisava beber alguma coisa. Um copinho de cerveja para ajudar o bolinho a descer, decidiu. Por que não?

O Black Swan ficava nas redondezas... Mucky Duck era como o pessoal do local o chamava. Ao vê-lo, Amos apressou-se e, em poucos segundos, atravessou as portas duplas.

No bar, pediu um copo de cerveja e tomou um longo gole assim que chegou, espumante, deliciosa. Boa cerveja. Poderia até tomar outra.

O atendente do bar voltou, olhou para ele através da luz a gás.

— Foi tira por aqui, não foi?

— Isso mesmo. — Amos sorriu para ele. — Estou aposentado agora. Meu nome é Finnister.

O atendente riu.

— Agora lembrei. A gente te chamava de Finnister Sinistro.

Amos riu com o homem, bebeu a cerveja, colocou o dinheiro em cima do balcão, desejou boa-noite e saiu logo. Seguiu de novo para Chinatown em Limehouse, uma área cheia de pequenas lojas onde vendia-se todo tipo de coisa, de sedas, roupas e jóias a remédios e ervas; lavanderias chinesas, lojas e restaurantes chineses, até esconderijos para consumo do ópio salpicavam pelas ruas. Amos amava a comida feita pelos chineses, e se esquecera disso até este momento. Deixara-se levar pelo cheiro dos bolinhos de sua juventude e sucumbira. Agora era tarde demais para comer comida chinesa. Outra noite.

Logo Amos chegou a seu destino. O Sr. Fu Yung Yen tinha uma pequena loja afastada da rua; Amos viu a luz bruxuleando pela janela ao se aproximar da porta. Após bater várias vezes e gritar que era Amos Finnister, finalmente abriram a porta.

Fu Yung Yen estava vestindo uma longa camisola preta de algodão com um pequeno colarinho; usava um longo rabo de cavalo e um chapéu de feltro cobria seu cabelo grisalho.

Sorriu quando viu Amos, e disse com um tom de voz baixo:

— Entre, noite fria.

A loja era mal iluminada e tinha um cheiro forte de temperos, ervas e raízes, misturado com cânfora e óleos perfumados. Não era um cheiro ruim, e Amos não se importava de vir à loja.

— Como está esposa? — perguntou o chinês, sorrindo.

— Enxaquecas horríveis de novo, Sr. Yung Yen. Preciso daquele poderoso pó para dor de cabeça de novo.

O herbanário assentiu, foi para trás do balcão e começou a pegar porções de pós brancos em diversas jarras. Finalmente, após misturá-los, colocou em uma pequena embalagem de papel, fechou-a e entregou a Amos.

— Preciso da pomada para as dores dela... nas pernas e nos braços.

— Ah, sim. Entendo. Meu bálsamo. — Ele providenciou rapidamente a pomada, que já estava pronta em um pequeno frasco de vidro.

Debruçando-se sobre o balcão, olhando diretamente para o Sr. Fu Yung Yen, Amos entregou-lhe um pedacinho de papel.

— Por acaso o senhor tem isto no estoque?

O herbanário leu e assentiu.

— Quanto precisa?

— O quanto achar.

— Para um sono longo e profundo?

Amos assentiu.

— Espere minuto. — O chinês desapareceu pela porta e demorou um pouco para voltar. Colocou um pequeno pacote embrulhado em papel roxo em cima do balcão.

— Obrigado — disse Amos. — Quanto lhe devo?

Sorrindo, Fu Yung Yen fez a conta.

Amos leu, releu, pegou o dinheiro e pagou sem reclamar.

Após colocar os vários embrulhos nos bolsos do sobretudo, Amos assentiu.

— Boa noite, Sr. Yung Yen. E obrigado.

— Volte.

— Voltarei — respondeu Amos, mas, ao sair da loja, se perguntou se algum dia voltaria.

Capítulo 20

Já era tarde quando Eduardo Deravenel saiu da casa de Lily, muito mais tarde do que tivera a intenção. E agora, ao cruzar o Belsize Park Gardens e ir na direção da estrada principal, percebeu que havia poucas carruagens de aluguel nesta área. Não conseguia ver nem uma.

Olhando em volta de novo e notando que não havia praticamente nenhum movimento na estrada, decidiu caminhar, dizendo a si mesmo que logo encontraria uma carruagem de aluguel.

Dando passos largos em direção a Primrose Hill, que o levaria ao centro de Londres, sua mente se concentrou nos números na caderneta do pai e na conclusão a que ele e Alfredo finalmente haviam chegado naquele dia, de que havia algum tipo de problema nas minas de ouro e pedras preciosas. O número correspondente a Burma não aparecia na caderneta, então ambos presumiram que a produção de safiras continuava sem problemas, como acontecia há anos.

O homem que se aproximou dele veio do nada, pelo menos foi o que lhe pareceu.

— Licença, chefia — disse o homem com uma voz rouca com sotaque cockney. — Como faz para chegar em 'ampstead? Eu estar perdido.

Eduardo balançou a cabeça.

— Sinto muito, mas não sei — respondeu, como sempre, com muita educação. — Mas, se continuar seguindo para o norte, acho que estará na direção certa.

O golpe veio de trás, o cassetete pesado atingindo seu ombro e depois suas costas. A força brutal dos golpes fez com que caísse de joelhos, e ele gritou, agarrando o ar ao cair, quase como se quisesse pegar o estranho que falara com ele. Eduardo percebeu que o homem não estava mais lá: desaparecera.

Outro golpe o atingiu, desta vez na cabeça. Eduardo caiu para frente no mesmo instante, o rosto batendo no chão. Estava inconsciente.

Havia três homens: o pedestre que distraíra o alvo e dois brutamontes gigantes que estavam armados com cassetetes. Os três conversaram por alguns segundos, então um deles se debruçou sobre Eduardo, olhou-o com atenção e se levantou.

— Acho que num tá respirano, deve tá morto — sussurrou o agressor e se endireitou. — 'Vam bora antes que os maldito tira chegue.

Os homens saíram correndo pela estrada. Estava tão deserta que o som de suas botas parecia trovões, ecoando alto. A garoa e o vento desta noite mantinham todos em casa.

Eduardo ficou deitado no chão, no mesmo lugar em que caíra. A estrada permanecia vazia, sem pedestres ou carruagens. Ninguém apareceu por um longo tempo.

Neville estava sentado na sala de espera do Guy's Hospital com Amos Finnister, apreensivo, rezando silenciosamente para que Ned ficasse bem, que recuperasse logo a consciência. Ele apanhara muito, mas eram os golpes na cabeça que estavam causando os problemas.

Os dois permaneceram em silêncio. Neville, pálido, a expressão sombria, estava tão preocupado e triste que não queria falar; Amos não ousou. Temia perturbar o patrão, que estava perdido em pensamentos.

A porta da sala de espera se abriu e a esposa de Neville, Nan, apareceu com Cecília Deravenel. As duas mulheres entraram, e Neville levantou-se na mesma hora, indo cumprimentá-las. Passando o braço em volta dos ombros da tia, conduziu-a até uma cadeira e apresentou-a a Amos.

Nan já o conhecia, já que era um visitante freqüente em sua casa. Foi ela quem virou-se para Amos e disse:

— Obrigada, Sr. Finnister, por tudo que fez pelo Sr. Deravenel. Se não fosse pelo senhor, não sei o que poderia ter acontecido.

— Foi sorte eu ter deixado um homem de olho no Sr. Deravenel — murmurou Amos. — Mas meu instinto me diz que o jovem cavalheiro estará bom em poucos dias.

Olhando diretamente para Amos, Cecília disse com a voz calma:

— Quero agradecer-lhe, Sr. Finnister, por tudo que fez por meu filho. Mas ainda não sei exatamente o que aconteceu ontem à noite. — Ela olhou de Amos para Neville. — Quem atacou Ned?

— Não temos certeza, tia Cecília. A polícia acha que foi um ataque casual, como um assalto. Eduardo só tinha alguns trocados quando foi encontrado, nenhum dinheiro. Eles deviam estar com pressa porque não levaram o relógio de bolso de ouro. — Neville balançou a cabeça. — O problema é que a polícia não tem pista.

— Por que você disse *eles*, como se... eles deviam estar com pressa? — perguntou Cecília, fitando o sobrinho.

— Por razões óbvias, tia. Eduardo é muito alto, mais alto que a maioria dos homens, e muito forte. Assim, seriam necessários muitos homens para dominá-lo, na minha opinião.

— Claro, entendo o que quer dizer. — Respirando fundo, ela continuou com a voz triste. — Você teria me dito se houvesse alguma novidade; como não disse, suponho que não haja.

— Infelizmente, não. — Neville colocou a mão no braço da tia para consolá-la.

Cecília mordeu o lábio, as lágrimas quase transbordando de seus olhos, e se levantou no mesmo instante, foi até a janela e permaneceu lá até recobrar o equilíbrio.

Voltando para a cadeira, disse a Amos:

— O senhor poderia fazer a gentileza de me contar tudo que aconteceu, Sr. Finnister? Acho que estou um pouco confusa, talvez seja porque estou muito triste.

— Não é de se surpreender, Sra. Deravenel, levando em consideração as circunstâncias. Ficaria feliz em contar o que aconteceu, por assim dizer. Foi assim... Eu e o Sr. Watkins já havíamos discutido sobre a possibilidade de o Sr. Eduardo estar... bem, em perigo, por causa da situação com os Grant. A maior parte do tempo livre ele passa com o Sr. Will Hasling, mas nós decidimos, eu e o Sr. Watkins, que, quando ele estivesse sozinho, deveria ter, bem... um guarda-costas. Meu homem está de prontidão todos os dias, mas nem sempre é necessário. No final da tarde de ontem, o Sr. Eduardo saiu do escritório sozinho. Como não havia nem sinal do Sr. Hasling, meu homem imediatamente seguiu o Sr. Eduardo, que foi para Belsize Park e...

— Para ver a Sra. Overton? — interrompeu Cecília.

Apesar de surpreso por escutar isso, Amos assentiu e continuou:

— Meu homem ficou andando pelas vizinhanças, matando o tempo. O Sr. Eduardo ficou na casa umas três horas, e saiu logo depois das nove. Ontem à noite estava escuro e parece que estava bem deserto naquela área, ninguém por perto e nenhuma carruagem de aluguel. Meu homem percebeu isso imediatamente. Estava um pouco atrás do Sr. Eduardo quando ele foi atacado por dois homens muito grandes e...

— O guarda-costas estava em desvantagem por estar sozinho — disse Cecília calmamente.

— Isso mesmo, Sra. Deravenel. Assim que os homens, três no total, saíram de cena, Harry Forbes, meu empregado, correu até o Sr. Deravenel e ficou aliviado ao ver que estava vivo. Então foi à procura de um policial. Por sorte, encontrou um em Primrose Hill. Conseguiram mais ajuda e trouxeram o Sr. Eduardo para cá.

Cecília assentiu.

— Obrigada, Sr. Finnister, agora entendi. — Fitando Neville, com a mão em seu braço, Cecília murmurou: — Podemos ir lá fora um momento? Gostaria de falar com você, Neville.

— Claro. — Ele ajudou a tia a se levantar, e os dois saíram da sala de espera e foram para o corredor.

Quando estavam sozinhos, Cecília chegou mais perto de Neville, fitando seu rosto.

— Foram os Grant, não foram?

— Acredito que sim — confirmou Neville, fazendo uma careta. — As coisas foram feitas sem o devido cuidado, ficando muito transparente. Deixaram o relógio no bolso dele, assim como a caderneta. Só pegaram dinheiro. Para fazer parecer um assalto.

— Mas ele nunca carrega muito dinheiro — salientou Cecília. — É muito comum Swinton ter de pagar a carruagem de aluguel quando Ned chega em casa.

— Foram os Grant, não tenho dúvidas quanto a isso. Quem mais poderia ser?

— O que vamos fazer em relação a eles, Neville? São uma ameaça.

— Represálias. Acho que temos de fazer represálias. Fazer com que percebam que Ned e eu estamos à altura deles. Entretanto, quero pensar em tudo com muito cuidado, não agir com pressa nem imprudência. Temos de ser sutis, e não podemos fazer nada que nos envolva com a polícia. Concorda?

— Concordo, e vou deixar por sua conta, Neville. Você é um homem inteligente, eu sei que... você puxou ao meu irmão, seu pai.

— Michael Robertson — apresentou-se o médico ao entrar na sala de espera muitas horas depois, pouco antes do meio-dia.

Estava sorrindo ao se aproximar de Neville, que se levantara e estava indo em sua direção.

— Neville Watkins, Dr. Robertson. Sou primo do Sr. Deravenel. Pela sua expressão, sou levado a crer que ele recobrou a consciência.

— Recobrou, sim. Mas está dormindo no momento, e achamos melhor que ele durma por um tempo sem ser perturbado.

— Entendo. — Neville apresentou Cecília ao médico. — Esta é a mãe do Sr. Deravenel, Dr. Robertson, Sra. Cecília Deravenel.

Após apertar a mão do médico, Cecília perguntou:

— Meu filho estava em coma?

— Em coma, não. Mas estava inconsciente, e ainda está em estado de choque, mas posso garantir que vai se recuperar dessa provação, Sra. Deravenel. Com certeza vai.

Capítulo 21

Ao piscar na luz fraca e lentamente despertar, Eduardo ficou desorientado por um momento. Piscando de novo e esforçando-se para sentar-se na cama, percebeu que todos os ossos de seu corpo doíam.

Olhando em volta do quarto, tão branco, prisco e pouco mobiliado, entendeu na mesma hora que estava em um hospital. Deitando nos travesseiros de novo, tentou se concentrar e, ao fazer isso, começou a se lembrar dos eventos da noite anterior. Saiu da casa de Lily mais tarde do que tivera a intenção, caminhou pelo Belsize Park Gardens, procurou uma carruagem de aluguel. O estranho que o parou pedindo informações, e então o ataque inesperado vindo de trás.

Levantando o braço, tocou a cabeça, sentiu as faixas e então lentamente deixou os dedos vagarem pelo rosto. Percebeu que devia estar machucado, pelo menos um pouco, porque doía quando tocava. Os ombros e as costas também doíam; agora se lembrava daqueles golpes fortes, da forma como caíra de joelhos tão rapidamente, que batera com a cabeça no chão quando mais golpes atingiram sua cabeça.

Quem o atacara ontem à noite? Ladrões, querendo assaltá-lo? Ou o ataque fora planejado pela oposição na Deravenels? Não fazia idéia. Também não sabia quem o encontrara ou como viera parar neste hospital.

Após alguns instantes, Eduardo conseguiu se sentar; afastando os lençóis e cobertores, colocou as longas pernas no chão. Por um segundo, achou que não conseguiria se levantar, mas conseguiu, percebendo, no mesmo instante, que se sentia fraco e levemente tonto. Sentou-se na cama, perguntando-se como chamar uma enfermeira. Precisava fazer perguntas, precisava saber mais.

A tontura dominou-o, e ele deitou de volta nos travesseiros, mas não teve força para levantar as pernas e colocá-las na cama. Não sabia por quanto tempo ficara assim, meio na cama, meio fora dela. Talvez uns vinte minutos ou mais. Até que de repente sentiu uma onda de ar frio quando a porta se abriu, e o alívio tomou conta dele. Finalmente, a enfermeira.

— Meu Deus, Sr. Deravenel! O que está fazendo? — perguntou uma voz muito masculina, e uma fração de segundo depois o dono da voz estava debruçado sobre ele, parecendo muito preocupado. — Você está bem? — perguntou o homem com um tom de voz gentil.

— Estou. Só me senti um pouco tonto... quando tentei me levantar da cama.

— Isso não me surpreende. Venha, deixe-me ajudá-lo a colocar as pernas na cama. — Enquanto falava, o homem ajudou-o a se endireitar. Quando terminou, explicou: — A propósito, sou Michael Robertson. Seu médico, Sr. Deravenel.

— Foi o que desconfiei — respondeu Eduardo, tentando sorrir. Supôs que o médico devia ter uns quarenta e poucos anos, tinha cabelo escuro, era bem-apessoado e usava um jaleco branco sobre o terno escuro. Havia um estetoscópio pendurado em seu pescoço. Tinha um ar de competência.

— Estou seriamente ferido? — perguntou Eduardo finalmente, com a sobrancelha levantada.

Percebendo a ansiedade na voz do paciente, o Dr. Robertson foi rápido em tranqüilizá-lo.

— Acredito que esteja fora de perigo. Trouxeram-no para cá inconsciente ontem à noite. Sofreu uma concussão. Mas parece estar muito melhor. Como está sua cabeça? Alguma dor? Dor de cabeça?

— Não, sem dor de cabeça, mas minha cabeça está... bem, *pesada*. E meu rosto está dolorido.

— Bateram no seu rosto, Sr. Deravenel?

— Não, mas os golpes nos ombros e nas costas foram muito fortes e eu caí para frente. Meu rosto arrastou no chão. Lembro de me baterem na cabeça. Obviamente, desmaiei. Entretanto, acho que não tenho mais nenhum outro ferimento. Ou tenho?

— Não, não tem. Não que eu saiba.

— Então, posso ir para casa hoje?

— Acredito que não, Sr. Deravenel. Preciso mantê-lo aqui por alguns dias. Em observação. Só para nos assegurarmos. Quero ter absoluta certeza que não deixei passar nada.

Eduardo ficou em silêncio por um momento, depois perguntou:

— Avisaram a minha mãe que estou aqui?

— Avisaram, sim. Na verdade, ela esteve aqui no hospital, mas o Sr. Watkins me disse que sua mãe e a Sra. Watkins foram para casa preparar comida para você. Voltarão logo com um banquete. Enquanto isso, seu primo está ansioso para falar com você. Pode vê-lo agora? Ou prefere esperar mais um pouco?

— Não, estou perfeitamente bem, Dr. Robertson. Gostaria de vê-lo. E obrigado por cuidar tão bem de mim.

O médico assentiu e se aproximou de Eduardo. Inclinando-se sobre ele, Michael Robertson colocou o estetoscópio nos ouvidos e escutou o batimento cardíaco de Eduardo. Os olhos brilharam, e ele finalmente colocou a mão na testa de Eduardo. Parecia satisfeito. Assentiu para si mesmo, sorriu para Eduardo e saiu.

— Só não entendi como cheguei aqui — murmurou Eduardo, fitando Neville, a testa franzida. — E como você descobriu? Minha carteira estava comigo? Ali tem meu nome e endereço. Mas os ladrões devem ter levado a carteira, com certeza.

— Levaram, sim — respondeu Neville, puxando a cadeira para mais perto da cama e abaixando o tom de voz ao acrescentar: — Mas não eram ladrões, tenho certeza. Mas falaremos mais sobre isso daqui a pouco, Ned. Como você é cliente de um excelente alfaiate em Savile Row, eles sempre colocam uma fita com seu nome dentro do bolso interno do paletó. Foi assim que a polícia o identificou e depois trouxe para o hospital. Mas, na verdade, há uma outra história... quero dizer, sobre como *eu* fiquei sabendo que você havia sido atacado e vim para cá.

Levantando o olhar para fitar Neville, os olhos muito azuis no rosto machucado, Eduardo parecia confuso.

— Então me conte, estou curioso.

Um pequeno sorriso apareceu nos lábios de Neville.

— Com a minha permissão, Finnister colocou um de seus homens para segui-lo... ficar de olho em você. Dois homens muito fortes atacaram-no ontem à noite. O guarda-costas estava em desvantagem e não pôde fazer nada para ajudá-lo... exceto correr para chamar a polícia. Depois de se certificar que você estava vivo, claro.

— Ele viu o ataque?

— De longe. Também viu que um estranho o parou e depois viu o mesmo homem conversando com os dois brutamontes... antes de os três saírem correndo dali. — Neville balançou a cabeça. — Estranho, você não acha, que os *nossos* pais e o meu irmão tenham morrido por causa de golpes fatais na cabeça.

Eduardo fechou os olhos por um momento e, quando abriu-os de novo, eles estavam desolados. Levantou-se nos travesseiros, fitando Neville.

— O mesmo *modus operandi*, é isso que está dizendo? — murmurou sombriamente.

— Exatamente. Não tenho dúvida que você foi atacado por homens da facção dos Grant. É óbvio que eles colocaram alguém para segui-lo, assim como Finnister. Foi bom ele ter tomado essa precaução, porque o homem dele o avisou logo, e Finnister me telefonou assim que soube. E eu avisei sua mãe.

Eduardo permaneceu em silêncio, ponderando tudo, e finalmente disse com calma:

— Sei que você vai sugerir que eu tenha *muitos* guarda-costas para tomarem conta de mim, e não vou discutir, primo. Pode contratar Will, até que venha trabalhar comigo na Deravenels, e você e Amos podem procurar os outros homens.

— Obrigado por ser tão sensato, Ned. Sei que será uma chateação, mas infelizmente é necessário. Não posso permitir que algo aconteça com você. — Neville pegou a mão do primo e apertou-a com força. — Somos parceiros, estamos nessa juntos. Prometo que serei seu porto seguro.

— E eu serei o seu, Neville, estarei a seu lado sempre que precisar de mim. — Ele riu e fez uma careta. — Quando mexo meu rosto, dói muito. Mas eu ia dizer... *não que algum dia você vá precisar de mim.*

— Ah, não diga isso que a providência pode sentir a tentação... nunca se sabe quando a vida vai nos dar um susto. A *catástrofe* está sempre presente, um fantasma escondido em cada esquina. Para cada pessoa.

Eduardo sentiu um arrepio na espinha ao escutar essas palavras, mas ficou quieto. E os cabelos de sua nuca se eriçaram.

Neville soltou a mão do primo e endireitou-se na cadeira.

— Pensei em uma coisa, Ned. Mais cedo, me ocorreu que meu irmão podia vir para Londres. Johnny, Will e você sempre formaram um bom trio... são velhos companheiros.

— É verdade, e Johnny sempre foi muito especial para mim. Toda a vida. Mas você pode disponibilizá-lo?

— Creio que sim. Os gerentes da sede do norte foram todos bem treinados. Por nós dois. De qualquer forma, meu irmão precisa de uma mudança. Fará bem para ele morar em Londres... e tenho certeza que depois podemos encontrar um lugar para ele. Na Deravenels.

— Mais uma vez, se você puder disponibilizá-lo — respondeu Eduardo, rindo com os olhos azuis. Johnny era um amigo do peito.

— Agora teremos de vingar você — anunciou Neville.

Eduardo fitou o primo.

— *Como?*

— Não sei. Ainda. Não se preocupe. Alguma coisa vai surgir. Na hora certa. Não tenha pressa.

Bateram à porta, que abriu ruidosamente. E antes que Eduardo conseguisse recuperar o fôlego, sua mãe, Nan, seus irmãos e sua irmã entraram no quarto, seguidos de Will Hasling.

Neville levantou-se, aproximando-se da tia e levando-a até a cama, enquanto sua esposa, Nan, acalmava as crianças, assim como Meg.

— Jorge, acalme-se — disse Meg para o irmão mais novo, segurando a mão dele. Ricardo, claro, estava quieto e preocupado. A perturbação genuína cobria seus olhos azuis acinzentados. Não podia suportar que seu adorado Ned estivesse ferido.

Cecília agarrou a mão do filho.

— Ned, ah, Ned, sua *cabeça*. Seu rosto está machucado. Que surra você levou! — Ela, sempre tão controlada, balançou a cabeça e percebeu que os olhos estavam marejados de lágrimas.

— Não conseguiram me derrubar, mãe. O médico disse que estou muito bem. Por favor, tente não se preocupar. Vou estar de pé e fora daqui logo, logo — disse Ned, então olhou para Ricardo e fez um gesto para que se aproximasse. — Estou são e salvo, Peixinho. Juro.

Pela primeira vez naquele dia, Ricardo sorriu e correu para o lado da cama, pegando a outra mão de Ned.

— Mamãe nos disse que você foi pego por assaltantes, Ned.

— Você ficou com medo? — perguntou Jorge. Ele se soltara de Meg e estava ao lado de Ricardo.

— Não ficou nada! Claro que não! — exclamou Ricardo, olhando sobre o ombro para o irmão. — Ned *nunca* fica com medo, não é, Ned?

— Não tive nem tempo de sentir medo — respondeu Ned, a voz cheia de carinho pelos irmãos mais novos.

Meg juntou-se aos irmãos, olhou para Ned e perguntou:

— Precisa de alguma coisa, além da comida que mamãe e tia Nan trouxeram?

— Ir para casa para você cuidar de mim, querida Meg. Mas o Dr. Robertson sugeriu que eu fique aqui. Passe a noite. Só para garantir... que minha cabeça ainda está funcionando bem.

— Há algum problema com sua cabeça? — perguntou sua mãe, o tom de voz aumentando, a preocupação surgindo no rosto.

— Não, mãe. Só precaução. Você sabe muito bem como são os hospitais. — Virando a cabeça, encontrou Will e disse: — Obrigado por vir, companheiro. E o que é isso que está carregando?

— Um piquenique, Ned. Swinton preparou um banquete, pelo menos foi o que me disseram. Pedi para a enfermeira arranjar uma mesinha para que eu possa abrir tudo, e ela ficou feliz em ajudar. Ah, olhe ela aí.

Mais tarde, depois do alegre piquenique, todos foram embora, exceto Neville e Will Hasling. Queriam ficar com Eduardo porque havia assuntos importantes a discutir, e também porque a polícia viria fazer algumas perguntas a Eduardo. Neville achou que deviam estar com ele durante o interrogatório da polícia.

Neville acabara de explicar tudo detalhadamente a Will e o convidara para ser seu funcionário, quando o Dr. Robertson entrou no quarto. Estava acompanhado de um policial uniformizado e de um detetive.

Depois de todos serem apresentados, o policial à paisana se aproximou e perguntou:

— O senhor se importaria de nos contar exatamente o que aconteceu, Sr. Deravenel? Temos o relatório do policial que estava de serviço no Belsize Park, mas não é muita coisa.

— Claro, inspetor Laidlaw, ficarei feliz em ajudar — respondeu Ned. — Fui visitar uma amiga em Belsize Park Gardens no final da tarde. Fiquei para jantar e saí mais tarde do que planejara. Isso aconteceu por volta das nove horas, quando caminhei até a estrada principal, procurando transporte. O problema é que não havia carruagens de aluguel por ali. Fiquei surpreso. Como não podia fazer nada, decidi caminhar. Estava indo na direção de Primrose Hill, onde achei que provavelmente encontraria uma carruagem de aluguel. Em determinado ponto, um pedestre me parou e pediu informação de como chegava em Hampstead. Quando eu estava falando com ele, senti um golpe vindo de trás. Primeiro na altura dos ombros, depois na cabeça. Caí para frente. E desmaiei. É tudo que sei, inspetor Laidlaw. Até acordar aqui hoje.

O inspetor Laidlaw comprimiu os lábios.

— Muito pouco para continuar, senhor, infelizmente, mas essa é a verdade. Poderia descrever o pedestre que pediu informação?

— Altura mediana, olhos claros, rosto comum. Usava um chapéu de tecido, um cachecol, ah, e um sobretudo surrado. Na verdade, o tipo difícil de descrever. Na hora, pensei que ele parecia... não estar em uma maré de sorte.

— E o sotaque dele? Percebeu algum?

— Ah, sim, com certeza. Londrino, nascido e criado.

Assentindo, o inspetor guardou a caderneta.

— Sei que sua carteira foi levada, Sr. Deravenel, e nada mais. Nem seu relógio de ouro nem as abotoaduras de ouro. Então, minha pergunta, senhor, é se... foi realmente um assalto? Ou foi um... digamos, *ataque pessoal*?

— Meu Deus, inspetor, como eu poderia saber? — exclamou Ned, parecendo apropriadamente desconfiado.

— Algum inimigo, Sr. Deravenel?

— Não que eu saiba.

— Entendo, senhor. Bem, parece que chegamos a um muro de concreto, por assim dizer. Se o senhor se lembrar de alguma coisa, qualquer coisa, por favor, entre em contato comigo.

— Certamente, inspetor.

Capítulo 22

John Summers, geralmente um homem paciente e comedido, estava agitado. Andava de um lado para o outro em seu escritório na Deravenels, sentindo um misto de frustração e raiva. Como não conseguira dormir à noite, levantara-se quando o dia ainda estava amanhecendo e chegara na empresa mais cedo que de costume. Nenhum de seus colegas chegara ainda, então não podia questioná-los nem confrontá-los. Daí sua frustração.

Na noite passada, pouco antes do jantar, fora informado que Eduardo Deravenel sofrera um ataque com agressões físicas e estava no hospital, com ferimentos graves. Sua raiva crescente era devido a essa notícia inoportuna.

Não precisava de problemas no momento, e um Deravenel ferido era um problema sério. Se alguém de seu pessoal estivesse envolvido, pagaria caro.

Finalmente, parou de andar de um lado para o outro, foi até a janela e olhou para baixo, para a rua Strand. Mesmo não sendo nem nove horas da manhã ainda, o movimento já era intenso... carruagens e ônibus puxados por cavalos, carruagens de aluguel, alguns carrinhos de mão e muitos pedestres correndo, se empurrando, uma multidão de humanidade em movimento nesta manhã ensolarada de março.

Virando-se, John Summers foi até a mesa e sentou-se. Batendo com os dedos na mesa, olhou para sua sala, grande e muito bem mobiliada, pensando nas conseqüências do ataque a Deravenel. A perspectiva de vingança o preocupava.

Aos 28 anos, John Summers era um homem atraente, com um rosto bonito e distinto. Com a aparência muito inglesa, tinha pele clara, cabelo castanho e olhos cinza-claros. Esbelto, forte e atlético, sua altura era pouco acima da média. John se vestia bem, mas de forma conservadora, o que refletia, em certos aspectos, seu ponto de vista conservador em relação à vida.

Estava do lado de Henrique Grant, sempre estivera, assim como seu pai. Na verdade, a família Summers era aliada dos Deravenel Grant de Lancashire há quase duzentos anos. E agora John Summers mandava na Deravenels. Não havia mais ninguém para assumir o fardo dessa imensa empresa global. Atualmente, Henrique Grant era um homem confuso e distraído, religioso e inofensivo, envolvido demais com monges e padres. Atualmente, ele não entendia nada de negócios, embora no passado tivesse entendido.

A esposa francesa de Henrique, Margarida, gostava de pensar que estava no comando, mas isso era invenção de sua cabeça. Ela não tinha vergonha de apresentar conselhos e idéias, a maioria deles ridícula; John permitia que ela falasse, mas prestava pouca atenção a seus delírios e ordens; era esperto o suficiente, contudo, para não deixá-la perceber isso.

Margarida Grant. Bonita, considerada sedutora pela maioria dos homens, e perigosa. Ele se endireitou na cadeira. Será que *ela* estava por trás do ataque a Eduardo Deravenel? Será? Sinceramente, esperava que não.

John não gostava de Deravenel. Ele era bonito demais, glamouroso demais, esbanjava carisma e cordialidade. Mas não era burro nem fraco. Summers sabia instintivamente que Eduardo Deravenel era feito de aço, diferentemente da maioria das outras pessoas na Deravenels, que achava que ele era um *playboy* preguiçoso. Ned não, ah, não. Ele gostava de mulheres, da boa vida. Mas era determinado, ambicioso e forte, um homem que estava decidido a vencer, custasse o que custasse.

Era por isso que Summers o temia. E temia ainda mais o primo de Eduardo Deravenel. *Neville Watkins.* Um grande magnata, um homem rico. Frio, duro e cruel quando se tratava de negócios. Na opinião de John, eles formavam um time inigualável, e por isso não gostava da idéia de tê-los como inimigos. Os dois eram guerreiros e estavam determinados a ganhar. Tinha de impedi-los, e logo.

Impaciente, John se levantou e saiu do escritório, andando pelo corredor na direção da sala da recepção, que ficava do outro lado. Quando entrou, acendeu os candelabros de cristal e olhou em volta. Nas paredes estavam pendurados retratos dos homens que administraram a empresa ao longo dos séculos. A maioria era Deravenel de Yorkshire; apenas dois Grant estavam ali: o pai e o avô de Henrique. Até sessenta anos atrás, os Deravenel de Ravenscar dominaram esta empresa. E era isso que Eduardo Deravenel queria de novo. Assim como Neville Watkins.

Saindo da sala da recepção, John abriu a porta da elegante sala de jantar, os olhos percorrendo as bonitas antigüidades e pinturas inestimáveis que estavam penduradas nas paredes cobertas de brocado vermelho. Ao longo dos anos, inúmeros almoços e jantares magníficos foram oferecidos aqui para clientes importantes, políticos e convidados de outros países. Mas ultimamente não... não podiam contar com Henrique Grant por causa de sua instabilidade mental. E, pelo menos na aparência, ele era o presidente da empresa... para o mundo.

Refazendo o mesmo caminho pelo corredor, John pensou em descer para o primeiro andar, onde ficavam os escritórios de muitos chefes de departamentos. Talvez Aubrey Masters já tivesse chegado; poderia questionar Masters, descobrir o que *ele* sabia, se sabia de alguma coisa. Um aliado confiável.

No mesmo instante, John mudou de idéia. Pegou o relógio de bolso e, olhando as horas, assentiu. Logo sua secretária chegaria, junto com as telefonistas, datilógrafas, auxiliares e outros funcionários que faziam serviços gerais. E, certamente, por volta das dez, os principais executivos estariam atrás de suas mesas.

Embora tivesse conseguido se acalmar, sentiu uma onda de apreensão. Não precisava de problemas como esse com Eduardo Deravenel... já tinha muitos problemas para resolver na empresa. Parecia ter cada vez mais problemas. E ainda tinha de investigar o ataque a Eduardo Deravenel, descobrir o que realmente acontecera. Tinha de colocar um ponto final nessa... *violência* repentina.

— Qual é o problema com vocês? — perguntou John Summers, olhando de James Cliff para Jack Beaufield, e ainda mais diretamente para Andrew Trotter. — Vocês estão rindo desse ataque a Eduardo Deravenel, gostando dessa... catástrofe! É exatamente isso que é! Quando o que deveriam estar fazendo é se preparando para uma retaliação à altura. Vocês são tão imbecis que não percebem o que vai acontecer?

— Não vai acontecer nada — respondeu Andrew Trotter, um sorriso ainda no rosto longo e sombrio. — Aquele rapazinho arrogante levou uma surra, e pronto! Espero que o vagabundo tenha aprendido a lição. Que isso tenha lhe ensinado a ter boas maneiras.

Neste momento, bateram à porta, e Aubrey Masters entrou apressado, parecendo irritado e pedindo desculpas:

— Sinto muito pelo atraso, mas o tráfego na Strand hoje está pior que nunca.

— Tudo bem, Masters, entre e sente-se.

Aubrey Masters sentou-se e olhou em volta para os colegas. Na mesma hora, detectou a tensão na sala.

— O que houve, cavalheiros? — perguntou, franzindo a testa.

Summers contou a ele sobre o incidente com Eduardo Deravenel e finalizou dizendo:

— Quero saber *quem* de vocês está por trás desse ataque. E vou descobrir, custe o que custar. — Os olhos de John Summers pararam em James Cliff. — Você está muito quieto hoje. Nem parece você. Diga-me o que sabe.

— Por mais estranho que possa parecer, não sei de nada — respondeu Cliff em um tom de voz moderado. — Realmente não sei.

— *Mesmo?* — perguntou John imediatamente, lançando-lhe um olhar frio. — Você não costuma ter tantos escrúpulos... a respeito de *nada*, contanto que lhe seja útil.

— Útil para esta empresa, não para *mim* — replicou Cliff e deu um sorriso presunçoso. — Você sabe muito bem que sou totalmente devotado à Deravenels e que trabalho para seu sucesso. E não há razão para jogar veneno em mim hoje. Não estou envolvido com esse episódio de... *violência*. — Virando a cabeça, Cliff olhou para Jack Beaufield. — Vamos, confesse. Você e a madame têm andado bem íntimos ultimamente, não é verdade?

Jack Beaufield contraiu o rosto ao escutar essas palavras de traição, e uma pequena veia começou a latejar em sua têmpora. Disse com a voz gélida:

— Não tenho nada a ver com o ataque a Ned Deravenel. Na verdade, ninguém nesta sala teve. Entretanto, Cliff está certo ao dizer que ando mais...

próximo da madame ultimamente. Ela *está* por trás do ataque, Summers. Ela me pediu para contratar alguém para dar uma lição em Deravenel. Eu me recusei. Acredito que ela tenha conseguido fazer tudo sozinha. Não é tão difícil contratar marginais.

John Summers recostou-se na cadeira e seus olhos vagaram sobre os homens sentados do outro lado da mesa. Finalmente, seus olhos se fixaram em Aubrey. Disse devagar:

— Masters, você sabe de tudo que acontece aqui porque todos confiam em você. Pode esclarecer um pouco a questão?

— De fato, não posso. Mas acredito que Margarida Grant mandou fazer isso em Deravenel. Eles tiveram uma espécie de... *desentendimento*, acho que podemos chamar assim. Acho que ela estava determinada a cortar as orelhas dele. Bem, foi o que escutei pelo escritório.

— Como todos os dedos apontam na mesma direção, terei de conversar com a madame quando ela chegar hoje, se ela vier.

— Ela já está aqui — informou Aubrey. — Acabei de vê-la indo para seu escritório. Bem, para o escritório de Henrique.

John Summers levantou-se.

— A reunião está encerrada, senhores. Com licença. — Sem querer escutar mais nada, Summers saiu do escritório e atravessou o corredor com pressa.

Quando chegou ao escritório da presidência, entrou sem bater e imediatamente parou. Margarida Grant estava sentada atrás da enorme mesa georgiana, enquanto seu marido, Henrique, estava deitado em um sofá perto da janela.

Apesar de ter sido pego de surpresa ao ver Henrique Grant um tanto descabelado e certamente doente, John logo se refez. Cavalheiro como sempre, disse educadamente:

— Bom dia, Margarida. — E então, aproximando-se do sofá, continuou:
— Bom dia, Sr. Grant. Como está se sentindo?

— Não tão mal, John — respondeu Henrique com a voz fraca. — Como você está? E seu pai?

— Estou bem, senhor, obrigado — respondeu John, e ignorou a pergunta sobre seu falecido pai.

Margarida levantou-se e contornou a mesa, indo em direção a John Summers com um sorriso aberto.

— Ficou sabendo da novidade sobre Deravenel? — perguntou ela e começou a gargalhar, a alegria refletida nos olhos.

John preferiu não responder. Em vez disso, virou-se para Henrique Grant e murmurou:

— O senhor me daria licença? Preciso que Margarida vá até minha sala. Preciso resolver alguns assuntos urgentes com ela.

Um sorriso fraco se estampou no rosto de Henrique Grant e ele acenou com a mão, mostrando seu desdém.

— Pode ir, rapaz, pode ir.

Abrindo a porta e dando um passo atrás, John olhou para Margarida e disse em voz baixa:

— A senhora primeiro.

Ele permaneceu quieto enquanto atravessavam o corredor até seu escritório, e só quando já estavam dentro de sua sala e a porta estava fechada, virou-se para ela, a raiva cada vez maior.

— Sei que você provavelmente é a responsável pelo ataque a Deravenel, então, por favor, não negue. Acredito que você tenha contratado marginais para dar uma surra nele.

Ela olhou diretamente para ele, os olhos escuros fixos nos dele, e então se aproximou e disse calmamente:

— Por que está com tanta raiva, meu querido? Parece que ele levou uma surra. Alguém ensinou-lhe uma lição e estou feliz por isso. Ponto. O fim de Ned Deravenel. Ele não será mais um problema. Alguém nos fez um favor. — Estava triunfante.

Segurando o braço dela com força, o rosto exprimindo toda sua fúria, John aproximou-se ainda mais de Margarida e disse com a voz rouca mas controlada:

— Você é uma mulher tola. Isso não é o final de nada. É o começo de uma guerra. Você acabou de despertar um leão.

— Ah, John, não seja tão bobo... tão *melodramático*...

— Vai ser uma catástrofe — sibilou ele, fitando-a com uma animosidade repentina. — Vai haver retaliação. Não tenho dúvida.

Margarida pareceu verdadeiramente confusa.

— Não entendo...

— Não, você não entende — respondeu ele. — E temos mais um assunto para esclarecer. Por favor, não traga Henrique para o escritório até que ele esteja melhor de saúde. E se isso *tiver* de acontecer, e você resolver trazê-lo, certifique-se que ele esteja vestido adequadamente, e não tão mal-ajambrado.

— John, por favor, não vamos discutir. Você sabe que não quero chateá-lo. Sou sua amiga, sua aliada...

Lembrando-se de suas boas maneiras, ele assentiu e disse em um tom de voz menos inflamado:

— Sei que você tem boas intenções, Margarida. Agora, se me dá licença, tenho de trabalhar.

Ela o encarou, ainda sem entender a raiva dele. E sem mais uma palavra, virou-se e saiu.

Assim que ficou sozinho, John Summers fitou a porta e fechou os olhos por um momento. Quando abriu-os, balançou a cabeça e voltou para sua mesa.

Por que sucumbira aos encantos dessa mulher? Não podia culpar a mais ninguém além de si mesmo. Graças a Deus, nunca tivera um relacionamento íntimo com ela. Era apenas um flerte, que deveria acabar agora.

Aubrey Masters saiu da Deravenels mais cedo naquele dia.

Uma vez por semana, ia ver seu fornecedor, e hoje parecia um bom dia para passar na pequena loja e comprar suas raízes e sementes. Estava uma tarde ensolarada, bem amena para março, e enquanto caminhava pela Strand com passos ligeiros, esforçou-se para esquecer as ansiedades sobre o trabalho.

John Summers estava furioso com Margarida Grant, isso era óbvio, e não podia culpá-lo. Ela estava sempre interferindo nas coisas, e John e os outros executivos da Deravenels não gostavam disso. Ele mesmo a considerava irritante; além do mais, não havia lugar para mulheres na empresa. Mulheres não deviam se envolver com negócios. E a Sra. Grant não deveria estar lá. Ser a esposa de Henrique Grant não era motivo suficiente para permitir sua presença no mundo masculino do comércio.

O rumo dos pensamentos de Aubrey desviou de Margarida Grant para Alfredo Oliveri. Esse era um enigma. Nunca gostara do italiano, sempre o considerara ambicioso e competitivo. Oliveri trabalhara na empresa por toda sua vida adulta e acreditava que isso o tornava especial e lhe dava privilégios.

Anos atrás, Aubrey se perguntara se Oliveri queria seu cargo, e esse pensamento viera à tona de novo recentemente. Oliveri estava em Londres há tempo demais desta vez, sempre esticando seu tempo no escritório de Londres. Agora Aubrey não podia deixar de se perguntar por quê; Oliveri devia voltar para a Itália e fazer seu trabalho. Será que Oliveri era um traidor? Esse pensamento inesperado surpreendeu Aubrey. Será que Oliveri estava apoiando Eduardo Deravenel? Estava agora do lado dele? Mudara de lado? Quanto mais Aubrey pensava nisso, mais achava que era verdade. Por que outro motivo Oliveri estaria na sede esse tempo todo? Além disso, ficara sabendo que Oliveri estava ajudando Deravenel a entender os diversos departamentos da empresa, da mineração à vinificação.

Mais uma vez, passou por sua cabeça que Oliveri queria seu cargo, e sem dúvida se aliara a Ned Deravenel por causa disso. Talvez tenham se tornado amigos em Carrara. Tenho de encontrar uma forma de desacreditar Alfredo Oliveri, pensou, tirá-lo da empresa o quanto antes. Essa é minha prioridade.

Aubrey Masters estava tão distraído em seus planos, perdido nos pensamentos, que nem percebeu que um casal bem-vestido o estava seguindo pela Strand de longe.

Seguindo o caminho de costume, atravessou a Trafalgar Square, abrindo passagem pela multidão. Atento em seu destino, não fazia idéia de que outra pessoa o estava seguindo, assim como o casal. Era uma jovem bem-vestida, mas não tanto quanto o casal. Após uma troca rápida de palavras com eles, a jovem passou a segui-los, mas à distância. Entretanto, sempre os mantendo à vista, como eles a haviam instruído.

Embora fosse uma boa caminhada da Strand até Piccadilly, Aubrey estava apreciando esta tarde. Ao atravessar a ampla rua, olhou para a direita em determinado momento e percebeu na mesma hora como o Green Park estava verdejante. A primavera estava próxima.

Descendo a Half Moon Street, Aubrey chegou em poucos segundos à Curzon Street. Pensou em passar em sua barbearia preferida para comprar um frasco de loção pós-barba, mas mudou de idéia. Estava ansioso demais para chegar no Shepherd's Market.

Foi neste momento que a jovem que o estava seguindo virou a esquina da Half Moon Street. E ela se apressou para alcançar Aubrey Masters. Estava um pouco sem fôlego quando bateu no braço dele e disse:

— Com licença, senhor.

Surpreso e irritado, Aubrey virou-se com vigor, palavras ríspidas na ponta da língua. Mas, quando se viu fitando uma das mais belas jovens que já vira, as palavras não saíram. A beleza genuína dela o encantou e ele perguntou com a voz suave:

— Como posso ajudá-la, jovem senhorita?

— Desculpe incomodá-lo — desculpou-se ela, sorrindo deixando à mostra lindos dentes brancos —, mas não sou desta região e me perdi. Estou procurando o Shepherd's Market, mas não consigo encontrar.

Impressionado pela doçura de seu sorriso e pela suavidade de sua voz, Aubrey sorriu e exclamou:

— Fico feliz em ajudá-la. Por acaso, estou indo para o Shepherd's Market. Então venha comigo, podemos caminhar juntos. Não fica longe, é logo ali.

A moça sorriu.

— Que alívio. E quanta gentileza do senhor de me levar até lá. — Acertando o passo com o de Aubrey, ela continuou: — O Shepherd's Market é grande? Dizem que vende de tudo.

— Ah, é verdade, mas é uma área pequena, compacta. — Abaixando o olhar para fitá-la, ficou impressionado mais uma vez pela sua beleza. Era um colírio para seus olhos. — E suponho que esteja procurando coisas bonitas para a senhorita? — murmurou com uma voz que soou totalmente estranha para ele mesmo.

A jovem balançou a cabeça.

— Ah, não, senhor, espero encontrar a loja que vende sementes, raízes e outros produtos vegetarianos. Para minha mãe. Ela está muito doente. Está com problemas de estômago e uma amiga aconselhou-a a deixar de comer carne e aves, comer comidas mais leves. Agora ela quer se alimentar com mais vegetais e afins.

— Que curioso! — respondeu Aubrey, os olhos brilhando. — Sou vegetariano e estou indo à mesma loja que a senhorita está procurando.

— Que sorte a minha — disse ela e parou de andar. Levantando a mão, ela acrescentou: — Deixe-me apresentar-me, senhor. Sou Phyllida Blue.

Apertando a mão dela com um enorme sorriso no rosto, Aubrey disse:

— E meu nome é Aubrey Masters. Prazer em conhecê-la, Srta. Blue.

— Por favor, me chame de Phyllida. É como todo mundo me chama.

Subindo a Curzon Street juntos, Aubrey contou à jovem sobre os artigos que comprava na loja e exaltou as virtudes dos vegetais e grãos, falou com conhecimento de causa sobre a importância do vegetarianismo. Em poucos minutos, estavam entrando no pátio pavimentado com pedras que formava o Shepherd's Market, onde, entre as lojas, restaurantes e cafés, ficava a loja favorita de Aubrey Masters.

— Aqui estamos, Phyllida — anunciou ele, abrindo a porta para ela e conduzindo-a para dentro.

— Oi, Sr. Masters — disse o homem atrás do balcão —, tava te esperando hoje. — Ele olhou a jovem e, como Aubrey, não pôde deixar de sorrir para ela. Como *ela* era bonita, com cachos dourados, grandes olhos azuis e lábios alegres. Uma belezura, se é que já tinha visto alguma.

Notando a reação do homem, Aubrey falou de forma possessiva:

— Esta é a Srta. Blue, Phineas. Está procurando alguns produtos para a mãe dela. Mas primeiro vou mostrar a loja.

— Fica à vontade — respondeu Phineas, e quando Aubrey virou de costas, ele sorriu para a jovem e piscou.

Ela também sorriu e seguiu Aubrey, dizendo:

— Falaram que devo levar cogumelos secos, lentilha, sagu, nozes e sementes. E determinadas flores secas e raízes.

— Sim, sim, vou ajudá-la, minha querida — respondeu Aubrey, impressionado por estar se sentindo tão atraído por ela. Parecia ter uns vinte e poucos anos, metade da sua idade, e era tão encantadora que despertava algo dentro dele que há muito estava adormecido. Imaginou o que poderia fazer para vê-la de novo. Precisava vê-la de novo.

— Mordeu a isca — disse Phyllida Blue três horas depois, quando encontrou o casal bem-vestido em um pub em Maiden Lane, atrás da rua Strand.

— Então nos conte — disse o homem, sorrindo.

— Mole que nem pudim — respondeu Phyllida, sorrindo para o homem e sua acompanhante. — Ficou caidinho por mim, me levou para tomar café depois e quer me encontrar na semana que vem. Mesma hora, mesmo lugar, Charlie.

— Boa menina.

A mulher pegou seu relógio de bolso.

— É melhor irmos. Temos de estar no teatro logo.

— Podemos esperar um ou dois minutos, Sadie — respondeu Charlie. — Não é muito longe.

Olhando para Phyllida, ele disse com uma gargalhada rouca:

— Você é uma boa atriz, Maisie. Fui um bom professor.

— Foi mesmo, e obrigada por tomar conta de mim hoje — respondeu.

John Summers estava tão inquieto naquela noite que foi difícil comer o excelente jantar que sua cozinheira preparara com tanto cuidado para ele. Finalmente, tirando o guardanapo branco de linho, saiu da sala de jantar, rapidamente isolando-se na biblioteca.

Um momento depois, Fellowes, seu mordomo, bateu à porta e abriu:

— Está tudo bem, senhor?

— Está tudo bem, obrigado — respondeu John com um tom de voz tranqüilo.

— A cozinheira ficou preocupada, senhor. Estava tudo ao seu gosto?

— Estava sim. Dê meus parabéns a ela, Fellowes, e por favor, me sirva um pouco de conhaque.

Quando estava finalmente sozinho, John Summers recostou-se na poltrona de couro em frente às chamas acesas, balançando a taça de conhaque.

Em seus pensamentos estavam, principalmente, os acontecimentos do dia. Em muitos aspectos, abriram seus olhos. Sabia exatamente onde estava com seus executivos, os compreendia muito melhor, conhecia suas fraquezas. Certamente ficara surpreso ao descobrir que Margarida Grant tinha traços cruéis. Agora também percebia que ela era um peso morto. Mas, por outro lado, Henrique Grant confiava nela e a amava... se é que um homem perdido e louco como ele tinha tal sentimento.

John suspirou e olhou para o pequeno retrato de Georgina que estava sobre a mesa perto da lareira. Se sua noiva não tivesse morrido naquele acidente tantos anos atrás, sua vida seria completamente diferente agora. Teria uma esposa e uma família, e elas teriam amenizado sua solidão. Como estava, a vida às vezes era insuportável, porque sentia muitas saudades de Georgina e porque não tinha nenhum confidente, nenhum amigo íntimo em quem pudesse confiar. Estava completamente sozinho. Exceto pelos irmãos, que moravam em Somerset e nem eram mais tão íntimos atualmente.

Tomou um longo gole do conhaque e colocou a taça na mesa; fechou os olhos, a cabeça fervilhando. Uma coisa estava clara em sua mente: graças a Deus tivera sabedoria suficiente para não cair na armadilha sexual que era Margarida Grant. Conseguiu escapar por um milagre, pensou. E sentia pena de Jack Beaufield, que aparentemente era a nova vítima dela.

John sabia que teria muito trabalho nos próximos meses. Os problemas da empresa não desapareceriam. Tinham de ser resolvidos. Não deixaria a Deravenels cair, ou não se chamava John Summers. De alguma forma, encontraria soluções inteligentes. Com a ajuda de poucos e bons homens, levaria a empresa de volta ao topo. Precisava.

Capítulo 23

Às vezes, Cecília Deravenel desejava ter nascido homem. Havia muitas coisas que sabia fazer melhor e mais rápido que alguns homens que conhecia, mas sendo uma criança no reinado de Vitória e uma mulher da era eduardiana, muita coisa era e continuava sendo proibida para ela. Ao longo dos anos, sofrera em silêncio com suas frustrações, irritação e impaciência, assim como muitas outras mulheres que conhecia. Muitos homens, em particular e em público, reclamavam da Sra. Pankhurst e sua luta pelos direitos das mulheres, mas Cecília não podia deixar de admirá-la e a seus esforços em nome do sexo feminino.

Neste momento específico, Cecília gostaria de ter estado no lugar de seu marido nos últimos anos. *Ela* teria desafiado definitivamente Henrique Grant a respeito da má administração dele na Deravenels, e seu direito de ser o presidente. Curiosamente, Ricardo nunca fizera isso de verdade, talvez por causa de um sentimento e um afeto prolongados que tinha por Henrique, que ele conhecia desde a infância.

Estava tudo aqui, todos os documentos que levariam a situação a um ponto crítico, se Ricardo tivesse desejado. Naquela manhã, fora ao porão da casa da Charles Street, onde ficava o cofre, e conseguira abri-lo com a ajuda de Swinton. Assim que ficou sozinha, Cecília tirara a grande pilha de documentos, que Ricardo guardara em uma fronha de linho branco, e levara para a sala de jantar.

Agora eles estavam espalhados na sua frente, e ela os estudava cuidadosamente. Todos esses papéis, na verdade, eram cópias de outros mais antigos que datavam de centenas de anos atrás, documentos tão frágeis que estavam guardados em cofres na sede da Deravenels na Strand.

Muito tempo atrás, Ricardo lhe contara que, a cada cinco anos, antes de as cópias ficarem amareladas ou envelhecerem, elas eram copiadas novamente. Explicara que os originais que estavam na sede eram da época do fundador da dinastia, Guy de Ravenel, e que eram muito preciosos e tinham um valor histórico muito grande.

Enquanto lia lentamente, virava as páginas e continuava lendo, Cecília logo percebeu que tudo que Ricardo escrevera em seu diário estava certo. Estava impressionada pelo fato de que ele próprio poderia ter apresentado um caso ao conselho, mas que, por alguma razão, não colocara o plano em ação. Apenas escrevera a respeito.

Mais uma vez ela se perguntava: por quê? Deixando os sentimentos de lado, ele não era um homem medroso; certamente era capaz de enfrentar qualquer pessoa. Nunca fora covarde, e sim o contrário. Ainda assim, neste caso, ele fugira da luta e simplesmente continuara reclamando da usurpação de sessenta anos, de seus direitos inegáveis e daí por diante, e causara cólera em muitas pessoas ao fazer isso. Não conseguia compreender por que ele não agira, dadas as evidências, e agora nunca saberia. Ele levara esse motivo para o caixão.

Duas horas depois, totalmente a par das regras e regulamentos da Deravenels, entendendo tudo, juntou os papéis e levou-os para seu quarto dentro da fronha. Colocando-os sobre a cama por um momento, abriu uma gaveta na cômoda que ficava no canto e colocou os documentos ali dentro.

Mais tarde, ela os mostraria a Eduardo, quando ele voltasse do almoço com Neville e Will. Embora seu marido nunca tenha utilizado seu talento e perspicácia para os negócios, sabia que seu filho usaria. E isso a deixava satisfeita. Ned sempre escutara suas opiniões, prestara atenção ao que ela tinha a dizer, sabendo que se beneficiaria com sua sabedoria e conselhos inteligentes.

— Não posso acreditar que seja você, Johnny! — exclamou Eduardo, atravessando a biblioteca da casa de Neville. — Ninguém me disse que você estaria aqui hoje!

Dando um passo à frente para cumprimentar seu primo favorito, Johnny Watkins explicou, com um sorriso enorme:

— É porque ninguém sabia que eu chegaria ontem à noite.

Ao encontrarem-se no meio da biblioteca, a expressão no rosto dos dois primos mostrava satisfação enquanto eles se olhavam com muito carinho. Ambos riram, lembrando-se de tanta coisa. Não eram apenas primos de primeiro grau, mas melhores amigos, tendo um vínculo que vinha de muito tempo, quando estavam crescendo em Yorkshire: Johnny no Witton Castle, a magnífica casa de Rick no vale; e Eduardo em Ravenscar no alto das montanhas, à beira do mar do Norte. Um freqüentava a casa do outro regularmente e às vezes também ficavam com Neville e Nan na Mansão Thorpe, perto de Ripon.

Embora Johnny fosse alguns anos mais velho que Ned, sempre tiveram pensamentos parecidos e compartilhavam os mesmos valores: honra, integridade, lealdade à família e devoção aos amigos. Acreditavam nisso verdadeira e sinceramente, e permaneceram leais ao amor e à amizade que sentiam um pelo outro.

Afastando-se de Eduardo, os olhos cinza-escuros de Johnny analisaram o rosto do primo e ele disse com um sorriso:

— Você não me parece um guerreiro ferido.

— *Não* sou. Não mais, Johnny. Já se passaram duas semanas desde o incidente, então as escoriações já sumiram. Não estou mais roxo e azul, e a dor no ombro também passou.

Johnny tocou no braço de Ned de leve, a expressão séria.

— Graças a Deus você está bem. Você não podia morrer, Ned. O que aconteceria comigo? O que aconteceria com todos nós? Depois de perder meu irmão Thomas, seu irmão Edmundo e nossos pais, bem, acho que eu não conseguiria suportar perder você.

Houve um momento de silêncio.

Os olhos azuis sempre brilhantes de Ned escureceram de dor antes de ele dizer lentamente:

— Eu sei, ainda é uma ferida aberta para todos nós. Mas temos nossas famílias, e um ao outro, Johnny.

— Para a vida toda — respondeu Johnny.

Ned assentiu e sorriu para o primo e amigo. E neste momento, ele não tinha como saber que não seria sempre assim. Não no final.

— Como está Isabella? E seu filho? — perguntou Ned.

— Ótimos, e se minha estada aqui se tornar permanente, ela virá com nosso filho para Londres, morar aqui comigo. Neville está muito satisfeito que as coisas estejam sob controle em Yorkshire. As fábricas de lã em Bradford estão fazendo um tecido maravilhoso, grande parte para exportação. Nossa fábrica em Leeds está em ritmo acelerado. As minas de carvão estão funcionando melhor que nunca; na verdade, todas as nossas indústrias estão a todo vapor. Tudo estava funcionando perfeitamente quando meu pai morreu... — Johnny fez uma pausa e olhou para o nada por um segundo antes de acrescentar: — E Neville sempre manteve os negócios funcionando muito bem. Foi por isso que ele decidiu que eu deveria vir para Londres para lhe fazer companhia, digamos assim. Até assumirmos o controle da Deravenels.

— E isso certamente vai acontecer em um futuro não muito distante! — anunciou Neville Watkins cheio de autoconfiança da porta, e entrou com passos largos na biblioteca, acompanhado de Alfredo Oliveri e Amos Finnister.

Após cumprimentar carinhosamente o primo Ned, apresentou os outros homens a seu irmão Johnny.

Apesar de haver uma leve semelhança de família, Neville e Johnny eram bem diferentes. Neville, o mais velho, era a personificação da elegância, sempre vestindo as melhores roupas. Johnny era mais discreto na forma de se vestir, escolhendo roupas simples mas de boa qualidade.

Johnny era tão bonito quanto todos no clã Watkins e, como o irmão mais velho, se parecia muito com a tia, Cecília Watkins Deravenel.

Quanto à personalidade, era trabalhador e disciplinado, mas não era um escravo dos negócios, como o irmão. Freqüentemente, implicava com Neville dizendo que ele vivia com uma mala, já que viajava por toda a Inglaterra.

Johnny gostava da vida calma do campo; era um homem caseiro, diferente de Ned e Neville, que cresceram no meio do luxo, do glamour e do esplendor e amavam a vida agitada da sociedade.

Neville fez um gesto para os homens se sentarem perto da lareira.

— Embora já estejamos no início de abril, ainda está frio — comentou e sentou-se perto do fogo.

No momento seguinte, Will Hasling atravessou a biblioteca. Cumprimentando todos com sua costumeira alegria e descontração, aproximou-se de Johnny, e deram um aperto de mãos. Eram velhos e bons amigos e confiavam cegamente um no outro.

Neville disse:

— Oliveri tem algumas coisas para nos contar, então sugiro que fale primeiro.

Alfredo assentiu e, sentando-se na beira da poltrona, disse:

— A primeira coisa que quero relatar é o comportamento geral na Deravenels depois que o Sr. Eduardo foi brutalmente atacado duas semanas atrás. Pude notar que a atmosfera estava tensa, mas a maior parte das minhas informações tem como fonte Robert Aspen e Christopher Green. Eles estão do nosso lado. De qualquer forma, eles me disseram, *separadamente*, diga-se de passagem, que John Summers estava muito furioso, que repreendeu seus executivos por causa do ataque ao Sr. Eduardo e exigiu saber quem foi o responsável.

— Aposto que todos negaram ter alguma coisa a ver com isso — exclamou Ned, olhando para Neville.

Alfredo assentiu veementemente.

— Naturalmente. E então James Cliff agiu de forma desleal. Disse, sendo bem objetivo, que Jack Beaufield devia saber quem estava por trás, já que estava "bem íntimo" de Margarida Grant ultimamente.

— *É verdade* — comentou Neville, então riu ao pensar nisso. — Bem, nós já sabíamos disso, não é, Finnister?

O detetive particular riu, mas permaneceu em silêncio.

— Jack Beaufield admitiu que está próximo dela — explicou Alfredo —, mas insistiu que se recusou a ajudá-la a fazer mal a Ned. Ele sugeriu que ela contratou marginais para fazer o trabalho sujo.

— É bem que provável que ela tenha feito isso — interrompeu Amos —, mas nunca conseguiremos provar.

— John Summers esfriou com Margarida Grant, afastando-se com raiva de sua Abelha Rainha, mas por pouco tempo. Christopher Green disse que eles já estão bem, mais amigos que nunca, enquanto Jack Beaufield foi relegado a segundo plano. — Alfredo recostou-se, olhando para Neville.

— Nada disso me surpreende — começou Neville, e parou abruptamente, refletindo por um momento. — Entretanto, se pensarmos bem, não é má idéia que não estejam se engolindo.

— Mas isso não vai durar muito — interrompeu Ned. — Todos são loucos por aquela mulher, apóiam-na sempre.

Alfredo disse:

— Agora gostaria de falar com vocês sobre Aubrey Masters. Além de estar agindo de forma estranha, ele aparentemente está desconfiando de mim. Ouvi dizer que está tentando me colocar para fora da empresa. E do país. Está sujando meu nome. Não estou gostando do rumo que as coisas estão tomando.

— Temos de fazer com que pare com isso. Imediatamente — disse Neville com a voz fria e ríspida, olhando para Amos. — Temos de induzi-lo a se aposentar.

— Ele se tornou uma... chateação — comentou Amos, se esforçando para encontrar a melhor palavra para descrever Aubrey Masters. Parecia que ia dizer mais alguma coisa, mas parou.

Neville disse com calma:

— Eu sabia que isso ia acontecer. — Virando-se para Amos, Neville acrescentou: — Talvez possamos encontrar uma forma de convencer Aubrey Masters a parar. Temos de fazê-lo entender que não pode falar mal das pessoas, principalmente do nosso amigo Oliveri.

— Vou tentar, senhor. — Amos parecia em dúvida ao dizer isso.

— E a minha última e talvez mais importante descoberta — informou Alfredo, olhando de Ned para Neville, e começou com a voz baixa, como se contasse um segredo: — Acho que descobri o que há de errado com as minas... o que seu pai também descobriu, Sr. Eduardo.

A sala ficou em silêncio. Ninguém falou. Ninguém se moveu. Todos estavam esperando pelas palavras de Alfredo.

— Alguém está roubando os produtos das minas, desviando diamantes, esmeraldas e ouro. E dinheiro, acima de tudo.

— Mas quem? — perguntou Ned, a incredulidade ecoando em sua voz.

— Na minha opinião, podem ser os gerentes locais — respondeu Alfredo.

— Eles não ousariam! — exclamou Neville. — Ousariam? — Apertou um pouco os olhos e olhou diretamente para Alfredo. — A não ser que tenham a aprovação da sede... que fica aqui em Londres. Uma parceria com a Deravenels?

— É isso que acho. — Alfredo assentiu. — E Rob Aspen concorda comigo. Semana passada, trabalhei até tarde, e ele também. Foi quando ele me chamou atenção para as discrepâncias que estava encontrando. Eu percebi na mesma hora o que significava. Acredito que ele também pensou a mesma coisa. De qualquer forma, pedi que ele não falasse nada com Masters ou qualquer outra pessoa. Pelo menos por enquanto.

— Por quê? — perguntou Ned, e então rapidamente acrescentou: — Entendi, não precisa responder a essa pergunta estúpida que fiz. Se o outro lado descobrir que sabemos sobre as discrepâncias, vão tentar acobertá-las. Alguém em Londres *está* gerenciando o esquema.

— Exatamente. — Alfredo sorriu para Ned.

— Então, não resolveremos isso até que estejamos no controle da Deravenels no verão — anunciou Neville. — Vamos deixar esse assunto em suspenso por enquanto. Vamos continuar. Finnister me informou há alguns dias que já está com os registros de todos os hospícios em que Henrique Grant ficou internado. Conte-nos a respeito, Finnister.

— O Sr. Watkins contou a parte mais importante da história — começou Amos. —Realmente estamos com os registros. São muito detalhados e extremamente úteis. Contratei um médico conhecido para analisar esses registros e fazer um relatório por escrito do que eles significam. Em outras palavras, como será o comportamento de Henrique Grant nos próximos anos? Ele está prestes a ficar completamente louco? Já está sofrendo de demência? Quais são suas chances de sobrevivência? E finalmente, ele é capaz de dirigir uma empresa como a Deravenels?

— Acho que o médico não terá dificuldade em lhe fornecer a melhor opinião escrita, e sem dúvida será o tipo de opinião que nos ajudará muito. — Neville lançou um olhar questionador para Amos.

— O senhor está certo. O médico que contratei, Sr. Rupert Haversley-Long, é um especialista, psiquiatra que foi colega do famoso Dr. Sigmund Freud.

— Não tenho dúvidas de que ele fará o trabalho perfeitamente — comentou Neville. Levantando-se, continuou: — Vamos para a sala de jantar. Poderemos discutir tudo enquanto tomamos um aperitivo antes do almoço.

Os outros se levantaram e saíram da biblioteca logo atrás de Neville.

Ned disse para Alfredo:

— Não se preocupe, companheiro, vamos neutralizar Aubrey Masters de uma forma ou de outra. Não podemos perder *você*, precisamos de você especialmente aqui em Londres agora. *De forma permanente.*

— Concordo. Quando vai voltar ao trabalho?

— Na segunda-feira de manhã. Tive de fazer vários exames no hospital na semana que passou, mas aparentemente está tudo normal. Na minha opinião, foram cautelosos demais, mas minha mãe insistiu que eu fizesse esses exames extras, e acho que nem o Dr. Robertson consegue contrariar Cecília Deravenel.

Alfredo sorriu.

— Entendo o que quer dizer. Não há ninguém como sua mãe, ela é notável. De qualquer forma, ela está certa. Ferimentos na cabeça são perigosos, muito perigosos.

Capítulo 24

Lily estava em pé no meio da sala de estar da casa de Vicky Forth em Kensington, virando a cabeça, absorvendo tudo com um sorriso satisfeito no rosto.

— Está lindo, Vicky — disse ela finalmente. — Mas você sempre decorou as suas casas com muito bom gosto.

Os olhos de Vicky se iluminaram, e ela exclamou:

— Ah, que bom que gostou. Para falar a verdade, eu estava um pouco preocupada, me perguntando se não estava muito... *pálido*.

Aproximando-se de Vicky, que ainda estava parada à porta, Lily disse de forma enfática:

— Não está pálido de forma alguma... a sala está perfeita; na verdade, adorei a forma como você misturou todos esses tons de creme e branco, e os toques de verde e lilás dão um charme.

— Não está feminino demais?

— Claro que não. De qualquer forma, as antigüidades são escuras e ajudam a dar ao ambiente o equilíbrio perfeito.

— Tomara que Stephen goste.

— Sei que ele vai gostar — garantiu Lily à sua melhor amiga, e então perguntou, curiosa: — E quando ele volta de Nova York?

— Daqui a uma semana. Teve de fazer uma viagem inesperada a São Francisco, e isso o atrasou, mas os negócios correram bem e ele vai sair de Nova York em poucos dias. Mal posso esperar para vê-lo, faz séculos.

— Sei como se sente — murmurou Lily e caminhou lentamente pela sala, sentando-se em um sofá fofo forrado de damasco verde-claro. Enquanto se recostava nas almofadas de seda verde e lilás, ela disse, olhando mais uma vez em volta: — Que flores adoráveis, Vicky, você conseguiu criar uma atmosfera de primavera aqui hoje.

— Obrigada, querida. — Vicky sentou-se em uma poltrona perto de Lily e, olhando-a diretamente, perguntou: — Você já contou a Ned?

Lily balançou a cabeça.

— Não, ainda não. Só o vi uma vez na semana passada, depois que ele saiu do hospital, e achei que não era a hora certa. Mas vou contar a ele, não precisa se preocupar.

— Que bom. Fico feliz. Agora, você vai gostar de saber que encontrei uma casa muito charmosa perto da nossa em Kent. Achei agradável e não é muito grande, então pensei se você não poderia ir ver comigo na segunda ou terça-feira, antes que Stephen chegue em Londres.

— Ah, Vicky, querida, que maravilha. Eu adoraria — exclamou Lily, virando-se para a amiga com um sorriso. — Para falar a verdade, tenho pensado em me mudar da casa em Belsize Park Gardens. Mudar para uma casa que vi na South Audley Street, em Mayfair.

— Entendo. Espero que não esteja se esforçando demais, quero dizer, no seu estado.

Lily riu.

— Realmente me sinto maravilhosa. Muito disposta e saudável, só os enjôos matinais estão me atrapalhando no momento. Além disso, a casa em Mayfair não é grande; na verdade, é pequena, mas adequada para mim, a criança e poucos empregados. Odeio pensar que alguma coisa pode acontecer a Ned, como quando ele estava no Belsize Park e foi atacado. Preciso ficar no West End.

— Entendo. — Vicky ficou em silêncio por alguns instantes, e então, inclinando-se na direção de Lily, perguntou com um tom de voz calmo: — Você pretende ficar com o bebê, certo?

— Ah, claro, eu nunca abriria mão do meu bebê! Ora, é uma parte de mim e de Ned. Talvez eu conte a ele hoje, Vicky, talvez não. Mas esteja certa de que, quando eu contar, explicarei que quero ser independente. Não quero nada dele, como você sabe.

— Isso é muito corajoso de sua parte, Lily. A propósito, tenho algo a lhe dizer. É importante. Pelo menos, eu acho.

Lily fitou-a atentamente.

— O que é? Você de repente pareceu tão animada.

— E estou. Tomei uma decisão sobre uma coisa. Refleti um pouco. Decidi fazer trabalho social voluntário junto com a minha amiga Fenella Fayne...

— A viúva do lord Jeremy Fayne?

— Exatamente. Ela é minha amiga há anos, e como acho que já lhe contei uma vez, ela dirige um... *abrigo* para mulheres em East End. Sempre admirei seu trabalho e quero fazer algo útil com a minha vida. Existe tanta pobreza e miséria em Londres, talvez a maior capital do mundo. Simplesmente não consigo suportar a discrepância entre a vida dos ricos e a existência miserável e desesperada dos pobres.

— Fico muito feliz que você finalmente tenha se decidido; desde que a conheço, você sempre desejou fazer um trabalho como esse. — Lily abriu um sorriso carinhoso e pegou a mão da amiga. — Você sempre quis dar sua contribuição, e acho que será maravilhosa no que fizer. Fenella Fayne deve estar encantada em saber que você vai trabalhar com ela.

Vicky começou a rir, parecendo constrangida.

— Ainda não disse a ela, mas ela sabe que estou interessada em seu trabalho há bastante tempo. Estou planejando visitá-la na próxima semana e oferecer meus serviços.

— Stephen não vai se importar?

— Acho que não, ele sabe que eu... bem, que acredito que as mulheres devem poder dar sua contribuição se quiserem. Ele acha que já sou um tanto livre, e ele é um dos poucos homens que conheço que concorda com as idéias da Sra. Pankhurst... sobre os direitos das mulheres. Francamente, Lily, ele tem orgulho por *eu* ser livre.

Lily assentiu.

— E você está certa sobre a pobreza em Londres. Existem alguns bairros pobres que são terríveis, como Providence Place, e aquelas casas medonhas... São chamados de barracos, não são?

— São, sim. E as mulheres que moram lá são rechaçadas, pobres, desesperadas, e freqüentemente ficam doentes e são espancadas pelos maridos bêbados. Meu sangue ferve quando penso na riqueza da Inglaterra e no egoísmo de tantas pessoas que poderiam ajudar a tornar algumas vidas mais fáceis...

Vicky parou e se levantou, foi até a janela e viu a carruagem parando.

— Ah, Lily, querida, acho que é meu irmão, com Ned e, meu Deus, *Johnny Watkins*. Eles chegaram mais cedo do que eu esperava.

Amos Finnister se acomodou em uma mesa para quatro em um canto no Mandarin Garden, um pequeno restaurante chinês que era seu favorito em Limehouse. Para ele, seis horas era cedo para jantar em um domingo, mas Charlie o requisitara, então aceitara.

Seus pensamentos estavam no almoço de ontem com Neville Watkins e os outros cavalheiros. Quando refletia sobre as informações trocadas entre eles e as decisões tomadas, sentia uma onda de prazer e satisfação genuínos. Tudo estava se acertando muito mais rápido e melhor do que previra.

Os registros médicos estavam em suas mãos, o famoso médico estava analisando-os; Alfredo conseguira informações valiosas sobre o departamento de mineração, assim como os nomes de seus aliados dentro da empresa; e agora, graças a Charlie, tinha dois homens que poderia usar para dificultar a vida de James Cliff, Jack Beaufield e Philip Dever. O que os dois atores fariam era agir como cavalheiros, como aristocratas, e revelariam que tinham informações perigosas sobre a vida particular desses três homens. Informações que se provariam fatais para suas vidas e carreiras. Em outras palavras, chantagem.

Pontualmente como sempre, Charlie entrou apressado no restaurante. Amos levantou o olhar e acenou com a mão.

No momento seguinte, Charlie estava sentado em frente a ele, um sorriso aberto no bonito rosto.

— Boa noite, Sr. Finnister.

— Boa noite, Charles. Gostaria de uma xícara desse chá de jasmim que estou tomando? É muito refrescante.

— Gostaria sim, senhor. Muito obrigado. — Charlie recostou-se na cadeira e olhou em volta para o restaurante que ainda estava relativamente vazio. — Parece que somos os únicos clientes para o jantar — acrescentou.

— Estamos fingindo que somos ricos, não é, Charlie? — perguntou Amos com um sorriso. Gostava muito do jovem ator, e eles já haviam trabalhado juntos em diversos *projetos*, como Charlie gostava de chamar. Há pelo menos dez anos.

— Eu *sou* rico esta noite, senhor. Não se esqueça que estou envolvido com os ricaços no momento, então vou tentar manter minha voz de acordo com o personagem, se é que me entende. Facilita a minha vida.

— É extraordinária a forma como usa diferentes vozes e consegue mudar de um sotaque para outro — comentou Amos, lançando um olhar atento. — Você é o melhor imitador que conheço, exceto por Maisie.

— Obrigado, chefia.

O garçom veio até a mesa e, na mesma hora, Amos pediu o chá de jasmim e os cardápios, e continuou:

— Acho que é um dom, Charlie, sua voz milagrosa.

— Num sei não. — Charlie sorriu para Amos de forma atrevida enquanto usava com a maior facilidade seu sotaque nativo cockney. — As coisa aqui num saum mais qui nem antes, Sr. F., vô pra América cum a minha irmã.

Surpreso com essa notícia repentina e inesperada, Amos endireitou-se na cadeira, fitando Charlie, uma expressão de descrença no rosto.

— Bem, estou surpreso! Então, você finalmente se decidiu. Ela deve estar muito animada.

— Ela num sabe de nada inda. Num vô contá nada. Vai sê surpresa, chefia.

— Muito bom, muito bom mesmo, Charlie. Estou muito feliz que você tenha tomado essa decisão, que vai embora desta terra. Claro que vou sentir sua falta, mas acho que talvez seja, bem... *um ato sábio*, digamos.

— Junto cum a minha irmã, acho que a gente pode ganhar a América, Sr. F.

— Você já me disse, e eu... — Amos parou quando o garçom chegou carregando uma bandeja com o bule de chá de jasmim e uma xícara, e os cardápios, que ele entregou a Amos, serviu o chá para Charlie, fez uma mesura e desapareceu de novo.

Assim que ficaram sozinhos, Amos se debruçou sobre a mesa e disse bem baixinho:

— Está tudo pronto para amanhã?

Respondendo com seu sotaque culto, Charlie murmurou:

— Está sim, Sr. Finnister. Maisie vai encontrar Aubrey Masters em uma cafeteria no Shepherd's Market. Ela explicará que vai passar uma semana fora, visitando a avó e dará a ele o presente de despedida.

Amos simplesmente assentiu e colocou a mão no bolso. Um segundo depois, colocou um pequeno embrulho na mesa entre eles.

Charlie fitou o pacote, pegou-o e olhou.

— *Papel roxo.* Muito elegante. — Colocou no bolso sem mais nenhum comentário.

— Maisie sabe o que fazer com isso? — Amos lançou um olhar penetrante.

Charlie assentiu.

— Ela tem de misturar com as sementes e grãos que vai dar e ele na bolsa de papel marrom.

— Correto.

— A propósito, o que é? O que vai acontecer com ele?

— Vai deixá-lo com o intestino solto, mantê-lo em casa por alguns dias. Longe do escritório, que é o objetivo deste projeto. E para sua informação, é apenas uma mistura de ervas e sementes.

— Então tá — murmurou Charlie. Neste momento, tirou um pedaço de papel do bolso do paletó. — Cum esses dois, nada vai dá errado, chefia.

Amos olhou para o papel.

— Nomes verdadeiros?

— Não, num é bom usá os nome verdadeiro, ocê sabe disso. Nomes falso, qui nem Phyllida Blue, que Maisie inventou pra ela mesma. Só num me pergunte de onde ela tirou isso.

— Ela já usou esse nome antes, com alguma outra pessoa? — perguntou Amos, parecendo preocupado.

— Não, de jeito nenhum, Sr. F., num sô burro, sabe. Ela disse que inventou na hora.

— E seus dois amigos atores vão nos encontrar aqui em uma hora?

— Isso mesmo.

— Então podemos pedir o jantar? Ou devemos esperar por eles?

— Não, eles num vão cumê com a gente não, chefia. Eles tiveram o almoço de domingo com as mãe deles em Whitechapel.

— Muito bom. Vou querer pato com molho de laranja, e você, vai querer o de sempre, Charlie?

— Vou, obrigado. Agridoce, e arroz cozido no vapor, por favor.

Depois que Amos fez o pedido, olhou para Charles com a testa franzida.

— Maisie *vai* embora amanhã, como planejado?

— Vai, e eu vô cum ela. Té Liverpool. No trem da noite. A gente vai pegá o navio no outro dia. E vai navegando pra América, onde as rua são coberta cum ouro.

Amos assentiu, e sentiu uma onda de alívio por Charlie estar deixando Londres. Seria melhor no longo prazo. Muitas pessoas sabiam do envolvimento deles, e era muito mais inteligente acabar com o relacionamento profissional entre eles, tendo em vista os acontecimentos futuros.

— Vou sentir sua falta, amigo — murmurou Amos, sentindo uma tristeza repentina. Charlie sempre trouxera risos, brincadeiras e lealdade para sua vida, e sempre fora confiável, dedicado.

— Eu também, Sr. F. Ocê é um cara legal, me ajudou quando precisei. Mas agora vô sê um bom irmão pra Maisie. Ela merece.

— Merece. E a propósito, garanta que ela nunca mais use o nome Phyllida Blue. E diga a ela para se desfazer da peruca loura.

— Entendido, Sr. F.

Amos colocou a mão no bolso do paletó, pegou um pacote grosso e entregou a Charlie.

— Guarde esse dinheiro em um lugar seguro, rapaz. Amanhã, você vai receber outro igual a esse na estação de trem, onde vou encontrá-lo. Ah, e não se esqueça de manter contato comigo quando chegar a Nova York.

O sorriso alegre de Charlie se espalhou por todo o rosto mais uma vez, e ele esticou a mão e pegou a de Amos, que estava sobre a mesa.

— Amigos para sempre. Sr. F.

E, como se constatou mais tarde, foram.

Margarida Grant olhou-se no espelho veneziano, avaliando sua imagem. Satisfeita por estar com sua melhor aparência esta noite, afastou-se e foi sentar-se no sofá grande e fofo em frente à lareira. Recostando-se nas diversas almofadas macias, finalmente conseguiu relaxar.

Mas, em pouco tempo, seus olhos estavam vagando pela pequena sala íntima na mansão em Upper Grosvenor Street, onde morava com Henrique Grant, quando ele não estava fora em recuperação.

Esta noite, a sala estava tão perfeita quanto ela própria. Conseguira criar um brilho rosado neste lugar que era o mais íntimo da casa, e agora percebia como fora bem-sucedida.

As paredes eram cobertas de seda rosa clara, enquanto o sofá, as poltronas e uma pequena namoradeira eram forrados de seda de um tom de rosa mais intenso. As cortinas das duas janelas eram do mesmo tom de rosa do sofá e das poltronas, mas eram de um tafetá leve e esvoaçante. Bonitas paisagens de mestres franceses estavam penduradas nas paredes, e vários *objets d'art* franceses e caríssimos estavam espalhados por toda a sala.

A iluminação era suave. As sombras de seda cor-de-rosa nos lustres de alabastro rosa acrescentavam um clima rosado, assim como as chamas da lareira. Margarida suspirou. Projetara esta sala tendo em mente a sedução e esperava que fizesse milagres hoje.

Sorriu por dentro. Jack Beaufield, seu mais recente flerte, chamara o lugar de pote de mel, o que era um nome muito adequado. Dissera também que era feminino, sensual e, com ela no centro, ainda mais excitante. Mas Margarida deixara claro que não estava disponível.

Havia uma fragrância suave de rosas no ar, e ela usava o mesmo perfume Attar of Roses. O preferido de John Summers. *Ele* era o seu preferido. Precisava reconquistá-lo, necessitava dele a seu lado. Como fora tola ao contrariá-lo. Ele sempre fora seu defensor; pensava nele como seu cavalheiro usando uma armadura brilhante, e em si mesma como a rainha.

Apesar da genuína adoração que ele tinha por ela, Margarida nunca conseguira levá-lo para a cama, torná-lo seu como fizera com o pai dele anos atrás, quando ainda era uma jovem. Mas precisava fazer isso. Esta noite. Não podia mais esperar por ele. Seu corpo todo ansiava por ele. Ela o desejava. Era imperativo possuí-lo sexualmente, não apenas para satisfazer seu crescente desejo, mas para criar um vínculo eterno entre *eles*.

Margarida fechou o olhos, pensando nele. Desejava Summers há muito tempo, ele era o homem perfeito para ela, sabia que ele seria um amante apaixonado, seu instinto lhe dizia isso. Precisava de um homem no qual pudesse confiar, que correspondesse a seu voraz apetite sexual com um imenso desejo. *Como o desejava.* Há tanto tempo.

Em toda a vida, nunca acreditara que acabaria casada com um homem como Henrique Grant. Eram extremos opostos.

Ela se orgulhava de sua inteligência brilhante, sua educação, seus muitos talentos: tocava piano como uma verdadeira artista, sabia pintar e bordar e tinha conhecimento sobre a boa culinária e os grandes vinhos franceses. Sua avó a educara segundo a etiqueta e às boas maneiras; ensinara-lhe a administrar mansões e propriedades rurais. Seu pai e sua avó garantiram que ela fosse uma grande dama, como era de se esperar da filha de um grande magnata da indústria, como seu pai.

O casamento com Henrique Grant fora arranjado, um casamento de conveniência. Henrique concedera-lhe um nome famoso, e ela trouxera um grande dote. E um dia, ele possuiria, através de Margarida, as indústrias do pai dela e terras em Anjou.

Orgulhosa, impetuosa e inegavelmente a mais bonita das mulheres, Margarida viera para a Inglaterra cheia de esperanças e expectativas. Viera se casar com Henrique, o presidente da Deravenels, a mais famosa empresa de comércio do mundo, e estava animada com a união providenciada pelo pai.

Aos quinze anos, esperara um inglês enérgico. Ele tinha 24 anos, e ela imaginara um amante experiente e vigoroso, um homem charmoso e elegante. Em vez disso, descobriu que estava se casando com... *um monge.* Mais ou menos. *Mon Dieu!* E um monge que não era bom da cabeça.

Estava casada com ele havia quinze anos, e agora, aos trinta, estava na flor da idade. E frustrada em todos os aspectos. O que mais desejava no momento era um homem em sua vida e em sua cama. Mas não qualquer homem. Um homem em particular, um homem que já estava em seu coração. E esse homem era John Summers. Deixando os desejos de mulher de lado, era ele quem estava realmente dirigindo a Deravenels, e ela queria estar a seu lado, aprender com ele, pelo bem de seu filho.

Olhando para o antigo relógio dourado no consolo, Margarida de repente se levantou e foi até a janela e ficou olhando para fora, esperando que ele chegasse logo. Não teve de esperar muito. Em poucos minutos, a carruagem chegou; ele desceu, e ela se virou, atravessou a sala, saiu e seguiu até o vestíbulo de mármore preto. Antes de ele bater, ela já abrira a porta.

Ele pareceu surpreso ao vê-la à porta.

— *Chéri* — murmurou ela com o tom de voz baixo e suspirado. — Entre, entre.

— Boa noite — disse ele com a voz culta e sorriu para ela.

Sorrindo também, ela pegou o sobretudo dele e deixou em um banco de madeira no vestíbulo, acompanhando-o até a sala íntima.

Ele olhou em volta, virou-se para ela e beijou-a no rosto.

— É bom vê-la, Margarida — sussurrou ele, os olhos analisando-a, percebendo o decote profundo no vestido de seda rosa, que era bonito e combinava com ela, exibindo os seios perfeitos, a cintura fina e o quadril curvilíneo — Obrigado pelo inesperado convite — acrescentou, forçando-se a afastar os olhos dela.

— Por favor, sente-se aqui no sofá em frente à lareira. Vou trazer champanhe. Aceita?

— É uma boa idéia — disse ele ao sentar-se, e esticou as mãos em direção ao fogo. — Está uma noite fria. — Recostou-se e observou-a com atenção enquanto ela caminhava suavemente até a cômoda e servia champanhe em duas taças de cristal. No momento seguinte, estava entregando a ele.

— Ah, minha favorita. Champanhe *rosé*.

Ela riu enquanto sentava-se ao lado dele.

— Combina com a sala. — Ela encostou o copo no dele. — *Santé*.

— À sua saúde, minha querida. E como está Henrique?

— Na mesma... sempre na mesma. No momento, está descansando.

— Então, ele não jantará conosco?

— *Ah, non, non, c'est pas possible ce soir.*

— Que pena que ele não pode descer. Então... somos só nós dois?

Ela lançou um olhar cauteloso, comedido.

— *Oui, les deux.*

Ele se recostou e permaneceu em silêncio, guardando os pensamentos para si.

John Summers não era burro e já suspeitara antes que ela o convidara para seduzi-lo, que ela estava prestes a usar todos os seus truques com ele. Mas, de repente, inesperadamente, isso não importava nem um pouco. Estava cansado e solitário, e frustrado em diversos e diferentes aspectos; carregava o pesado fardo da Deravenels nos ombros e nunca tinha qualquer momento de alegria. Não atualmente. Então, deixe-a tentar, pensou ele. Deixe-a tentar levar-me para a cama. E vamos ver o que acontece.

Confundindo o repentino silêncio dele com uma raiva prolongada por causa da discussão no escritório, ela disse suavemente:

— Desculpe-me por tê-lo deixado aborrecido, com raiva. Por favor, diga que me perdoa. Quero tanto conseguir seu perdão e seu respeito.

— Você tem ambos — respondeu ele logo com a voz neutra.

— Ah, obrigada! Estou tão feliz! *Merci, Jean* — disse ela, pronunciando o nome dele em francês.

Em um impulso, pegou a mão dele.

— Estava tão preocupada que você não fosse mais meu amigo. E eu estou sozinha e solitária.

Os lábios dele estremeceram com um riso repentino e oculto. Mordeu-os para segurar o riso, e finalmente disse:

— Mas tenho sido tão atencioso com você na última semana. Até almoçamos juntos. Você não percebeu que eu estava... de volta ao time?

— Está?

— Estou.

Ela se inclinou, aproximando-se, revelando uma parte dos lindos seios, e deu um beijo no rosto dele. Então, lançou-lhe um olhar direto, com uma sobrancelha levantada.

Ele a encarou. Hipnotizado. Deus, ela era linda. Uma verdadeira beleza. A mulher mais bonita que já conhecera. Ele observou a pele branca e perfeita, as sobrancelhas castanhas arqueadas, os olhos escuros profundos e misteriosos, os cabelos pretos, soltos esta noite e caídos em volta de seu rosto, que tinha a forma de coração. Um batom vermelho brilhante deixava seus lábios rubros, e eles eram deliciosos. Ela era deliciosa. Uma fruta madura pronta para ser colhida. Uma mulher sedutora que o estava tentando. Sentiu uma pressão entre as pernas enquanto seus olhares se cruzavam.

Após alguns segundos, ele disse:

— Você está com um olhar questionador. — Achou que a voz soou rouca. — O que é? Pergunte, qualquer coisa.

Margarida colocou a taça de champanhe na mesa e aproximou-se dele. John conseguiu sentir o cheiro do perfume de rosas no pescoço e nos seios dela, deixando-o inflamado, e sentiu que estava ficando excitado. Finalmente, ela sussurrou:

— Você será meu?

Em um impulso, ele perguntou:

— Da mesma forma que meu pai foi? É isso que quer saber? Não apenas minha lealdade à sua causa? É isso que você quer?

Ele a surpreendera.

— Sim — respondeu ela finalmente.

— Tenho uma pergunta — anunciou John após um momento de reflexão.

— Pode perguntar.

— E Jack Beaufield?... O que existe entre vocês dois?

— Não existe nada entre nós dois. Foi apenas um flerte sem nenhuma conseqüência. Nunca existiu nada entre mim e qualquer outra pessoa. Quero dizer, a não ser seu pai. — Fitou-o seriamente. — Verdade, juro. Pode me chamar de tudo, menos de mentirosa.

— Acredito em você, não precisa protestar.

Ela sorriu e depois começou a rir como uma adolescente.

— O que houve? — Ele franziu a testa, observando-a.

— Jack Beaufield disse que esta sala é como um pote de mel.

— Disse?

Houve um momento de total silêncio entre eles, e então, em um repente, de forma um tanto inesperada e quase rude, John pegou-a e puxou-a para seus braços. Beijou-a na boca; foi um beijo intenso e apaixonado, ao qual ela correspondeu inteiramente, deslizando a língua para dentro da boca dele, querendo devorá-lo.

John ainda a abraçava e a beijava, quando abruptamente afastou o rosto e disse no ouvido dela:

— Mas ele estava errado. Você é o pote de mel.

— O seu pote de mel? — sussurrou ela.

— Isso. *Meu.* — Após um momento, ele disse: — E Henrique? Está dormindo?

— Dei a ele um sedativo — admitiu ela.

— E os empregados?

— Hoje é domingo. Têm a noite de folga.

— Então estamos sozinhos. Mas é melhor trancarmos a porta e fecharmos as cortinas.

— Faça isso — sussurrou ela, recostando-se nas almofadas, ocupando-se em abrir os botões do penhoar.

John se afastou por um momento. Quando voltou à lareira, apagou dois lampiões, dizendo:

— Está claro demais aqui.

Quando ele se virou para encará-la, viu que ela havia aberto os botões de cima do vestido rosa, então percebeu que não era um vestido, e sim um robe. Os lindos seios estavam ainda mais à mostra, ainda mais provocantes, e ela o estava fitando com uma expressão de desejo no rosto, o olhar fixo no dele.

Ele a tomou nos braços, sussurrando seu nome repetidas vezes, e começou a beijar a boca voluptuosa. Em poucos segundos, ambos estavam pegando fogo.

Pegando a mão dele, Margarida colocou-a em sua perna. Ele olhou para baixo e viu que as pernas dela estavam nuas... macias, suaves e firmes sob o toque de sua mão. Na mesma hora, soube que era um convite para explorar. E foi o que ele fez, deslizando a mão pela parte interna da coxa dela, subindo pela barriga.

Ele escutou a respiração ofegante dela e olhou-a atentamente.

— Sou sua. Faça o que quiser comigo. — Enquanto falava, ela puxou a frente do penhoar até que ficasse totalmente aberto.

Agora se revelara completamente para ele, que, ao contemplar o corpo alvo, prendeu a respiração.

— Ah, Deus, Margarida, você é linda! — E se debruçou sobre ela, enterrando o rosto nos seios dela.

— John, me possua, me possua — gemeu ela no ouvido dele.

Ele levou um momento para se despir, mas finalmente se livrou do paletó e da calça, arrancou a camisa e a gravata e deitou-se com ela no enorme sofá que os envolvia como uma cama.

Seus beijos e toques tornaram-se mais desesperados que nunca; ela o envolveu com as braços e as pernas, e ele se equilibrou sobre ela, fitando os olhos negros.

— Por favor, por favor — implorou ela —, me possua.

E lenta e cuidadosamente, ele fez isso, tornando-se parte dela. Começaram o longo ritual de movimentos rítmicos e beijos, e ele viu que estava se afogando nela. Então, em um momento de objetividade absoluta e repentina, ele se perguntou por que sempre se afastara dela, sempre escapara do desejo sexual que ela sentia por ele. Ela era uma delícia.

Capítulo 25

Toda manhã, quando chegava à Deravenels, Eduardo passava várias horas estudando os livros, cadernos e folhetos que Alfredo Oliveri lhe dera. Assim como era a intenção de Alfredo, Eduardo estava passando a compreender melhor todos os departamentos da Deravenels.

Quase imediatamente, percebera que estava sempre voltando para o departamento de mineração; descobrira que tinha um interesse particular em diamantes e pedras preciosas. Em apenas algumas semanas, aprendera muito, principalmente sobre uma pedra: o diamante.

Sempre tivera uma memória extraordinária, muito melhor que a da maioria das pessoas, e quando estavam em Oxford juntos, Will anunciara que Eduardo tinha uma memória fotográfica. Era verdade que, após ler uma coisa duas vezes, ele sabia de cor.

— Você teria sido um bom ator — dissera Will uma vez, e Eduardo rira e concordara, sabendo que tinha muito de ator.

Nesta manhã, estava concentrado em um livro sobre Jean-Baptiste Tavernier, o comerciante e viajante que viajava de Paris à Índia no século XVII, geralmente tendo como destino as famosas minas de Golconda, agora extintas. Tavernier foi a primeira pessoa a trazer diamantes do subcontinente da Índia para a Europa. Luís XVI comprara diamantes de Tavernier, assim como outros membros de sua corte que podiam pagar por eles.

Enquanto continuava a leitura interessadíssimo, Eduardo fazia anotações em um bloco. Recentemente, ficara intrigado com aqueles diamantes tão especiais que eram tanto grandes como perfeitos, e por isso recebem um nome. Assim, cada um se torna um diamante famoso, muito valioso e cobiçado. Acabara de descobrir que um dos primeiros deles foi chamado Grand Mazarin, em homenagem ao Cardeal Mazarin, que era seu dono. Quando morreu, o Cardeal deixou-o em testamento para Luís XIV.

Inesperadamente, a porta do escritório de Eduardo abriu e, quando ele levantou o olhar, viu Alfredo entrando apressado, parecendo desnorteado.

Sempre pálido, Alfredo estava branco como vela, tanto que suas sardas pareciam se destacar ainda mais em seu nariz e bochechas.

Na mesma hora, Eduardo percebeu que algo estava muito errado, e sentiu um nó no estômago. Não pôde deixar de se perguntar se finalmente Alfredo tinha sido despedido da empresa, ou pelo menos recebido ordens para voltar para Carrara.

Parando imóvel na frente da mesa, Alfredo ficou ali fitando Eduardo, obviamente aturdido. Parecia ter perdido a voz.

— O que houve? — perguntou Eduardo.

— Aubrey Masters morreu.

Chocado, Eduardo simplesmente ficou olhando embasbacado para Alfredo. Estava perplexo com a notícia e sentiu um arrepio frio percorrer seu corpo.

Alfredo se jogou na cadeira.

Eduardo debruçou-se sobre a mesa.

— Quando ele morreu?

— Terça-feira... ontem à noite.

— Quem lhe contou?

— Rob Aspen. Ele foi ao meu escritório minutos atrás e disse: "Masters não está mais entre nós, ele faleceu." Fiquei tão chocado quanto você. Tive uma reunião com ele na segunda-feira de tarde, mas ele disse que teria de ser breve pois tinha um compromisso inesperado e teria de sair correndo. Mas ele estava mais cordial que de costume, o que me pareceu estranho. De qualquer forma, ele saiu correndo. Ontem, cruzei com ele no corredor, e embora estivesse preocupado, parecia estar saudável, estava normal.

— Aspen disse do que ele morreu?

— Ele não sabia. — Alfredo levantou as mãos em um gesto de impotência e acrescentou: — Deve ter sido um infarto ou um derrame, alguma coisa assim.

— Independentemente do que foi, certamente foi *repentino* — comentou Ned, franzindo a testa. — E como Aspen ficou sabendo? Quem deu a notícia?

— John Summers. Summers tem um parentesco com Masters, são primos de terceiro grau ou algo parecido. E você sabe que ambos são parentes de Henrique Grant. Daí a dedicação deles à causa de Grant, e é por isso que ambos trabalham aqui. Ou trabalhava, no que diz respeito ao Masters.

— Não vou ser hipócrita e dizer que sinto muito que ele morreu — disse Eduardo — porque não me interessa o fato de ele ter deixado este mundo. Afinal de contas, ele era inimigo do meu pai. E francamente, tenho me perguntado se ele estava ou não envolvido com os problemas do departamento de mineração... — Ned parou, aproximando-se de Alfredo Oliveri. — Sabe o que estou dizendo, o desvio, ou o que quer que esteja acontecendo na Índia, na América do Sul e na África do Sul.

Alfredo assentiu.

— Concordo com você. Também pensei nisso.

Bateram à porta, e John Summers entrou antes que Eduardo pudesse dizer alguma coisa. Summers ficou parado à porta por um momento, depois disse:

— Bom dia, cavalheiros.

Ambos responderam juntos, e Eduardo disse:

— Entre, Summers.

Enquanto entrava no escritório, os olhos fixos em Eduardo, John disse:

— Acredito que estejam sabendo da terrível notícia... sobre Aubrey Masters.

Foi Alfredo quem respondeu ao dizer calmamente:

— Sabemos. Rob Aspen foi à minha sala há pouco e me contou, e eu acabei de informar ao Sr. Eduardo.

Eduardo perguntou:

— Do que Aubrey Masters morreu?

— Não sabemos ainda. A esposa dele me telefonou esta manhã para me informar de sua morte. Aparentemente, ele chegou em casa na terça-feira à noite parecendo bem. Preparou o próprio jantar, como sempre fazia, seu jantar vegetariano, e comeu sozinho no escritório, como sempre. Uma hora depois, saiu cambaleando do escritório reclamando de dores no peito. Mais tarde, ficou muito mal. Aparentemente, estava tendo o que a Sra. Grant descreveu como convulsões. Ela pediu para a empregada telefonar para o médico enquanto ela tentava ajudar o marido. Mas, infelizmente, sem sucesso. O médico chegou bem rápido, mas Masters já havia falecido.

— Talvez tenha sido um derrame — sugeriu Eduardo.

— É impossível saber agora — respondeu John. — O médico providenciou que o corpo fosse levado para o hospital, onde provavelmente estão fazendo uma autópsia neste momento.

— Então, é provável que recebamos notícias mais tarde — disse Alfredo.

— Espero que sim. Enquanto isso, vou para a casa deles em Hyde Park Gate, ficar com a prima Mildred. Acho que sou o único parente que ela tem, além de uma irmã. Voltarei para o escritório assim que a irmã dela chegar de Gloucestershire.

Todos esses últimos comentários foram direcionados a Alfredo, que disse:

— Sim, claro, e você gostaria que eu pedisse para Rob Aspen cobrir Aubrey... — Ele se interrompeu, então disse: — Resolver qualquer assunto que estivesse sob a responsabilidade de Masters.

— Gostaria, sim, isso seria bom, na verdade, uma boa idéia, Oliveri — respondeu John. — Sob a sua supervisão, claro. E a propósito, acho que talvez você deva adiar a volta para a Itália. Pelo menos por enquanto.

Mais tarde naquele mesmo dia, Eduardo teve uma breve reunião no escritório de Neville em Haymarket. Will Hasling e Johnny Watkins acompanharam Eduardo, e os quatro se sentaram na grande sala de reunião para discutir a morte de Aubrey Masters.

— Uma morte tão repentina quanto a dele pode ter várias causas — comentou Johnny. — As razões óbvias são as naturais, como infarto, derrame, hemorragia cerebral ou ingestão de alguma coisa venenosa.

— Falando de veneno, ele come umas coisas muito estranhas — disse Eduardo. — Ele poderia ter comido algum tipo de *champignon* venenoso, por exemplo. Vocês não se lembram quando éramos menores e um dos cavalariços de Ravenscar comeu um cogumelo venenoso e ficou muito doente? Por sorte, ele só comeu um, foi por isso que se recuperou.

— O nome dele era Sammy Belter. Eu me lembro bem dele — respondeu Johnny e fez uma careta. — O pobre sujeito ficou muito mal.

— Amos não disse que Masters comia sementes e grãos, todo tipo de raízes estranhas? — perguntou Eduardo a Neville.

O primo assentiu.

— Falou, sim, talvez Aubrey Masters tenha comido alguma coisa que o matou. Por outro lado, ele pode ter tido um infarto ou um derrame. Nós só estamos especulando. Uma perda de tempo. Logo saberemos do que ele morreu. O que mais Summers disse? — perguntou, mudando de assunto.

— Que ele ficaria com Mildred Masters até que a irmã dela chegasse de Gloucestershire, e que o corpo tinha sido levado para uma autópsia. E também disse para Oliveri colocar Aspen para resolver os assuntos que eram responsabilidade de Masters sob a supervisão de Oliveri. — Eduardo recostou-se na cadeira de couro e disse com um sorriso enorme: — E disse que Oliveri deveria permanecer em Londres por enquanto.

— Isso é muito bom! — exclamou Will.

— É mesmo — concordou Johnny com uma gargalhada.

— Quanto tempo leva para saírem os resultados de uma autópsia, Neville? — perguntou Eduardo calmamente.

— Não faço idéia — respondeu Neville. — Uns dois dias talvez? A não ser que alguém conheça o patologista em questão. E, neste caso, não conhecemos.

— Então, o que está dizendo é que teremos de esperar — interrompeu Will.

— Isso mesmo — respondeu Neville —, e não nos interessa como ele morreu, não é? Enquanto isso, só quero dizer que não vou mandar minhas condolências para a triste viúva, se é que ela está mesmo triste. Finnister deu a entender que havia algo estranho naquele casamento.

— Eu também não vou dar meus pêsames — anunciou Eduardo em um tom de voz agudo. — Tendo em vista que nunca recebemos as condolências dele quando nossos pais e irmãos morreram em Carrara, Neville.

— Agora, cavalheiros, podemos ir ao meu clube tomar uns drinques antes do jantar? — sugeriu Neville. — Acho que seria muito bom fazermos um brinde, dadas as circunstâncias. — Neville balançou a cabeça e acrescentou: — Pena que Oliveri não esteja aqui.

— É mesmo, concordo — disse Eduardo. — Mas a mãe dele está no hospital e ele quis ir visitá-la. Entretanto, podemos brindar a ele, não podemos? Afinal de contas, parece que ele vai herdar o cargo de Masters.

— Parece mesmo — concordou Will. — Vamos admitir: essa morte repentina vai ser muito boa para nós.

Às sete horas da mesma noite, Eduardo chegou à casa de Lily em Belsize Park Gardens. Ao descer da carruagem de Neville, disse a Will e Johnny:

— Aproveitem o jantar e voltem lá pelas dez horas, por favor. Certo, companheiros?

Johnny sorriu para o primo e bateu continência.

— Ao seu comando, senhor.

Eduardo riu enquanto subia os degraus até a porta da frente. Foi Lily quem abriu a porta, não a empregada, e seu sorriso estava radiante.

— Que bom que conseguiu vir hoje, Ned. Devo admitir que estou com saudade.

Lily fechou a porta enquanto Eduardo tirava o sobretudo, rindo, e respondia:

— Nós nos vimos no chá na casa de Vicky no sábado, pelo amor de Deus!

— Mas não estávamos sozinhos — lembrou ela, falando baixinho; passando o braço pelo dele, Lily conduziu-o até a sala de estar.

— Gostaria de tomar um uísque?

Ned balançou a cabeça.

— Não, obrigado. Tomei várias doses mais cedo no clube de Neville.

Como de costume, ele foi até a lareira, parou em frente e ficou de costas para o fogo, olhando diretamente para Lily. Ela se sentara no sofá, e ele não pôde deixar de pensar como estava linda no vestido de seda azul-claro, usando pérolas no pescoço e nas orelhas. Gostaria de ter dinheiro para comprar um presente para ela.

— Você está tão pensativo, querido. Alguma coisa errada?

— Não, Lily, agora que estou com você, está tudo bem. Estava apenas olhando para você e pensando em como é bonita e desejando ter dinheiro para poder comprar diamantes e esmeraldas para você, cobri-la de jóias.

Balançando a cabeça, Lily lançou-lhe um olhar generoso e riu.

— Não seja tolo, não precisa comprar nada para mim! Tenho tudo que poderia desejar. — Deu um tapinha no sofá e disse: — Venha sentar-se comigo e conte sobre seu dia.

Ele fez o que ela pediu e sentou-se no sofá, fitando-a com atenção.

— Você parece uma rosa que acabou de abrir, Lily: sua pele está perfeita, seus olhos estão brilhando... simplesmente encantadora. Mas, de alguma forma, diferente. — Inclinando-se, beijou-a no rosto e voltou a recostar-se. — Bem, você me perguntou sobre meu dia, e só posso dizer que foi agitado. Aubrey Masters morreu ontem à noite, de repente.

— Meu Deus! — Lily estreitou os olhos e logo continuou: — Ele não era o responsável pelo departamento de mineração? Aquele com quem você teve uma discussão feia por causa do escritório do seu pai?

— Ele mesmo.

— Ele estava doente?

— Ah, não... pelo que sabemos, não. John Summers nos disse que Masters sentiu dores no peito ontem à noite e, quando o médico chegou, ele já havia morrido.

— Masters não era muito legal com você... — Lily balançou a cabeça devagar. — Minha mãe sempre dizia que Deus não paga suas dívidas com dinheiro — acrescentou sucintamente.

Antes que Eduardo respondesse, bateram à porta e a Sra. Dane apareceu.

— O jantar está pronto, madame — disse a empregada e acrescentou: — Boa noite, senhor.

— Boa noite, Sra. Dane — respondeu Eduardo, e, sorrindo, levantou-se, estendeu a mão para Lily e ajudou-a a levantar-se.

Enquanto atravessavam o corredor até a sala de jantar, Lily disse:

— Pedi à Sra. Dane para preparar alguns de seus pratos favoritos: perna de carneiro assada com batatas cozidas, e pedi à Fortnum and Mason para entregarem em casa o melhor salmão escocês e caviar russo, na verdade, o beluga, eu...

— Lily, acho que você está me mimando! — interrompeu ele, passando o braço em volta dos ombros dela enquanto caminhavam juntos, sorrindo para ela.

*

Depois do jantar, eles voltaram para a sala de estar e, por alguns minutos, Lily se ocupou servindo uma xícara de café e uma taça de conhaque para Eduardo. Enquanto fazia isso, ela disse de forma casual, sem nenhuma preparação:

— Estou pensando em comprar uma casa em Kent, não é longe de Stonehurst e é muito charmosa. Felizmente, está em boas condições, nada caindo aos pedaços como a fazenda de Vicky quando ela comprou.

Eduardo olhou para ela, as sobrancelhas juntas.

— É sempre uma bênção não precisar reformar. Mas, Lily, por que quer ter uma casa em Kent? Nunca soube que você gostava do campo. Ou que algum dia pensaria em morar lá.

Lily percebeu na mesma hora que ele estava realmente estranhando e respondeu logo:

— Ah, eu gosto de passar um tempo fora da cidade, Ned, contanto que tenha amigos por perto. Entretanto, tenho outra razão para comprar a casa. — Ela limpou a garganta, sentou-se no pequeno sofá e continuou: — Há algo que quero lhe contar, mas, por favor, não quero que fique chateado. Vou cuidar de tudo, você não precisará fazer nada. Prometo.

Franzindo a testa de novo, Eduardo perguntou com a voz preocupada:

— Lily, do que está falando?

— Estou grávida, Ned — anunciou ela calmamente, com um tom de voz firme, forte. — Estou esperando um filho seu... nosso filho.

Ele ficou olhando para ela boquiaberto e, no mesmo instante, sentiu uma extraordinária onda de emoção, uma felicidade repentina. Deu um grande sorriso.

— Lily, querida! Vamos ter um filho! Por isso está diferente! — O sorriso dele ia de orelha a orelha. — Você ganhou um pouco de peso, não muito, mas está definitivamente mais cheinha. Não que eu me importe, é um charme a mais.

Levantando-se, ele foi sentar-se ao lado dela no sofá, envolveu-a nos braços e beijou-a no rosto da forma mais carinhosa possível.

— *Um filho.* Bem, imagine isso, vamos ter um filho.

— Não está bravo comigo? — O olhar dela era de preocupação.

— Como eu poderia estar bravo com você? — Afastando-se um pouco e olhando nos olhos dela, ele murmurou: — Sou tão responsável quanto você por fazer essa criança, e sempre me sentirei e *serei* responsável por ele, ou ela.

— Você não precisa, quero dizer financeiramente — garantiu Lily. — E eu entendo que não pode se casar comigo. Sou muito velha para você. Um dia, você terá de fazer um casamento importante, sabe. Mas é claro que eu ficaria feliz se você visse nosso filho, passasse um tempo conosco, nos visitasse. — Um sorriso gentil passou pelo rosto dela. — Quero que compreenda que nunca exigirei nada de você, Ned. Nunca.

A expressão do rosto dele era ímpar, e ele pegou a mão dela, levou-a aos lábios, beijou-a e continuou segurando-a.

— Lily, você é a mulher mais extraordinária que já conheci. Você é muito especial para mim, minha querida.

Capítulo 26

— Estou muito feliz por vê-lo recuperado daquele ataque contra o senhor, Sr. Deravenel — disse o inspetor Laidlaw, parecendo sincero, ao dar um aperto de mão firme em Eduardo. — Infelizmente, não descobrimos nada, senhor, nenhum suspeito, como sabe. Ainda não fechamos o caso, continua aberto.

— Tenho absoluta certeza que não conseguirão pegar ninguém, inspetor Laidlaw — respondeu Eduardo e riu. — Aqueles homens sumiram naquela mesma noite, não acha?

— Acho que sim.

— Agora, inspetor Laidlaw, quero apresentá-lo a meus colegas, Alfredo Oliveri e Robert Aspen. Ambos trabalhavam bem próximos a Aubrey Masters há alguns anos. Ficarão felizes em responder a qualquer pergunta que queira fazer, assim como eu.

— Prazer em conhecê-los, cavalheiros — disse o inspetor Laidlaw, apertando a mão de Alfredo, depois a de Rob. — Há algumas coisas que eu gostaria de conversar com os senhores e com o Sr. Deravenel.

Os quatro homens estavam de pé no meio do escritório de Eduardo na Deravenels, e ele disse:

— Acho que ficaremos mais confortáveis perto da janela, onde podemos nos sentar. — Enquanto falava, atravessou a sala e sentou-se no sofá; os outros três seguiram-no, e cada um sentou-se em uma poltrona perto do grande sofá de couro.

— A propósito, inspetor, o senhor já tem o resultado da autópsia?

— Tenho, sim, Sr. Deravenel. O Sr. Masters morreu de ingestão de digitális.

— Isso não é um remédio para o coração? — perguntou Rob Aspen, surpreso, olhando para o inspetor. — Não sabia que alguém podia morrer por tomar isso. Minha mãe tem problemas cardíacos e o médico receitou digitális no ano passado.

Com quase quarenta anos, Rob Aspen era um homem bonito, que parecia muito mais novo do que realmente era e se vestia de forma um pouco ostensiva. As mulheres achavam-no atraente, mas até agora ele conseguira fugir delas e continuava solteiro.

— Realmente é um remédio para o coração, Sr. Aspen — respondeu o inspetor Laidlaw. — E essa é uma das coisas sobre as quais quero conversar com os senhores. Sabem se o Sr. Masters sofria de algum problema cardíaco?

— Acho que não — respondeu Alfredo —, mas Aspen deve saber mais do que eu, pois trabalha aqui em Londres o tempo todo. Vou e volto da Itália; de Carrara, para ser exato.

Rob exclamou:

— Tenho certeza absoluta que ele estava muito bem de saúde. Parecia estar, em todos os aspectos. Por outro lado, como posso ter certeza? Somos colegas de trabalho, não amigos íntimos, e ele não confiava esse tipo de coisa a mim. Com certeza, a Sra. Masters deve saber sobre a saúde dele.

O inspetor assentiu e recostou-se na poltrona, uma expressão pensativa no rosto. Após um momento pensando, ele continuou devagar:

— A Sra. Masters insiste que o marido *não* tinha problemas cardíacos, portanto, não estava tomando digitális. Também falei com o médico dele, o Dr. Fortescue. Fui ao consultório dele. De fato, tivemos uma longa conversa. O médico não conseguiu explicar o fato de o Sr. Masters ter tomado digitális. Também ficou desnorteado. Certamente não receitou isso porque o Sr. Masters não tinha problemas cardíacos. O médico foi bem firme em relação a isso.

— Poderia haver um outro médico, inspetor Laidlaw? — perguntou Eduardo, fitando diretamente o policial. — Talvez Aubrey Masters quisesse uma *segunda* opinião, se achava que tinha algum problema de saúde, e certamente não quis ofender o Dr. Fortescue. Ou talvez não quisesse que a esposa soubesse que ele estava com problemas cardíacos e foi ver outro médico ou especialista *escondido*.

— Ou qualquer outro problema de saúde — arriscou Rob.

— O que está sugerindo, Sr. Aspen? — perguntou o inspetor, os olhos fixos no outro homem.

— Acabei de me lembrar de uma coisa... — Rob não terminou a frase, balançando a cabeça. — Não, não, é um tiro no escuro, tenho certeza que não tem nada a ver.

— O quê? — perguntou o inspetor.

— Um comentário que Masters fez uns seis meses atrás. Achei estranho, não parecia um comentário vindo dele. Do nada, um dia, ele disse que a vida era muito mais fácil para as mulheres, que tudo que elas tinham de fazer era ficarem deitadas, enquanto os homens tinham de lutar por atenção. — Rob balançou a cabeça. — Acho que eu estava um pouco lerdo naquela tarde, pois não entendi a insinuação até que ele riu e piscou para mim. Francamente, fiquei surpreso. Percebi que ele estava se referindo a sua... sexualidade, ou talvez deva dizer falta dela. Uma semana depois, levei alguns papéis à sala dele, mas ele não estava lá. Coloquei as pastas na mesa e notei um bloco no qual ele havia desenhado vários corações com lápis vermelho, rabiscos mesmo, e abaixo deles estava escrito Dr. Alvin Springer. Na época, não me disse nada, mas me lembrei disso agora.

— Vou verificar esse nome, Sr. Aspen. Muito obrigado — disse o inspetor Laidlaw. — Existe uma possibilidade de o Dr. Springer ser especialista em coração, tendo em vista esses desenhos.

— Pode ser uma pista — respondeu Rob. — Por outro lado, o médico pode ser um especialista em terapia sexual. Existem alguns em Londres, um amigo meu que sofre de... bem, podemos dizer de uma certa inadequação, me disse. Ele também estava indo a um psiquiatra e, de fato, o Dr. Springer pode ser o tipo de médico que cuida desses problemas.

Eduardo, que estava segurando um riso repentino e inesperado, olhou para o inspetor Laidlaw. Imediatamente, viu nos olhos do policial que ele também estava prendendo o riso, embora sua expressão fosse de total solenidade.

Levantando-se, Eduardo foi até sua mesa, tentando disfarçar o riso com uma tosse. Um momento depois, já sob controle, ele disse:

— Desculpem-me.

O inspetor olhou para ele, obviamente prendendo o riso também, e perguntou:

— Quer um copo de água, senhor?

Eduardo voltou para o sofá, balançando a cabeça.

— Não, obrigado, estou bem.

Laidlaw disse:

— Sr. Aspen, sua informação foi muito útil; vou falar pessoalmente com o Dr. Springer. — Limpando a garganta várias vezes, continuou: — Acredito que nenhum dos cavalheiros saiba se existia... bem, alguma outra mulher na vida do Sr. Masters.

Eduardo achou que fosse cair na gargalhada só de pensar na idéia, mas conseguiu se controlar, assim como Oliveri e Aspen. Ambos pareceram tão divertidos quanto Eduardo; simplesmente balançaram a cabeça, como Eduardo, e continuaram com a expressão séria.

Após um momento, Eduardo virou-se para o inspetor.

— Se Aubrey Masters *tinha* problemas cardíacos e o médico receitou digitális, que é um remédio para o coração, então por que ele morreu por têlo tomado?

— Foi uma overdose, Sr. Deravenel. Desculpem-me se não deixei isso claro no início da nossa conversa. Só não sabemos ainda se foi acidental ou proposital. E isso me leva a outro ponto: o comportamento do Sr. Masters. Como ele estava nas últimas semanas? Triste? Desanimado com alguma coisa? Parecia preocupado? Ou talvez estivesse se comportando diferente de alguma forma? — Olhou diretamente para Alfredo.

— Ele estava totalmente normal — respondeu Alfredo com a voz firme e positiva. — Na verdade, estava especialmente de bom humor na segunda-feira, apesar da pressa para acabar a reunião que estávamos tendo. Explicou que não queria se atrasar para um compromisso fora do escritório. No dia seguinte, na terça-feira, nos esbarramos no corredor aqui na empresa, e ele foi muito educado. Mas devo admitir que parecia preocupado. É só o que posso dizer.

— Ele estava *muito* preocupado, inspetor — falou Rob. — E concordo com Oliveri, eu também achei que ele estava de muito bom humor na segunda-feira, e certamente normal em tudo que fez.

O inspetor Laidlaw assentiu.

— Provavelmente é tudo muito simples. Sem dúvida, ele tinha problemas cardíacos e estava escondendo da esposa e de todo mundo aqui no trabalho. Deve ter ido ao Dr. Springer por essa razão, e o médico receitou digitális. Ele deve ter tomado a dose errada naquela noite, acabou tomando muito.

— Haverá inquérito? — perguntou Eduardo.

— Ah, sim, claro, senhor. Será aberto na próxima semana, de acordo com o investigador. — Levantando-se, o inspetor Laidlaw agradeceu a cooperação de todos. — Entrarei em contato com os senhores assim que tiver mais informações.

Eduardo saiu do escritório junto com o inspetor e conduziu-o pelo corredor na direção da grande escadaria. Enquanto caminhavam lado a lado, em determinado momento, Eduardo disse com o tom de voz baixo:

— Existe a possibilidade de ele ter cometido suicídio?

— Existe, sim, Sr. Deravenel.

— Eu não conhecia bem Aubrey Masters, mas ele não me parecia o tipo de homem que erraria a dose de remédio que deveria tomar. Ele era um tanto preciso — confidenciou Eduardo no mesmo tom de voz. — E ele tomou uma overdose, não foi?

O policial assentiu e murmurou com um tom igualmente baixo:

— Se tiver mais alguma idéia ou informação, pode me encontrar na Scotland Yard, Sr. Deravenel.

Quando Eduardo voltou para sua sala alguns minutos depois, Alfredo e Rob estavam rindo alegremente.

— Qual é a piada? — perguntou ele, e começou a rir também. Quando finalmente se controlou, Eduardo disse: — Francamente, Aspen, eu achei que fosse explodir. Lá estava você, escolhendo as palavras, tentando ser cauteloso com o inspetor, sempre tão discreto. Você podia simplesmente ter dito que Masters não conseguia ter uma ereção. O inspetor também estava lutando para segurar o riso. Percebi na mesma hora.

Alfredo pegou o lenço e enxugou os olhos.

— Você parecia uma tia solteirona, Aspen.

— Eu sei — admitiu Rob, parecendo constrangido. — Foi tolice minha, só estava tentando dizer o que tinha a dizer sem ser... vulgar.

— O inspetor Laidlaw é uma pessoa bacana, posso garantir — comentou Eduardo, sorrindo de novo. — Acho que ele teria gostado de uma boa gargalhada.

Alfredo foi até a janela e olhou para a Strand por um momento, então virou a cabeça e disse para Eduardo:

— Acho que Masters pode ter cometido suicídio por causa do *desvio*. Nós dois achamos que ele deve estar envolvido, e Aspen também.

Rob, que estava encostado na mesa calmamente, assentiu com a cabeça.

— Está fadado a ser descoberto nos próximos meses, a não ser que acobertem, que façam desaparecer. Vai ser um milagre se conseguirem.

— Você está certo — respondeu Ned, indo sentar-se atrás de sua mesa. — Disse ao inspetor Laidlaw que entrarei em contato se pensar em alguma coisa, então, meus amigos, coloquem a cabeça para funcionar. Gostaria de ajudar Laidlaw, se possível. Ele é uma pessoa bacana.

Alfredo disse:

— Não pude acreditar quando o inspetor perguntou se Masters tinha outra mulher. Vocês conseguem imaginar... Aubrey e uma dama da noite?

— Por favor, não — murmurou Ned, fazendo uma careta. — Certamente não é algo que eu queira imaginar, posso garantir. Masters era muito estranho, na minha opinião; para falar a verdade, quase assustador.

Rob riu.

— Você está certo, realmente é difícil imaginá-lo como um mulherengo. Imaginem só!

— Deus me livre! — exclamou Ned.

Capítulo 27

Ele parou, a mão na maçaneta da porta da biblioteca, escutando com atenção, perguntando-se se estava enganado. Não, não estava. Estava escutando alguém soluçar, mas hesitou por um momento antes de entrar. Não tinha certeza de quem era, mas, quem quer que fosse, parecia muito triste.

Em silêncio, Eduardo abriu a porta e olhou para dentro do amplo e elegante cômodo. Com a luz fraca, as paredes verdes pareciam ainda mais escuras a esta hora. Entretanto, viu a irmã na mesma hora. Meg estava debruçada sobre a mesa de leitura de mogno, a cabeça abaixada, escondida nos braços, chorando como se seu coração estivesse despedaçado.

Ele sentiu uma imediata onda de amor e preocupação pela irmã de quinze anos, e entrou na sala, fechando a porta.

Embora fosse alto e forte, Eduardo se movia com leveza e graça e já estava no meio da biblioteca quando Meg levantou a cabeça e o viu.

Na mesma hora, ela se levantou e correu pela sala, jogando-se em cima dele. Os braços envolveram-na; abraçou-a com força, de forma protetora.

Com calma e com a voz baixa e carinhosa, tentou consolá-la, acariciou seu cabelo. Como muitos homens grandes, Eduardo Deravenel era gentil, delicado, principalmente com as mulheres e com os irmãos mais novos.

Em poucos minutos, os soluços dela diminuíram, até se tornarem suspiros apenas, e debruçando-se sobre ela, ele levantou seu queixo e olhou em seus olhos.

— Quantas lágrimas para uma moça tão linda quanto você, Meg. Por que isso, meu amor? Por que estava chorando tanto?

— Não sei — começou ela, gaguejando, e balançou a cabeça. — Acho que estou preocupada... — Ela parou, apertou os lábios e as lágrimas escorreram de novo por seu rosto.

— E talvez com um pouco de medo, acredito. — Aproximando-se mais, Eduardo enxugou as lágrimas do rosto dela com a ponta dos dedos e beijou sua testa. Depois, tirou um lenço do bolso do paletó e entregou a ela, dizendo: — Pegue, assoe o nariz, e vamos nos sentar ali para conversar.

Ela assentiu, pegou o lenço dele, fez o que pediu e voltou para a pequena mesa de leitura redonda. Eduardo seguiu-a, olhando em volta, e pensou em como a biblioteca estava tranqüila e silenciosa nesta manhã ensolarada de sábado.

As paredes eram forradas de damasco verde-escuro, e essa cor contrabalançava com a marcenaria pintada de branco, as sancas, a porta, a lareira de mármore branco e as estantes de livros pintadas de branco. Estas estavam cheias com centenas de exemplares colecionados por seus antepassados. Com cortinas de seda verde-escuras, cadeiras de couro vermelho, tapetes orientais e um sofá estofado com tecido Paisley, a sala tinha um ar masculino, embora não opressivo.

Eduardo puxou uma cadeira ao lado de Meg e sentou-se.

— Agora, me diga o que a está preocupando, querida. Talvez eu possa ajudar.

— Acho que você estava certo quando disse que eu estava com medo, Ned. Aconteceram coisas tão horríveis ultimamente... coisas demais para uma família suportar. Papai e Edmundo mortos, tio Rick e Thomas também, depois o ataque a você. Você também poderia ter morrido com todos aqueles golpes na cabeça. — Suspirou antes de acrescentar: — É como se os Grant estivessem tentando matar todos os homens da nossa linha de sucessão, deixar-nos indefesos nos transformando em uma família de mulheres.

Eduardo sentiu o sangue congelar quando ela disse isso, mas conseguiu sorrir e implicar com ela:

— Você e mamãe são as minhas *amazonas*, minhas rainhas guerreiras. Nenhuma de vocês duas é indefesa, Meg. Muito pelo contrário. — Disse isso com o tom de voz doce e, quando notou que ela franziu a testa, continuou: — Não estou tentando desprezar o que você está dizendo. Muita coisa aconteceu, mas lembre-se que coisas ruins acontecem com todo mundo em épocas diferentes. A vida é difícil, sabe. O mais importante é saber sobreviver, revidar, manter o controle. É o que todos devemos fazer.

— Eu sei, tenho de ser corajosa — murmurou ela. — Vou tentar. — Fitou o irmão com atenção. — Estou preocupada com Jorge e Ricardo, e com você também, Ned, com a segurança de vocês.

— Meg, querida, me escute. Nenhum Grant vai *me* destruir. Vou pegá-los primeiro, entendeu? — Sorriu para ela, os brilhantes olhos azuis faiscando. — Quanto a Jorge e Ricardo, os Grant não viriam atrás das crianças. — Quando essas palavras saíram de sua boca, ele soube que, se fosse necessário para defender a causa deles, eles viriam.

Querendo acalmá-la, ele insistiu:

— Você está segura, Meg, você e os meninos, aqui em casa com a mamãe e os empregados. E *comigo*. Não se esqueça: *eu* também moro aqui.

— Você vai trabalhar com eles, e eles podem machucá-lo de novo.

— É verdade, trabalho na Deravenels durante o dia e saio à noite, mas agora tenho dois guarda-costas... Will e Johnny. De qualquer forma, duvido de verdade que os Grant vão tentar alguma coisa no futuro próximo. Seriam muito tolos se tentassem.

— Espero que eles não tentem. Eu amo você, Ned, e Jorge e Ricardo também. — Ela sorriu. — Ele adora você, o seu Peixinho.

— Eu sei, e eu também o adoro, adoro todos vocês, e você não deve se preocupar com os Grant, de verdade.

— Quando eles vão parar de nos machucar?

— Logo.

— Como você sabe?

— Nós faremos com que parem. Eu e Neville vamos acabar com eles.

— Por que eles fazem essas maldades conosco?

— É uma longa história. Resumidamente, por causa de dinheiro e poder. Eles roubaram isso de nós, da nossa família, sessenta anos atrás, e estão tentando desesperadamente continuar no poder. Mas eles *vão* perder, e perder para nós. Vamos reclamar o que é nosso por direito.

A menina de quinze anos olhou para ele, os olhos brilhando.

— Você promete, Ned?

— Prometo, Margarete, e quero que se esqueça dessas preocupações a respeito dos Grant. Quero que *você* me prometa isso.

— Prometo. — Recostando-se na cadeira, ela murmurou com a voz trêmula: — Sinto saudades de papai e de Edmundo.

— Eu também, e realmente entendo sua tristeza, seu sofrimento, Meg. Quero lhe dizer uma coisa. — Ned se aproximou e disse a meia-voz: — Eu os carrego no meu coração. Sempre. Você devia fazer o mesmo. Ajuda a agarrar-se a eles e às lembranças de estar com eles, de tê-los em nossas vidas.

Devagar, ela assentiu.

— Farei isso. Sei que nunca vou esquecê-los. — Pegou a mão do irmão e apertou-a.

— *Eu* prometo que sempre vou protegê-la — garantiu Ned.

— E eu estarei a seu lado — respondeu ela, sendo sincera. E provaria sua lealdade alguns anos depois, uma lealdade que nunca fraquejou.

— Ficaremos bem, a família inteira ficará bem. Confie em mim, os Grant vão cair no esquecimento.

— *Quando*?

— Já disse, *logo*. Mas estou percebendo que você quer que eu seja mais específico. Neville acredita que vamos expulsá-los de lá em poucos meses. Ele diz que, no verão, estarei no comando da Deravenels. Agora, Meg, conte-me como está sua vida aqui. Está gostando de ficar em Londres?

— Prefiro Ravenscar. Preferia estar lá agora.

— Bem, vamos para lá na Páscoa, o que você acha, minha menina?

— Mamãe disse isso?

— Não, acabei de decidir, em um impulso. Então é o *nosso* segredo, por enquanto. Agora, e Perdita Willis... está gostando tanto dela quanto gostava no ano passado?

— Gosto, sim. Mais até. Ela adora botânica, como eu, e está me ensinando muitas coisas novas e interessantes. Eu estava estudando um livro especial antes de ficar triste e começar a chorar. Quero que veja, você vai ver como as ilustrações são lindas. — Puxou um livro grande em sua direção e comentou: — Encontrei-o na biblioteca de Ravenscar e fiquei fascinada. Ricardo também. Ele fica dizendo que o livro é dele, que pertence a ele.

— Por quê? — perguntou Eduardo, estranhando a idéia de o Peixinho fazer algo assim.

— Porque tem o nome dele. — Abrindo o livro, ela mostrou a Ned o nome escrito na desbotada página de rosto. Uma bonita caligrafia anunciava: *Ricardo Deravenel: seu livro.*

Olhando para a página que Meg estava mostrando, Eduardo percebeu na mesma hora como o livro era antigo. Do início da era vitoriana, pensou. Era, sem dúvida, uma jóia. Naquele momento, Eduardo lembrou-se da história do menino que morreu e exclamou:

— *Existiu* outro Ricardo Deravenel, sem ser o papai, muitos anos atrás. Tenho certeza que é o nome dele. Morreu quando tinha mais ou menos a sua idade, Meg, de febre tifóide, acho. O nome inteiro era Ricardo Marmaduke Deravenel. Este livro *pertencia* a ele, não tenho dúvidas. Tem de ter sido dele.

Eduardo virou a página e olhou a capa.

— Que título estranho — exclamou. — *Flores fatais*... muito estranho. — Ele olhou para a irmã de forma questionadora.

— É sobre flores que são mortais, tão venenosas que podem matar. Existem muitas crescendo em todos os jardins, Ned. Mas olhe como as figuras são lindas.

— Mais do que lindas, Meg — comentou Ned enquanto virava as páginas do livro. — Essas aquarelas são simplesmente maravilhosas, da mais alta qualidade.

Eduardo fitou as duas páginas que agora estavam abertas à sua frente. Ficou imóvel. À esquerda, havia a figura de uma dedaleira alta e elegante, e à direita o nome da flor com letras garrafais.

A DEDALEIRA (DIGITALIS)

Leu o título mais uma vez, não conseguindo acreditar no que lia. *Digitalis*, leu de novo, e passou para os detalhes escritos abaixo. Surpreso e excitado, os olhos dele se arregalaram ao ler:

> A dedaleira comum está presente em quase todo jardim vitoriano. É uma flor querida por todos. Alta e graciosa, tem muitos outros nomes, como digital, luvas-de-pastora, erva-dedal. A elegante e colorida dedaleira, tão alta e graciosa, é fatal se ingerida.

Oh, meu Deus. Eduardo estava imóvel, congelado na cadeira, ainda fitando o livro, sem querer levantar a cabeça neste momento. Sabia que Meg estava ansiosa por sua opinião sobre o livro, queria conversar a respeito. Mas ele queria pensar. Foi assim que Aubrey Masters morreu? Ingerira dedaleiras? Será que ele as comeu como parte de seu jantar vegetariano? Um acidente? Suicídio? Assassinato? O que foi?

Mil coisas passavam por sua cabeça. Se Masters foi assassinado, então quem foi o culpado? E como o criminoso conseguiu colocar as dedaleiras na comida dele?

— Ned, Ned — exclamou Meg. — O que foi? Por que esse interesse particular na dedaleira?

Finalmente, ele levantou a cabeça e forçou um sorriso:

— Porque é tão estranho, não é, que uma coisa tão bonita seja tão mortal. Agora entendo o título do livro.

Will Hasling estava esperando Eduardo na biblioteca do White's, o clube particular em Whitehall do qual ele e o pai eram sócios. Comprovadamente, o clube mais famoso de Londres, muitos acreditavam que foi o primeiro a abrir as portas, que começara como uma casa de chocolate e que Pope e Swift eram freqüentadores. Com certeza, era um baluarte masculino onde os sócios podiam comer, beber, fumar, apostar, jogar sinuca e ler. Mulheres não podiam entrar. Nenhuma delas queria ir mesmo, preferindo que seus homens tivessem um lugar onde pudessem fazer suas coisas.

Enquanto esperava pelo amigo, Will estava lendo *The Times*, mas já lera bastante e agora colocou-o de volta à mesa onde os jornais ficavam após serem lidos.

Quando se virou para voltar a sua cadeira, Eduardo entrou apressadamente na sala, mas diminuiu o passo quando percebeu que havia mais uns dois sócios presentes. O clube costumava ficar deserto nos finais de semana, já que todos estavam no campo.

— Desculpe o atraso — disse Eduardo, apertando o braço de Will.

— Sem problemas, mas podemos ir almoçar? Estou faminto.

— Vamos lá.

Os dois jovens saíram da biblioteca, atravessaram o grande saguão de entrada com piso de mármore e móveis mogno escuro e foram para a sala de jantar.

Após sentarem-se e pedirem uma taça de champanhe para cada um, Will olhou para Eduardo e disse:

— Que surpresa agradável. Não esperava vê-lo hoje, principalmente porque fomos convidados para almoçar com Neville e Nan amanhã.

— Eu sei, mas além de nós e Johnny, Nan, as meninas, minha mãe e meus irmãos estarão lá. Será um almoço de domingo em família e, francamente, não acredito que teremos chance de conversarmos em particular.

— Então, o que houve, Ned? Tem alguma coisa lhe preocupando?

— Não diria preocupando, e sim atormentando.

— Como assim?

— No jardim da sua mãe havia dedaleiras quando você era criança?

— Tinha, sim, e ainda há dedaleiras no jardim em Compton Hall. — Will parecia confuso quando perguntou: — Mas aonde você quer chegar?

— No jardim da sua casa, havia *digitális*, e ainda há.

Totalmente desconcertado, Will balançou a cabeça.

— O que é isso, Ned, você está falando besteira.

Rapidamente, Ned contou a ele sobre o livro de Ravenscar e o que descobrira naquela manhã sobre a dedaleira comum.

— As folhas e sementes de dedaleira são realmente venenosas, e eu acho que, de alguma forma, foram parar na comida de Aubrey Masters. Ninguém acredita mesmo que ele sofria de problemas cardíacos, não é verdade?

— Verdade — respondeu Will, e parou quando o garçom chegou com as taças de champanhe. Sozinhos de novo, tocando na taça de Eduardo com a sua, Will disse: — Saúde.

Eduardo continuou:

— Telefonei para Neville esta manhã para discutir o assunto com ele, mas ele foi passar o dia no campo com Nan. Por isso, mencionarei amanhã antes do almoço, se for possível.

Houve um momento de silêncio, e os dois trocaram olhares. Finalmente, Will perguntou:

— Você acha que talvez o nosso lado tenha alguma coisa a ver com as dedaleiras na comida de Masters? Se realmente estavam lá.

— Não sei. De qualquer forma, como teriam feito?

— Só Deus sabe — murmurou Will, balançando a cabeça.

No final da mesma tarde, quando chegou em casa na Charles Street, Eduardo foi procurar a mãe. Encontrou-a no gabinete do pai, trabalhando na mesa, e ela levantou o olhar quando ele abriu a porta e entrou.

— Olá, querido — disse ela, sorrindo para o filho mais velho. — O almoço com Will foi bom?

— Foi muito agradável, obrigado. É uma hora inconveniente para interrompê-la, mãe, ou tem alguns minutos? Você parece bem ocupada com as contas.

— Não, elas podem esperar, e eu queria mesmo conversar com você, Ned.

— Sobre alguma coisa em especial? — perguntou ele ao se aproximar e sentar-se em uma cadeira perto da escrivaninha.

— Não, coisas em geral, nada específico. E você?

Por um momento, os olhos dele ficaram fixos na pilha de contas sobre a mesa. Após um momento, ele disse:

— Por que papai nunca tinha dinheiro? Afinal, ele tinha uma boa posição na Deravenels, era diretor. Devia ter um salário decente.

— Não exatamente. Ele tinha salário, mas não era muita coisa, posso garantir.

— E o pai e o avô dele? Deixaram algum dinheiro para ele?

— Eles também tinham salários baixos, e os Grant sempre os enganavam em relação aos bônus, assim como fizeram mais tarde com seu pai. Tem uma pensão anual do seu avô, que agora vem para mim. De alguma forma, seu pai sempre conseguiu pagar a manutenção e os pequenos reparos em Ravenscar, mas não os empregados.

— Você paga os salários deles, eu sei disso, mãe, e mantém a casa. Sei de tudo isso. — Eduardo balançou a cabeça. — Muito injusto, não? Os Grant roubarem de nós há tantos anos. Roubaram nosso dinheiro, mas felizmente não roubaram nossa alma e nosso orgulho.

— Verdade. E já faz sessenta anos agora — respondeu ela sucintamente.

— Vou corrigir isso — exclamou ele. — Prometo a você.

— Espero que sim, não por ganância da minha parte, mas porque a Deravenels *pertence* ao ramo de Yorkshire da família, e sempre pertenceu. Acho que está na hora de haver alguma justiça e jogo limpo.

— Eu e Neville vamos resolver isso, mãe, pode ter certeza.

Cecília recostou-se na cadeira e olhou de forma especulativa para o filho; depois disse:

— Também tenho pensado em dinheiro. Quero comprar uma casa em Londres para você, em Mayfair, perto daqui, e gostaria de saber como fazer. Na verdade, ia perguntar a Neville.

— Mas mãe...

— Nada disso, Eduardo. Você é adulto, tem sua vida particular agora, e acho que está na hora de ter sua casa. Não concorda?

— Bem, concordo, em um aspecto. Will mencionou isso várias vezes, e hoje no almoço ele me disse que surgiu um "imóvel" em Albany. Ele me perguntou se eu estava interessado.

Cecília balançou a cabeça.

— Aqueles imóveis em Albany não são ideais para você, muito pequenos. Não, eu acho que uma casa em Mayfair é muito mais apropriado nessas circunstâncias.

— Mas seria caro, e não quero que você mexa em sua herança...

— Sssh! — Ela levantou a mão. — Outro dia, tive uma idéia de como financiar a casa. — Levantando-se, ela contornou a mesa e continuou: — Venha comigo, Ned. Quero mostrar-lhe uma coisa.

Estava escuro na adega, principalmente quando sua mãe foi até o outro lado, onde ficavam as prateleiras de vinho. De repente, Ned percebeu que ela estava indo na direção do cofre, e disse:

— A luz elétrica aqui é fraca. Vou pedir algumas velas a Swinton.

— Não precisa, aqui perto do cofre tem algumas e uma caixa de fósforos.

Quando alcançou a mãe, ela já estava acendendo as velas e explicando:

— Quero que abra o cofre para mim, Ned, a fechadura está muito dura. Vou lhe dizer os números.

Em segundos, a pesada porta do grande cofre estava aberta, e Cecília se aproximou de Eduardo e apontou para duas caixas de couro verde e uma maior de couro azul. Junto com elas, havia uma quarta caixa menor, que era vermelha mas estava desbotada.

— Vamos levar essas caixas lá para cima, onde a luz é melhor. Vou levar as caixas azuis e vermelhas, que são mais leves, Ned.

— Nossa, as verdes são mais pesadas do que imaginei! — Ned atravessou a adega atrás da mãe, dizendo: — Se essas caixas são o que estou pensando que são, devem ser o purgatório.

Cecília riu mas não fez nenhum comentário e subiu as escadas até o saguão de entrada.

— Acho que é melhor irmos para a sala de estar, a luz de lá é melhor — comentou ela e seguiu. Colocando as duas caixas de couro em uma cadeira, ela apontou o sofá para Ned.

— Coloque essas caixas lá, Ned. Agora, querido, abra-as, por favor.

Ele fez o que ela pediu e ficou boquiaberto quando tirou a primeira tiara.

— Meu Deus, mãe, isso é extraordinário! — exclamou, segurando a tiara e virando-a devagar, observando a luz refletir nos diamantes, centenas deles, formando as cores do arco-íris. — Nossa, mãe, isso é... *algo especial.*

— Único — murmurou ela. — Pertenceu a minha mãe.

Ned colocou-a de volta na caixa e pegou a segunda tiara. Mais uma vez, exclamou sobre sua beleza.

— E de quem era esta?

— Minha — respondeu ela. — Meu pai comprou para mim depois do meu casamento, e esta terceira tiara foi da melhor amiga da minha mãe, Clarissa Mayes, que deixou para mim. Ela não tinha filhos e deixou para mim em testamento, junto com o colar. — Enquanto falava, Cecília mostrara a tiara e o colar, e ele parecia um pouco impressionado.

— Mãe — disse ele, finalmente —, isso vale uma pequena fortuna.

— Eu sei. Guardei esses diamantes para uma época difícil, e agora vou vendê-los para comprar uma casa para você. O dinheiro que sobrar vai ser suficiente para pagar empregados para você.

— Ah, mãe, é uma pena vender essas coisas, são relíquias de família. E Meg? Ela vai precisar de uma tiara um dia, depois que casar.

— *Você* vai comprar uma tiara para ela, Ned, quando a hora chegar. Essas serão vendidas para que você possa ter sua própria casa. — O tom de voz dela não deixou espaço para discussão.

Capítulo 28

Eduardo estava parado no limiar da porta da estufa da casa de Chelsea de Neville, observando os irmãos brincarem com suas primas, Isabel e Ana. As duas meninas estavam encantadoras com vestidos de lã azuis e um grande laço de cetim na cabeça. Seus irmãos estavam tão bem arrumados quanto elas, com calças curtas e paletós, meias pretas e sapatos pretos muito bem engraxados.

Cercados de tantas plantas e com a luz do sol entrando por todas as janelas, era uma cena idílica, que fez Eduardo sorrir. Jorge parecia estar animado falando sobre alguma coisa, e certamente conseguira a atenção total de Isabel. Ana estava séria, conversando com Ricardo, que assentia com a cabeça e parecia entretido. Eduardo sentiu um aperto no coração... eram tão jovens, tão vulneráveis.

Ao escutar passos, Eduardo virou-se e sorriu ao ver Neville aproximando-se.

Ele se juntou a Ned na porta, colocou a mão no ombro do primo, e ficaram observando as crianças juntos. Após um momento, Neville disse calmamente:

— O futuro, Ned... eles são o futuro de nossas duas famílias, que são uma só, e temos de protegê-los a todo custo.

— Concordo, você está certo — respondeu Ned tranqüilamente. — Temos de protegê-los o tempo todo. Nada deterá os Grant.

— Infelizmente, você está certo... Desculpe-me por tê-lo deixado, mas fui atender a um telefonema quando você estava chegando. — Neville olhou em volta. — Suponho que Cecília e Meg tenham ido a algum lugar com Nan.

Ned assentiu.

— Estão na sala de estar.

— Certo. Bem, podemos ir à biblioteca e tomar uma taça de champanhe antes do almoço? Will e Johnny já estão lá nos esperando.

— Por que não?

Os dois atravessaram o saguão de entrada, mas, pouco antes de chegarem à biblioteca, Eduardo parou e segurou o braço de Neville para que ele também parasse.

— O que houve, Ned? — perguntou ele.

— Preciso falar com você. Em particular.

— Então fale agora que estamos sozinhos. Está preocupado com alguma coisa?

— Não, só curioso. Sobre a digitális. Sabemos que Aubrey Masters morreu de overdose, mas acho que estava na comida... no jantar vegetariano dele, para ser preciso.

— Ah. *Sério?*

— Sim. Deixe-me contar sobre um livro chamado *Flores fatais*. — Rapidamente, Eduardo contou a Neville o que descobrira na véspera e a conclusão a que chegara quase imediatamente sobre o uso da dedaleira em uma salada vegetariana.

— Entendo o que está dizendo — respondeu Neville, assentindo. — Mas você disse que estava curioso... sobre o quê exatamente?

— *Nós* tivemos alguma coisa a ver com o fato de Masters ingerir digitális?

Neville não respondeu. Simplesmente ficou imóvel ali, alto, elegante, sereno, encarando Ned, os olhos azul-claros calmos, o rosto inexpressivo e firme.

Ned, encostado em uma coluna, estava igualmente firme. Esperou.

Após um longo momento, Neville respondeu:

— Prometi a você que nos vingaríamos das mortes de nossos pais e irmãos. Nunca quebro uma promessa, primo.

Ned assentiu para demonstrar que tinha entendido, o rosto inexpressivo também, os olhos fixos nos do primo. E então pegou a mão de Neville e disse em voz baixa:

— *Fidelidade eterna* — repetindo o lema da família.

*

Cecília Deravenel estava gostando do almoço na casa do sobrinho em Chelsea. Uma casa adorável e harmoniosa, com vista para o Tâmisa, decorada com muito bom gosto, um cenário perfeito para esse almoço de domingo. E como eles eram da família, ela ficava ainda mais à vontade. Quanto a Will Hasling, sempre o vira como parte da família, como outro filho, já que o conhecia há anos, e a devoção e lealdade dele a Ned sempre a sensibilizaram. Sim, ele era da família, sem dúvida.

Seus olhos vagaram pela mesa, pararam um momento no sobrinho, Johnny. Querido Johnny, com caráter tão bom, um homem íntegro e honrado, companheiro de Ned. O olhar seguiu para Neville. Como os dois irmãos eram parecidos; certamente tinham as características físicas dos Watkins, assim como ela: cabelo escuro, olhos claros, boa estrutura física.

Neville agora era o homem mais velho da família, e era com ele que ela devia contar em muitos aspectos. Seu irmão Rick cuidara de seus negócios, mas agora que ele estava morto, seria o filho dele que a aconselharia sobre esses assuntos. Na semana passada, ela dissera a ele que Ned precisava de um adiantamento. Ele concordara. Ela confiava em Neville, não tinha motivos para não confiar. Afinal de contas, era seu sobrinho, o magnata mais rico da Inglaterra, um homem poderoso. Esse era o segredo dele, claro, o poder. Ou talvez fosse seu *amor* pelo poder. Outro dia mesmo, ela dissera isso a Ned, e ele sorrira e respondera:

— Acha que não sei disso?

Eles riram juntos e o assunto se encerrara. Cecília conhecia o filho e tinha plena consciência de que sua sabedoria e capacidade de julgar superavam a idade. Com Neville a seu lado, Ned conseguiria assumir o comando da Deravenels, era só uma questão de tempo. Pelo que Ned dissera recentemente, talvez fosse mais cedo do que ela esperava. Não havia nada que ela pudesse fazer, exceto esperar. Queria que as circunstâncias mudassem, queria saber que os filhos estavam seguros, longe das garras dos traiçoeiros Grant.

Cecília sorriu ao fitar Ana, a filha mais nova de Neville. Era uma criança linda, de beleza delicada, inteligente. Como Ana adorava Ricardo; corria atrás dele como um cachorrinho de estimação. Ricardo parecia gostar de dar atenção a ela: era receptivo e protetor.

Ana estava sentada em frente a Cecília e, como se lesse os pensamentos da tia, anunciou com voz clara e suave:

— Eu e Ricardo vamos nos casar, tia Cecília.

Todos à mesa olharam para Ana surpresos e divertidos. Os adultos riram. Ricardo disse:

— Mas vai demorar, mamãe. Só quando formos adultos.

— Claro, meu filho, sabemos disso — falou Cecília, olhando para o filho mais novo.

Ned disse:

— Muito bem, meu garoto. É muito bom apostar em uma dama desde cedo. Só me prometa uma coisa.

— O quê? — perguntou Ricardo solenemente, os olhos azuis acinzentados muito sérios.

— Prometa que serei seu padrinho de casamento.

Ricardo sorriu para seu herói e assentiu cheio de entusiasmo.

Não querendo ficar de fora, Jorge declarou com um tom de voz muito digno para um menino:

— E eu vou me casar com Isabel.

Isabel olhou para ele, corou e não disse nada. Mas pareceu satisfeita e até um pouco surpresa.

— Meu Deus, quantos anúncios repentinos — respondeu Cecília, fitando Jorge, depois sorrindo para Isabel.

Isabel retribuiu o sorriso e continuou fitando Jorge com olhos que transbordavam carinho e euforia. Olhou para a mãe timidamente.

Neville comentou com o tom de voz divertido:

— É verdade, Cecília, todos esses anúncios, mas ninguém pediu minha permissão.

Ned jogou a cabeça para trás e riu.

— Nem a minha nem a da minha mãe — disse ele, a gargalhada espontânea contagiando a todos na mesa.

Ricardo pareceu um pouco constrangido e lançou um olhar de súplica para Eduardo. Seu irmão respondeu na mesma hora:

— Quando você for mais velho, rapaz, poderá pedir a mão de Ana para o tio Neville. Quanto a mim, já dou a minha permissão agora.

— E *eu*? — questionou Jorge, nunca querendo ficar de fora. — Você me dá sua permissão, Ned? Afinal, sou mais velho que Ricardo, e Isabel é mais velha que Ana.

Verdade, e é herdeira de uma enorme fortuna, pensou Ned, se Nan não der um filho a Neville.

— Claro que tem minha permissão — respondeu Ned finalmente, sorrindo para Jorge. Mas não pôde deixar de pensar que o irmão estava demonstrando características muito dúbias, avareza entre elas. Precisamos observá-lo, pensou Ned. Talvez ele crie muitos problemas quando crescer.

A música tomou conta dele em ondas, acalmando seus sentidos; lentamente, sentiu os ombros se soltarem e logo relaxou na poltrona. Que alívio abençoado... relaxar, fugir desse mundo de sons excitantes... a música era como um feitiço, levando-o para outro mundo.

Eduardo estava com Lily no Bechstein Concert Hall na Wigmore Street, assistindo ao concerto de domingo à noite. Amava música tanto quanto ela, e esta noite era especial. Estavam apresentando o Concerto nº 2 em dó menor de Rachmaninoff, o preferido dos dois.

O segundo ato estava terminando agora, o crescendo envolvendo-o; deixou-se envolver, mergulhando na música satisfeito. Os tantos problemas que giravam em sua mente foram esquecidos conforme se entregou inteiramente à música.

De repente, acabou. Todos estavam de pé, batendo palmas e aclamando. Lily aproximou-se dele e sussurrou:

— Não foi maravilhoso, querido?

— Estupendo — respondeu ele. — Obrigado por me trazer.

Sorrindo para ele com total adoração, ela sussurrou:

— Quem mais eu traria, a não ser você? Agora me diga. — Ele apenas riu. De forma protetora, escoltou-a para fora da sala de concertos até a rua onde a carruagem que ela alugara para a noite estava esperando por eles.

Para livrar-se de Johnny e Will, seus guarda-costas, querendo ficar sozinho com Lily esta noite, mais cedo explicara à mãe exatamente aonde iria, acrescentando:

— E minha amiga alugou uma carruagem. Estarei seguro, mamãe.

Após refletir por um momento, ela concordara com ele, pedira licença e saíra da sala. Voltara um momento depois e dera a ele dez guinéus.

— Mas mãe... — começara ele, e ela dispensara suas palavras, explicando que agora ele receberia uma mesada toda semana, que Neville providenciaria isso. — Leve a Sra. Overton para jantar depois do concerto, e mostre o cavalheiro que é, Ned.

Então, eles iam para o Savoy Hotel jantar, e ele estava empolgado por levar Lily a um lugar elegante e poder pagar.

Uma vez que estavam acomodados na carruagem, ele contou a ela sobre o almoço na casa de Neville naquele dia, e ela riu encantada quando ele contou a história do anúncio de Ana sobre o casamento dela com Ricardo. Na verdade, riram todo o caminho até o Savoy Hotel na Strand, as travessuras das crianças fazendo-os gargalhar.

Quando os dois entraram no saguão do hotel, as pessoas viraram as cabeças para olhar. Formavam um casal impressionante: ele, alto e bonito; ela, uma mulher linda e elegantemente vestida em um traje chique azul-real. Após sentarem-se à mesa de jantar com vista para o Tâmisa, Ned pediu uma dose de uísque para si e uma limonada para Lily.

Depois que foram servidos, Ned perguntou:

— Como está se sentindo, querida Lily?

— Saudável, Ned, obrigada. Por favor, não se preocupe com o bebê. O pior são os enjôos matinais, mas fora isso, estou bem. De verdade.

Ele sorriu para ela, tocando seu rosto com a ponta do dedo.

— E sua aparência também está assim: absolutamente maravilhosa.

Enquanto tomava o uísque com soda, Eduardo contou a ela sobre as tiaras da sua mãe, e que ela ia mandá-las para joalheiros avaliá-las e depois as venderia.

— Ela insiste em fazer isso, Lily, para poder comprar uma casa para mim. Em Mayfair. Sei que ela já viu uma em Berkeley Square e considera ideal. Quer que eu tenha minha própria casa e empregados.

Lily assentiu, sorrindo, e estava prestes a dizer que também vira uma casa nas mesmas redondezas perto da South Audley Street, que estava pensando em comprar. Mas sabia que não seria apropriado. A última coisa que queria era que ele pensasse que ela queria grudar nele por causa do bebê que estava esperando.

Ned disse:

— Parecia que você ia me dizer alguma coisa, mas mudou de idéia, Lily. O que foi?

— Nada — mentiu ela e continuou. — Podemos ver o cardápio? Estou com fome.

Ele assentiu e acenou para o garçom, que chegou em uma fração de segundo. Entregou o cardápio a eles, recomendou vários pratos e saiu.

Lily disse:

— Vou querer linguado. É bem leve.

— Eu também. E para entrada?

— Acho que nada... bem, talvez sopa Bouillon. Acho que, se comer alguma coisa pesada à noite, nesse período, sofro de indigestão.

Ele sorriu, aproximou-se dela e sussurrou:

— Coitadinha de você... Mal posso esperar para ver nossa filha, segurá-la.

— Ah, você já decidiu o sexo? Uma menina, então?

— Bem, você sabe o quanto eu amo as mulheres — respondeu sem pensar; deveria ter mordido a língua, e de repente ficou constrangido e balançou a cabeça, parecendo indefeso.

Lily simplesmente riu, já que era uma mulher sábia.

Eduardo disse:

— Que nome daremos à bebê? *Lily*?

— Gostaria de homenagear você, então prefiro *Edwina*.

— Que tal Edwina Lily?

— E Eduardo, se for um menino, se você concordar, Ned?

— O que quiser, querida. Você sabe que eu adoro você.

O garçom voltou para anotar os pedidos, e eles se recostaram, felizes por estarem juntos neste restaurante elegante, aproveitando a noite juntos, à vontade com o relacionamento que tinham.

Foi depois da entrada que Lily de repente anunciou com um tom de voz fraco, quase desanimado:

— Ned, quero lhe fazer uma pergunta. Para mim, é muito importante discutir isso com você, e preciso de uma resposta esta noite.

Alarmado, ele olhou para ela e exclamou:

— O que é, Lily? Aconteceu alguma coisa? O quê?

— Não sei bem como começar porque é um assunto mórbido que tem me preocupado... — Ela respirou fundo. — Vou começar de novo. Como você sabe, sou filha única e meus pais já morreram. Não tenho família, só alguns bons amigos, principalmente Vicky. E, por ser sozinha no mundo, tenho pensado muito em uma coisa ultimamente. Algumas mulheres morrem ao dar à luz, você sabe. Ouve-se falar muito disso, e estou preocupada que isso possa acontecer comigo. O que aconteceria com o bebê, se isso acontecesse? *Nosso bebê.* Sendo assim, quero saber o que você pensa a respeito disso, Ned. Eu não poderia suportar se o bebê fosse dado para adoção.

Assustado com as palavras dela, Ned também ficou apavorado com a idéia de ela morrer e de o filho dele ser dado para adoção, ficar longe dele para sempre. Não pensou duas vezes antes de responder imediatamente:

— Você é uma mulher saudável e se cuida muito bem. Vocês dois ficarão bem. Mas se alguma coisa horrível acontecer e você... morrer no parto e o bebê sobreviver, saiba que eu não permitiria que nosso filho fosse adotado. Nunca, Lily. Por favor, confie em mim. Prometo que pegaria o bebê e o criaria.

— Você faria isso sozinho? Como conseguiria? E outras mulheres? Você se casará um dia. Uma esposa pode não gostar da idéia de um filho ou filha ilegítimo. Não estou certa?

— Talvez esteja. Mas acho que minha mãe ficaria feliz em criar a criança, com a ajuda de uma babá. E, claro, eu a veria o tempo todo. Está satisfeita?

— Estou! Essa era a resposta que eu esperava que você me desse, Ned. Eu conheço as mulheres, sei como um filho de outra mulher pode atrapalhar um relacionamento. — Lily abriu um grande sorriso e apertou o braço dele. — Se alguma coisa der errada, sua mãe pode assumir... Estou muito feliz que tenha sugerido isso.

Ele pegou a mão dela e apertou.

— Lily, não vamos falar sobre morte... Não posso suportar essa idéia, não posso mesmo. Vamos ficar felizes hoje, felizes porque estamos juntos.

Capítulo 29

Não era fácil tirar Eduardo Deravenel do sério. Na verdade, ele era quase sempre contido e controlado. Naquela tarde, enquanto se encaminhava com passos moderados para o escritório de John Summers, estava totalmente à vontade consigo mesmo e com o mundo. E imaginava o motivo de Summers tê-lo chamado. Havia alguma novidade.

Quando chegou à porta da sala de Summers, bateu e entrou direto; não ficou de forma alguma surpreso ao ver o inspetor Laidlaw sentado lá com Rob Aspen. Já esperava que ele estivesse presente.

— Oi, inspetor — disse, e olhou para os outros dois homens. — Boa tarde, Summers, Aspen.

Ambos responderam, e John disse:

— Junte-se a nós. Estamos esperando Oliveri para começarmos.

Neste exato momento, Alfredo bateu e entrou, parecendo perturbado.

— Boa tarde a todos — disse de forma espontânea, casual, e sentou-se na cadeira ao lado de Eduardo.

O inspetor Laidlaw empurrou a cadeira um pouco para trás para que os quatro homens no escritório estivessem em seu campo de visão.

— Bem, cavalheiros, estou aqui para dizer que não tenho muitas novidades. Fizemos uma investigação intensiva sobre a morte de Aubrey Masters, mas não conseguimos descobrir nada.

— O que isso quer dizer exatamente, inspetor? — perguntou John Summers, batendo com os dedos na mesa, uma mania sua, e franzindo a testa para o detetive, parecendo insatisfeito.

— Não temos suspeitos. Não acreditamos que alguém tenha dado digitális para ele, pois, aparentemente, não havia razões para alguém querer matá-lo. Ele levava uma vida simples, até monótona, na verdade. Tinha um casamento tedioso, a esposa é um pouco reclusa, mas não havia outras mulheres.

— Mas ele tinha problemas cardíacos? — perguntou Rob Aspen. — E vocês conseguiram encontrar o Dr. Springer?

— Ele *não* tinha qualquer problema cardíaco, e ninguém receitou digitális para ele, pois não precisava — explicou o inspetor. — Nós *encontramos* o Dr. Springer, e ele é psiquiatra, seguidor do Dr. Freud. Ele nos ajudou a entender um pouco mais a vida de Masters em geral e nos mostrou os arquivos médicos dele. Explicou que Masters estava inquieto com a falta de sexualidade, preocupado que isso estivesse afetando seu relacionamento com a esposa. Aparentemente, ele acreditava que ela se sentia negligenciada.

O inspetor parou, depois acrescentou:

— O Dr. Springer o estava analisando.

— Afinal, ele morreu de overdose de digitális ou não? — perguntou Alfredo, de forma um pouco impaciente. Estava com pressa, queria que essa reunião acabasse para que pudesse conversar em particular com Eduardo Deravenel.

— Morreu — confirmou o inspetor calmamente.

— Houve um inquérito esta manhã, não houve? — perguntou Eduardo, fitando o inspetor da Scotland Yard.

— Houve sim, Sr. Deravenel, e o investigador chegou ao veredicto de morte acidental. — Laidlaw fez uma pausa, depois terminou: — Na minha opinião, esse é o único veredicto possível. Eu e meu sargento acreditamos que Masters se envenenou acidentalmente com suas misturas vegetarianas de sementes e raízes, aquelas coisas que ele comia havia anos. A toxicidade pode ter se acumulado. O médico legista acredita nisso.

— Vocês não examinaram a mistura vegetariana dele em casa? — Eduardo encarou mais uma vez o detetive.

— Examinamos, sim, mas não havia nada demais lá, e definitivamente não havia digitális na mistura que achamos. A Sra. Masters me disse que ele comprava tudo fresco várias vezes por semana.

— E onde ele comprava essas misturas? — perguntou John Summers.

— Este é o problema: não sabemos — respondeu Laidlaw, e acrescentou: — A esposa disse que ele trazia as misturas para casa em uma sacola de papel marrom, simples, sem nenhuma marca, então não fazemos idéia de onde ele comprava. Como disse, não conseguimos descobrir muita coisa. Caso encerrado, cavalheiros. Na nossa opinião, não houve crime.

— Muito obrigado, inspetor Laidlaw — disse Eduardo educadamente, levantando-se na mesma hora, indo na direção do detetive e apertando sua mão. — Eu, *nós* agradecemos tudo que fizeram para resolver este caso, e acredito que vai continuar sendo um mistério, não?

— Verdade, senhor, vai continuar sendo um mistério — respondeu Laidlaw e saiu.

Eduardo seguiu o detetive, acompanhou-o pelo corredor, como já fizera antes, indo na direção da escadaria. Quando chegaram lá, Eduardo virou-se para Laidlaw e disse:

— Inspetor, se precisar de alguma coisa, de ajuda, de qualquer coisa, por favor, me procure. O senhor foi muito aplicado e educado. Eu e a Deravenels agradecemos tudo que fez.

— Para mim, parece muito pouco, senhor, e obrigado pela generosa oferta. Sinto muito, Sr. Deravenel, que não tenhamos conseguido resolver o ataque que o senhor sofreu. Não foi por falta de vontade.

— Outro mistério — murmurou Eduardo, dando um sorriso afetuoso e simpático.

Um pouco depois, sozinho em sua sala, Eduardo foi até o telefone em sua mesa e pegou-o. Na mesma hora, colocou-o de volta no gancho. Por que telefonar para Neville agora? Não era necessário. Os vendedores de jornais logo estariam nas ruas gritando as manchetes. Melhor deixar as coisas quietas, decidiu, e esperou Oliveri vir à sua sala.

Ele chegou dois minutos depois.

Sentando-se na poltrona, Alfredo fitou Eduardo de forma questionadora e perguntou:

— Então, o que você acha?

— Acho que o inspetor é um ótimo policial que não encontrou absolutamente nenhuma prova de assassinato.

— Você acha que Aubrey Masters cometeu suicídio?

— Para falar a verdade, não tenho certeza. Ele pode ter se matado, mas vamos aceitar o veredicto do investigador como a verdade, não acha melhor?

— Naturalmente, amigo — disse Alfredo, sem expressão no rosto. — Entretanto, aqui entre nós, encontrei provas suficientes para matá-lo e esquartejá-lo se estivesse vivo. Ele definitivamente estava desviando dinheiro, e Jack Beaufield e James Cliff estavam com ele. E outros que trabalham nas minas.

Eduardo sorriu.

— Então pegamos os dois que ainda estão vivos pelos *cojones*, não foi?

— Ah, pegamos, sim, com certeza. Rob Aspen e Christopher Green precisaram escavar bastante, mas agora temos provas mais que suficientes para tirar aqueles dois daqui. Mal posso esperar para contar a Neville Watkins.

Vicky Forth foi em uma carruagem alugada até Whitechapel; quando chegaram à High Street, ela desceu, lembrando ao cocheiro que deveria esperá-la.

Afastando-se da carruagem, atravessou várias ruelas frias e miseráveis até chegar ao antigo prédio reformado que agora se chamava Haddon House. Bateu à porta e esperou, olhando para o céu que estava escurecendo. Estava ameaçando uma tempestade e já estava começando a chuviscar.

Em segundos, uma jovem abriu a porta e sorriu ao ver Vicky.

— Sra. Forth, que bom vê-la de novo, e tão rápido! Fenella está no escritório dela, por favor, entre. — Abriu mais a porta e conduziu Vicky para dentro.

Após pendurar o casaco de Vicky em um armário no saguão, a jovem disse:

— Venha comigo, vou levá-la ao escritório de Fenella.

— Obrigada, Dora, mas acho que já sei o caminho — respondeu Vicky rindo.

Fenella Fayne levantou em um pulo quando viu Vicky à porta de seu escritório e imediatamente contornou a mesa e cumprimentou a velha amiga de forma afetuosa.

— Vamos sentar ali perto da lareira — sugeriu Fenella. — Está ficando gelado hoje, e está muito úmido.

— O tempo não está muito bom lá fora — comentou Vicky, sentando-se em uma das cadeiras de madeira que Fenella colocara em frente à lareira. Limpando a garganta, ela disse: — Quero ir direto ao ponto, Fenella. Eu tomei uma decisão. Quero vir trabalhar com você aqui.

O rosto de Fenella se iluminou e ela exclamou:

— Ah, Vicky! Estou emocionada! E você realmente será muito útil.

— Para mim, está ótimo — respondeu Vicky e continuou: — Sei que você está assoberbada de trabalho. Posso trabalhar dois dias inteiros por semana. Você prefere terças e quartas? Ou quartas e quintas?

Sem pensar duas vezes, Fenella respondeu:

— Terças e quartas é muito melhor, já que terça está mais perto do final de semana anterior. Muitas mulheres machucadas vêm pedir ajuda nas segundas e terças. — Fenella balançou a cabeça, triste. — Os maridos passam a maior parte do fim de semana em bares e, quando voltam para casa, batem nas esposas. — Fenella fez uma careta e continuou: — Não é nada bom de se ver. Algumas dessas mulheres chegam com olho roxo, ossos quebrados.

— Tenho algumas habilidades como enfermeira — lembrou Vicky —, e você disse naquele dia que precisava de alguém para cozinhar, fazer sopas, esse tipo de coisa. Na verdade, sou uma boa cozinheira. — Ela sorriu. — Mas vou fazer o que você quiser, até esfregar o chão. Só sei que preciso ajudar de alguma forma. Existe tanta pobreza aqui em East End.

— Vicky, há tanta coisa que você pode fazer, até encarregar-se de uma parte da papelada já seria uma dádiva. Agora, só gostaria de mencionar que temos algumas regras. Posso explicá-las?

— Claro, por favor.

— Quando começar a trabalhar conosco, não a chamaremos de Sra. Forth, e sim de Sra. Vicky. As mulheres se sentem mais à vontade sem ter de usar o sobrenome, e às vezes não querem nem chamá-la pelo primeiro nome. Também se sentem constrangidas com isso, acham familiar demais. Então cheguei a um termo comum. A mesma coisa vale para títulos... Não sou lady Fayne ou lady Fenella para elas, apenas Sra. Fenella, e Dora não é lady Dora, e sim Srta. Dora. Mais duas regras. Os maridos podem visitá-las quando elas ficam aqui alguns dias. Mas devem estar completamente sóbrios e só podem ficar no térreo. Finalmente, se as mulheres não quiserem contar o que aconteceu, não pressionamos muito. Elas costumam querer proteger os maridos, entende? Ah, e mais uma coisa. Às vezes, elas trazem uma criança com elas, e nós permitimos que a criança fique até que a mãe esteja bem. Acho que é tudo.

— Entendi tudo, e com certeza farei o melhor que puder. Estarei aqui de coração, Fenella, posso garantir isso.

— Sei disso, minha querida, e só posso agradecer do fundo do meu coração por estar se voluntariando dessa forma. Você é uma boa alma. Como está Lily? Não a tenho visto ultimamente.

— Está muito bem, Fenella, e mandou um abraço para você.

— Obrigada, mande para ela também. É uma pessoa maravilhosa. Na semana passada mesmo, mandou várias caixas de roupas, todas úteis. Podem ser refeitas, simplificadas. Mandei um bilhete para ela agradecendo. — Fenella de repente se levantou e continuou: — Quando poderá começar a nos ajudar, querida Vicky?

— Estarei aqui na próxima terça-feira pela manhã, pode ser?

— Claro, e a propósito, sempre marque para uma carruagem de aluguel vir pegá-la no final da tarde. É muito difícil encontrá-las aqui.

Alguns minutos depois, enquanto se dirigia para a carruagem de aluguel que a esperava na High Street, Vicky pensou na amiga.

Fenella era viúva do lorde Jeremy Fayne, que morreu em um acidente de caça alguns anos antes. Tinha 27 anos agora, e uma vez dissera a Vicky que ajudar as mulheres necessitadas e oprimidas do East End, de certa forma, ajudara a aliviar seu sofrimento, dando um propósito para sua vida. Embora trabalhasse na Haddon House, uma casa de caridade fundada por sua tia, Fenella ficara reclusa em sua viuvez até recentemente. Nos últimos nove meses, vinha se socializando um pouco mais, vivendo em dois mundos completamente diferentes. Vicky a admirava, admirava a bravura de Fenella, sua força e generosidade. Daria tudo de si na Haddon House.

Eduardo estava sentado em uma poltrona confortável do salão de fumantes do White's esperando Neville chegar. Johnny, Will e ele tinham chegado vinte minutos mais cedo, e os outros dois decidiram "dar umas tacadas na mesa", usando as palavras de Johnny, e foram para o salão de sinuca.

Tomando uísque com soda, Eduardo estava perdido em pensamentos, principalmente sobre a Deravenels e os planos detalhados para assumirem o comando. Tudo estava dando certo.

Em alguns momentos, parava para escutar pedaços de conversas dos outros homens no salão e sorria por dentro. Homens gostavam de fofocar tanto quanto mulheres.

Os três homens que estavam sentados a uma mesa ao lado da sua, fumando charutos e relaxando após um dia de negócios, estavam falando bem alto. Prestou atenção por um momento.

— O rei vai para Biarritz, levando hordas de empregados junto, claro — disse um dos homens.

— E a Sra. Keppel, sem dúvida — disse outro.

Eles riram um pouco, e o terceiro exclamou:

— Escutaram o que Churchill disse recentemente? Que a Sra. Keppel deve ser considerada a Primeira-Dama da Cama Real.

Os três riram, e até Eduardo estava se divertindo e teve de prender o riso. O rei e sua amante de longa data eram constantemente alvo de piadas.

Uma voz alta falou:

— Northcliffe do *Daily Mail* está realmente apoiando Balfour e o governo.

— Balfour não vai durar.

— Os conservadores *têm* de continuar no poder.

— Concordo plenamente, amigo. A propósito, estou pensando em comprar um carro elétrico.

— Meu Deus, muito corajoso de sua parte.

— Ah, eles são muito seguros.

— Vai comprar um dos modelos do Sr. Ford?

— Ainda não tenho certeza, amigo. Os engenheiros ingleses, Sr. Rolls e Sr. Royce, estão desenvolvendo um modelo próprio. Acho que vou esperar esse.

— Minha opinião é que devemos dar preferência aos produtos feitos na Grã-Bretanha. Manter o Império crescendo. Somos ou não somos a maior nação do mundo?

— Vamos beber a isso, Montague.

— Kipling lançou outro livro. Surpreendente como esses cavalheiros continuam escrevendo obras-primas... Galsworthy também lançou outro sucesso. E Jorge Bernard Shaw está escrevendo outra peça.

— Mentes férteis é a única forma de descrever esses escritores.

Eduardo desligou-se da conversa na outra mesa e mergulhou em seus próprios pensamentos, lembrando-se que prometera a seu Peixinho outro livro de Rudyard Kipling. Precisava encomendar amanhã. E o aniversário de Lily estava chegando. Queria comprar uma bonita jóia para ela, mas não sabia como fazer isso, a não ser se pegasse emprestado com sua mãe. *Dinheiro.* Precisava muito disso...

Todas as conversas pararam de repente, o salão ficou totalmente em silêncio. Eduardo olhou para a porta e sorriu por dentro. Neville estava parado lá, olhando para todos como se fosse o monarca de tudo que via. Vestido elegantemente como sempre e extremamente autoconfiante, atravessou o salão com desenvoltura, assentindo para os homens que o cumprimentavam. Entrara com uma postura prepotente e causara rebuliço.

Eduardo levantou-se e apertou a mão do primo enquanto Neville parava perto da mesa.

— Onde estão os outros? — perguntou Neville, sentando-se.

Eduardo, sentando-se também, explicou:

— Foram jogar uma partida de sinuca.

Neville assentiu, acenou para o garçom e pediu o mesmo que Eduardo, depois recostou-se na poltrona.

— Gostaria de um charuto?

— Não, obrigado — respondeu Eduardo e continuou: — O inspetor Laidlaw foi à Deravenels hoje falar conosco. — Olhou diretamente para Neville.

— Foi o que pensei. O veredicto do investigador está em todos os jornais da tarde — respondeu Neville. — Morte acidental, foi o que li.

Os dois se olharam e houve um momento de silêncio.

Finalmente, Eduardo falou com a voz baixa:

— Sim, foi o que o inspetor Laidlaw nos disse: que não houve crime algum e ainda comentou que não havia razão para Aubrey Masters cometer suicídio, pelo menos até onde ele conseguiu verificar. O inspetor caracterizou a vida de Masters como monótona, uma vida comum.

Neville assentiu e apertou os lábios, parecendo pensativo.

— O dinheiro que roubou da Deravenels tem de estar em algum lugar, Ned. Na conta bancária dele, acredito, que agora é a conta da *esposa* dele. A não ser que ele tivesse outra mulher ou tenha feito outros acordos. Poderia muito bem estar *escondido.*

— Laidlaw foi claro em afirmar que não havia outras mulheres na vida dele... bem, pelo menos ele não descobriu. Mas isso não significa que Mildred Masters esteja com o dinheiro. Ele pode ter aberto uma conta em outro banco, ao qual ela não tem acesso — sugeriu Eduardo.

— Talvez. Nesse caso, o dinheiro provavelmente está perdido, Ned, a não ser que ele tenha deixado alguma instrução no banco. Ou no testamento. Em relação à distribuição de sua riqueza. Duvido que a Deravenels algum dia recupere um centavo. Se tivéssemos algum documento sobre as finanças particulares dele... — Neville parou, balançando a cabeça. — Impossível.

— Concordo, acho que nunca vamos colocar as nossas mãos *nesse* dinheiro — comentou Ned, irritado com a idéia.

— Você deve estar certo — concordou Neville. — *C'est dommage.*

Neville pegou o copo de uísque com soda, que acabara de chegar.

— Saúde, Ned.

Eduardo levantou o copo, encostou no do primo e repetiu:

— Saúde.

— Onde gostaria de jantar hoje? — perguntou Neville, querendo mudar de assunto, não querendo mais discutir sobre Masters.

— Onde você quiser — respondeu Eduardo. — No Savoy? Rules?

— Ah, lá estão Johnny e Will! Vamos perguntar o que preferem.

Margarida Grant fitou John Summers e gritou:

— Morte acidental! Esse veredicto é um absurdo! Aubrey foi assassinado. Eu *sei* que foi... meu instinto me diz isso. Ah, *mon dieu*, é um absurdo.

— Margarida, querida, se acalme. O inspetor Laidlaw veio me procurar hoje e explicou tudo. A Scotland Yard fez uma investigação minuciosa, e estão certos que não houve crime algum.

— Um disparate. Sei que ele foi assassinado. *Eles* o mataram.

John recostou-se no sofá, os olhos fixos nos dela. Ela estava sentada atrás da escrivaninha da biblioteca de sua casa na Upper Grosvenor Street e, como sempre, estava infinitamente linda, sexualmente convidativa. E altiva. E também ultrajada neste momento. Quando estava com raiva, a voz ficava mais aguda e o sotaque francês ficava mais forte, e ele sempre queria fugir para um lugar seguro.

Respirando fundo, John disse:

— Não existe nenhuma prova de que os Deravenel fizeram alguma coisa. Laidlaw concorda com o veredicto do investigador de que foi um infeliz acidente. Você sabe tão bem quanto eu que Aubrey Masters tinha hábitos alimentares muito estranhos. Estou certo que ele ingeriu digitális por acidente.

— Não acredito nisso.

— Se não foi acidente, foi suicídio — sugeriu John, a voz estável e firme, refletindo a postura serena.

— *Suicídio*. Ele não faria isso! *Non, non, jamais*.

John ficou em silêncio, pensando nas discrepâncias que descobrira recentemente nas contas pertencentes ao departamento de mineração. Até agora, não conseguira avaliar o que Masters fora capaz de fazer e quem mais estava envolvido. Decidiu não mencionar essa nova e problemática revelação a Margarida. Ela estava volátil demais hoje, e ele não tinha intenção alguma de deixá-la ainda mais nervosa.

De repente, a porta se abriu e Henrique Grant apareceu parado ali, vestindo um velho robe de veludo azul e chinelos, e com a aparência descabelada. A expressão era vazia, e o olhar, perdido.

— Ah, Margarida, aqui está você — começou Henrique e entrou na sala, um homem com aparência muito mais velha do que sua idade.

Na mesma hora, Margarida levantou-se, atravessou a sala e segurou o braço dele.

— Venha, Henrique, sente-se, John está aqui, veio visitar você.

Henrique virou-se. Um sorriso gentil apareceu em seu rosto quando viu o primo. Foi até ele, estendendo a mão.

Imediatamente, John ficou de pé, apertando a mão de Henrique, sorrindo, fingindo estar feliz. Mas por dentro estava preocupado e consternado. Mais que nunca, o presidente da Deravenels parecia um velho tolo debilitado, e não o comandante de uma indústria. Tinham de mantê-lo longe de vista. Isso era imperativo.

— Boa noite, Henrique — disse John, e acompanhou o outro até o sofá. Sentaram-se juntos, e John continuou: — Como está se sentindo esta noite? Um pouco melhor, espero.

— Ah, sim. Estava esperando o padre O'Donovan, mas talvez ele esteja atrasado. Mmmmmm. Bem, não importa. E como está seu pai? Há muito tempo não o vejo.

Antes que John pudesse responder, Margarida disse:

— Agora, John, Henrique, podemos tomar um drinque? Champanhe seria bom, não? Minha avó dizia que é uma bebida saudável. — Sem esperar uma resposta, ela tocou o sino na mesa.

— Seria ótimo — respondeu John finalmente.

Henrique não disse nada: caíra no silêncio do outro lado do sofá, os olhos já fechados. Estava sendo levado por seus sonhos religiosos.

O mordomo apareceu à porta.

— Posso ajudá-la, madame?

— *Oui*, Turnbull. Por favor, champanhe.

Ele assentiu com a cabeça e saiu.

Margarida olhou na direção do marido.

— Henrique, Henrique, está cansado? Está dormindo? — Inclinou-se sobre ele, sendo solícita.

Henrique Grant despertou e endireitou-se no sofá.

— Cansado, sim, acho que é melhor voltar para o quarto.

— Vou ajudá-lo — disse Margarida com um tom de voz afetuoso.

— Não, não, John vai me acompanhar. — Virou-se para o primo de forma indefesa e deu um sorriso débil. — Por favor.

— Claro, Henrique — respondeu John na mesma hora e segurou o braço do primo mais velho, conduzindo-o para fora da biblioteca.

Margarida ficou parada no meio da sala, fulminando por dentro. *Homens*. Eram impossíveis. Henrique era religioso, um idiota incompetente; John Summers era um tolo. Acreditava nas palavras desse policial burro, Laidlaw, acreditava no veredicto do investigador. Ela estava certa. Sabia disso. Os Deravenel mataram Aubrey Masters e estavam escapando impunes.

Neste momento, John voltou para a biblioteca, seguido de Turnbull carregando uma bandeja de prata com um balde de prata com a garrafa de champanhe e as taças de cristal.

Segundos depois, ambos estavam brindando com o vinho espumante e foram sentar-se juntos no sofá. Margarida fez um esforço tremendo para conter a raiva e disse com mais calma e um leve sorriso:

— Henrique tinha segredos para confidenciar a você, John?

Ele balançou a cabeça e respondeu logo, franzindo a testa:

— Queria falar sobre Edouard. Disse que quer que eu o leve a Eton para visitar o filho. — John fitou-a cuidadosamente, através de olhos críticos, sempre curioso quando se tratava do menino que podia ser filho ilegítimo de seu *pai*, seu meio-irmão. — O que você acha disso?

— É uma idéia esplêndida — respondeu ela, nem um pouco contrariada. — Ele não tem demonstrado muito interesse em Edouard ultimamente. Você pode fazer isso?

— Naturalmente. Mas você irá conosco, não é? — Sem esperar a resposta, inclinou-se sobre ela, beijando-a na boca. — Seria insuportável sem você — acrescentou.

— Vou com vocês. A *minha* vida é insuportável sem você. Preciso vêlo a sós, *chéri*, estar com você. — Ela falou mais baixo: — Preciso estar com você na sua cama, nos seus braços. Ah, John, minha vida é vazia e infeliz sem você.

Ele colocou a taça de champanhe na mesa lateral, depois fez o mesmo com a dela. Aproximando-se, puxou-a para os braços e começou a beijá-la apaixonadamente. Ela correspondeu com um fervor tão intenso quanto o dele e, de repente, se afastou. Na orelha dele sussurrou:

— Aqui não é seguro. Vamos sair. *Agora.* Por favor... me leve para sua casa. *Por favor.*

Ele fez o que ela implorou, desejando-a tanto quanto ela o desejava. Em poucos minutos, estavam na carruagem dele atravessando a cidade.

Capítulo 30

As ruas de Whitechapel já estavam escuras na hora em que Amos Finnister chegou lá e, após pagar a carruagem de aluguel, foi em busca de seu vendedor de bolos favorito. A tarde toda, sonhara com um daqueles maravilhosos bolos recheados de carne, transbordando molho, e agora estava decidido a comer um, ou talvez dois.

Às vezes, o vendedor ficava com a carroça na Commercial Street, mas esta noite não havia nem sinal dele. Amos sabia que ele devia estar em algum lugar nas redondezas e foi procurá-lo. Encontrou-o dez minutos depois; viu a carroça, e os atraentes aromas que vieram em sua direção anunciaram que era o mesmo vendedor da outra vez.

Com certeza era, e ele o cumprimentou com um sorriso alegre e disse com seu sotaque cockney:

— 'Noite, chefia, sabia que ia voltar. Os meu bolo é o melhor do lugar.

— São mesmo. Dê os parabéns à sua esposa. Nunca comi um bolo de carne tão delicioso quanto o dela. Estou até com vontade de comprar dois hoje.

— Isso mesmo, chefia, aproveita.

Amos assentiu.

— É o que vou fazer.

O vendedor pegou um bolo da bandeja com uma pinça de metal, mostrou para Amos e colocou-o em um pequeno saco branco, encheu uma concha com o grosso molho de carne e jogou por cima. Seguiu o mesmo procedimento com o segundo bolo, depois colocou os dois sacos brancos em um maior de papel marrom.

Amos pegou o dinheiro no bolso, pagou e pegou a embalagem.

— Vou voltar na semana que vem, se tudo correr bem.

— 'Té lá, chefia — disse o vendedor e fez uma continência, sorrindo ao fazer isso.

Amos atravessou as ruas até encontrar um pequeno beco sem saída onde poderia comer os bolos. Era um local calmo, um pouco fora do caminho; um lampião a gás iluminava a área. Ao colocar o saco no muro e sentar-se, Amos olhou em volta. Na mesma hora, notou uma velha carroça de madeira, que não estava ali antes. Obviamente, alguém jogara fora; sem rodas, estava dilapidada e, com certeza, não seria útil a ninguém nesse estado.

Tirando um bolo do saco, a boca cheia d'água, ele mordeu imediatamente, saboreando a primeira mordida. Assim como esta área, o sabor fazia com que se lembrasse do pai e da época tranqüila de sua infância tanto tempo atrás. Essa era a razão pela qual gostava de vir a Whitechapel com tanta freqüência hoje em dia. Por causa das lembranças.

Acabara de dar a segunda mordida quando escutou um choramingo estranho, como se fosse um animal sentindo dor. Olhou em volta, rastreando a área, mas não havia nenhum cachorro ou gato abandonado em seu campo de visão. De novo, o choramingo. Amos olhou na direção da carroça e foi pego completamente de surpresa ao ver um pequeno rosto olhando sobre a borda. Os olhos claros que estavam visíveis sob uma boina pareciam enormes no rosto sujo; a boca estava distorcida, como se o garotinho estivesse sentindo dor.

Deixando o bolo de lado, Amos levantou-se em um pulo e foi até a carroça; na mesma hora, o menino se escondeu, se encolhendo de medo.

— Ei, ei, o que temos aqui? — perguntou Amos com um tom de voz suave, sorrindo, não querendo assustar ainda mais a criança.

Silêncio total.

Disse de novo:

— Então, o que temos aqui?

— Nada — respondeu a criança —, nada.

— Ah, mas eu acho que você é alguma coisa.

— Num sô nada.

— Meu nome é Amos. E o seu?

— Pequeno Vagabundo.

— Não, vamos lá, menino, não pode ser, me diga seu nome.

— Ele mi chama assim.

— Quem?

— O homi que mi colocô pra fora e matô minha mãe.

Amos sentiu um arrepio involuntário tomar conta dele. Perguntou no mesmo tom de voz gentil:

— Onde você mora, rapaz?

— Aqui.

— Nessa vizinhança?

— Não, aqui.

— Quer dizer que mora nesta carroça?

O menino assentiu e fungou, depois fungou de novo.

Amos de repente percebeu que o menino estava sentindo o cheiro do bolo e xingou a si mesmo baixinho. Por que não entendera antes? O menino olhara para fora da carroça por causa do bolo.

— Está com fome, rapaz? Quer comer alguma coisa?

O menino assentiu, se aproximando da borda da carroça, e olhou para o muro onde estavam os bolos.

Amos não disse mais nada. Foi até a carroça e pegou o menino antes que ele pudesse protestar. Era leve como uma pluma, frágil, e quando Amos colocou-o no chão, ele cambaleou um pouco, depois se equilibrou. O menino estava usando um paletó velho, calças rasgadas e botas furadas. E estava imundo.

— Venha comigo, então, vamos comer aquele bolo — disse Amos, com a voz alegre.

Inesperadamente, o menino hesitou, de repente desconfiado e cauteloso, olhando em volta, nervoso.

Amos pegou sua mão com calma e disse:

— Vamos comer juntos, rapaz? Vamos nos conhecer.

O menino ficou quieto, mas não mostrou resistência. Quando chegaram ao muro, Amos levantou-o e sentou-o ali, abriu o saco marrom e tirou outro bolo, que entregou ao menino.

— Este é para você.

O menino hesitou apenas por uma fração de segundo. Depois, pegou e mordeu, mastigando vorazmente, obviamente faminto.

Observando-o, Amos de repente ficou furioso e enojado. Que tipo de país era este em que meninos vagavam pelas ruas precisando de comida, roupas e abrigo? Isso fazia seu sangue ferver. Toda a riqueza dessa luxuosa era eduardiana e crianças morrendo de fome nas ruas de Londres. Isso era pavoroso.

A criança de repente parou de comer e, olhando para Amos, ofereceu o bolo:

— Qué prová?

Sacudindo a cabeça, Amos pegou seu bolo e começou a comer e, depois de uma ou duas mordidas, explicou:

— Um para cada um, viu? Eu já devia saber que ia encontrá-lo.

— Como podia adivinhá?

— Não faço idéia, rapaz. Acho que apenas sabia. Quer beber alguma coisa? Água, leite, alguma coisa assim?

O menino assentiu, os olhos ávidos.

— Temos de ir buscar — explicou Amos e mordeu o bolo. — Estou cheio — murmurou ele, olhando para o menino. — Por que não termina para mim?

Balançando a cabeça, o menino pulou do muro e se afastou, parecendo preocupado.

— Uma pena desperdiçar — murmurou Amos, quase que para si mesmo, e colocou o resto do bolo em cima do muro.

Após um momento, o menino começou a se aproximar e depois parou, os grandes olhos em Amos. Queria o bolo, mas parecia com medo de tocá-lo.

— Tudo bem, você pode comer. Já disse que estou satisfeito — lembrou Amos.

Assim que o menino devorou o pedaço de bolo, Amos levantou-se, estendeu a mão e disse:

— Vamos procurar um copo de leite?

— Num posso ir.

— Por que não? Não é muito longe.

— Num posso saí da carroça.

— Você estará seguro, garanto — assegurou Amos.

— Quanto?

— Quer saber se é muito longe?

O menino assentiu.

— Dez, quinze minutos, só isso.

No mesmo instante, o menino recuou, balançando a cabeça com veemência.

— Num, num, vô ficá aqui. Aqui é seguro.

Abaixando-se e fitando o rosto assustado do menino, Amos disse com a voz mais carinhosa que conseguiu:

— Sei que você está cansado. Que tal eu carregá-lo até lá? Tomaremos um copo de leite e depois o trago de volta para a carroça. Ou para qualquer outro lugar que queira. Prometo.

O menino encarou-o, os olhos parecendo ainda maiores, e de repente sorriu.

— Jura pela sua vida? — perguntou, olhando para Amos.

— Juro pela minha vida.

Indo até a carroça, o menino entrou e reapareceu um instante depois segurando uma bolsa de pano suja amarrada com um barbante. Saiu da carroça e ficou olhando para Amos.

— O que tem na bolsa? — perguntou Amos, estendendo o braço para pegar.

O menino agarrou-a junto ao corpo, balançando a cabeça com ainda mais força, com medo de novo.

— Num, é as minhas coisa! Ocê num pode pegá.

— Tudo bem, rapaz. Eu não quero. Só pensei que podia carregar para você. De qualquer forma, vou carregar você, e você pode carregar a bolsa.

Só houve um momento de hesitação, e então o menino confidenciou:

— Minha mamã diz... jura pela vida.

— Ela não está morta?

— Está... ela está em Potter's Field.*

Mais uma vez, xingando a si próprio pela falta de atenção, Amos abaixou e pegou o menino nos braços, carregando-o para fora do beco sem saída em direção à Commercial Street e cantando:

— Avante, soldados cristãos, vamos para a guerra, com a Cruz de Jesus na nossa frente.

Enquanto Amos caminhava, cantando seu hino favorito meio que para si mesmo, sentiu o pequeno menino ficar mole em seus braços quase ime-

---

*Potter's Field é um cemitério para indigentes (*N. da T.*).

diatamente; a cabeça dele descansava no ombro largo de Amos, uma das mãos segurava a preciosa bolsa, a outra segurava com força a lapela do sobretudo de Amos.

Pobre criança, pensou Amos, está exausta. O que será dela? E para onde devo levá-la depois que tomarmos o leite na Haddon House?

Foi enquanto comiam os bolos no beco que Amos tivera a idéia de levar o menino até a Haddon House, na Whitechapel High Street. Tinha certeza que lady Fenella poderia ajudá-lo. Ele a conhecia há três anos, desde que ela e a tia abriram o abrigo para mulheres que apanhavam, e a admirava e respeitava pelo trabalho extraordinário que estava fazendo em East End.

Afinal, ela era nobre, filha do conde de Tanfield e, sendo viúva de Lorde Jeremy Fayne, era uma mulher rica. Ela era jovem, ainda não tinha 28 anos, e era considerada uma beleza pela sociedade: alta e elegante, com cabelo louro e olhos cinza. Como aristocrata e *socialite*, não precisava dedicar metade de sua vida para ajudar pessoas necessitadas; mesmo assim, ela dedicava, e fazia isso com muita eficiência, generosidade, devoção e amor. Todos que a conheciam, de todas as classes sociais, sucumbiam a seu charme, caíam em seu encanto.

Era pouco provável que ela estivesse no abrigo a esta hora da noite. Entretanto, Amos sabia que algumas ajudantes estariam na Haddon House, pois a política de lady Fenella era manter as portas abertas 24 horas por dia, sete dias por semana; ninguém nunca era rejeitado. Talvez o menino pudesse dormir lá esta noite, depois que o limpassem um pouco.

Amos abominava a idéia de levá-lo de volta para o beco e para aquela carroça decrépita e, na verdade, não tinha nenhuma intenção de fazer isso. Era tão anti-higiênico e insalubre e, acima de tudo, perigoso. Dormir na rua como o menino estava fazendo era procurar problema. Era desumano permitir que uma criança vivesse de forma tão terrível.

Decidiu que, no dia seguinte, procuraria a Dr. Barnardo's Home* local; talvez o orfanato conseguisse encontrar um lugar para ele.

---

*Dr. Barnardo's Homes são instituições que recebem crianças órfãs e pobres nas cidades inglesas. Essas instituições foram fundadas pelo Dr. Thomas Barnardo e têm como objetivo alimentar, vestir e educar crianças (*N. da T.*).

De repente, enquanto seguia seu caminho, Amos pensou em Charlie e Maisie, e desejou que ainda estivessem ali, que ainda morassem em Whitechapel. Eles levariam o menino para morar com eles sem pensar duas vezes e fariam com que se sentisse bem-vindo. Eles eram assim.

Mas os irmãos estavam em Nova York, andando pelas ruas que eles diziam serem cobertas de ouro, procurando trabalho como atores. Sentia saudade deles, principalmente de Charlie, e esperava mais cartas divertidas dele. Uma já chegara, e parecia que as perspectivas eram boas.

Carregando o menino, mantendo-o bem perto, Amos se apressou, querendo chegar à Haddon House. De uma coisa tinha certeza: seriam bem-vindos. Todas as mulheres que trabalhavam lá eram simpáticas, amáveis e prestativas. Eram o sal da terra.

CAPÍTULO 31

Quando Amos Finnister finalmente chegou à Haddon House, todas as luzes estavam acesas, tornando o lugar receptivo, e a visão alegrou seu coração. Levantando a aldraba de metal, bateu várias vezes, e em poucos segundos abriram a porta.

Para sua surpresa, viu o rosto familiar e adorável da irmã de Will Hasling, Sra. Vicky Forth. Ela pareceu tão surpresa quanto ele.

— Meu Deus, é você, Sr. Finnister! — exclamou ela e acrescentou imediatamente: — Por favor, entrem.

— Boa noite, Sra. Forth — respondeu ele, entrando no vestíbulo. — Não esperava vê-la aqui, ainda mais à noite.

— Estou ajudando lady Fenella dois dias por semana — explicou Vicky — e minha presença à noite não é comum, Sr. Finnister. Houve uma emergência, e lady Fenella me pediu para vir ajudá-la. Mas não vamos ficar aqui neste vestíbulo frio. Venha para o salão, onde a lareira está acesa. — Olhando o menino adormecido com muita curiosidade, ela perguntou: — E quem é esse rapazinho?

— Eu o encontrei nas ruas, Sra. Forth — respondeu Amos enquanto entravam juntos no salão principal, onde havia vários sofás grandes, muitas poltronas confortáveis e uma mesa comprida coberta por uma toalha branca. — Ele estava escondido em uma carroça — explicou Finnister e rapidamente contou a ela o que aconteceu enquanto se aproximavam da lareira.

A luz dos lampiões, o repentino calor e as vozes fizeram o menino se agitar no colo de Amos, e ele de repente acordou, começando a se debater na hora.

— Calma, rapaz — murmurou Amos e colocou o menino no chão. Mais uma vez, por um segundo, ele pareceu um pouco instável ao ficar de pé, depois olhou para Amos, parecendo assustado. Estava tremendo muito.

— Está com frio, rapaz?

O menino assentiu.

— Venha, então, vou acomodá-lo aqui perto da lareira um pouco. E então vou pegar aquele copo de leite que prometi a você.

O menino agarrou a mão de Amos enquanto se aproximava da lareira.

— Sente-se aqui, rapaz. — O menino hesitou na frente da poltrona. Amos levantou-o e sentou-o ali. — Logo você vai se sentir aquecido — murmurou ele e foi até Vicky, que estava perto da mesa esperando por ele. — Podemos dar alguma coisa para ele beber, Sra. Forth? Talvez água, se não tiver leite, embora eu tenha prometido ao rapaz um copo de leite.

— É claro que ele pode tomar leite, mas será que ele não gostaria de uma xícara de chocolate? As crianças adoram, e certamente iria aquecê-lo.

— Ah, que ótima idéia! Obrigado.

— Vou pedir para a Sra. Barnes preparar um bule de chocolate para todos nós. Parece que você também está precisando de uma bebida quente. Volto em um minuto, Sr. Finnister.

Vicky Forth cumpriu a palavra: voltou logo e disse a Amos que o chocolate estaria pronto em alguns minutos.

— Agora, me conte mais sobre o menino, por favor.

— Já contei quase tudo que sabia, Sra. Forth. Ele disse que o homem que matou sua mãe o expulsou, mas, claro, não sabemos se é verdade, a parte de ele matá-la. Entretanto, minha intuição me diz que a mãe dele realmente está morta. Ele disse alguma coisa sobre ela estar em Potters Field.

— Concordo com você. Ela provavelmente morreu e não quiseram ficar com o menino depois que ela se foi. Talvez tenha sido mandado para as ruas, se o homem com quem estava morando não era o pai dele. Você me contou que ele disse que não tem nome.

— Isso mesmo. Bem, ele me falou um apelido, mas não posso repetir para a senhora.

Vicky sorriu.

— Ah, pode sim, Sr. Finnister, acredite em mim, pode repetir sim. Ficaria surpreso com o que escuto por aqui. Talvez não. Afinal, era policial nesta área, pelo que meu irmão me contou.

— Eu era, sim, senhora, e conheço bem esta área. Meu pai me trazia muito aqui quando eu era menino. — Ele suspirou e, abaixando o tom de voz, murmurou: — Ele disse que se chamava Pequeno Vagabundo.

— Que horrível para uma criança. — Vicky balançou a cabeça. — Não consigo entender o que algumas pessoas fazem, a forma como magoam intencionalmente uma criança inocente, machucam-nas da pior maneira possível. — Ela parou e olhou na direção da porta da cozinha. — Ah, aí vem a Sra. Barnes com o chocolate.

A Sra. Barnes assentiu e sorriu quando viu Amos. Indo até a mesa, ela colocou ali a bandeja com o bule e as xícaras e voltou para a cozinha, concentrada no trabalho. Sendo voluntária, aquela era sua noite de cuidar da comida.

— Obrigada, Vanessa — agradeceu Vicky. Na mesa, ela serviu chocolate em três xícaras. — Tome uma xícara, Sr. Finnister — disse ela, e levou uma segunda xícara para o menino que estava encolhido na poltrona.

Ele levantou a cabeça quando a viu e, no mesmo instante, encolheu-se ainda mais de medo no canto da poltrona. Mas então, quando de repente fitou-a apropriadamente, ele arregalou os olhos e sentou-se um pouco mais ereto, fitando-a com atenção.

— Olá, menino — disse Vicky, oferecendo a xícara. — Não tenha medo. Olhe, trouxe uma xícara de chocolate quente para você, está uma delícia. Sei que vai gostar. — Enquanto ela falava, o menino escutou atentamente e não desgrudou os olhos do rosto dela.

Parada na frente da poltrona, Vicky inclinou-se na direção dele, mais uma vez oferecendo a xícara. Inesperadamente, com um movimento rude, o menino esticou o braço e tocou o cabelo dela, depois recuou rapidamente.

Vicky simplesmente sorriu para ele e entregou-lhe a xícara. Pela primeira vez, ele largou a bolsa de pano que estava segurando junto ao corpo e pegou a xícara. Os olhos ainda estavam arregalados, um olhar de surpresa estampado no pequeno rosto.

Ela também estava surpresa; de fato, o menino a surpreendera quando esticara o braço da forma que fez. Ela quase recuara, mas conseguira, de alguma forma, permanecer imóvel quando ele tocou seu cabelo.

Ela percebeu que ele não estava tomando o chocolate; os olhos fixos no rosto dela, parecia estar hipnotizado por ela.

Vicky disse suavemente:

— Tome um gole de chocolate. Está muito bom. Eu mesma vou tomar uma xícara.

O menino finalmente assentiu e fez o que ela disse.

Amos estava observando Vicky com o menino, e agora veio juntar-se a ela perto da lareira, trazendo as duas xícaras.

— Aqui está, Sra. Forth — disse ele, entregando-lhe uma xícara. — Ah, parece que está gostando, rapaz. Que bom.

O menino olhou para Amos e assentiu, então disse em um murmúrio baixo:

— Mamã... parece mamã.

Franzindo a testa, Amos olhou para Vicky.

Ela disse:

— Acho que ele está se referindo à mãe quando diz mamã. Falam assim em Yorkshire. Acho que está sugerindo que me pareço com a mãe dele.

Amos levantou uma sobrancelha e olhou para o menino, que agora estava tomando o chocolate sem prestar mais atenção neles.

Ouviram passos, e Amos olhou para o salão, onde viu lady Fenella e, para sua surpresa, o inspetor-chefe Mark Ledbetter, da Scotland Yard.

Os dois entraram no salão, e quando Mark Ledbetter viu Amos, seu rosto se iluminou. Ao parar, estendeu a mão e exclamou:

— Que prazer vê-lo, Finnister. — Ele parecia satisfeito, com um grande sorriso.

— Boa noite, chefe — respondeu Amos, apertando a mão dele, e virou-se para Fenella Fayne. — Boa noite, lady Fenella.

— Amos, que surpresa agradável! Já faz algumas semanas que não aparece, senti sua falta. Aquelas roupas foram muito bem-vindas, como disse na época. Foi muita generosidade sua e de sua esposa, e espero que tenham recebido minha carta de agradecimento.

— Recebemos, sim, senhora. Admiramos seu trabalho, tentamos ajudar quando podemos.

Fenella assentiu e olhou para o menino com a xícara nas mãos.

— E quem é nosso jovem convidado? — perguntou, curiosa.

Vicky explicou calmamente:

— O Sr. Finnister encontrou-o nas ruas, Fenella. Parece que o expulsaram de onde quer que ele estivesse morando. Ele estava se abrigando em uma carroça.

— Uma carroça! — exclamou Fenella, os olhos surpresos. Estava perplexa. — Que horror!

Vicky assentiu e explicou:

— Talvez fosse melhor se o Sr. Finnister explicasse. Não acha, Sr. Finnister?

— Claro, senhora. — Amos acompanhou lady Fenella e o inspetor-chefe até um canto da sala e rapidamente contou tudo que acontecera naquela noite, desde o momento em que entrou no beco com os bolos de carne até aquele exato momento.

Ambos escutaram atentamente, e Amos finalmente terminou:

— Eu não sabia o que fazer com ele, lady Fenella, então pensei na senhora e na Haddon House. Ele pode ficar aqui esta noite, não pode? Pobre menino, ele parece esgotado, realmente exausto, e estava faminto. Com muita fome, sede e frio.

— É claro que ele pode passar a noite aqui, Amos. Onde mais senão aqui? Entretanto, acho que teremos de levá-lo para a lavanderia e dar um banho nele. Não concordam?

— Ah, claro que sim, lady Fenella. Ele precisa de água e sabão para deixá-lo... aceitável, sem dúvida.

Primeiro, o menino relutou em sair da poltrona, mas Vicky acabou conseguindo persuadi-lo. Depois, não queria se afastar de Amos, que finalmente acompanhou as duas mulheres até a lavanderia. O menino ficou segurando a mão dele com força, mais uma vez parecendo com medo.

Vanessa Barnes estava na grande mesa da cozinha cortando carne e vegetais que ia colocando em uma panela de sopa borbulhando no fogão. O nariz do menino visivelmente sentiu o cheiro quando passaram pelo grande fogão de ferro preto que também aquecia o ambiente. Ele hesitou, como se quisesse parar e comer. Os adultos perceberam e trocaram olhares, mas não disseram nada. Quando chegaram à porta da lavanderia, Amos abaixou-se e disse para o menino:

— Agora, me escute, rapaz, vou ficar bem aqui na cozinha com aquela senhora que está fazendo a sopa. Não vou embora. Vou esperar por você, prometo. Juro pela minha vida.

O menino olhou para Amos e assentiu.

— Tá bão — murmurou, e deixou que Vicky o levasse.

A lavanderia era bem grande, e era usada para lavar e passar roupas e para dar banho nas mulheres maltratadas ou miseráveis que procuravam abrigo na Haddon House. O chão era de pedra; havia uma janela e vários armários para guardar roupas e suprimentos, e em um canto havia um grande caldeirão onde os banhos eram dados. O fogo embaixo do caldeirão estava sempre aceso; esta noite ele crepitava e faiscava e, como sempre, mantinha o ambiente e a água aquecidos.

Fenella olhou para o caldeirão e disse:

— Sei que mais cedo Vanessa encheu com água, então terá bastante para o banho dele.

Vicky assentiu e seguiu até o lado oposto, onde uma pequena banheira de zinco estava pendurada em um gancho de metal na parede.

— Acho que esse tamanho é o melhor para usarmos, não acha?

— Acho. Vou pegar sabão e desinfetante, Vicky. O cabelo dele vai precisar de uma atenção especial... por causa do *problema* de costume.

Poucos minutos depois, as duas mulheres estavam enchendo jarros com a água quente do caldeirão e jogando na banheira que estava no chão bem do meio da lavanderia.

— Venha — disse Vicky ao menino. — Você tem de tomar banho agora.

O menino continuou parado perto da porta, uma expressão selvagem no rosto.

Ela continuou com um sorriso afetuoso:

— Temos de tirar toda a sujeira. — Sorriu de novo e acenou para a criança.

Ele permaneceu imóvel, agarrado à bolsa de tecido. Estava totalmente mudo.

Finalmente, Vicky disse a Fenella:

— É melhor eu começar a tirar a roupa dele. — Aproximou-se do menino e se ajoelhou na sua frente. — Não vamos machucá-lo, menino — garantiu com um tom de voz gentil. — Só queremos deixá-lo limpo.

Mais uma vez, ele pareceu hipnotizado por ela, fitando seus olhos e, aproveitando-se desse momento de distração, ela tirou a grande boina da cabeça dele antes que ele tivesse a chance de tentar impedir ou relutar.

O menino prendeu a respiração; Vicky e Fenella também.

Cachos vermelhos estavam presos em rabos espalhados por toda a cabeça.

A criança começou a tremer e agarrou a bolsa com mais força ainda. Lágrimas escorreram pelo rosto coberto de sujeira, abrindo pequenos canais.

Vicky e Fenella trocaram olhares, mas Vicky perguntou tranqüilamente:

— Você é uma menininha?

Inicialmente, a criança não respondeu, e depois de um longo momento assentiu.

— Sim — sussurrou com uma voz quase inaudível.

As duas mulheres ficaram momentaneamente surpresas, e Fenella aproximou-se e ajoelhou-se ao lado de Vicky.

— Você tem nome, menininha? — perguntou, observando-a com atenção.

A menina balançou a cabeça.

— Você vai nos ajudar? Vai deixar que tiremos sua roupa para que possamos lavar seu lindo cabelo ruivo e dar banho em você? Queremos deixá-la limpa e bonita.

A criança assentiu, colocou a bolsa no chão e colocou os pés em cima. Então, começou a desamarrar o cachecol imundo que estava enrolado no pescoço. Vicky ajudou-a a tirar o casaco rasgado, a camisa encardida que estava por baixo e, finalmente, tiraram as botas velhas. Em seguida, foram as calças, mas com uma certa dificuldade, pois um dos pés tinha sempre de permanecer sobre a bolsa.

Quando a menina estava despida, Vicky levou-a até a banheira que estava no meio da lavanderia.

Fenella disse suavemente a ela, sem querer assustá-la:

— Infelizmente, terei de pegar sua bolsa, mas só enquanto você toma banho. Senão vai ficar molhada.

A criança sacudiu a cabeça freneticamente, agarrada à bolsa.

Apontando para o gancho grande onde a banheira estava pendurada, Fenella disse:

— Vou colocar naquele gancho, onde você possa ver. E assim que terminar o banho, pode pegar de novo.

— Num! — gritou a menina. — É as minhas coisa.

Estava olhando para Fenella, e mais uma vez Vicky agiu rápido. Em um movimento hábil, pegou a bolsa da menina. A criança começou a chorar na mesma hora.

Vicky tranqüilizou-a.

— Não chore. Não vou pegar suas coisas. — Foi até o gancho e pendurou a bolsa lá. — Aqui! Você pode olhar para ela o tempo todo. Agora, entre na banheira, por favor.

O tom de voz firme e autoritário pareceu ter o efeito desejado. A menina entrou na banheira e sentou-se, fazendo respingar água. Vicky arregaçou as mangas da blusa, inclinou-se sobre a menina e começou a esfregar os pedaços de sujeira. Poucos minutos depois, uma cascata de cabelo ruivo estava caída em volta do rosto da menina.

Pegando uma toalha de rosto, Vicky mergulhou-a na água e começou a lavar o rosto da menina, tirando a sujeira. Depois, cuidou do corpo, pedindo para a menina ficar de pé na banheira para facilitar o processo. Ela obedeceu, e Vicky lavou-a toda. Ao fazer isso, percebeu alguns ferimentos antigos no corpo da menina, mas dormir nas ruas duras podia tê-los causado. Não pareciam graves. A criança era magra, mas não desnutrida, e muito menor do que parecia quando estava vestida. Vicky percebeu que as roupas eram grandes demais para ela, e que eram de menino, não de menina.

Assim que toda a sujeira foi removida, Vicky pediu para a menina sentar-se na banheira de novo, e ela obedeceu. Vicky, olhando para a cabeça da menina, murmurou:

— Vou precisar do desinfetante, Fenella.

No momento seguinte, Fenella trouxe uma garrafa de desinfetante e uma jarra de sabão líquido, depois foi pegar um pente e toalhas.

— Cubra o rosto com as mãos, por favor — disse Vicky à menina, que obedeceu. Vicky explicou: — Vou lavar seu cabelo e não quero que caia sabão em seus olhos.

Ao final de uma hora, uma linda menina estava na frente delas usando uma camisola branca de flanela. Tinham passado bem a toalha no cabelo dela, e já estava quase seco quando Vicky o penteou, maravilhada. Era um cabelo ruivo com mechas douradas deslumbrante, e caía em cachos e ondas em volta do adorável rosto. Outra coisa admirável nela era a cor dos olhos. Eram de um raro tom de azul intenso.

Embora Amos tivesse ficado surpreso ao ver Mark Ledbetter na Haddon House, sua surpresa foi mais pela hora que por qualquer outra coisa. Geralmente, lady Fenella já estava em casa àquela hora, mas, como Vicky Forth dissera, estavam ali naquele noite por causa de uma emergência. E talvez essa também fosse a razão da presença de Ledbetter. Mas não necessariamente.

Amos sabia muito bem que o inspetor-chefe conhecia lady Fenella e sua tia solteirona, lady Philomena Howell. A mãe de Ledbetter era amiga íntima de lady Philomena; as duas debutaram juntas anos atrás.

Sempre gostara de Mark Ledbetter, já o conhecia há quase dezessete anos, desde que Ledbetter entrara na Scotland Yard. Aos 22 anos, era um ousado jovem aspirante a detetive, e Amos já era um policial. Conheceram-se em East End em um estranho caso de assassinato, e sempre se deram bem desde aquela época.

Mark, que fora ao escritório de Fenella, voltou para o salão com duas xícaras. Era um homem de 39 anos, bonito, alto, esbelto, com cabelo escuro e ondulado, gentis olhos castanhos e corpo em forma e atlético. Com uma mente brilhante, inteligência acima da média e dedicação ao trabalho, subira rápido na Scotland Yard.

Amos o observava enquanto ele se aproximava da lareira, perguntando-se de novo por que um homem com a aparência de Mark, formado em Cambridge, ascendência aristocrata e mãe rica, quis se tornar policial. Uma vez perguntara isso a Mark, e o homem mais novo respondera que queria ajudar as pessoas necessitadas. Talvez essa filosofia explicasse o interesse na Haddon House e o apoio que dava.

Quando parou, Mark disse a Amos, sorrindo:

— Acabei de roubar um pouco do conhaque de lady Fenella, mas tenho certeza absoluta que ela não vai se importar. — Enquanto entregava a xícara a Amos e se sentava em outra poltrona de couro, acrescentou: — Ela sempre tem uma garrafa no escritório... para fins médicos ou emergências. Preciso de um gole esta noite, e acredito que você também.

Assentindo, Amos tomou um gole do conhaque e sentiu o calor na mesma hora.

— Saúde — murmurou Ledbetter e provou a bebida também, depois abaixou a xícara por um momento e fitou-a com a expressão pensativa.

Após um momento, Amos limpou a garganta e perguntou com um tom de voz tranqüilo:

— Qual foi a emergência aqui esta noite? Se não se importar em responder, chefe. É óbvio que alguma coisa séria o trouxe aqui.

Mark fitou Amos e pressionou os lábios por um momento.

— Na verdade, estou aqui por acaso. Estava em uma reunião com lady Fenella e Hugh Codrill, o advogado. Estávamos discutindo maneiras de melhorar a Haddon House, arrecadar mais fundos. Eu pedi para que Codrill viesse ajudar... bem, dar algumas idéias, para ser sincero.

Mark parou, tomou um gole e continuou:

— Ainda estávamos na casa dele na Curzon Street quando ela recebeu um telefonema da Sra. Barnes, que está cozinhando hoje. Duas vizinhas trouxeram uma mulher que tinha apanhado muito no rosto e parecia estar inconsciente. A enfermeira de plantão era Clara Foggarty, e ela ficou chocada e preocupada. Achou que a mulher podia estar com uma concussão e pediu para a Sra. Barnes entrar em contato com lady Fenella. Vim junto porque fiquei preocupado.

— E onde está a pobre mulher agora? Aqui? Ou no hospital?

— Ah, no hospital, claro. Imediatamente chamei uma ambulância e ela foi levada na mesma hora. Eu tinha quase certeza que ela estava com uma concussão. Já íamos embora quando você chegou com o rapazinho. — Mark balançou a cabeça, uma expressão triste no rosto. — Gostaria de poder fazer mais por esses meninos necessitados que moram nas ruas. Apesar do trabalho maravilhoso do Dr. Barnardo e outros, ainda existem muitos deles por aí. Não dá nem para contar.

— Sei disso. Eu achava que todos os mendigos e meninos ladrões tinham desaparecido finalmente, sido reabilitados. Mas agora não tenho mais tanta certeza. Talvez as coisas estejam tão ruins quanto quando Charles Dickens estava escrevendo sobre eles.

— Isso não faz tanto tempo, como você sabe... — Mark parou abruptamente, e sua expressão mudou. Olhou na direção da porta da cozinha, confuso.

Amos acompanhou seu olhar, arregalando os olhos ao ver lady Fenella e a Sra. Forth, ambas acompanhando uma menininha pelo salão. Uma linda menina, com um incrível cabelo ruivo. *Ah, meu Deus.* A menina estava agarrada à bolsa de tecido. Não podia ser... ela não era o menino, era? Não era possível.

Quase como se tivesse lido sua mente, Vicky disse:

— Olhe o que emergiu de toda aquela sujeira, Sr. Finnister. Essa adorável menina que estava usando roupas de menino... um disfarce. Pelo que ela me disse, a mãe a vestia assim a maior parte do tempo. Provavelmente para protegê-la, acho.

Levantando em um pulo, com um enorme sorriso, Amos atravessou o salão, parando na frente das duas mulheres e da menina. Estendeu a mão, tocou o maravilhoso cabelo da criança e murmurou:

— Agora, pode me dizer seu nome, pequena?

— Mamã... ela mi chamava di piquenu butão de rosa — respondeu a menina, olhando para ele com os brilhantes olhos azuis. O rosto era sério e os olhos de repente ficaram tristes.

— Que lindo nome — respondeu Amos, sorrindo para ela. Depois, levantando a cabeça, olhou para Vicky com uma sobrancelha questionadora.

Vicky abaixou-se no nível da criança.

— Mas este não é seu nome *de verdade*, é?

— Num sei... — A voz da menina sumiu e ela pareceu confusa.

Vicky percebeu que as mãos da menina estavam apertando com mais força ainda a bolsa e perguntou-se o que teria ali dentro. Possivelmente as informações de que precisavam, alguma coisa que pudesse explicar quem ela era. Como tirar a bolsa dela? Era uma tarefa impossível.

Agora foi Fenella quem ajoelhou-se na frente na menina e disse devagar:

— Eu sou Fenella. E esta — olhou para Vicky — é Vicky. E o cavalheiro que a encontrou é Amos. Ali está o Mark. E você... *quem é*? Diga seu nome para que possamos chamá-la por ele.

A pequena menina balançou a cabeça, olhou para Vicky e disse:

— Butão de rosa... mamã chamava.

Vicky sorriu para ela e ajoelhou-se no chão ao lado de Fenella, fitando a menina com olhos cheios de ternura e carinho.

— Tudo bem, esse será o *seu* nome. Podemos chamá-la de Rose. Você gosta?

A menina assentiu. Um pequeno sorriso apareceu e sumiu.

Vicky estendeu a mão para pegar a bolsa, dizendo:

— Deixe-me guardar isso para você, para ficar seguro.

— Num! Num! — gritou a menina e agarrou com mais força.

— Tudo bem, não chore — murmurou Vicky. — Venha, vamos tomar outra xícara de chocolate.

Uma hora depois, após colocarem a menina na cama, ainda agarrada à bolsa, Fenella e Vicky sentaram-se com Mark e Amos para discutir a situação.

— Não podemos colocar essa menina adorável em um orfanato — disse Vicky em determinado momento, balançando a cabeça. — Não vou permitir que isso aconteça. Ela é bonita e vulnerável demais. Algo de mal vai acontecer a ela. Minha intuição me diz isso.

Houve um momento de silêncio, e Fenella exclamou:

— Ela deve ficar *aqui*. Não existe nenhum motivo para que não fique. Talvez você possa fazer algumas perguntas discretas pelas redondezas, Amos? Para descobrir se tem alguma menina desaparecida.

— Farei isso, lady Fenella, mas duvido muito que alguém vá reivindicá-la. Acho que ela falou a verdade quando disse que a mãe morreu e que foi jogada na rua. Se pelo menos soubéssemos seu nome... — A voz de Amos sumiu e ele deu de ombros, impotente.

— Se — murmurou Mark, balançando a cabeça. — Concordo com você, Amos, sobre a mãe dela. E certamente com a Sra. Forth e lady Fenella. Certamente, ela deve ficar na Haddon House até decidirmos o que é melhor para ela. Todos concordamos com isso?

Os três disseram que sim.

Vicky sentiu um alívio tomando conta de si. A menina que agora chamavam de Rose estava segura. Por enquanto.

CAPÍTULO 32

Ravenscar

Ricardo passara a manhã inteira insistindo, depois implorando, para ir pescar. Finalmente, depois do almoço, Eduardo sucumbira às súplicas e fora com ele para a praia.

Embora já fosse meio de abril e estivesse sol, havia um vento vindo do mar do Norte que estava gelado, batendo em seus rostos e deixando os narizes vermelhos.

— Que bom que Meg o agasalhou bem, rapaz — disse Eduardo, olhando para o irmão, que estava lutando com a vara de pescar. Era óbvio que as luvas de lã estavam atrapalhando, mas, de alguma forma, Ricardo estava conseguindo.

Eduardo sorriu para a maneira como Meg protegera o menino contra o frio. Ela sempre se preocupava com o irmão querido, e hoje ela o embalara em camadas de roupas e, como toque final, acrescentara um cachecol vermelho em volta da cabeça dele. E colocara um gorro de tricô por cima, cobrindo completamente a cabeça.

Se Ned permitisse, ela o teria embalado da mesma forma, mas, é claro, não a deixara chegar nem perto. Entretanto, ele reconheceu sua esperteza em enrolar um cachecol de lã em volta da cabeça de Ricardo, e copiou para proteger suas orelhas. Mas, em vez de um gorro de lã vermelho com um pompom em cima, Ned usava um gorro xadrez por cima do cachecol, que era mais sóbrio.

Caminharam juntos usando galochas até o lugar onde Ricardo preferia pescar. A praia era uma jazida de rochas, onde era possível encontrar fósseis antigos, além de bonitas conchas e todo tipo de estranhos espécimes marítimos trazidos pelas marés, e algas.

Não conversaram muito enquanto seguiam em frente, ambos perdidos nos próprios pensamentos. Eduardo estava pensando em Lily, imaginando como estava, o que estava fazendo; e Ricardo estava parabenizando a si próprio, extremamente feliz por ter conseguido ficar com Eduardo só para ele. Jorge estava sempre por perto agora, tentando bajular o irmão mais velho. Mas não conseguia; Ned recuava, e Ricardo estava começando a se perguntar por quê.

De repente, Ricardo gritou:

— Olhe, Ned! A pedra dos Cormorões! — Antes que Eduardo pudesse segurar o menino, ele já começara a correr pela praia sobre a areia molhada. Eduardo franziu a testa, preocupado, rezando para o irmão não escorregar.

Poucos minutos depois, Ricardo já estava perto da pedra dos Cormorões e começou a escalar as pedras menores para alcançá-la. Em um segundo, então, estava de pé em cima dela. Triunfante, sorrindo, acenando para Eduardo.

O irmão mais velho acenou em resposta e continuou caminhando, lembrando-se de quando o pai o trouxera aqui junto com o irmão Edmundo, tantos anos atrás. Fora com o pai que aprendera um pouco da sabedoria dos pescadores locais... A pedra dos Cormorões era assim chamada por causa dos cormorões que emergiam das ondas para ficarem nessa pedra em particular, com as asas abertas, secando-as.

Seu pai sempre dizia que não conseguia entender por que uma espécie de pássaro que passava tanto tempo no mar não se tornara impermeável, como tantas outras aves marinhas. Dizia constantemente que esse era um mistério da natureza, insondável.

Chegando ao grupo de pedras, Eduardo escalou e juntou-se ao irmão. Quando estava parado a seu lado neste posto acima do mar espumante, disse:

— Tenha cuidado, Peixinho. Não quero ter de... pescar você, pegar você com meu anzol em vez de um peixe gordo.

Ricardo riu, os olhos brilhando.

— Pode deixar, aqui é o lugar para se pescar bacalhau! Papai me disse isso, e também disse que, se quisesse pegar hadoque, tinha de pegar um barco e ficar um quilômetro e meio afastado do litoral. É lá que estão todos os hadoques.

— Isso mesmo — respondeu Ned, e afastou a imagem repentina de Edmundo aos dez anos, dizendo praticamente as mesmas palavras. Fechou os olhos para apagar a imagem do rosto inocente de Edmundo, mas abriu-os logo.

— Vamos jogar as linhas, Peixinho — disse Ned ao irmão mais novo, e arremessou a linha para o mar enquanto falava.

Ricardo fez a mesma coisa. Ficaram lá por quase uma hora e pegaram apenas alguns poucos peixes. Congelados, com os olhos lacrimejando, os rostos vermelhos do vento, eles finalmente deixaram a pedra dos Cormorões e voltaram para a praia. Estavam indo em direção aos degraus no penhasco, que os levariam até a parte mais baixa da charneca que descia até o mar do Norte.

Enquanto escalavam devagar até o trecho mais baixo da charneca, Ricardo começou a conversar com Eduardo, interrompendo seus pensamentos, que eram principalmente sobre a Deravenels e aqueles que a dirigiam atualmente. O menino estava forçando Ned a sair de seu estado meditativo.

— Ned, me faça qualquer pergunta sobre assuntos relacionados ao mar — pediu Ricardo em determinado momento, olhando para Eduardo, segurando seu braço.

Compreendendo que teria de obedecer, Eduardo assentiu e lembrou-se que esse era um jogo que haviam brincado com o pai no último verão.

Respirando fundo, afastando a onda de inesperadas e repentinas emoções, Eduardo finalmente disse:

— Certo, então, façamos isso, Peixinho. Vamos ver o quanto você está sabendo hoje.

— Muita coisa — respondeu Ricardo.

— Qual é a única coisa que não se deve fazer com um navio ou barco?

— Mudar seu nome!

— Certo. Mas por quê, Peixinho?

— Porque dá *azar* mudar o nome de uma embarcação.

— Muito bom mesmo, rapaz. Agora outra... quais foram as últimas palavras do almirante Nelson?

— Beije-me, Hardy.

— Que rapaz inteligente você é. Agora, qual foi a maior batalha de Nelson?

— Trafalgar.

— Isso mesmo, e Waterloo também. O que mais os marinheiros acham que dá azar quando saem para o mar? — Era uma pergunta capciosa, e Eduardo perguntou-se se Ricardo se lembraria o que era, já que era uma brincadeira entre os marinheiros.

— *Sereias*! E sei que estou certo. Edmundo me disse isso... nunca deixe as sereias embarcarem. Sim, ele me disse isso no verão passado.. — A voz do menino sumiu e ele ficou em silêncio; os olhos escureceram, ficando da cor de ardósia. Mergulhou na tristeza, não falando muito por um tempo, e depois murmurou: — Pensei em Edmundo, Ned, e fiquei com vontade de chorar. Sinto saudade dele, e você?

— Também — respondeu Ned, e levantou a cesta de pesca no ombro, mas a alça de couro continuava escorregando. — Vamos continuar nosso jogo, rapaz — continuou e perguntou: — Quando se sobe na prancha de um navio de guerra britânico, qual é a primeira coisa que se vê ao pisar no convés?

— Uma placa que diz: *Tema a Deus. Honre o Rei.*

— Você tem uma excelente memória, rapaz. Sei que papai ensinou muita coisa sobre isso a você, não foi?

— Foi, e ele me disse que gostaria de ter sido marinheiro da Marinha Real. Acho que eu também gostaria.

— Falando em Marinha, o que se faz ao ver inesperadamente um marinheiro?

— Toca no colarinho dele para dar sorte.

Eduardo começou a rir e, no meio das gargalhadas, disse:

— Acho que não sei mais o que perguntar sobre o mar, sabia disso?

— Tudo bem, Ned, já estamos quase chegando ao topo. Vamos dar os peixes para a cozinheira? Talvez ela faça para o jantar.

— Talvez, mas eu acho que os bacalhaus vão acabar como torta, pois são *muito* pequenos.

Foi Will Hasling quem os recebeu quando chegaram ao quintal onde ficavam os estábulos. Estava parado à porta dos fundos esperando por eles, acenou e exclamou:

— Pegaram algum peixe grande? — Estava sorrindo de orelha a orelha, e parecia ansioso para falar com Eduardo.

— O que houve? — perguntou Eduardo quando entraram em casa. — Você parece *animado*.

— Não diria animado, mas aliviado, talvez seja a melhor forma de descrever o que estou sentindo.

— Diga — pediu Eduardo, colocando a cesta de peixes e a vara no chão e tirando o gorro, o cachecol e as camadas de roupas, depois ajudando Ricardo a fazer o mesmo.

— Neville telefonou enquanto você estava fora. Oliveri recebeu um telegrama do contato dele em Delhi. Parece que o pessoal dele conseguiu a prova de que precisamos. David Westmouth vai mandar tudo em uma série de telegramas... parece que é a forma mais rápida.

— Graças a Deus, finalmente recebemos notícias desse camarada, já tinha quase desistido dele — respondeu Eduardo, e sorriu por causa da boa notícia. — Agora, Peixinho — falou, virando-se para Ricardo. — Aqui está o que conseguimos pescar. Leve para a cozinha e diga à cozinheira que é o *nosso presente* para ela. Se ela quiser ficar com o bacalhau, pode. Você faz isso? — Levantando a cesta, Eduardo colocou a alça no ombro de Ricardo. — Ah, poderia me fazer um favor, Peixinho? Peça a ela para mandar levar chá quente e bolinhos à biblioteca?

Ricardo assentiu.

— Claro que sim, Ned.

O menino se afastou com a cesta de peixes, atravessando rapidamente o corredor.

Will e Eduardo seguiram em um passo mais lento, um silêncio compatível entre eles. Depois que entraram na biblioteca, Will disse:

— De acordo com Neville, assim que estivermos com essas informações, tudo poderá prosseguir. Não temos mais nada para esperar, nada mesmo.

Aproximando-se do fogo crepitante, ainda congelado do passeio na praia, Eduardo assentiu:

— Para ser sincero, estou ansioso para ver as coisas acontecendo. Quanto antes, melhor. Quando os telegramas chegarem, não teremos motivo para esperar. Não quero que John Summers e aquela mulher maldita prejudiquem ainda mais a empresa.

Ele suspirou e foi sentar-se em uma poltrona próxima, olhando para Will.

— Temos muito a reconstruir, tenho absoluta certeza disso. Rob Aspen, Alfredo Oliveri e Christopher Green rapidamente vão colocar o departamento de mineração nos eixos; mas precisaremos reestruturar as vinícolas na França, e alguém terá de assumir a sede do norte. Na minha opinião, as coisas correram frouxas por lá.

— Talvez Johnny concorde em fazer isso — sugeriu Will. — Afinal, ele conhece bem o norte, já que trabalhou lá para Neville por todos esses anos, e a família dele mora em Yorkshire.

— Espero que ele aceite esse fardo, pelo menos por um curto período. Mas vou sentir falta dele, Will, ele é inestimável. — Eduardo sorriu para o amigo com afeto e acrescentou logo: — Certamente não posso deixar que vá para o norte, preciso de você comigo em Londres.

— E é onde quero ficar. A propósito, Ned, falei com Vicky enquanto você estava pescando. E...

— Ela falou alguma coisa sobre Lily? — perguntou Eduardo, ansioso, cortando o amigo.

— Certamente. Lily está bem e vai esperá-lo na próxima semana. Se você for para a cidade, irei com você, e Johnny também. Você sabe que Neville insiste na sua proteção.

— Claro, isso é inquestionável. Ela só disse isso sobre Lily?

— Também disse que sua querida Lily está linda, saudável e que o bebê está começando a aparecer, e foi isso.

Eduardo sorriu.

— Você consegue imaginar que vou ser pai? É difícil acreditar, não é?

Will apenas sorriu e exclamou:

— E Vicky também vai ser mamãe, Ned. Ela e Stephen estão pensando em adotar aquela menininha que Amos encontrou em uma carroça. Você se lembra que ele nos contou sobre isso na última reunião que tivemos? Pareceu bem comovido, e Vicky também ficou. Na verdade, mais que isso, amigo. Segundo Stephen, ela se afeiçoou à menina. E ele concorda com a adoção, já que Vicky não conseguiu engravidar.

— Que maravilhoso e quanta generosidade com a criança — respondeu Eduardo. — Pelo que Finnister nos disse, a menina é muito bonita, não?

— Verdade. Mas ainda não sabem nada sobre ela. Vicky me disse que, quando chegou na Haddon House, ela não largava uma bolsa de pano de jeito nenhum. Acabou mostrando o que havia dentro. Mas não havia nada que mostrasse quem ela era. Então eles a chamam de Rose.

— Eles podem adotá-la? — perguntou Eduardo. — Quero dizer... *de quem* eles vão adotar? Ela não tinha casa, eles não podem simplesmente... pegá-la e criá-la como se fosse filha deles? É ridículo falar em adoção.

— Meu Deus, não tinha pensado nisso! — exclamou Will. — Talvez você esteja certo, talvez eles não precisem seguir nenhum procedimento legal. De qualquer forma, Fenella conhece Hugh Codrill, o advogado, e parece que ele vai aconselhá-los.

— Então, eles estão em boas mãos.

Antes do jantar daquela noite, Eduardo foi até a sala íntima da mãe no andar de cima. Estava sozinha, lendo um livro em frente à lareira; levantou o olhar e abaixou-o quando viu o filho à porta.

— Sim, Ned, o que é? — perguntou, sorrindo para ele, acenando para entrar.

— Podemos conversar um pouco?

— Claro que sim. Alguma coisa o preocupa?

— Bem, na verdade, sim. Estou preocupado com as tiaras, mãe. Não quero que as venda para poder comprar uma casa para mim, para que eu tenha meu próprio lar.

— Ned, é o único jeito de fazermos isso!

— Acho que teremos outro jeito em breve.

Cecília franziu a testa.

— Mesmo? Por favor, me explique, querido.

— Temos muitas provas contra os Grant e seus comparsas — contou Ned. — Isso acabará com eles de uma vez por todas. Na verdade, poderíamos fazer alguma coisa agora, mas Neville quer esperar até recebermos alguns telegramas que vão chegar da Índia. Oliveri tem um amigo lá, um camarada chamado David Westmouth, e ele finalmente conseguiu provas contra Aubrey Masters e seus negócios com os locais, aqueles que estão envolvidos no desvio que lhe contei. Então, estamos montando um caso e depois pediremos permissão para apresentá-lo ao conselho.

— Entendi... quando acha que isso vai acontecer? — perguntou ela, a animação refletida nos olhos, a expressão ansiosa.

— Espero que seja em algumas semanas. Em maio.

Agora Cecília não conseguiu conter a alegria. Sorriu para o filho mais velho e perguntou:

— Por que ainda está em pé aí? Venha se sentar aqui comigo e me conte mais.

Ele fez o que ela pediu, sentou-se em uma poltrona ao lado da dela e explicou:

— Não há muito a dizer, mãe. A senhora já sabe quase tudo.

— Quando vai para Londres?

— Na próxima semana. Só passarei alguns dias, depois voltarei para ficar mais uma semana. Depois disso, terei de ficar na cidade. A senhora entende, não é?

— Claro que sim, querido, entendo, sim. Pretendo passar o verão aqui em Ravenscar. Sei que a temporada de Londres ainda não acabou, mas isso não importa, já que nossa família está de luto e não pode participar. Portanto, na minha opinião, é melhor ficarmos aqui, e acho que as crianças concordam.

— Sei que Ricardo concorda... ele adora Ravenscar.

— Jorge também.

— É verdade — concordou Eduardo e pensou: ele também adoraria.

— Você vai dirigir a Deravenels, não vai, Ned? — perguntou Cecília de repente, surpreendendo-o.

— Vou.

— E Neville?

— Ah, sim, o primo Neville. Mmmmmmmm. Deixe-me pensar... ele vai me aconselhar, me ajudar no que puder, assim como Johnny e Will.

Houve uma pausa.

Cecília ficou em total silêncio.

— O que foi, mãe? — perguntou ele finalmente, já que ela permaneceu muda.

— O que Neville pretende ganhar com tudo isso, Ned? Ele é o maior magnata da Inglaterra, e provavelmente o mais rico. Já tem tudo. Não precisa ajudá-lo a dirigir a Deravenels...

— Sei disso tão bem quanto a senhora, e acho que ele também. Por outro lado, o pai dele apoiava meu pai, o verdadeiro herdeiro da Deravenels. Acredito que ele se sinta totalmente comprometido a fazer o mesmo por mim.

O orgulho e a honra dele estão envolvidos. E mais uma coisa. Eu diria que ele quer... *poder.*

— Ah, Ned, ele certamente já tem o suficiente.

— Quando o suficiente é *suficiente* para um homem ambicioso?

— Então, o que está me dizendo é que Neville quer conseguir mais poder através de você. É isso?

— Até certo ponto.

— Ah, Ned, tenha cuidado.

— Não sou um fantoche, ele não é meu dono. Ele não me controla, mãe. Estou no controle.

— Mas *ele* sabe disso?

— Acredito que sim... Neville me conhece desde que nasci e só está pensando nos meus interesses.

— Vou repetir: tenha cuidado, Ned. Muito cuidado.

Capítulo 33

— Está sendo muito doloroso deixá-la na Haddon House — explicou Vicky, olhando de Fenella para o marido Stephen. — E me preocupo tanto com ela quando não estou aqui; isso está perturbando minha vida, tirando minha concentração em quase tudo que faço.

— Eu sei, minha querida — disse Stephen, estendendo a mão e tocando o braço da esposa com carinho. — E não posso culpá-la. Sei que você pensa na possibilidade de alguém vir pegá-la ou de ela fugir para as ruas e desaparecer. Entretanto, acho que não existe a menor chance de nenhum dos dois acontecer.

— Concordo com ele! — exclamou Fenella. — Ela se afeiçoou muito a você, Vicky, sabemos disso. Simpatizou com você desde o dia em que Amos a trouxe para cá e mal consegue esperar os dias que você vem.

Stephen Forth recostou-se na cadeira, a expressão meditativa formando uma nuvem sobre seus olhos. Aos 42 anos, era um banqueiro de sucesso, com a carreira em ascendência. Um homem de recursos independentes como herança da família materna, estudara em Harrow quando menino e se formara em Cambridge, além de ser um intelectual. Também era um homem prático, muito pé no chão, que acreditava em tudo que era inglês, no rei e em Deus, nessa ordem. Tinha um enorme senso de justiça, de lealdade, e era famoso pela generosidade e caridade. Sua aparência era tipicamente inglesa. Tinha cabelo castanho-claro e pele clara e os bondosos olhos castanhos podiam se encher de compaixão ou brilhar divertidos e maldosos. Todos o consideravam um homem bom... de boa aparência, bom por natureza.

Fenella estava pensando exatamente isso no momento em que disse:

— Então, concorda com Vicky, Stephen? Sobre adotar Rose?

— Ah, concordo, sim. Acho que é uma criança adorável e podemos oferecer muito a ela. — Olhou para Vicky e acrescentou com um sorriso: — Vicky deseja isso, em um certo aspecto, precisa disso, e eu também. Portanto, farei qualquer coisa que puder para realizar a adoção. Além disso, Fenella, Rose ama Vicky, é possível perceber só de olhar.

— Claro que sim... — Bateram à porta e Fenella parou de falar, olhou para a porta do escritório e disse: — Pode entrar!

Amos Finnister apareceu à porta e sorriu para todos quando entrou.

— Boa tarde, lady Fenella, Sra. Forth, Sr. Forth. Desculpem meu atraso, mas fiquei preso em outro negócio.

Todos cumprimentaram-no afetivamente, e Fenella disse logo:

— Obrigada por vir esta tarde, Amos. Por favor, sente-se.

Amos sentou-se e, observando a expressão esperançosa no rosto de Fenella, balançou a cabeça e disse:

— Sinto muito, mas não consegui descobrir nada sobre a pequena Rose. Não há nenhuma criança desaparecida na área, nas ruas das redondezas. Perguntei em todos os lugares e fui até mais longe. Deixe-me colocar desta maneira: se *existe* uma menina desaparecida, ninguém quer admitir ou reivindicá-la.

Stephen disse:

— E não havia nada naquela bolsa velha de pano, não é, Vicky? Nada que nos dê uma pista de onde ela vem?

Vicky mordeu o lábio.

— Nada mesmo. Infelizmente. Havia algumas coisas interessantes, sim, mas não significam nada para *nós*, já que não revelam nada sobre ela. Obviamente, significam muito para ela; fica frenética quando guardamos a bolsa.

— Talvez eu devesse dar uma outra olhada nas coisas mais tarde — murmurou Amos —, depois que nossa reunião acabar. Conversar com ela sobre essas coisas.

Vicky concordou.

— Acho uma boa idéia.

Fenella disse:

— Bem, tenho algumas notícias boas. Falei com Hugh Codrill, e ele disse que não vê qualquer razão legal que impeça Vicky e Stephen de adotarem Rose. Deixando a burocracia de lado, ele pediu informações em uma das Dr. Barnardo's Homes, e eles têm um bom sistema quando recebem crianças, sejam das ruas ou que os pais desistiram por não terem condições de criar. Por razões financeiras ou de saúde. Toda criança é registrada lá. Nome, data de nascimento, outros detalhes familiares. Quando um casal chega querendo adotar uma criança, recebe uma cópia desse registro e, se for aprovado, recebe os papéis da adoção preparados pela instituição.

Debruçando-se sobre a mesa, Fenella terminou:

— E ele recomenda que façamos exatamente a mesma coisa, que sigamos o exemplo deles.

Vicky sorriu, feliz.

— Que alívio. — Olhou para Amos. — Como eu disse a lady Fenella, esses dias Will me perguntou como poderíamos adotar se não sabemos *de quem* estamos adotando. E o Sr. Codrill nos deu a solução perfeita.

— É verdade — concluiu Fenella. — Ele já está preparando a documentação necessária: um contrato de registro para a Haddon House usar a fim de registrar Rose e os detalhes da forma como chegou aqui. É um documento que podemos imprimir depois e usar se alguma outra criança for achada nas ruas e trazida para cá. Entretanto, não podemos encorajar essa prática, já que não somos um orfanato, e sim uma casa para mulheres maltratadas, como vocês sabem.

— Fenella, presumo que o Sr. Codrill também esteja preparando documentos para nós assinarmos? — perguntou Stephen. — Em outras palavras, a papelada legal necessária à adoção?

— Exatamente, e esses documentos serão o mais irrefutáveis possível.

— E quando chegarão os documentos, Fenella? — perguntou Vicky, ansiosa.

— Daqui a uma semana, mas agora que Hugh já fez toda a pesquisa jurídica necessária, ele me disse que você pode levar Rose para casa hoje, se quiser.

Ao escutar a notícia, lágrimas escorreram dos olhos de Vicky, e ela abriu um sorriso hesitante para Fenella:

— Obrigada! Ah, muito obrigada, Fenella — a voz embargada por causa da emoção.

O sorridente marido passou o braço em torno de seus ombros.

— Viu, minha querida, tudo acabou dando certo.

— Devo dizer que é um alívio para mim também — falou Amos, também sorrindo. — Estava muito preocupado com a menina por todas essas semanas. — Sorriu para Fenella e disse: — Obrigado, senhora. A pequena Rose deve muito à senhora... bem, todos nós.

Foi Vanessa Barnes quem preparou o chá no salão, com a ajuda de Vicky e Fenella. Enquanto as mulheres se ocupavam colocando xícaras, pires e outros utensílios sobre a mesa, Amos e Stephen Forth ficaram sentados conversando por alguns minutos sobre os mistérios que envolviam Rose.

— Não consigo entender — disse Stephen, parecendo estupefato. — Como alguém pode jogar uma criança como Rose nas ruas, abandoná-la dessa forma? É assustador pensar nisso e saber que realmente acontece.

— Tem muitos monstros se passando por seres humanos por aí, Sr. Forth — disse Amos com a voz sombria. — Acredite em mim. Muito antes de eu me tornar detetive particular, trabalhando por conta própria, eu era policial nas ruas aqui de Whitechapel. — Balançou a cabeça, triste. — Não dá nem para descrever as coisas que vi naquela época, as coisas mais assustadoras possíveis. — Fitou Stephen longamente e continuou após um momento: — Nunca vou conseguir entender como alguém pôde jogar Rose fora como lixo. É uma criança tão linda.

— Muito mesmo — Stephen foi rápido em concordar, e perguntou: — Quantos anos acha que ela tem, Sr. Finnister?

— Por favor, me chame de Amos, é como todos me chamam. Devo admitir que é difícil calcular a idade dela. Acho que não deve ter mais do que cinco anos, e o senhor, o que acha?

— Não é um pouco alta para cinco? — perguntou Stephen. — Minha esposa, porém, acha que ela tem quatro. Acho que nunca vamos saber.

— Acredito que tenha mais que quatro, ela é muito esperta e inteligente, mas não *mais* que cinco, tenho certeza. Tentei descobrir por quanto tempo ficou nas ruas, mas ela não conseguiu me dizer. Não tem noção alguma de tempo real, como todas as crianças pequenas. Mas estava muito suja, e as roupas estavam imundas, então acredito que ela estivesse morando nos becos e esquinas, catando comida para sobreviver, havia pelo menos três ou quatro semanas, talvez mais.

Stephen estremeceu involuntariamente e fechou os olhos por um momento; quando abriu-os, havia uma expressão estranha neles, uma mistura de tristeza e sofrimento. Não respondeu ao comentário de Amos, ficou apenas ali parecendo enojado.

Finalmente, após alguns segundos, Stephen disse:

— Quando a vimos hoje mais cedo, ela ficou pulando de alegria porque estávamos aqui. Há algo de adorável na personalidade dela, quando não está tão tensa.

— Sei exatamente o que quer dizer, Sr. Forth — respondeu Amos. — Ela é cheia de vida.

— Essa é uma boa maneira de descrevê-la. Sim, Rose é cheia de *joi de vivre.*

— Amos! Amos! — gritou uma voz de criança e, um momento depois, ela estava correndo para cumprimentar o amigo.

Enquanto a observava se aproximando, Amos pensou que ela nunca estivera mais bela. Havia um grande laço branco amarrado no alto da cabeça ruiva, e ela vestia meias pretas, um vestido de lã azul-marinho e um avental engomado branco. Sabia que eram roupas que Vicky comprara para ela.

Quando ela parou, Amos sorriu, pegou-a e girou-a. Então, colocou-a no chão, percebendo como estava firme agora: não cambaleava mais, como quando a encontrara.

— Olá, Rose — disse ele, sorrindo para ela. — Você está linda com as roupas novas.

— Brigado — disse ela e balançou o vestido. — A Sra. Vicky mi deu. Ela é qui nem minha mamã.

Amos pegou a mão de Rose e levou-a até o sofá, onde sentou-se e colocou-a no colo, olhando bem nos olhos azuis.

— Rose, você poderia me fazer um favor?

— É difícil? — perguntou ela, olhando atentamente para ele, a cabeça caída para o lado.

— Não, não é difícil. É fácil. Quero que vá até a Sra. Vicky e peça para ela destrancar o armário especial para que eu possa ver suas coisas na bolsa de pano.

— Pra que ocê quer olhá as minhas coisa? — perguntou ela, franzindo a testa, de repente parecendo suspeita.

— Queremos tentar descobrir quantos anos você tem. Talvez alguma coisa na bolsa nos diga isso.

Colocando a mão por dentro da gola do vestido, Rose puxou uma fita preta em que estava pendurada uma chave.

— A Sra. Vicky colocô a chave aqui porque eu chorô quando ela pegô as minhas coisa.

— Ela não é uma mulher muito boa? Bem, venha comigo, pequena, vamos até o armário.

Sorrindo para ele, segurando sua mão, Rose levou-o até a série de armários que ficavam na parede em frente à mesa. Passou a fita pela cabeça e abriu o armário. Então esticou o braço para pegar a bolsa de pano.

Rose trancou o armário com cuidado e colocou a fita em volta do pescoço antes de voltarem para o sofá. Quando Vicky viu o que estavam fazendo, correu para se juntar a eles. Ela e Amos sentaram-se no sofá e, no momento seguinte, Stephen se aproximou, trazendo uma xícara de chá para Vicky. Após entregar a ela, perguntou a Amos:

— Gostaria de uma xícara de chá?

— Agora não, obrigado, Sr. Forth. Quero me concentrar nesses itens agora. — Apontou para a bolsa de pano.

Rose olhou para Amos e perguntou:

— O qui ocê qué vê?

— Que tal aquela fotografia que você me mostrou da outra vez?

Sem dizer nada, Rose tirou a fotografia da bolsa e entregou a Amos. Ele a analisou por um momento, depois fitou Rose e perguntou:

— Esta é mamã?

Ela assentiu várias vezes e disse com veemência:

— É.

— Ela sempre diz isso — comentou Vicky.

Amos analisou a fotografia. Fora tirada em um estúdio, não tinha dúvida disso, e por um bom fotógrafo. Então custara dinheiro. Pessoas pobres não tinham dinheiro para gastar com fotografias.

Será que esta jovem da fotografia vinha de família rica? Sua aparência dizia que sim. O cabelo estava preso no alto da cabeça, com cachos caindo para a frente. Essa era a moda atual, a preferida das mulheres da sociedade, que copiavam a rainha Alexandra.

Usava um vestido escuro com um bonito colarinho de renda que cobria os ombros e o colo, e tinha gola alta, que era a última moda. Punhos de renda combinando terminavam as mangas compridas. Ao analisar a fotografia, percebeu que a jovem usava um broche com a forma de uma estrela que parecia cravejado de diamantes. Não notara isso antes, pois se concentrara nos traços da mulher. Também percebeu os brincos brilhando, e pareciam de verdade.

O rosto era lindo; os olhos eram grandes com sobrancelhas grossas acima. A primeira palavra que lhe vinha à mente era *classe*. Na opinião de Amos, ela tinha classe. Era óbvio que vinha de uma boa família. De repente, ele sentiu bem no fundo que isso era verdade. Olhou disfarçadamente para Rose, que estava conversando com Vicky e Stephen, e vislumbrou a mulher da fotografia. Ela *era* mãe de Rose, tinha certeza.

Virando a foto, Amos olhou de novo para ver se tinha o nome do fotógrafo. Não deu sorte: não tinha. Se tivesse um nome, teriam percebido na primeira vez que Rose permitiu que abrissem a bolsa.

— O que pode me mostrar agora, Rose? — perguntou Amos, e ela se virou para Vicky e Stephen, olhou para dentro da bolsa e tirou uma chave. Entregou a ele.

Era uma chave comum, nenhum nome ou marca. Amos balançou a cabeça.

— Não sei para que serve essa chave. Você sabe, Rose?

— Chave da mamã — respondeu e olhou para Vicky como se ela pudesse ajudar na resposta.

Amos entregou a chave à menina. Depois de guardá-la, ela pegou um pano, na verdade, um pedaço. Amos sabia o que era: a aliança de ouro. Tirou do pano, os olhos analisando-a por um momento, embrulhou-a cuidadosamente e, mais uma vez, colocou-a de volta na bolsa.

Ela mostrou vários outros objetos pequenos, a maioria tesouros de uma criança, coisas que ela guardara. Várias bolinhas de gude coloridas, uma flor pressionada entre duas folhas de papel, um lenço e um pequeno livro de orações. Dentro, ele leu mais uma vez a dedicatória: "Para Grace de Mamãe". Sem data. Mais nada. Nenhuma outra palavra.

Um muro de concreto. Estavam de cara para um muro de concreto. Olhando para Vicky e Stephen, os olhos mostrando frustração, Amos disse:

— A mesma coisa que da última vez, infelizmente. Não encontrei qualquer pista entre as coisas dela. Achei que talvez conseguisse encontrar alguma coisa, que haveria alguma coisa que seria uma pista, algo que eu não notara da outra vez. Mas acho que foi só ilusão da minha parte.

— Entendemos — disse Vicky. — De qualquer forma, vamos começar do zero. Nós três juntos... uma nova família.

Levantando-se, Vicky foi até Fenella, que estava perto da mesa. Passou o braço pelo dela e disse baixinho:

— Obrigada por tudo que você fez, minha querida amiga. Serei eternamente grata.

— Vicky, querida, estou emocionada por você e Stephen e por essa criança simplesmente linda. Ela tem sorte, todos nós temos sorte.

— Se não fosse por Amos e pela Haddon House... — Vicky parou e balançou a cabeça. — Imagine o que teria acontecido com esse pequeno botão de rosa se Amos não a tivesse encontrado e você não tivesse aberto a Haddon House três anos atrás?

Fenella assentiu e sorriu. De repente, parecia à beira das lágrimas. Não deixou que caíssem, se controlou, e juntas as duas foram até o sofá perto da lareira. Como de costume, a menina estava agarrada à bolsa de pano e, de repente, pareceu alarmada ao ver as duas mulheres se aproximando.

Vicky disse:

— Não precisa ficar assustada, Rose. Vou para casa agora...

— Num! Num! — protestou a menina, e o rosto se enrugou. Lágrimas escorreram por seu rosto. — Pur favor, num vai.

— Ssssh — disse Vicky suavemente e ajoelhou-se na frente da criança. — Você vai vir comigo também, Rose, comigo e com Stephen, para nossa casa. E vai morar lá conosco e sempre cuidaremos de você e a manteremos segura.

Capítulo 34

A luz do sol que entrava pelas muitas janelas de vidro da estufa jogava um brilho dourado em tudo neste sábado ensolarado de maio.

Amos Finnister olhou em volta, admirando o ambiente, que era arejado e alegre, mas confortável com poltronas e sofás de vime com almofadas macias, e algumas mesas combinando. Orquídeas brancas e de outras cores brilhantes enchiam o ambiente. Essas orquídeas maravilhosas eram o orgulho e a alegria de Nan Watkins, que criara um jardim de inverno que era sereno e tranqüilo, um calmo refúgio.

Will Hasling, que estava sentado junto com Amos, quebrou o silêncio ao dizer:

— Finalmente conheci Rose, e ela é a mais linda das meninas. Minha irmã e o Sr. Forth estão muito felizes por tê-la em casa; e Rose é sortuda por ter caído no colo deles, por assim dizer, graças a você.

Amos fitou Will e inclinou a cabeça. Passara a gostar desse jovem, achava-o admirável em muitos aspectos, não apenas pela devoção a Eduardo Deravenel, mas por sua verdadeira lealdade a ele. Will também era inteligente, bem informado sobre negócios e política, e uma pessoa boa, generosa.

— Você realmente entende o quanto essa criança *realmente* teve sorte? — perguntou Amos em voz baixa.

— Até certo ponto, sim. Podia ter morrido sozinha nas ruas, de fome ou pela exposição ao clima, ou poderia ter se machucado de alguma forma.

Ou ter sido levada por uma pessoa má, alguém que facilmente poderia abusar dela, machucá-la.

Uma sombra pairou sobre o rosto de Amos, que apertou os lábios; houve uma longa pausa antes de ele finalmente dizer:

— Esta última teria sido a pior, na minha opinião. Quando se está morto, se está livre... de qualquer mal. Se está machucado, em um cenário perfeito, vai para o hospital ou cuidam de você em algum outro lugar. Por outro lado, se se é levado por uma pessoa má, esqueça. — Balançou a cabeça e a tristeza tomou conta de seu rosto. — Esse tipo de gente é *inescrupulosa*. São essas pessoas que vendem crianças para bordéis ou negociantes de escravos brancos, que as mandam embora para serem revendidas como gado em mercados onde humanos são negociados. Tanto meninos quanto meninas. Vendidos para bordéis onde são mantidos como escravos pelo resto da vida. Nunca conseguem fugir. — Amos parou e, por um momento, pareceu aflito, os olhos esgotados, o rosto pálido. Ele suspirou e notou que Will o observava com atenção, obviamente interessado no que estava dizendo.

Amos continuou mais devagar:

— E ainda existem aqueles criminosos que formam gangues de crianças, ensinam a *elas* como serem criminosos, roubar nas ruas e nas balsas que atravessam o Tâmisa... essas crianças são treinadas para serem batedores de carteiras e se tornam perigosas, pequenos ladrões, e também são condenadas a uma vida de crime e degradação.

Will Hasling se recostou, fitando Amos, um homem de quem passara a gostar, respeitar e confiar. Após um momento, Will comentou:

— Existe um mundo aí fora que poucas pessoas conhecem. Principalmente pessoas como eu, que não sabem muito sobre crimes e criminosos e East End. — Ele fez uma careta e acrescentou: — Não somos nem um pouco bem informados, não é verdade?

— É verdade, senhor. Mas o mundo é formado de todos os tipos de pessoas — respondeu Amos. — Alguns dos piores tipos moram em Whitechapel, Limehouse, Southwark e redondezas. Mas, por outro lado, também existem inúmeras pessoas boas, honestas, cidadãos cumpridores das leis. Rose também poderia ter sido pega por pessoas boas. Entretanto, é mais que provável que fossem muito pobres e que ela fosse uma boca a mais para alimentar. Seria difícil para eles, e ela seria um fardo terrível.

— Rose escapou por um milagre, entendo o que está dizendo — comentou Will em voz baixa. — E minha irmã me contou um pouco sobre aqueles lugares horríveis... os cortiços, em particular. Parecem desprezíveis.

— São asquerosos. Casas caindo aos pedaços cercadas de becos e vielas, túneis subterrâneos, ruas sem saída. Os cortiços são enormes cortiços e são perigosas, Will, difícil para você compreender. É um mundo violento, nem a polícia entra lá, a não ser que precise, e nunca fazem isso sozinhos, nem em dois ou três. Só entram em grupos para que possam se proteger.

Inclinando-se para frente, Will agora disse:

— Você pintou um cenário horrível, só não entendo por que não acabam com eles?

— E para onde essas pessoas iriam, os pobres que moram lá? Responda, Will.

— Não sei, mas o que você acabou de descrever é desumano. — Will balançou a cabeça veementemente, os olhos frios, faiscando de raiva. — Aqui estamos nós, você e eu, sentados nesta linda casa em Chelsea, morando na maior e mais influente capital do mundo. *Londres.* Centro de um grande império, o maior que já existiu. Somos uma nação próspera, inovadora e industrializada. Influenciamos o mundo inteiro. Há muito dinheiro. Londres, ou melhor, todo o país, está prosperando. E somos uma raça humana e boa por natureza. Então, *você me* diga por que os cortiços existem.

— Gostaria de saber. Eu me pergunto isso sempre, e nunca encontrei uma resposta. Existem os que tentam ajudar essas pessoas, como o Dr. Barnardo, que fundou as casas para os abandonados e os sem-teto. Ele tem tido sucesso. Outras pessoas ricas e generosas, principalmente mulheres, têm feito muito para abrandar essa situação terrível, e ainda há o lar que lady Fenella e a tia fundaram para mulheres necessitadas. Eu entendo o que você está dizendo... por que o governo não faz alguma coisa? Estou certo?

— Exatamente. É tão chocante, isso me deixa doente e envergonhado; e agora entendo de verdade por que minha irmã quis trabalhar com lady Fenella e doou dinheiro para a Haddon House. — Ele sorriu. — Ajudando os menos afortunados, ela encontrou a criança com que sempre sonhou. E quanto a Rose, ela deve ter um anjo da guarda protegendo-a.

— E tem alguns anjos aqui — salientou Amos, um pouco menos tenso. Prosseguiu, com um entusiasmo repentino: — Não apenas lady Fenella, a

Sra. Forth e o Sr. Forth, mas também Hugh Codrill. Ele providenciou tudo adequadamente dentro da lei. Pelo que sei, sua irmã e o marido não precisam se preocupar com nada. Ninguém pode tirar Rose deles agora. Ela é filha deles e terá uma vida boa.

— Quero que faça alguma coisa — disse Margarida Grant, olhando para John Summers. — Temos de retaliar. Sei que eles são responsáveis pela morte de Aubrey Masters. Jean, *chéri, s'il vou plaît...*

Freando o garanhão negro, John Summers olhou para trás, onde Margarida também estava freando o cavalo. Ela fitou o rosto dele, um rosto que passara a amar, e sussurrou:

— Estou com um mal pressentimento... *les choses mauvais...* — Não terminou a frase.

Houve um momento de silêncio. Os dois estavam cavalgando por Rotten Row no Hyde Park havia meia hora e agora, embaixo dos galhos das árvores, deixaram os cavalos descansarem. Era um sábado quente de maio, um bonito dia de primavera.

John soltou um leve suspiro e murmurou:

— Como posso retaliar? Não tenho nada em que me basear. Não posso acusar Eduardo Deravenel de assassinar Aubrey Masters. A polícia disse que foi morte acidental, não foi nem suicídio. Eles afastaram a idéia de assassinato. Devo admitir que estou dividido, Margarida, querida... parte de mim acredita que Aubrey morreu devido à própria falta de cuidado, aos estranhos hábitos alimentares. Mas outra parte de mim diz que foi uma morte *conveniente* para Eduardo Deravenel e seus amigos dentro da empresa. Também tenho suspeitas, como você, mas devo tomar cuidado com o que faço, pelo nosso bem.

Margarida assentiu e, de repente, sorriu para ele. O rosto ficou radiante na luz do sol que atravessava os galhos cheios de folhas, e ele perdeu o fôlego por um momento. Como ela estava linda naquela manhã: o cabelo preto estava preso em um coque, e usava um chapéu de feltro vistoso com um minúsculo véu. A gola de linho branca dava um toque feminino ao casaco azul-real de cavalgada que ela usava, com uma saia comprida e botas combinando. Os olhos pretos estavam luminosos no rosto pálido e oval, e ela estava sedutora e tentadora como sempre. Margarida sentia uma atração fatal por ele, e às vezes ele se perguntava por que se permitira envolver por ela. Por mais enlouquecido que estivesse. Tal pai, tal filho, pensou, e afastou esses pensamentos.

Esticando o braço e pousando a mão coberta de luva no braço dele, Margarida disse:

— Sei que você considera Eduardo Deravenel um jovem agradável e educado que só pensa em conquistar mulheres. Mas acho que o está subestimando, John.

Balançando a cabeça, os olhos fixos nos dele, ela acrescentou:

— Eu o vejo de forma diferente, ah, vejo. Muito diferente. Ele é esperto. E usa a personalidade alegre e jovial para esconder sua crueldade.

— Você já disse isso antes, minha querida, e devo dizer que concordo. Não vejo Eduardo Deravenel como um jovem com a cabeça oca, de forma alguma.

— O que *eu vi* foi a forma como ele conquistou os colegas na Deravenels, pelo menos aqueles que sempre tenderam para os Deravenel de Yorkshire. Como Alfredo Oliveri e Rob Aspen. Eles parecem obedecer a ele. E quanto a Oliveri? Você o promoveu a chefe do departamento de mineração, e isso também me preocupa. Ele agora tem muito poder.

John riu.

— Oliveri está fazendo um excelente trabalho — respondeu rapidamente, embora ele mesmo estivesse mais desconfiado que nunca da lealdade de Oliveri. Mudando de assunto talentosamente, perguntou: — Como está Henrique? Você conseguiu mantê-lo por um bom tempo no campo.

— Foi você mesmo que me disse para não levá-lo ao escritório. Que ele estava com a aparência frágil e doentia. Sendo assim, ele está descansando no campo. — Os olhos pretos cintilaram, e ela sorriu convidativamente: — Talvez possamos almoçar juntos... posso preparar um piquenique.

— E seus empregados? — perguntou ele, levantando a sobrancelha.

— Dei o dia de folga para eles... na verdade, o final de semana de folga, John.

— Entendi — murmurou ele e não conseguiu segurar um sorriso. — Então, temos o final de semana inteiro à nossa disposição?

— *Mais oui.* — Olhando em volta e não vendo ninguém por perto, inclinou-se sobre ele e beijou seu rosto, sussurrando em seu ouvido o que planejava fazer durante a tarde.

Ele não respondeu, apenas a fitou.

Saíram para uma caminhada, seguindo Rotten Row. A cabeça de Margarida estava girando, cheia de pensamentos. Mas o mais importante era convencer John Summers a se vingar de Eduardo Deravenel. Estava convencida que ele e seus colegas estavam por trás da morte de Aubrey Masters, um dos fiéis seguidores de Henrique.

O almoço de sábado na casa de Neville se transformara em um ritual. Sempre que estavam todos em Londres, os seis homens se encontravam para rever os progressos e saborear uma deliciosa refeição juntos.

Os seis estavam na biblioteca tomando um aperitivo antes de irem para a sala de jantar. Eduardo Deravenel, como sempre, se sobressaía entre eles, parecendo mais alto que nunca e ainda mais bonito, se é que isso era possível. Estava conversando seriamente com o primo Johnny, que prestava muita atenção.

Eduardo estava envolvido em uma discussão sobre bibliotecas e livros, e estava confidenciando que um dia, quando tivesse uma casa e dinheiro, planejava ter sua própria biblioteca.

— Como esta aqui, talvez? — perguntou Johnny. — Tirando a de Ravenscar, não conheço nenhuma que seja mais bonita ou melhor em nenhum aspecto.

— Isso é verdade — concordou Eduardo, e virou-se ao escutar a voz de Neville. O primo fechara a porta da biblioteca e estava chamando-os para sentarem-se perto da lareira.

Todos fizeram isso na mesma hora, curiosos para saber o que Neville ia dizer, já que era óbvio que tinha a intenção de falar. Ele se colocou em frente à lareira sem fogo, pois o clima estava ameno.

— Fico feliz em anunciar que estamos quase prontos para confrontar os Grant e sua gangue e acabar com eles. Finalmente — disse Neville. — Depois de sessenta anos dirigindo a Deravenels, eles serão expulsos do escritório.

— Sinceramente, espero que Deus escute o que está dizendo, Neville — comentou Eduardo, fitando o primo. — Porque, embora queira acabar com eles logo, quero que a vitória seja *nossa.*

— E será — garantiu Neville, com um sorriso brilhante e confiante. — Finnister já está com tudo pronto. — Neville olhou de forma questionadora para o detetive particular, que assentiu e se levantou.

— Terminei meu trabalho. Vários médicos analisaram os registros dos hospícios e todos eles acreditam que esses registros indicam que Henrique Grant é um homem doente, que sofre de demência. Não existe nenhum problema em relação aos meus dois colegas, os atores, que se aproximaram de Beaufield, Cliff e Dever, os três diretores da Deravenels com desagradáveis problemas particulares. *Podemos* chantageá-los, tenho certeza disso. Coloquei muitas pessoas espalhando boatos sobre os Grant, boatos para denegrir a imagem deles. Sim, estamos prontos. — Amos sentou-se e sorriu quando os outros aplaudiram-no. — Obrigado — agradeceu.

Neville disse:

— Acho que você também tem algo a dizer, não, Oliveri?

— Certamente — respondeu Alfredo e levantou-se. — Nas últimas semanas, tenho mantido os senhores informados sobre meu amigo David Westmouth e a situação na Índia. Ele está trabalhando para nós. Já recebi documentos que revelam roubos e desvios nas nossas minas lá. Westmouth já está em alto-mar a caminho da Inglaterra e está trazendo mais provas.

— Quando ele vai chegar?

— Em uns dez dias — respondeu Alfredo. — E como sabem, Beaufield, Cliff e Dever estão envolvidos em alguns dos desvios que aconteceram na Índia, além do comportamento imoral que Amos descobriu.

— Então são duplamente culpados — murmurou Eduardo. — Também tenho boas notícias. Nesses últimos dias, descobri que tenho muitos amigos dentro da empresa que mal podem esperar para ver o último Grant saindo pela porta. Podemos contar com o apoio unânime deles.

— Vamos almoçar, cavalheiros — anunciou Neville com um grande sorriso. — Acho que podemos comemorar, brindar nosso sucesso antecipadamente. Porque sei que não vamos fracassar.

Capítulo 35

Vicky se olhou no espelho da penteadeira, ajeitou um pouco o chapéu e saiu do quarto. Enquanto subia as escadas para o terceiro andar, que agora era dedicado a Rose, fez uma anotação mental para não se esquecer do envelope que Stephen lhe dera naquela manhã antes de sair. Era uma doação para a Haddon House, um presente deles para Fenella, em agradecimento a tudo que ela fizera na questão da adoção de Rose.

Quando Vicky entrou no quarto de brinquedos, Rose levantou o olhar e abriu um sorriso enorme ao vê-la. Levantou em um pulo da cadeira e correu, o rosto iluminado de felicidade.

Abaixando-se, Vicky abraçou-a, depois pegou sua mão e levou-a de volta para a mesa onde estava desenhando com giz de cera em um caderno de desenho.

— Onde ocê vai? — perguntou a menina triste, fitando Vicky, os olhos azuis preocupados ao ver Vicky pronta para sair.

— Ver lady Fenella — respondeu Vicky. — Vou almoçar com ela.

— Posso ir? — perguntou a menina ansiosa, sorrindo na mesma hora. — Fenella é moça boa.

— Ela é, sim, e a ama, Rose, mas hoje você não pode ir. Vou levá-la para ver lady Fenella outro dia. Mas, por favor, não se preocupe, querida, não vou demorar.

Rose assentiu mostrando que compreendia, mas seu corpo estava tenso, e aquela expressão apreensiva que Vicky agora conhecia tão bem apareceu em seu rosto. Ela sempre ficava chateada e preocupada quando Vicky saía.

— Prometo que estarei de volta a tempo para tomar chá com você — disse Vicky, dando um sorriso tranqüilizador e apertando a mão da menina. — Frances vai tomar conta de você. — Vicky franziu a testa ao fitar a menina. De repente, ficou preocupada. — Você *gosta* da Frances, não gosta?

— Gosto. — Rose recostou-se na cadeira e mordeu o lábio, e perguntou baixinho: — Vô morá aqui com ocê pra sempre?

— Claro que vai! Estou sempre dizendo que agora aqui é a sua casa e sempre será, Rose. *Sempre*. Até você crescer e até quando quiser. — Debruçando-se na mesa, acrescentou: — Não se lembra, querida, que eu disse que eu e Stephen a adotamos?

— Quê isso? — perguntou Rose, sua confusão aparente, os olhos enormes no rosto.

— Significa que *você* é *nossa* filha. Você é nossa, e nós somos seus, e ninguém pode tirá-la de nós. Somos seus pais. — Quando percebeu que Rose ainda não tinha entendido bem, explicou: — Somos... seu papai e mamãe.

A menina deu um enorme sorriso.

— Ocê é minha mãe?

— Agora sou, sim. Mas não quero que se esqueça da sua primeira mãe... da *mamã*.

Descendo da cadeira, Rose foi até seu quarto e entrou. Quando chegou perto da mesa de cabeceira, abriu a gaveta de cima, pegou a fotografia e o livro de orações que estavam entre os tesouros na bolsa de pano.

Vicky a seguira e agora estava parada, observando-a da porta, se perguntando o que ela ia fazer.

Uma fração de segundo depois, Rose se aproximou dela, apontou para a mulher na fotografia e disse:

— *Mamã*... essa é mamã. — E então entregou o livro de orações para Vicky. — Mamã... ela mi deu isso. Mamã colocô uma coisa pra mim cum a caneta dela.

Vicky sentiu uma onda de excitação ao escutar essas palavras, e ficou imóvel ao abrir o livro e olhar a inscrição. Em voz alta, leu:

— Para Grace de Mamãe.

Rose sorriu e assentiu.

— Isso. Mamã colocô.

— Então este livro é *seu*? Não da mamã?

— Isso.

— Então, seu nome deve ser... *Grace*.

— Isso, isso.

— *Você* é Grace?

— Isso. *Eu*. — Ela bateu no peito. — Eu é Grace.

Horas depois, Vicky estava recontando a história do livro de orações para Fenella e Lily. As três estavam almoçando juntas na sala de jantar de verão de Fenella, que abria para o jardim da casa em Mayfair. Papel de parede branco com folhas verdes, uma variedade de plantas florescendo e móveis pintados de branco faziam da sala uma extensão do jardim. Como resultado, a sala era charmosa, iluminada e arejada.

— Por que será que ela só nos contou agora que se chama Grace? — perguntou Fenella com a voz intrigada e a testa franzida.

— Não sei ao certo, claro — respondeu Vicky, — mas tenho muitas teorias a esse respeito. A primeira vez que perguntamos seu nome, ela disse que a mãe a chamava de *pequeno botão de rosa*, acho que foi esse o nome que ficou registrado em sua memória depois que a mãe morreu. Supondo que ela *esteja* morta, claro. Tenho uma intuição de que o nome Grace tem alguma associação com o passado dela. Outra época, outro lugar, sem ser Londres.

— Por que acha isso? — perguntou Lily na mesma hora, soando perplexa.

— Porque tenho quase certeza que ela e a mãe moravam perto do mar. Quando eu e Stephen a levamos a Stonehurst duas semanas atrás, ela ficou tão feliz quando fomos a Romney Marsh. A primeira coisa que fez quando estávamos nos aproximando da praia foi se sentar, tirar os sapatos e as meias. Disse que queria bater os pés na água. Quando perguntei sobre isso, ela se *iluminou* literalmente e disse que fizera isso com a mamã. Ela também quis procurar conchas e ficou animada quando encontrou uma alga. De modo geral, ela teve um final de semana muito feliz. Outra teoria que tenho é que ficou em estado de choque quando a mãe morreu e ela foi jogada nas ruas. É óbvio que ela *ainda* estava em choque quando Amos a encontrou. — Vicky parou, tomou um gole de água e continuou: — Fenella, tenho certeza que seu amigo, Dr. Juno Newman, concordaria comigo. O choque causa problemas terríveis em adultos, imaginem em crianças. Estou certa que é ainda pior para elas. Ela se apegou ao nome *pequeno botão de rosa* porque, na sua cabecinha, associa isso à *mãe* e ao *agora*, e não ao passado.

— Então, onde você acredita que ela e a mãe moravam? — perguntou Lily, abaixando a colher de sopa e fitando Vicky.

— Estou certa que moravam perto do mar no norte, provavelmente em Yorkshire — respondeu Vicky, a voz mostrando confiança.

— Só porque ela fala mamã, e não mãe ou mamãe? — Fenella levantou a sobrancelha de forma questionadora.

— Exatamente.

— Mas você me disse que ela tem um sotaque cockney — lembrou Lily.

— Não é o tempo todo, já percebi isso — respondeu Vicky. — Às vezes ela fala você em vez de *ocê, não* em vez de *num*, e assim por diante. Estava muita tensa quando Amos encontrou-a na carroça e levou-a para a Haddon House, como você deve se lembrar, Fenella. Stephen acha que ela começou a relaxar, a se sentir segura conosco, e que está mudando muitas das coisas que diz e a forma como fala.

— Isso faz sentido — disse Fenella. — Mas ainda estou curiosa.

— Mas, tirando o choque, tenho certeza que ela ainda sofre pela mãe. Eu já a encontrei chorando diversas vezes e, quando pergunto o que houve, ela só diz "*mamã*", em um tom de voz desesperado, e vem para o meu colo soluçando, em busca de conforto.

— Ah, pobrezinha — exclamou Lily. — Eu gostaria de saber quem foi o demônio que a jogou nas ruas de Whitechapel. Eu mandaria chicoteá-lo.

— Eu também — concordou Fenella, depois balançou a cabeça. — É estranho, não é, Vicky, que todos nós tenhamos achado que o livro de orações pertencia à mãe dela e que a mãe que se chamava Grace.

— É mesmo, mas Rose foi bem específica esta manhã, falou com muita certeza que o livro era *dela*, que a mãe dera a ela e que ela era Grace.

— Como devemos chamá-la? — perguntou Fenella, olhando para Vicky e depois para Lily. — Rose ou Grace?

— Prefiro chamá-la pelo nome que obviamente é o de verdade... Grace — disse Vicky. — Mas posso perguntar a *ela*, e sempre podemos anexar Rose também.

— Então, ela seria Grace Rose Forth — disse Lily sorrindo. — Fica muito bonito. De qualquer forma, mal posso esperar para conhecê-la. É uma pena que não tenho me sentido bem para ir tomar chá com vocês, como você sugeriu tantas vezes, Vicky querida.

— Está se sentindo melhor, não está? — Vicky fitou a amiga querida. — Não há nada errado com a gravidez, há, Lily?

— Não, minha saúde está boa, são só os terríveis enjôos matinais que me deixam mal. — Ela sorriu. — Ned se preocupa tanto comigo. Francamente, fico feliz que ele esteja em Ravenscar com Will.

— Eles vão ficar lá até Pentecostes — disse Vicky. — Will estava ansioso por esses dias. — Um sorriso repentino iluminou seu rosto e ela continuou: — Acho que surgiu alguma moça na vida dele e que ela mora em Yorkshire.

— Ah, quem é, conte para nós — insistiu Lily, os olhos brilhando, cheios de interesse.

— Eu contaria se soubesse, mas não sei nem o nome. Entretanto, ele parece muito feliz, e nunca vi meu irmão com a aparência tão boa, tão bonito.

— Como de costume, Ned não disse nada a respeito, ele é muito discreto — comentou Lily. — Ele nunca fala da vida de ninguém. Meu Ned é muito discreto.

Fenella riu.

— Pode até ser, mas acho que a maioria dos homens fofoca tanto quanto as mulheres.

Ela tocou o sino para o mordomo enquanto falava, e em poucos minutos os pratos de sopa foram retirados da mesa e o peixe foi servido.

As três amigas conversaram animadamente sobre diversos assuntos durante o almoço, mas o tópico mais importante foi sobre como melhorar a Haddon House. O objetivo delas era encontrar formas de ajudar aquelas mulheres que tinham menos sorte que elas.

Capítulo 36

As duas mulheres que desciam os degraus da casa em Curzon Street eram bonitas e se vestiam com elegância, seguindo as tendências da moda. Por serem tão estonteantes, várias cabeças se viraram, principalmente do sexo oposto, enquanto seguiam para a calçada onde a carruagem as esperava.

Vicky usava um vestido de tafetá cinza prata com a cintura ajustada e longa saia esvoaçante, com um casaco combinando com gola verde-clara. Na cabeça, usava um chapéu de palha italiana cinza com plumas cinza e verde-claras presas à aba.

Lily usava o tom favorito de azul-claro. O vestido de seda solto tinha um casaco combinando que ajudava a disfarçar seu estado. O chapéu possuía três pontas e era feito de seda azul com penas de avestruz presas em um lado, e ela o usava com desenvoltura, elegante como sempre.

O cocheiro da carruagem, que era o modelo preferido de Lily, ajudou-a a subir primeiro, depois Vicky. As duas sentaram-se juntas na carruagem baixa, espalhando os vestidos e acomodando-se.

A carruagem era aberta para o mundo, a capota dupla abaixada nesta bonita tarde de maio. Um dos motivos que faziam com que Lily adorasse esse modelo de carruagem, que só era usado na cidade, era porque, por ser baixa, permitia uma grande visibilidade e exibia seus ocupantes. As pessoas costumavam se referir a ela como carruagem das mulheres, pois suas roupas eram exibidas.

Assim que Robin, o cocheiro, subiu no banco acima dos dois cavalos, Lily disse:

— Vamos levar a Sra. Forth até sua casa em Kensington, mas vamos pelo Hyde Park, está uma tarde tão adorável.

— Certo, madame — respondeu Robin, estalando a língua, e saiu pela Curzon Street em direção à Park Lane.

Lily virou-se para Vicky e disse:

— Talvez eu entre para tomar um chá. Se não tiver problema.

— Ah, Lily, querida, isso seria maravilhoso! — exclamou Vicky. — Você sabe o quanto quero que conheça Rose... Meu Deus, tenho de me acostumar a chamá-la de Grace, não é mesmo?

Rindo, Lily assentiu.

— Acho que sim. Por outro lado, ela pode querer continuar sendo chamada de Rose, é um nome tão bonito. — Lily olhou para a melhor amiga com atenção, abaixou o tom de voz e acrescentou: — Estou tão feliz que você e Stephen adotaram-na... talvez você até fique grávida agora... isso acontece muito, você sabe.

Vicky sorriu, mas não fez comentários.

— Vocês foram muito generosos em dar mil libras para Fenella usar na Haddon House. Ela ficou emocionada — comentou Lily.

— Queríamos ajudar, e ela vai fazer bom uso do dinheiro, como você bem sabe. Você mesma tem sido muita generosa nesses últimos três anos doando bastante dinheiro.

— É por uma causa importante e merecedora, e tenho muitas coisas boas na minha vida. *Preciso* retribuir, não poderia ser de outra forma. Quando penso nessas pobres mulheres e nas dificuldades por que passam, chego a estremecer.

— Eu também. As dificuldades delas fazem com que imagine os problemas pelos quais a mãe de Grace passou. Ela obviamente morava com algum homem que a maltratava.

— Concordo, e estou começando a aceitar sua teoria de que Grace e a mãe vieram do norte.

— Veja, Fenella notou a forma como ela usa mamã em vez de mãe imediatamente, porque ela é de Yorkshire. Como você bem sabe, a família de Fenella mora perto de Ripon, e também percebi logo porque passei muito tempo em Ravenscar com Will e os Deravenel.

— Eu sei, e acredito que ela tenha pego o sotaque cockney nos últimos dois anos, não acha?

— É mais que provável... — Vicky interrompeu suas palavras, virou-se para Lily e disse: — O Hyde Park não está lindo hoje? Mal posso esperar para atravessá-lo.

— Sabia que você ia gostar. — Inclinando-se um pouco, Lily disse para o cocheiro: — Onde vai entrar no Hyde Park, Robin?

— No final da Park Lane. Achei que assim as senhoras veriam mais.

— Obrigada, é uma idéia maravilhosa.

As duas amigas continuaram conversando sobre Grace Rose, como Lily de repente passou a chamá-la, e também sobre a criança que ela estava esperando.

— Estou feliz por ter comprado a casa perto da sua em Kent, Vicky. Será um lar adorável e confortável para nós, para mim e para o bebê, e se Ned quiser ir e ficar alguns dias de vez em quando, vai poder. Mas, como disse a ele diversas vezes, sem pressão.

— Eu sei que ele quer se envolver.

— Ele lhe disse isso, Vicky? — perguntou Lily, os olhos brilhando, o rosto ansioso.

— Não, não disse, mas posso ver o quanto ele gosta de você e a paparica, está sempre preocupado com seu bem-estar, Lily. Na verdade, fiquei surpresa, porque sempre achei que ele simplesmente a... abandonaria, a deixaria seguir sozinha.

Lily riu alto.

— Para falar a verdade, eu também! E eu não me importava, não estava preocupada comigo ou com o bebê. Como sabe, estou muito segura com o dinheiro que meus dois maridos deixaram para mim. Mas não posso dizer que não acho bom Ned estar feliz por causa do bebê, porque acho. Obviamente, ele pretende fazer parte de nossas vidas. E antes que você me lembre de novo, eu sei que ele não vai se casar comigo. Ele não pode, e eu não quero que faça isso. — Olhando para Vicky, Lily murmurou: — Você o vê como um grande mulherengo, não é?

— Vejo, você não? — Vicky lançou um olhar intenso, franzindo um pouco a testa.

— Claro que sim. Ele sempre foi mulherengo e sempre será — respondeu Lily. — Mulheres são a droga dele, ele é viciado nelas. — De repente, caiu na gargalhada de novo e, aproximando-se da melhor amiga, sussurrou: — Uma vez ele me disse que foi seduzido por uma mulher casada mais velha quando tinha *treze* anos.

Vicky não pôde deixar de rir junto com Lily e, quando se acalmou, disse:

— Bem, não se pode dizer que ele não é *honesto*.

— Sempre, e às vezes honesto demais — respondeu Lily.

As duas ficaram em silêncio, e logo depois a carruagem entrou no Hyde Park, os cavalos cinzentos seguindo em frente em um ritmo agradável.

As árvores estavam floridas, com galhos cheios de folhas verdes iluminados pela luz do sol, e os arbustos e moitas estavam coloridos, com flores brotando. Estavam no início da última semana de maio, e a primavera estava realmente majestosa naquele ano de 1904.

Lily sentia-se excepcionalmente feliz naquela tarde. O enjôo matinal parecia ter diminuído nos últimos dois dias, e ela realmente estava se sentindo muito bem no momento. Ned fora particularmente atencioso e carinhoso antes de ir a Yorkshire para o Pentecostes.

Parecia que tudo estava muito bem em seu mundo. Embora não tivesse contado a ninguém, nem a Vicky, Lily comprara uma casa pequena mas adorável na South Audley Street, e pretendia morar lá parte do tempo.

Olhando em volta, viu muitas crianças brincando na grama. Algumas rodavam bambolês, outras jogavam bola, e todas pareciam muito felizes e soltas. Não havia nada como o riso das crianças para levantar o astral.

Algumas mulheres estavam fazendo o passeio vespertino, sempre em duplas; havia muitas babás empurrando grandes carrinhos na sua frente; e viu muitos casais de braços dados, caminhando lentamente sob as árvores.

Além disso, não havia muito movimento no Hyde Park hoje, apenas duas outras carruagens bem distantes. Como era tranqüilo esse pequeno refúgio verde no meio da maior e mais importante cidade do mundo.

— Meu Deus! — exclamou Vicky com a voz estridente. — O que está acontecendo ali na frente? — Olhe o cavaleiro no garanhão preto. Meu Deus, ele não está conseguindo controlar o cavalo! Parece que está tendo um ataque, batendo as patas e empinando. Olhe, Lily. Veja como ele está levantando as patas dianteiras.

— Não estou vendo! — Lily levantou ainda mais o pescoço, estremeceu involuntariamente e disse para o cocheiro: — Robin, preste atenção naquele cavalo ali na frente. Há algo errado com ele. Ah, meu Deus, está correndo. Vindo nesta direção, e o cavaleiro está agarrado nele tentando salvar a própria vida!

Vicky estava olhando para frente, os olhos fixos no cavaleiro e no cavalo, o coração na boca. O homem estava tentando controlar o garanhão, mas isso estava além de sua capacidade. O cavalo estava vindo na direção delas, jogando a cabeça para trás, bufando, as narinas abertas. Havia espuma na lateral da boca dele; os grandes dentes brancos estavam à mostra. O cavaleiro parecia em pânico e, enquanto se aproximava da carruagem delas, Vicky percebeu que ele era bonito e corpulento, com olhos e cabelos escuros e uma cicatriz no rosto. Parecia estrangeiro. Ele a encarou por um breve momento com olhos duros. Encarou Lily por mais tempo, pensou Vicky. Sentiu-se recuar, tremendo.

— Robin, tente acalmar os cavalos! — gritou Vicky.

— Pare! Pare! — gritou Lily. — Pelo amor de Deus, pare a carruagem, Robin. Vamos sofrer um acidente.

— Não consigo freá-los, Sra. Overton — respondeu Robin sobre o ombro, todos os músculos contraídos ao puxar as rédeas.

Todos viram o cavalo e o cavaleiro, e as crianças que brincavam na grama estavam correndo para debaixo das árvores, para longe da avenida principal que cortava o parque.

De repente, o cavalo e o cavaleiro estavam bem à frente delas, a apenas alguns metros da carruagem. O grande cavalo empinou, ficando sobre as patas traseiras e jogando a cabeça para trás bem na frente dos cavalos cinzentos. Eles reagiram instantaneamente, batendo com as patas. E, saíram correndo.

Estavam rápido demais agora, Lily percebeu isso na hora. Robin estava tentando, puxando as rédeas, mas os cavalos e a carruagem haviam atingido uma velocidade muito alta. Os animais ficaram totalmente assustados e estavam fora de controle.

Para Vicky, parecia que tudo estava acontecendo rápido demais. Lily gritava ordens, assim como ela; Robin tentava de tudo para fazer os cavalos pararem, mas sem sucesso. De repente, os cavalos aumentaram a velocidade. Vicky segurou-se na lateral da carruagem, Lily também. Então aconteceu. A carruagem capotou.

Vicky sentiu-se jogada do assento para fora da carruagem. Gritou. No momento seguinte, estava deitada na grama na lateral da avenida, atordoada.

Lily tentara segurar Vicky, mas não conseguira, e também fora jogada para fora da carruagem; também estava estendida no chão, e uma parte da carruagem estava sobre seu corpo, prendendo-a.

Começou o pandemônio.

As pessoas corriam na direção delas.

Robin, encharcado de suor, o rosto chocado, estava tentando alcançar Lily, que estava com metade do corpo na grama, metade na avenida.

Gemendo e engolindo em seco, Vicky abriu os olhos e imediatamente viu cascos de cavalo e se encolheu na hora, gritando, achando que fosse o garanhão selvagem.

— É a Sra. Forth, não é? Esposa de Stephen Forth? — uma voz culta estava perguntando.

Vicky levantou os olhos e viu um homem vestindo roupas inglesas próprias para cavalgadas; estava montado em um ruão, olhando para ela, preocupado.

Ela assentiu e sussurrou:

— Sou.

— Meu nome é Horace Bainbridge. Faço parte do mesmo clube que Stephen. Tenho certeza que está machucada. O que a senhora acha? Deve estar.

— Não sei — respondeu Vicky, a voz fraca. — Minha perna está doendo. Talvez esteja quebrada. — Olhando na direção de Lily, gritou: — *Por favor.* Vá ajudar minha amiga e o cocheiro. Ele está tentando tirar a carruagem de cima do corpo dela.

— Claro, agora mesmo. E ligarei para seu marido no banco. Ah, um policial está chegando. Vou avisar que precisamos de uma ambulância.

— Obrigada — sussurrou Vicky.

O homem sobre o cavalo se afastou; ela podia vê-lo conversando com o policial. Agora ele estava voltando, indo na direção da carruagem para ajudar Robin.

Vicky conseguiu ficar sobre os cotovelos, arrastando-se pela grama até Lily. Ao se aproximar, a garganta ficou seca, e o horror tomou conta dela. Finalmente, chegou na amiga, pegou a mão dela e segurou-a com força.

Podia ver Lily melhor agora. A cena partia seu coração... o chapéu azul jogado no chão... as penas brancas sendo levadas pela brisa... o rosto pálido de Lily... ah, pálido demais. E sangue... muito sangue... manchando a seda azul...

Capítulo 37

Ravenscar

Eduardo estava lendo no canto da biblioteca, imerso em *Our Mutual Friend*, um dos livros de Charles Dickens que ainda não lera. Fora publicado em 1865, e era um dos últimos livros do autor. Eduardo estava gostando, achando fascinante, embora o barulho do outro lado da biblioteca estivesse começando a irritá-lo.

De repente, sentou-se mais ereto e bateu com o livro na pequena mesa.

— Pare com isso, Jorge! Está sendo intolerável — exclamou, fitando o irmão.

— Não sou eu quem está fazendo bagunça, é o Ricardo! — respondeu Jorge, encarando o irmão mais velho.

— Por que você é sempre tão ridículo, Jorge? E mentiroso. É claro que não é Ricardo, é a *sua* voz que estou escutando. Acha que sou surdo? Ou que não consigo distinguir as vozes de vocês?

A coragem de Jorge sumiu; ele se recostou na poltrona, parecendo furioso, virando os cantos da boca. Por um momento, odiou o irmão mais velho.

Ricardo disse:

— Tudo bem, Ned, não me incomodo que ele grite, só me incomodo quando ele diz que não sei jogar xadrez.

— Não o culpo, Peixinho. E você certamente *sabe* jogar xadrez e muito bem. Afinal, fui eu quem ensinou, e você já me ganhou muitas vezes.

Will começou a rir.

— Vocês parecem exatamente o que são: irmãos... Meu Deus, parece que estou em casa.

— Mas você *está* em casa — respondeu Ned, rindo. — Minha casa, sua casa, e sempre será onde quer que eu esteja.

Neste momento, Jessup entrou carregando uma bandeja com um bule de café, xícaras e pires. Após colocá-la em uma mesa, olhou para Eduardo e perguntou:

— O senhor e o Sr. Hasling gostariam de um digestivo junto com o café, Sr. Eduardo? Talvez conhaque?

— Acho que vou querer, obrigado, Jessup. E você, Will? — Olhou para o amigo, sorrindo, com a calma recobrada.

— Por que não? Muito obrigado.

Jorge disse:

— Eu gostaria de um conhaque, Jessup.

— De jeito nenhum! — disse Eduardo na mesma hora. — Apenas dois conhaques, por favor, Jessup.

O mordomo assentiu e saiu apressado.

— Então, quando *eu* poderei tomar um conhaque depois do jantar? — perguntou Jorge, de repente hostil, um tom de voz que Eduardo reconhecia muito bem.

— Ainda falta um bom tempo — respondeu Eduardo. — Quando você for adulto, não antes disso, posso garantir.

Jorge não respondeu; recostou-se na cadeira, com a expressão furiosa no rosto. Mal-humorado e contrariado, ele se retraiu como costumava fazer quando se sentia frustrado.

Ricardo, percebendo a tensão repentina no ambiente, disse em um tom de voz apaziguador:

— Foi muito gentil do tio Neville nos convidar para almoçar na Mansão Thorpe no Domingo de Pentecostes, não acha, Ned?

— Acho, sim. Estou ansioso para chegar, e tenho certeza que vocês também. Você verá Ana, e Jorge verá Isabel... — Eduardo parou de falar quando Jessup apareceu à porta.

— Pois não, Jessup, o que foi? — perguntou ele.

— Um telefonema para o Sr. Hasling, senhor.

Will abaixou o livro que estava lendo e se levantou, atravessando o cômodo, olhando para Ned e dando de ombros para demonstrar seu embaraço. Ele disse:

— Por favor, me dê licença, Ned. Não sei quem pode estar me ligando a esta hora.

No momento seguinte, Will atendeu ao telefone no salão.

— Will Hasling falando.

— Alô, Will, aqui é Stephen.

— Stephen! — exclamou ele, surpreso ao escutar a voz do cunhado, franzindo a testa. — Está tudo bem?

Houve um momento de hesitação do outro lado da linha, e Stephen respondeu, se esforçando para manter a voz controlada.

— Infelizmente, não. Houve um acidente horrível, Will. Com Vicky e Lily. Elas se feriram hoje...

— Ah, meu Deus, não! — cortou Will, apertando o telefone. — O que aconteceu? Conte-me o que aconteceu. Elas se machucaram seriamente?

Stephen começou a falar, a voz tremendo em alguns momentos enquanto explicava o que ocorrera no Hyde Park naquela tarde, e Will sentou-se pesadamente na cadeira de madeira, o coração apertado ao escutar a terrível notícia.

Após desligar o telefone, Will ficou sentado por um tempo, tentando se recompor. Finalmente, levantou-se, um pouco trêmulo, e quando se virou, viu Ned saindo da biblioteca.

— Ficou tanto tempo no telefone, Will, comecei a achar que alguma coisa estava errada... — Ned parou de falar quando viu o rosto de Will, e exclamou: — Você está pálido! Aconteceu alguma coisa. — Eduardo se aproximou do amigo e segurou seu braço; vendo a aflição refletida em seus olhos, sentiu todo o corpo de Will tremendo.

— O que houve? Por favor, me conte.

Will assentiu, depois engoliu em seco.

— Vamos para outro lugar, preciso falar com você em particular.

— Na sala íntima — respondeu Eduardo e guiou Will pelo corredor, se perguntando o que acontecera para deixá-lo tão abatido. Só esperava que não tivesse nada a ver com a saúde do pai dele.

Uma vez na sala íntima, Will sentou-se em uma poltrona e indicou para Eduardo sentar-se em frente. Ele fez isso e pediu de novo:

— Conte-me o que o deixou assim, Will, *por favor.*

— Foi Vicky — começou Will e respirou fundo, tentando se acalmar. — E Lily. Elas sofreram um acidente esta tarde e...

— Ah, meu Deus! Elas se machucaram? — perguntou Eduardo, inclinando-se para frente, os olhos fixos em Will, de repente apreensivo.

— Vicky quebrou uma perna e uma costela, e o rosto está muito machucado — começou Will, e percebeu que a voz estava tremendo. Engoliu em seco e continuou: — Lily quebrou um ombro e fraturou duas costelas...

— Graças a Deus ambas estão vivas! — interrompeu Eduardo, o alívio tomando conta dele. — Ossos quebrados acabam ficando bons.

— Ned, Lily teve... uma concussão... — Will parou, balançou a cabeça e acrescentou com a voz quase inaudível: — Sinto muito... — Balançou a cabeça mais uma vez e murmurou com a voz rouca: — Ela perdeu... o bebê, Ned.

— *Ah, não, não* — murmurou Ned em um tom que era pouco mais que um sussurro, e fechou os olhos. Após algum tempo, abriu-os e fitou Will, soando abalado ao dizer: — Ela queria tanto essa criança, e eu também, você sabe. Eu queria mesmo. — Colocou as mãos no rosto e chorou.

Will se levantou, foi até Ned e abraçou-o.

— Eu sinto muito, muito mesmo.

Ned segurou a mão do amigo por um instante, e então endireitou-se na poltrona, olhando nos olhos de Will.

— Lily... e Vicky... elas *vão* ficar bem, não vão? Não está me escondendo nada, está?

— Não — respondeu Will, a voz falhando. — Bem, Lily... na verdade, ela está em coma.

Eduardo não disse nada, apenas fitou Will e lágrimas brotaram em seus olhos, mas não escorreram. Os lábios tremiam quando perguntou:

— Pessoas saem do coma, não saem, Will? Ela vai sair, não vai?

— Stephen estava muito confiante e esperançoso. E agora elas estão nas melhores mãos. Stephen as transferiu para a Masterson Private Clinic na Harley Street, e elas estão recebendo os cuidados apropriados, o melhor atendimento médico de Londres.

— Preciso ir para Londres amanhã, na primeira hora — anunciou Ned com calma, pegando o lenço e enxugando o rosto marcado pelas lágrimas.

— Sei que precisa. Eu também. Vamos juntos. Temos de pegar o primeiro trem para York. Ao amanhecer.

— Sinto muito por Vicky, Will. Ela não está mais machucada do que você está dizendo?

— Não. Vicky só teve os ferimentos que disse, só isso.

— Que tipo de acidente foi? Você ainda não me disse.

— Eu sei, mas quis primeiro informar sobre os ferimentos e explicar o estado de Lily e... — Ele parou abruptamente; não conseguiria dizer de novo, não conseguiria mencionar a perda do bebê.

Eduardo pareceu entender isso sem que precisasse explicar, e murmurou:

— Sempre achei que seria uma menina, não sei por que, mas achava... — A frase ficou inacabada e ele se recostou na poltrona, fitando Will e franzindo a testa. Os brilhantes olhos azuis estavam vermelhos. — Conte-me como aconteceu, por favor.

— Vicky e Lily almoçaram com Fenella hoje. Na casa dela na Curzon Street. Depois do almoço, Lily e Vicky foram dar um passeio de carruagem pelo Hyde Park... porque estava um lindo dia. Lily ia levar Vicky em casa em Kensington. Parece que um cavalo grande, um enorme garanhão preto, de repente ficou furioso na avenida principal, e o cavaleiro não conseguiu controlá-lo. Galopou na direção da carruagem, irritando os calmos cavalos de Lily, que ficaram tão assustados que saíram em disparada. Eles saíram correndo, tentando fugir do cavalo enlouquecido. Estavam indo muito rápido e a carruagem capotou. — Will balançou a cabeça, a aflição aparente. — Stephen disse que esse estilo de carruagem tem um centro de gravidade alto e, quando está se movendo em alta velocidade, não é muito manobrável, que tende a virar para um lado e rolar.

— E foi isso que aconteceu, não foi? — disse Eduardo com a voz baixa e preocupada. — Cristo! Lily e Vicky têm sorte de não terem morrido na mesma hora.

— Eu sei — concordou Will. — Felizmente, a polícia chegou em poucos minutos e chamaram uma ambulância. Vicky e Lily foram levadas para o hospital no Hyde Park Corner, mas mais tarde Stephen conseguiu transferi-las para uma clínica particular.

Eduardo respirou fundo, depois soltou o ar e balançou a cabeça com veemência:

— Nos últimos tempos, tenho visto muitos cavaleiros imprudentes no parque, principalmente em Rotten Row. A maioria parece não saber montar muito bem. Mas me diga uma coisa, Will, que tipo de homem é esse que não consegue controlar o próprio cavalo?

Will estava em silêncio, pensando nas coisas que estava escondendo, perguntando-se se deveria ou não revelar tudo que Stephen contara.

Quase como se lesse os pensamentos do amigo, Eduardo perguntou:

— Você me contou *tudo*, não contou? Há mais alguma coisa que eu deva saber?

Como Will não respondeu, Eduardo insistiu:

— Há mais alguma coisa? Por favor, não me esconda nada. Isso é muito sério. E por favor não me poupe de nada, principalmente se for sobre o estado de Lily.

— Há mais uma coisa, sim, Ned, mas não é sobre o estado de Lily — finalmente respondeu Will. — Na verdade, é sobre Vicky, mas não sobre os ferimentos. Bem... ela tem uma teoria sobre o acidente, Ned.

— Uma teoria? — repetiu ele e franziu a testa, parecendo perplexo.

— Ela não tem certeza que foi realmente um acidente, acha que pode ter sido proposital.

— *Proposital*? Como poderia ter sido proposital? Você disse que o cavalo estava fora de controle... — Eduardo parou e fixou os olhos em Will, lançando-lhe um olhar perspicaz. — Nós dois somos excelentes cavaleiros, e acredito que podemos fazer muitas coisas para fazer um cavalo correr enlouquecidamente, fazê-lo empinar. E se dermos certos remédios, drogas, podemos deixá-lo excitado, agitado, não podemos?

— Foi exatamente o que Stephen disse. Qualquer bom cavaleiro que conheça cavalos pode manipulá-los, principalmente se o animal tomou alguma coisa antes.

— Vicky está sugerindo que Lily... era o alvo?

— Acho que sim.

— Ela acha que é armação dos Grant?

— É isso que ela está sugerindo, Ned. Quando Stephen me disse isso, perguntei por que ela acharia isso. Ele respondeu que Vicky não gostou da aparência do cavaleiro. Disse que ele tinha cabelo preto com olhos escuros cruéis e sagazes, foi assim que ela o descreveu. E que tinha uma grande cicatriz no rosto. Também achou que parecia um estrangeiro.

— Alguém contratado?

— É a idéia... disse que o cavaleiro olhou para ela por um momento, mas se demorou mais ao fitar Lily. Vicky explicou que havia uma maldade nele que não consegue definir, e que isso fez com que se encolhesse.

Uma sensação gelada invadiu Eduardo. Bem no fundo, de repente, ele soube que Vicky estava certa. Inclinou-se para frente, os olhos fixos em Will.

— Mas *como* eles saberiam que Lily passaria pelo parque? Will, me responda isso.

— Acho que é uma coisa relativamente fácil de descobrir, Ned — respondeu Will. — Digamos que Lily estivesse sendo seguida o tempo todo, como sabemos que *você* está. Quando ela saiu de Belsize Park Gardens esta manhã, devem tê-la visto imediatamente na carruagem e seguiram-na. Ela foi para Curzon Street, para a casa de lady Fenella Fayne. Vicky, que mora em Kensington, chega em uma carruagem de aluguel que é dispensada. Quando Lily sai depois do almoço, leva Vicky junto na carruagem... um bom detetive particular teria previsto isso facilmente. Antes até, teria previsto que Lily levaria Vicky em casa, passando pelo parque até Kensington. Pela avenida principal. O cavaleiro devia estar parado em algum lugar da rota enquanto elas almoçavam, pronto para aparecer na frente delas quando e se aparecessem de repente. Se não, bem, eles não perderiam nada.

— Um acidente encenado, é isso que quer dizer?

— Exatamente — respondeu Will. — As mulheres são muito previsíveis, você sabe disso. A maioria ia querer passar pelo Hyde Park em um dia bonito, e uma boa dama, com boas maneiras incorporadas em sua educação, sempre levaria a melhor amiga em casa. *Se* alguém causou o acidente, estavam contando com o comportamento previsível.

Na tranqüilidade da madrugada, quando a agitação da noite passara, Eduardo ficou deitado na cama sem conseguir dormir. Tinha plena consciência de que, enquanto Lily corresse perigo, não teria sono.

O traumático acidente tirara tudo o mais de sua cabeça; só conseguia pensar em sua querida Lily, em seu estado e na perda da criança que ela estava esperando.

Estava sofrendo muito por isso, e sabia o quanto esse fato a abalaria. Pouco tempo atrás, ela explicara o quanto queria ter o bebê:

— Sei que não posso ter *você*, Ned, pelo menos não para sempre. Um dia, você vai me deixar e começar uma nova vida... e essa é uma das razões que fazem com que eu queira este bebê... para que eu tenha uma parte de você comigo enquanto eu viver. — Naquela noite, ele percebera o quanto ela o amava; e hoje, estava percebendo, finalmente, o quanto a amava.

A cabeça girava, cheia de preocupações e pensamentos perturbadores. Será que ela sairia do coma? Se saísse, ficaria com algum tipo de seqüela? Os ferimentos físicos a deixariam com algum outro problema? E assim por diante... ele se virava na cama, inquieto, ansioso.

Novos demônios começaram a assombrá-lo quando de repente se concentrou nos ferimentos de Vicky e no bem-estar *dela*. E começou a refletir sobre suas suspeitas em relação ao acidente, a avaliar a possibilidade de ela estar certa.

Eduardo confiava no bom senso de Vicky, sempre a respeitara e admirara e, assim como o irmão dela, Will, a considerava uma rocha sólida. Se ela estava suspeitando que fora um crime planejado por pessoas más, ele também acreditava. Como poderia descobrir, averiguar se a facção dos Grant na Deravenels estava por trás desse acontecimento terrível?

Quando o relógio do corredor soou quatro horas, Eduardo afastou os lençóis e se levantou. Foi até o banheiro anexo, fez a barba e tomou banho; no quarto, vestiu as roupas de viagem e desceu. Na véspera, fizera uma pequena mala, que já estava no vestíbulo; ao lado, estava a bagagem de Will.

Atravessou o corredor até a cozinha e entrou no território da Sra. Latham. Mas é claro que ela não estava lá, às quatro e meia da manhã. Abriu a torneira, encheu um copo com água fria e levou para o escritório do pai.

Quando se sentou à escrivaninha, pegou uma folha de papel e começou uma carta para a mãe. Era uma carta em que agradecia pela preocupação dela na noite anterior, por seu carinho e solidariedade. Cecília Deravenel era uma grande dama; mostrara a ele nada além de compaixão, amor e compreensão por sua dor e, quando ele confidenciou que Lily perdera um filho dele no acidente, sua mãe chorara.

No final da carta, avisou à mãe que ficaria em Londres até que Lily estivesse fora de perigo e tendo uma boa recuperação. Só então pensaria em voltar a Ravenscar, provavelmente em julho ou agosto, para passar um tempo com a família.

Acabara de selar a carta quando o telefone da escrivaninha começou a tocar, e ele atendeu na mesma hora.

— Ravenscar — disse ele. — Eduardo Deravenel falando.

— Ah, Ned, é você... ãh... na verdade, esperava que Jessup atendesse, aqui é Stephen.

— Bom dia, Stephen. Deseja falar com Will? Ou comigo mesmo?

Ele hesitou, deixando um silêncio doloroso e, de alguma forma, bem no fundo da alma, Eduardo soube o que Stephen Forth estava prestes a lhe dizer. Instintivamente, preparou-se.

— Sinto muito por ligar a esta hora... Mas Will disse que sairiam ao amanhecer para Londres, e eu precisava falar com você. Ned... Tenho uma notícia terrível... — A voz ficou trêmula e ele não conseguiu continuar.

Eduardo disse:

— É sobre... Lily?

— É — sussurrou Stephen.

— Ela morreu, não foi?

— Sinto muito, Ned, sinto muito mesmo.

— Obrigado por ligar — respondeu com a voz rouca. Desligou, incapaz de dizer outra palavra.

Ficou sentado, olhando para o escritório que sempre adorara, mas que agora lhe parecia estranho. Com lágrimas cegando seus olhos, levantou-se e saiu correndo, derrubando uma pequena mesa na pressa, sem se incomodar em levantá-la. Destrancando as portas francesas, desceu os degraus que cortavam o jardim, se movendo rapidamente e só parando quando chegou à fortaleza antiga à beira do penhasco que dava para o mar do Norte.

Enquanto entrava na ruína redonda, que um dia fora uma fortaleza, a luz mudou e começou a amanhecer de repente. Uma luz cristalina banhava o horizonte em prata, espalhando-se para iluminar o céu com seu brilho.

— Lily! Lily! — gritou, olhando para o céu. Então, encostando sobre um muro de pedra, chorou por ela e pelo bebê até que não tivesse mais lágrimas.

Quando se endireitou e enxugou o rosto, uma frieza tomou conta dele, e seu coração virou aço. Ficou parado ali, olhando o mar, e amaldiçoou os Grant. Aqueles cretinos malditos... mataram seu pai e seu irmão, seu tio e seu primo, e agora sua mulher e seu filho.

— Juro por Deus que não vou descansar enquanto não destruir os Grant de Lancaster — gritou para o vento. Então virou-se e dirigiu-se à capela... Para rezar por Lily e pela criança que nunca conheceria.

Capítulo 38

Londres

— Estou bem, de verdade — disse Vicky, olhando para Fenella. — Estou muito confortável.

— Só quero colocar outro travesseiro atrás de suas costas — respondeu Fenella Fayne, fazendo isso rapidamente. — Já quebrei uma costela uma vez, e me sentia muito melhor sentada do que deitada.

— Verdade — respondeu Vicky. — Não conhecia seu lado Florence Nightingale!* E obrigada pelas flores, são lindas. Você está me mimando, Fenella.

A amiga apenas sorriu, sentou-se na poltrona que ficava ao lado do sofá da sala de estar do primeiro andar da casa de Vicky, onde esta passava a maior parte do dia. A perna estava engessada, pois quebrara a tíbia, e era difícil subir as escadas para os andares superiores da casa.

Antes que pudesse impedir, Fenella inclinou-se para endireitar a manta de lã colorida que cobria as pernas de Vicky. Recostando-se na poltrona, perguntou:

— Como está Eduardo Deravenel? Esteve com ele de novo?

— Estive, sim, ele veio aqui ontem com Will. Está sendo difícil para ele, como você pode imaginar. Ele é muito controlado, sabe se segurar, mas sei como está se sentindo por dentro. Ele amava Lily. O acidente, a perda do bebê e a morte dela... bem, só posso dizer que ele está completamente arrasado.

*Florence Nightingale (1820-1910) foi uma famosa enfermeira britânica (*N. da T.*).

— Isso não me surpreende, Vicky, eu o conheço há anos e sempre gostei dele. Muitas pessoas o consideram um jovem amável com cabeça oca que passa o dia seduzindo mulheres, mas conheço um Eduardo diferente. Meu pai também o conhece bem e diz que é brilhante. De acordo com meu pai, ele é muito mais inteligente, centrado e ambicioso que o pai, Ricardo, foi.

— Will concordaria com você se estivesse aqui — murmurou Vicky e ficou em silêncio. Alguns segundos depois, continuou, com a voz preocupada: — Acho que Will está zangado comigo. Disse que eu não deveria ter contado a você minhas suspeitas em relação ao acidente, e que você não deveria ter contado a Mark Ledbetter.

Fenella franziu a testa.

— Mas por que você não deveria ter me contado? Somos velhas amigas, amigas íntimas! Comentei com Mark apenas porque ele é da Scotland Yard. Ocorreu-me que poderia encontrar aquele cavaleiro incompetente, que, na verdade, não era tão incompetente assim, não é? Se ele planejou provocar o acidente. Certamente, você quer que seja feita justiça, não, Vicky?

— É exatamente isso, *a Scotland Yard*. Will disse que Eduardo não quer a Scotland Yard se metendo na Deravenels.

— Entendo — respondeu Fenella. — Desculpe se causei algum problema, Vicky, mas agora é tarde demais. Mark disse que viria esta manhã, às onze horas, tomar café conosco. Quer lhe fazer algumas perguntas.

Vicky suspirou e mordeu o lábio.

— Então, terei de responder, Fenella, não há nada mais que possa fazer. Mas espero que a investigação de Mark não dê em nada... é o que Will e Eduardo também esperam.

Assim que pronunciou essas palavras, o sino da porta tocou, e ela olhou através da porta aberta da sala de estar e viu a empregada, Sra. Dixon, apressada para ir abri-la. Olhando para o relógio no consolo de mármore branco da lareira, ela disse:

— Se for Mark, ele está adiantado.

Quando o inspetor-chefe Mark Ledbetter entrou na sala, Fenella levantou-se rapidamente e foi cumprimentá-lo.

— Como sempre, muito pontual — disse Fenella, enquanto ele se inclinava para beijar-lhe o rosto.

Mark sorriu.

— Apenas alguns minutos adiantado — murmurou ele e foi até o outro lado da sala, inclinou-se, pegou a mão de Vicky e beijou-a com uma pequena demonstração de cavalheirismo à moda antiga. — Bom dia, Vicky, espero que esteja se sentindo um pouco melhor.

— Estou sim, obrigada, Mark. E bom dia — Vicky olhou para ele e acrescentou: — Por que não se senta na poltrona perto da lareira? É muito confortável.

— Claro — concordou ele, e fez o que ela sugeriu.

Fenella disse:

— Em alguns minutos, a Sra. Dixon trará café, a não ser que prefira chá.

— Café está ótimo, muito obrigado — respondeu ele, recostando-se na cadeira. Olhando para Vicky, soou solidário ao dizer: — Foi uma tragédia o que aconteceu na segunda-feira. Fiquei muito triste ao saber da morte da Sra. Overton. Realmente uma tragédia terrível. Sinto muito.

Vicky assentiu, e seus olhos encheram-se de lágrimas. Isso vinha acontecendo muito; e ela piscou para afastá-las.

Fenella, decidindo intrometer-se e desfazer o clima ruim, disse:

— Mark, me parece que Vicky agora está começando a achar que foi muito criativa em suas teorias sobre o incidente no Hyde Park. Não que Vicky seja dada a essas coisas, imagine, ela tem os pés no chão. No entanto, acha que eu o incomodei.

— Sempre acreditei na intuição das mulheres, Fenella, você já deveria saber disso. E você, Vicky, foi testemunha ocular de um acontecimento raro, que faz com que eu me questione. Parece um tanto bizarro.

— É verdade, e foi — respondeu Vicky. — Tudo aconteceu tão de repente, tão rápido... Tenho certeza que nunca houve um acidente como aquele antes, principalmente no Hyde Park.

Mark assentiu concordando e continuou usando seu tom de conversa:

— Por que não me conta o que aconteceu na segunda-feira, desde o momento em que saiu de casa e foi à casa de Fenella em Curzon Street, até quando a carruagem entrou no parque?

— Tudo bem — concordou Vicky, e fez isso, contando cuidadosamente a ele suas atividades naquele dia.

Mark escutou atentamente e, quando ela terminou, disse:

— A senhora poderia descrever o cavaleiro de novo, por favor?

— Ele tinha cabelo e olhos escuros. Achei que os olhos eram duros, talvez até cruéis. Havia uma... maldade nele, na forma como olhou para mim e para Lily. E parecia ser estrangeiro.

— O que faz com que acredite nisso? — perguntou Mark, curioso, os olhos fixos nela.

— Não tenho certeza, mas me ocorreu que não parecia inglês. — Vicky fitou o nada, estreitando os olhos, tentando se lembrar, e, virando-se para Mark, disse: — A pele dele era um pouco... *morena*, acho que essa é a melhor palavra para descrever. E a grande cicatriz no rosto dava a ele uma aparência diabólica, de pirata. A aparência dele simplesmente não era... *normal*, não era o tipo de cavaleiro que esperamos ver no Hyde Park em uma tarde de primavera.

— E as roupas dele? — sondou Mark. — São o tipo de roupa que um inglês usaria para montar?

— Não... — Vicky parou, parecendo hesitante. — Lembro-me de pensar como Horace Bainbridge estava vestido adequadamente... o homem que conhecia Stephen e veio falar comigo depois que a carruagem virou. Lembro que pensei que ele estava usando roupas de montaria adequadas... Talvez eu estivesse comparando. O homem moreno usava um paletó vinho... não me lembro do corte. — Ela assentiu com a cabeça. — Sim, agora que estou pensando a respeito, percebi que o paletó tinha um estilo mais continental, e que ele usava calças estranhas, não eram de montaria. Na verdade, Mark, pareciam calças de um terno... isso, as calças combinavam com o paletó. Ele deve tê-las colocado para dentro da bota.

Mark colocou a mão no bolso do paletó, tirou uma folha de papel dobrada, foi até Vicky e entregou a ela.

— Você acha que este é o homem?

Desdobrando a folha, Vicky fitou o esboço e imediatamente prendeu a respiração:

— É, sim, Mark, é ele! Como conseguiu isto?

Neste momento, a Sra. Dixon e Elsie, a copeira, entraram na sala, cada uma carregando uma bandeja de prata.

— Com licença, madame — disse a empregada a Vicky com um sorriso tímido, e foi até a mesa embaixo da janela. Colocou a bandeja com o bule de café, as xícaras e os pires em uma ponta da mesa, e abriu espaço para a bandeja que Elsie estava carregando. Serviram o café, ofereceram creme e açúcar, e Elsie ofereceu biscoito para todos. Em poucos segundos, as duas mulheres saíram.

Mark tomou um gole de café e começou a explicar:

— Ontem à noite, foi encontrado um corpo em East End, perto das docas em Limehouse. O homem levou um tiro na cabeça, e certamente parece que foi assassinado. Pelo ângulo do ferimento, não pode ter sido suicídio. Quando soube desse assassinato esta manhã, me chamou atenção o fato de a descrição se parecer com a que Fenella me passou. Pedi que um dos meus homens fizesse o esboço, e depois fui pessoalmente ao necrotério ver a vítima e olhar suas roupas. Embora todas as etiquetas tenham sido cortadas, as roupas pareciam ter sido feitas no continente. — Mark assentiu e, apertando os lábios, acrescentou: — E, como provavelmente já deve estar supondo, o paletó e as calças eram vinho. Mas, mesmo sem levar as roupas em consideração, a cicatriz no rosto já era suficiente para identificá-lo como o cavaleiro que causou o acidente. Pelo menos para mim.

— Não tenho dúvidas também — afirmou Vicky com a voz firme. — Este é o homem. Com certeza.

Mark terminou o café, levantou-se, foi até a mesa, colocou a xícara e o pires na bandeja. Voltando para onde estavam, ficou de pé com as costas para a lareira, a expressão reflexiva. Finalmente, disse:

— Talvez o camarada com aparência de estrangeiro fosse apenas um pobre cavaleiro, incompetente, incapaz de controlar bem sua montaria e, portanto, se atrapalhou com um cavalo excessivamente agitado e arisco e entrou em pânico. Talvez tenha sido, pura e simplesmente, um acidente terrível que levou a uma enorme tragédia. — Ele olhou de Fenella para Vicky, concentrando-se na última. — Isso *poderia* ser verdade, não poderia?

— Poderia — concordou ela.

— Por outro lado, e se não foi? Vamos supor que tudo tenha sido planejado. Por que você e a Sra. Overton seriam alvo de alguém, Vicky? *Quem* poderia querer machucá-las? Feri-las tão seriamente?

Vicky engoliu em seco, mexendo-se na poltrona, e lembrou-se das palavras que Eduardo mandara para ela na noite anterior. Palavras que decorara, seguindo as instruções de Will. Lentamente, começou:

— Acho que ninguém queria me machucar, de forma alguma. Se havia um alvo, era Lily. — Fez uma pausa, como Will a instruíra para fazer, e esperou a próxima pergunta de Mark.

— Quem ia querer fazer algum mal a Lily? — perguntou Mark.

Eduardo previra que agora ele se concentraria em Lily, e a resposta dela estava pronta:

— Há bastante tempo, meu irmão, Will Hasling, acredita que Eduardo Deravenel tem um inimigo, na verdade, *inimigos*, que querem fazer mal a ele. Alguns meses atrás, o próprio Eduardo foi atacado e espancado. Tanto que foi levado para o hospital. Will me disse que foi o inspetor Laidlaw que cuidou do caso. Não encontraram nenhum suspeito. Nem meu irmão nem Eduardo sabem por que alguém poderia querer machucá-lo ou quem são esses inimigos. É um mistério.

— Então, Lily Overton era o alvo por causa de sua amizade com Eduardo Deravenel, é isso que está dizendo, não é? — Mark soou momentaneamente confuso.

— Exatamente — respondeu Vicky. — A não ser, claro, que eu esteja imaginando coisas demais sobre o homem que montava o cavalo arisco. Pode ter sido um acidente, como concordamos agora há pouco.

— Entendo o que quer dizer. Por outro lado, talvez não esteja imaginando nada. Afinal, o cavaleiro foi vítima de assassinato. Se ele *foi* contratado, alguém quis se livrar dele logo. O acidente foi na segunda-feira e ele morreu ontem à noite, quarta-feira. Eliminar a única testemunha verdadeira de um assassinato planejado, o próprio assassino, se provou inútil, e muito rapidamente, não acham? Tudo muito conveniente.

Vicky simplesmente assentiu, já que fora instruída a não dizer nada mais do que já dissera.

Fenella olhou para Mark e perguntou:

— Então, qual é o próximo passo? O que vai fazer?

— Vamos tentar descobrir o nome do corpo e, obviamente, tentar encontrar quem atirou nele. Com sorte, conseguiremos descobrir alguma coisa. — Mark deu de ombros. — Entretanto, esses casos costumam ser difíceis de solucionar.

— Isso me parece uma caça a gansos selvagens — opinou Vicky com um tom de voz forte, rezando silenciosamente para que Mark Ledbetter encerrasse o caso o mais rápido possível. Detestava a idéia de ter causado mais dor de cabeça a Eduardo. Era melhor que as coisas permanecessem um mistério do que Mark ficar fuçando assuntos que não diziam respeito à Scotland Yard.

Capítulo 39

Lily Overton morreu na segunda-feira. Na tarde de sexta-feira da mesma semana, ela foi enterrada.

Havia seis carregadores para seu caixão: Eduardo Deravenel, seus primos Neville e Johnny Watkins, seu melhor amigo Will Hasling, Stephen Forth, marido de Vicky, e Amos Finnister.

Apenas poucos amigos de Lily foram formalmente convidados para comparecer ao funeral e ao enterro em Hampstead, e Vicky e Fenella não estavam preparadas para o número de pessoas que acabou aparecendo. A igreja ficou cheia: todos os amigos dela e as pessoas que conhecera compareceram para prestar uma última homenagem.

Escutaram alguns sussurros e suspiros quando o caixão foi carregado pela nave central da igreja pelos seis homens, todos com aparência excepcionalmente bonita ou distinta.

Como Vicky estava de muletas, fez o discurso em homenagem à amiga na frente dos três degraus que levavam ao altar que ficava embaixo de uma enorme janela de vidro, que ficava logo atrás do caixão. Fenella também falou, assim como Will Hasling, da tribuna.

Todos falaram da generosidade de Lily, da natureza bondosa, das obras de caridade que ela apoiara, principalmente a Haddon House.

A pedido de Eduardo, Johnny leu o Salmo 23. Sua voz estava trêmula quando começou a ler as palavras: “O Senhor é meu pastor e nada me faltará." E foi ficando mais forte a cada linha e, como tinha uma voz doce, todos escutaram com atenção.

Eduardo ficou sentado, fitando o caixão de Lily no altar, coberto com os lírios brancos que ele mandara. Estava perdido em seu desespero, o desespero mais profundo que já sentira, e se perguntava como conseguiria sair dessa. Como conseguiria seguir em frente.

Enquanto o funeral prosseguia e o vigário fazia um pequeno sermão e todos cantavam os hinos e rezavam, ele se perguntava por que ela morrera de forma tão trágica. Mataram Lily na aurora da vida... E então pensou no bebê deles que não nasceu, e seu coração se apertou, estremeceu no peito. Agora que sua Lily se fora, era um homem sozinho.

Um pouco depois, foi Will quem pegou-o pelo braço e levou-o de volta ao caixão. Enquanto o erguia em seu ombro com outros cinco homens e o carregava para fora da igreja, pensou em John Summers e nos Grant. Eduardo tinha certeza que eram culpados pela morte dela. O instinto lhe dizia isso, e seu instinto nunca mentia. Como se vingaria da morte dela?

Neville Watkins puxou Amos Finnister para um lado e perguntou:

— Conseguiu alguma informação com Mark Ledbetter? Ele descobriu alguma coisa?

Amos aproximou-se de Neville e sussurrou:

— Parece que o cavaleiro era francês. Quem me disse isso foi Paul Coleman, sargento que trabalha com Mark.

Os dois estavam em um canto na sala de estar da casa de Kensington de Vicky Forth. Todos aqueles que foram convidados a comparecer ao funeral vieram tomar um refresco depois do enterro, convidados por Vicky e seu marido.

Amos olhou em volta e disse no mesmo tom de voz baixo:

— Acho que precisamos conversar em particular. Vou perguntar ao Sr. Forth se podemos usar outra sala.

Neville assentiu e observou Amos passar pelo pequeno grupo de pessoas que bebericavam chá, beliscavam sanduíches e conversavam sobre Lily Overton.

Alguns segundos depois, Amos voltou:

— O Sr. Forth disse que podemos usar a biblioteca. — Enquanto falava, conduziu Neville até o corredor.

Uma vez dentro da biblioteca com vista para o grande jardim, Amos fechou a porta e se juntou a Neville, que estava perto das portas francesas.

— Continuando — murmurou Amos. — O sargento Coleman não sabia de muita coisa, pelo menos foi o que disse. Entretanto, fui até Whitechapel ontem à noite e fiz algumas perguntas. Descobri algumas coisas. Um dos meus informantes disse que um camarada da Córsega, que vie em uma trupe de circo do continente, estava procurando emprego e queria alguma coisa que lidasse com cavalos. Meu informante disse que o homem tinha uma cicatriz profunda no rosto, cabelo preto e olhos escuros.

— Pelo que diz, parece o cavaleiro do garanhão — comentou Neville.

— A descrição certamente combina — respondeu Amos e continuou: — Aparentemente, o apelido dele era Napo, de Napoleão, porque também era da Córsega. Parece que ninguém sabia o verdadeiro nome dele. Meu amigo mandou-o para o oeste, para Mayfair e redondezas, e disse que depois ouviu falar que Napo tinha conseguido um emprego como cocheiro de uma família francesa, mais especificamente, de uma linda dama francesa. Meu informante acrescentou: "Me disseram que é uma verdadeira beleza."

Neville sorriu, fitando Amos, e finalmente assentiu.

— Uma dama francesa, hein? Bem, certamente me lembro de uma dama francesa que é uma verdadeira beleza, certamente você também.

— Ah, me lembro, sim. Margarida Grant é seu nome.

— Isso dá asas à nossa imaginação, não? Será que você consegue confirmar se esse Napo trabalhou mesmo para os Grant?

— Já estou fazendo isso, Sr. Watkins.

— Muito bem. Fico me perguntando se o acidente no Hyde Park foi uma retaliação pela morte de Aubrey Masters. O que *você* acha?

— É mais que provável.

— Você me disse na semana passada que eu estava sendo seguido, então por que a Sra. Overton não podia estar sendo seguida também? Ambos temos um vínculo íntimo com Eduardo, pelo menos ela *tinha*. Eu ainda tenho. E os Grant têm muito dinheiro... verdade seja dita, podem pagar um exército de detetives particulares.

Neste momento, a porta da biblioteca abriu e uma cabecinha ruiva cheia de cachos olhou para dentro.

— Amos! Amos! — gritou a criança quando viu o querido amigo e correu para ele.

Enquanto ela corria pela biblioteca, Amos abaixou-se e ela veio direto para seus braços e abraçou-o com força. Ele também abraçou-a, olhou para Neville e ficou surpreso ao ver a expressão surpresa no rosto do outro homem.

Soltando a criança e levantando-se, Amos explicou:

— Esta é a menininha que encontrei em Whitechapel, Sr. Watkins. O nome dela é Grace Rose e agora ela mora aqui com os Forth.

Neville disse de forma carinhosa:

— Olá, Grace Rose.

A menina fez uma mesura hesitante.

— Olá — respondeu ela solenemente, o rosto sério.

De repente, a porta se abriu de novo e Eduardo entrou, dizendo:

— Vicky me disse que os encontraria aqui... — Parou de falar quando viu a menina parada perto das portas francesas. Ela virou a cabeça e, quando viu Eduardo, deu um sorriso.

Olhos azuis fitando olhos azuis. Foi Eduardo quem finalmente piscou e afastou o olhar. Teve uma vaga e breve lembrança. Tentou segurá-la, mas ela sumiu em uma fração de segundo.

Finalmente, Eduardo entrou na biblioteca e disse:

— Olá. — A menina simplesmente sorriu de novo para ele, mas não disse nada.

Amos disse:

— Esta é a criança que encontrei, Sr. Eduardo, o nome dela é Grace Rose.

— Meu Deus, aqui está você, Grace! — exclamou Vicky ao entrar na biblioteca logo atrás de Eduardo. — Procurei-a por toda parte.

— Tudo bem, Sra. Forth — disse Amos. — Ela não está nos incomodando.

— Você é muito gentil, Amos — respondeu Vicky educadamente, pegando a mão de Grace e levando-a para fora da biblioteca. — Desculpem-me se ela interrompeu alguma coisa — acrescentou, olhando de Neville para Eduardo, dando um sorriso de desculpas.

Quando a porta se fechou, Eduardo disse:

— Acho que precisamos agir contra os Grant, Neville. Não quero esperar mais. Acredito que agora estejamos totalmente preparados para enfrentá-los.

— Estamos sim, primo. — Neville deu um sorriso. — E vamos fazer isso. *Agora.*

Margarida Grant estava parada observando o menino que dormia na cama estreita. Mechas escuras contrastavam com a pele clara, uma pequena mão descansando embaixo do rosto. Seu adorado Edouard. Seu filho. Agora com sete anos e a pessoa mais importante no mundo para ela. Ele era sua alegria e seu orgulho, um menino inteligente, com uma imaginação fértil e muita determinação. Também era rápido, esperto e ávido pela vitória.

Não havia ninguém como ele, principalmente levando-se em conta sua personalidade e seu caráter. Henrique brincava com os dedos e rezava constantemente, não fazia nada; Edouard era aberto para o mundo, queria tudo, sabendo que conseguiria tudo, e conseguiria mesmo, um dia.

Ele era o herdeiro da Deravenels. Ela garantiria que ele herdasse o manto que agora era usado por seu pai.

— *Margarida.*

Ao escutar seu nome, virou-se.

John Summers estava parado à porta e, quando ela acenou, ele entrou no quarto imediatamente.

Ele passou o braço em volta da cintura dela e puxou-a para mais perto, olhando dentro de seus olhos. Em seu ouvido, disse:

— Tenho de voltar logo para Londres.

Margarida assentiu e olhou para a criança que dormia profundamente.

— Não é a coisa mais linda?

— Depois de você, sim — respondeu ele gentilmente. De novo, a pergunta tentadora, que nunca era feita, estava na ponta de sua língua. Este menino era seu meio-irmão? Filho de seu pai? Não ousou perguntar. E mesmo se ousasse, ela nunca responderia. Certamente nunca diria a verdade. O menino precisava sempre ser visto como filho único de Henrique Grant e herdeiro da Deravenels. Compreendia essa necessidade. Ele era o futuro da dinastia Grant, o jovem Edouard.

Abaixando-se, Margarida tocou de leve o rosto do menino e se afastou, e juntos, ela e John, saíram do quarto na ponta dos pés.

Uma vez no corredor, ele perguntou:

— Onde está Henrique? Quero me despedir antes de partir para Londres.

— Está cochilando no quarto, como sempre — respondeu Margarida e segurou o braço de John, apertando-o com força. — Venha comigo, *chéri*. Vamos nos despedir da melhor maneira possível. — No momento seguinte, ela abriu a porta de uma pequena sala e o convidou para entrar. Trancando a porta, ela se jogou nos braços dele, beijou-o intensamente, e deslizou sua mão pela perna dele. De repente, sentiu que estava flutuando, as pernas, bambas, o coração, palpitando.

John Summers pressionou a mão dela em sua braguilha.

— Está vendo o que você faz comigo? — sussurrou e pegou-a nos braços e levou-a para o sofá.

Ela se recostou nas almofadas e sorriu para ele, que se juntou a ela no grande sofá, levantou a saia do vestido de verão que ela usava e passou a mão pela perna nua. Não havia qualquer roupa íntima para impedi-lo, e após tocá-la intimamente por alguns segundos, deixando-a sem ar, levantou-se, tirou o paletó e as calças. Deitando em cima dela, tomou-a apaixonadamente. E ela correspondeu com o ardor de sempre, o desejo que sentia por aquele homem consumindo-a; quando atingiram o clímax juntos, ela tampou a boca com a mão para não soltar um grito de prazer.

Um pouco depois, ela desceu com ele, e juntos tomaram uma taça de vinho no terraço com vista para o gramado.

— Eu a adoro, Margarida — disse ele baixinho, encostando a taça na dela. — E sinto muito por ter de deixá-la aqui no campo. Como sempre, o dever me chama, preciso resolver problemas na Deravenels.

— Eu sei. Eu sei, *chéri*, e agradeço do fundo do meu coração por fazer companhia a meu filho.

Ele colocou a taça em uma mesa de madeira e virou-se para fitá-la.

— Margarida, ocorreu um fato novo. Não mencionei antes porque queria que aproveitássemos nosso pouco tempo juntos. Entretanto, devo informar-lhe que a amante de Eduardo Deravenel morreu em um terrível acidente no começo desta semana.

— Oh — foi a resposta dela.

John explicou:

— Estão falando que não foi acidente... que foi um acidente planejado.

— Que estranho — murmurou ela, recostando-se na cadeira do jardim, parecendo quase desinteressada ao fitar o nada.

John aguardou alguns segundos, esperando que ela fizesse algum comentário, mas ela não o fez. Ele respirou fundo e disse:

— Por favor, me diga que você não tem nada a ver com isso, Margarida, que não quis resolver tudo sozinha.

— Não, *chéri*, não tenho nada a ver com isso. Por que teria?

— Você estava por trás do ataque a Eduardo Deravenel.

— Essa mulher, Lily Overton... o que ela significava para mim? *Rien*... nada. Acho que a idéia de que foi algo planejado é ridícula. Quem pode fazer com que um cavalo fique enlouquecido? Agora me explique isso. *C'est pas possible.*

John fitou-a boquiaberto, ficando sem palavras por um momento. Não dissera nada sobre o cavalo descontrolado; na verdade, não dera nenhum detalhe. Inclinando-se, ele pegou a taça e virou o vinho que restava ali.

Precisou de alguns segundos, mas conseguiu se acalmar, calando as perguntas que estavam surgindo em sua mente. Não podia nem *pensar* que estavam de alguma forma envolvidos com o acidente.

Levantando-se, forçou um sorriso e estendeu a mão para ela.

Ela pegou. Ele gentilmente ajudou-a a levantar-se.

Margarida disse:

— Vou acompanhá-lo até o estábulo, onde está sua carruagem. Estou tão feliz que veio. — Deu o braço a ele e continuou: — Fico muito entediada aqui em Ascot... e sinto saudades de você.

Ele não respondeu, apenas assentiu. Estava perturbado demais para dizer qualquer coisa a ela.

Capítulo 40

Ravenscar

— Você acha que consegue se lembrar de tudo? — perguntou Neville Watkins calmamente, olhando para Eduardo do outro lado da mesa de jogo.

— Consigo sim, Neville. Pode ter certeza. Entretanto, para garantir, vou escolher umas partes essenciais para memorizar. — Eduardo inclinou-se, bateu na pilha de papéis que estava sobre a mesa entre eles. — Já memorizei alguns pontos importantes do diário do meu pai, se é que podemos chamar assim. Realmente tem muitas anotações, as opiniões dele sobre a Deravenels, mas é muito útil.

— E as regras da empresa?

Eduardo abriu um ligeiro sorriso.

— Já conheço todas, graças a minha mãe.

Recostando-se na poltrona de couro, Neville perguntou:

— Importa-se se eu fumar um charuto, Ned?

— De forma alguma — foi a breve resposta.

Neville começou o processo de cortar a ponta do charuto e acendê-lo, riscando vários fósforos e tragando com força. Finalmente, acendeu, e Neville relaxou, acomodado na poltrona.

Embora não tivesse demonstrado de nenhuma forma, Neville estava começando a se preocupar com o primo. Desde a morte de Lily, duas semanas antes, ele parecia retraído, deprimido até, o que não era de sua natureza. Havia uma aura de tristeza envolvendo Ned, que estava exposta nos olhos pesarosos, na expressão triste. O que mais surpreendia Neville era o silêncio, quase resignação, do primo mais jovem.

Ao olhar para Ned furtivamente, Neville notou as sombras escuras embaixo dos olhos, que estavam apagados, e o rosto parecia mais magro. Neville tinha certeza que ele não estava dormindo bem, estava sofrendo. Mas *por que* não estaria? Afinal, amara Lily; Neville agora entendia isso. *Tempo.* Ele precisa de tempo para melhorar. Mas é jovem e vai dar a volta por cima.

Esses pensamentos, de certa forma, tranqüilizaram Neville, e sua atenção se voltou para a reunião do conselho que aconteceria em Londres em poucos dias. Ned apresentaria o caso contra Henrique Grant, e Neville estava rezando para que ganhasse. *Ele tinha de ganhar.*

Quanto a Eduardo, estava pensando em outra reunião, uma que acontecera na semana anterior. No escritório do advogado de Lily, para ser exato.

Estava querendo conversar a esse respeito com Neville, mas ainda não encontrara a hora apropriada. Decidiu que era agora e, neste momento, anunciou:

— Lily deixou tudo para mim, Neville.

Pego de surpresa, Neville endireitou-se na poltrona e encarou Eduardo com olhos admirados.

— *Tudo*? — repetiu, mostrando incredulidade.

— Tudo.

— Está querendo dizer que ela fez de você seu herdeiro?

— Exatamente.

— E a família dela? Não ficou contrariada? — Neville apertou os olhos azul-claros. — Certamente, eles vão reagir de alguma forma, questionar isso? Ou o testamento é incontestável?

— É incontestável, sim, Neville, mas não haverá problemas. Lily era filha única, bem... o irmão dela morreu, quando ainda era criança, de meningite. Então ela acabou como filha única de pais ricos. Não tinha nenhum outro parente. Lily era sozinha, só tinha a mim. E Vicky, sua melhor amiga.

— Entendo. — Neville tragou o charuto por um momento e comentou: — Sempre achei que os falecidos maridos dela deixaram-na muito bem de vida. Não é verdade?

— É, sim, e ela tinha uma cabeça muito boa. Fez excelentes investimentos.

— É um espólio grande?

— É, sim. Lily me deixou a casa dela em Belsize Park Gardens, a casa que comprou recentemente em Kent e outra casa que comprou no mês passado na South Audley Street. E...

— Meu Deus! — exclamou Neville, interrompendo Eduardo. — Ela fez de você um homem rico, não, Ned?

Ele suspirou e apertou os lábios.

— Fez, sim. Mas eu preferia que ela estivesse aqui, viva, do que morta e enterrada embaixo da terra.

— Claro que sim, compreendo o que está sentindo.

— Ela deixou a maior parte das jóias para Vicky — continuou Ned —, exceto algumas poucas que deixou para Fenella. Algumas antigüidades deixou para Vicky, outras para mim. O resto dos móveis vão para a Haddon House. Na verdade, Lily foi muito generosa com a instituição, Neville. E com muitas outras de suas instituições de caridade favoritas. O restante dos bens dela ficou para mim.

Neville recostou-se, os olhos fixos em Eduardo. Após refletir por um momento, disse devagar:

— Imagino que esse restante seja bem grande.

— É, sim — murmurou Ned. — É sim... — Decidiu não dizer mais nada.

Desde que voltara para Ravenscar, Eduardo ficava acordado na cama a noite toda, com dificuldade para pegar no sono. Aquela noite não foi diferente. No momento em que fechou os olhos, a mente começou a funcionar, várias preocupações vindo à tona, e o sono, mais uma vez, escapou-lhe.

Era possível ver pela janela a lua cheia, que iluminava tudo no quarto com uma camada prateada. Mais cedo, abrira a janela e, na última hora, esfriara bastante. Aqui no Mar do Norte era sempre gelado, até no verão, e ele percebeu que devia estar ainda pior do lado de fora, para o quarto ter ficado tão gelado. As cortinas estavam voando com o vento, formando ondas como se fossem as velas de um navio.

Pulando da cama, foi fechar a janela, depois se aproximou da lareira e jogou mais lenha na brasa cintilante. A madeira acendeu e estalou na mesma hora, soltando faíscas pela chaminé, e ele sabia que em poucos minutos o quarto estaria mais quente. Encolhendo-se no roupão de lã e apertando o cinto, calçou os chinelos, puxou uma poltrona para mais perto da lareira e sentou-se. Os pensamentos giravam em sua mente enquanto se inclinava para frente para aquecer as mãos.

Inesperadamente, um pequeno sorriso apareceu em seus lábios, e quase no mesmo instante sumiu... era a primeira vez que sorria, pelo menos de leve, desde a morte de Lily... A expressão de Neville naquela tarde fora impagável. Soubera desde o início que o primo ficaria perplexo com o testamento de Lily, mesmo tendo demonstrado calma ao receber a notícia. Recostando a cabeça no encosto da poltrona, Eduardo fechou os olhos e pensou em Lily; impressionante a generosidade dela para com ele. Escutou a voz do advogado dela ecoando em sua mente, enquanto o Sr. Jolliet lia o testamento feito três meses antes.

— Se meu filho ou meus filhos não sobreviverem a mim, e se eu não for casada, deixo para meu amigo Eduardo Thomas Deravenel todos os meus bens materiais listados aqui, com exceção de... — E então o Sr. Jolliet lera os outros bens e seus beneficiários.

Ah, Lily, Lily, se pelo menos você estivesse aqui, pensou ele, o coração apertado. Como sinto saudade de você, e como gostaria de ter dito o quanto gostava de você. Eu a amava, Lily, de verdade, e com todo meu coração. Seus pensamentos foram levados; ele ficou prostrado.

A catástrofe está à espreita em cada esquina... a vida é dura, dá tapas na sua cara. A vida é cheia de surpresas, algumas boas, mas a maioria... catastrófica. Foi o que minha mãe me perguntou... ninguém nunca lhe disse que a vida é uma catástrofe? Bem, agora eu sei que é. Meu primo Johnny diz que sempre foi assim, e que o mais importante é como lidamos com as catástrofes e desgostos, a dor de tudo isso. Outro dia, ele me disse que não posso deixar a morte de Lily acabar comigo. Que tenho de me manter concentrado em meu objetivo: a Deravenels, foi o que ele quis dizer. E ele está certo, assim como Neville também está. Estou contente que a situação agora tenha chegado a um ponto crítico. Contente por o conselho ter aceitado meu pedido de apresentar minha queixa contra Henrique Grant. Estou bem preparado para a reunião do conselho. Reli as anotações do meu pai, reli toda a documentação da Deravenels, fiz minhas próprias anotações, memorizei-as caso sejam necessárias.

Eu e Neville nos encontramos com Hugh Codrill, o famoso advogado, e ele revisou tudo para nós, todos os registros médicos que Amos conseguiu e suas análises. Ele recomendou um escritório de advocacia muito respeitável; nos encontramos com os advogados e eles vão me aconselhar. Ninguém pode me acompanhar na reunião. Neville, Johnny e Will não fazem parte da empresa, portanto, não podem estar presentes. Mas tenho Alfredo Oliveri, Rob Aspen e Christopher Green. Os três são membros do conselho e estão do meu lado.

Oliveri me explicou que, depois que eu apresentar o caso, o conselho entrará em recesso, discutirá tudo e voltará depois de duas horas. Nesse momento, eles me dirão se meu caso é genuíno ou não. Se não for, nada mais poderá ser feito. Se eles concordarem que minha queixa é pertinente, vão se reunir durante vários dias a fim de tomarem uma decisão final. Serei chamado para uma segunda reunião com eles, que me darão a sentença. Esse é o procedimento, e acontece há centenas de anos. Oliveri e Aspen me animaram. Eles são fortes, leais, equilibrados.

Minha causa é justa. Não posso perder. Meu pai e meu irmão morreram nas mãos dos Grant, assim como tio Rick e meu primo Thomas. E Lily e meu filho que nem chegou a nascer. Fico repetindo para mim mesmo que quero vingança. Mas o que realmente quero é justiça por aqueles que morreram. Minha causa é correta. Henrique Grant abrira mão de seu poder a favor de John Summers e de sua esposa, Margarida Grant. E sessenta anos antes, seu avô foi o usurpador.

Eu sou o verdadeiro herdeiro.

Meu alvo é a vitória.

Eduardo escutou uma leve batida à porta que o afastou de seus devaneios. Endireitando-se na poltrona, ficou de pé e atravessou o quarto.

De pé no corredor escuro estava o irmão mais novo, tremendo no roupão, o rosto pálido, os olhos azuis cobertos por uma sombra, quase pretos, uma preocupação real pairando sobre eles.

— Meu Deus, Peixinho! O que está fazendo aqui a esta hora? — Enquanto falava, Eduardo pegou Ricardo no colo e levou-o para dentro do quarto.

— Estou preocupado — murmurou Ricardo, a voz baixa, fraca.

— Venha, sente-se aqui no meu colo, vamos nos aquecer. E você vai me dizer por que um menino como você está preocupado. Afinal, você tem uma mãe e um irmão mais velho para cuidar de você.

Subindo no colo de Eduardo, Ricardo recostou no peito largo do irmão e explicou:

— Não estou preocupado comigo, estou preocupado com *você*. Jorge me contou que sua amiga morreu, sua namorada, e que você está sofrendo. Isso é verdade, Ned, você está sofrendo e está arrasado? Foi o que Jorge disse.

— Estou me perguntando onde o Sr. Jorge-Sabe-Tudo conseguiu essa informação? Posso garantir que não foi comigo, Peixinho. — Eduardo abraçou o irmão e levantou o rosto dele. — Vou ficar bem, rapazinho, e obrigado pela preocupação comigo. Mas não precisa mais se preocupar. Não escute Jorge. Eu sei me cuidar e repito: vou ficar bem.

— Você jura, Ned?

— Juro para você, Ricardo.

— Quero que saiba que estou aqui, se precisar de mim — informou Ricardo, olhando o irmão com adoração. — Estarei sempre aqui, enquanto nós dois formos vivos. Quero que saiba que estarei a seu lado independentemente do que acontecer, principalmente quando for brigar com o homem da Deravenels. — Ricardo franziu a testa. — Quem é o homem com quem você tem de brigar?

— Tenho de brigar com Henrique Grant e com os homens que estão ao lado dele na Deravenels. Mas nós não vamos... bem, não será uma briga física, um batendo no outro, como uma luta de boxe. Não será esse tipo de briga.

— Então, como será? — perguntou Ricardo.

Eduardo explicou tudo lenta e cuidadosamente, e assim que Ricardo assentiu mostrando que entendera, Eduardo colocou o irmão no chão e levantou.

— Agora, vamos para a cozinha ver o que tem na despensa. Vamos fazer um lanchinho noturno e depois você pode dormir na minha cama comigo, se quiser, Peixinho.

A resposta foi um sorriso radiante no rosto de Ricardo.

Capítulo 41

Ripon

Nan Watkins virou-se de lado sonolenta, procurando Neville. Ele não estava lá; no mesmo instante, abriu os olhos, viu os lençóis revirados, e seu olhar se dirigiu para as janelas do quarto.

Neville estava parado em uma delas, olhando para fora. Alto, ereto e imóvel, sua postura sugeria que estava perdido em pensamentos.

Era noite de lua cheia, e ela enchia o quarto com uma luz clara, brilhante, tornando possível ver tudo perfeitamente. O rosto dele, de perfil, estava bem iluminado e, como sempre acontecia, ela pensou em como ele era bonito. Seu coração se apertou. Ele era sua vida; sem ele, não seria nada, mal existiria. Amava verdadeiramente as filhas; mas o marido vinha em primeiro lugar, sempre viera.

Houvera outras mulheres antes dela, mas nenhuma desde que se casaram. Ele repetira isso inúmeras vezes, mas ela saberia disso mesmo que ele não tivesse dito nada. Neville a adorava, sempre foi potente, sexualmente falando, e passava a maior parte do tempo livre com ela. Também havia mais uma coisa... o caráter dele.

Neville nunca saíra com várias mulheres ao mesmo tempo. Sempre se apegava a uma, apenas uma. Sim, ele mudara com freqüência, mas sempre fora fiel enquanto estava em um relacionamento. Na verdade, a esse respeito, ele era o oposto do primo, Ned, que parecia ser capaz de lidar com várias mulheres ao mesmo tempo. Seu marido não tinha tal talento.

Nan comprimiu os lábios, lembrando-se de uma conversa que tivera com Neville no outro dia. Deveria mudar a antiga suposição de que Ned era um mulherengo. Segundo Neville, Ned fora fiel a Lily Overton. Pobre mulher, pensou Nan, morrer daquela forma tão trágica. E ela era jovem, trinta e poucos anos.

Muito tempo atrás vira outro acidente com o mesmo tipo de carruagem, mas felizmente ninguém morrera. Seu pai sempre a alertara que esse tipo de carruagem podia ser perigoso quando em alta velocidade, e seu pai raramente estava errado.

Esticando as longas pernas e levantando-se, ela encostou na cabeceira, que rangeu de leve, e Neville virou-se na mesma hora ao escutar o barulho.

Quando a viu sentada, recostada na pilha de travesseiros brancos, disse suavemente:

— Ah, querida, eu a acordei.

— Não acordou, não — respondeu ela e fitou-o, percebendo que o desejava, precisava dele. Esticou os braços, e ele veio, sentou-se na cama e inclinou-se sobre ela. Passando os braços em volta do pescoço do marido, ela sussurrou em seu ouvido:

— Eu o desejo tanto... tanto, preciso de você. Faça amor comigo, Neville. Quem sabe esta seja a noite para fazer o herdeiro que você tanto deseja.

— É *você* que eu tanto desejo, meu amor.

Em poucos segundos, estavam deitados nus, um nos braços do outro.

Ele beijou o rosto dela, os olhos, o pescoço, e rapidamente chegou nos seios, beijando-os, acariciando-os. Agora a mão deslizava pela barriga descendo a coxa, até parar entre suas pernas. Quando tocou a parte mais íntima dela, Nan gemeu baixinho e sussurrou:

— Por favor, querido, por favor. — E então ele se aproximou, beijando sua feminilidade até que ela estremecesse em êxtase.

Tomou-a rapidamente, penetrando-a com força, o desejo avassalador mergulhando fundo dentro dela até que ela gritasse:

— Agora, Neville, agora, ah, por favor, agora — e quando ela se agarrou a ele e estremeceu, ele se soltou e gozou com ela.

Juntos, ficaram deitados por muito tempo. Ele não queria soltá-la, e ela queria que ele ficasse onde estava. Repousou a cabeça no rosto dela, e eles ficaram ali, sem dizer nada, apenas apreciando o momento depois de fazerem amor.

Nan acabou dizendo:

— Uma vez você disse que agora sou a única. Isso é verdade?

Ele sorriu, encostado no rosto dela.

— Não confia em mim?

— Confio! — exclamou ela e tentou sentar-se.

Neville segurou-a, mantendo seu corpo sob o dele.

— Sei que confia, e pode ter certeza que para mim não existe nenhuma outra mulher, minha Nan. Por que eu poderia querer outra pessoa se tenho você? Esses seios perfeitos, essas pernas longas e atraentes, esse corpo esbelto e elegante. E você tem um rosto tão lindo. Sem mencionar *essa* parte miraculosa que você tem. — Saiu de dentro dela e penetrou-a com os dedos, e em poucos minutos ela alcançou o clímax de novo.

— Acho que você pode ter me engravidado hoje, querido — disse Nan um pouco depois, fitando-o.

Neville saíra de cima dela e estava apoiado no cotovelo ao lado dela.

— Espero que sim — respondeu ele —, mas, no longo prazo, isso não importa, Nan. Posso me virar sem um herdeiro.

— Você está pensando em Ricardo, não está? Ele está se tornando seu filho postiço, não é verdade? Ele tem passado tanto tempo aqui com você.

— Não, Nan... ele não está se tornando meu filho. Eu simplesmente gosto do menino.

— E Jorge?

— Jorge é um tanto estranho, devo admitir. Um enigma para mim. Às vezes acho que não é digno de confiança, entende?

— Mas ele é sempre tão charmoso... — a voz dela sumiu.

— Não podemos confundir personalidade com caráter, minha querida.

— Você está preocupado com alguma coisa, Neville, alguma coisa importante. Sei que está. Vi seu olhar no jantar. E depois quando o vi parado na janela do quarto, olhando para fora, tive certeza que está sobrecarregado.

Levantando-se apoiado no cotovelo e olhando para ela, Neville balançou a cabeça.

— Não consigo esconder nada de você, não é mesmo?

— Não, acho que não. Eu o conheço muito bem. — Olhou dentro dos olhos turquesa, viu o amor que ele sentia por ela brilhando ali, mas quase na mesma hora esses mesmos olhos escureceram, uma nuvem encobriu-os de repente. — *Tem* alguma coisa errada.

Neville suspirou e continuou fitando o rosto dela. Raramente conversava com ela sobre os problemas nos negócios, mas de alguma forma ela instintivamente sabia quando questioná-lo, como esta noite. Suspirando mais uma vez, ele disse com a voz baixa e preocupada.

— Estou preocupado com Eduardo e a reunião do conselho que será daqui a poucos dias. Pode não correr tão bem quanto esperamos.

— Por quê? — perguntou Nan, surpresa, os olhos alarmados.

— Aquele telefonema que recebi hoje foi de Amos Finnister.

Ela assentiu.

— Ele acreditava que dois de seus homens conseguiriam convencer três membros do conselho que estão do lado dos Grant a renunciar, e...

— Por que eles fariam isso?

— Porque Amos Finnister tem informações sobre eles que poderiam arruiná-los em todos os aspectos, se viessem a público. Infelizmente, eles não reagiram da forma que ele queria.

— E se eles não renunciarem?

— Votarão contra Ned na reunião, e ele pode perder a chance de apresentar seu caso contra Grant ao conselho.

— O que você vai fazer?

— Tenho de encontrar algum tipo de arma que faça com que pensem como nós... senão será um desastre.

Capítulo 42

Londres

Vicky terminou de prender o cabelo no alto da cabeça, arrumou os cachos na frente e colocou duas travessas de tartaruga nas laterais da parte de trás para segurar tudo no lugar. Olhou-se no espelho da penteadeira por um momento e decidiu que estava com uma aparência bem melhor, pela primeira vez em muitas semanas. Na verdade, desde o incidente no parque.

Morena com olhos castanhos e pele macia, Vicky Forth tinha um lindo rosto, e parte dessa beleza vinha da calma e da tranqüilidade que existiam ali.

Passando a mão na gola de renda *guipure* de sua blusa cor de creme com mangas de pele de carneiro, ela colocou os brincos de pérola e, então, apoiando-se na penteadeira, levantou-se. A perna ainda estava engessada, algo um tanto incômodo, mas aprendera a andar pela casa com o gesso, até a subir e descer as escadas. Estava orgulhosa de si mesma e da recém-descoberta agilidade e destreza apesar do gesso.

Olhando para o relógio no consolo de mármore branco, percebeu que ainda tinha uma hora antes que a babá e Amos voltassem com Grace da Harrods, onde foram almoçar e comprar alguma coisa especial. Supostamente, ela não devia saber, e estava impressionada por Grace e a babá terem convencido Amos a entrar nessa expedição. Acreditava que a saída era para comprar um presente de aniversário para ela.

Vicky saiu do quarto e foi para o corredor, indo na direção das escadas. Segurando no corrimão de mogno, subiu as escadas devagar, levantando a saia de gabardine creme para não tropeçar.

Quando entrou no quarto de Grace, sorriu para si mesma. A menina tinha uma queda para arrumação. Tudo estava no lugar, exatamente onde deveria estar e, claro, havia a fotografia da mãe dela na mesinha de cabeceira. Vicky se lembrava de como ficara feliz quando Grace a colocara ali apoiada no abajur, compreendendo que a menina finalmente se sentia segura ali, sabia que ninguém roubaria a fotografia de sua mãe. Pegando-a, Vicky levou-a até o quarto de brinquedos anexo e sentou-se à mesa redonda. A fotografia precisava de um porta-retrato, e ontem Stephen fora à loja de prata que eles freqüentavam e encontrara um que era do tamanho certo e não era excessivamente enfeitado. Vicky tirou-o da caixa, removeu a parte de trás de madeira encapada com veludo azul, e tentou encaixar a fotografia ali, mas percebeu que era grande. A parte de trás coberta de veludo não encaixava direito e ela não estava conseguindo fechar os clipes laterais.

Vicky pegou os óculos no bolso da saia, abriu o estojo e colocou-os, examinando a fotografia. Pela primeira vez, percebeu que era feita em um papel bem grosso, mais pesado que de costume, e tinha uma moldura em volta da fotografia. Havia algumas manchas na moldura desbotada, e Vicky acreditou que eram manchas causadas por água. Sem dúvida alguma, a moldura fora danificada enquanto Grace arrastava a bolsa de pano para todos os lados. De repente, percebeu linhas claras na moldura, linhas deixadas por um porta-retrato, sem dúvidas.

Fitou o olho da mamã, como sempre se referia a ela, e assentiu. Realmente fora uma mulher muito bonita. Virando a fotografia, Vicky notou que o papel marrom que reforçava a parte de trás estava soltando nas beiradas da fotografia, descascando nos cantos. Decidiu que precisava de um novo reforço e começou a puxar um canto do papel marrom. Ele se soltou, mas não foi tão fácil removê-lo quanto Vicky imaginara. De repente, ficou com medo de estragar a fotografia; Grace ficaria histérica se alguma coisa acontecesse a essa lembrança de sua mãe; e Vicky achava isso compreensível.

Levantando-se e saindo do quarto de brinquedos, Vicky desceu as escadas até seu quarto, encontrou uma lixa de unha e uma tesoura no estojo de manicura, e subiu cuidadosamente até o quarto de brinquedos de novo.

Sentando-se à mesa, inseriu com cuidado a lixa e começou a levantar o papel marrom. Foi uma tarefa lenta, mas dez minutos depois um lado estava solto, então começou a trabalhar na parte de baixo.

No momento em que tirou o reforço de papel completamente, Vicky viu uma folha de papel dobrada em cima da fotografia; soube na mesma hora, sem dúvida, que a mãe de Grace colocara aquele papel marrom, e não o fotógrafo, como acreditara antes.

Por um momento, não tocou no papel dobrado, simplesmente fitou-o preocupada, imaginando o que era. De certa forma, estava com medo de pegá-lo, medo do que poderia estar escrito nele, do que descobriria.

Covarde, disse a si mesma, e finalmente pegou a grande folha de papel e desdobrou.

Vicky pensara que provavelmente seria uma carta, mas não era. Era uma certidão de nascimento. Entretanto, dentro das dobras da certidão, havia outra folha de papel. Colocou-a na mesa, ansiosa para ler a certidão de nascimento.

Estava escrito o nome de uma mulher, um nome que Vicky não reconhecia, e o quadro onde o nome do pai deveria ter sido escrito estava em branco. Ela é ilegítima, pensou Vicky. Grace é filha ilegítima. Seus olhos foram para o alto da certidão e ela leu: *Condado de Yorkshire*, e abaixo, *Whitby*, o nome da cidade. Pelo menos, agora sabia mais duas coisas sobre Grace: o nome da mãe dela e onde nascera. Ansiosa para saber mais, pegou a folha menor e abriu. Um cacho de cabelo ruivo caiu; Vicky colocou-o na certidão de nascimento, quase sem pensar, e olhou para o papel em suas mãos, lendo rapidamente.

— Ah, meu Deus! — exclamou Vicky alto. — Ah, meu Deus! — repetiu, e seus olhos inesperadamente encheram-se de lágrimas. Afastou-as e leu o bilhete mais uma vez, pegou o cacho de cabelo, colocou dentro dele e dobrou. Para sua surpresa, Vicky percebeu que suas mãos estavam trêmulas ao colocar o bilhete dentro da certidão de nascimento. Rapidamente, colocou ambos no bolso da saia e recostou-se na cadeira, impressionada demais para pensar direito, totalmente aturdida.

Foi o relógio sobre o consolo batendo meia-hora que tirou Vicky do devaneio. Piscou e endireitou-se na cadeira, olhando para o relógio. Ocorreu-lhe que só tinha mais meia hora para colocar outro reforço na fotografia e colocá-la no porta-retrato de prata antes que Amos, a babá e Grace voltassem.

Levantando-se, foi até o sino que ficava no consolo e tocou-o. Em poucos segundos, Elsie, a copeira, entrou apressada no quarto.

— Precisa de alguma coisa, Sra. Forth?

— Elsie, me faça um favor. Traga o rolo de papel marrom, cola e tesoura. Quero arrumar essa fotografia antes de colocá-la no porta-retrato.

Elsie assentiu.

— Agora mesmo, senhora. — E desapareceu.

Vicky ficou sentada fitando a foto da mãe de Grace, perguntando-se se deveria deixar a moldura desbotada em volta. Decidiu tirá-la. Escrito em uma caligrafia espiralada estava o nome do fotógrafo e, embaixo, a cidade: *Whitby*. Sem a moldura desbotada, o nome do fotógrafo apareceu. Por enquanto, Vicky não queria que ninguém soubesse sobre o passado de Grace, então colocou a moldura de volta no lugar.

Quando Elsie voltou com o que ela havia pedido, Vicky cortou um pedaço de papel marrom, colou-o na parte de trás da fotografia e colocou-a no porta-retrato.

— Agora cabe — murmurou, enquanto colocava a parte de trás de madeira coberta de veludo. Virando o porta-retrato e colocando-o sobre a mesa, assentiu para si mesma, satisfeita com seu trabalho, pensando em como Grace ficaria feliz quando visse a fotografia da mãe no lindo porta-retrato de prata.

Capítulo 43

— Prum tira, até qui ocê num é mau — comentou Albert Draper, encarando Amos Finnister. — Tem até corage di mi perguntá di novo sobre Napo. Já disse tudo qui eu sabia.

— Primeiro de tudo, Albert, não sou mais tira. Sou detetive particular — explicou Amos, balançando a cabeça e olhando nos olhos de Albert. — E você sabe disso. Além...

— Uma vez tira, sempre tira — interrompeu Albert, com um grande sorriso.

— Concordo que você pode ter razão quanto a isso, Bertie, mas, por favor, me ajude. Preciso descobrir para quem esse Napo estava trabalhando. Essa informação vale muito para mim.

— Quanto?

— Cinco libras.

— Cinco libras? Jesus! Ele deve tê aprontado uma coisa muito feia, algum crime. Eu ia pedi dez, mas mudei de idéia.

— Por quê? Eu sempre ajudo você, Bertie, a qualquer hora.

— Mudei de idéia porque num sô mendigo, num suporto mendigos, Amos. Jeito ruim de ganhar a vida, num acha?

— Acho, sim, e sei como você é orgulhoso. Vamos, Bertie, você sabe sobre Napo, então fale. — Colocando a mão no bolso, Amos tirou alguns trocados, colocou sobre o balcão e pediu: — Mais duas cervejas, por favor.

O atendente do bar respondeu:

— Já estou levando.

Virando-se para Albert, Amos continuou em voz baixa:

— Napo foi assassinado umas semanas atrás. Não foi suicídio, você sabe disso tão bem quanto eu. A Scotland Yard não descobriu nada, e eu preciso saber para quem ele estava trabalhando.

Albert mordeu o lábio e balançou a cabeça, parecendo preocupado.

Amos disse:

— Napo causou um terrível acidente no Hyde Park. Uma boa mulher morreu e outra mulher maravilhosa ficou ferida. Ambas ajudavam na Haddon House. Sua irmã Gladys não recebeu muita ajuda delas no passado... quando aquele marido que ela tinha batia nela?

— Batia muito, aquele cretino maldito. Si, um dia, eu botá as mão nele, acabo cum ele! — sussurrou Bertie, falando baixo. — Qué dizê qui elas ajudavam lady Fenella? Eu chamo *ela* de santa. É isso mesmo, Amos?

— É, sim.

Bertie assentiu, decidido depois de ouvir o nome Haddon House, e se aproximou ainda mais de Amos.

— Mi contaram isto... uma francesa deu emprego de cocheiro pro Napo, meu amigo qui conhecia o Napo qui mi contou. *Margarida*, isso memo, esse era o nome dela. Num lembro o último nome.

— *Grant*, Margarida Grant — disse Amos logo, sua animação óbvia. — É esse o nome?

— Isso! Isso mesmo! — exclamou Bertie, sorrindo de orelha a orelha. — Meu amigo disse qui Napo gostava dela, qui fazia de tudo pur ela — explicou Bertie. — Ah, Napo gostava dela. Estava muito enganado, não acha?

— Certamente. Tem certeza do nome?

— Tem sim. Mi deixa lembrar um minutinho... Grosvenor Street... num, num é essa... Upper Grosvenor Street. Era lá que Napo trabalhava i sonhava em comê a francesa.

Amos sentiu uma onda de alívio invadir-lhe. Queria gritar de alegria, mas se conteve.

— Um nome, Bert? Com certeza seu amigo sabia o nome verdadeiro de Napo?

Albert começou a rir.

— Sabe, Amos, Napoleão era o nome dele de verdade, num era apelido. A mãe deu esse nome pra ele.

— O sobrenome? — insistiu Amos.

Sorrindo de novo, Bertie disse:

— Num era Bonaparte. — O cockney começou a rir.

Amos não pôde deixar de rir junto, embora tivesse outro problema terrível para resolver. Sempre gostara do bom humor de Albert Draper.

— Então, rapaz, diz aí.

— Dupon ou Dupont. — Albert enfatizou o T. — Era o nome dele. Ou Dupond.

— Obrigado, Albert. — Amos colocou a mão no bolso e tirou um pequeno pacote. — Cinco libras para você. Muito obrigado pela ajuda.

Após guardar o envelope com o dinheiro, Albert olhou sério para Amos, apertando os olhos.

— Acabaram cum ele, os rico de West End?

— Na minha opinião, sim.

— Ocê acha qui Napo conseguiu comê ela? E por isso apagaram ele?

— Não, duvido muito que ele tenha conseguido alguma coisa com ela. Eles o mataram porque sabia demais.

— Malditos!

— Obrigado de novo, Bertie, você ajudou muito.

Albert Draper assentiu.

— Brigadu pelo dinheiro, Amos, ocê é um homem bom.

Amos assentiu, pegou a cerveja e bebeu metade, colocando o copo no balcão.

— Tenho de ir. E mais uma vez, obrigado, Bertie.

— Até, Amos.

Assim que saiu para a rua, Amos pegou o relógio de bolso e olhou a hora. Eram quase sete horas. Marcara com os dois atores em Mandarin Garden às sete e meia, então tinha de se apressar.

Enquanto atravessava o cais, fungou, fazendo uma careta, sentindo o fedor do Tâmisa nessa noite quente de junho. Para ele, era o rio mais lindo do mundo, mas também o mais sujo, o cheiro no calor era terrível.

Acelerando o passo, pensou nas informações que Albert Draper lhe dera. Conhecia Albert há muitos anos, desde que trabalhara como tira aqui em

Whitechapel, e confiava nele. Agora tinha um nome para dar a Neville Watkins e, ainda mais importante, a identificação de Margarida Grant como patroa de Napo. Isso a ligava ao crime, e possivelmente Henrique Grant. Pelo menos, acertara em alguma coisa. A falta de sucesso dos dois atores em convencer Beaufield, Dever e Clifford a renunciarem era o pior desfecho para essa parte do trabalho para Neville Watkins.

Charlie lhe dissera que os atores eram bons, que costumavam interpretar homens ricos no teatro, e que fariam um bom trabalho. Estas foram as palavras exatas de Charlie: "um bom trabalho", pouco antes de embarcar em um navio para Nova York. Para o Novo Mundo. Para uma nova vida.

Amos chegou ao restaurante chinês em tempo recorde e, enquanto ia para sua mesa favorita em um canto isolado, pediu chá de jasmim ao garçom. Sentou-se um pouco sem fôlego, com sede e aliviado ao ver que fora o primeiro a chegar.

Mas não teve de esperar muito. Dez minutos depois, os dois atores apareceram, e logo estavam sentados na sua frente. Justin St. Mart, como ele gostava de se chamar, mas, na realidade, Alfie Rains, e seu companheiro, Harry Lansford, que, na verdade, era Jimmy Smithers. Dois rapazes cockney de boa aparência, velhos amigos de Charlie, atores profissionais de talento. Bons rapazes, decidiu, olhando para eles. Mas, em algum ponto, erraram no trabalho. Seu objetivo era descobrir como.

— Boa noite, rapazes — disse Amos alegremente, sorrindo para eles.

— Boa noite, Sr. Finnister — disseram juntos, falando como se fossem das classes mais altas.

— Aceitam um refresco? — ofereceu Amos, levantando uma sobrancelha.

— O mesmo que você, chá de jasmim — respondeu Justin com sua bonita voz.

— Vou querer chá também — acrescentou Harry, igualmente educado.

Após pedirem o chá, Amos inclinou-se sobre a mesa e disse com a voz baixa:

— Tenho um problema, rapazes, e preciso que me ajudem a resolver.

Ambos assentiram, olhando para ele ansiosos, obviamente querendo agradar.

O garçom colocou os bules de chá e xícaras sobre a mesa e saiu.

Amos inclinou-se mais uma vez, falando no mesmo tom de voz baixo:

— Quero que me contem de novo o que aconteceu quando finalmente tiraram a carta da manga, digamos assim, e disseram àqueles cavalheiros que os exporiam ao mundo. Exporiam os seus segredos.

— Eles riram — respondeu Justin. — Pareceram não ligar, não foi, Harry?

— Justin está certo, Sr. Finnister, eles ficaram despreocupados, agiram como se não se importassem.

— Pensem, rapazes, tentem se lembrar. Eles não disseram nada sobre o conselho, seus superiores imediatos, as conseqüências?

— Não — disse Justin, balançando a cabeça loura, mordendo o lábio.

Harry parecia estar se lembrando de alguma coisa; apertou os olhos e fitou o nada por cima da cabeça de Amos.

— Bem, tem *uma* coisa... algo que Jack Beaufield disse, e que me pareceu bem estranho... fora de contexto.

— O que Beaufield disse? — perguntou Amos, o coração já acelerado.

— Disse que não haveria mais verões na França se eles saíssem do conselho, e os três pareceram achar engraçado. Mas eu não entendi.

Ah, mas eu entendo, pensou Amos, o coração batendo rápido. Eles sabem alguma coisa sobre Summers e Margarida, algo explosivo. Um caso? Acho que eles acreditam que o pegaram pelos *cojones*. Mas vamos ver isso, não vamos?

Harry agora perguntou, soando confuso:

— Parece contente, Sr. Finnister. Sabe do que Beaufield estava falando?

— Não tenho certeza — respondeu Amos com cautela, e sorriu. — Mas acho que meu chefe vai saber. Agora, rapazes, por minha conta. O que vão querer jantar? Podem pedir qualquer coisa, qualquer coisa mesmo. — Levantou a mão e chamou o garçom. De repente, sentiu-se tonto de felicidade. Talvez não tenha fracassado, afinal.

Capítulo 44

Terça-feira, 21 de junho de 1904.

Era um dia promissor. Certamente hoje, seu destino seria selado, disso tinha absoluta certeza.

Eduardo Deravenel estava parado na janela de seu escritório na Deravenels, olhando para a Strand abaixo, pensando na provação que o esperava.

Dali a pouco, entraria na sala de reuniões e enfrentaria dezessete homens: os membros do conselho que apoiariam sua causa ou destruiriam-no.

Seu primo Neville Watkins, seu mentor, dissera que estava em suas mãos convencê-los de que sua causa era justa e legal.

— Você é um *sedutpr*, Ned, não apenas de mulheres, mas de.. bem, você seduz a todos — Neville lhe dissera mais cedo, naquela manhã, durante o café-da-manhã na sua casa na Charles Street. — Você consegue convencer *qualquer pessoa*, é só querer. Faça isso hoje, Ned: envolva-os, seduza-os, faça com que queiram que você ganhe, não Henrique Grant. Mas lembre-se. Você deve se manter frio. Deve ser cruel.

— Eu sei disso — respondera Eduardo ao primo. — Seu lema está gravado no meu coração: *nunca demonstre fraqueza, nunca mostre seu verdadeiro eu.*

Neville assentira e sorrira, batera nas costas do primo e acrescentara:

— Mantenha-se impenetrável. Não demonstre qualquer emoção, não revele nada de você. Tenha isso em mente e você vai conseguir.

Na noite anterior, tiveram uma longa conversa com Amos durante o jantar, e o detetive particular contara sobre os dois encontros que tivera recentemente.

O primeiro com seu informante em Whitechapel. Esse homem fornecera a Finnister informações sobre o homem da Córsega, o cavaleiro que causou o acidente no Hyde Park. Segundo Amos, ele era um dos cocheiros de Margarida Grant: não havia dúvida de que ela tinha alguma ligação com o acidente.

— Premeditado — foi como ele descreveu. — De fato, sob meu ponto de vista, foi assassinato. O francês tinha o objetivo de matar a Sra. Overton.

O detetive particular, então, contara a eles sobre os dois atores, Justin St. Mart e Harry Lansford, que se fizeram passar por almofadinhas no círculo social freqüentado por Beaufield, Cliff e Dever.

Cada um dos atores cuidara de um dos homens individualmente, primeiro Beaufield, depois Dever, e por último, Cliff. Explicaram que tinham informações secretas e perigosas sobre eles e que as revelariam se não renunciassem a seus cargos na Deravenels.

Os atores realmente acharam que haviam conseguido convencê-los a se afastar para evitar um grande escândalo.

— E, então, tudo mudou — dissera Finnister. — Dever e Cliff mandaram Justin e Harry para o inferno. Devo dizer que os atores ficaram perplexos. Mais tarde, ficaram ainda mais chocados quando encontraram os três no White's e os três riram na cara deles. Foi Beaufield quem disse alguma coisa sobre "não ter mais verões na França" se eles saíssem do conselho da Deravenels.

— Eles estavam se referindo a Margarida Grant e John Summers. Como você supôs, eles devem estar se encontrando às escondidas. Sem dúvida, há alguma ligação sexual aí — comentara Neville.

— Sem dúvida, senhor. Fiquei sabendo isso de fonte fidedigna. O mordomo da casa dos Grant está prestes a se demitir e ficou feliz em abrir o bico.

Eduardo entrara na discussão neste momento e fora direto ao assunto, perguntando a Finnister:

— Você acha que Beaufield, Dever e Cliff se acobertaram e resolveram arriscar?

— Essa foi a conclusão a que cheguei, Sr. Eduardo. Inicialmente, achei que eles tinham descoberto que os dois atores eram impostores. Mas mudei de idéia. Sabemos que estão juntos e se beneficiaram do desvio de dinheiro da Índia. Portanto, acredito que sabem de tudo sobre os outros. São todos farinha do mesmo saco.

Neville rira, olhara para Ned e dissera:

— Mas os outros membros do conselho não sabem de nada, e você, meu querido Ned, vai dar a eles todos os detalhes sórdidos. Sem nenhuma censura.

Quando chegara em casa na noite anterior, Eduardo fizera inúmeras anotações, decorara tudo, como um ator faz com seus textos. Era assim que via essa situação. Quando entrasse naquela sala de reuniões, tinha de dominar, como um protagonista domina o palco. Tinha de convencer, persuadir, seduzir e conquistar o público. *Tinha de fazer com que ficassem do seu lado.*

— Eles o estão esperando — disse Alfredo Oliveri da porta.

Assustado, Eduardo virou-se e assentiu, dando um meio sorriso ao ver o colega de trabalho e amigo. Ao atravessar a sala, percebeu a palidez de Oliveri, as sardas chamando muito mais atenção. Obviamente, estava preocupado.

Ned colocou a mão no ombro de Oliveri e disse com a voz calma e firme:

— Não se preocupe. Estou bem, e tudo *vai* dar certo, juro. Agora me diga, quem está lá?

— Todos que esperávamos, menos Henrique Grant, claro. Ele não apareceu.

— Eu sabia que ele não viria. Ele não pode. E os outros não podem deixar que ele apareça. Ele está patético ultimamente, pelo menos foi o que me disseram. Tem dezessete membros do conselho, então?

— Isso mesmo.

— Fico feliz que você tenha entrado automaticamente para o conselho quando foi promovido para o cargo de Aubrey Masters. Quem está lá no lugar *dele*?

— Um novo membro do conselho chamado Peter Lister. Foi eleito por voto, claro, mas recomendado por Martin Rollins. Que, a propósito, se mantém neutro. Um bom homem, digno, sensato. Faz parte do conselho da Deravenels há muitos anos, e, de forma não-oficial, o dirige. Ele gostava do seu pai. Ele será justo, talvez até mostre simpatia pela causa. Mas pode bancar o advogado do diabo.

— Bom saber. Quem são os outros diretores de fora? Por favor, me diga de novo — disse Ned.

— Victor Sheen — respondeu Alfredo. — Também é neutro, acho. Matthew Reynolds e Paul Loomis, percebi que ficam em cima do muro, a opinião deles não têm muito peso.

— Vamos, então. Vamos acabar logo com isso. — Eduardo foi até a mesa, pegou uma pilha de pastas e se dirigiu para a porta.

Alfredo segurou-o e disse:

— As coisas vão acontecer exatamente como expliquei. O procedimento é bem simples. Martin Rollins vai pedir para você apresentar sua queixa, seu caso. E você fará isso. Os membros do conselho lhe farão perguntas, talvez peçam para apresentar provas. Só tem uma coisa que quero que se lembre. Estamos lá para ajudá-lo, se precisar de nós. Eu, Rob Aspen, Christopher Green e Frank Lane. Se precisar de algum de nós, apenas olhe ou diga nosso nome. Vamos nos apresentar na mesma hora e confirmar suas provas, se for o que estiver precisando. Estamos lá para apoiá-lo.

Eduardo assentiu.

— Eu me lembro de tudo que você me disse, e agradeço. Obrigado por estar ao meu lado hoje.

Juntos, saíram do escritório de Eduardo e atravessaram o corredor em direção à sala de reuniões. Nenhum deles falou nada, ambos perdidos em pensamentos.

Alfredo estava morrendo de preocupação, rezando para Ned se sair bem, e não explodir como acontecia às vezes.

Quanto a Eduardo Deravenel, ele estava mantendo a calma e o equilíbrio. Estava certo que precisava ser duro para vencer.

Quando entrou na sala de reuniões alguns instantes depois, logo atrás de Oliveri, todos pararam de conversar. Eduardo olhou em volta e viu apenas um assento vazio, na extremidade da mesa. Foi até lá e parou atrás da cadeira.

— Bom dia, cavalheiros. Para aqueles que não me conhecem, sou Eduardo Deravenel.

Alguns murmuraram um bom-dia, e Martin Rollins disse:

— Por favor, sente-se na cadeira à sua frente. Está reservada a você.

— Obrigado, mas prefiro ficar de pé — respondeu Eduardo, e colocou as pastas que estava segurando sobre a mesa de reuniões de mogno à sua frente.

Rollins assentiu e anunciou:

— Comecemos os procedimentos. Sr. Deravenel, é de nosso conhecimento que tem uma queixa sobre a Deravenels e deseja apresentar um caso contra um indivíduo. Estou certo?

— Está, sim, senhor. Desejo apresentar um caso contra Henrique Grant, presidente da Deravenels. — Eduardo ia falar mais do que isso, mas permaneceu quieto por um momento.

— O Sr. Grant não pôde comparecer hoje devido a um problema de saúde — disse Rollins. — Entretanto, você pode continuar, já que todos os membros do conselho estão presentes, com exceção do Sr. Grant.

— Henrique Grant é presidente desta empresa, mas não é a pessoa que a dirige — começou Eduardo com a voz gelada. — Portanto, acredito que ele deva ser afastado da empresa. Como não está dirigindo a Deravenels diariamente, deve ser afastado a partir de hoje. Quem dirige a Deravenels atualmente é John Summers, e ele não tem nenhum direito de ser presidente. Não é um Deravenel e, de acordo com as antigas regras da empresa, apenas um Deravenel pode ser o presidente da empresa.

Por um momento, houve agitação, algumas exclamações e murmúrios; e Martin Rollins exclamou:

— Por favor, cavalheiros, façam silêncio. — Olhando para o outro lado da mesa, fixou o olhar em Eduardo. — Conheço vagamente essa regra, mas ninguém nunca a trouxe à tona. O Sr. Summers está no comando há alguns anos. — Rollins estava com a testa franzida, parecia confuso.

— Supostamente, o Sr. Summers estava assessorando Henrique Grant, mas este era e continua sendo um patrão ausente, como meu pai, Ricardo Deravenel, costumava chamá-lo. E por que ele é um patrão ausente? — Eduardo fez uma pausa dramática e deixou o olhar vagar pela mesa, olhando para cada um dos homens sentados nos dois lados. Ninguém falou. Alguns corresponderam a seu olhar, outros não.

Eduardo continuou com a voz grave.

— Vou dizer-lhes por que ele nunca está aqui e transferiu o cargo para John Summers. Ele esteve em alguns hospícios para doentes mentais nos últimos anos. O Sr. Grant sofre de demência. Não é apenas um homem devoto e religioso, crente a Deus, como alguns de vocês acreditam. Tem um distúrbio mental e, portanto, é incapaz de administrar esta empresa. Ou qualquer outra empresa.

Ninguém falou. Todos olhavam para Eduardo. Alguns estavam surpresos, outros satisfeitos, e outros ainda demonstravam um medo repentino, apreensivos com o que ele diria em seguida.

— Essa é uma acusação séria, Sr. Deravenel! — anunciou Martin Rollins com a voz fria e clara, obviamente surpreso. — Uma acusação vil, se não for verdadeira, e duvido que seja.

— É absolutamente verdadeira! — contradisse Eduardo, a voz mais alta, forte, enfática. — Tenho comigo as provas para análise posterior. — Olhou para a pilha de pastas sobre a mesa de reuniões na sua frente, e continuou: — Tenho todos os registros médicos de vários hospícios em que ele se tratou. E tenho opiniões de médicos desses hospícios e vários outros psiquiatras altamente respeitados, incluindo o Dr. Rupert Haverley-Long, um médico muito respeitado que trabalhou com o Dr. Sigmund Freud. Na opinião dele, o Sr. Grant não está mais lúcido. Há anos.

— E esse psiquiatra, o Dr. Haverley-Long, examinou o Sr. Grant? — perguntou Rollins, uma sobrancelha levantada, cético.

— Não. Mas examinou diversos relatórios médicos e conversou com os médicos que cuidaram do Sr. Grant nesses hospícios.

Martin Rollins, um homem sábio, percebeu neste momento que Eduardo falava a verdade. Pareceu triste ao perguntar:

— E você disse que trouxe esses registros e relatórios médicos hoje, Sr. Deravenel?

— Trouxe, sim, senhor. — Eduardo deu um sorriso gelado e acrescentou: — *Cópias*, claro. Mas poderão ser examinadas pelos membros do conselho mais tarde. Entretanto, alguns membros do conselho já analisaram-nos.

— Isso é verdade? — balbuciou John Summers, lançando um olhar fulminante para Eduardo, mas mantendo-se calmo. Estava fervendo de raiva por dentro.

— É, sim — respondeu Eduardo, o tom de voz calmo, até brando. Olhou para Christopher Green e levantou uma sobrancelha. — Acho que o Sr. Green tem algumas coisas para dizer ao conselho.

Christopher Green assentiu e levantou-se, sentindo-se melhor de pé. Quase tão alto quanto Eduardo, ele sabia que sua altura era eficaz em algumas ocasiões, principalmente nas reuniões do conselho.

— O que o Sr. Deravenel está dizendo é absolutamente verdadeiro, Sr. Rollins e demais membros do conselho. Os relatórios que analisei realmente mostram que o Sr. Grant foi tratado em várias instituições mentais ao longo dos anos. Na minha opinião, ele não é capaz de dirigir esta empresa. Concordo com o Sr. Deravenel.

— John Summers está fazendo um trabalho maravilhoso — interrompeu James Cliff em voz alta. — Se Henrique Grant está incapacitado por causa de sua saúde, então John Summers pode continuar como antes. Ele é um bom homem!

— Isso mesmo — disseram alguns membros do conselho, apoiando a opinião de James Cliff.

— De forma alguma! — exclamou Eduardo Deravenel, levantando a voz. — Não concordo que o Sr. Summers tem sido um bom administrador para a Deravenel, de forma alguma. Mas, deixando esse fato de lado por um momento, ele não é um Deravenel, não é nem *remotamente* aparentado a um Deravenel. Ele, na verdade, é primo de segundo grau do afastado Henrique Grant. Ele não tem direito ao cargo.

— E quem *você* acha que deve dirigir a Deravenels? — perguntou Jack Beaufield com desprezo.

Você vai se arrepender de ter feito essa pergunta, seu cretino, pensou Eduardo, fitando Beaufield com frieza. Estava se lembrando que era mais que provável que Beaufield estivesse envolvido com as mortes de seu pai, irmão, tio e primo. Um assassino.

— Eu sou o verdadeiro herdeiro da Deravenels — disse Ned finalmente. — E mais do que Henrique Grant jamais foi. Sessenta anos atrás, o avô de Henrique Grant roubou a empresa. O avô dele não dirigiu muito bem a empresa, que foi mal sob sua administração, embora seu pai tenha feito um trabalho magnífico. Porém, e esse é um *porém* significativo, os Grant nunca poderiam ter estado no comando desta empresa. Segundo as leis de primogenitura, como as conhecemos hoje, eu sou o verdadeiro herdeiro, como descendente direto e verdadeiro de Guy de Ravenel, através de meu pai, Ricardo Deravenel, que era o verdadeiro herdeiro antes de mim.

Houve um silêncio na sala de reuniões.

Ninguém falou. Vários membros se mexeram nas cadeiras. Jack

Beaufield olhou em volta, esperando alguém censurar a reivindicação de Eduardo Deravenel, mas ninguém o fez.

Beaufield disse com sarcasmo:

— Você é apenas um garoto. Só tem dezenove anos. Por que acha que *você* poderia dirigir esta empresa? Agora, me diga isso, rapaz.

Eduardo não mordeu a isca. Simplesmente sorriu para Beaufield e respondeu calmamente:

— Minha idade não tem absolutamente nada a ver com isso, e certamente nada a ver também com minha competência. Não podemos nos esquecer que William Pitt tinha apenas 24 anos quando se tornou primeiro-ministro de nosso país.

Alfredo Oliveri, Rob Aspen e Frank Lane bateram palmas, rindo.

— Pode ser — murmurou Martin Rollins. — Mas e experiência, Sr. Deravenel? Isso certamente vale de alguma coisa, não?

— Claro que sim, Sr. Rollins. Estou trabalhando na Deravenels há seis meses e aprendendo sobre cada um dos departamentos. Tive excelentes professores: o Sr. Oliveri, o Sr. Aspen e o Sr. Lane. Sei muito sobre nosso departamento de mineração, as vinícolas na França, as pedreiras em Carrara e nossas empresas em Yorkshire. Informei-me sobre nossas fábricas de tecido em Bradford, nossas fábricas de roupas em Leeds, nossas minas de carvão em Sheffield. — Eduardo fez uma pausa, sorriu para Rollins e olhou para os homens que acabara de mencionar. — Acho que talvez queiram conversar com meus colegas mais tarde, saber a opinião deles a meu respeito.

Rollins assentiu, parecendo impressionado e um tanto encantado pelo bonito e articulado jovem que se estendia com tanto orgulho do outro lado da mesa de reuniões. Finalmente, ele disse:

— Então, seu caso é contra Henrique Grant, presidente da Deravenels? Que, segundo o senhor, não é mais capaz de dirigir a empresa. E está se candidatando a substituí-lo. De fato, o senhor está pedindo que o Sr. Grant *e* o Sr. Summers sejam afastados da empresa.

— Exatamente — respondeu Eduardo simplesmente.

— Só por cima do meu cadáver! — gritou John Summers, levantando-se e mostrando o punho para Eduardo. — Seu fedelho! Como ousa vir aqui hoje e propor tal absurdo? É você quem está fora de si, não Henrique Grant. Deveria se envergonhar.

— E o senhor, Sr. John Summers, é inimigo da Deravenels! O senhor é um traidor, mentiroso e adúltero. O senhor é que deveria se envergonhar. O senhor é amante de Margarida Grant, esposa de Henrique Grant. Foi o senhor que colocou chifres nele.

Nenhum homem se moveu na sala. Nem falou. Não ousaram. Martin Rollins, horrorizado, parecia estar em estado de choque.

John Summers continuou de pé, o rosto roxo de constrangimento e raiva. Ele também perdeu a voz, de tão estupefato que estava. Levou um momento para se recompor, para recobrar os sentidos.

Finalmente, disse:

— Apenas um rapaz da sua idade faria tal acusação *vazia.* — Mas, enquanto falava, John Summers sabia no fundo da alma que encontrara um adversário à altura. Eduardo Deravenel era frio, cruel e formidável, além de ambicioso. De repente, começou a tremer por dentro, sabendo que talvez tudo estivesse perdido. Ainda assim, permaneceu de pé, decidindo arriscar. Embora estivesse apaixonado por Margarida Grant, ainda tinha uma certa coragem.

— Não estou fazendo acusações vazias, Sr. Summers — respondeu Eduardo em um tom de voz baixo e perigoso. — Tenho provas de que o senhor está tendo um caso com a Sra. Grant já há algum tempo. E essas provas estão aqui nestas pastas. — Apontou para elas. O olhar continuou fixo no de John Summers. — O Sr. Clarence Turnbull, mordomo da Sra. Grant, fez uma declaração revelando a ligação sexual entre vocês. É uma declaração juramentada.

John Summers sentou-se pesadamente. Não fez nenhum comentário. Estava arruinado.

Eduardo olhou diretamente para Martin Rollins e continuou:

— Também tenho acusações contra Jack Beaufield, James Cliff e Philip Dever. Esses três senhores vêm sistematicamente roubando a Deravenels. Roubaram grandes quantias de dinheiro fazendo desvios de nossas minas de diamante na Índia. E roubando diamantes. Aubrey Masters, já falecido, também estava envolvido.

— Sr. Deravenel! Essas acusações são muito sérias — gritou Rollins, perguntando-se o que viria a seguir. Estava completamente perplexo.

— Tenho as provas aqui. Sr. Oliveri e Sr. Aspen, que trabalham no departamento de mineração, descobriram o crime alguns meses atrás.

O Sr. Oliveri contratou o Sr. David Westmouth, especialista em minas de diamante, na Índia, e o Sr. Westmouth nos forneceu todas as provas de que precisávamos. Podemos apresentar queixa contra esses três homens. Imediatamente. O Sr. Westmouth está em Londres no momento.

James Cliff ameaçou:

— Tente isso, rapaz.

— Ah, farei isso, com certeza, Sr. Cliff. Enquanto isso talvez o senhor deva providenciar para que cuidem de seu filho ilegítimo. E de sua amante. Tenho certeza que a Sra. Cliff não fará isso.

— *Seu cretino* — gritou Cliff, ficando de pé em um pulo, parecendo não apenas furioso como perigoso. — Vou fazer com que pague por isso, seu cretino!

— Duvido — respondeu Eduardo com calma. — Não conseguirá fazer muita coisa de trás das grades. E quanto ao senhor, Sr. Jack Beaufield, não é a primeira vez que suja as mãos. E logo seus antigos patrões apresentarão queixa contra o senhor. E o senhor, Sr. Philip Dever, sem dúvida estará em um tribunal enfrentando um divórcio em breve, assim que sua esposa descobrir que tem um amante. Do sexo masculino.

Dever não respondeu. Levantou-se e, quase correndo, deixou a sala de reuniões. Um assustado Beaufield seguiu-o, e então Cliff apressou-se em juntar-se a eles. Apenas John Summers permaneceu, impressionado, preso à cadeira. E então, ele também se dirigiu para a porta, seguindo os colegas, sabendo que fora derrotado por Eduardo Deravenel, seu carrasco.

Martin Rollins limpou a garganta e começou com cuidado:

— Sr. Deravenel, o senhor fez afirmações terríveis, insinuou coisas horríveis sobre aqueles homens que há tanto tempo servem à Deravenels...

— Servem a eles próprios — interrompeu Eduardo.

Rollins ignorou esse comentário e continuou:

— Só espero que o senhor realmente tenha provas que confirmem essas acusações, senão o senhor terá sérios problemas.

— Posso garantir que tenho prova de cada acusação que fiz contra esses senhores... *provas irrefutáveis*. E vários outros membros do conselho sabem que estou falando a verdade, Sr. Rollins. Eles me ajudaram a reunir as provas. Foram eles que serviram bem à Deravenels, não a facção de Grant. Tenha certeza disso.

Rollins assentiu.

— Obrigado, Sr. Deravenel. Gostaria que me entregasse os documentos para que possamos analisar. Nós nos veremos em breve. Obrigado.

— Eu que agradeço, Sr. Rollins, por permitir que eu apresentasse o caso e espero servir bem a essa empresa.

Todos os membros do conselho ficaram em silêncio; a maioria perplexa pela queda repentina dos homens que há tanto tempo conheciam e respeitavam.

Eduardo se levantou, atravessou a sala e entregou a pilha de pastas a Martin Rollins. Depois saiu da sala de reuniões, fechando a porta ao fazer isso. Justiça para minha família; justiça para Lily e o bebê, pensou ao voltar para seu escritório.

Exatamente uma semana depois, na terça-feira, 28 de junho de 1904, Eduardo Deravenel foi nomeado diretor-executivo da Deravenels. O cargo de presidente foi deixado em aberto. Nunca seria preenchido enquanto fosse vivo. Ele era o único soberano da Deravenels, seu domínio.

Mais tarde, em um almoço na sala de jantar da empresa, que não era usada havia anos, Eduardo sentou-se à mesa para uma farta refeição com a mãe e os irmãos, Meg, Jorge e Ricardo, seu Peixinho. Também estavam presentes todos os executivos da Deravenels que o apoiaram na luta para conquistar o controle da empresa, assim como seu primo, Neville e Nan Watkins, seus companheiros íntimos, Johnny Watkins e Will Hasling, e Amos Finnister, que contribuiu tanto. Os outros membros do conselho também estavam presentes. Eles foram unânimes em votar nele, e agora eram seus admiradores, totalmente seduzidos por aquele homem carismático.

Mais cedo naquela manhã, dera a Neville, Johnny, Will, Amos Finnister e Alfredo Oliveri uma lembrança daquele dia. Era um medalhão de ouro em uma corrente fina também de ouro. De um lado, estava o escudo da família Deravenel, uma rosa branca e uma ferradura, a rosa laqueada de branco; do outro lado, estava o sol com toda a sua glória, comemorando esse dia feliz. No lado onde havia a rosa, em volta estava gravado o lema da família Deravenel: *Fidelidade eterna.*

— Vou usá-lo até morrer, e depois — disse Johnny, dando um sorriso para Eduardo ao acrescentar: — E pensar que você nem tentou seduzir o conselho, pelo que Oliveri disse.

— Para falar a verdade, nem tive chance — confessou Eduardo, sorrindo. — A única coisa que consegui fazer foi enfrentar a facção Grant.

— O que, obviamente, funcionou — comentou Will, com a mão no braço de Eduardo.

— Verdade — interrompeu Neville. — Estou muito orgulhoso de você, Ned, muito orgulhoso mesmo.

Levantando a taça de champanhe, Eduardo brindou a eles:

— Aos amigos e à amizade. Que durem para sempre.

Margarida Grant estava sem palavras. Ficou parada, fitando John Summers, parecendo chocada. Após alguns segundos, disse devagar, com a voz perturbada:

— Está me dizendo que eles saíram da sala de reuniões? É isso que está me dizendo, John?

— É exatamente isso que estou dizendo. Fugiram como coelhos assustados. Eu fiquei pasmo.

— E o que você fez?

Ele suspirou e admitiu:

— Após alguns segundos, também saí, não tinha razão para continuar ali. Era palpável que Deravenel conquistara o conselho, convencera-o de seus direitos, e parecia ter provas contra Cliff, Beaufield e Dever. Estava com todas as cartas na mão.

— Ah, como eles foram estúpidos! — gritou ela e sentou-se no sofá em frente à lareira de sua casa na Upper Grosvenor Street.

John atravessou a sala, apoiou-se na lareira e fitou-a.

Ela correspondeu ao olhar, arqueando uma sobrancelha preta.

Ele disse:

— Podemos ter perdido essa batalha, mas é só uma *batalha*. Não perdemos a guerra.

— Para mim, parece que perdemos — respondeu ela, endireitando-se. — O que vamos fazer?

— Na verdade, ainda não sei. Acho que devemos ir a Paris, eu e você, e tirar uma folga dos negócios, um final de semana a dois. *Chez toi.*

O rosto dela se iluminou.

— Posso ver que a idéia de ficar sozinha comigo em seu apartamento em Paris a deixa feliz — disse John, com uma expressão feliz. — E só de pensar nisso, meu sangue ferve. Entretanto, temos de voltar por causa dos negócios, Margarida. Deravenel em breve estará ocupando meu lugar, o cargo de diretor-executivo, e não posso fazer nada a esse respeito. Por outro lado, os Grant possuem muitas ações da empresa, e acho que tem de haver um Grant no conselho, pelo menos como porta-voz. Terei de estudar as regras da empresa.

— Não podemos deixar Eduardo Deravenel vencer, e...

— Ele já venceu, Margarida, por enquanto, claro.

Ela assentiu.

— Você tem de encontrar uma forma de... afastá-lo do cargo.

— Farei isso — disse John, e foi sentar-se ao lado dela no sofá. — E o que vamos fazer com Henrique enquanto estivermos em Paris? Não podemos deixá-lo sozinho.

— Sei disso. Ele está muito feliz em Ascot, e o mordomo de lá sabe cuidar dele. Ele fará isso, seguindo minhas diretrizes.

— Isso me deixa aliviado. — Ele se levantou. — Preciso ir, quero me munir de informações para saber do que estou falando quando chegar a hora.

Parte Três

Brilhantes tentações

Eduardo e Isabel

"Ele perseguia sem discriminação as casadas e as solteiras, as nobres e as plebéias; mas não tomava nenhuma à força."

Dominic Mancini

"Ela era de altura mediana, com uma boa silhueta, e era linda, com longo cabelo louro dourado e um sorriso encantador."

Alison Weir

"Onde o Belo e a Bela se encontram,
A terra ainda treme,
O vento ainda perfuma,
E a memória abranda o ar,
Envolvendo, enlaçando raios de luz,
E fragmentos de riso triste;
Sem as lágrimas que preencheram os anos
Depois... Depois..."

Rupert Brooke

Capítulo 45

Londres, 1907

A festa primaveril já tinha começado na linda casa de lady Tillotson em Berkeley Square. As melodias da orquestra tocando a dança popular cakewalk vinham do magnífico salão de baile, e havia um ar de festividade e alegria enchendo o ambiente. Era uma alegria que parecia prevalecer em todos os lugares de Londres atualmente, com o rei Eduardo VII governando naquele ano extraordinariamente próspero de seu reinado, seu sexto no trono da Inglaterra. Londres era a maior capital que existia; o império dominava o mundo, e tudo corria bem sob o céu inglês.

Na bonita e charmosa sala de estar anexa ao salão de baile, convidados circulavam ou ficavam sentados em poltronas com bordas douradas, pequenos sofás e bancos, bebericando champanhe e conversando.

Palmeiras altas e delicadas em vasos de porcelana creme enfeitavam os cantos, e havia flores em todo lugar... canteiros de lírios, peônias, rosas, azaléias e hortênsias espalhavam lampejos de rosa, creme e branco, lilás, roxo e diferentes tons de vermelho, destacando as cores vibrantes contra as paredes cobertas de seda cor de creme e marcenaria pintada de creme e dourado. No ar dominava a delicada fragrância da mistura das flores e os mais estonteantes perfumes usados pelas glamorosas mulheres presentes nesta noite, usando os melhores vestidos e jóias.

Dois deslumbrantes lustres de cristal caíam do teto em cada extremidade da sala de estar, e castiçais de cristal presos nas paredes completavam a iluminação. As luzes cintilantes vindas de candelabros de cristal Waterford acrescentavam um brilho ao ambiente e possibilitavam que as mulheres vissem com facilidade os vestidos das outras. E todas estavam vestidas elegantemente de acordo com as últimas tendências da moda de Londres e Paris, usando vestidos comprados nas mais famosas lojas de ambas as capitais, e exibindo jóias magníficas que realçavam ainda mais sua elegância.

Assim como as mulheres, os homens também estavam elegantes em impecáveis fraques pretos, camisas engomadas, gravatas-borboleta brancas e coletes também brancos.

Olhando em volta, a mulher de preto percebeu que era a única usando uma cor escura. Todas as outras escolheram tons pastéis para seus vestidos, tão apropriados para a primavera. Ela não se importava; apreciava sua escolha, e *era* apropriado para *ela*.

Olhou para a esquerda e viu seu primo Arthur Forrester vindo em sua direção, trazendo-lhe uma taça de champanhe.

— Obrigada, Arthur — disse quando ele entregou a taça com um sorriso afetuoso.

— Importa-se se eu deixá-la sozinha por alguns segundos? — perguntou ele, como sempre meticulosamente educado. — Gostaria de fumar um charuto na varanda com Woodstock e Hopkins, dois velhos amigos de Eton. Não via esses camaradas havia meses.

— De forma alguma — respondeu ela. — Tenho certeza que mamãe vai grudar em mim a qualquer momento.

Eles riram juntos, e ele se afastou na direção da varanda, obviamente ansioso para encontrar os velhos amigos, ela podia perceber. Os olhos cintilavam ansiedade e ele parecia saltar enquanto caminhava.

Recostando-se na poltrona de veludo creme, ela olhou em volta, admirando alguns vestidos, achando que alguns eram exagerados, assim como a maior parte das jóias. Mas a moda prevalecia, e todas as mulheres queriam imitar a rainha Alexandra com suas gargantilhas e colares excessivamente enfeitados com pérolas e pedras preciosas, com longos brincos de pérola e diamante combinando, tudo usado ao mesmo tempo. Entretanto, nem todas as mulheres tinham um pescoço longo como o de um cisne, como a rainha. Ela sorriu por dentro, de repente sentindo-se satisfeita por ter mantido um visual simples para aquela noite. Fazia com que sobressaísse, pensou, se diferenciasse de todas as outras mulheres.

Ela o viu no momento em que ele chegou.

Ele causou uma onda de excitação ao hesitar na entrada da sala de estar, olhando em volta. As pessoas correram em sua direção, cercaram-no, obviamente querendo dar-lhe as boas-vindas, saudá-lo. Ela se perguntou quem seria.

Era muito alto e tinha o peito largo, e com as luzes cintilantes da sala seu cabelo parecia prateado. Era tão bonito que ela ficou verdadeiramente assustada, surpresa por sua excepcional beleza. Nunca colocara os olhos em um homem como ele.

Com imensa autoconfiança e ousadia, ele entrou na sala, movendo os pés com leveza na direção de uma mulher que obviamente conhecia. Era uma bonita morena que estava sentada em uma poltrona em frente a ela. Prendendo a respiração, agora que conseguia vê-lo ainda melhor, Isabel percebeu que ele era realmente um homem grande. Mas não era gordo, parecia atlético, em forma.

Estava perto o suficiente para notar que tudo nele era meticulosamente limpo, quase brilhando, e que o cabelo prateado não era prateado, agora podia ver: era ruivo dourado; ele era claro, a pele, rosa e branca, e com a aparência tão *limpa*. Como um menino indo para o colégio, foi seu pensamento inesperado.

Ele se sentara perto da mulher que estava na sua frente; um braço esticado no encosto do sofá, entre ele e a mulher, e a mão direita estava ali levemente aberta. Tinha mãos bonitas com dedos compridos.

Para seu total espanto, ela de repente percebeu que queria aquelas mãos tocando-a. Desejava-o. Desejava cada parte concebível dele. Esse sentimento foi tão intenso e real que ela sentiu o rosto ficar quente. Para sua surpresa, estava enrubescida. Não ficava assim havia anos.

Ele devia ter se vestido apressadamente. Ela percebeu que a abotoadura da camisa branca estava aberta, caindo solta para fora da manga do maravilhoso fraque. Ele se inclinou e beijou a mulher no rosto, quase sem pensar, ao que lhe pareceu. Ele conversava com a mulher seriamente, parecendo não perceber mais ninguém, nem os que estavam a sua volta, obviamente querendo sua atenção.

— Isabel, o que deu em você? — perguntou Anthony, seu irmão, de forma um pouco ríspida, assustando-a, fitando-a ao se aproximar. — Olhando embasbacada para o sujeito como se fosse uma moça de rua! *Francamente*, querida!

Isabel fitou o irmão, que de repente aparecera a seu lado, e perguntou com curiosidade:

— Quem é ele? Não o conheço.

Anthony ficou surpreso ao escutar isso e franziu a testa:

— Você deve ser a única mulher de Londres, se não de todo o país, que não *o* reconhece. É Eduardo Deravenel e, por favor, não me diga que nunca ouviu falar dele porque certamente não vou acreditar. Outros podem até acreditar, mas eu não. Todo mundo sabe quem é Deravenel, principalmente as pessoas do *seu* sexo.

— *Aquele* é Eduardo Deravenel! Meu Deus, Anthony, achei que Deravenel fosse um homem muito mais velho! Talvez na casa dos trinta ou quarenta anos. — Olhou para o outro lado da sala e continuou: — Mas ele parece ter vinte e poucos anos.

— E tem mesmo, por volta de 23, mais ou menos isso, não sei exatamente. Mas é jovem.

— Já li sobre ele nos jornais. Dá festas pomposas, freqüenta todas as festas oferecidas; parece um ser bem social, não? — Sem esperar a resposta, continuou: — Dizem que é um gênio nos negócios. É verdade?

— Não sei, Lisa, querida.

— Anthony, por favor, não me chame de Lisa. Você sabe que não gosto, embora mamãe certamente não saiba.

Ele ignorou o comentário dela.

— Se Deravenel é ou não é um gênio nos negócios não importa. Há homens muito inteligentes trabalhando para ele na Deravenels, e ele tem muita sorte de ter o primo Neville Watkins a seu lado, orientando-o. Watkins é o maior magnata do país atualmente. Algumas pessoas dizem que, na verdade, é ele que dirige a Deravenels e que tem o poder, e não nosso jovem amigo.

— Ele *é* seu amigo? — perguntou logo Isabel, fitando intensamente o irmão.

— Infelizmente não... é só um conhecido, apenas nos cumprimentamos, só isso. Fizemos negócios com a Deravenels alguns anos atrás, com o outro ramo da família, os Grant, quando eles dirigiam a empresa. Mas desde então, não fizemos mais negócios, é uma pena. — Virando a cabeça, Anthony exclamou: — Ah, querida, ali está Agatha. Prometi a ela esta dança. Com licença, Lisa. — Piscou para ela de forma travessa, sabendo o quanto ela odiava qualquer abreviação de seu nome, especialmente essa.

— Claro, Anthony — murmurou ela com o tom de voz indiferente, e recostou-se na poltrona de veludo. Agora que estava sozinha, arriscou outro olhar para Eduardo Deravenel.

Neste exato momento, ele se mexeu, se afastou da linda morena. Olhou em volta, depois para o outro lado da sala.

O olhar dele encontrou o dela.

Ela prendeu a respiração.

Os olhos dele eram os mais azuis que já havia visto, surpreendentemente azuis.

Ela ficou mortificada ao perceber que enrubescera de novo, não apenas por ele tê-la pego observando-o secretamente, mas porque os olhos dele estavam repentina e firmemente fixos nela. E de forma intensa.

Muito lentamente, um sorriso preguiçoso, quase divertido, apareceu no rosto dele.

Por um momento, Isabel não conseguiu desviar o olhar, e então, pelo canto do olho, viu sua mãe se aproximando e levantou-se, indo rapidamente para a direção contrária, seguindo na direção da varanda. Em poucos segundos, abriu as portas francesas e saiu. Olhou em volta e viu que estava vazia. Obviamente, seu primo e os amigos tinham ido passear no jardim.

Embora fosse uma agradável noite de abril, estava esfriando, e ela percebeu seu erro. Mas não se importava em ficar um pouco ali. Estava aquecida e seu rosto parecia em brasa quando o tocou; aproximando-se do parapeito, colocou as mãos no mármore, gostando da sensação fria.

Escutou passos vindo do caminho de pedras no jardim abaixo; conseguia escutar as vozes e reconheceu a de Arthur quando ele disse:

— Ele deve ter estudado em Harrow, mas o que importa? Acho Churchill um camarada muito bom. Fez um excelente trabalho como subsecretário de Estado das Colônias, e certamente Campbell-Banneman confia muito nele.

— Ouvi falar que Campbell-Banneman não anda muito bem — disse Hopkins.

— Meu Deus, Hopkins, onde você escutou *isso*? — questionou Arthur.

— *Eu* disse a ele — respondeu Woodstock. — Meu pai é amigo íntimo do primeiro-ministro e disse que ele provavelmente renunciará ao cargo no ano que vem.

— Meu Deus! — exclamou Arthur. Fez uma pausa de uma fração de segundo e continuou: — Se ele renunciar ao cargo de primeiro-ministro, Asquith será seu sucessor. Quem mais?

— Não haverá eleição — anunciou Hopkins com um tom de voz firme. — Os Liberais chegaram ao poder no ano passado e desejam continuar. Churchill teve sorte. Quando mudou de lado na Câmara dos Comuns, sabia o que estava fazendo.

— Ei, espere um pouco! Ele mudou de lado porque não estava satisfeito com a política do Partido Conservador — interrompeu Arthur, parecendo irritado ao responder.

— Alguns dizem que ele traiu o Partido Conservador e sua classe — comentou Hopkins.

— Discordo — respondeu Arthur, suavizando a voz. Ele riu. — Vamos, amigos, vamos voltar e tomar mais um pouco desse champanhe e flertar com as moças.

— Vou terminar meu charuto — disse Woodstock. — Tem um banco ali, vamos nos sentar.

As vozes se afastaram, e Isabel debruçou-se, olhando para o jardim. Homens e sua política, pensou sem paciência, eles me deixam perplexa. Mas a política fazia parte da vida social cotidiana da classe alta.

Ela suspirou. Hopkins era um homem eloqüente, tinha de concordar com Arthur. Ele estava certo: Churchill era um político promissor. Seu pai falava muito dele, dizia que Churchill iria longe.

Capítulo 46

Pouco depois de a mulher de preto sair da sala de estar, Eduardo virou-se para Vicky e perguntou:

— Sabe quem era aquela? A jovem que estava sentada no sofá do outro lado da sala.

Vicky balançou a cabeça.

— Não faço idéia; na verdade, não prestei muita atenção, querido, estava escutando o que estava me dizendo. Entretanto, pouco antes de você chegar, notei uma linda loura sentada lá. — Vicky começou a rir. — Parece que esse ainda é o seu fraco. Louras. Não consegue resistir a elas, consegue?

— Ele certamente não consegue — concordou seu irmão, Will, aproximando-se ao lado de Johnny Watkins. — Também notei a jovem mais cedo. Surpreendente. Também não faço idéia de quem seja — comentou Will.

— Pergunte à anfitriã, Ned — sugeriu Johnny, observando o primo. — Ela não estaria aqui se não fosse alguém importante. Você conhece Maude: é um tanto esnobe.

Ned riu e se levantou.

— Por favor, me dê licença, Vicky. Estou vendo Maude conversando com o lord Gosford. Acho que vou seguir seu conselho, Johnny, e perguntar à nossa anfitriã quem é a dama em questão.

O primo sorriu e virou os olhos de forma teatral.

— Volte logo — disse Vicky. — Você me prometeu a próxima dança, Ned.

— Eu certamente não me esquecerei *disso* — respondeu Eduardo sorrindo.

Isabel viera à festa de Maude Tillotson porque a famosa anfitriã era a melhor amiga de sua mãe. Recebera um dos primeiros convites e, naturalmente, sua mãe a pressionara a aceitar e acompanhá-la, junto com o irmão, Anthony, e o primo, Arthur Forrester.

No início, não queria vir; agora se perguntava como poderia escapar e voltar para casa. Não gostava de dançar e não suportava estar aqui. Eduardo Deravenel a deixara abalada, nervosa. Preciso ir embora, decidiu ela, agora mesmo.

— Espero não estar invadindo sua privacidade, ou algum pensamento importante — disse uma doce voz masculina.

Isabel soube na mesma hora que era *ele*, mesmo antes de olhar para trás. O curioso é que não o escutara se aproximando. Finalmente, virou-se e encontrou-se cara a cara com Eduardo Deravenel. Ficou com a garganta seca e engoliu. Ele era enorme, e estava ali parado na sua frente, muito perto, tão alto e bonito. Era irresistível. Sua presença, seu carisma e sua masculinidade pareciam irradiar.

Ela percebeu que, por um momento, não conseguiu falar, e encostou no parapeito, aliviada por ele estar ali; as pernas de repente ficaram bambas, e estava tremendo por dentro.

Finalmente, tomando consciência do silêncio que os envolvia, de sua falta de resposta, ela disse apressadamente:

— Ah, não, não está invadindo de forma alguma. Simplesmente saí... para respirar ar puro.

— *Estava* quente lá dentro. — Ele parou e fitou-a intensamente.

Na opinião de Eduardo, ela tinha uma beleza extraordinária. O rosto era perfeitamente oval, com as maçãs proeminentes. Os olhos, grandes e afastados, eram azul-claros, como o céu; as maravilhosas sobrancelhas eram louras e arqueadas, e a boca, sensual. Como a maioria das mulheres que seguiam a moda atualmente, o cabelo estava preso no alto da cabeça, com cachos caindo para frente. Mas era a cor do cabelo que chamava a atenção. Dourado prateado, pensou ele. Não era muito alta, altura mediana, mas uma breve espiadela mostrou que a silhueta era perfeita, e os seios, firmes. O vestido, simples mas elegante, era de *chiffon* e renda preta, com decote quadrado e mangas abertas. A saia voava em volta dela, serpenteando com a leve brisa. O modelo do vestido era moderno, longo, cheio e esvoaçante, sem as anquinhas que haviam sido tão populares.

Ela limpou a garganta suavemente.

Ele disse:

— Peço perdão por estar sendo rude, fitando-a. Por favor, me perdoe. Na verdade, tenho a impressão de que já nos conhecemos. — Ele sabia que não, nunca se esqueceria dessa beleza. Mas precisava de palavras para quebrar o silêncio.

Ela estava balançando a cabeça.

— Não, nunca nos vimos. Eu me lembraria — disse ela, ecoando os pensamentos dele sem saber, e sem nenhum artifício.

— Sou Eduardo Deravenel. — Estendeu a mão.

Ela a pegou. Por um momento longo demais, ele a segurou com força, e então soltou-a rápido demais. A pele dela parecia queimar.

Inesperadamente, ela notou o punho aberto de novo.

— E a senhorita é? — perguntou ele, levantando a sobrancelha de forma questionadora, os olhos investigativos.

— Isabel Wyland.

— Prazer em conhecê-la, muito prazer mesmo. — Fez uma pequena reverência e, ao fazer isso, notou a aliança de ouro no dedo dela. Levantando-se, perguntou: — E, sem dúvida, está aqui acompanhando o... Sr. Wyland?

— Sim, meu irmão. Era com ele que eu estava conversando mais cedo.

Eduardo franziu a testa, parecendo um pouco confuso.

— Sou viúva, Sr. Deravenel. Eu era casada com o coronel Simon Gratton. Ele era do Exército Britânico.

— Ah, entendo. — Ele pareceu ainda mais confuso. — Mas a senhora disse Wyland?

— Disse, sim, meu nome de solteira. — Ela deu de ombros, afastando o assunto. — Meu marido foi ferido na Guerra dos Bôeres e, quando voltou da África em 1900, não era mais o mesmo homem. A guerra matou sua alma, Sr. Deravenel. Era uma pessoa completamente diferente, e sofreu com as conseqüências dos ferimentos. Infelizmente para mim, ele morreu alguns anos atrás, em 1904. Minha mãe diz que a morte foi um alívio para ele, pois seu sofrimento era devastador...

— Sinto muito. Minhas condolências.

Ela inclinou a cabeça.

— Obrigada — foi tudo que disse.

— Aqui está você, Isabel! — exclamou Anthony, entrando na varanda e juntando-se a eles. — Procurei-a por toda parte. Mamãe gostaria de lhe dar uma palavra, querida.

Isabel apenas assentiu, então disse:

— Este é o Sr. Eduardo Deravenel. — Olhando para Eduardo, acrescentou: — Este é meu irmão, Anthony Wyland.

Os dois homens deram um aperto de mãos, e Eduardo disse:

— Não estou certo, mas já nos conhecemos antes, Wyland. Estou certo?

— Já nos conhecemos sim, Deravenel. Com meu pai.

Eduardo assentiu educadamente, depois virou-se para Isabel e disse:

— Obrigada por sua simpatia. — Ele abriu um lindo sorriso. — Com sua permissão, gostaria de lhe fazer uma visita em breve, posso?

— Isso seria aceitável — respondeu ela, então não conseguiu resistir e disse: — Seu punho direito está aberto.

Ele olhou e sorriu.

— Poderia fechar para mim? — Colocou a mão no bolso e pegou uma abotoadura de lápis-lazúli que combinava com os botões da camisa. — Aqui está — acrescentou, entregando-a para ela.

Ela hesitou por uma fração de segundo, então pegou.

Ele puxou a manga para baixo para que ela pudesse colocar a abotoadura no lugar. Sem olhar para ele, apenas para a manga, ela murmurou:

— Recebo os amigos todos os dias às quatro horas.

Quando Eduardo voltou para a sala de estar, alguns minutos depois, Vicky o estava esperando. A orquestra estava tocando uma valsa e, quando ele a conduziu para a pista, Vicky levantou o olhar e perguntou:

— Então, quem era a loura bonita?

— Não consegui descobrir — mentiu ele, embora não soubesse por que estava fazendo isso. — Maude estava acompanhando Gosford para a outra sala, então desisti da busca. — Ele riu. — Um velho amigo me prendeu por alguns minutos — improvisou para explicar a ausência.

Vicky não sabia se devia acreditar nele, mas esqueceu o assunto. Não havia por que pressioná-lo, e não era da sua conta. Sabia que Eduardo não tinha um relacionamento permanente desde a morte de Lily, apenas várias mulheres o cercando.

Seu irmão Will os chamava de "relacionamentos carnais de Ned", ria e acrescentava alegremente:

— Ele enlouquece as mulheres. Tanto que alguns amigos dizem que ele nunca está de calças. Mas eu discordo, trabalho com ele todos os dias, e ele trabalha como um escravo, pode acreditar.

Ela sabia que era verdade. Ned era muito parecido com o primo Neville Watkins, outro homem que passava a maior parte do tempo no escritório. Desafiando demônios e motivados pela ambição, pensou ela. Gostava de Neville, era um homem de palavra e atencioso. Quanto a Eduardo, ela o amava como se fosse outro irmão, mas às vezes não conseguia entender certas características dele. Ned se cobrava muito em relação ao trabalho e, mesmo assim, de alguma forma, ganhara a reputação de mulherengo. Mas por que não?

Com quase 23 anos, Ned estava determinado a viver a vida. E tinha esse direito; afinal era jovem e solteiro, e tinha o mundo nas mãos. Eduardo Deravenel tinha dinheiro, posição e era de boa família, portanto, era convidado para todas as festas, bailes e reuniões, jantares e qualquer outro tipo de evento da nata da sociedade londrina. Devido à riqueza, sucesso e poder, e ao impressionante charme, Ned era o melhor partido de Londres atualmente. Como era lindo e famoso por ser um amante maravilhoso, todas as mulheres o desejavam; até as mulheres mais velhas e casadas. Não era de se estranhar que as mulheres o mimassem... mulheres de todas as idades.

— Um centavo por seus pensamentos, doce Vicky — disse Ned, olhando para ela. Sempre gostara dela, e continuou gentilmente: — Você parece longe daqui. Em Nova York, sem dúvida, com Stephen? — Os olhos azuis dele eram questionadores.

— Isso mesmo. — Ela sorriu para ele. — Sinto tanta saudade de Stephen, Ned, e a pequena Grace Rose também.

— Quando ele volta para Londres?

— Em dez dias, no máximo duas semanas. Falando nisso, vou dar uma festa para Grace quando ele voltar. Adoraria que você fosse, Ned. Com Fenella.

— Obrigado, certamente estarei lá. Quem mais você vai convidar?

— Amos, claro. Grace o adora.

— O bom e velho Finnister, gente da melhor qualidade. Excelente companheiro. Acredito que meu fiel escudeiro também vá.

— Ainda não convidei Will, mas vou fazer isso hoje. A única pessoa que já convidei, sem ser você, foi a Fenella. Ela sempre demonstra tanto interesse na Grace.

— E fez um bom trabalho investigativo sobre a menina — comentou Ned. — Impressionante como Fenella foi persistente.

Vicky deu um pequeno sorriso.

— Foi mesmo, e sou grata por isso.

Terminaram a valsa em silêncio.

Um pouco depois, Eduardo encontrou Will no bar sozinho, tomando uma taça de champanhe. Ao se aproximar do melhor amigo, Eduardo disse:

— Está parecendo triste. Algum problema?

— Estou com saudades de Kathleen — disse Will em voz baixa. — Acho que finalmente vou ter de dar aquele passo *fatal.* Casamento.

— Acho que deveria — respondeu Eduardo, aprovando inteiramente o envolvimento de Will com sua prima, Kathleen Watkins, irmã de Neville e Johnny. — Ela o adora. Você sabe disso.

Will assentiu e de repente sorriu.

— É bom saber.

— Não se faça de bobo, Hasling! Você sabe muito bem o que ela sente por você.

Will sorriu, tomou um gole de champanhe e perguntou:

— Descobriu quem era a loura misteriosa?

— Descobri.

— E? — Will fitou Eduardo, a testa franzida. — Por que essa cara?

— Ela é uma Wyland.

— Meu Deus, não! — Will aproximou-se de Eduardo e disse baixinho: — O pai dela era bem próximo dos Grant, muito chegado mesmo, embora deva admitir que não sei como estão as coisas, agora que os Grant estão morando na França. Mas você certamente sabe que os Wyland fizeram negócios com os Grant. Por anos... vem de longa data, disso eu sei.

— Meu pai uma vez me disse que os Wyland tinham negócios com a Deravenels havia mais de cem anos, então vem de longa data mesmo. Conheci o irmão dela, parece ser boa pessoa.

— Ouvi dizer que o melhor da família.

— É uma mulher estonteante, Will. Estou impressionado. Encantado. Preciso vê-la de novo... A propósito, ela é viúva.

— Ah, não! Por que você sempre fica de quatro por mulheres louras e viúvas? Certamente tem um fraco por elas, Ned. Estranho isso. Pensando a respeito, ela provavelmente é mais velha que você.

— Provavelmente.

— Não deixe que seja mais que um envolvimento passageiro e prazeroso, Ned, depois diga adeus. Ela é do campo adversário. Não se esqueça disso.

Eduardo lançou-lhe um olhar intenso, mas não fez mais nenhum comentário.

Capítulo 47

— Sinto muito mesmo, Elinor, mas preciso voltar para o escritório — disse Eduardo Deravenel, sorrindo para a mulher sentada à sua frente.

— Eu entendo, querido, mas fico triste — murmurou ela. — Achei que passaríamos a tarde aqui... sozinhos, até disse para minha empregada tirar o dia de folga. Poderíamos ficar... *juntos*.

— Eu tinha planejado ficar aqui com você, mas infelizmente esta manhã aconteceu uma coisa no escritório e preciso resolver imediatamente. Tenho uma reunião às três.

Elinor Burton assentiu.

— Compreendo que você tem um império para dirigir. Não sei como consegue.

— Não faço isso sozinho, garanto — respondeu com um sorriso, levantando-se. — Obrigado pelo almoço, estava uma delícia.

— Todo vindo da Fortnum and Mason — riu ela, também se levantando, e juntos saíram da sala de jantar e seguiram até o vestíbulo da pequena casa dela em Belgravia. — Quando nos veremos de novo? — perguntou.

— Tentarei ir para o campo na próxima semana, mas avisarei. — Puxou-a para si, abraçando-a forte, e beijou-a apaixonadamente na boca. Ela se agarrou a ele, correspondendo com entusiasmo.

Após um momento, eles se separaram, e ela disse:

— Não deveria ter feito isso, Ned, é tentador demais.

Ele simplesmente riu, fitando-a, pensando em como estava bonita hoje, com o cabelo louro brilhando e os olhos castanhos em um tom de dourado por causa da luz.

— Ah, Elinor, você é realmente linda — murmurou ele, falando a verdade, e abraçou-a de novo, subitamente excitado.

Elinor abraçou-o, também rindo.

— Ah, Ned, querido, você não tem jeito. Mas *agora* não. Não quero que me culpem por interferir nos seus negócios.

— Não sou muito sensato quando estou com *você*. — Com um lindo sorriso, ele saiu da casa, e em poucos minutos estava concentrado nos negócios.

E então parou, pensando em Elinor. Não fora muito gentil com ela hoje, e ela era a mais adorável das mulheres, doce e delicada; e com a aparência de uma Madonna. Virando-se, voltou até a porta da casa dela e levantou a aldrava.

Os olhos dela se encheram de surpresa ao abrir a porta e vê-lo.

— Eduardo! — exclamou, fitando-o. — Esqueceu alguma coisa?

Ele sorriu.

— Esqueci, sim. Por um momento, esqueci o quanto gosto de você, minha querida. Posso entrar um pouco?

— Claro — respondeu ela, abrindo mais a porta. — Mas não estou entendendo. Você disse que tinha de comparecer a uma reunião importante.

— E tenho mesmo — disse ele, virando-se para ela no vestíbulo. — Mas ainda é uma e quinze; almoçamos muito cedo, sabe. Ao meio-dia... cedo demais para mim. Não importa, vamos subir, como você queria. — Tomou-a nos braços e beijou-a, e então levou-a para cima. Ela não se opôs.

Elinor usava um vestido de seda azul-marinho, com a cintura apertada e, quando chegaram ao quarto, virou-se para ele e pediu:

— Ned, você poderia desabotoar para mim?

Ele riu e começou a abrir os botões, beijando a nuca e o lindo cabelo louro dela. O vestido caiu no chão; ela passou por cima dele, virou-se para Ned e sorriu.

— Como você é linda, minha doçura — sussurrou ele, tocando-a no rosto inocente, onde só havia amor e adoração por ele. Ele a desejara desde a primeira vez que a vira, sentindo-se atraído por sua inocência e simplicidade. É claro que ela o dispensara, já que era uma viúva correta e virtuosa; ele tivera de usar todo o seu charme. E ela acabara sucumbindo a ele e entregando-se de corpo e alma.

— Em que está pensando? — perguntou ela, fitando os olhos dele.

— Eu estava pensando que sua relutância em ter um relacionamento comigo só me fez desejá-la ainda mais. Se fosse qualquer outra mulher, eu acharia que a relutância era um truque, mas sei que você estava sendo sincera.

— Estava sim, Ned, mas fico feliz por estarmos juntos agora. Você significa tanto para mim. Vamos para a cama para que eu possa mostrar o quanto.

Elinor estava sempre pronta para ele e, após beijá-la e acariciar o corpo esbelto, sabendo que ela estava ficando cada vez mais excitada, ele a tomou, entrando nela facilmente. Ela estava realmente pronta, abrindo-se para ele como uma flor, e o calor de seu corpo deixou-o ainda mais excitado. No ouvido dela, ele sussurrou:

— Agora, Nell, seja minha. — E ela obedeceu, agarrando-se a ele, o corpo tremendo de prazer sob o dele.

Enquanto estavam deitados juntos um pouco mais tarde, ela de repente disse:

— Você irá para o campo na próxima semana, não é?

— Irei, sim. Onde mais eu poderia querer estar, a não ser com você? — respondeu ele, sabendo que a visitaria em seu chalé no campo. Não a trataria de forma leviana.

Eduardo estava em sua sala na Deravenels havia apenas meia hora quando Will Hasling bateu à porta e entrou.

— Aí está você. Já são quase três horas, vamos para a sala de reuniões. Oliveri e Aspen logo se encontrarão conosco. Como foi o almoço?

— Muito bom. Marsden é um bom camarada, mas acho que não conseguiremos fazer negócios com ele.

— Onde almoçaram? No White's?

— Não, no clube *dele*. O Reform. Mas foi muito rápido, ele estava com pressa — respondeu Ned, feliz por realmente ter encontrado Marsden em seu clube e tomado um drinque com ele antes de correr para a *pied-à-terre**

---

*Pied-à-terre é uma casa que a pessoa tem em outra cidade para passar temporadas (*N. da T.*).

de Elinor para um almoço íntimo. Isso dava a ele um álibi. O romance com ela era secreto; ambos queriam que fosse assim, pelo menos por enquanto.

— A propósito — continuou Will —, Neville já fez os planos para a viagem a Paris, para encontrar Louis Charpentier. Ele telefonou agora há pouco e disse que mais tarde nos passará todos os detalhes. Mas ele irá em poucos dias.

— Muito bom. Vamos para a sala de reuniões?

Desde que Eduardo Deravenel se tornara diretor-executivo da Deravenels, Will trabalhava com ele, como seu assistente pessoal. Mas também estava à frente de um projeto de Eduardo, um dos quais iriam discutir.

Em poucos segundos, Alfredo Oliveri e Rob Aspen juntaram-se a eles na mesa de reuniões. Após se cumprimentarem, Eduardo disse:

— Bem, me conte a grande novidade.

— Não é uma *grande* novidade — respondeu Alfredo. — Mas nossos informantes na Pérsia confirmaram que a empresa chamada Onpeg certamente ainda está lá e continua perfurando em busca de petróleo. Em Masjid-I-Sulaiman.

— Isso fica no sul da Pérsia — explicou Aspen.

— Mas eles ainda não descobriram petróleo, descobriram? — perguntou Eduardo, franzindo a testa. Dirigiu a pergunta a Will. — Nada mudou ainda, certo?

— Muitas empresas já estão lá, fazendo perfurações em outras partes da Pérsia, e acho que devemos fazer o que sempre quisemos: mandar uma equipe nossa para dar uma olhada, investigar — disse Will.

— Então, vamos planejar isso — concordou Eduardo, sempre seguro de si, confiante em sua habilidade para os negócios. Isso o ajudara muito nos últimos três anos. Eduardo levara a Deravenels ao nível que já tivera no passado, assegurara seu futuro e corrigira os erros da má administração dos Grant. Seu objetivo era fazer com que fosse mais importante que nunca.

— Então — continuou ele —, quem vai? Que tal você, Oliveri? Quer se aventurar nas areias do deserto da Pérsia?

— Se quiser que eu vá, eu vou. — Alfredo sorriu. — Você sabe que adoro aventuras.

— Posso ir também, se você achar que posso ajudar — ofereceu-se Rob Aspen.

— Estou no jogo. A Pérsia me atrai — anunciou Will.

— Ah, não, você não, Will. Acho que terá de ficar. Agora, amigos, vamos conversar mais a respeito — disse Eduardo. — Realmente fazer um planejamento adequado. Acho que o petróleo vai ser o produto do futuro. Precisamos ter campos petrolíferos, eles são de suma importância.

— Sob nenhuma circunstância você deve permitir que ele se deite em sua cama — disse Jocelyn Wyland, fitando a filha seriamente. — Ele tem uma reputação e tanto, você sabe, de ser mulherengo. E se você tiver alguma intimidade com ele, será só isso. Logo ele a dispensará.

— Mãe, não tenho intenção alguma de me tornar íntima de Eduardo Deravenel! Como pode pensar uma coisa dessas? — Isabel olhou desconfiada.

— Porque, se eu tivesse a sua idade, eu o levaria para minha cama em um piscar de olhos!

— Mãe! *Francamente.*

Jocelyn Wyland sorriu.

— Sei que estou me contradizendo, mas ele é extraordinário, e devo acrescentar: irresistível para a maioria das mulheres. Por que *você* seria diferente?

— Não sou diferente, você está certa, mãe, mas não sou boba. Não vou dormir com ele agora, se quero me casar com ele. Esse é o meu objetivo. Para *mim*, só serve casamento, nada menos que isso.

Jocelyn sorriu feliz para a filha mais velha.

— Fico feliz em saber que está adotando a postura correta nessa situação. Afinal, sexo é sexo, e pode ser muito prazeroso. Com o homem certo. Mas temos objetivos maiores aqui, Isabel. Não se esqueça que é viúva e tem dois filhos, e que Simon deixou-lhe poucos rendimentos. Eu e seu pai continuaremos sustentando-a, como sempre fizemos. Entretanto, tenho sonhos maiores para você, sonhos de um bom casamento.

— Eu sei disso, mãe, e não vou decepcioná-la. Sei como controlar minhas... emoções, meus sentimentos.

— Você é muito bonita, e a maioria dos homens faria de tudo para possuí-la, minha querida. Mas só aquele que colocar uma aliança na sua mão esquerda conseguirá.

Isabel assentiu e levantou-se, andando pela pequena sala de estar de sua casa na Cadogan Square, olhando para a praça coberta de folhas e pensando em Eduardo Deravenel. Ela o desejava desesperadamente. Após um momento, disse:

— Não o tenho visto muito, sabe. Ele só veio para o chá... duas vezes.

— Ele não a convidou para ir a nenhum lugar, querida? — perguntou a mãe, franzindo a testa. — Para a ópera? Um concerto? Talvez jantar no Ritz? É o lugar mais freqüentado pela alta sociedade desde que abriu no ano passado.

— Não, ele não me convidou para sair — respondeu Isabel.

— Que estranho. Como ele se comportou quando veio para o chá? O que disse? O que aconteceu?

Isabel fitou a mãe, franzindo a testa de leve, perguntando-se se deveria falar a verdade ou não. Optando pela verdade, disse:

— Ele conversou comigo de forma carinhosa, beijou-me no rosto, e na última vez, na boca, e tentou me tocar... Mas não deixei.

Jocelyn sempre conseguira falar abertamente com a filha mais velha, mais do que com os outros filhos, e agora abaixou o tom de voz ao perguntar:

— Ele estava... *ansioso*? Excitado?

Isabel assentiu.

— Muito, e da última vez que esteve aqui, saiu irritado, porque estava... louco para me possuir.

— A decepção por não conseguir nada com você tomou conta dele.

— Acho que sim. Ele disse que eu era uma tentação, com a voz exasperada.

Jocelyn caiu na gargalhada.

— Continue a tentá-lo, minha querida, mas não deixe que faça nada com você. Instintivamente, sei que ele gosta de você... um homem que não consegue resistir às mulheres logo procura um jardim mais florido quando já colheu todas as flores do jardim atual.

Isabel riu dessa analogia, então confessou:

— Estou apaixonada por ele, mãe.

— Controle-se, Isabel. Guarde esse amor para mais tarde, para depois que se casarem. Não dê o que ele quer antes disso. Entendeu?

— Entendi, sim. Prometo.

— Ele fez alguma menção de vê-la de novo?

— Ele me mandou um bilhete esta manhã. — Isabel olhou para o relógio em cima do consolo da lareira. — Chegará em algumas horas... esta noite. Entre seis e sete horas.

— Ele a convidou para jantar fora?

— Não, no bilhete, ele disse que viria tomar um drinque.

— Perfeito. E se convidá-la para jantar, diga que não pode. Acho que é melhor que não seja vista com ele em público por enquanto. Ele é o melhor partido de Londres, e não quero que as pessoas pensem que ele fez o que queria com você e depois a largou... ou seja, se isso não der em nada...

— Entendi.

— Confio em você, querida. Seu futuro depende de sua castidade.

Capítulo 48

Yorkshire

A Mansão Thorpe era uma das casas mais bonitas de Yorkshire. Belamente dividida, com uma fachada frontal harmoniosa, muitas janelas e duas torres com domos creme e brilhantes, era o exemplo perfeito da arquitetura elisabetana. Construída com pedras locais cor-de-rosa claro, as janelas e portas eram emolduradas por pedras creme, e o resultado era suave e sutil em todos os aspectos.

A casa ficava em um amplo parque repleto de gramados verdes e enormes carvalhos e figueiras, jardins floridos, jardins de rosas e vários lagos ornamentais. Cisnes flutuavam na superfície dos lagos, e elegantes pavões exibiam-se orgulhosos nos gramados, como se fossem sentinelas coloridos protegendo a mansão. Pertencia à família Watkins há séculos, um presente do pai de Neville para ele quando se casou com Nan. Desde então, era sua casa de campo.

Hoje a casa estava fervilhando. Os empregados trabalhavam em todos os lugares; floristas enchiam vasos com rosas e outras flores; *chefs* preparavam comidas deliciosas na cozinha; homens arrumavam pequenas cadeiras douradas em volta das mesas redondas no terraço; colocando toalhas de organdi cor-de-rosa.

Em poucas horas, Kathleen Watkins, irmã de Neville, se casaria com Will Hasling em uma capela particular na propriedade. Depois, a família e os convidados sairiam para uma recepção de verão no jardim. Era um maravilhoso sábado de junho, o dia perfeito para um casamento.

Will Hasling estava em seu quarto, de pé, fitando Eduardo Deravenel preocupado.

— Tem certeza que coloquei minha gravata direito? — perguntou. — Estou bem, Ned?

— Nunca esteve melhor, velho amigo. Na verdade, se eu fosse mulher, casaria com você na mesma hora — brincou Ned, sorrindo para o melhor amigo.

— Ah, estou falando sério! — exclamou Will, soando impaciente, balançando a cabeça, parecendo exasperado.

— Tudo bem, vou falar sério. *Você nunca esteve melhor* — garantiu Ned. — Alto, bonito e com a roupa perfeita dos pés à cabeça, tudo feito no melhor alfaiate de Savile Row. Não precisa bancar o noivo nervoso, e fique quieto para que eu possa colocar a flor na sua lapela.

Uma vez que a rosa branca estava presa no paletó de Will, Eduardo entregou outra a ele e disse:

— Agora é sua vez de prender a minha. — Ambos estavam elegantes: paletós de fraque pretos, calças listradas e coletes brancos. As gravatas eram de seda cinza com um alfinete de pérola no meio.

Afastando-se de Ned, Will olhou o amigo e brincou:

— E *eu* me casaria com *você* em um piscar de olhos, se fosse mulher.

Os dois amigos riram juntos, e Ned disse:

— Está se sentindo um pouco constrangido? Já que Neville estará em Paris quando vocês estiverem lá em lua-de-mel?

Will deu de ombros, parecendo despreocupado.

— De forma alguma. Na verdade, eu e Kathleen só passaremos dois dias lá antes de seguirmos para a Riviera Francesa. De qualquer forma, duvido que encontremos Neville. Nos poucos dias em que ficar lá, ele estará em reuniões com Louis Charpentier.

— É verdade. De fato, ele vai finalizar o acordo para assumir as fábricas de seda de Charpentier em Lyons.

Percebendo a falta de interesse na voz de Eduardo, Will olhou para ele logo.

— *Você* não parece muito animado.

— Não estou mesmo. Não dou a mínima, Will. Sei que Charpentier tem um grande império na França e que Neville quer conquistar isso para nós, mas a Deravenels já está bem sólida atualmente. Não acho que precisemos das propriedades francesas de Charpentier. Estou mais interessado em *petróleo*. Que bom que mandamos uma equipe de geólogos para a Pérsia junto com Oliveri e Aspen. Espero que consigamos os direitos de perfuração lá, espero mesmo. Na verdade, estou ficando fanático por isso.

— Você sempre disse que petróleo é o futuro, e eu concordo. Depois da lua-de-mel, talvez *nós* devêssemos ir à Pérsia, Ned, para dar uma olhada, eu e você.

— Talvez. Entretanto, estou muito ocupado agora, como você sabe. Tem aqueles americanos que vão chegar no mês que vem. Eles querem nos vender todas as suas plantações de algodão, e estou pensando em comprá-las. Para mim, faz muito sentido.

Bateram de leve à porta e Johnny Watkins entrou, tão elegante quanto Ned e Will em seu terno.

— Ah, aqui está você — disse a Ned —, e *você* está com a bandeja com as rosas brancas. Preciso de uma, amigo, assim como os outros padrinhos e Neville.

— Tem muitas aqui, tem até uma para Ricardo, Johnny. Não quero que meu Peixinho se sinta um peixe fora d'água.

— E Jorge? — perguntou Will, com um olhar de advertência. — Não queremos uma briga hoje.

— Verdade. Tem uma rosa para Jorge também — respondeu Ned calmamente. Jorge vinha causando problemas ultimamente; e isso preocupava Ned.

Eduardo prendeu a rosa branca na lapela do paletó de Johnny e continuou:

— Espero que esteja usando a outra rosa branca. Está usando, não está?

Johnny sorriu, os olhos cinza brilhando.

— Nunca vou tirá-la, Ned. Eu já disse: vou usá-la até morrer e depois disso. — Pegando a pequena bandeja de prata, Johnny foi até a porta do quarto, explicando: — Preciso descer e reunir a tropa, organizá-los.

Will observou Johnny sair e virando-se para Ned, disse em voz baixa:

— Johnny lhe perguntou alguma coisa sobre a loura que você viu no baile de Maude Tillotson?

— Não. Por quê? — Ned apertou os olhos.

— Porque ele *me perguntou*, há bem pouco tempo. Queria saber se você tinha descoberto quem era ela, e eu menti para ele, Ned. — Will balançou a cabeça. — Não sei por que fiz isso... só achei melhor não dizer que era uma Wyland. Sei que Neville nunca gostou deles, sempre suspeitou da família, por causa do antigo relacionamento que eles têm com os Grant.

— Obrigado por me proteger, Will. Mas não a vi de novo. Quero dizer, depois da última vez que fui tomar um drinque na casa dela. Ela não... *cooperou* muito, digamos assim. Não estava disposta a ceder, então desisti. Muito problema... viúva com dois filhos.

— Eu que o diga!

Bateram de novo à porta, e Vicky olhou para dentro, sorrindo para Will e Ned.

— Mandaram que eu viesse pegar o noivo e o padrinho. — Enquanto falava, Vicky entrou no quarto, linda no vestido azul-claro. Ela e Fenella Fayne seriam as damas de honra. — Ou melhor, eu me ofereci para poder dar um beijo em vocês dois. — Ela se aproximou do irmão e acrescentou: — Quero desejar-lhe muitas felicidades, Will, querido, e toda a sorte do mundo.

Como seus irmãos, Kathleen Watkins se parecia muito com a tia, Cecília Deravenel. Era uma jovem linda, com cabelo castanho-claro, grandes olhos cinza transparentes e um rosto comprido, aristocrático.

Enquanto caminhava pela nave da capela nos braços de seu irmão Neville, sentia como se a vida estivesse apenas começando. Era apaixonada por Will há anos, desde que tinha dezesseis anos, e agora seu sonho estava prestes a se tornar realidade. Quando saísse da capela, seria esposa dele. Pertenceria a ele, e ele, a ela. Will seria seu marido. Sua felicidade era absoluta.

Will, esperando pela noiva no altar, achou que ela nunca estivera mais linda. Enquanto Kathleen se aproximava nos braços do irmão, o noivo sentiu todo o nervosismo ir embora.

De repente, sentiu-se totalmente calmo, autoconfiante. Sabia que estava fazendo a coisa certa, casando-se com essa jovem especial. Sentiu Ned apertar seu braço, olhou para ele rapidamente e assentiu.

— Estou bem — murmurou Will, respondendo ao olhar questionador de Ned.

Quanto a Eduardo Deravenel, seu padrinho, ele estava relaxado e à vontade. Estava feliz por Will, sabendo o quanto o amigo queria se casar. Ele tinha sorte por ter encontrado a pessoa certa, alguém que correspondia a seu amor.

Ali vinha ela agora, sua prima Kathleen, uma visão em cetim e renda brancos. Havia o brilho de pérolas e flores de laranjeira na pequena grinalda na cabeça, e o véu de tule envolvia o rosto suavemente. Nas mãos, carregava um buquê magnífico de rosas, lilases, gardênias e orquídeas brancas e, conforme ela se aproximava, ele sentiu o suave perfume dessas flores.

Atrás dela, vinham as duas madrinhas, Vicky e Fenella, e atrás delas as damas de honra: sua irmã Margarete, as filhas de Neville, Isabel e Ana, e por último, a menina das flores, Grace Rose. Todas usavam vestidos azul-claro, e as meninas, em particular, estavam adoráveis, pensou Ned.

Ao fundo, ouvia-se o órgão e uma única voz soprano cantando:

"Ah, amor perfeito, todos os pensamentos humanos transcendendo,
Lentamente nos ajoelhamos em oração diante de Seu altar,
Para que o amor deles não tenha fim,
Que o senhor os una em apenas um."

Neville e Kathleen finalmente pararam em frente ao altar. A música parou, e o padre da família Watkins estava na frente da noiva e de Neville.

Ned procurou as alianças no bolso. Elas estavam lá. *Seguras.* Relaxou mais uma vez.

E a cerimônia do casamento começou.

Cetim e renda. Pétalas de flores e confete. Risos e lágrimas. Felicidade e alegria em abundância. Champanhe em taças de cristal. A luz do sol brilhando. Cadeiras à sombra de árvores cheias de folhas. Música no ar. Mozart e Brahms. O ar do campo inglês. Músicas populares. Pessoas glamourosas. Bonitas roupas. Jóias cintilando.

Pessoas conversando, rindo, andando... em volta dele. A festa no jardim era um sucesso, Ned já sabia disso. Mas quis se afastar do gramado, subir para o terraço e sentar-se para refletir por um momento. Sua cabeça estava cheia...

Andou rápido, abrindo caminho na multidão, subindo os degraus de pedra para o terraço menor, que fora decorado com confortáveis poltronas e sofás de vime branco. Quando sentou-se em uma das poltronas, viu sua mãe vindo em direção ao terraço, então levantou a mão e acenou. No momento seguinte, viu Vicky, de mãos dadas com Grace Rose, também vindo em sua direção.

Quando sua mãe subiu as escadas, ele se levantou, esperando por ela com um grande sorriso nos lábios.

— Como Kathleen estava linda — disse Cecília. — Que cerimônia adorável, não acha, Ned?

— Certamente, mãe.

De repente, Grace Rose estava correndo na direção deles, e quando ela parou, Ned abaixou.

— Olá, Grace Rose, você foi a dama de honra perfeita — sussurrou ele.

— Fui mesmo, tio Ned? — perguntou ela, com um lindo sorriso.

— Ah, com certeza.

Virando-se para Vicky, ela disse:

— Mamãe, você escutou isso? Escutou o que o tio Ned disse?

— Escutei, sim, querida. Agora, venha, vamos entrar por um momento. — Vicky sorriu para Cecília e disse: — Olá, Sra. Deravenel. Que dia feliz, não?

— É mesmo, querida Vicky. — Cecília olhou para a menina. — E seu nome é Grace Rose, não é?

— É — respondeu Grace, fazendo uma pequena reverência.

— Bem, olá, Grace Rose — murmurou Cecília e sorriu.

— Olá — respondeu Grace com timidez, então pegou a mão de Vicky e as duas saíram.

Cecília Deravenel observou-as entrando na casa e, então, virando-se para Ned, perguntou:

— É a filha de Vicky, não é? Ela a chamou de mamãe.

— É uma longa história — respondeu ele. — Sente-se que vou contar.

Depois que Eduardo contou a história de como Amos encontrara Grace nas ruas e a trouxera para a Haddon House, contou sobre a certidão de nascimento e a moldura da fotografia.

Cecília sentou-se melhor na poltrona de vime e franziu a testa.

— Então Vicky descobriu quem eram os pais da menina. Impressionante!

— Ela descobriu quem era a mãe. O nome do pai não estava na certidão de nascimento.

— *Ilegítima*. Então Grace Rose é filha ilegítima. — Cecília franziu a testa. — E o que dizia o bilhete, Ned?

— O nome do pai.

— E quem é o pai?

— Na verdade, mãe, eu sou o pai.

Capítulo 49

Cecília continuou sentada, fitando-o. Permaneceu imóvel, o rosto sem expressão. E não disse nem uma palavra.

Finalmente, Eduardo falou.

— Você não parece surpresa, mãe.

— Estou e, ao mesmo tempo, não estou. No momento em que coloquei os olhos na menina caminhando atrás das damas de honra pela nave da capela, fiquei surpresa com como ela se parecia com você. Naquela hora, eu não sabia quem ela era. Quando a vi com Vicky no terraço, vi o quanto foi amável com ela e presumi... — Cecília suspirou, balançando a cabeça — Perdoe-me, Ned, mas achei que você e Vicky tinham tido um romance, e que Grace Rose era fruto desse romance.

— *Mãe!* Como pode pensar tal coisa? Vicky é casada!

— Quando é que isso foi um impedimento para você?

— Meu Deus! — Ned balançou a cabeça. — Devo ter uma reputação horrível.

— Bem, eu não usaria essa palavra... pelo que escuto, a maioria dos homens tem inveja de você, e a maioria das mulheres... bem, vamos deixar por isso mesmo. Quanto menos se fala das mulheres e de sua vida sexual, melhor.

Eduardo não pôde deixar de rir. No momento seguinte, ele disse:

— Ninguém é igual a você, mamãe. Ninguém.

— Então, quem é, ou era, a mãe de Grace Rose? Estou presumindo que a menina estava certa quando disse que a mãe estava morta.

— Ela está morta, sim. Pelo menos, eu acho. Fenella também acha. Mas estamos colocando a carroça na frente dos bois. Deixe-me explicar uma coisa... A mãe de Grace era Tabitha James. Era esposa do regente do coral em uma igreja em Scarborough, eu a conheci quando... — Eduardo fez uma pausa, apertou os lábios e disse vagamente: — Quando eu era muito jovem. Nós nos... envolvemos, mas ela tinha medo de sermos pegos e sumiu da minha vida, mas um dia a encontrei. Em Whitby. Ela já era viúva nessa época, e fora para lá morar com a cunhada, a irmã solteira do marido. Toby James a deixara sem nada.

— E você se envolveu com ela de novo, é isso que está me dizendo?

Eduardo olhou diretamente para a mãe e assentiu.

— É, sim, mãe.

Cecília franziu a testa, balançando a cabeça, e disse devagar:

— Mas, Ned, você devia ser muito *jovem*.

Ele mordeu o lábio e não respondeu por um momento, então respirou fundo e soltou o ar.

— Quando Tabitha vivia em Scarborough, quando a conheci, eu tinha treze anos... *ela me* seduziu quando eu tinha treze anos. Depois, quando a encontrei em Whitby, eu tinha quatorze.

Embora apavorada por saber como ele era jovem quando conheceu uma mulher intimamente pela primeira vez, ao mesmo tempo percebeu que o filho mais velho não era como a maioria dos homens. Primeiro de tudo, era alto e forte e muito bem desenvolvido aos quatorze anos. E parecia muito mais velho do que era realmente, não apenas fisicamente, mas também em sua postura. Ned sempre fora maduro para sua idade, mais sofisticado que os garotos da mesma idade.

Inclinando-se para frente, Cecília colocou a mão no braço do filho, os olhos demonstrando compreensão.

— Quantos anos você tinha quando Grace Rose nasceu? — perguntou calmamente.

— Eu devia ter quinze, mãe. Tentei ajudar Tabitha o máximo que pude. — Ele deu um sorriso pálido e disse com a voz fraca: — Eu não podia fazer muito... quero dizer, dar muito dinheiro. Eu não tinha. Mas sempre pedia para a cozinheira preparar um piquenique quando ia me encontrar com Tabitha, o que acontecia com freqüência. Assim, dei alimentos enquanto ela estava grávida.

Cecília fechou os olhos de novo, perguntando-se por que os filhos nunca procuram os pais quando têm problemas, sejam quais forem os problemas. Mas sabia a resposta. Eles tinham medo. E com razão. Se Ned os tivesse procurado e contado sobre a situação difícil em que estava, eles o teriam mandado para um internato, em vez de ter um tutor em Ravenscar. Então ele lutou sozinho, fez o que podia.

— Você está bem, mãe? — perguntou Ned, olhando para ela preocupado.

— Estou, sim, Ned — murmurou ela, e abriu os olhos.

Ele analisou seu rosto.

— Tentei ser responsável.

Ela assentiu.

— O bebê nasceu... e o que aconteceu?

— Você deve se lembrar que eu tive bronquite quando tinha quinze anos, e fiquei mal por algumas semanas. Quando finalmente melhorei, fui até Whitby. Tabitha tinha ido embora. Sondei as outras pessoas que moravam na aldeia, e aparentemente a cunhada morrera e Tabitha fora para Londres. Foi tudo que fiquei sabendo.

— Entendo. Você deve ter ficado chateado, não?

— Fiquei. Mas me convenci de que Tabitha tinha vinte e poucos anos e era capaz. Achei que ela provavelmente tinha ido ficar com alguma amiga em Londres. Uma vez ela me disse que tinha uma amiga do colégio que morava em Chelsea.

— Então acredito que você continuou sua vida. — Cecília levantou a sobrancelha de forma questionadora.

— Não havia mais nada que eu pudesse fazer — respondeu Ned.

— E então, um dia, você conheceu sua filha. Com Vicky. Estou certa?

— Está. Na mesma hora, fiquei surpreso com a aparência de Grace Rose, e Will também. Mas nunca conversamos a respeito. Ele nunca me perguntou se ela era minha filha.

— Nem Vicky? Ela não notou a curiosa semelhança?

— Acho que sim, mãe, mas as circunstâncias foram tão estranhas. A maneira como Finnister encontrou a menina em uma carroça em

Whitechapel deixou todos apavorados. Pelo menos, é o que *eu* acho. Como aquela criança poderia ser *minha*? Vicky achou que a coloração de Grace era apenas uma coincidência peculiar. Ela me disse isso depois.

— Depois que a certidão de nascimento e o bilhete foram encontrados, tudo se esclareceu. Foi assim? — Cecília fitou o filho.

— Digamos que apenas seis pessoas sabem: Vicky, Stephen, Fenella, Finnister e Will. E eu. No bilhete, Tabitha dizia que eu era o pai, pedindo que me procurassem. Havia um cacho de cabelo dentro do bilhete.

— E seu endereço? Isso não estava escrito? — perguntou Cecília.

— Apenas Ravenscar. Só isso.

— Mas ninguém jamais encontrou o bilhete e o procurou, estou certa? Porque ninguém tirou o papel marrom da fotografia até Vicky resolver fazer isso.

— Você está certíssima, mãe. Na verdade, eu mesmo não sabia de muita coisa. Disse a Vicky que Tabitha fora para Londres e desaparecera da minha vida.

— Você mencionou Fenella. Como ela ficou sabendo?

— Fenella conhece Whitby muito bem. Embora tenha crescido em Tanfield, ela e o irmão passavam os verões em Whitby com a babá deles quando eram crianças. Para passar as férias perto do mar. Ela estava indo para Yorkshire ficar com o pai logo depois que o bilhete foi achado, então decidiu investigar em Whitby. Ela foi até lá, conversou com os antigos vizinhos de Tabitha e com os comerciantes locais, e descobriu duas coisas. Que Tabitha James não era quem dizia ser, quero dizer, o passado dela era bem diferente do que todos imaginavam. Aparentemente, ela era filha única de uma família nobre e fugira com o professor de música, Toby James. Fenella também descobriu um nome. Sophie Fox-Lannigan. Parece que essa era a amiga de colégio de Tabitha que morava em Chelsea.

— Meu Deus! Quem poderia imaginar que Fenella seria uma detetive tão perspicaz para descobrir tudo isso! — Cecília estava impressionada.

— Na verdade, mãe, Fenella só queria ajudar. É só ver a forma como ela administra a Haddon House. Ela é assim, uma pessoa que se importa com os outros.

— É verdade. E também é muito persuasiva. — Cecília lançou um olhar compreensivo para Eduardo e continuou. — E suponho que Fenella foi visitar essa senhora, Sophie Fox-Lannigan, para verificar o que *ela* sabia.

— Ela realmente procurou a Sra. Fox-Lannigan. A velha amiga de Tabitha ainda morava em Chelsea. Infelizmente, Sophie não sabia muita coisa. Disse a Fenella que Tabitha ficou com ela e o marido por alguns meses, e então foi embora com um homem que conhecera através de amigos dos Fox-Lannigan. Era um ex-oficial, e jogador, chamado Cedric Crawford.

— E Fenella o encontrou. É isso?

— Não. A Sra. Fox-Lannigan disse a Fenella que Tabitha acabara morando com Crawford em Whitechapel, em um barraco horrível. A Sra. Fox-Lannigan foi vê-la algumas vezes, levando dinheiro e comida, e implorava para ela largar esse homem. Mas parece que Tabitha tinha medo de Crawford e por isso não fugia. Sophie ficou tão preocupada que continuou voltando, até que um dia, quando foi ver Tabitha em Whitechapel, ela havia desaparecido. Todos eles. Sumiram. Assim, sem deixar rastro.

— Que destino triste para a pobre Tabitha. Ninguém jamais a encontrou?

— Não. E obviamente, Crawford fugiu, caindo no esquecimento. Provavelmente depois que Tabitha morreu. No início, a menina disse a Amos Finnister que o homem matara sua mãe. Mas não temos prova disso.

— Esse tal de Crawford jogou Grace nas ruas depois que a mãe morreu, isso é certo.

— Ele provavelmente fez isso — concordou Ned.

— Quem ela era, na verdade? Tabitha?

— Era filha do conde de Brockhaven, então tinha direito a um título. Antes de se casar com Toby James, era lady Tabitha Brockhaven.

— Alguém entrou em contato com a família dela?

— Não resta ninguém da família, mãe. O conde e a condessa não tinham outros filhos, só Tabitha. Era filha única. Agora que o conde e a condessa estão mortos, o título foi extinto. De acordo com a Sra. Fox-Lannigan, eles estavam falidos.

— Entendo. Como isso é triste... as vidas infelizes que as pessoas têm. — Cecília balançou a cabeça pesarosamente. — Todos passamos por infortúnios em algum momento da vida, mas de formas diferentes.

Eduardo Deravenel, neste exato momento, pensou na palavra *catástrofe*, e no mesmo instante afastou-a. Olhou para o nada e então, finalmente voltando-se para a mãe, murmurou:

— Essa é mais ou menos a história toda... só tem mais uma coisa. Sophie Fox-Lannigan estava com um pequeno baú que pertencia a Tabitha. Quando Tabitha e Grace desapareceram, ela simplesmente colocou-o no porão, não querendo jogá-lo fora. Ela mencionou esse baú a Fenella, que lembrou da chave na bolsa de pano de Grace.

Cecília assentiu.

— Já sei o que vai me dizer... a chave era do baú. Não era, Ned?

— Era, sim.

— E o que havia no baú?

— Bilhetes que eu mandava para Tabitha. Cartas do pai dela, implorando que voltasse para casa, cartas que diziam que ela estava perdoada. Algumas jóias, nada muito valioso. Miudezas que Vicky dará para Grace Rose quando ela tiver idade suficiente.

— E o que a menina sabe, Ned? Ela sabe que *você* é seu pai verdadeiro?

— Não, não, de forma alguma! Eu nunca faria isso a Stephen e Vicky Forth. Eles adoram a menina. Discutimos isso longamente, e fui eu quem pediu a eles que deixassem as coisas exatamente como estavam. Nenhuma grande revelação. Eu disse que gostaria de fazer parte da vida de Grace Rose... mas apenas como o tio Ned. Claro, agora que estou à frente da Deravenels e tenho dinheiro, criei um fundo para Grace Rose. Entretanto, ela não deve saber nada sobre eu ser seu verdadeiro pai. É o melhor, mãe, de verdade. Assim ninguém sofre.

— Concordo inteiramente com você, Ned. Você fez a coisa certa... Apesar do que algumas pessoas pensam, você sempre faz. Da sua forma. — Cecília deu um sorriso carinhoso que tinha uma pontada de orgulho. — Então, Grace Rose tem... *sete* anos. Estou certa?

— Está, sim. Tinha quatro quando Finnister a encontrou, mas, como era alta, como eu, Fenella achava que tinha cinco ou mais. Naturalmente, a certidão de nascimento confirma a idade dela.

— Obrigada por me contar a história de Grace Rose. Agora, é melhor descermos para participar da festa de casamento junto com o resto da família. — Levantando-se, Cecília caminhou até os degraus de pedra, com o filho logo atrás. Enquanto desciam a escada, ela disse: — Eu gostaria de ver Grace Rose de novo, Ned. Mais tarde. Apenas conversar um pouco com ela.

— Acho uma ótima idéia, mãe. Você deve conhecê-la.

Entraram no terraço maior, onde as duas famílias e os convidados estavam começando a se reunir e procuravam seus lugares.

Neville, dando passos largos, aproximou-se de Ned e Cecília, exclamando:

— Aqui estão vocês! Estávamos nos perguntando o que havia acontecido.

— Estávamos apenas conversando — disse Cecília, sorrindo para Neville, imaginando o quanto seu sobrinho sabia.

— A senhora está absolutamente linda, tia Cecília — disse Neville ao acompanhar a tia até seu lugar à mesa da família. — Esse adorável tom de azul combina muito com a senhora.

— Obrigada, Neville, e devo dar os parabéns a você e Nan. Estão oferecendo a festa de casamento mais bonita a que compareço em muitos anos. Está maravilhosa, e a idéia de fazer a festa no jardim foi excelente.

Alguns momentos depois, Neville puxou Eduardo para um canto e disse baixinho:

— Tem certeza que não quer ir a Paris comigo na segunda-feira para encontrar Louis?

Ah, então agora é Louis, pensou Eduardo, mas disse:

— Obrigado, mas não, Neville. São negócios seus, e é você quem deve fechá-los.

— Muito bem. Considere o negócio feito — respondeu Neville com um grande sorriso, colocando a mão no ombro de Eduardo. — Formamos o melhor dos times, eu e você.

Bem mais tarde, depois de todos os discursos e brindes serem feitos, começou o baile no Grande Salão. Muitos convidados entraram, enquanto outros preferiram caminhar pelos jardins, apreciando a bonita noite.

Foi quando Cecília Deravenel foi procurar Vicky. Encontrou-a sentada em um canto do Grande Salão com o marido Stephen.

— Vicky, querida, posso dar uma palavra com você? — perguntou Cecília, quando Vicky levantou o olhar e sorriu ao vê-la se aproximando.

— Claro, Sra. Deravenel. Com licença um minuto, Stephen.

Ele se levantara quando Cecília parara em frente a eles, e agora sorriu para ela.

— Está um dia adorável, não está, Sra. Deravenel?

— Está, sim, Stephen, e um casamento adorável também. Estou feliz que nossas famílias tenham se unido.

Pegando o braço de Vicky, Cecília rapidamente levou-a para o outro lado do salão e entrou em um pátio anexo.

— Vicky, eu sei de tudo — começou Cecília, querendo ir diretamente ao ponto. — Ned me contou tudo sobre Grace Rose. Esta tarde.

— Sempre achei que a senhora, mais que qualquer outra pessoa, notaria a extraordinária semelhança entre Ned e Grace Rose, assim que a visse.

— Eu notei. Achei que devia ser uma coincidência.

Vicky sorriu e assentiu.

— A coincidência faz parte de nossas vidas, não é mesmo? E às vezes vidas são inteiramente construídas sobre *ses*... *Se* Fenella não tivesse aberto a Haddon House, Amos Finnister não saberia para onde levar Grace... e *se* ele não trabalhasse para Neville, não *me* conheceria... e assim por diante, tantos *ses* nas nossas vidas.

— É verdade, às vezes é impressionante. Poderíamos procurar Grace Rose? Eu adoraria olhar para ela de novo, Vicky, apenas abraçá-la... — A voz de Cecília falhou.

— Claro, vamos procurá-la! — exclamou Vicky cheia de entusiasmo. Cecília Deravenel passara por tantas coisas terríveis, tivera tantas perdas nesses últimos anos que Vicky queria que tivesse um momento de alegria agora.

Voltaram para o meio do Grande Salão, onde as pessoas estavam dançando. A música enchia o ar, e o som de vozes e risos rodava ao redor delas. A noite estava apenas começando. O jantar seria servido às oito.

Grace viu Vicky primeiro e veio correndo. O lindo rosto da menina era só sorrisos. Parou e disse:

— Eu estava dançando com Ricardo... ele me girou, mamãe. Foi divertido.

Vicky riu.

— Você se lembra dessa senhora, não se lembra, Grace? Você a conheceu mais cedo com o tio Ned.

Grace assentiu e abriu um sorriso tímido para Cecília.

Cecília abaixou-se e pegou a mão de Grace.

— Eu esqueci de lhe dizer uma coisa, Grace Rose... Sou a mãe do tio Ned, e quero que me chame de tia Cecília. Você pode fazer isso?

A menina assentiu.

— Eu amo o tio Ned! Ele é meu amigo.

— Posso ser sua amiga? — perguntou Cecília.

— Pode, sim — respondeu Grace Rose solenemente, fitando Cecília.

E então, para surpresa de Cecília e Vicky, Grace se aproximou de Cecília Deravenel, abraçou-a com os braços rechonchudos e esfregou o nariz em seu rosto, como se fossem velhas amigas.

Cecília abraçou forte a menina e pensou: esta é minha neta, minha primeira neta, e nunca poderei reivindicá-la. Mas posso amá-la. Isso, com certeza, eu posso.

Capítulo 50

Sempre que ela vinha à Mansão Thorpe, seu sobrinho, Neville, e a esposa, Nan, deixavam Cecília ficar no quarto que fora dela quando criança e jovem, já que crescera ali. Essa era a residência preferida de seu pai dentre todas as outras que possuía, talvez porque ele também nascera e fora criado na mansão.

Filipe Watkins passou muito tempo ali com a esposa e os filhos depois que herdou a mansão de seu pai, Edgar, que, por sua vez, herdara do pai *dele*; de fato, a casa pertencia à família Watkins há séculos, e eles eram os proprietários das terras dessa pequena aldeia em Dales.

Cecília amava essa casa antiga, com cômodos grandes e arejados, que recebiam luz através das muitas janelas chumbadas, o chão de madeira muito encerado, as lareiras esculpidas, os esconderijos e buracos engraçados, excentricidades tão freqüentemente encontradas na arquitetura Tudor.

A sala de recepção de que mais gostava era o Grande Salão. Enorme e comprido, se estendendo por quase toda a extensão da casa, tinha uma altiva lareira de tijolos e um consolo esculpido único, e janelas duplas altas.

Agora, sentada no assento da janela de seu quarto, os pensamentos de Cecília voaram de volta para a noite que acabara apenas uma hora antes... o baile no Grande Salão, o elegante jantar na sala de jantar formal, e mais dança depois. Fora uma noite relaxada, cheia de música, alegria, risos, e Neville e Nan eram ótimos anfitriões. Para Cecília, parecia que todos tinham se divertido, e os convidados ficaram até tarde.

Debruçando-se na janela, ela olhou para os jardins. Era noite de lua cheia, uma lua de junho, e a radiante luz prateada dava ao jardim um brilho mágico.

Ela suspirou. Quantas vezes se sentara ali quando jovem, sonhando com romance e casamento, em começar sua família própria. Tanto tempo atrás, pelo menos é o que parecia agora.

Imagens do marido tomaram conta de sua mente, mas ela as afastou. Não poderia suportar essa dor em particular esta noite, a dor de perdê-lo, e de perder seu filho Edmundo, seu irmão Rick e seu sobrinho Thomas... o irmão mais novo da noiva... todos deveriam ter estado aqui hoje...

Cecília, sempre contida e tentando se proteger, deixou esses pensamentos tristes se afastarem, plenamente consciente de suas responsabilidades. Ainda tinha dois filhos para cuidar, Jorge e Ricardo, e Meg, sua querida Meg, agora com dezoito anos e linda.

Sorriu ao lembrar-se de Meg algumas horas atrás. Como estava adorável, como ficara feliz, dançando principalmente com Eduardo. Ele a tirara para muitas danças, e a menina de dezoito anos sentiu-se à vontade com o irmão, girando pelo Grande Salão, leve como uma pluma, os olhos brilhando.

Eduardo. A história de Grace Rose a encantara; ficara fascinada, emocionada e estarrecida, tudo ao mesmo tempo. É claro que Eduardo sempre fora impulsivo, mas leal à família e aos amigos, preocupado com eles, e brilhante em tantos aspectos diferentes. Mas, ainda assim, impulsivo. E facilmente seduzido por mulheres. As mulheres jogavam-se em cima dele sem vergonha alguma. Elas já faziam isso quando ele tinha apenas doze ou treze anos. Ela percebera isso, o pai dele também, mas fizeram de tudo para ignorar. Sempre houve muitas tentações no caminho de Ned.

Bem, Tabitha o seduziu quando ele tinha treze anos, embora Cecília desconfiasse que Tabitha James não soubesse sua verdadeira idade. Era um jovem forte, muito alto já naquela época, e parecia muito mais velho. Mas engravidar uma mulher aos quatorze anos e ser pai aos quinze, isso a deixara chocada.

Cecília começou a rir baixinho de repente, balançando a cabeça, pensando no produto da Era Vitoriana que *ela* devia ser... Séculos antes, as jovens davam à luz aos doze anos, e meninos de quatorze, quinze anos eram pais. Mas não vivemos mais na Idade Média, disse para si mesma de forma reprovadora.

Independentemente do que acontecesse, Grace Rose sempre receberia cuidados e amor, e proteção. Vicky e Stephen não falhariam nesse aspecto, e Ned sempre estaria por perto para ajudar a filha. Já estava. Assim como ela também estava. Grace Rose sofrera; entretanto, a menina não sofreria de novo, se isso dependesse dela.

Cecília virou-se para a janela, mais uma vez olhando para os jardins, ainda pensando em Ned. Ao observá-lo disfarçadamente esta noite, em momentos em que ele estava ocupado com a família e os amigos, ela percebera que ele parecia perturbado. Apesar da alegria, da futilidade e da cordialidade que pareciam fluir dele, os brilhantes olhos azuis estavam encobertos, entorpecidos. Suspeitava que havia algo de errado, algo estava fora de ordem em sua vida.

Problemas com mulheres, concluiu ela. Devia ser isso. Saiu do assento na janela e subiu na cama com dosséis. Por outro lado, ele costumava se livrar dos problemas com mulheres; elas simplesmente faziam parte de sua vida cotidiana. O que ocupava a maior parte do tempo de Ned e o envolvia totalmente era a Deravenels. E administrar a empresa que herdara. *Será que havia algum problema com Neville?* Ned fizera alguns comentários curiosos naquela noite que pareceram sarcásticos, agora que prestava atenção neles.

Ficou deitada no escuro, fitando o teto, pensando no pai, Filipe Watkins. Fora um dos maiores industriais da Era Vitoriana, um homem que fizera uma imensa fortuna antes de completar 25 anos. Tudo que ele tocava virava ouro. Esta noite, Ned mencionara isso, lembrando que a família Watkins não seria nada sem seu pai e seu avô, Edgar, que transformaram em ouro as minas, fábricas e moinhos do norte da Inglaterra vitoriana.

Será que seu filho dissera que seu irmão Rick e o filho Neville não teriam alcançado o sucesso sozinhos? Que os antepassados e o dinheiro de família que herdaram facilitaram a vida deles? É claro que sim, sem dúvida. E ainda assim, de alguma forma, ele deixara subentendido que Rick e Neville deviam tudo a seus antepassados, e nada a suas próprias habilidades. Não, isso não era verdade. Meu irmão era brilhante, assim como Neville.

Neville... Ele puxava as rédeas? Seu filho era apenas uma marionete? Não, isso não era possível. Ned era feito de material mais forte. Sua espinha era de aço. Sua força de vontade, de ferro. E mais importante que tudo, talvez, *concentração total*. Esse era o segredo de Eduardo Deravenel. Sua concentração, e a determinação de vencer a todo custo, independentemente de quem estivesse em seu caminho.

Não precisava se preocupar com Ned, Cecília disse para si mesma, virando-se de lado e fechando os olhos. Meu filho sabe o que está fazendo; ele *vai* ficar bem.

Capítulo 51

Eduardo estava sentado na Biblioteca Vermelha, bebericando uma taça de Napoleon, fitando as últimas brasas do fogo. Até em junho, as noites eram frias em Yorkshire, e as lareiras estavam sempre acesas na Mansão Thorpe, assim como em Ravenscar.

Passara meia hora ali com Neville, depois de todos terem ido embora, repassando os detalhes da negociação francesa. Tivera de fingir muito entusiasmo, algo que não sentia realmente, para que Neville acreditasse que estava interessado. Felizmente, não fora uma tarefa difícil, e Neville fora muito receptivo.

Eduardo sabia que as próximas semanas seriam um tanto estranhas na Deravenels. Alfredo Oliveri e Rob Aspen ainda estavam na Pérsia com os geólogos, e estavam bem perto de conseguir os direitos para perfurar em busca de petróleo. Outro dia mesmo, Ned mandara um telegrama dando autoridade para negociarem com o xá da Pérsia os direitos por um pedaço de terra que parecia bem promissor.

Will também estaria fora, em lua-de-mel, viajando pelo sul da França, visitando Cannes, Nice e Monte Carlo. E os planos de Neville o levariam a Paris. Até Johnny deveria ficar no norte na próxima semana, para verificar vários negócios deles ali.

Sendo assim, estaria só na Deravenels, administrando a empresa sozinho. Sentiria falta de Will Hasling, já que eram tão íntimos, e a ausência dos outros colegas também seria sentida.

Entretanto, estaria ocupado. Tinha uma série de relatórios para ler, escritos por um jovem explorador de petróleo do Texas. Jarvis Merson estava sempre à procura de petróleo e fora apresentado a Ned algumas semanas antes. De acordo com Merson, ele poderia ensinar muita coisa a Eduardo sobre petróleo. Talvez isso fosse verdade, e precisava saber mais, era por isso que estava juntando todas as informações que podia. *Petróleo.* Pretendia transformar o petróleo em uma grande parcela dos negócios futuros da Deravenels.

Mudou o rumo dos pensamentos, subitamente começando a pensar nos problemas pessoais.

Elinor. Ela realmente é um problema. O que fazer? Ela não está bem, sei disso. Por isso não volta para a cidade há tantas semanas. Parecia apática, fechada em seu mundo, quando estive em Devon, e implorei para me dizer o que a estava preocupando. Ela não disse. O problema é que perdi o interesse nela, pelo menos como amante. Será que ela consegue perceber isso? As mulheres são muito intuitivas. Não sou um homem cruel, e devo ir com calma para não magoá-la demais. Mas eu me conheço, e não sou muito bom em fingir interesse quando já acabou.

Ainda há Isabel, a mulher mais bonita que já vi. Bem, não exatamente. Lily era muito linda.

Ele fechou os olhos, pensando em sua querida Lily, e então voltou a seus pensamentos íntimos.

Nunca haverá uma mulher como Lily. Sei disso. Preciso tirá-la de minha cabeça. Mas ela sobrevive em meus pensamentos. Lily não era apenas linda, mas uma boa mulher. E com que freqüência encontramos isso? Muito pouca, tenho certeza.

Isabel tem uma beleza extraordinária, mas acho que seu caráter é diferente, assim como sua personalidade. Ela não se parece nem de longe com Lily; tenho uma intuição de que ela pode ser dura, determinada a conseguir o que quer. Acho que é melhor deixá-la com suas artimanhas por enquanto. Não tenho nada a ganhar indo visitá-la. De qualquer forma, ela não está em Londres; foi para Gloucestershire para as férias.

Que bom que Will me preveniu do que Neville acha dos Wyland. Eles sempre foram amigos dos Grant, mas isso não significa que são completamente inaceitáveis. De qualquer forma, não teremos esse problema.

Neville tem alguma coisa escondida na manga. Simplesmente sei disso. Está escondendo um segredo, que traz um sorriso a seus lábios de vez em quando. Talvez ele acredite que vai levar a melhor no acordo com Charpentier. Mas duvido que ele consiga. Louis é conhecido por sua perspicácia.

Elinor. Isabel. Nenhuma das duas chega aos pés de Lily. Pobre Elinor. Tinha tantas esperanças em nosso relacionamento... desejando que durasse para sempre. Mas ela não me fascina mais. Infelizmente. Quando era casada com Angus Talbot, eu a olhava com desejo, cobiçando-a; depois de viúva perdeu rapidamente o encanto... Não posso ser cruel; mandarei uma carta e flores na próxima semana. Preciso tentar animá-la.

Ele foi até a cômoda, pegou a garrafa de Napoleon, serviu em sua taça e voltou para a lareira.

Mulheres. Elas são a maldição da minha existência. Mas não conseguiria viver sem elas. Acho que são meu ponto fraco, minha droga. Que mulher forte minha mãe é; notável. Estou feliz por ela ter aceitado tão bem a chegada de Grace Rose em nossas vidas. Eu pressentia que tudo isso ia acontecer, que eu teria de contar a verdade a ela. Tinha certeza que ela perceberia como Grace é parecida comigo.

Penso muito em Tabitha, imaginando seu destino. Era uma jovem doce e adorável, e algumas vezes eu realmente achei que ela era da aristocracia, e estava certo. Também me pergunto sobre o canalha do Cedric Crawford. Oficial e cavalheiro, dizem. Certamente não é um cavalheiro. Será que ainda está vivo? Ou simplesmente desaparecera? Se algum dia, eu cruzar com ele, darei a surra que merece.

Outro dia, Will disse que o fato de estar nas ruas pode ter salvo Grace Rose de um destino terrível. Quem sabe o que Crawford poderia ter feito se ela tivesse continuado com ele? Pobre Tabitha... que vida cheia de tragédias ela tivera. Pelo menos, a criança foi salva. Minha pequena Grace Rose. Minha filha.

Posso fazer muito por ela. Além do dinheiro que ganho na Deravenels, ainda tenho o dinheiro que herdei de Lily, todo ele agora muito bem investido. Sim, eu posso e vou usar uma parte do dinheiro com Grace Rose...

— Ned, eu poderia falar com você um minuto? *Por favor.*

Seu irmão o assustou; Eduardo quase deixou o conhaque cair. Endireitando-se na poltrona e olhando por cima do ombro, murmurou:

— Claro que pode, Peixinho. Mas não me assuste assim de novo. Você me deu um baita susto.

— Desculpe — murmurou Ricardo, indo para a outra cadeira em frente ao fogo, que já estava quase apagado. — É que estou preocupado com algumas coisas, e achei que poderia discutir com você.

— Venha, rapazinho, venha sentar-se comigo — disse Ned, sorrindo para o garoto. — Gostaria de uma taça de Napoleon?

Ricardo começou a rir.

— Mamãe ficaria furiosa com você se soubesse que me ofereceu conhaque! *Álcool.*

Ned sorriu para seu irmão preferido.

— Não quis dizer isso — admitiu ele. — Foi um deslize. Você soou como um jovem cavalheiro. Entretanto, espero que saiba que eu não teria lhe servido nem uma gota.

— Eu sei. — Ricardo inclinou-se para frente e disse: — Preciso conversar com você sobre... Ana Watkins.

Assentindo, Ned tomou um gole de conhaque e olhou para o irmão com interesse.

— Então, fale, rapaz, o que tem Ana?

— Quando eu me casar com ela, o casamento será aqui ou em Ravenscar?

Eduardo esperou um momento para responder à pergunta. Tentou engolir a gargalhada que estava na garganta, disfarçar sua diversão. Finalmente, mantendo o rosto sério, respondeu:

— Isso não é muito urgente no momento, é? Com certeza, não. Afinal, você só tem onze anos, Ricardo. Conversaremos sobre isso mais perto do casamento, daqui a uns dez anos, pode ser?

— Eu realmente preciso resolver isso agora, Ned. *Por favor.* Preciso me preocupar com isso, e muito. — Ricardo soou tenso, e sua voz era insistente. — Jorge disse que não vai permitir que eu me case com Ana aqui na Mansão Thorpe. Quando eu disse que era tradição que a noiva se casasse em sua casa, ele riu na minha cara. Eu disse que a casa não era dele, que não pertencia a ele, e ele disse que seria dele um dia. Foi inflexível ao dizer que não poderíamos fazer a festa aqui. — Ricardo fitou o irmão adorado, esperando.

Uma irritação repentina tomou conta de Eduardo. Jorge estava se tornando um encrenqueiro insistente ultimamente, e seu comportamento era preocupante.

Controlando a irritação, Eduardo sorriu, um sorriso fraco, e riu.

— Ah, Ricardo, meu menino, não preste atenção ao que Jorge diz. Acho que ele está delirando... sonhos vazios de glória. É claro que você vai se casar com Ana aqui na Mansão Thorpe, o pai dela é dono da casa, você sabe. Na verdade, a mansão é da família há centenas de anos. Nunca será de Jorge. Entretanto, como eu disse antes, ainda vai demorar para você se casar com Ana, e pode ser que você mude de idéia quando ficar mais velho.

Ricardo balançou a cabeça; os olhos azuis acinzentados ficaram negros, e ele apertou os lábios finos.

— Só me casarei algum dia se for com Ana. E ela só se casará comigo. Se não nos casarmos, não casaremos com mais ninguém.

Eduardo sorriu pacientemente.

— Você quer limonada? Tem uma jarra ali.

— Não, obrigado, Ned, e obrigado por me falar a verdade. Você me dá permissão de repetir suas palavras para Jorge?

— Se você quiser — respondeu Ned, sorrindo para as tentativas de Ricardo de soar como um adulto. — Você disse que tinha vários assuntos para discutir.

— É verdade, o outro é um tanto... bem, não é agradável. Quero dizer, o que Jorge disse sobre... *você*, Ned.

Eduardo se levantou e foi até a lareira, ficando de costas para ela, observando o irmão caçula. Antes mesmo de Ricardo dizer qualquer outra coisa, já imaginava os absurdos que Jorge falara hoje. Ned tinha uma percepção apurada das pessoas, e particularmente de seu irmão Jorge. Há anos percebia o ciúme e a inveja do irmão. Jorge queria tudo.

— Estou esperando — disse Eduardo, os olhos azuis fitando Ricardo.

— Quando Jorge viu Grace Rose no casamento, disse que ela era sua filha ilegítima, e que isso era óbvio, já que ela se parecia tanto com você. Então Meg lembrou que ela era filha de Vicky e Stephen Forth. Ele respondeu dizendo que você teve um caso com ela, com a Sra. Forth, mas eu sei que isso não é verdade. E disse isso a Jorge. Não é verdade, é?

— Você está absolutamente certo, Peixinho. Nunca tive um caso com a irmã de Will, Vicky Forth. Foi uma coisa maldosa o que Jorge disse, e foi muito errado denegrir a reputação de uma mulher respeitável. Eu certamente vou repreendê-lo.

— Como?

— Ainda não sei. Mas pensarei em algo apropriado.

— Quando, Ned?

— Amanhã, pode dormir sossegado quanto a isso. — Eduardo gostaria de poder dizer a verdade a Ricardo; detestava mentir, ainda mais para seu irmão caçula e preferido. Mas não ousaria falar nada, por medo de magoar Vicky e Stephen. Eles consideravam a menina como filha deles, e também tinha de pensar em Grace Rose. Quanto menos ela soubesse sobre o passado, melhor.

Um segundo depois, Eduardo limpou a garganta e perguntou:

— Para quem mais ele falou isso, além de você e Meg?

— Não tenho certeza. Ele falou isso baixinho para nós. Não gritou, como costuma fazer quando tem algo cruel para dizer de alguém. Você sabe que ele sabe ser maldoso.

Ned assentiu, e então murmurou:

— Mexericos.

— O que é isso? Mexerico? — Ricardo parecia perplexo.

— São fofocas... fofocas que passam de uma pessoa para a outra e que vão crescendo, causando muitos problemas. Para todo mundo. Nunca caia nessa armadilha, Ricardo. Prometa que nunca vai fazer fofoca dos outros pelas costas.

— Nunca vou fazer isso! Prometo, Ned. Você nunca me escutará fazendo mexericos.

— Acredito em você, Peixinho.

Os dois irmãos continuaram sentados conversando mais um pouco, Ricardo esperando Ned terminar o conhaque. Falaram de Will e Kathleen e do casamento, toda a animação e felicidade desse dia especial. Então, quando o relógio soou meia-noite, Eduardo largou o copo e, juntos, ele e Ricardo saíram da biblioteca, atravessaram o Grande Salão e subiram para seus quartos.

Mais tarde, sozinho em seu quarto, Ned pensou um pouco em Jorge, e soube, sem nenhuma dúvida, que sempre teria de ter cuidado no que envolvesse Jorge. No decorrer dos anos, descobrira que o irmão era mentiroso, traiçoeiro e, portanto, perigoso. Algum dia, Jorge lhe faria mal, se pudesse. Eduardo sabia disso agora.

Havia momentos em que sentia tantas saudades de Lily que chegava a doer por dentro, uma saudade tão devastadora que o imobilizava de repente. Tinha de ficar sozinho quando isso acontecia, voltar-se para seu interior, recobrar o equilíbrio. E tinha de lembrar que sua linda e feminina Lily estava morta. Não poderia reconquistá-la. Como poderia? A morte era irreversível.

Imediatamente, pensou em Isabel Wyland. Um mulher bonita, inacreditável. Todos que já a tinham visto concordavam com ele. A pele branca, perfeita, o longo cabelo louro prateado, os olhos azul-claros. Era um rosto incomparável; ainda assim, era uma beleza fria.

A Rainha de Gelo, pensou ele de repente, e sorriu. Fria por fora, sim, mas tinha certeza que havia um fogo interior. Queria possuí-la completamente, por causa de sua impressionante beleza. Sim, ela era um desafio para ele. Quanto mais ela resistia a seu charme, mais ele a desejava. Sentia uma necessidade de quebrar aquelas barreiras de gelo, tomá-la para si, chegar ao âmago dessa mulher.

Talvez conseguisse algum dia. Certamente tentaria quando encontrasse a oportunidade certa. Mas tinha de possuir essa beleza intocável a qualquer custo.

Fechou os olhos e pegou no sono pensando em Isabel Wyland.

Capítulo 52

Londres

— Neville parece satisfeito — disse Will Hasling baixinho, chegando perto de Eduardo. — Talvez ele tenha finalmente fechado aquele negócio com Louis Charpentier.

— Espero que sim. A negociação se arrastou por meses. Acho que não é uma idéia ruim adquirir as fábricas de seda, afinal, e os vinhedos, já que a propriedade em volta é muito valiosa. Não podemos perder.

— Você ainda não parece muito animado com esse negócio, Ned. — Will fitou-o, franzindo a testa. — Alguma coisa o incomoda?

— Não sei. Não sei mesmo por que me incomoda tanto, Will. Esse negócio não me deixa tranqüilo, mas nunca disse nada. Nunca expressei essa sensação de desconforto para Neville. — Eduardo suspirou e terminou: — Ele nunca fechou um negócio ruim na vida. Sempre faz bons acordos e confio nele. *Totalmente.* Vai dar certo, você vai ver.

— Se você está dizendo. — Will virou-se e olhou em volta da sala de jantar da Deravenels.

Desde que Ned assumira como diretor-executivo da empresa, três anos antes, oferecia um almoço toda quarta-feira, convidando diferentes executivos. Will, Neville e Johnny Watkins eram sempre convidados, já que eram amigos de Ned.

Do outro lado da sala, Neville percebeu o olhar de Will e assentiu de leve com a cabeça; Will fez o mesmo. Ele colocou a mão no braço de Eduardo.

— Acho que Neville quer falar comigo. Com licença.

Ned sorriu.

— Claro, preciso mesmo conversar com Oliveri. Quero saber a opinião dele sobre o explorador de petróleo, Jarvis Merson.

Will simplesmente virou os olhos e atravessou a sala, indo até a janela onde Neville estava conversando com o irmão Johnny.

Eduardo se aproximou de Alfredo Oliveri e disse:

— Então, me diga o que você acha de meu amigo texano, Sr. Merson.

— Acho que ele tem muito conhecimento e está sendo muito útil para nós. Ele se gaba demais, e isso afasta algumas pessoas, mas honestamente, eu o acho uma boa pessoa. Sincero.

— Estamos de acordo, então, porque eu também o considero honesto. E sincero, como você disse. Eu gostaria que ele fosse à Pérsia na próxima vez que você e Aspen forem. O que você acha?

— Sou a favor — respondeu Oliveri. — Aspen também vai concordar, ambos gostamos de Merson. Para dizer a verdade, eu o acho bem direto, embora às vezes exagere um pouco.

— Ele gosta de contar casos, não é? — Eduardo riu ao dizer isso, e Alfredo o acompanhou. Então Eduardo disse: — Acho melhor irmos para a mesa, Oliveri. Tenho um compromisso esta tarde. Fora do escritório. Não posso me atrasar.

Alfredo assentiu, e os dois foram para a mesa redonda que ficava no meio da sala. Hoje estava posta para seis homens que já estavam presentes: Eduardo Deravenel, Neville Watkins, Johnny Watkins, Will Hasling, Alfredo Oliveri e Rob Aspen.

Eduardo cumprimentara todos eles quando entraram na sala de jantar, um pouco antes, e agora disse:

— Bom apetite, cavalheiros.

Enquanto o vinho branco que acompanharia o peixe era servido, os homens começaram a conversar entre eles, discutindo negócios, a Bolsa de Valores, política e políticos. Após o linguado de entrada, serviram costeletas de carneiro com vegetais variados e batatas cozidas, e depois pudim de pão de sobremesa.

Will, que estava sentado ao lado de Eduardo, murmurou baixinho:

— Acho que Neville realmente tem novidades sobre Louis Charpentier. Ele me confidenciou isso antes, mas faça cara de surpresa se ele mencionar isso durante o almoço.

Eduardo apenas assentiu e disse a Rob Aspen:

— Acho que é provável que eu aceite sua sugestão de ir à Pérsia com vocês da próxima vez que forem.

— Será uma grande experiência para você, principalmente se estiver lá quando abrirmos o poço de petróleo.

Eduardo fez várias perguntas a Aspen durante o resto do almoço, mais uma vez demonstrando que acreditava no petróleo, e expressando sua determinação em fazer perfurações em outras partes da Pérsia.

— Quero petróleo para a Deravenels. Temos de ter, Aspen. É imprescindível.

Depois que o almoço terminou, pouco antes de servirem o café, Neville levantou-se e bateu com uma colher no copo de água.

— Um momento de sua atenção, cavalheiros, por favor.

Todos pararam de falar e olharam para ele. Neville assentiu e sorriu.

— Gostaria de propor um brinde. — Pegou a taça de vinho branco e continuou: — Como todos sabem, vínhamos negociando com Louis Charpentier para comprar alguns de seus investimentos. A negociação foi concluída, exceto por um ponto. Entretanto, acho que podemos brindar hoje... à Deravenels e à sua nova aquisição na França.

— À Deravenels! — disseram todos em uníssono e levantaram as taças e beberam.

Eduardo exclamou:

— Muito bem, Neville! Agora devemos brindar a você, já que foi você quem consolidou essa negociação. — Levantando a taça e olhando em volta da mesa, Eduardo disse, sorrindo para eles: — A Neville Watkins.

— Obrigado, obrigado. — Parecendo satisfeito e feliz, Neville sentou-se.

Um pouco depois do brinde, Alfredo Oliveri e Rob Aspen pediram licença e saíram para seus compromissos da tarde.

Eduardo, terminando o café, olhou para Neville.

— Você mencionou que havia um último ponto... a concluir. O que falta? Para mim, parece que cobriu tudo nos últimos dois meses.

— Na verdade, Ned, diz respeito a você — respondeu Neville, sorrindo de forma afável. — Você sabe, pedi que fosse comigo a Paris diversas vezes, e você sempre encontrava uma desculpa para não ir e conhecer Louis Charpentier. Mas não podemos mais adiar isso. Você precisa ir comigo na próxima semana para conhecer Louis e Blanche.

— Quem é Blanche? — perguntou Eduardo, parecendo um pouco confuso.

— Ora, a filha dele, claro.

Eduardo fitou Neville, e entendeu algo pavoroso. *Ele* fazia parte do acordo. Neville deve ter feito o seguinte acordo com Charpentier: *venda para nós e terá Eduardo Deravenel.* Mas Ned não verbalizou seus pensamentos, simplesmente ficou sentado lá, fitando boquiaberto o primo, sem palavras.

Neville, parecendo tão confuso quanto Eduardo, disse:

— Eu lhe disse no ano passado, Ned, que Louis Charpentier só venderia suas principais empresas se sua filha se casasse com o comprador...

— Mas eu não sou o comprador — interrompeu Eduardo categoricamente. — Uma *empresa* está comprando os negócios de Charpentier, não um *homem. Não eu!*

— Vamos, Ned, você está exagerando.

— Não me lembro de você me dizer nada disso! — exclamou Eduardo, falando a verdade. — Você não falou, Neville, porque eu jamais teria concordado. Agora me diga, eu concordei com isso?

— Na verdade, você não disse que *sim*...

— Exatamente! Nunca pronunciei essa palavra. Porque nunca compreendi o que você estava falando.

— Blanche Charpentier é uma linda jovem, Eduardo, loura, com olhos azuis. É bem-educada, charmosa e culta. Filha única, portanto, herdeira de toda a fortuna de Charpentier. Uma enorme fortuna. Quando conhecê-la, ficará encantado.

— Duvido!

— Conheço seu gosto por mulheres, Ned — disse Neville com uma gargalhada leve. — Ela faz o seu tipo. Dezenove anos, bonita e completamente... deslumbrante. É a única palavra para descrevê-la.

Eduardo sacudiu a cabeça.

— *Não*!

— Fiz um acordo com Louis — explicou Neville agora pacientemente, a voz firme. — Um contrato obrigatório de casamento; na verdade, toda a negociação depende desse contrato. Se você não se casar com Blanche, não há acordo.

— Não posso me casar com ela.

— Ned, escute. Ela é uma mulher francesa, sofisticada. Não causará problemas se você tiver uma amante. Meu Deus, o pai dela teve uma amante durante anos, e isso nunca atrapalhou o casamento dele.

— Já disse: não posso me casar com essa mulher.

— Você quer dizer que não *vai* — respondeu Neville de forma ríspida, subitamente irritado com o primo. Tinha plena consciência de que Eduardo Deravenel não conseguiria ser fiel a mulher nenhuma. Então, que diferença fazia se se casasse com Blanche Charpentier? Estava perplexo com a teimosia de Eduardo e sua indiferença para as conseqüências, e o que elas envolviam. O acordo não aconteceria se Eduardo não cumprisse o contrato de casamento, e ele sabia disso.

Respirando fundo, Neville disse com o tom de voz apaziguador:

— Ned, vamos aceitar...

— Não posso me casar com ela. Nem com qualquer outra mulher.

Neville franziu a testa.

— O que está tentando dizer... por que não pode se casar?

— Porque já sou casado.

Johnny Watkins ficou boquiaberto, fitando Ned e depois olhando para o irmão, esperando uma explosão.

Neville estava totalmente desconcertado e não falou nada. Não conseguia falar. Nunca ficara tão chocado em toda a vida.

Querendo quebrar a tensão, Will respirou fundo e perguntou:

— E quem é a sortuda que se dignou a ser sua esposa, Ned?

Por um momento, Eduardo não respondeu. Ficou simplesmente parado olhando sem expressão para os três outros homens na sala.

Neville, correspondendo a seu olhar com olhos azuis gelados, perguntou com uma voz contida e neutra:

— Com quem você se casou, Ned? Nós a conhecemos?

— Isabel Wyland — respondeu finalmente.

Um silêncio implacável pairou sobre a sala. O silêncio era tanto que, se um alfinete caísse, soaria como um trovão. Ninguém falou. Os quatro homens ficaram apenas sentados à mesa, um olhando para o outro, como se estivessem mudos. Até Eduardo estava chocado, não previra essa reação à notícia. Mas também não sabia sobre esses planos matrimoniais que seu primo fizera com Charpentier. Esses planos *eram* secretos. Ninguém lhe dissera nada.

Embora estivesse muito furioso, Neville tentou se controlar. Finalmente, falou:

— Por que nenhum de nós sabia sobre esse casamento, Ned? E por que não fomos convidados para comemorar com você?

Evitando a primeira parte da pergunta, Eduardo respondeu:

— Nós fugimos para nos casar, Neville.

— Quando?

— No final de junho.

— Três meses atrás... muito bem. — Neville forçou um sorriso. — Parabéns, Ned — disse com firmeza, totalmente controlado, apesar da raiva.

Seguindo o irmão, Johnny exclamou:

— Boa sorte, Ned! Você é um patife, hein, não disse nada.

— Parabéns, Ned — murmurou Will, e levantou-se para apertar a mão de Eduardo.

Levantando-se, Eduardo apertou a mão de Will e, no momento seguinte, olhou para Neville, seu olhar intenso e muito direto.

— Suponho que nosso acordo com Charpentier esteja desfeito agora? — Levantou uma sobrancelha.

— Está. — Neville mais uma vez forçou um sorriso. — Que assim seja — respondeu ele —, que assim seja.

CAPÍTULO 53

— Admito que ele foi cordial — disse Will, olhando para Eduardo. — Afinal, ele é muito inteligente. E sabe se controlar. Mas deixe-me dizer uma coisa: apesar da calma, Neville estava fumegando por dentro.

Eduardo recostou-se na cadeira de seu escritório e correspondeu ao olhar firme de Will, assentindo.

— Eu sei disso, Will. Não se esqueça que fui criado com ele. Neville sempre esteve presente na minha vida. É claro que ele ficou com raiva... mais que isso, ficou furioso, mas eu *sou* casado, e ninguém pode fazer nada em relação a isso.

Will continuou fitando o melhor amigo, um homem a quem era totalmente devoto e leal; por um momento, não falou, depois murmurou com muita calma:

— Acho que ele está ofendido, provavelmente se sente humilhado. Lembre-se: agora ele terá de encontrar Louis Charpentier e dizer que você não quer se casar com a filha dele. Ou que você não pode se casar porque já é casado. Vai parecer um completo idiota. Louis não vai fechar o negócio, e Neville não gosta quando não consegue fechar um negócio. Na verdade, ele detesta a simples idéia de isso acontecer. Vai achar que parece um perdedor, bem, na verdade, ele *é* o perdedor, de uma certa maneira. Deus, como ele odeia isso! Ainda vai remoer muito isso.

— Will, escute, foi Neville que causou isso a ele mesmo. — Eduardo debruçou-se sobre a mesa, os olhos fixos nos de Will. — Eu não entendi o que ele tinha na cabeça, o que estava fazendo, que estava me usando como uma ferramenta de negociação. Eu realmente não sabia. Ele não foi apenas tolo, foi negligente. Ele se esqueceu de mencionar a palavra casamento. Não me explicou nada, juro para você.

Will, impressionado com a honestidade nos olhos azuis de Ned, exclamou:

— Eu acredito em você. E se for esse o caso, como você disse, Neville o julgou mal. Ele certamente deveria saber que não podia fazer um contrato de casamento para *você*... logo para *você*.

Eduardo de repente começou a rir, balançando a cabeça.

— Depois que me recuperei do choque do que ele estava dizendo, pensei exatamente a mesma coisa. Ele devia estar se enganando, delirando, não acha?

— Delírios, sonhos, como vou saber? Só sei de uma coisa, Ned, ele está furioso com você. Muito furioso mesmo.

— A fúria não vai durar para sempre, ele vai superar, você vai ver.

Will forçou um sorriso.

— Se você está dizendo. Achei que Johnny parecia um tanto constrangido quando saiu, preocupado e desconfortável. Você sabe que ele fica no meio de vocês dois, ele adora ambos.

— Sei disso. Mas Johnny é preocupado desde que nasceu. Vai ficar tudo bem. Confie em mim, ambos vão se recuperar, vão aceitar meu casamento com Isabel.

Apertando os lábios, Will olhou para Eduardo de forma especulativa, então respondeu devagar:

— Eu vinha desconfiando de você desde o verão, sabe. Estava cheio de segredos, sendo sempre evasivo, nunca dizia aonde ia. E quando perguntei sobre Isabel, você mudou de assunto de forma muito abrupta. Foi até indiferente em relação a ela.

— Eu tinha de ser.

— Por que, Ned?

— Porque eu sabia que Neville, Johnny e minha mãe veriam Isabel como inimiga. Por causa da ligação da família dela com os Grant. O pai dela fez negócios com Henrique Grant, e o banco mercantil Wyland ganhou dinheiro com eles em uma certa época. — Ned deu de ombros. — Eu simplesmente sabia que não iriam aceitá-la. Embora o irmão dela tenha me dito que já não faziam negócios com os Grant há anos. Eles não os vêem há bastante tempo.

— Você poderia ter *me* contado. Sou seu melhor amigo, não sou?

— Claro que é, e sempre será. Não disse nada porque não queria que você fosse cúmplice. Não queria que Neville o punisse, tentando culpá-lo ou criticando-o.

— Entendo, e acho que devo agradecer por tentar me proteger. Mas podia ter me contado.

— Não fique ofendido.

— Não estou. — Houve uma pausa, e Will disse lentamente: — Você a desejava, era isso, não era? Você correu atrás dela, ela o rejeitou e, como precisava possuí-la, você se casou com ela. Estou certo?

— Completamente, amigo. Ela continuava dizendo não, não, não. Não me deixava chegar nem perto, estava sempre na defensiva. Uma tarde, quando eu já estava perdendo a paciência e pressionando-a para sucumbir... ao meu charme, digamos assim, ela ficou *revoltada*. Disse que podia não ser boa o suficiente para ser minha esposa, mas era boa demais para ser minha amante.

— Ana Bolena — disse Will, sorrindo, os olhos gargalhando.

— O quê?

— Ana Bolena disse isso a Henrique VIII, não aprendeu isso na escola?

— Devo ter esquecido. De qualquer forma, fiquei pensando nessas palavras depois, quando estava sozinho, e eu meio que... — Ned parou e soltou uma gargalhada inesperada. — Concordei com ela, Will!

— E se casou com ela e levou-a para a cama *imediatamente*, sem dúvida.

Ned sorriu, aquele sorriso afetuoso, terno, satisfeito que as mulheres amavam, e assentiu.

— Isso mesmo. Nós nos casamos na casa da tia dela em Gloucertershire em uma capela particular. O padre da família fez o casamento e a mãe e a tia dela assistiram.

— Eu gostaria de ter estado lá, a seu lado, Eduardo, realmente gostaria.

— Eu também, mas não queria que você se envolvesse.

— Se não se importa de eu perguntar, valeu a pena? Ela... estava à altura de suas expectativas?

— Ela superou minhas expectativas.

— Você tem ido muito para o campo ultimamente. Para Cirencester, acredito.

— Isso mesmo. Ela ainda está na casa da tia em Avington Chase. Por enquanto. Ela entende todas as conseqüências... é muito inteligente, e está feliz em cumprir todos os meus desejos. — Ned se levantou, foi até a janela, olhou para fora por um momento, depois virou-se. — Não é só desejo, Will. Estamos apaixonados. Realmente apaixonados.

Will sorriu mas permaneceu em silêncio, refletindo sobre tudo, sentindo-se apreensivo, apesar do óbvio bom humor e tranqüilidade de Ned.

— Fico feliz com isso — disse finalmente. — Estou realmente feliz por você, de verdade. Casar com a mulher certa é muito importante. Agora compreendo isso. Minha Kathleen é maravilhosa.

— Acho que posso dizer a mesma coisa de Isabel — murmurou Ned, voltando para a mesa.

Ao observá-lo, Will não pôde deixar de pensar em como Eduardo Deravenel estava com a aparência extraordinária hoje. Não há ninguém como ele, pensou Will e tentou afastar a idéia persistente de que tinham problemas à vista. Eduardo parecia indiferente, como se não tivesse de se preocupar com nada, parecia feliz, continuava cordial, demonstrava boa-vontade e bem-estar. Será que ele não compreendia que anunciara sua independência, que assumira as rédeas de sua vida e que, ao fazer isso, ofendera profundamente seu primo, que creditava a si mesmo o sucesso de Ned como diretor-executivo da Deravenels? Não chegamos ao fim disso ainda, pensou Will. Neville não deixará as coisas ficarem assim.

— Bem, basta desse assunto — disse Will. — Você disse que queria que eu fosse a algum lugar com você, que tinha uma surpresa para mim.

— É verdade. — Eduardo foi para a porta de sua sala. Will foi atrás, exclamando:

— Então me mostre o caminho e me diga aonde estamos indo.

— Não posso fazer isso, Will. Senão, não seria surpresa.

Era uma maravilhosa tarde de setembro, e os dois jovens caminharam pela Strand, passando pelo Leicester Square, até Piccadilly Circus. Era uma tarde movimentada, com engarrafamento em Piccadilly: carruagens e carruagens de aluguel, ônibus puxados por cavalos e vários dos novos automóveis americanos, invenção do Sr. Henry Ford. E hordas de pedestres se empurrando nas calçadas.

Ao ver um automóvel, Eduardo apertou o braço de Will e exclamou:

— Olhe a nova invenção, carruagens sem cavalos.

— *É* extraordinária — concordou Will. — Lembro que minha tia contou que viu uma pela primeira vez em 1904. Era da duquesa de Marlborough... a herdeira americana Consuelo Vanderbilt. A mãe dela, Alva, mandou para ela de Nova York. Marlborough casou-se com ela pelo dinheiro. Só por isso.

— Ele precisava de dinheiro, Will, para manter a Blenheim funcionando, e ela não é feia, além de ter dinheiro.

Will sorriu e os dois continuaram caminhando em silêncio. Inesperadamente, Ned disse cheio de autoconfiança:

— Sabe, Will, vou encomendar para nós dois automóveis, do Sr. Rolls e do Sr. Royce, que, finalmente, estão começando a fabricar alguma quantidade deles.

— Meu Deus, Ned, eles custam uma fortuna! Não pode fazer isso!

— Claro que posso... e vou pagar com meu próprio dinheiro, então não precisa se preocupar com a Deravenels.

— Nesse caso, não vou me preocupar, e obrigado.

Quinze minutos depois, quando estavam entrando na Berkeley Square, Will Hasling de repente percebeu para onde Ned o estava levando. Para a casa que comprara quase um ano antes. Era uma casa bonita, alta e majestosa, com vista para a praça cheia de árvores bem no coração de Mayfair, a parte de Londres que Eduardo Deravenel mais gostava.

— Está pronta, não está? — perguntou Will enquanto subiam os degraus da frente juntos.

— Está, sim, e acho que você vai se surpreender com como ela ficou, com o que fiz com ela. — Enquanto falava, Ned colocava a chave na fechadura e abria a pesada porta de mogno e entrava no vestíbulo. — Ainda não tenho empregados, Will, só um zelador que ocupa o porão. Ainda não me mudei.

— E quando se mudará? — Will olhou em volta, já impressionado com o que estava vendo.

— Na semana que vem. Agora que meu casamento secreto não é mais segredo, vou trazer Isabel de volta para Londres nos próximos dias. Começaremos nossa vida de casados aqui.

— E o que vai fazer com a casa na South Audley Street?

Eduardo fez uma careta.

— Terei de vendê-la, infelizmente. Sempre amei aquela casa... a casa de Lily, como costumo chamá-la, como você bem sabe. Mas não preciso de duas casas, e a casa de Lily é muito pequena para mim. Sempre foi, na verdade, e agora que estou casado terei de vendê-la. Eu precisava desta casa por causa do espaço, então colocarei a casa de South Audley à venda na semana que vem.

— Não, não faça isso! Tenho o comprador perfeito — disse Will, parecendo animado.

— E quem é, posso saber? — Eduardo levantou uma sobrancelha.

— Um velho conhecido meu, Brian Shaw. Ele é comerciante de vinhos, em alta escala, devo dizer. Importador. Ele e a esposa, Jane, estão procurando uma casa em Mayfair, e dinheiro não é problema.

— Preciso encontrar com eles o mais rápido possível.

— Vou marcar — respondeu Will —, e agora me mostre sua nova casa, que foi o motivo por que me trouxe aqui.

Capítulo 54

Nan Watkins ficou imóvel na porta da biblioteca, repentinamente preocupada.

Neville, um homem que raramente levantava a voz, estava gritando com alguém. Parecia furioso, ela nunca o vira com tanta raiva em todos esses anos em que estavam juntos.

Como detestava pessoas que escutavam atrás das portas, imediatamente bateu à porta e entrou na biblioteca, fechando a porta.

Neville virou-se, olhando furioso para ela.

Johnny estava perto da janela e também parecia nervoso, embora tenha tentado dar um sorriso afetuoso e assentiu.

Nan olhou para o marido, que não reagiu. De repente, ficou com medo. O rosto de Neville estava sombrio, branco como um fantasma. Parecia doente.

— O que houve? — perguntou ela, tremendo. — O que aconteceu?

Nenhum dos dois respondeu, e ela entrou mais na biblioteca e hesitou. Sentiu um tremor inesperado, e seu medo fez com que a voz vacilasse ao perguntar de novo:

— Qual é o *problema*, querido?

Neville ficou em silêncio.

Johnny, aproximando-se dela, respondeu com a voz mais tranqüila que conseguiu.

— É Eduardo. Ele... — A voz de Johnny sumiu, não conseguiu terminar.

— O que tem Ned? — perguntou ela, os olhos indo de Johnny para Neville. — Ele está bem?

— É claro que ele está bem! — respondeu Neville. — Quando é que ele não está *bem*? *Mas eu não estou bem*! Ele fez algo terrível contra mim, colocou-me em uma situação muito difícil. Nunca passei por isso em toda a minha carreira profissional.

Nan deu um passo à frente e segurou no encosto de uma cadeira para se equilibrar, sabendo que o que quer que Eduardo tivesse feito era extremamente sério e que seu marido não aceitara muito bem. Devagar, ela começou:

— O que deu errado?

— *Meu negócio francês*. Foi isso que deu errado. A notícia vai explodir no final desta semana, e tudo porque aquele fedelho não consegue manter... — Neville parou e limpou a garganta, lembrando-se que estava falando com a esposa. — Como você sabe, eu estava negociando com Louis Charpentier há meses, e consegui um dos melhores acordos da história. A fusão de dois impérios... Deravenels e Charpentiers na França. Louis concordara em vender à Deravenels suas fábricas de seda e vinhedos, e por um preço excelente, com a condição de que, depois que sua filha, Blanche Charpentier, se casasse com Eduardo Deravenel, assinaria outro contrato que *daria* o resto de seu império à Deravenels depois da aposentadoria de Louis, ou de sua morte. Era o negócio do século. Entretanto, não vai acontecer. E tudo por causa daquele meu primo arrogante, cabeça de vento, que só pensa em sexo. Ele é um tolo!

— Ah, Neville, você sabe muito bem que Ned não é arrogante — interferiu Johnny. — E ficou óbvio esta tarde que ele nem tinha entendido as conseqüências do seu acordo. Vamos ser justos, ele realmente não sabia.

— Você sempre vai defendê-lo, não é, Johnny? Já percebi isso há muito tempo. Mas acredito que você devia ser leal a mim, e não a Eduardo Deravenel, em primeiro lugar.

— Sou leal a ambos, gosto de vocês dois. E acho que está sendo injusto, Neville. Você não é assim.

Neville fitou o irmão com raiva e virou-se, indo até à cômoda e se servindo de conhaque.

Nan disse:

— Talvez você possa conversar com Eduardo, querido. Afinal, ele é um homem sensato. Se ele entender, certamente irá, pelo menos, conhecer a filha de Louis, já que não conhece, pelo que percebi. Ele nunca foi a Paris com você, como você queria. Agora entendo por que insistia tanto. Ela é bonita? Atraente?

Virando-se, Neville respondeu:

— Bonita, jovem, e filha única de Louis. *Herdeira dele.* Mas, infelizmente, não vai fazer a menor diferença levar Ned para conhecê-la. É tarde demais.

— Mas por quê?

— Porque Eduardo Deravenel já está casado.

Nan ficou surpresa. Fitou o marido boquiaberta.

Neville tomou um longo gole do conhaque e olhou para o irmão mais novo:

— Quer beber alguma coisa, Johnny?

— Não, obrigado, Neville. — Johnny olhou para o relógio e continuou: — Tenho de ir embora. Vamos ao Covent Garden esta noite. Emma Calvé está apresentando *Carmen*, e não quero me atrasar.

Neville apenas assentiu.

— Obrigado, Johnny, por seu apoio. *Sei* que você é leal, me perdoe por insinuar outra coisa. Acho que a raiva que estou sentindo por Ned me dominou. — Neville largou a taça de conhaque e disse com a voz mais controlada: — Vou acompanhá-lo.

— Não, não precisa, velho irmão, estou bem — respondeu Johnny e sorriu para Neville. Aproximou-se do irmão, colocou a mão em seu ombro e disse gentilmente: — Por favor, se acalme. Vamos almoçar amanhã. No Wilton's? À uma hora?

— Estarei lá. — Neville conseguiu sorrir.

Uma vez sozinhos, Nan aproximou-se de Neville e pegou sua mão.

— Venha sentar-se e conte-me tudo. Com quem Ned se casou?

— Isabel Wyland, você acredita? Ele se casou com ela secretamente. Três meses atrás.

— Ah, meu Deus, não! Não com *ela*! Ela é terrível, Neville.

— Mas muito bonita.

— Provavelmente a mulher mais bonita da Inglaterra, se não da Europa. Não vou dizer do mundo porque seria ir longe demais, mas ela é linda, todos acham. Entretanto, também dizem que é... bem, *difícil*, para dizer o mínimo.

— Ouvi dizer que é uma vagabunda — exclamou Neville, quase cuspindo a palavra.

— Neville, por favor. — Nan balançou a cabeça de forma reprovadora. — Ela é gananciosa, arrogante e ambiciosa por ela, pelos dois filhos *e* por toda a família. Existem muitos Wyland, Neville, e ela vai cercar Ned com eles.

— Não há nada que eu possa fazer a esse respeito ou sobre o casamento, Nan — murmurou Neville.

Nan ficou aliviada por ele estar mais calmo, e acompanhou-o até o sofá. Sentaram-se juntos; Nan continuou falando em voz baixa:

— Acho que Isabel Wyland vai fazer com que ele passe maus bocados; não é a mais fácil das mulheres, foi o que me disseram.

— Quem a conhece tão bem? Que você conhece? — perguntou Neville, a curiosidade levando a melhor.

— Maude Tillotson. Ela é muito amiga da mãe de Isabel.

— Obviamente, Maude não gosta da nova Sra. Deravenel. — Neville levantou a sobrancelha e assentiu. — Isabel pode até fazer com que ele passe maus bocados, mas não vai conseguir colocar as rédeas nele. Pode até pensar o contrário, mas ele vai continuar levando a vida dele da mesma forma que levava antes. Ned não será fiel a ela, garanto isso.

— Concordo com você. — Nan recostou-se no sofá e olhou para o nada. Após um momento, disse: — Ele não consegue se segurar, não sabe o significado da palavra fidelidade.

Neville suspirou.

— Terei de ir a Paris o mais rápido possível, para encontrar Louis.

— O que vai dizer a ele? Como vai explicar?

Neville balançou a cabeça e suspirou.

— Acho que o melhor, nesse caso, é falar a verdade. Farei isso, explicarei que Ned se casou escondido. Terei de fantasiar um pouco, querida. Ele me envergonhou. Vou parecer um tolo aos olhos de Louis.

— Talvez, mas Ned é jovem, você não pode culpar sua juventude? — sugeriu ela.

Neville deu uma gargalhada oca.

— Ah, querida, você acha que Louis não sabe tudo sobre Eduardo Deravenel e sua reputação de mulherengo? Claro que sabe! Louis não deixou escapar nada. Tenho certeza que mandou investigar Eduardo. Entretanto, é óbvio que Louis não se importava com a reputação de Ned. Afinal, ele é um francês sofisticado e provavelmente riu disso. Sabe, homens são homens, esse tipo de coisa, e sei que Louis Charpentier teve diversas amantes. E sua infidelidade não afetou o casamento com Solange.

— Entendo. — Nan mordeu o lábio e olhou para Neville preocupada. — O que você vai fazer... quero dizer, sobre Ned?

Neville fitou-a com atenção, a expressão surpresa.

— Acho que não estou acompanhando seu raciocínio, Nan. O que você quer dizer exatamente?

— Bem, ele o decepcionou, para dizer o mínimo. Agiu independentemente de você, sem pedir sua opinião, e afinal, você é o mentor dele, fez tanto por ele...

— Claro que fiz! Dei a ele o poder da Deravenels. Ele não estaria lá sem mim.

— Então, o que você vai fazer? O que *nós* vamos fazer com ele e Isabel? Afinal, ele é da família.

— Acho que não vou fazer nada — respondeu Neville devagar, a expressão pensativa. — Acho que o melhor a fazer é agir como se nenhum *inconveniente* tivesse acontecido... vamos simplesmente continuar juntos como sempre. Continuarei sendo o mesmo Neville cordial e preocupado de sempre. Certamente não vou deixar que esse assunto se interponha entre nós. Afinal de contas, o casamento dele é particular, pessoal, uma coisa separada. Não é da minha conta. E estamos juntos nos negócios. O fato é que Ned está fazendo um bom trabalho na Deravenels, está indo muito bem. Na verdade, tenho orgulho dele, Nan.

— Mas foi você quem o orientou! — insistiu a esposa.

— É verdade, eu o orientei. Por outro lado, ele fez muitas coisas extraordinárias em três anos. Ele e Oliveri fizeram várias *proezas*... encontraram e compraram aquelas novas pedreiras em Carrara; reorganizaram as minas de diamante na Índia, com a ajuda de David Westmouth, claro. E Ned colocou a Deravenels em um novo rumo com o projeto de petróleo. Se der certo, esse negócio será dos grandes. Além disso, ele recuperou os vinhedos na França, que estavam esquecidos.

— Esta é uma das coisas que amo em você, Neville, sempre dá crédito a quem merece.

Ele deu um sorriso carinhoso, relaxando. A tensão estava indo embora.

— Nan, querida, tive uma idéia. Acho que devemos agir como sempre agimos com os Deravenel, com amor e devoção familiar. Devemos fingir que estamos felizes por Ned e Isabel e oferecer uma festa de casamento para eles. Aqui em casa. E logo. O que não tem remédio remediado está.

— Que idéia maravilhosa! Vamos convidar a família toda, e todos os Wyland e amigos. Isso acertará as coisas entre vocês, não?

— Com certeza.

— As coisas vão voltar ao normal, não vão? — perguntou ela, ainda preocupada.

— Vão, sim — respondeu Neville, e pensou: mas nunca mais vou confiar nele de novo.

Capítulo 55

Paris — 1908

— Mas é claro que pode confiar em mim — disse Eduardo, o sorriso fraco e divertido nos lábios. — Eu nunca a trairia, juro.

Isabel, que estava sentada em frente à penteadeira do quarto de sua suíte no Ritz Hotel, finalmente virou-se e fitou-o.

Como ele era bonito, foi a primeira coisa que pensou. Eduardo estava deitado na enorme cama, recostado sobre um monte de travesseiros de linho branco, usando um robe de seda azul-safira. Era uma cor que fazia com que os olhos tão azuis ficassem ainda mais azuis.

Poucos minutos antes, ele tentara atraí-la para a cama, e ela negara. Ele ficara muito irritado; na mesma hora, ela se arrependeu do que fizera, desejou ter sido mais doce e sucumbido aos pedidos dele para fazerem amor, aceitado as carícias dele com boa-vontade.

Sabia como o marido estava excitado e o quanto a desejava desesperadamente, e ela o rejeitara. Fora um ato tolo. Se havia uma coisa que ele realmente odiava era ser rejeitado. As mulheres nunca rejeitavam Eduardo Deravenel. Mas ela, sua esposa, alvo da inveja de todas, o rejeitara e violentamente. Depois, fora ainda mais estúpida, impulsiva até, fizera bico e dissera a ele que sabia que ele tinha sido infiel.

Fitando-o agora, ela se perguntava como poderia corrigir seus erros. Seduzi-lo, dar o que ele queria, e mais. Satisfazê-lo, usar os truques sexuais que ele mesmo ensinara, e ensinara tão bem. Ele ama isso. Sim, devo corrigir meus erros; não devo afastá-lo de mim; tenho de ter um filho. Preciso engravidar. Preciso prendê-lo a mim através de um filho.

Este último pensamento fez com que Isabel se levantasse e, lentamente, caminhasse até a cama, sorrindo para ele, desejando hipnotizá-lo. Seus olhos não deixaram de fitá-lo ao dizer suavemente:

— Ned, querido, me perdoe... é que eu o amo tanto, não suporto a idéia de você tocar outra mulher... Sou muito ciumenta, você sabe disso.

Ele retribuiu o sorriso.

— Por que eu procuraria outra mulher se tenho *a* mais linda como minha esposa? Se posso dizer que a mais atraente, sensual e encantadora é minha? Por que eu tocaria qualquer outra mulher? Diga.

Ela não respondeu.

Quando Isabel chegou à cama, ele a fitou por um longo momento e arrancou o robe que ela estava usando. Era um robe leve e esvoaçante, feito de *chiffon* azul-claro com fios prateados, e cortado no estilo quimono. Deslizou pelos ombros dela quando Ned puxou-o de novo. Ela ficou em pé na frente dele, nua, ainda sorrindo, olhando para ele.

— Bem — disse ela. — Aqui estou. Sou toda sua. Faça o que quiser comigo.

— Ah, farei mesmo. Minha intenção é fazer tudo com você — sussurrou ele. — Você é tão linda. *Como* pode achar que eu poderia querer outra mulher? Sua boba. — Sorriu suavemente e levantou-se da cama. Pegando a mão dela, conduziu-a até a penteadeira. — Sente-se aqui e não se mova — ordenou ele e desapareceu.

Logo depois, voltou carregando uma pequena mala, que colocou em cima da cama e abriu. Tirou outro estojo de couro e abriu.

Aproximando-se da penteadeira, ele disse:

— Feche os olhos.

Ela obedeceu. Mas, quando sentiu algo gelado no pescoço, abriu os olhos. E ficou boquiaberta. Ned estava colocando um colar de diamantes em seu pescoço, um colar como nunca tinha visto.

— Ah, Ned — suspirou ela. — Ned... é maravilhoso.

— Como você. — Enquanto falava, ele encheu a mão com o cabelo louro prateado que caía pelas costas dela até as coxas. — Tudo que brilha — murmurou ele, quase para si mesmo. — Brilhantes tentações. — Olhando para ela através do espelho, ele disse: — Esse colar foi feito para uma imperatriz. A imperatriz Eugénie da França. Quando as jóias da coroa francesa foram vendidas em 1887, várias foram compradas pelo famoso joalheiro Boucheron. Esse colar estava entre essas jóias. Passou por diversas mãos desde então. Comprei para *você*. Agora é seu. Um presente de aniversário de casamento. No mês que vem, completará um ano que estamos casados, Isabel.

— Eu sei. — Sorriu para ele através do espelho. — Obrigada, Ned. Obrigada por este... é maravilhoso.

— Levante-se — ordenou ele e, quando ela obedeceu, levou-a para a cama. — Não está na hora de você me dar um filho, um herdeiro, madame? — perguntou. — Acho que deveríamos tentar... a noite toda, se for necessário.

— Por quanto tempo você quiser — respondeu ela tranqüilamente.

— Para sempre — disse ele baixinho, jogando-a sobre os travesseiros e deitando-se ao lado dela. — Eu sabia que você iria adorar o colar... — Beijou-a intensamente na boca. Adorava o gosto dela, assim como adorava seu cheiro. O irresistível cheiro de uma mulher que o desejava tanto quanto ele a desejava. Ela estava com esse cheiro agora.

— Da mesma forma que sei o quanto adora que eu faça isso com você — acrescentou logo depois, ao descer até as coxas dela e deixar seus dedos tocarem entre elas com muita habilidade.

Ela suspirou com o toque insistente e sussurrou:

— Ah, Ned, isso, não pare.

Olhou para os olhos azuis dele e começou a tremer, a excitação crescendo conforme ele aumentava a pressão, os dedos dele atormentando-a.

— Ned, me possua — sussurrou ela, e ele respondeu também em um sussurro que a possuiria. E falou sobre seus desejos e o que queria dela, e desejava fazer.

— Vou possuí-la agora — murmurou ele, tocando o cabelo louro. — Vou possuí-la como nunca fiz antes. Para que você entenda que não existe nenhuma outra mulher além de você, meu amor, minha esposa. E então, você vai me possuir, como só você pode, da forma que eu ensinei. — A voz dele era urgente, rouca de desejo por ela.

Ela deslizou na cama quando ele pediu; estava rijo, pronto para ela. Ela o tocou, beijou-o, como ele gostava, e pensou na primeira vez em que o viu, que viu essas lindas mãos, e quis que elas a tocassem. E como ela o *desejara*.

Essas lembranças deixaram-na ainda mais excitada. Deu a ele o prazer que sempre buscava, um prazer especial que ele jurara que nenhuma outra mulher lhe dera, e ela acreditava nele, tinha certeza que falava a verdade.

De repente, ele a pegou, fazendo ambos rolarem de forma que ele ficou por cima dela. E Ned a possuiu de forma quase bruta, urgente; moveram-se juntos cheios de paixão e felicidade e, quando atingiram o êxtase, agarraram-se um ao outro, ofegantes e sem ar, dizendo o nome do outro.

— Não quero sair para jantar — disse Eduardo, esticando as longas pernas, virando de lado e passando um braço por cima de Isabel de forma possessiva.

— Então também não irei jantar.

— Vamos ficar aqui, então, e fazer isso. — Como ela não respondeu, ele disse: — Podemos?

— Por que não? É uma ótima idéia.

— *Excitante*. E você é uma mulher muito excitante... você sabe o quanto me deixa excitado, não sabe?

— Mais do que qualquer outra já conseguiu?

— Sim — murmurou ele, e sorriu. Ela nunca deixava de perguntar isso.

— Escutei boatos... de que você esteve com outra mulher recentemente, Ned. Isso não é verdade, é?

Embora estivesse irritado por ela estar insistindo nesse assunto de novo, controlou-se.

— Claro que não é verdade. Quantas vezes vou precisar repetir?

— Então por que as pessoas dizem essas coisas?

— Que pessoas? — ele quis saber, lançando-lhe um olhar intenso.

— As mulheres que conheço.

— Porque elas têm ciúmes, têm inveja de você. E do nosso casamento. Você não devia escutar o que elas dizem. Estão mentindo.

— Acredito em você.

— Que bom.

— Espero que você tenha me engravidado.

— Também espero. Mas, no caso de não ter conseguido, vamos tentar de novo?

— *Agora*? — Ela pareceu surpresa. — Você acha que consegue, quero dizer, já?

— Ah, claro que sim, certamente consigo. Já se esqueceu que sou mais novo que você?

Apoiando-se em um cotovelo, ela fitou o rosto dele, tocando-o suavemente com um dedo.

— Prove, Eduardo Deravenel, prove que consegue me levar em outra cavalgada de prazer. Porque eu acho que não consegue.

Ele não respondeu com palavras. Simplesmente tomou-a e fez amor com ela o resto da noite.

— Só para provar — disse ele mais tarde.

Capítulo 56

Paris era a cidade preferida de Eduardo Deravenel, depois de Londres. A Cidade Luz, como era conhecida, sempre o fascinara e encantara, e o convidava a voltar outra vez.

Adorava os *boulevards* amplos e espaçosos, as ruas arborizadas e os magníficos monumentos antigos. Tornara-se, com o passar dos anos, um tipo de francófilo e admirador das coisas francesas.

Nesta viagem com Isabel, a primeira vez que ela visitava a cidade, ele a levara aos seus ateliês de alta-costura preferidos; na Maison Lanvin, na Maison Paquin e também para ver roupas de Jacques Doucet e Poiret. Comprara para ela uma coleção de vestidos e conjuntos da última moda desses estilistas, e comprara também outras jóias, além do famoso colar que um dia enfeitara o pescoço da imperatriz Eugénie. Isabel era a mais linda das mulheres, e ele queria que ela se vestisse com as melhores roupas, as melhores que o dinheiro podia comprar. Quando ela estivesse de braço dado com ele, tinha de ofuscar todas as outras mulheres e, claro, ela fazia isso com seu rosto perfeito, seu cabelo louro prateado único e seu corpo esbelto.

Ele pensava na esposa quando saiu do Ritz naquela manhã e atravessou a Place Vendôme para uma caminhada por suas partes preferidas da cidade. Embora já passasse das dez da manhã, Isabel ainda estava dormindo. Ela sempre dormia até tarde, nunca tomava café-da-manhã com ele e, como era seu hábito em Paris, ele costumava ir até uma cafeteria de rua e tomar *café au lait* e *croissants*.

Preferia fazer isso do que ficar na suíte do hotel. Gostava de ficar sozinho, pensar nos negócios, nos planos para a Deravenels e outros assuntos importantes, problemas que precisava resolver. Eram coisas que não interessavam Isabel. Mas também não sabia o que a interessava, além de roupas, jóias, fofocas e o enriquecimento de sua família.

Ela tinha mais parentes do que ele imaginara quando a conhecera: sete irmãs e cinco irmãos, e uma mãe muito gananciosa. Gostava do pai dela e do irmão Anthony, mas passara pouco tempo com os outros bonitos membros. Porque bonitos eles eram, não havia dúvidas. Os Wyland puxaram a beleza do pai.

Já Ned e os irmãos puxaram a beleza viva e ágil e a personalidade de sua carinhosa e realmente bela mãe, Cecília Deravenel. Ela ainda ofuscava a todos na família, até Nan Watkins, que era extraordinariamente bonita. Entretanto, em se tratando de beleza, sua mãe encontrara alguém à sua altura em Isabel Wyland.

Tirando esse aspecto, sua mãe ganhava facilmente. Era charmosa, graciosa, atenciosa, uma mulher que administrava suas casas com grande habilidade, era caridosa e afetuosa com os empregados e os habitantes da aldeia de Ravenscar. Em outras palavras, era uma grande dama com hábitos impecáveis, sem mencionar o coração solidário.

Isabel não tinha essas qualidades inatas. Não era capaz de administrar a casa deles em Berkeley Square porque nunca aprendera a administrar uma casa grande. Só Deus sabe o que ela faria quando chegasse o dia em que tivesse de administrar Ravenscar. Ficaria perdida. Tirando isso, ela nunca perguntava nada sobre o trabalho ou os negócios dele, a não ser para pedir um cargo para algum outro parente.

E ainda havia o problema da concepção. Eles tinham uma vida sexual ativa desde a noite de núpcias, e ela ainda não estava grávida.

Ele se corrigiu. No início da semana, na noite em que dera o colar a ela, passaram muitas horas apaixonadas juntos. Talvez ela *estivesse* carregando um filho dele agora, após a extraordinária noite de prazer. Ele esperava.

Eduardo queria uma família, queria filhos, uma unidade familiar apropriada. Só assim esse casamento daria certo. Ele *começara* mal, agora entendia isso; entretanto, aceitava isso e se confortava ao pensar que ela era uma mulher bonita e que não era frígida na cama, como tantas outras.

Eduardo sorriu por dentro ao lembrar-se da inocência dela, essa era a única palavra para descrever, quando ele a levara para a cama na noite do casamento secreto. Só Deus sabe o que ela fazia com o marido quando estavam na cama. Ele descobrira, para sua satisfação, que ela era novata, não sabia nada, e ele tivera de ensinar-lhe tudo, como satisfazer um homem. Era viúva, tinha dois filhos e era cinco anos mais velha que ele. Ainda assim, muito inexperiente quando se tratava de sexo. Ele prontamente resolvera isso, ensinando a ela de forma assídua.

Caminhando rápido, virando a esquina, perdido nos pensamentos, Eduardo chocou-se com uma mulher. Ele estava andando tão rápido que ela teria caído no chão se ele não a segurasse na mesma hora pelos braços.

— *Excusez-moi*! — exclamou ele, segurando-a, então afastou-se e olhou para ela, esperando que estivesse bem.

— Sr. Deravenel, bom dia — disse a mulher, sorrindo para ele.

Ele a fitou, franzindo um pouco a testa, e de repente reconheceu-a.

Antes que pudesse dizer alguma coisa, ela começou a rir.

— Sou Jane Shaw, Sr. Deravenel. Não se lembra de mim? Eu e meu marido compramos sua linda casa na South Audley Street no ano passado.

— Sra Shaw, bom dia! Espero que não tenha se machucado. Fui um idiota ao virar a esquina dessa forma.

— Estou bem, muito obrigada. Como vai a Sra. Deravenel?

— Muito bem, obrigado. Está no hotel. E o Sr. Shaw? Como está?

— Também está bem. Na verdade, está passando alguns dias em Provence, visitando os vinhedos que fornecem para ele. Como deve saber, ele é importador de vinho.

— Eu sei, sim. E estão gostando da minha casa? Desculpe, a *sua* casa, quero dizer

— Nunca fui tão feliz em uma casa... tem alguma coisa especial nela. Um conforto, um aconchego que nos envolve, não acha?

— Claro que sim, a senhora está certa. É uma casa aconchegante. Eu também fui muito feliz quando morei lá... — Ele fez uma pausa, e uma sensação de solidão tomou conta dele e, antes que pudesse evitar, ouviu-se dizendo: — Foi um presente. Uma pessoa que eu amava muito deixou-a para mim. Era uma pessoa adorável e especial. — Não pôde deixar de se perguntar por que dissera isso a uma mulher que, tecnicamente, era uma total estranha. Uma mulher que só encontrara uma vez.

— Eu sei... — respondeu Jane Shaw, hesitando, e disse: — Eu a conhecia, sabe. O senhor está falando da Sra. Overton, não está?

Ele assentiu, os olhos azuis se iluminando.

— A senhora conhecia Lily?

— Conhecia, claro. Eu e ela trabalhamos juntas em diversas obras de caridade e nos tornamos amigas. — Jane Shaw parou, fitou-o com olhos gentis e disse calmamente com a voz melodiosa: — Sinto muito por sua perda, Sr. Deravenel. Ela realmente era única, talvez a mulher mais especial que conheci.

— Também acho — exclamou ele e, em um impulso, disse: — A senhora gostaria de me acompanhar no café-da-manhã? Estava a caminho de um café aqui perto. Mas, claro, a senhora deve estar ocupada; as mulheres sempre estão ocupadas em Paris, tantas coisas lindas para comprar, e todas essas coisas.

— Não estou ocupada, Sr. Deravenel. Adoraria tomar café-da-manhã com o senhor. Na verdade, também estou com fome.

Ele sorriu.

— Bem, vamos, então, Sra. Shaw. O café não é longe.

— Ah, isso não importa — respondeu ela, andando ao lado dele. — Adoro andar, principalmente em Paris. — Olhou para cima. — Está um dia lindo, não acha? Olhe como o céu está azul. Eu simplesmente adoro Paris, é minha cidade predileta.

— Onde você esteve? — questionou Isabel quando Eduardo entrou na suíte de hotel horas mais tarde. — Você simplesmente desapareceu sem avisar e ficou fora durante horas! Estou esperando para almoçar desde o meio-dia. Já é uma e meia!

Eduardo parou no meio da sala de estar, parecendo surpreso, fitando-a, e percebendo os olhos azuis frios, a seriedade em seu rosto. Era óbvio que estava furiosa.

— Eu estava andando — respondeu calmamente. — Você sabe o quanto gosto de caminhar em Paris. E também tomei café-da-manhã, como sempre faço, em uma cafeteria.

Ela atravessou a sala e parou em frente a ele, encarando-o. Então fungou, franzindo o nariz, e gritou:

— Você estava com outra mulher! Posso sentir o cheiro dela em você! Qual é o seu problema? Não consegue ficar longe de outras mulheres? Nem durante o dia?

Eduardo fitou-a e deu um passo para trás, enojado com o comportamento dela. Ela o acusava de ser infiel desde o primeiro dia em que estavam casados, e isso estava começando a irritá-lo. Por um ano, ele vivera sob as acusações dela. Ele *tivera* alguns deslizes, mas não ultimamente. E mesmo assim, as mulheres com quem dormiu não significavam nada, eram encontros curtos e sem conseqüência.

Ele sabia que não estava com o cheiro do perfume de Jane Shaw porque não ficara próximo dela a não ser para evitar que caísse. Essa idéia de perfume era imaginação de Isabel.

— Seu ciúme é completamente infundado — disse ele finalmente, com o tom de voz calmo. — E não vou ficar parado aqui escutando suas acusações ridículas, Isabel. De qualquer forma, eu sempre retorno para o hotel por volta desse horário, desde que chegamos a Paris, então não tem nada de diferente.

— Você está com cheiro de perfume.

Ele a fitou, franzindo a testa, sua expressão de incredulidade. E quando colocou os olhos nela, percebeu, de repente, que estava feia com toda aquela fúria. O fato de uma mulher tão bonita mudar tanto em um piscar de olhos pegou-o de surpresa. O rosto dela estava deformado.

— Vê, não está nem negando mais — continuou ela, a voz alcançando uma nota aguda.

— Ah, não seja ridícula. — A voz dele de repente ficou fria, dura. Sem nenhuma outra palavra, ele se virou e saiu da suíte.

Desceu de elevador e estava atravessando o saguão quando um dos porteiros correu atrás dele.

— *Bonjour, monsieur Deravenel.*

O porteiro mostrou uma bandeja de prata.

— *Pour vous, monsieur.*

Sorrindo e assentindo, Eduardo pegou o telegrama na bandeja e foi até um canto do saguão, abriu-o e leu: "Acabei de saber que encontramos petróleo no dia 26 de maio a 350 metros em Masjid-I-Sulaiman. Viva. Will Hasling."

O mau humor e a irritação com Isabel sumiram na mesma hora, e um grande sorriso apareceu em seu rosto. Enquanto colocava o telegrama no bolso do paletó, se encaminhou para o elevador, depois parou, mudando de idéia.

Por que subir para a suíte e enfrentar mais acusações falsas e a ira dela? Em vez disso, Eduardo foi até o balcão da portaria e falou rapidamente com Jacques. Em poucos minutos, estava sentado em uma pequena cabine telefônica, falando com Will em seu escritório na Deravenels.

— Que ótima notícia! — Will estava gritando do outro lado da linha. — Volte logo para casa para podermos comemorar.

— Amanhã. Estarei de volta a Londres amanhã à noite. E no escritório, depois de amanhã. Mal posso esperar, Will. Essa é a melhor notícia que recebo em muito tempo.

Eduardo saiu do Ritz e atravessou a Place Vendôme em direção... a nenhum lugar em particular, decidiu. Queria desesperadamente comemorar, contar a alguém essa notícia extraordinária. A Deravenels encontrara petróleo. Seu sonho para o futuro estava se tornando realidade.

E não havia ninguém com quem comemorar. Certamente não com sua esposa, que estava gritando, cheia de raiva, fazendo acusações ridículas, na suíte do hotel atrás dele.

Abaixou a cabeça e cheirou a lapela do paletó, perguntando-se se realmente *estava* com o perfume de Jane Shaw. Afinal, ele a segurara para impedir que caísse; talvez ela tivesse roçado na roupa dele quando isso aconteceu. Mas não sentia o cheiro de nada. *Era* imaginação de Isabel.

Jane Shaw. Pensou nela por um momento. Fora agradável conversar com ela, principalmente sobre artes, artistas em Paris e uma corrente chamada Pós-Impressionismo, e sobre os pintores Impressionistas, tais como Van Gogh e Gauguin. Uma mulher adorável, amiga de sua querida Lily. E agora, pensando a respeito, achou que ela se parecia com Lily em muitos aspectos. Gostara de tomar café-da-manhã com ela.

Mais uma vez em um impulso, foi em direção à rue de la Paix e ao pequeno hotel em que ela estava hospedada, até o qual a acompanhara depois do café-da-manhã.

Ao entrar no pequeno saguão, localizou-a descendo as escadas. Estava usando um vestido branco e verde-claro de renda, e um chapéu de organdi branco enfeitado com violetas. Estava tão encantadora que ele prendeu a respiração. Deus, ela era realmente uma mulher muito bonita.

Ficou ali parado olhando para ela, que veio em sua direção, surpresa refletida em seu rosto, e ele pensou em Lily. Inesperadamente, seu coração se apertou... Sua querida Lily parecia de alguma forma ter renascido neste momento em Jane Shaw.

— Sr. Deravenel — disse ela um pouco sem fôlego. — Alguma coisa errada? Está com uma expressão estranha.

Ele balançou a cabeça, um pouco confuso.

— Sei que vou parecer bobo, mas quando a senhora estava descendo as escadas, vindo na minha direção, me lembrou tanto Lily.

Ela colocou a mão com luvas em seu braço.

— Não parece nada bobo e, na verdade, já disseram isso antes. As pessoas a confundiam comigo com freqüência. Nós nos parecíamos.

Ele assentiu, ainda parado ali, sentindo uma estranha felicidade por tê-la encontrado naquela manhã.

— Estava me procurando, Sr. Deravenels? — perguntou a Sra. Shaw finalmente.

— Estava, sim. Acabei de receber uma notícia maravilhosa e queria compartilhá-la com a senhora.

— Que gentileza. Gosto de boas notícias. O que foi?

— A Deravenels, minha empresa, acabou de encontrar petróleo na Pérsia.

— Que notícia extraordinária, Sr. Deravenel. Extraordinária. Parabéns.

— A senhora está saindo para almoçar? Se não, a senhora gostaria, poderia, almoçar *comigo*?

— Adoraria almoçar com o senhor.

— Excelente — respondeu ele, satisfeito, e sorriu para ela. — Está muito quente lá fora, será que não poderíamos comer aqui mesmo no seu hotel? O que a senhora acha? A comida é boa?

— É deliciosa, e não precisamos ficar andando por Paris, ainda mais nesse calor, procurando um restaurante, não é verdade? Não quando temos um bem aqui. — Deu o braço a ele e o levou pelo saguão, dizendo: — Estou muito lisonjeada por ter se lembrado de mim, Sr. Deravenel.

Poucos minutos depois, ele estava pedindo champanhe, e eles brindaram juntos, comemorando a maravilhosa notícia.

Em determinado momento, ela disse, um tanto tímida:

— Espero que não se incomode de eu lhe dizer isso, Sr. Deravenel, mas às vezes penso no senhor... quando estou na casa na South Audley Street. Sim, lembro muito do senhor.

— Verdade? — Ele lançou um olhar questionador, as sobrancelhas juntas.

Eu não deveria ter dito isso, pensou ela, e logo acrescentou:

— Verdade, provavelmente porque eu conhecia Lily. Penso muito nela também. Éramos boas amigas.

— Alguma vez ela falou de mim?

— Não, Sr. Deravenel. Lily era extremamente discreta.

— A senhora é discreta?

— Certamente... é sempre importante ter discrição, não acha? — Ela abaixou a cabeça e olhou para ele através dos cílios.

Ela está flertando comigo, pensou ele, e percebeu que isso o deixava feliz.

— Fico feliz que goste da casa onde mora... Eu mesmo sinto saudades daquela casa, às vezes.

— Nesse caso, deveria ir tomar chá comigo quando voltar para Londres.

— Eu adoraria, Sra. Shaw.

— Eu também. — Ela levantou a taça de champanhe, tomou um gole e sorriu para ele sobre a borda da taça. Colocando-a de volta sobre a mesa, passou a língua pelo lábio inferior e bateu com o guardanapo na boca.

Naquele exato momento, ele soube que queria possuí-la. E iria conseguir, a qualquer custo. Ela era o seu tipo de mulher, essa bonita loura com rosto angelical, tão parecida com Lily e, obviamente, mais velha que ele, como Lily. Mulheres como Jane Shaw o atraíam, sempre lhe ofereceram um certo conforto.

Então, naturalmente, ele foi tomar chá com ela. Não conseguira resistir. Uma semana depois de voltar de Paris, Eduardo mandou um bilhete simples e curto, simplesmente pedindo que ela telefonasse para ele a respeito da casa da South Audley Street. Um bilhete inócuo que poderia cair nas mãos de qualquer pessoa.

Jane telefonara imediatamente e o convidara para o chá no dia seguinte.

Quando ele entrou, a primeira coisa que pensou foi que ela estava morando na casa de Lily. Claro, Lily nunca morara ali e, mesmo assim, estava satisfeito por Jane agora ocupá-la. Afinal, ela estava morando onde ele vivera; isso, de alguma forma, fazia com que se sentisse mais próximo dela.

Quando Jane o acompanhou à sala de estar, ele sorriu e assentiu; ela falou de trivialidades. Ele não estava prestando atenção realmente. Estava impressionado em como ela estava bonita hoje. Mais que nunca sentia-se atraído pela beleza suave e loura. Jane Shaw estava encantadora, usando um vestido de seda verde-claro.

A bandeja de chá já estava colocada sobre a mesinha em frente ao sofá, e ela sentou ali para que pudesse servir com facilidade.

— Venha sentar-se a meu lado, Sr. Deravenel.

— Irei, se parar de me chamar assim. Meu nome é Eduardo, mas meus amigos íntimos me chamam de Ned.

— Então também devo chamá-lo assim, e você deve me chamar de Jane.

Ela serviu chá para ele, acrescentando uma fatia de limão ao se lembrar de como ele tomara em Paris. Servindo uma xícara para si, ela pensou em Paris e sentiu uma onda de excitação por dentro, lembrando-se da forma como ele a fitara, com desejo explícito no rosto; da forma como sua pele formigara quando ele segurara sua mão. Ele fazia com se sentisse desejada, muito feminina e querida. Como é que uma mulher podia resistir ao mais lindo dos homens, que ainda era carinhoso, charmoso e ansioso por agradar?

Tomando consciência do silêncio entre eles, Eduardo disse:

— Fui muito feliz morando nesta casa aconchegante. Você também é?

Ela pareceu surpresa e respondeu:

— Adoro esta casa, é realmente muito diferente e confortável.

Ele franziu a testa, abaixando a xícara de chá.

— Mas não é feliz aqui? — sondou.

Houve uma pausa.

— Não sou feliz — respondeu ela finalmente.

Eduardo compreendeu na hora o que ela estava querendo dizer. Assentiu.

— Sinto muito. — Como ela permaneceu quieta, ele continuou: — Você não é feliz com seu marido, é?

Jane suspirou.

— Ele é um homem agradável, muito bom para mim. Só que... bem, não somos compatíveis. Acho que essa é a melhor palavra. E também, ele está... sempre longe.

Limpando a garganta, Eduardo disse gentilmente:

— Posso ousar pensar em almoçarmos ou jantarmos juntos quando estiver... sozinha? Sem dúvida, um momento mais conveniente para você.

— Eu gostaria, gostaria mesmo, Ned. — Sorriu para ele ao dizer seu nome. — Poderíamos almoçar juntos amanhã. Meu marido foi para Provence de novo. Partiu esta manhã. Mas... — Ela não terminou a frase.

— Mas o quê? — perguntou ele, fitando-a com atenção.

— Onde poderíamos almoçar? Ambos somos casados... não seria apropriado sermos vistos juntos em um lugar público.

— Talvez você tenha razão — respondeu ele, de repente pensando no ciúme de Isabel, nas explosões de raiva quando imaginava que ele estivera com uma mulher.

— Eu quero, você sabe — disse Jane de forma tentadora, fitando-o, momentaneamente tonta pelo azul daqueles olhos.

Em um impulso, ele pegou a mão dela, beijou sua palma, dobrou-a e sorriu para ela.

— Podemos nos encontrar no Cavendish Hotel, na Jermyn Street, e...

— Ah, não, certamente não. Esse hotel tem uma reputação... curiosa.

— Não tem, não. É verdade que muitos homens usam para encontros, mas é tudo muito discreto. Rosa Lewis, a dona, é amiga minha. Vou reservar uma suíte para o almoço amanhã.

— Serei vista entrando — murmurou, preocupada.

— Use um chapéu com um véu pesado e roupas escuras. Ninguém vai reconhecê-la.

Jane hesitou antes de assentir.

— Tudo bem, então — murmurou, olhando para ele.

Antes que pudesse se controlar, Eduardo inclinou-se e beijou-a na boca, deixando sua língua demorar-se.

Jane correspondeu com paixão, segurando o braço dele, mas, de repente, se afastou.

— A copeira pode entrar a qualquer momento.

Eduardo sorriu para ela.

— Posso esperar até amanhã, quando a beijarei como merece — disse ele.

Na manhã seguinte, ele chegou ao Cavendish uma hora mais cedo, para se certificar que tudo estava perfeito. E estava. Rosa Lewis, sorrindo e conversando com ele, mostrou-lhe a suíte.

— A melhor que temos, Sr. Deravenel — disse ela, olhando em volta. — Coloquei mais flores no quarto e na sala de estar, como pediu. O champanhe já vai subir, no gelo. Entretanto, não disse a que horas gostaria que o almoço fosse servido.

— Acho que às duas horas, Sra. Lewis, estará bom. — Eduardo olhou para o relógio no canto da sala. — Minha convidada chegará ao meio-dia, e poderemos tomar um drinque com calma antes de comermos.

— Ah, sim, claro, Sr. Deravenel. — Sorrindo e assentindo, a proprietária do hotel saiu, com a saia farfalhando

Eduardo andou pela suíte, satisfeito. Mobiliada com ótimo gosto, era decorada em tons pastéis, cinza e azul-claro, e os móveis também eram claros. Que alívio ver cômodos que não eram carregados de móveis vitorianos, muito pesados e escuros.

Logo bateram à porta e, quando Eduardo disse que estava aberta, o garçom entrou, carregando um balde de gelo de prata e uma garrafa de champanhe.

Assentindo para o garçom e dando-lhe uma generosa gorjeta, Eduardo saiu da suíte e desceu para o saguão. Quando o relógio soou meio-dia, Jane entrou pela porta da frente do hotel e olhou em volta.

— Bom dia — cumprimentou Ned, pegando seu braço e levando-a para o primeiro andar, onde estava localizada a suíte. Depois que entraram na sala de estar, Jane levantou o véu e sorriu para Eduardo.

Retribuindo o sorriso, ele foi até o balde e serviu champanhe e entregou uma taça a ela.

— Almoçaremos um pouco mais tarde. Achei que podíamos sentar e tomar um drinque com calma primeiro.

Sentaram-se juntos no sofá, e ele continuou:

— Ambos sabemos por que estamos aqui... porque desejamos um ao outro, porque precisávamos ficar sozinhos. Estar com o outro...

— Acho que ambos nos sentimos atraídos quando nos encontramos em Paris. E sei que não viemos aqui para almoçar — disse Jane e balançou a cabeça. — Nunca achei que teria um relacionamento ilícito com um homem na minha vida.

— Fico feliz por ser esse homem. — Ned colocou a taça em uma mesa próxima, e ela também. Aproximando-se dela, tomou-a nos braços e beijou-a.

Ela o abraçou, e eles se agarraram, beijando-se apaixonadamente. Inesperadamente, Eduardo soltou-a e levantou-se. Estendeu a mão e ela a pegou. Puxou-a do sofá e levou-a para o quarto anexo.

— Sinto um desejo insuportável por você, Jane — murmurou ele. — Mal consigo segurar.

— E eu por você, Ned. Um desejo que nunca senti antes.

Ele fechou as cortinas e se aproximou dela, que estava parada no meio do quarto. Tirou o chapéu dela, pegou-a nos braços e beijou-a na boca, deixando a língua roçar na dela. No momento seguinte, afastou-se e olhou nos olhos dela.

— Vamos para a cama.

Ficaram deitados juntos por muito tempo, tocando-se, beijando-se e acariciando-se.

— Quero conhecê-la, conhecer seu corpo — sussurrou ele. E ela respondeu:

— E eu quero conhecê-lo.

E foi o que fizeram: amaram-se com enorme paixão e carinho. Esqueceram-se do almoço. Jane nunca sentira tamanho prazer. Eduardo soube, sem a menor dúvida, que encontrara uma mulher como Lily. Essa descoberta fez com que sentisse uma inesperada paz interior... uma repentina falta de dor.

E assim começou o romance deles.

Durou vários meses, e encontravam-se o máximo que podiam. Durante esse tempo, ela nunca fez com que ele sofresse.

Não até o dia em que terminou tudo. O medo de ser descoberta intrometeu-se e fez com que o romance deles acabasse. Eduardo ficou desolado, não conseguindo esquecê-la

Capítulo 57

Londres — 1912

— Quero lhe fazer uma pergunta, Neville, e faço questão que me diga a verdade — disse Eduardo, olhando diretamente para o primo. — Prometa que vai me dizer a verdade.

Neville retribuiu o olhar e sorriu, balançando a cabeça.

— Estou com a sensação de que é o que chamo de pergunta *constrangedora*. Já percebi que, quando dizemos a verdade às pessoas, nem sempre elas querem ouvir. Você sabe disso, amigo.

Eduardo começou a rir e protestou:

— Não sou assim, e você sabe disso. Sou muito direto e quero que você também seja. Aceitarei o que disser.

— Tudo bem. Qual é a pergunta *constrangedora*?

Acenando para o garçom, Eduardo pediu champanhe para ambos e perguntou:

— Está bom para você? Um pouco de espumante?

Neville assentiu e disse:

— Vamos, Eduardo, me faça essa pergunta difícil para que possamos, então, relaxar.

Debruçando-se sobre a pequena mesa, Eduardo perguntou em voz baixa:

— Por que todo mundo odeia minha mulher?

Neville recuou, lançando um olhar longo e questionador para Eduardo.

— Ned, essa é uma pergunta muito difícil de se responder.

— Porque você acha que não vou gostar da verdade? É isso que quer dizer?

— Não, de forma alguma, só que, bem... na verdade, Ned, suponho que as pessoas não gostem de Isabel por vários motivos.

— Entendo... você poderia citar alguns para mim... *por favor.*

— Não gosto de falar pelos outros, você sabe.

— Então, fale por você.

— Tudo bem, vou falar. Primeiro, deixe-me dizer isto... Acho que alguns membros e amigos da nossa família não gostam de Isabel porque ela não gosta de nós, e deixa isso bem claro.

— Isso é não muito inteligente, não é, Neville? Um tanto estúpido, se quer minha opinião.

— Bem, foi você que disse, não eu — respondeu Neville. — Tem mais uma coisa, no que se refere a mim.

Mais uma vez, Eduardo debruçou-se sobre a mesa, ansioso para saber o que o primo tinha a dizer. O problema no relacionamento deles, a discórdia de anos atrás fora apenas *momentânea.* Eles logo acertaram qualquer mal-entendido que pudesse ter ficado entre eles; e a festa de casamento que Neville ofereceu a Eduardo e Isabel fora linda, luxuosa e cara, de forma que qualquer ferida, se existisse alguma, rapidamente sarou. Os dois voltaram a agir normalmente um com o outro, esquecendo-se do episódio com Louis Charpentier, e continuavam tão envolvidos com os negócios quanto em 1904. Esta noite, estavam sentados na Long Gallery do Ritz em Piccadilly, que abrira em 1906 e era uma réplica inglesa do Ritz da Place Vendôme em Paris.

Eduardo disse:

— Que tipo de problema pessoal você tem com Isabel? É algo novo? Ou sempre existiu?

— Para dizer a verdade, tenho certeza que ela sempre teve um problema em relação a mim, porque acho que ela acredita que tenho muita influência sobre você. As pessoas às vezes dizem que você é meu protegido, e acho que ela fica ressentida com isso. E também tem o nível pessoal... ela não gosta de mim como *homem,* para dizer a verdade. Acho que tem medo de mim, por alguma razão. Não sei o que pode ser.

— Obviamente, ela não tem muito bom senso, mas eu sempre soube disso — comentou Ned. — Ela não é burra, não é mesmo, mas não se interessa pelas coisas, uma verdadeira falta de curiosidade, e isso faz com que pareça tola.

— Isso é possível, claro. Entretanto, ela também sabe que não aprovo todos esses parentes Wyland trabalhando na Deravenels... — Neville parou e balançou a cabeça. — Você *precisava* dar emprego para tantos deles, Ned?

Disse isso de forma cômica, embora não tivesse essa intenção, e Ned caiu na gargalhada.

— Anthony Wyland é um bom homem, e o pai dela é uma pessoa decente. Quanto aos outros dois irmãos, mandei embora na semana passada. Tinha Wyland demais, e esses dois são incompetentes.

— Que bom que se livrou deles. Concordo com você sobre Anthony, ele é um bom homem.

— Por que Nan não gosta dela? — sondou Ned.

Neville soltou um longo suspiro.

— Principalmente por causa da arrogância, da soberba com que Isabel trata todo mundo, todos nós, na verdade. Ricardo, seu Peixinho, acertou quando disse que ela se achava a Abelha Rainha.

Eduardo riu.

— Ricardo sabe ser genial, e ele amadureceu muito nos últimos anos, não acha?

— Acho, sim, Ned. Estou muito orgulhoso dele. E de Jorge também.

— *Jorge*? Não posso dizer o mesmo sobre Jorge, ele me preocupa às vezes. Mas sejamos sinceros, ele sempre agiu segundo a própria cabeça.

Batendo as taças, Eduardo disse:

— A você, Neville. E obrigado por sua honestidade comigo.

— A você — respondeu Neville e tomou um gole de champanhe. Então perguntou: — A que horas vai se encontrar com a tia Cecília?

— Minha mãe vai chegar aqui às sete e meia. Por quê? Está com pressa?

— Não, estava só me perguntando a que horas vocês iam jantar.

Ned assentiu e disse devagar:

— Voltando à minha esposa, sei que Isabel é... uma pessoa muito ambiciosa, por ela e pela família dela, e quer dinheiro e poder. Tem uma ganância insaciável, mas de alguma forma estamos conseguindo fazer nosso casamento dar certo.

— Sei disso, Ned, mas tenho certeza que é *você* quem investe mais energia, que se esforça mais.

Ned apenas sorriu e tomou um gole de champanhe.

Mesmo não levando em consideração sua impressionante altura e incrível beleza, Eduardo Deravenel agora era muito conhecido em Londres, e automaticamente era levado à melhor mesa do restaurante do Ritz. Ficava em um canto isolado na ponta do espaçoso salão e tinha vista para o Green Park.

— Muita neve — disse sua mãe, olhando pela janela. — É um dos piores meses de janeiro de que me lembro. O tráfego tem estado terrível em Londres, não é?

Eduardo sorriu para ela e exclamou:

— Agradeça por não estarmos em Ravenscar. É verdade que lá não há tráfego, mas você estaria congelando lá, mamãe. Todos estaríamos.

Cecília Deravenel riu do filho e tomou um gole de Pouilly Fuissé, comentando:

— Este é um excelente vinho, Ned. Seu pai sempre gostou, e eu também. É meu favorito.

Eduardo apenas assentiu, distraído por um momento, pensando em como a mãe estava particularmente elegante esta noite. Usava um vestido de seda roxa, com detalhes de renda da mesma cor, e o colar de pérolas de três voltas que ele lhe dera no Natal ficava lindo com o fundo roxo. O cabelo estava preso em um coque, e o rosto não tinha rugas, para uma mulher de cinqüenta e poucos anos.

— Você está me encarando, Ned — murmurou ela. — Alguma coisa errada comigo?

— Desculpe, que grosseria — desculpou-se ele. Então sorriu e balançou a cabeça. — Nada está errado. Na verdade, eu estava pensando em como está elegante esta noite, realmente *linda*, mãe. Ninguém diria que já é avó.

— Obrigada, querido, e me diga, como estão as meninas?

O rosto dele se iluminou, e os olhos azuis faiscaram.

— Maravilhosas, tão espertas e brilhantes, são adoráveis.

— Tenho muito orgulho delas. Nem parece que Bess já vai completar três anos em fevereiro. O tempo voa, parece que foi ontem que ela foi batizada na capela de Ravenscar. — Ela riu. — Nunca vi ninguém tão desajeitado quanto Neville ao segurar Bess na pia batismal. Eu realmente achei que ele fosse deixá-la cair.

— Eu sabia que ele não deixaria, mãe... ele não ousaria — respondeu Ned e tomou um gole da taça alta de água.

Cecília perguntou:

— Como está Isabel? Está se sentindo bem?

— Está muito bem, mãe, muito saudável, como sempre. Mas sei que ficará aliviada quando o bebê nascer em março. Diz que está começando a se sentir pesada demais.

— Lembro-me bem dessa sensação nas minhas gestações. De qualquer forma, só faltam dois meses. E como você está? Está tudo bem entre vocês dois? — Cecília não gostava de sondar, fazendo perguntas sobre o casamento do filho, mas eles tiveram alguns momentos difíceis ao longo dos anos, e ela se preocupava bastante.

— Hoje em dia, somos como um bom e velho casal aturando um ao outro — respondeu ele de forma afável. — Vou trabalhar todos os dias e Isabel tem filhos, um atrás do outro. Primeiro Bess, depois Mary e agora virá mais um a qualquer momento.

— Espero que seja um menino, tenho certeza que você também.

Eduardo assentiu e deu de ombros.

— Seria bom ter um menino, mas sei que um vai acabar vindo, mesmo que não seja desta vez. Somos uma família fértil, assim como os Wyland. E ambos queremos uma família grande.

O garçom se aproximou e retirou os pratos de peixe, e eles ficaram em silêncio até que estivessem sozinhos de novo. Eduardo debruçou-se sobre a mesa e disse:

— Mais cedo, eu estava conversando com Neville a respeito de Isabel, mãe.

Cecília pareceu surpresa pelo comentário dele e franziu a testa.

— Há algo errado, Ned?

— Não, mas eu sabia que ele, mais que qualquer outra pessoa, me daria uma resposta direta, e eu queria saber *por que* ninguém da família gosta da minha esposa.

Cecília ficou mais espantada ainda, e disse após refletir por um momento:

— Mas por que não me perguntou? Afinal de contas, sou sua mãe.

— Eu queria a opinião de um homem — respondeu ele, dando uma resposta pouco satisfatória. — Mas eu deveria ter perguntado a você primeiro, está certa. Perdoe-me. Então, por que as pessoas a odeiam?

— Ah, Ned, francamente, acho a palavra *ódio* um exagero, e forte demais, querido. A família não a odeia, essa é uma afirmação boba.

— Então, o que sentem?

— Alguns se sentem oprimidos, outros ficam intimidados, nem todos se sentem da mesma forma, você sabe.

— E você? — Ele lançou um longo olhar questionador. — E não me diga que é sogra e, portanto, não deve responder. Quero sua opinião.

— Não odeio sua esposa, Ned, na verdade, tenho me dado bem com ela ultimamente. Entretanto, acredito que eu tenha ficado chateada quando você se casou com ela, principalmente porque senti que você estava se casando com alguém que não o merecia. Nunca achei que ela estivesse à sua altura.

— Acredito que ainda pense assim.

— Em certos aspectos, sim, em outros, não — disse ela, sendo diplomática, sem querer afastar o filho da esposa. Já era uma relação turbulenta. E agora que Isabel estava grávida do terceiro filho, não era hora para criar problemas para o filho mais velho.

Eduardo ficou em silêncio.

Respirando fundo, Cecília continuou:

— Ela é muito bonita, e conseguiu manter a aparência e o corpo apesar das gestações. Portanto, ela chama atenção aonde quer que vá, assim como você. É a anfitriã perfeita para você, recebe bem e sempre consegue os melhores empregados. De alguma forma, você conseguiu ensinar a ela como administrar bem uma casa grande. Todas essas coisas são louváveis, na minha opinião.

— Tudo isso é verdade. Você mencionou os prós. Agora me diga o contra.

— Ela ainda tem aquela arrogância, Ned. Continua lá intocável, e as pessoas ressentem-se com isso às vezes. Afinal, ela não é a rainha Mary.

Ele sorriu.

— Não, Isabel é muito mais decorativa, não acha?

Cecília começou a rir.

— Você está certo. Mas tenho certeza que o rei Jorge acha sua esposa bonita, e ela certamente é elegante.

Vários garçons se aproximaram da mesa, um deles empurrando um carrinho, e dois esperaram as carnes serem cortadas e o molho ser servido por cima, e então colocaram os pratos na frente deles.

— Estou faminto — disse Eduardo, cortando a carne. — Acabei de me lembrar que não tive tempo de almoçar hoje. Está uma delícia, não está, mãe? — Olhou para ela com a sobrancelha levantada.

— Está, sim. A propósito, vocês vão convidar Grace Rose para a festa de aniversário de Bess?

— Vamos, sim.

— Então, Isabel entende a situação, Ned?

— Por incrível que pareça, entende, sim. É claro que mais ninguém em casa, a não ser Isabel, sabe que Grace Rose é minha filha. E Isabel deixa Grace Rose à vontade, e sempre é muito cordial com Vicky.

— Fico feliz em saber disso.

— Tem mais uma coisa que preciso conversar com você, mamãe.

— Então, fale, querido. Você disse que tinha um assunto de família para discutir quando me convidou para jantar.

— É sobre Jorge. No Natal, ele me disse alguma coisa sobre não querer continuar em Oxford, que preferia voltar para casa e trabalhar na Deravenels. Eu disse que discutiria com você. O que acha disso?

— Não estou surpresa que ele queira deixar Oxford. Você sabe tão bem quanto eu que Jorge nunca foi um bom aluno. Vai fazer dezenove anos e talvez devêssemos tentar convencê-lo a ficar... — Ela fez uma pausa, balançou a cabeça. — Se ele nos escutará ou não, eu não sei.

— Nem eu, ele sempre fez o que quis. — Eduardo suspirou. — Ele parece pensar assim porque eu fui trabalhar aos dezenove anos, então quer fazer o mesmo. Mas as circunstâncias eram bem diferentes.

Cecília permaneceu em silêncio, não querendo se lembrar daquele janeiro terrível oito anos atrás, quando seu marido, filho, irmão e sobrinho morreram em Carrara. Não suportava a dor.

Ned disse:

— Ricardo tem dito a mesma coisa. Quer largar Eton e vir trabalhar na Deravenels. Como meu secretário particular, ele disse.

— Agora, por que isso não me surpreende? — perguntou Cecília com um sorriso afetuoso, pensando no filho caçula. — Ele sempre o adorou.

— E sempre foi extremamente leal também — comentou Eduardo. Balançou a cabeça. — Sei que Ricardo não gosta de Isabel, mas pelo menos se esforça para ser civilizado, até cordial. Entretanto, Jorge a trata muito mal, sendo até *grosseiro* às vezes. Ele detesta minha esposa. Não sei por quê. Ele nem a conhece muito bem.

— Se ela pelo menos fosse menos... *fria*, acho que essa é a melhor palavra. Se não fosse tão altiva, tão... orgulhosa.

— Eu a amo — disse Eduardo, fitando a mãe. — E ela me ama. É claro que temos problemas... às vezes, mas todos os casais têm problemas de vez em quando.

— Espero que você não esteja... deixando-a sozinha demais durante a noite — começou Cecília e hesitou, perguntando-se se deveria continuar, dizer mais. Era um assunto difícil.

Seu filho a poupou de continuar quando exclamou calmamente:

— Não tenho uma amante, mãe, se é isso que está pensando, não tenho *pulado a cerca*, juro.

Cecília apenas fitou-o expressivamente.

Ele queria rir, mas disse:

— Sei que não acredita em mim, mas estou mudado.

— Por quanto tempo? — perguntou ela antes que pudesse impedir.

— Não sei — admitiu ele com um olhar arrependido.

O mordomo acompanhou Eduardo enquanto entrava em sua casa em Berkeley Square.

— Boa noite, Mallet — disse enquanto tirava o sobretudo e entregava ao outro homem. — A Sra. Deravenel está dormindo?

— Está, sim, senhor. Acredito que sim.

— Certo. Por favor, me sirva um pouco de conhaque e coloque na biblioteca. Vou trabalhar um pouco antes de ir para a cama.

— Certamente, senhor.

— E pode trancar a casa e se recolher — acrescentou Eduardo ao se dirigir para a escadaria.

— Obrigado, senhor. E boa noite.

— Boa noite, Mallet.

Eduardo subiu a escada de dois em dois degraus, atravessou em silêncio o corredor do quarto de Isabel. Abriu a porta o mais delicadamente possível e entrou. Para sua surpresa, ela estava sentada na cama, com o *Illustrated London News* nas mãos.

Olhou para ele e sorriu.

— Como está sua mãe?

— Muito bem, e mandou lembranças.

— Ela disse se virá à festa de aniversário da Bess?

— Ela não disse, mas mencionou a festa, e tenho certeza que virá, querida. Que avó perderia a festa de aniversário de três anos da netinha?

Isabel assentiu.

— Espero que *eu* esteja presente. Sinto-me enorme como uma baleia hoje... Posso dar à luz amanhã, e não em março, como disse o médico.

Ele se abaixou e beijou-a de leve no rosto.

— Tudo vai ficar bem, não se preocupe tanto. Você é saudável e forte. — Ned atravessou o quarto dela e foi até a porta que o ligava a seu quarto, tirando o paletó.

Um minuto depois, voltou ao quarto de Isabel vestindo um robe de seda por cima das calças e da camisa.

— Preciso descer e trabalhar um pouco, querida. Não me espere acordada, vou demorar um pouco.

— Mas vai dormir aqui comigo, não vai, Ned? — perguntou ela. — Sinto sua falta quando dorme em seu quarto.

— Se você tem certeza que não vou atrapalhá-la em seu estado.

— Não, eu prefiro quando está a meu lado.

— Então, voltarei para cá... quando terminar de trabalhar.

Ele saiu para o corredor e subiu as escadas para o andar onde ficavam os quartos das crianças. Outra vez, atravessou em silêncio o corredor, não querendo acordar a babá, e delicadamente abriu a porta do quarto das meninas. Havia uma fraca luz acesa sobre a cômoda, e ele pôde ver que as filhas dormiam profundamente nas pequenas camas. Aproximou-se e fitou Bess; o cabelo ruivo dourado era exatamente igual ao dele e se espalhava por todo o travesseiro. Sorriu e fitou Mary. A menina de dois anos era loura como Isabel, e muito bonita. Dormia profundamente chupando o dedo.

— Sonhem com os anjos, meus amores — sussurrou e saiu.

Antes de descer, Eduardo voltou a seu quarto, andando silenciosamente para não perturbar Isabel. Pegou um pedaço de papel no bolso do paletó e colocou no da calça. Deus me livre se Isabel encontrasse. Não que ela fosse entender o significado. Mas Ned não estava com a mínima vontade de irritá-la nem um pouco.

Embora tivesse continuado com Isabel, houvera vezes em que tivera vontade de ir embora, deixá-la para sempre. Era difícil conviver com ela, principalmente quando algo a irritava e ficava furiosa. Como a cena que ela criara com Ricardo alguns meses antes, quando Eduardo entrou na biblioteca de Ravenscar e encontrou-a comportando-se como uma criança com seu irmão. Neste momento, conseguia lembrar-se exatamente da cena: o rosto dela contraído cheio de raiva, Ricardo parecendo confuso, como se tivesse sido pego de surpresa e não entendesse sua raiva.

— O que está acontecendo aqui? — perguntara Ned, fitando Isabel, se aproximando do irmão mais novo e passando o braço em seus ombros.

— Ele sabe o que está acontecendo — gritara ela. — Pergunte a ele.

— Você está parecendo uma vendedora de peixes — respondera ele e olhara para Ricardo. — Tem algo a me dizer, Peixinho?

— Eu estava pegando um livro na biblioteca, e Isabel ficou furiosa, não sei exatamente por quê, exceto que ela disse que eu não podia pegar nenhum livro. Que eles pertenciam às filhas dela e a mais ninguém.

— Você está ficando louca? — perguntara ele à esposa, a raiva tomando conta dele. — Meu irmão pode pegar o que quiser nesta casa. *Absolutamente tudo*. Entendeu? E você não pode gritar com ele dessa forma. Meu Deus, você parece um monstro. Comporte-se, mulher.

Ele conseguia se lembrar com facilidade da expressão da esposa, um olhar de arrogância e orgulho.

— Eu apenas disse que não queria que ele perdesse o livro, só isso, Ned. O livro faz parte da coleção em capa de couro da obra de Shakespeare, extremamente valiosa.

— Não me importo a mínima se eles valem um milhão de libras. Minha família não é obrigada a aturar seu mau humor. E isso vale para todos eles, não só Ricardo. Você é fria e má com todos eles, e não vou tolerar mais isso, entendeu?

Ela assentira, dera as costas e saíra da biblioteca; e ele se sentara com Ricardo por um tempo, confortando-o. Seu irmão sofria muito nas mãos de Isabel. Ela gostava de atormentar o menino, provavelmente porque tinha ciúmes do relacionamento deles, do amor que sentiam um pelo outro.

Eduardo suspirou, fechou a porta do armário, cruzou o quarto e olhou-se no espelho que ficava em cima da cômoda. O hematoma em sua testa estava sumindo, já quase invisível agora. Dez dias atrás, estava roxo, e ele dissera a todos que batera com o rosto em uma porta. Mas, na verdade, Isabel jogara um pesado peso de papel de vidro nele durante um de seus ataques de fúria. Embora ele tivesse desviado quando ela jogou, o peso batera em sua testa e deixara um hematoma.

Lembrou-se agora de como caíra sentado, segurando a cabeça. Ela se aproximara pedindo mil desculpas, preocupada por tê-lo machucado. Ele tirara a mão dela de seu braço, afastando-a ao se levantar, e fora para o banheiro examinar o ferimento. Agora olhou para a escrivaninha onde ficava o pequeno peso de papel. Poderia tê-lo matado. Ela estava neste mesmo quarto, revirando os bolsos dos paletós e calças dele, procurando só Deus sabe o quê; provas de infidelidade, ele acreditava. Tinham tido uma de suas piores discussões, e ela jogara o peso de papel e, se ele não tivesse sido rápido, poderia ter morrido.

Balançando a cabeça, Eduardo afastou-se do espelho e saiu do quarto, descendo as escadas devagar. Isabel às vezes era insuportável, não tinha dúvida sobre isso. Ela o infernizava desde o casamento. E ainda assim conseguia se reaproximar dele e seduzi-lo de novo, cobri-lo de paixão e sensualidade na cama, e fazer as pazes. Por um tempo, pelo menos. Ela nunca mudaria, agora ele sabia. E nem ele. Continuava com ela por causa das duas meninas e porque queria uma família. No momento, ela estava tranqüila, mas Ned nunca sabia quando explodiria, começaria uma briga ou insultaria sua família.

Bem, pensou ele, que assim seja.

Mallet não apenas lhe servira um conhaque e deixara sobre a escrivaninha, como também atiçara o fogo, que queimava com força, subindo pela chaminé com a aparência de que ainda queimaria por horas.

Indo na direção da escrivaninha, Ned sentou-se e mexeu nos papéis, procurando as anotações que fizera dias atrás. Depois de procurarem por meses, ele e Alfredo Oliveri finalmente tinham encontrado o dinheiro que Aubrey Masters desviara das minas de diamante na Índia e escondera. Bem, para ser honesto, ele e Oliveri não o encontraram, Amos Finnister encontrou. Depois de investigarem anos e continuarem de mãos vazias, Finnister resolvera seguir Mildred Masters. Fora a viúva que acabara conduzindo-os às contas em diversos bancos nos subúrbios de Londres. Quem pensaria em procurar lá? Para evitar processos, ela entregara as contas que continham o dinheiro roubado da Deravenels.

Seis anos antes, Eduardo investira o dinheiro e, pelos últimos relatórios, quadriplicara o dinheiro. Anexou o relatório ao balancete e fechou a pasta.

Examinou outra pilha de papéis, organizou-os em ordem alfabética para que sua secretária pudesse arquivá-los, e recostou-se na cadeira, olhando em volta da biblioteca.

Assentiu para si mesmo, apreciando este cômodo, lembrando-se de como planejara cuidadosamente a biblioteca, desejando que fosse perfeita. Johnny o ajudara, dando algumas idéias. Mas, no final, não copiara nem a Biblioteca Vermelha da Mansão Thorpe, que era muito vermelha para seu gosto, nem a biblioteca de sua mãe, que era forrada de verde-escuro e branco. Em vez disso, revestira-a de madeira.

Dos lados da lareira esculpida, a parede era coberta, do chão até o teto, de livros com capas de couro vinho. Acima da lareira ficava uma de suas pinturas favoritas, feita a óleo por Alfred Sisley em 1872, chamada *Le Givre*. Era uma paisagem de inverno com árvores sem folhas e charnecas cobertas por neve, que fazia com que se lembrasse de Ravenscar.

Prateleiras prateadas estendiam-se pelas outras paredes, e havia toques de vinho nas pesadas cortinas de brocado nas janelas, e no sofá e nas poltronas estofados com veludo de cor similar, enquanto o piso era coberto por um valioso tapete oriental com padrão em tons de vermelho escuro, azul e verde.

A casa ficara pronta na época em que se casara com Isabel; felizmente, ela não quisera mudar nada, compartilhando do gosto dele por riqueza, luxo, tecidos extravagantes e antigüidades suaves. Lembrava-se de como ficara aliviado.

Também estava aliviado por *esta* gravidez estar sendo relativamente tranqüila. Mas também não dera nenhuma razão a ela para desafiá-lo ou brigar com ele. Não falara a verdade para sua mãe mais cedo, quando dissera que estava mudado e que não tinha uma amante.

Levantando-se, Eduardo andou pela biblioteca com a taça de conhaque e sentou-se em uma das grandes poltronas que ficavam perto da lareira. Depois de alguns goles do Napoleon, abaixou a taça, colocou a mão no bolso da calça e tirou um bilhete que lhe fora entregue naquela tarde no escritório.

Leu mais uma vez: *Agora estou livre*. Era tudo que estava escrito.

Inclinando-se, jogou-o no fogo e observou-o queimar.

Saíra do escritório na mesma hora e fora diretamente à South Audley Street. Jane Shaw estava esperando por ele na sala de estar. Sabia que ele viria na mesma hora e por isso dera tarefas a seus empregados na rua, e dera a tarde de folga à empregada. Ele se sentara com ela na sala de que sempre gostara quando era dono da casa, e tomou chá enquanto ela lhe contava que finalmente se divorciara de Bryan Shaw.

— Não estou lhe pedindo nada — dissera ela —, exceto para voltar a ser como era quando nos conhecemos. Se você ainda quiser. Não espero que mude sua vida de forma alguma. Só queria que soubesse que agora estou livre, Ned.

— Não está, não — sussurrara ele, sentando-se ao lado dela no sofá. — Agora você é minha, Jane, assim como eu sou seu. Por quanto tempo você me aturar

— Por quanto tempo *você* quiser ficar *comigo* — respondera ela e, sorrindo delicadamente, acrescentara em um tom de voz baixo e sincero: — Você sabe que serei discreta, nunca vou causar-lhe nenhum constrangimento, nem exigir nada. Então, temos um acordo?

— Certamente temos um acordo — respondera ele. E selaram esse acordo subindo para o antigo quarto dele, que agora era dela, onde fizeram amor, aliviados por estarem juntos de novo. A separação fora dolorosa.

Eduardo fechou os olhos e pensou em Lily, sua querida Lily.

Ela aprovaria Jane, sei que aprovaria. Da mesma forma que sempre soube que Lily não gostaria de Isabel. Minha esposa é muito fria, calculista e gananciosa para o tipo de mulher que Lily era. Jane é tão parecida com ela. Sei disso desde o momento em que nos esbarramos em Paris em 1908. Ela é carinhosa, calorosa, gentil e atenciosa, exige pouco de mim, apenas quer o meu amor. E eu amo Jane. Abri mão dela por amá-la. Ela tinha tanto medo de um escândalo que terminamos nosso romance em 1909. Retomamos por um curto período em 1910. Finalmente, eu a deixei porque ela estava ficando doente com tanta ansiedade, preocupação e culpa. Mas o casamento dela com Bryan Shaw nunca fora feliz. Não tinha sexo e, quando ela descobriu que ele tinha uma amante, me procurou e perguntou o que deveria fazer, e eu disse para se divorciar, que eu a sustentaria, embora isso não tenha sido necessário. Shaw foi generoso, já que era a parte culpada e queria acabar com o casamento. E durante o tempo em que ficamos separados, fui fiel, não tive nenhuma outra mulher além da minha esposa.

Isabel é difícil. Mas gosto dela do meu jeito. Ainda é a mais linda das mulheres, tem um gosto irrepreensível para roupas e muito estilo, e eu amo seu glamour. Ela aprendeu comigo a administrar esta casa enorme e a antiga mansão que comprei em Kent alguns anos atrás, em Romney Marsh.

Ela é mãe das minhas filhas, e está carregando meu terceiro filho. E será mãe do meu herdeiro, se não desta vez, da próxima. Não posso me divorciar. Jane entende isso. Ela sabe que preciso ter filhos, e ela não pode tê-los. Esse fora um dos problemas de seu casamento com Shaw.

Como minha mãe disse hoje, Isabel é uma excelente anfitriã, graciosa e sabe entreter os convidados, e tudo vai muito bem em nossas casas. Tudo parece em ordem nas nossas vidas.

Minha mãe sabe, bem no fundo, que não sou feliz com minha esposa. Tenho certeza que ela percebe que cedi e me acomodei, o que de fato aconteceu. Eu e Isabel não temos nada em comum, exceto nossas filhas e nossa rotina familiar. Sim, somos compatíveis na cama, e ela faz sexo com paixão. Mas não temos muito o que dizer um ao outro. Ela é basicamente uma mulher tola em muitos aspectos, embora possa ser divertida quando fala sobre amigos, quando conta fofocas sobre as pessoas que conhecemos. Às vezes, ela gosta de ir ao teatro comigo, pois sabe que gosto, e a concertos, embora não conheça nada de música. E eu nunca a vi lendo um livro.

Fico feliz por ter meu trabalho. Amo a Deravenels com paixão e, nos últimos anos, deixei a empresa mais forte que nunca. E aproveito cada minuto que estou no escritório. Mas um homem às vezes precisa de uma mulher com quem conversar, com quem compartilhar as coisas. Eu e Jane compartilhamos o amor pela arte; ela me ensinou tanto. Foi ela que conseguiu o Sisley para mim, e dois anos atrás encontrou um Renoir que agora está pendurado no meu quarto. Ela tem um olho maravilhoso quando se trata de pinturas, e ama livros tanto quanto eu.

Então... tenho uma amante de novo.

Fiz um acordo. Espero cumpri-lo.

Endireitando-se na poltrona, Eduardo levou a taça de conhaque até a boca e tomou um gole, abaixou-a e fitou o fogo bruxuleante, pensando em seu primo Neville.

Não confio mais nele. Ele está prestes a fazer alguma coisa. Sei disso. Will também sente isso. Nunca mais foi a mesma coisa desde que me casei com Isabel. Ele sempre se ressentiu por eu ter agido por conta própria. Esta noite, eu quis vê-lo, para ver como estava a maré. Minhas perguntas sobre a postura dele em relação a minha esposa foram apenas uma desculpa. Ele foi esperto nas respostas, sempre é sagaz. Ainda assim, as coisas agora são diferentes. Eu desafiei a autoridade dele quando escolhi minha esposa sozinho, e ele não é o tipo de homem para ser contrariado. Will me alertou que ele está cada vez mais próximo de Jorge. Bem, eles são primos, mas Jorge é ambicioso, invejoso e sei que tem ciúmes de meu relacionamento com o Peixinho. Sempre teve. Meg costumava ficar ao lado de Jorge. Ele sempre foi o irmão preferido dela. Mas ela não está mais aqui para defendê-lo. Sim, preciso ficar de olho em Jorge...

Quanto a Neville, ele é um jogador, continua do meu lado, mas há um abismo entre nós agora. Eu quase ri alto quando ele disse hoje que as pessoas me viam como o protegido dele... ninguém mais acha isso há alguns anos. Todos entenderam que não sou um fantoche dele, que nunca fui...

— Papai! Papai!

Eduardo na mesma hora virou-se e viu uma cópia sua em miniatura parada à porta da biblioteca: sua filhinha Bess vestida em uma camisola branca. O cabelo ruivo dourado estava caído sobre os ombros, os intensos olhos azuis fixos nele.

Ned levantou-se e foi até ela, pegou-a no colo e levou-a até a lareira. Sentando-se na poltrona, com a filha nos braços, ele fitou seu rosto e perguntou:

— Meu amor, o que está fazendo aqui embaixo no meio da noite?

— Eu acordei e estava escuro e fiquei com medo. Fui procurar *você*, papai.

— Mas o que aconteceu com a luz do seu quarto?

— Apagou... Eu fui no seu quarto, papai, e no da mamãe. — Ela balançou a cabeça. — Mas eu só queria achar você. Estava com medo.

Ele a beijou no rosto e abraçou-a.

— Estou aqui, sempre estarei aqui para cuidar de você. E amo você, Bess.

— Você vai me amar quando o menino chegar... o herdeiro? A mamãe disse que vai lhe dar o menino... o herdeiro...

— Como eu poderia deixar de amá-la, meu amor? Você é minha primeira filha, Bess, e é muito especial para mim.

Ela olhou para ele, e o mais lindo dos sorrisos iluminou seu rosto.

Aos dezenove anos, Jorge Deravenel era um jovem forte com cabelo claro e olhos de um tom raro de azul esverdeado. Herdara a excelente aparência da família Deravenel, e era vaidoso. Achava que era páreo para seu irmão, Eduardo. Mas isso não era verdade de forma alguma. Ele não tinha a altura única de Eduardo, nem o bonito rosto, e certamente não possuía o carisma e a presença do irmão mais velho.

Como não tinha consciência disso, desenvolvera uma espécie de arrogância e uma postura autoconfiante que beirava a agressividade quando estava contrariado. Andava como se estivesse sobre um salto, mantinha a cabeça elevada como se fosse um rei, e é claro que as mulheres se sentiam atraídas por ele. Isabel Watkins. Ele sempre a desejara, desde a infância, e seu objetivo era consegui-la. Neville era totalmente a favor; Ned se opunha. Mas Neville dominaria Ned.

Agora, enquanto esperava o primo, olhando pela janela para o Haymarket, perguntava-se que novidade Neville teria para lhe contar esta manhã. Fora chamado ao escritório de Neville com urgência.

— Desculpe fazê-lo esperar — disse Neville ao entrar com passos largos na sala de reunião. — Como está, Jorge, meu rapaz?

— Em boa forma, primo — disse Jorge, apertando a mão de Neville.

— Vamos nos sentar e conversar um pouco. Sei que está ansioso para saber do que trata.

— Estou, sim.

— O que acha de assumir o cargo de diretor-executivo da Deravenels?

Surpreso, Jorge endireitou-se na cadeira. Franziu a testa.

— Como eu poderia fazer isso? Ned ocupa esse cargo.

— Eu o coloquei naquela cadeira. E posso tirá-lo de lá.

Jorge chegou mais perto, intrigado. Um enorme sorriso se espalhou por seu rosto.

— Tirar Ned? Nunca. Você não poderia fazer isso.

— Ah, posso sim. Sei de tanta sujeira dele que poderia forçá-lo.

— Se está se referindo a mulheres, não perca tempo. Isabel sabe sobre as atividades extraconjugais dele, e se ela se incomoda, tenta não demonstrar. Ela quer dinheiro e posição. Ela se fará de cega.

— Não se souber que ele está prestes a comprar uma casa para a atual amante e que gasta milhares de libras com ela. Isabel não vai tolerar isso.

— Bem, pode ter razão. Então, vai forçá-lo a sair e me colocar no lugar dele. É isso que está dizendo?

— Isso mesmo.

— Por quê?

— Porque Ned não vai conseguir fazer a Deravenels crescer mais, como eu acreditava. Ele está cometendo um erro. Quero comprar as empresas de Louis Charpentier. A Deravenels se tornará a maior do mundo.

— Achei que já éramos.

— Somos. Mas podemos ser ainda *maiores*.

— Charpentier quer vender... achei que esse negócio tinha morrido com o casamento de Eduardo com Isabel.

— Por um tempo, sim, mas eu o ressuscitei. Naturalmente, a Deravenels terá de pagar mais agora, porque Blanche já se casou. Mesmo assim, será um bom negócio.

— Não sei como eu poderia dirigir a empresa, Neville — começou Jorge, mas parou quando Neville segurou sua mão.

— Estarei a seu lado para orientá-lo, serei seu mentor como fui de Ned — disse Neville.

— Entendo. — Jorge assentiu.

— E John Summers vai ajudá-lo.

— Por que John Summers? Ele é nosso inimigo!

— Não necessariamente. Veja, os Grant têm muitas ações da empresa, e eles podem ter um representante. E não há ninguém melhor do que John Summers. E ele também sabe como cuidar da Deravenels. Ele trabalharia com você.

Bateram à porta, e Neville se levantou e foi abrir.

— Ah, John, entre, estávamos esperando por você — disse, e acenou para John entrar.

Jorge se levantou, e os dois deram um aperto de mãos. Então, os três sentaram-se à mesa e começaram a conversar sobre os negócios da Deravenels. Após meia hora, John Summers se levantou e disse:

— Obrigado, Neville, por me explicar. Tudo agora está perfeitamente claro. Esperarei ansioso por nossas reuniões em Paris com Louis Charpentier.

John olhou para Jorge e abriu um sorriso afetuoso.

— E certamente espero trabalhar com você na Deravenels.

— Simplesmente não entendo por que isso está acontecendo tão repentinamente — disse Margarida Grant, com um olhar questionador para John Summers. — Não dá para acreditar.

— Dá, sim. É perfeitamente simples. Substituir Eduardo Deravenel por Jorge. O irmão mais jovem é mais fácil de manipular e controlar. Trabalharei junto com ele, e será a situação perfeita.

— *Por quê?* Por que Neville Watkins de repente está do nosso lado? Por favor, me diga.

— Na minha opinião, ele não controla mais Eduardo Deravenel há muito tempo. Ficou extremamente humilhado quando teve de voltar atrás no negócio com Charpentier e dizer a ele que Eduardo, o noivo no casamento arranjado com Blanche, na verdade já era casado. E com uma Wyland. Não conseguiu engolir que seu protegido tinha se casado com a inimiga. E em geral, ele perdeu espaço no decorrer dos anos. Eles mantêm as aparências, mas é só *fingimento.*

Margarida levantou-se e começou a andar de um lado para outro na sala de jantar da casa na Upper Grosvenor Street, ignorando o almoço de tão agitada que estava.

John, parecendo um pouco alarmado, abaixou o garfo e exclamou:

— Meu Deus, Margarida, por que está tão agitada?

— Só não me sinto à vontade com Neville Watkins passando para o nosso lado.

— Vai dar tudo certo, prometo. — John tentou acalmá-la. — De qualquer forma, vale a pena investigar. Por enquanto, vou encontrar com eles em Paris, como combinado. Louis Charpentier está ansioso para conversar com Jorge, que vai com Neville para Paris. A reunião será em poucos dias.

— Certo — murmurou ela e foi sentar-se, acrescentando: — Confio em você, John. Confio minha vida a você.

— Farei o melhor para que tudo dê certo, não se preocupe, Margarida — respondeu John com um tom de voz reconfortante e confiante, mas sua postura era enganadora. Ele ia se encontrar com Watkins e Charpentier porque sabia que não tinha nada a perder. Entretanto, tinha plena consciência de que Eduardo Deravenel tinha a empresa em suas mãos. Além disso, nunca subestimara o homem, sabia que ele era inteligente, ambicioso e cruel. John achava que Neville Watkins podia estar se iludindo sobre afastar Eduardo do comando e colocar Jorge em seu lugar. Em sua opinião, Jorge Deravenel era um tolo, facilmente influenciado, muito prepotente e com poucos neurônios.

Veremos, pensou John Summers. Veremos quem será o vencedor. E não apostaria dinheiro em Watkins.

Capítulo 58

— Extra! Extra! — gritava o jornaleiro com toda a força. — *Titanic* afundou! Centenas morreram.

Amos Finnister, descendo apressado a Strand, parou e fitou boquiaberto o jornaleiro, olhando para o grande pôster que ele estava segurando, obviamente recém-saído das impressoras.

DESASTRE DO TITANIC era o que dizia, e abaixo: MUITAS VIDAS PERDIDAS, e o nome do jornal em letras menores: *Evening News*.

Aproximando-se do jornaleiro, Amos colocou a mão no bolso, pegou algumas moedas e entregou a ele, quase arrancando o jornal de sua mão.

— Péssimas notícias, chefia — disse o garoto. — Que coisa horrível.

Assentindo e indo encostar no muro de um prédio, Amos leu a manchete mais uma vez, abriu o jornal e começou a ler a primeira página de dentro.

E o que leu deixou-o arrepiado. Esse navio transatlântico, o inafundável Titanic, como chamavam, afundou.

Inacreditável, pensou, e continuou lendo, devorando as palavras.

Os vigias avistaram um *iceberg* à frente, aproximadamente às onze e quarenta da noite de domingo, 14 de abril. Então o *iceberg* atingiu a proa a estibordo do *Titanic*. Às onze e cinqüenta, apenas dez minutos depois, a água começou a entrar e subiu quatro metros na parte da frente do navio.

À meia-noite, o capitão foi informado que o navio só continuaria flutuando por mais duas horas. Ele ordenou que os operadores de rádio mandassem sinais de ajuda e deu ordens para descobrirem os botes salva-vidas e mandarem os passageiros e a tripulação para o deque. Só havia lugar nos botes salva-vidas para metade das 2.227 pessoas a bordo.

Jesus Cristo! Deus me livre!, murmurou Amos, horrorizado. Continuou lendo e soube que o *Carpathia*, um navio que estava a 93 quilômetros a sudeste do *Titanic*, captou os pedidos de ajuda e foi a toda velocidade ajudar no resgate. O primeiro bote salva-vidas foi abaixado em segurança e partiu com apenas 28 passageiros, quando poderia carregar 65. Os pedidos de ajuda continuaram sendo mandados. O último bote salva-vidas saiu às duas e cinco da madrugada, e ainda havia 1.500 pessoas a bordo do *Titanic*, que mal se equilibrava, o deque ficando cada vez mais íngreme.

Amos parou de ler. Suas mãos tremiam incontrolavelmente; não conseguia fazê-las parar. Só conseguia pensar em Charlie e Maisie e na sorte que tiveram por escapar. Os irmãos estavam com passagem comprada para embarcar no *Titanic* para voltarem para Nova York. Estavam em Londres há três meses, tirando férias, cansados do sucesso, fama e glória, agora que eram estrelas populares nos palcos de Nova York. Então Maisie ficou doente, pegou pneumonia, na primavera por incrível que pareça, e eles cancelaram a passagem. Estavam na casa de amigos em Whitechapel enquanto Maisie se recuperava.

Graças a Deus, murmurou de novo e, colocando o jornal debaixo do braço, continuou descendo a Strand em direção à Deravenels.

Todos os funcionários o conheciam bem, e ele entrou direto, atravessando o grande saguão e subindo as escadas, assentindo quando passava por quem conhecia. Seu compromisso era com o Sr. Deravenel e, quando olhou para o relógio na parede, viu que chegara na hora. Eram exatamente dez e meia.

— Como está, Finnister? — perguntou Eduardo alguns instantes depois, dando a volta na mesa e apertando a mão de Amos.

— Não muito mal, senhor, obrigado — respondeu Finnister, assentindo. — E posso ver que está bem de saúde, se não se importa que eu diga.

— Estou, sim, Finnister, mas não posso dizer o mesmo de você. Parece um pouco pálido. O que houve?

— Bem, senhor, é que, antes de chegar aqui, eu estava lendo sobre o *Titanic* ter afundado. Fiquei chocado. Dois amigos meus iam para Nova York nele, mas tiveram de cancelar.

— Graças a Deus! Que coisa horrível, esse desastre — continuou Ned, balançando a cabeça. — Na minha opinião, terão de investigar. Também li no *The Times* e me parece que muitos erros foram cometidos nas últimas 24 horas. Só Deus sabe por que eles não diminuíram a velocidade quando receberam os alertas. Por que não havia mais botes salva-vidas?

— Parece estranho, sim, Sr. Deravenel.

— Por favor, sente-se, Finnister. Você disse ao telefone que precisava falar comigo em particular e que era muito urgente. Do que se trata?

Amos olhou diretamente para Eduardo e começou com a voz baixa e firme:

— Sr. Deravenel, vou fazer uma coisa que nunca sonhei que faria em toda a minha vida. Mas não tenho escolha. Minha consciência me diz para fazer isso.

Eduardo debruçou-se na mesa, fitando Amos, os olhos se estreitando de leve.

— O que vai fazer? Por favor, me diga.

— Vou trair um homem para proteger outro... um homem pelo qual tenho o mais profundo respeito, e é o senhor. E tenho de trair seu primo para protegê-lo.

Eduardo assentiu devagar.

— Obviamente o que vai me dizer é confidencial, estou certo?

— Sim, senhor.

— Tem a minha palavra, Finnister. Prometo que será confidencial. Nunca repetirei o que me disser para ninguém.

— Confio no senhor, e só quero dizer isto no caso de estar se perguntando por que vim avisá-lo, traindo a confiança de seu primo. No decorrer dos anos, passei a respeitá-lo muito e sei que o senhor é um homem bom. Decente, justo e honesto. E tem sido bom com Grace Rose. Garantiu a segurança dela, e é maravilhoso saber disso. O senhor entende que me interesso por ela.

— Obrigado — murmurou Eduardo. — Sei o quanto gosta dela.

— Seu primo, Neville Watkins, me pediu para segui-lo... e fiz isso, Sr. Deravenel, tenho de admitir. Ele queria saber tudo sobre sua vida pessoal. Descobri que o senhor vai freqüentemente à sua antiga casa na South Audley Street.

— Você sabe quem mora lá atualmente? — perguntou Eduardo com calma.

— Sim, senhor. Mas, para todos os efeitos, nunca vi o senhor lá desde que a vendeu. O senhor está limpo. Só queria que soubesse disso. Nenhuma mancha.

Embora tivesse ficado extremamente chocado com a revelação de Finnister, Eduardo conseguira manter uma expressão neutra e se controlar enquanto escutava o detetive particular.

Mas agora, sentado sozinho em seu escritório naquela manhã de segunda-feira, percebeu que não estava tão surpreso assim. Desde janeiro, quando ele e Neville tomaram alguns drinques no Ritz, quatro meses atrás, a suspeita de Eduardo crescera. O primo Neville mantinha uma postura cordial, mas, por baixo da fachada agradável, detectava uma raiva genuína, mas contida. Sabia bem no fundo que a amizade deles nunca se recuperara do golpe que dera em Neville. Ferira o orgulho do primo ao se casar secretamente com Isabel, não tinha dúvidas. Will estava certo... ele *ficara* magoado.

Infelizmente, a esposa não ajudara. Para Eduardo, parecia que ela sempre era hostil com Neville e Johnny. O pai e os irmãos dela se ressentiam de seus primos, talvez porque acreditassem que Neville, principalmente, exercesse uma certa influência sobre ele... Até Neville mencionara isso em janeiro.

Mas Eduardo sabia que caminhava com as próprias pernas há anos, e agir sem a permissão de Neville fora um passo em direção à independência.

Então, aparentemente, a ferida estava aberta. Neville estava agindo contra ele agora. Ou tentando, pelo menos. Caso contrário, por que teria pedido para Finnister encontrar alguma sujeira em sua vida pessoal?

Era grato pela lealdade de Amos Finnister. Há muito tempo sabia que o detetive gostava dele e o respeitava, e não apenas por causa de Grace Rose.

Bem, ele estava avisado. Agora tinha de tomar mais cuidado e não ser tão negligente em relação a seu relacionamento com Jane. Não tinha intenção nenhuma de abrir mão dela. Estavam mais íntimos que nunca. Ela era sua verdadeira companheira: estimulava-o intelectualmente assim como lhe dava satisfação sexual. Inteligente, culta e esperta, ela passara a ser sua confidente em diversos aspectos da vida. Precisava dela, podia conversar com ela.

Tivera sorte em um aspecto. Desde que a terceira filha deles nasceu em março, Isabel estava particularmente envolvida com esse bebê. Não ficara tão encantada nem com Bess nem com Mary assim que elas nasceram, talvez por causa da decepção de não serem meninos. A menina recebeu o nome de Cecília, em homenagem à sua mãe, que ficou muito feliz por esse gesto carinhoso por parte de sua esposa.

Agora o problema era como conseguir passar algum tempo com Jane de forma discreta. Repreendeu-se ao pensar nas visitas negligentes à South Audley Street, muito perto de Berkeley Square.

Quase na mesma hora, teve uma idéia. Precisava comprar uma casa nova para Jane, na área do Hyde Park, ao norte de Park Lane, ou em Belgravia. Ambos eram afastados de Mayfair o suficiente para as visitas serem seguras, mas não tão longe que ele perderia muito tempo para chegar lá. Enquanto isso, como conseguiria vê-la sem ser visto entrando na casa dela? Impossível.

Levantou-se, andou pelo escritório e ficou olhando pela janela, e de repente viu o Savoy Hotel. Ficava do outro lado da Strand, apenas um pouco acima. Era isso! Jane devia se hospedar ali. Imediatamente. Pela próxima semana. Reservaria uma suíte para si pelo mesmo período. Assim poderia visitá-la facilmente sem que ninguém visse. Explicaria isso a ela hoje à noite, e tinha certeza que ela concordaria.

Eduardo voltou para a mesa e o trabalho. Seu interesse principal no momento era o petróleo. Depois que seu pessoal encontrou petróleo em maio de 1908, o trabalho continuara. Bombearam petróleo por um ano e ganharam dinheiro, mas em 1909, ele decidira vender os campos da Deravenels para a Anglo-Persian Oil, uma empresa grande. Embora a Deravenels não tivesse mais um investimento na Pérsia, ele esperava que começassem a perfurar lá de novo em breve. Oliveri e Aspen já estavam naquele país, negociando com o xá. Recentemente, apoiara Merson e sua nova equipe, que estavam perfurando no Texas neste momento. Estava com os dedos cruzados para que encontrassem um poço de petróleo.

Eduardo sabia que havia futuro no petróleo, principalmente para os navios de guerra britânicos. Seis anos antes, em 1906, fora lançado o primeiro navio de guerra moderno, o HMS *Dreadnought*. Churchill, o político em quem mais confiava, era o Primeiro Lorde do Almirantado, e estava constantemente tentando levar ao Parlamento suas avaliações navais, querendo construir mais desses navios modernos. Churchill estava nervoso com o crescimento da marinha alemã, e suspeitava das intenções da Alemanha. Assim como Eduardo. Ele sabia que precisavam vigiar esse país, como Winston fez.

*

— Tenho uma coisa muito estranha para contar — disse Will Hasling, fitando Eduardo, que estava atrás de sua mesa, os olhos fixos no melhor amigo e colega.

— O que foi? Você parece péssimo.

— Ned, eu me senti muito mal durante toda a viagem de Paris até aqui. Acho que estamos prestes a encarar um grande desastre.

Eduardo olhou preocupado.

— Se os vinhedos estiverem com algum problema, isso não acabará conosco, você sabe... seria um problema, mas não um desastre. Estamos tendo lucros, e muito.

— Eu sei disso e, na verdade, não tem nada a ver com os vinhedos e meus negócios lá. Tem a ver com... *Neville.*

Endireitando-se na cadeira, com um olhar alerta imediatamente tomando conta de seu rosto, Eduardo disse aborrecido:

— Conte-me, então. Vamos acabar com isso, Will.

— Eu o vi em Paris... O que quero dizer é que eu o vi *de relance*. No Grand Vefour. Eu tinha jantado lá com Alphonse Arnaud, e estava saindo do restaurante quando o vi em uma mesa no canto. Eu me escondi imediatamente. Claro que não queria que ele me visse.

Eduardo assentiu.

— Na sua opinião, ele estava com alguém que não deveria estar. É isso?

— Louis Charpentier, John Summers e, escute isso, *Jorge.*

— Meu Jorge! Meu irmão Jorge? — exclamou Eduardo, espantado, o choque refletido nos olhos azuis.

— Isso mesmo. *Seu irmão Jorge*. Um quarteto e tanto, não acha?

— Sem dúvida... — Eduardo parou e olhou para a agenda que estava aberta sobre a mesa. — Hoje é quinta-feira, dezoito de abril. Você viajou no domingo para as reuniões de segunda e terça-feira em Paris. Então, quando o viu?

— Na terça-feira à noite. Voltei ontem, cheguei no começo da noite. Mas não queria contar-lhe isso por telefone — explicou Will.

— Eu entendo, e acredito que não tenha urgência. Mas é bom saber que eles estão... *conspirando*? É isso que *você* acha?

— Há algo acontecendo — respondeu Will. — Senão, por que Neville estaria com John Summers? *O inimigo*. O braço direito de Margarida Grant e Henrique Grant.

— Neville e os Grant! Não posso acreditar — murmurou Eduardo. — *E por quê?*

— E *por que* Jorge Deravenel estava com eles? — perguntou Will, os olhos fixos em Ned.

Eduardo balançou a cabeça.

— *Ele* deveria estar em Oxford, estudando. Ainda assim, talvez ele tenha ido ver nossa irmã... você sabe o quanto ele e Meg eram unidos.

— Talvez ele estivesse lá para vê-la, mas também estava presente naquele jantar suspeito. Escute o que vou dizer, Ned, tive tempo para pensar a respeito enquanto voltava ontem e tenho uma teoria: Jorge substituí-lo na Deravenels para que Neville possa controlá-lo e, portanto, controlar a empresa e fazer exatamente o que quiser os acordos que quiser e com quem quiser.

Eduardo ficou pálido.

— Para fazer isso, ele teria de se livrar de mim.

— *Exatamente.*

— Blanche Charpentier já está casada — murmurou Eduardo. — Então ele não pode estar pensando em casá-la com Jorge.

— Não, claro que não! — exclamou Will. — Mas, pelo que tenho lido no *Financial Times*, Louis expandiu muito seus negócios nos últimos anos. E por todo o mundo. Tenho certeza que Neville quer participar disso. Você sabe o quanto ele ama o poder, o quanto adora exercer seu poder.

— Ele poderia estar fazendo negócios com Louis para suas próprias empresas — ressaltou Eduardo. — Não podemos esquecer que ele ainda é o maior magnata do país. — Eduardo fixou o olhar em Will; o rosto estava mais pálido que nunca e imóvel.

— Talvez Louis não esteja interessado nas empresas de Neville, ou em fazer negócios com essas empresas. Talvez ele só esteja interessado na Deravenels.

— Acho que você está certo — concordou Eduardo, soando preocupado.

— Jorge cooperaria com eles, você sabe disso.

— É claro que sei que ele faria isso. Ele sempre teve inveja de mim. Ele quer ser *eu*.

— O que podemos fazer? — perguntou Will com calma.

— Neste momento, *nada*. Mas, se Neville mudou de lado e está fazendo negócios com os Grant, ele é um traidor. Vamos ser mais inteligentes que ele, meu amigo. Sei que podemos.

— Que bom vê-lo aqui, Finnister! — exclamou Eduardo, apertando a mão de Amos. — E Grace Rose está muito feliz que você veio à sua festa de doze anos.

— Acho que ela realmente ficou feliz em me ver, e ela não está encantadora, Sr. Eduardo?

Os dois estavam em uma das salas de estar da casa de Kensington de Vicky Forth, os olhos fixos em Grace Rose. Era bem alta para doze anos, uma linda menina com cabelo ruivo dourado caindo por cima dos ombros e olhos azuis muito parecidos com os de Eduardo. Estava usando um vestido de seda azul e um arco azul na cabeça.

Eduardo levou um momento para responder, depois disse:

— Sim, ela está realmente linda. Uma menina surpreendentemente bonita.

— Igualzinha ao senhor, se não se incomoda que eu diga.

Eduardo começou a rir.

— Eu sei, Finnister, sei que ela é. Bem, vamos até lá nos juntar a Hasling e Ledbetter? — E acrescentou: — Também gostaria de uma xícara de chá.

Will, Mark, Stephen, Fenella e Vicky estavam perto da mesa do *buffet*, em uma lateral da sala, enquanto Grace Rose estava sentada a uma mesa redonda junto com as filhas de Eduardo, Bess e Mary, e várias outras amiguinhas. Todas as crianças estavam gostando da festa, comendo sanduíches e rindo.

Eduardo já percebera como Grace Rose tratava com carinho suas duas filhas, e sorriu por dentro. Grace era uma boa menina, devotada às meninas, de quem tentava cuidar. Será que ela não via sua semelhança com ele?, perguntou-se, e na mesma hora esqueceu o pensamento quando Finnister murmurou alguma coisa sobre Neville.

— Desculpe, Finnister, não entendi o que disse.

— Estava dizendo que não estou mais trabalhando para o Sr. Neville.

Essa novidade realmente surpreendeu Eduardo, que olhou para Finnister com a testa franzida.

— Espero que não tenha acontecido... nada de errado entre vocês?

— Ah, não, senhor, nada disso. De forma alguma. Eu disse ao Sr. Watkins que queria me aposentar. Desde que minha pobre Lydia morreu, dois anos atrás, quero ter um pouco mais de liberdade, trabalhar menos. Gostaria de fazer algumas coisas que aprecio. Expliquei tudo isso ao Sr. Watkins, disse que não queria mais um emprego que me tomasse o dia inteiro.

— E um emprego de meio expediente? Comigo? — perguntou Eduardo antes de pensar duas vezes.

Amos ficou fitando Eduardo, o rosto sem expressão ao perguntar baixinho:

— Fazendo o quê, senhor?

— Sendo meu guarda-costas — respondeu Eduardo.

Amos Finnister sorriu e estendeu a mão.

— Fico feliz em ajudar, Sr. Deravenel.

Eduardo sorriu, satisfeito por essa inesperada e repentina virada, e disse mais uma vez:

— Vamos tomar uma xícara de chá, Finnister, e comer alguns desses deliciosos sanduíches antes que a Sra. Forth corte o bolo de aniversário de Grace.

No ano passado, sua irmã Meg se casara, e Eduardo não a via desde então. Agora, neste dia quente de julho, pensou em como ela estava adorável em seu vestido verde-claro e chapéu enfeitado. E, o mais importante de tudo, parecia muito feliz.

Meg chegara a Londres há vários dias, a caminho de Ravenscar para passar um mês de férias com a mãe. Charles Feraud, seu marido há exatamente um ano, passaria as duas últimas semanas.

— Para o Glorious Twelfth — disse Meg, referindo-se ao dia de abertura da temporada de caça a aves na Inglaterra. — Ele é um ótimo atirador, Ned, maravilhoso. Um dos melhores, e ele adora esse esporte.

— Que bom. Nós chegaremos no início de agosto, Meg, então seremos uma enorme família de novo por um período.

Ela sorriu para ele, leal e carinhosa como sempre fora desde a infância.

— Que bebê lindo é Cecília, Ned. Mais uma loura. — Ela riu. — E bem grande.

Eduardo convidara a irmã para almoçar no Ritz Hotel e, como de costume, estavam em sua mesa favorita no canto, com vista para o Green Park. Aproximando-se dela, ele perguntou:

— Você está feliz, não está, Meg? Como fui eu quem encorajou essa união, às vezes me preocupo com você.

— Não precisa, eu não teria me casado com Charles se não quisesse, você sabe. Sou parecida com você, Ned, muito independente, e detesto casamentos arranjados. Eu e Charles somos muito compatíveis e nos amamos. Então, respondendo à sua pergunta, sim, estou feliz. E muito.

— Fico aliviado ao saber disso. E está gostando de sua nova casa?

— Burgundy é muito bonita, e você viu o *château*, é encantador. Passo o dia todo ocupada desde que cheguei lá como noiva de Charles. Ele está sempre muito ocupado cuidando dos vinhedos, é uma grande responsabilidade.

— Posso imaginar. — Levantando a taça de champanhe, Eduardo disse: — Bem-vinda ao lar por alguns dias, e que sua felicidade perdure, Meg.

— Obrigada, e a você também, Ned. Você está ótimo. — Tocou sua taça na dele. — Mas você é o homem mais bonito que conheço.

— Você é minha irmã, então não vale!

Meg assentiu e disse lentamente:

— Ned, tenho algo para lhe contar; na verdade, me pediram para lhe contar... Por favor, não fique com muita raiva.

Ele levantou a cabeça do cardápio que estava analisando e logo fixou o olhar nela. Meg parecia muito séria.

— Por que eu ficaria com raiva? Deve ser algum... *problema*?

Meg ficou em silêncio por um momento e olhou pelo restaurante com tristeza. Finalmente, voltou a fixar o olhar no irmão e disse:

— Jorge se casou com Isabel Watkins ontem.

— O quê? — explodiu ele, embora tenha mantido a voz baixa. — Por que não fui informado antes?

A irmã balançou a cabeça loura e murmurou:

— Não sei, não entendi nada disso. Nan veio me visitar na casa de Charles Street esta manhã. Para me contar. E para pedir que eu lhe contasse.

— E onde está o importante marido dela? Escondido embaixo das saias dela?

— Ela não mencionou Neville, exceto quando disse que *eles* não sabiam de nada antes que acontecesse.

— Pode ser.

— Eles fugiram para casar. Para Gretna Green. Alguns dias atrás.

Eduardo digeriu a notícia por alguns instantes, parecendo pensativo, mordendo o lábio e esfregando a mão na boca. Disse bem devagar e de forma afetuosa:

— Neville e Nan *tinham* de saber. Porque a lei mudou na Escócia há bastante tempo. Uma das partes do casamento tem de residir na Escócia por 21 dias antes de o casamento poder ser realizado, mesmo em Gretna Green. Como Jorge estava em Londres nas últimas semanas, Isabel deve ter passado 21 dias na Escócia. Eles não sabiam onde a filha estava, Meg? Afinal, ela ainda não tem 21 anos, deve ter uns dezessete, se não me falha a memória.

— Você tem certeza sobre a lei, Ned?

— Tenho, e vou explicar por quê. Fiz um trabalho sobre casamento e lei quando estava em Oxford, e lembro-me da pesquisa. Gretna Green era famosa por ser o destino de pessoas que fugiam para se casar desde o século XVIII; mas no meio do século XIX, *mudaram* a lei. Uma das partes tinha de residir na Escócia por 21 dias antes de receberem a licença para o casamento. E, a propósito, primos não podem se casar.

— Meu Deus, você é uma mina de informações — disse Meg, balançando a cabeça, e acrescentou: — Que bom que não está com raiva.

— Ah, estou, sim! — exclamou ele. — Só estou me segurando para não demonstrar minha raiva aqui. Afinal, estamos em um lugar público. E também não estou tão *surpreso*.

Meg riu, aliviada por ele estar aceitando bem.

— Lembro-me que, quando eram crianças, eles sempre diziam que iam se casar.

— Verdade. Nan disse onde *eles* estão agora?

— Em lua-de-mel.

— E quem está pagando a conta? Ah, não preciso perguntar — exclamou, a raiva transparecendo. — O pai dela, sem dúvida. E acredito que agora você esteja incumbida de contar à mamãe, pois tenho certeza absoluta que ela não foi informada.

— Prometi a Nan que contaria à mamãe assim que chegasse a Ravenscar amanhã.

— Onde eles estão passando a lua-de-mel?

— Nan não disse, mas aposto que provavelmente estão na Mansão Thorpe.

— Entendo. Bem, certifique-se que Jorge e Isabel façam uma visita à mamãe; me prometa isso, Meg.

— Farei isso, Ned.

— Agora vamos fazer nosso pedido, tenho uma tarde cheia — disse ele, um pouco impaciente, achou ela.

Mais tarde, depois que voltou para a Deravenels, Eduardo chamou Will Hasling à sua sala. No momento em que a porta fechou, Ned contou a novidade e, por uns dez minutos, esbravejou sobre o casamento, andando de um lado para o outro, furioso.

— Acalme-se, Ned — disse Will em determinado momento. — Não vale a pena esquentar tanto a cabeça com isso.

— Talvez não. Neville e Jorge planejaram isso. Aqueles dois estão como unha e carne há um bom tempo — gritou ele, o rosto vermelho de raiva. — São farinha do mesmo saco, Will. — Deu de ombros e foi até a mesa. — Jorge está atrás da fortuna de Isabel, e Neville quer a Deravenels. Bem, não a empresa, mas o poder que daria a ele. E meu irmão Jorge é seu instrumento para conseguir isso.

Capítulo 59

Ravenscar — 1914

Johnny Watkins dirigiu o Daimler até o pátio dos estábulos de Ravenscar, pisou no freio e desligou o carro. Virando no banco, olhou para o irmão Neville.

— Deixe-me entrar sozinho, conversar com Ned e depois eu venho chamá-lo.

Neville balançou a cabeça; Johnny percebeu que a veia na testa do irmão latejava.

— Acho que estamos cometendo um erro — disse Neville. — Um passo burro, Johnny, provavelmente o pior erro que poderíamos cometer.

— Não, eu não concordo. Temos de tentar acabar com essa rixa ridícula. — Johnny suspirou, o olhar fixo no do irmão, implorando. — *Somos uma família.* Não vamos nos esquecer disso. Nosso pai morreu em Carrara por causa de seu amor e amizade pelo tio Ricardo, e nosso irmão Thomas também morreu. A mãe de Ned é uma Watkins, parte do nosso *clã*. Não podemos continuar separados.

— Já faz dois anos desde nossa última briga, sobre o casamento de Isabel e Jorge, e Ned foi inflexível ao me culpar e dizer que eu queria tirá-lo da Deravenels. O que faz com que pense que ele mudou de idéia agora?

— Não sei se mudou, mas talvez, se conversarmos com ele, levantarmos uma bandeira branca, ele aceite que estamos sendo verdadeiramente sinceros Vale a pena tentar, Neville Não acha que *ele* também deve estar cansado dessa briga e de todas as calúnias que aconteceram durante todo esse tempo?

— Não, não acho. Acho que aquele pirralho adora.

— Neville, *pare com isso*! Essa é a atitude errada.

Neville simplesmente suspirou.

Johnny fitou-o, pensando que o irmão mais velho parecia cansado. Tinha quarenta e poucos anos agora, e o rosto mostrava fadiga, algumas rugas em volta dos olhos e da boca. Ainda era um homem bonito e em forma, mas Johnny detectou um ar de exaustão nele esta manhã.

— Fique aqui e espere. E por favor, estou pedindo que tente relaxar, se livrar dessa tensão.

— Tem certeza que eles estão aqui? Por que acha que vieram para a Páscoa?

— Ned vem a Ravenscar na maioria dos feriados importantes, você sabe disso. De qualquer forma, Kathleen me disse que ela e Will estariam aqui com Ned e família.

— Nossa irmã está aqui? Por que ela não está na Mansão Thorpe conosco, assim como você e a sua família?

— Ela é casada com Will, e ele é o melhor amigo de Ned, são colegas de trabalho, companheiros, e estão sempre juntos... eu não preciso lhe dizer isso.

Neville ficou quieto.

Johnny abriu a porta do carro e saiu. Colocou a cabeça para dentro e disse:

— Não vou demorar. Tente relaxar. *Por favor*.

Neville assentiu mas não disse nada.

Johnny fechou a porta e deu a volta para o outro lado da casa, decidindo que seria mais apropriado entrar pela frente. Havia algo de muito íntimo, informal, em entrar pelos fundos, pegando todos de surpresa. Não queria entrar com o pé esquerdo. Era mais que provável que eles fossem *persona non grata* aqui atualmente.

No momento seguinte, Johnny estava tocando o sino e, em poucos segundos, Jessup abriu a porta.

— Ah, bom dia, Sr. Watkins — disse Jessup, abrindo mais a porta, acenando para que Johnny entrasse.

— Bom dia, Jessup — respondeu Johnny, assentindo para o mordomo — O Sr. Deravenel está em casa?

— O Sr. Eduardo está em casa, sim. Todos os outros saíram, senhor. A família inteira foi almoçar em Scarborough, até as crianças. Ah, o Sr. Ricardo e o Sr. Hasling também ficaram em casa.

Não havia nada de estranho nisso, pensou Johnny enquanto seguia Jessup pelo Grande Salão. Will e Ricardo eram os mais íntimos de Ned, e acreditavam que ele não errava, então, claro, ficaram aqui para lhe fazer companhia.

— Vou procurar o Sr. Eduardo, senhor — disse Jessup e desapareceu.

Johnny andou pelo salão, olhando para um grande quadro em uma das paredes. Era a insígnia da família Deravenel, a rosa branca de York, a ferradura e o sol brilhante; escrito com letras cursivas embaixo estava o lema da família: *Fidelidade Eterna.* Não se moveu por alguns momentos, ficou simplesmente parado em frente ao quadro, examinando a insígnia, digerindo o lema.

A salão estava bonito esta manhã, com a luz do sol entrando pelas janelas de vidro. Virou-se e, olhando para o mar do Norte, viu pequenos grãos de poeira voando pelos raios de sol que entravam pela janela.

Como é tranqüilo aqui, pensou Johnny, e se lembrou de quando era jovem e brincava ali com o primo, seu melhor companheiro.

Paz novamente, pensou ele. É isso que quero trazer para esta família... paz. E terminar com toda essa briga, raiva e sofrimento.

Escutou um passo, virou-se e viu Eduardo se aproximando. Não se viam há um tempo, e ele estava bonito como sempre. Mas, aos 29 anos, agora estava maduro, mais autoconfiante, se isso fosse possível. Parecia mais sedutor que nunca, aos olhos de Johnny.

— Olá, Johnny — disse Eduardo com calma e se aproximou, estendendo a mão. Estava surpreso, de verdade, mas não demonstrou.

Johnny deu um passo à frente para cumprimentá-lo e viu no mesmo instante que o olhar do primo era caloroso, dando-lhe boas-vindas, e que havia um leve sorriso em seus lábios.

Já Eduardo achou que o primo estava bem, como sempre, exceto que havia um comedimento, como se estivesse se segurando.

Os primos deram um aperto de mãos, e Eduardo disse:

— Vamos para a biblioteca. Gostaria de tomar alguma coisa?

— Não, obrigado — respondeu Johnny.

Os dois pararam no meio da biblioteca, um fitando o outro. Eduardo falou primeiro, dizendo no mesmo tom de voz calmo:

— Como tem passado?

— Bem, posso ver que está em sua melhor forma.

— Tem ficado em Yorkshire ou em Londres?

— Tenho ficado bastante no norte.

— É por isso, então, que não o tenho visto em Londres.

Johnny assentiu e limpou a garganta.

— Vou direto ao assunto, Ned. Vim aqui com uma bandeira branca hoje... Estou cansado de toda essa briga e rixa na família, e quero acertar as coisas entre nós, realmente quero. *Se eu conseguir.*

— Sempre fomos amigos, Johnny, eu e você — lembrou Eduardo. Forçou um sorriso. — Concordo que seria ótimo se as coisas... se acertassem.

— É minha opinião também. — Johnny sentiu um pouco da tensão sumir. — Acha que isso seria possível?

— Talvez. Estamos falando apenas de nós dois? Ou Neville vai fazer parte dessa... reconciliação?

— Eu gostaria que fosse de nós três — respondeu Johnny. — Neville está lá fora, esperando no carro...

— Não, não estou, estou aqui — disse Neville da porta.

Eduardo e Johnny viraram-se para encará-lo, ambos surpresos.

Eduardo assentiu.

— Primo — murmurou ele, fitando Neville. — Entre.

Neville entrou na antiga e bonita biblioteca, olhando em volta de forma aprovadora, e então estendeu a mão para Eduardo, que fez o mesmo. Eles deram um aperto de mãos, e Eduardo foi para perto da janela, olhando para o mar do Norte.

— Bem, por onde começamos? — Johnny olhou de seu irmão para Ned e para Neville de novo.

Houve um momento de silêncio.

Simplesmente ficaram ali, imóveis, um fitando o outro.

Finalmente, Neville falou.

— Acho que devemos começar com um pedido de desculpas. Da última vez que nos vimos, você me acusou de estar planejando sua queda, Eduardo. Você cometeu um erro...

— Não, não cometi! — respondeu Eduardo, ficando ainda mais ereto.

— Você queria colocar Jorge no meu lugar na Deravenels. Era exatamente isso que você queria! — Estava furioso, mas conseguiu se controlar.

— Isso é fruto da sua imaginação! — respondeu Neville, o rosto vermelho. — Ano passado, você também me acusou, dizendo que arranjei o casamento de Jorge e Isabel, certo de que planejei para que fugissem para Gretna Green. Outra acusação vazia.

— Até parece — exclamou Eduardo. — Você *estava* por trás disso.

— Eles sempre disseram que queriam se casar, desde que eram crianças, você sabe disso.

— E como foi conveniente para você, Neville. Com Jorge sendo seu genro, tinha outro Deravenel sob seu controle.

— Não seja ridículo.

— Não estou sendo ridículo. Conheço as regras da empresa muito bem. *Apenas um Deravenel pode dirigir a Deravenels.* Estudei essas regras antes de assumir a empresa.

— Ned, me escute! Fui *eu* quem colocou você onde está hoje. Se eu não tivesse usado toda a minha energia, riqueza e experiência por trás de você, sei que nunca teria conseguido chegar a diretor-executivo. Nem em cem anos.

— Admito que você me ajudou. E sempre lhe fui grato e paguei de inúmeras formas. Mas também consegui muita coisa sozinho. Aprofundei-me nas regras da empresa, segui as anotações do meu pai, memorizei tudo, centenas de páginas, estudei cada departamento, aprendi como funcionavam e depois fui e enfrentei o conselho. Apresentei o meu caso. E ganhei. Você não ganhou por mim.

— Estou pronto para lhe dar crédito pelo que merece! — respondeu Neville. — Por que não faz o mesmo?

— Acabei de fazer. E tem mais uma coisa. Foi você quem trouxe o inimigo para a nossa porta. *Louis Charpentier.* Ele está atrás da empresa desde que você começou a negociar com ele. Tenho competido com ele há anos. Ele nos prejudica em todo lugar, compete pelas empresas que quero comprar, nos sabota. E tudo com a sua ajuda, *primo*! E você está associado aos Grant também. Você é um traidor. Você me traiu.

— Isso não é verdade! — gritou Neville, o rosto agora vermelho de raiva.

Johnny ficara tão espantado por essa discussão repentina entre os dois que estava sem palavras. Perplexo e em estado de choque, fora incapaz de intervir. Neste momento, se moveu, aproximando-se do irmão e colocando a mão nele de forma apaziguadora.

— Neville, pelo amor de Deus, acalme-se! Você vai ter um infarto se continuar assim.

— Estou bem. Mas não tenho mais nada para fazer aqui.

Johnny olhou para Eduardo, balançando a cabeça; tinha plena consciência de que o ressentimento de Ned estava em banho-maria havia anos, e compreendia, mas lamentava ter vindo à tona logo neste momento.

— Não podemos começar de novo? — implorou ele.

— Não no que se refere a mim — gritou Neville, dando as costas. — Por mim está acabado. Eu disse que isso nunca daria certo. — Neville saiu apressado da biblioteca, quase esbarrando em Ricardo.

Johnny lançou um olhar triste para Eduardo, levantou as mãos e correu atrás do irmão.

Ricardo entrou na biblioteca com Will logo atrás. Ambos estavam pálidos, abalados.

— O que foi isso? — perguntou Ricardo, fitando Eduardo.

— Johnny estava tentando uma reconciliação. Mas parece que Neville não compartilhava da mesma vontade.

Ricardo balançou a cabeça e disse com a voz oscilante:

— Ned, vamos atrás deles, *por favor*. Vamos tentar resolver isso tudo.

Por um momento, Eduardo não se moveu, depois assentiu.

— O que temos a perder? Vamos atrás deles.

O Daimler já saíra do pátio dos estábulos e estava na estrada, em direção aos portões de Ravenscar, quando os três saíram correndo da casa.

Ned começou a correr atrás do carro, gritando:

— Johnny! Neville! Esperem!

Will e Ricardo estavam correndo junto com ele, então, em uma explosão de energia, Will disparou na frente, gritando:

— Esperem por nós!

O carro continuou seguindo em frente, passou pelos portões e saiu para a estrada que contornava o penhasco, com uma velocidade ainda mais alta.

Eduardo e Will seguiram o carro até a estrada. Ricardo ficara para trás, mas logo alcançou-os de novo, os três correndo lado a lado. Então Eduardo parou, balançando a cabeça. O coração acelerado no peito, ofegante, o suor escorrendo por seu rosto.

— Não adianta — conseguiu dizer, ofegante, enxugando o rosto com um lenço. — Não vamos conseguir alcançá-los. Eles saíram bem antes. De qualquer forma, eles não querem parar. Pelo menos, Neville não quer.

Ricardo, quase sem ar, disse, também ofegante:

— Vamos voltar e pegar o carro.

— Boa idéia — concordou Will, pegando o lenço no bolso e enxugando o rosto. — Vamos até a Mansão Thorpe, Ned. E resolver isso de uma vez por todas.

Como Eduardo não respondeu, Will olhou para ele e franziu a testa. Viu uma expressão de medo se espalhar pelo rosto do amigo, e perguntou assustado:

— O que foi?

— Johnny está correndo muito. Conheço essa estrada como a palma da minha mão. Estão se aproximando de uma curva perigosa... — Eduardo não terminou a frase. Ficou parado ali, congelado, assistindo horrorizado enquanto o Daimler parecia voar pelos ares ao ultrapassar a borda do penhasco, girar no ar e cair, desaparecendo de vista.

— Ah, meu Deus! Temos de ir para lá! — gritou Ned, e começou a correr estrada abaixo, com Ricardo e Will atrás.

Os três estavam sem ar e ofegantes quando chegaram à curva na estrada, e Eduardo estendeu a mão, afastando-os da borda do penhasco.

— É uma descida de quase duzentos metros, afastem-se — ordenou ele. Debruçando-se com cuidado sobre a borda da estrada, ele olhou para a praia abaixo.

Podia ver o Daimler lá embaixo, virado de lado. O corpo de Neville estava perto, mas não havia nem sinal de Johnny. O coração estava batendo tão rápido que pensou que fosse estourar em seu peito, e o medo tomou conta dele. Estava tremendo e, por um momento, sentiu-se mal. Deu um passo para trás, olhou para Ricardo e Will e disse com a voz rouca:

— Neville está deitado na praia... não consegui ver Johnny. Talvez ainda esteja no carro.

Sem esperar por resposta, Eduardo saiu correndo em direção aos degraus que serviam de atalho para a parte mais baixa das charnecas e que levavam à praia. Os outros correram atrás dele a toda velocidade.

Meio correndo, meio caindo, Eduardo desceu tropeçando, chegando à praia em minutos, e viu Johnny na mesma hora. Estava perto do carro virado; e Neville estava a alguns metros.

Ned viu Neville se mexer e correu até ele, ajoelhando-se a seu lado. Então percebeu que era o vento que estava batendo nas roupas de seu primo.

Eduardo sentiu seu pulso. Neville estava morto. Havia sangue no rosto, e a cabeça estava caída para o lado. Eduardo tinha certeza que ele quebrara o pescoço quando foi jogado para fora do carro. Ao olhar para o rosto de Neville, percebeu como seus olhos estavam claros, tão claros quanto eram enquanto vivo, de um tom puro de turquesa. Olhos únicos, um homem único. Fechou as pálpebras dele gentilmente e se aproximou de Johnny.

Will e Ricardo estavam ajoelhados ao lado do corpo de Johnny. Will balançou a cabeça.

— Sem pulso... ele se foi — murmurou Will com a voz sufocada, o rosto molhado de lágrimas.

Ricardo, que estava soluçando, levantou o olhar quando viu o irmão se aproximando.

— Achei que Johnny ainda estivesse vivo — disse ele entre os soluços. — Abri o colarinho dele. Olhe, ele ainda usava o medalhão.

Eduardo assentiu e depois disse de forma quase cruel:

— Vamos carregar Johnny para perto de Neville. Para que possam ficar juntos.

Uma vez que os corpos estavam lado a lado, Eduardo ajoelhou-se com seu Peixinho e Will, e juntos rezaram por eles. E chorou por Neville, e por tudo que significaram um para o outro no passado. E chorou por Johnny, a quem amara.

Ficaram por um tempo com os corpos, nenhum deles querendo deixar os dois homens que tinham feito parte de suas vidas. Um silêncio os envolveu. Era como se o mundo tivesse parado. O único som era das ondas batendo na praia e voltando, e dos pássaros que voavam em direção a um céu coberto de nuvens. O céu de Yorkshire.

*

Bem mais tarde, naquele mesmo dia, depois de a ambulância ter levado os corpos para o necrotério de Scarborough, Ricardo encontrou Eduardo sozinho nas ruínas da fortaleza.

Falando suavemente, o irmão mais novo disse:

— Ned, posso entrar?

Virando-se, Eduardo assentiu. Seu rosto estava contorcido de dor.

Sem dizer uma palavra, Ricardo entregou ao irmão o medalhão com a rosa branca que Johnny ainda usava.

Eduardo fechou a mão sobre ele e colocou-o no bolso. Naquela noite, tirou seu próprio medalhão e colocou o de Johnny em volta do pescoço. E usou-o pelo resto da vida.

Capítulo 60

Londres

Quatro meses depois, a dor pessoal de Eduardo foi deixada de lado quando as armas de agosto rugiram.

A Europa estava afundada em uma guerra após o assassinato do arquiduque Francisco Ferdinando, herdeiro do império austro-húngaro, e de sua esposa, a arquiduquesa de Hohenberg, em Sarajevo. Em poucos dias, a maioria dos países já estava envolvida no terrível conflito causado por essa ação de terrorismo em um pequeno estado dos Bálcãs.

Eduardo estava em seu escritório na Deravenels, lendo *The Times*, concentrado em uma entrevista com David Lloyd George, Ministro da Fazenda: "*Eu me senti como um homem em um planeta que de repente foi arrancado de sua órbita por uma mão demoníaca e que rodava freneticamente rumo ao desconhecido*", foram as palavras ditas por Lloyd George ontem à noite, quatro de agosto, quando a Grã-Bretanha declarou guerra à Alemanha.

O horror tomou conta de Eduardo. Sabia que estavam entrando em uma longa batalha; também sabia que seria uma guerra que se espalharia pelos quatro cantos do mundo. Temia a guerra; ainda não conseguia entender por que as pessoas estavam tão animadas com a idéia de ir para a guerra, por que as pessoas estavam correndo pelas ruas de Londres com um estranho ar de júbilo, quando a guerra só trazia morte e destruição.

Pegou o *Daily Mail*, um dos jornais de Northcliffe, e leu a manchete da primeira página: A GRÃ-BRETANHA DECLARA GUERRA À ALEMANHA. Havia alguns outros subtítulos: *Bélgica é Invadida. Dois Novos Navios para Nossa Marinha. Navio Britânico Afunda. Guerra Arriscada no Mar.*

Graças a Deus, Winston Churchill era o Primeiro Lorde do Almirantado, pensou Eduardo, recostando-se na cadeira, esquecendo-se do *Mail* por um momento. Apenas Churchill e outros poucos homens esclarecidos previram a ameaça de uma guerra se aproximando e tentaram se preparar para isso.

Bateram à porta, e Will entrou, uma expressão fria no olhar.

— Acho que estamos em um longo cerco, Ned, concorda?

Eduardo assentiu.

— Churchill me disse isso uma noite dessas. Só posso dizer que foi bom ele ter percebido a ameaça do aumento do poder da marinha alemã em 1911. Retirando nossa esquadra de mares estrangeiros e concentrando-a no mar do Norte, ele certamente aumentou nossa força.

— Sem mencionar nossa *segurança* — destacou Will.

— Alguém me disse que não posso nem tentar me alistar — disse Eduardo em voz baixa. — Como dirijo uma companhia mundial, devo permanecer no cargo enquanto a guerra durar. Independentemente do quanto dure.

— Li em algum lugar que o chanceler da Alemanha, von Bethmann-Hollweg, previu em Berlim um dia desses que a guerra seria curta, talvez três ou quatro meses. Mas acredito que seja mais provável três anos. — Finalmente sentando-se, Will continuou: — De qualquer forma, é *aí* que você deve ficar. Você não tem direito nem de pensar em partir para a guerra carregando uma arma com uma baioneta. Embora eu...

— Pode parar por aí! — exclamou Eduardo, levantando a mão. — Você também não vai se alistar.

— Ando pensando nisso, Ned.

— Não, você não pode. De qualquer forma, o governo só está convocando homens solteiros. Você é casado.

— Jorge também, mas ele vai se alistar, foi o que me disse uma hora atrás.

— Não acredito que ele vá passar nos exames médicos. Jorge sempre teve a vista ruim; não enxerga muito bem. Então, não vai conseguir. Pode ficar tranqüilo em relação a isso, Will.

— Esse memorando que você me mandou sobre as fábricas em Leeds. Você quis dizer que o governo vai requisitá-las? Que fabricaremos uniformes para o exército e para a marinha?

— Exatamente. Mas o governo não está requisitando as fábricas. Só querem que passemos a produzir uniformes.

— Sem problemas. Eu não tinha entendido direito. De qualquer forma, vim para saber se você está livre para almoçar hoje.

— Estou, sim. Não marquei nenhum compromisso para o almoço, já que achei que estaria em Yorkshire para o início da temporada de caça. A guerra adiou isso e muitas outras coisas.

— Eu sei. Cancelei minha viagem a Paris. Eu ia levar Kathleen para lá em setembro. Bem, podemos dizer adeus à *Belle Époque*, Ned. A França está se preparando para a guerra, assim como nós. Estou um pouco preocupado com os vinhedos, sabe, mas não podemos fazer nada.

— Temos de ficar firmes... — Eduardo balançou a cabeça. — É tudo tão desanimador. Mas temos de esperar o melhor, no que se refere aos vinhedos da França.

— Podemos ir ao White's? — perguntou Will.

— Sem dúvida — respondeu Eduardo. — Mas só poderei ir depois de uma hora.

— Eu o encontrarei às quinze para uma.

Will saiu do escritório, e Eduardo verificou a correspondência que a secretária deixara sobre a mesa, então recostou-se, uma expressão preocupada no rosto. Se o mundo todo se envolvesse na guerra, o que aconteceria com todos eles?

Levantou-se e foi olhar o mapa que o pai pendurara lá anos atrás. Ocorreu-lhe agora que não havia nenhum país do mundo em que não tivessem um escritório.

De repente riu de si mesmo. A Deravenels existia há mais de oitocentos anos, então por que vacilaria agora? Mas nunca houve uma guerra como a que estava prestes a acontecer.

— Vamos tomar um drinque antes do almoço — disse Will quando entraram no White's à uma e dez. — Acho que preciso de um para me animar.

Eduardo sorriu.

— Você tirou as palavras da minha boca, amigo.

Os dois sentaram-se a uma mesa, e Will fez o pedido, depois disse a Ned em um tom tranqüilo:

— No jantar a que fui ontem, escutei que a marinha é a única que está forte. Aparentemente, o exército não está bem organizado, e temos um poder aéreo mínimo, embora Churchill tenha tentado incentivá-lo ultimamente. — Will pegou um cigarro de um estojo de ouro Cartier e acendeu-o. — Verdade seja dita, Ned, está tudo uma confusão.

— Precisamos de um novo ministro da Guerra — disse Eduardo.

— Você acha que Asquith vai indicar alguém? — Will olhou para o amigo com atenção. Eduardo sabia mais que ele; tinha amigos políticos.

— Ele terá de fazer isso, não pode ser primeiro-ministro e cuidar do Gabinete de Guerra ao mesmo tempo — respondeu Ned. — Espero que indique o lorde Kitchener. Ele é um grande general e um herói nacional.

Will assentiu.

— A indicação dele teria um efeito animador no público.

Os dois ficaram em silêncio, bebericaram o xerez e fumaram, escutando as diferentes conversas que fluíam ao redor deles. A sala de fumantes hoje estava cheia, e só se falava em guerra.

— Não temos um plano de sistema compulsório — disse uma voz atrás deles.

— Eu não sabia *disso*, Hartley — respondeu o colega.

— Bem, é verdade, e teremos de aumentar nosso exército para lutar essa maldita guerra. Teremos de começar uma campanha para recrutar homens solteiros, isso é fato.

— Asquith sabe o que está fazendo, tem sido um excelente primeiro-ministro — disse outra voz vindo da direita.

— E Churchill está tomando a atitude certa. Acabar com eles antes que acabem conosco — opinou um quarto homem.

Will balançou a cabeça e murmurou:

— E Meg? Acha que ela continuará na França?

Eduardo suspirou.

— Não sei. Quando falei com ela em Ravenscar ontem, ela disse que Charles já estava falando em voltar imediatamente para Paris e seguir para Burgundy. Tenho certeza que é necessário, ele não pode simplesmente abandonar os vinhedos assim em uma época dessas. E, Will, não se preocupe com nossos vinhedos. Estão em boas mãos, temos excelentes administradores. — Ned assentiu. — Você vai ver, tudo vai ficar bem. E quanto a Meg, conhecendo-a como eu conheço, acredito que minha irmã vai voltar para a França com o marido e ficar lá até que a guerra acabe.

Conforme a guerra se arrastava por agosto, setembro e outubro, até o final de 1914, Eduardo percebeu que estava dedicando a maior parte de seu tempo à Deravenels. A carga de trabalho já era enorme nos tempos bons, e agora estava ainda pior. Para ele, era como se tivesse de ter uma força de vontade obstinada para conseguir chegar ao final de cada dia. Mas havia um grande esforço de guerra acontecendo, e todos estavam na mesma situação que ele, trabalhando dia e noite, tentando fazer sua parte.

As armas de agosto rugiram por 1915 e 1916, sem parar. Centenas de milhares de jovens morreram nos sangrentos campos de batalha da Europa, mortos nas trincheiras enquanto lutavam bravamente contra o inimigo. O número de perdas era tão alto que o mundo todo estava horrorizado.

Muitos dos homens que trabalhavam na Deravenels se alistaram nas forças e, em uma manhã de maio de 1916, Eduardo ficou preocupado ao começar a perceber quantos homens solteiros agora tinham de se alistar por causa de uma lei que fora aprovada no início daquele ano: o serviço militar obrigatório estava em vigor. Sabia que logo os homens casados também seriam chamados para lutar pelo país no fronte. Não se preocupava por si, mas por Will, Oliveri e Christopher Green. Todos eram casados, jovens e saudáveis. Certamente passariam nos exames físicos.

Naquela noite, ficou um tanto surpreso ao chegar em casa e encontrar Isabel, que raramente lia alguma coisa, lendo um artigo no *Evening News*.

Quando entrou na pequena sala de estar da casa em Berkeley Square, ela levantou o olhar e apontou para o jornal.

— Ned, você viu isso nos jornais de hoje? — Sem esperar a resposta dele, acrescentou: — Os homens casados logo serão convocados. O primeiro-ministro está lançando outro Projeto de Lei de Serviço Militar e, se for aprovado, os homens casados terão de ir lutar contra os alemães.

— Mas eu não vou, querida — tranqüilizou ele ao entrar e sentar-se em uma poltrona perto dela. — Já disse para você, estou dispensado porque dirijo uma grande empresa.

Um sorriso de alívio tomou conta do rosto dela.

— Que bom. Eu não suportaria se você tivesse de ir para a guerra. — Franziu a testa e acrescentou: — Mas meus irmãos terão de ir.

— Eu sei, querida. Mas não vamos falar em guerra esta noite. Vou subir para ver as crianças e depois tomarei uma taça de vinho antes de ir ao teatro.

— Vou subir com você. Acho que preciso descansar.

Isabel estava grávida de novo, e eles subiram as escadas juntos para que ele pudesse ajudá-la. Ela foi para seu quarto; Eduardo subiu mais um andar, para onde ficavam os cômodos das crianças, o domínio dos jovens Deravenel.

No momento em que entrou, três meninas e um menininho, todos com cabelo ruivo dourado e olhos em diferentes tons de azul, correram para ele.

Rindo e ajoelhando-se, ele abriu os braços e eles pularam em cima dele com gritos de "papai!", "papai!".

Seu filho, o jovem Eduardo, nascera em 1913, e agora estava com dois anos e meio, uma criança meiga e dócil com uma personalidade alegre e aparência dos anjos de Botticelli. Era extremamente mimado, já que era o mais novo e muito bonito.

Eduardo chamou cada filho e abraçou-os, depois pegou o jovem Eduardo no colo.

— Você sabe o que faremos no sábado, Eduardo? — perguntou ele ao pequeno, ao dar-lhe um beijo na bochecha rosada.

— Não, papai.

— Você já se esqueceu, meu amor?

O menino balançou a cabeça, parecendo confuso e, então, seu rosto se iluminou e ele gritou:

— Comprar um cachorrinho! Você prometeu, papai!

— É verdade, eu prometi e vou comprar, mas não era disso que eu estava falando. Eu disse que, quando fôssemos a Kent neste final de semana, eu o levaria para remar no mar, e que talvez até saíssemos em um barco especial, um barco novo.

— Ah, papai! O barco! Eu quero ir! — O menino começou a gritar de felicidade.

Eduardo, sorrindo para o filho, sentiu um puxão no paletó e olhou para baixo.

Bess disse:

— Posso ir no barco também, papai? — Ela parecia triste; Eduardo colocou o filho no chão e segurou a mão dela, levando-a até uma poltrona. Sentando-se, ele colocou a menina de sete anos no colo e disse com carinho:

— Claro que pode. É um barco novo para *todos nós*. E você sabe qual é o nome dele?

Ela balançou a cabeça.

— O barco se chama A *Corajosa Bess*, em homenagem a você, porque você é corajosa e bonita, minha filha mais querida.

— Você ainda me ama *mais*, não é, papai? — sussurrou ela no ouvido dele. — Sei que o herdeiro vem em primeiro lugar, mas eu sou sua preferida, não é, papai?

— É, sim — sussurrou ele em resposta —, mas não conte para ninguém. É nosso segredo.

Como de costume, quando chegamos em casa esta noite, Isabel foi direto para a cama, e aqui estou eu, sentado na biblioteca com meu conhaque, em frente a um fogo bruxuleante, graças ao devotado Mallet que cuida tão bem de mim. Que é mais do que posso dizer sobre minha esposa. Ela está rabugenta e difícil ultimamente, talvez porque esteja cansada de dar à luz. Aumentamos ainda mais nossa já numerosa família: outra menina, que batizamos como Ana. Agora temos seis filhos: Bess, Mary, Cecília, Eduardo, Ricardo, que nasceu em 1916, e a última.

Tenho de dar um desconto para Isabel, fico repetindo para mim mesmo. Apesar de não ter muito o que conversar comigo e não compartilhar nenhum de meus interesses, ela é minha excelente parceira de cama, sempre pronta e disposta. Sempre apaixonada, ainda muito ciumenta, constantemente desconfiada e muito possessiva em relação a mim. Não gosta de me perder de vista por muito tempo. Mas eu dou um jeito e sempre vou ver minha Jane; ela me mantém equilibrado, me fazendo muito feliz. As coisas não estão tão ruins para mim, de forma alguma, e não tenho do que reclamar. As crianças são brilhantes e lindas, minha querida Bess é extraordinária e me dá muito orgulho, e Jane é meu conforto.

Hoje é sexta-feira, treze de novembro do ano de 1918. Dizem que sexta-feira treze é dia de azar, mas não acredito que as pessoas estejam pensando nisso esta noite. De forma alguma. Há dois dias, onze de novembro, em um vagão ferroviário na floresta de Compiègne na França, delegados alemães assinaram um armistício acabando com a guerra. Desde então, o mundo está vivendo dias de grande felicidade. Vi trabalhadores radiantes na Strand subindo em ônibus, sacudindo bandeiras e faixas. Ouvi dizer que homens, mulheres e crianças dançaram e cantaram nas ruas de Paris, e uma parada da vitória tomou conta da Quinta Avenida em Nova York, de acordo com os jornais. Aparentemente, até em Berlim os cidadãos comemoraram o fim dessa grotesca guerra.

Estão dizendo que essa foi a última das guerras, e sinceramente espero que seja verdade. Uma barbárie como essa não pode voltar a acontecer, simplesmente não pode. Para mim, pareceu que o mundo ficou louco por um tempo, com todas as batalhas e mortes. E então houve a Revolução Russa. O czar, a czarina e toda a família foram assassinados a sangue frio em 1917. Estremeço só de pensar nesse terrível ato de brutalidade, uma ação terrorista contra uma família... penso em meus próprios filhos e estremeço ainda mais.

Consegui fazer com que a Deravenels permanecesse segura. Na verdade, está prosperando como nunca. A guerra sempre estimula os negócios, é triste dizer, mas é a mais pura verdade, e certamente estimulou a Deravenels. E, graças a Deus, a maioria dos meus homens está a salvo. Jorge não passou no exame físico, como eu sabia que aconteceria por causa da vista ruim. E Ricardo, meu amado e leal Peixinho, também permaneceu a meu lado. O ombro problemático fez com que fosse dispensado.

Quanto a Will Hasling, ele foi à guerra. Meu melhor amigo. Mandaram-no a Somme, e ele lutou toda essa batalha. E sobreviveu. Assim como o devotado Oliveri, que cumpriu seu dever em Flandres. Mas Rob Aspen e Christopher Green não tiveram a mesma sorte. Perdi dois grandes homens, que me foram leais e devotos. Morreram em Verdun, agora estão enterrados em um canto longínquo de algum território estrangeiro. Sempre lembrarei deles com orgulho de seus esforços.

Minha doce irmã Meg sobreviveu à guerra na França, ficou ao lado do marido e lutou contra os alemães.

E mamãe está ótima. Saudável e linda como sempre, e sua amiga e companheira mais querida é a adorável Grace Rose, já adulta agora, e amiga de todos nós. Ela sabe que sou seu pai. Decidi contar a ela em 1916, mas antes de eu decidir fazer isso, Bess me contou que ela e Grace Rose sabiam que Grace era minha filha, e que ela queria saber sobre a mãe. Então, convencido pela muito persuasiva Bess, tão parecida comigo, contei a ambas sobre Tabitha. Grace Rose me confidenciou que soube que eu era seu pai desde o primeiro dia em que me viu na casa de Vicky Forth, no dia do enterro de Lily.

Ela explicou que a mãe uma vez lhe dissera, quando era bem pequena, que seu pai era alto e forte como uma árvore da floresta, que o cabelo tinha a cor das folhas de outono e os olhos eram azuis como o céu. E quando me viu, simplesmente soube, disse ela, e foi por isso que sorriu para mim. Desde então, entendi que nunca se sabe o que uma criança sabe e guarda em segredo no coração.

Mal posso acreditar que essa guerra finalmente acabou. Quatro anos que pareceram quarenta. Tantos mortos. Oito milhões de homens que lutaram para salvar o mundo morreram. A flor da juventude inglesa morreu nos campos de batalha encharcados de sangue de Flandres no norte da França, e a Inglaterra nunca mais será a mesma sem eles. O mundo jamais será o mesmo. Foi virado de cabeça para baixo, e assim continuará.

Faço um brinde esta noite, aqui na biblioteca da minha casa em Berkeley Square. Com toda sinceridade. Bebo àqueles que amei e perdi, àqueles que amo e continuam a meu lado, e àqueles que ainda estão para nascer.

Sou Eduardo Deravenel, tenho 33 anos e ainda tenho uma vida inteira pela frente.

Nota da Autora

Este é um romance moderno, escrito em vernáculo moderno e passado no início do século XX. Entretanto, até certo ponto baseei o protagonista, Eduardo Deravenel, no rei Eduardo IV, que governou a Inglaterra na Idade Média. Nascido como Eduardo Plantageneta, ele era o filho mais velho do duque e da duquesa de York. Seu pai era príncipe de sangue, chefe da real Casa de York, herdeiro por direito do trono da Inglaterra.

Quando o pai de Eduardo morreu na Guerra das Rosas em Yorkshire em 1460, Eduardo assumiu o título hereditário e se tornou o duque de York. Continuou a luta paterna para reconquistar o trono de seu primo, Henrique VI, duque de Lancaster. Nessa batalha, recebeu a ajuda de outro primo, Ricardo Neville, o conde de Warwick, mais tarde conhecido historicamente como o Fazedor de Reis.

A Casa de Lancaster usurpara o trono da Inglaterra da Casa de York sessenta anos antes, e foi em 1461 que Eduardo Plantageneta reconquistou o trono ao derrotar Henrique VI e se tornar rei no mesmo ano.

Além de "pegar emprestado" a excepcional aparência de Eduardo Plantageneta e sua altura de 1,95m, rara para aquela época, usei alguns aspectos de sua personalidade e seu caráter na descrição de Eduardo Deravenel. Eventos significativos na vida do rei medieval foram usados de maneira moderna como base, em parte, da história de Eduardo Deravenel.

Nova York, 2006

Bibliografia

Edwardian London, de Felix Barker (Laurence King Publishing)
Eminent Edwardians, de Piers Brendon (Andre Deutsch)
Victorian & Edwardian Décor, de Jeremy Cooper (Abbeville Press Publishers)
The Lives of the Kings & Queens of England, editado por Antonia Fraser (Weidenfeld & Nicolson)
Born To Rule, de Julia P. Gelardi (St Martin's Press)
The Edwardians, de Roy Hattersley (Little Brown)
Churchill, de Roy Jenkins (Farrar, Straus & Giroux)
Richard the Third, de Paul Murray Kendall (W. W. Norton & Co.)
Warwick The Kingmaker, de Paul Murray Kendall (Allen and Unwin Ltd.)
The Wars of the Roses, de J. R. Lander (Sutton Publishing)
The Wars of the Roses, de *Robin* Neilland (Brockhampton Press)
Victorian & Edwardian Fashions, extraído de *'La Mode Illustrée'*, editado por JoAnne Olian (Dover Publications Inc.)
The Edwardian Garden, de *David* Ottewill (Yale University Press)
The Edwardians, de J. B. Priestley (Sphere Books Ltd.)
Edward IV, de Charles Ross (Eyre Methuen)
Consuelo & Alva, de Amanda Mackenzie Stuart (HarperCollins)
Lancaster & York: The Wars of the Roses, de Alison Weir (Pimlico)
The Princes in the Tower, de Alison Weir (Pimlico)

Este livro foi composto na tipologia
Electra LH Regularem corpo 11/15, e impresso em
papel off-white $80g/m^2$ no Sistema Cameron da
Divisão Gráfica da Distribuidora Record.